끝없는 세상

3

WORLD WITHOUT END
by Ken Follett

Copyright ⓒ Ken Follett, 2007
Korean Translation Copyright ⓒ MUNHAKDONGNE Publishng Corp., 2019
All rights reserved.

This Korean edition is published by Munhakdongne Publishing Corp.
in arrangement with Ken Follett.

이 도서의 국립중앙도서관 출판예정도서목록(CIP)은
서지정보유통지원시스템 홈페이지(http://seoji.nl.go.kr)와
국가자료공동목록시스템(http://www.nl.go.kr/kolisnet)에서 이용하실 수 있습니다.
(CIP제어번호: CIP2019003595)

WORLD
WITHOUT
END

끝없는 세상

켄 폴릿 장편소설

한기찬 옮김

문학동네

차례

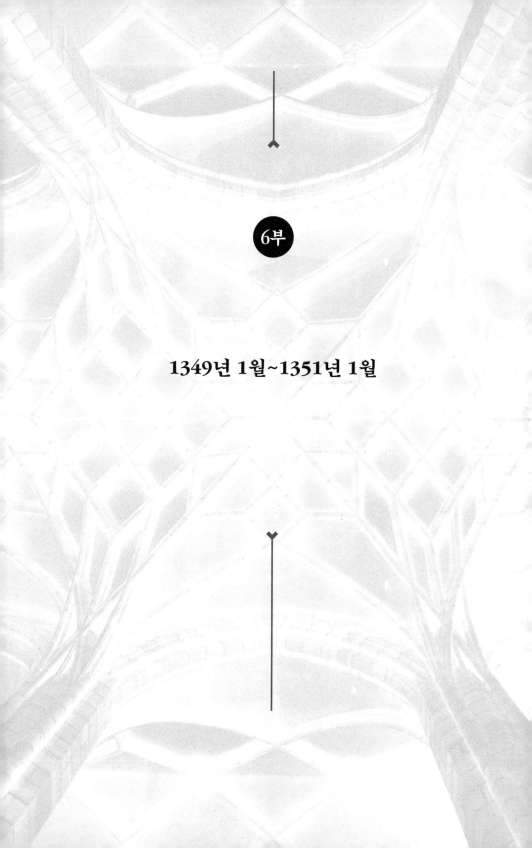

6부

1349년 1월~1351년 1월

63

고드윈은 수사 전용 금고실에서 귀중품을 모두 챙겨 떠났다. 그 안에는 수녀들의 증서도 있었는데, 수녀들이 수도원장의 잠긴 궤짝에서 회수하지 못했던 것들이었다. 그는 또 값진 성 아돌푸스 유골함도 가져갔다.

캐리스는 1월 첫날 그리스도 할례 축일 예식이 끝난 뒤에야 그 사실을 알았다. 그는 앙리 주교와 엘리자베스 수녀를 데리고 남쪽 익랑을 거쳐 금고실로 갔다. 그녀는 자신에 대한 앙리의 뻣뻣하고 사무적인 태도가 걱정스러웠지만, 그는 성격이 까다로워서 아마 다른 사람들에게도 그럴 것이었다.

여전히 문짝에 못박혀 있는 길버트 헤리퍼드의 살가죽이 서서히 딱딱하고 노랗게 변색되어가면서 희미하지만 분명한 부패의 냄새를 풍기고 있었다.

그러나 문은 잠겨 있지 않았다.

그들은 안으로 들어갔다. 캐리스는 고드윈 수도원장이 자신의 저택을 지으려고 수녀들의 금고에서 150파운드를 훔친 이후로 이 방에 들어와본 적이 없었다. 그뒤로 그들은 별도의 금고를 마련했던 것이다.

무슨 일이 있었는지 즉각 알아볼 수 있었다. 지하 보관소 금고를 덮어두었던 판석이 들린 채 놓여 있었고, 쇠테를 두른 궤짝 뚜껑도 열려 있었다. 금고와 궤짝 모두 비어 있었다.

캐리스는 고드윈에 대한 모멸감이 확고해지는 것을 느꼈다. 훈련받은 의사이자 사제, 수사들의 지도자인 그는 사람들이 그를 가장 절실하게 필요로 하는 순간에 달아난 것이었다. 이제 모두가 그의 본성을 확실히 깨닫게 될 것이다.

로이드 부주교가 격분했다. "전부 가져가버렸군!"

"그가 바로 주교님에게 제 당선을 무효로 해달라고 했던 사람입니다." 캐리스가 앙리에게 말했다.

앙리 주교는 아무 대꾸도 하지 않은 채 끙 소리를 냈다.

엘리자베스는 고드윈의 그런 행동을 해명해보려고 필사적이었다. "저는 수도원장님이 귀중품을 안전하게 보관하기 위해 가져가신 거라 확신합니다."

그 말에 비로소 주교가 반응을 보였다. "말도 안 되는 소리!" 그는 뻣뻣한 어조로 말했다. "하인이 아무 말 없이 지갑을 털어갔다면 그자는 그 돈을 안전하게 보관하려는 것이 아니라 훔친 것이오."

엘리자베스는 다른 핑곗거리를 대보았다. "이건 필리먼 형제의 생각일 거예요."

"그 부수도원장 말인가?" 앙리는 경멸의 표정을 지었다. "이곳 책임자는 필리먼이 아니라 고드윈이오. 따라서 고드윈이 책임질 일이오."

엘리자베스는 입을 다물었다.

고드윈은 적어도 일시적이나마 어머니의 죽음이 준 충격에서 벗어난 게 분명해. 캐리스는 생각했다. 수사들을 모조리 설득해 데려가다니 정말 대단하군. 그녀는 그들이 어디로 갔을지 궁금했다.

앙리 주교도 같은 생각을 하고 있었다. "그 빌어먹을 겁쟁이들이 어디로 갔을까?"

캐리스는 머딘이 떠나자고 설득했던 일을 상기했다. 그는 웨일스나 아일랜드로 가자고 했었다. 한두 해 동안 낯선 사람이라고는 볼 수 없는 외딴 마을로 가자고 했었다. 그녀는 주교에게 말했다. "그들은 아무도 오지 않을 격리된 장소에 가서 숨을 겁니다."

"그게 어딘지 알아내시오." 주교가 말했다.

캐리스는 자신의 당선을 반대하던 모든 요소가 고드윈과 함께 사라졌음을 깨달았다. 그녀는 승리감을 느꼈고, 기쁜 기색을 애써 감췄다. "시내에 가서 좀 알아보겠습니다. 그들이 떠나는 걸 본 사람이 분명 있을 테니까요."

"좋소. 하지만 그들이 곧 돌아올 것 같지는 않으니 그사이에 당신이 남자들 없이 최선을 다해줘야겠소. 수녀들만 데리고서라도 가능한 한 평소대로 시과전례를 올리시게. 그리고 교구 사제를 성당에 불러 미사를 맡기시오, 아직 살아 있는 사람이 있다면. 당신이 미사를 주관할 수는 없겠지만 고해는 들을 수 있소. 너무 많은 성직자가 죽어서 대주교께서 특별히 관면장을 내주셨으니."

캐리스는 주교가 자신의 당선 문제를 어물쩍 넘기도록 할 생각이 없었다. "저를 수녀원장으로 비준하시는 건가요?"

"물론이오." 주교는 짜증스러운 투로 말했다.

"그렇다면 제가 그 영예를 받기 전에—"

"당신이 무슨 결정을 내리는 게 아닙니다, 수녀원장." 주교가 분개한 어조로 말했다. "나에게 복종하는 것이 당신의 의무요."

그녀는 필사적인 심정으로 그 자리를 원했지만, 그렇게 보이고 싶지는 않았다. 이제 어려운 거래를 할 참이었다. "우리는 이상한 시대를 살고 있군요. 주교님은 수녀에게 고해를 들을 권한을 주셨습니다. 사제수련 기간을 단축시켰지만 제가 듣기로는 그래도 여전히 전염병으로 죽는 사제의 수를 채울 만큼 임명하실 수는 없다고 하던데요."

"지금 교회가 처한 난관을 자기 목적에 이용할 생각인가요?"

"아닙니다. 하지만 제가 주교님의 지시에 따르기 위해서는 먼저 해주셔야 할 일이 있습니다."

앙리는 한숨을 내쉬었다. 그는 상대로부터 이런 식의 말을 듣는 것을 좋아하지 않는 게 분명했다. 하지만 캐리스가 짐작한 대로 그녀가 그를 필요로 하는 것보다 그가 그녀를 필요로 하는 일이 더 많았다.

"좋소. 그게 뭐요?"

"교회법정을 소집해서 저의 마녀재판을 다시 열어주셨으면 합니다."

"맙소사, 대체 무슨 이유에서요?"

"물론 제 결백을 분명히 증명하기 위해서입니다. 그렇게 하지 않으면 저는 앞으로 어떤 권한도 행사하기 어려울 겁니다. 저에게 불만을 품은 사람은 제가 유죄판결을 받았다는 사실을 들추며 아주 쉽사리 저를 음해할 수 있으니까요."

비서처럼 깔끔하게 정리하기를 좋아하는 로이드 부주교는 그 생각이 마음에 든 듯했다. "그 문제는 아예 깨끗하게 마무리짓는 것이 좋을 것 같습니다, 주교 예하."

"알겠소." 앙리가 말했다.

"고맙습니다." 밀려드는 기쁨과 안도감에 싸인 그녀는 의기양양해진 얼굴이 보일까 염려돼 고개를 숙였다. "최선을 다해 킹스브리지 수녀원장의 영예를 받들겠습니다."

"지체 없이 고드윈에 대해 수소문해보시오. 이 도시를 떠나기 전에 어느 정도 답을 얻고 싶군요."

"교구 길드의 길드장이 고드윈과 한 패입니다. 만약 그들이 어디로 갔는지 아는 사람이 있다면 그가 바로 그 사람일 겁니다. 제가 가서 만나보겠습니다."

"당장 가서 만나보시오."

캐리스는 그 자리를 떠났다. 앙리 주교는 인간적 매력은 없지만 유능해 보였다. 어쩌면 함께 일할 만한 사람일 수도 있다. 아마도 그는 자기 편인 사람을 아무나 끌어들이는 인물이 아니라 공과功過에 바탕을 두고 판단을 내리는 타입의 지도자일 것이다. 그렇다면 반가운 변화가 있을 것이다.

벨 여인숙 앞을 지나던 그녀는 안에 들어가 머딘에게 기쁜 소식을 전하고 싶은 충동을 느꼈다. 그러나 엘프릭부터 찾는 편이 낫겠다고 판단했다.

그런데 홀리 부시 여인숙 주점 앞 길거리에 널브러져 있는 염색공 덩컨 다이어가 눈에 띄었다. 그의 아내 위니가 주점 밖에 놓인 긴 의자에 앉아 울고 있었다. 캐리스는 언뜻 보고 그가 다친 줄 알았는데, 위니는 "술에 취해서 저래요" 하고 말했다.

캐리스는 놀랐다. "아직 저녁 먹을 때도 안 됐잖아요!"

"저이의 삼촌인 피터 다이어가 전염병에 걸려 죽었거든요. 숙모와 조카들도 모두 죽었어요. 그래서 덩컨이 삼촌의 돈을 모두 상속받는데 술 마시는 데 탕진하고 있어요. 저도 어떻게 해야 좋을지 모르겠어요."

"남편을 집으로 데려가요. 내가 일으켜세우도록 거들게요." 두 사람은 양쪽에서 한 팔씩 붙잡고 덩컨을 일으켜세웠다. 그러고는 끌다시피 집으로 데려갔다. 그들은 그를 바닥에 눕히고 모포를 덮어줬다. 위니가 말했다. "매일 이래요. 우리 모두 어차피 전염병에 걸려 죽을 텐데 일해봐야 소용도 없다면서요. 저는 이제 어쩌면 좋죠?"

캐리스는 잠시 생각해보았다. "지금 그가 잠든 사이에 그 돈을 마당에 묻어요. 남편이 깨면 그가 어느 떠돌이 행상과 노름을 해서 다 잃었다고, 그 행상은 이미 도시를 떠나버렸다고 말해요."

"좋은 생각이에요."

캐리스는 길을 가로질러 엘프릭의 집으로 들어갔다. 앨리스가 부엌에 앉아 양말을 꿰매고 있었다. 자매는 앨리스가 엘프릭과 결혼한 뒤로 사이가 벌어졌는데, 그나마 이어졌던 관계도 엘프릭이 이단 재판에서 캐리스에게 불리한 증언을 한 후로 단절되고 말았다. 동생과 남편 사이에서 선택의 기로에 설 때마다 앨리스는 언제나 엘프릭 편을 들었다. 캐리스도 어느 정도는 이해했지만 이제 언니는 사실 남이나 다름없는 존재였다.

캐리스를 본 앨리스가 벌떡 일어서는 바람에 바느질감이 떨어졌다. "무슨 일로 여기까지 왔어?"

"수사들이 모두 사라져버렸어. 간밤에 이 도시를 떠난 게 분명해."

"아, 그게 그거였구나!" 앨리스가 말했다.

"그들을 봤어?"

"아니, 하지만 말들과 사람들 소리를 들었어. 꽤 큰 소리가 났거든. 사실 이제 생각해보니 그들이 소리를 죽이려고 애쓴 게 분명하기는 했는데, 너도 알다시피 말을 조용히 시킨다는 건 불가능하잖아. 아무리 소리를 죽이려 해도 사람이 아무 소리도 내지 않고 걷기도 어렵고 말이야. 그 소리에 잠이 깼는데 일어나서 확인해볼 생각은 하지 않았어. 날이 너무 추웠으니까. 그런데 십 년 만에 우리집에 온 게 그것 때문이야?"

"언니는 그 사람들이 달아나는 중인 걸 몰랐다는 거지?"

"그들이 달아난 거야? 전염병 때문에?"

"그런 것 같아."

"설마 그럴 리가. 의사들이 병이 무서워 도망쳤다는 거야?" 앨리스는 자기 남편의 후원자가 연루된 사실이 곤혹스러운 것 같았다. "나는 무슨 말인지 모르겠는걸."

"엘프릭은 이 일에 대해 뭔가 아는 게 있을 거야."

"설령 아는 게 있다 해도 나한테는 말하지 않았어."

"엘프릭은 지금 어디 있지?"

"성 베드로 성당에 있어. 릭 실버스가 교회에 돈을 좀 기부했는데 사제가 그 돈으로 회중석 바닥을 깔기로 했거든."

"가서 물어봐야겠어." 캐리스는 조금은 예의를 차리는 게 좋겠다고 생각했다. 앨리스에게는 자신이 낳은 자식은 없지만 의붓딸이 있었다. "그리젤더는 어떻게 지내?" 캐리스가 물었다.

"그야 물론 아주 잘 지내지." 앨리스는 캐리스가 다른 대답을 더 듣고 싶어할 거라고 여긴 듯 비딱하게 대꾸했다.

"언니의 손자는?" 캐리스는 머딘이라는 그 아이의 이름을 도저히 입에 담을 수가 없었다.

"귀여워. 그리고 손자가 하나 더 생길 것 같아."

"그거참 잘됐네."

"응. 그애가 너의 머딘과 결혼하지 않은 건 결과적으로 보면 잘한 일이었어."

캐리스는 그 화제에 말려들 생각이 없었다. "나는 가서 엘프릭이나 찾아봐야겠어."

성 베드로 성당은 도시의 서쪽 끝에 있었다. 구불거리던 길을 지나던 캐리스는 두 남자가 싸우는 광경을 목격했다. 그들은 서로 욕설을 퍼부으며 거칠게 주먹다짐을 하고 있었다. 그들의 아내인 듯한 두 여자 역시 앙칼지게 서로 욕을 퍼부어대고, 한 무리의 구경꾼들이 지켜보고 있었다. 바로 옆에 있는 집 문짝은 부서져 있었다. 그들 가까이 땅바닥에 나뭇가지와 골풀로 엮은 닭장이 있고, 그 안에 살아 있는 닭 세 마리가 있었다.

캐리스가 남자들에게 다가가 그들 사이를 가로막고 섰다. "당장 싸움을 멈춰요. 하느님의 이름으로 명합니다."

사실 그들을 말리는 데는 별다른 노력이 필요 없었다. 처음 몇 차례의 주먹질로 이미 분노를 푼 그들은 이제 누군가 나서서 싸움을 말려준 것이 고마울 지경이었다. 두 남자는 팔을 내리고 뒤로 물러섰다.

"대체 뭐 때문에 이래요?" 캐리스가 다그쳤다.

그러자 두 남자가 동시에 말하기 시작했고, 그들의 아내들도 가담했다.

"한 번에 한 사람씩 말해요!" 캐리스는 이렇게 말하고 두 남자 중 덩치가 큰 쪽을 가리켰다. 검은 머리의 잘생긴 얼굴이 부어오른 눈두덩 때문에 엉망이 되어 있었다. "당신은 조 블랙스미스죠? 무슨 일인지 설명을 해봐요."

"나는 토비 피터슨이 잭 매로의 닭을 훔치려는 걸 잡았어요. 저자가 문짝을 부쉈습니다."

체구가 작은 토비는 쌈닭처럼 어깨에 힘을 잔뜩 주고 있었다. 그가 피 묻은 입으로 말했다. "잭 매로는 나에게 5실링의 빚이 있었어요. 그러니 이 닭은 내 거란 말입니다!"

"잭과 그의 가족은 모두 두 주 전 전염병으로 죽었어요. 그뒤로 나는 그의 닭에게 계속 모이를 줬고요. 내가 아니었다면 닭은 죽었을 겁니다. 저 닭을 차지할 사람은 바로 나라고요." 조가 말했다.

"좋아요. 두 사람 모두 닭을 차지할 권리가 있다는 거죠? 토비는 빚 때문이고 조는 자기 돈으로 닭을 먹여 살렸으니까요." 캐리스가 말했다.

어쩌면 자신들 둘 다 옳을지 모르겠다는 데 생각이 미친 그들은 놀란 표정이 됐다.

"조지프, 닭장에서 닭을 한 마리 꺼내와요." 캐리스가 말했다.

토비가 말했다. "잠깐만──"

"나를 믿어요, 토비. 내가 당신을 부당하게 대하지 않을 거라는 걸 알잖아요."

"글쎄요, 나야 물론……"

조가 닭장을 열고 털이 갈색인 야윈 닭의 다리를 잡아 꺼냈다. 닭은 거꾸로 뒤집힌 세상을 보고 놀란 듯 고개를 이쪽저쪽으로 홱홱 돌렸다.

"이제 그 닭을 토비의 아내에게 줘요." 캐리스가 말했다.

"뭐라고요?"

"내가 당신을 속일 것 같은가요, 조지프?"

조는 마지못한 태도로 그 닭을, 예쁘장하게 생겼지만 얼굴이 잔뜩 부은 토비의 아내에게 줬다. "자, 여기 있소, 제인." 제인이 재빨리 닭을 잡아챘다.

"조에게 고맙다고 해야죠." 캐리스가 제인에게 말했다.

제인은 성난 표정이었지만 고맙다고 말했다. "고마워요, 조지프 블랙스미스."

"자, 토비. 다른 닭 한 마리는 엘리 블랙스미스에게 줘요." 캐리스가 말했다.

토비가 겸연쩍게 웃으면서 하라는 대로 했다. 만삭인 조의 아내 엘리가 미소지으며 말했다. "고마워요, 토비 피터슨."

이제 그들은 평소의 감정으로 돌아가고 있었고, 자신들이 얼마나 바보 같은 짓을 하고 있었는지 깨닫기 시작했다.

"그런데 남은 닭 한 마리는 어쩌죠?" 제인이 물었다.

"이제 말할 거예요." 캐리스가 말했다. 그녀는 구경꾼 중에서 영리해 보이는 열한두 살쯤 된 여자아이를 가리키며 물었다. "이름이 뭐지?"

"제스카예요, 원장님. 우리 아버지는 치안관 존이에요."

"남은 닭 한 마리를 성 베드로 성당에 가져가서 마이클 신부님에게 드려라. 토비와 조가 탐욕의 죄에 대해 용서를 빌러 올 거라고 말씀드리고."

"네, 수녀님." 제스카가 세번째 닭을 집어들고 그 자리를 떴다.

조의 아내 엘리가 말했다. "기억하실지 모르겠어요, 캐리스 원장님. 원장님은 저의 어린 시누이 미니가 대장간에서 팔을 데었을 때 도와주셨죠."

"아, 기억하고말고요." 캐리스가 말했다. 그녀는 그것이 꽤 심한 화상이었던 것을 기억하고 있었다. "그애는 이제 열 살이 됐겠군요."

"맞아요."

"아이는 괜찮은가요?"

"아주 건강하답니다. 원장님과 하느님의 은총 덕분이에요."

"참 잘됐네요."

"잠시 우리집에 들러 에일이라도 드시겠어요, 원장님?"

"그러고 싶지만 좀 바쁘답니다." 캐리스가 남자들에게 말했다. "하느님의 축복이 있기를 빌겠어요. 앞으로는 싸우지 말고요."

"고맙습니다." 조가 말했다.

캐리스는 그곳을 떠났다.

토비가 등뒤에서 외쳤다. "고맙습니다, 원장님."

그녀는 돌아보지 않고 손만 흔들었다.

그녀는 외부에서 침입한 흔적이 있는 집을 몇 채 더 발견했는데, 집 주인이 죽은 뒤 약탈을 당한 것 같았다. 누군가 이런 사태에 손을 써야

해. 그녀는 생각했다. 그러나 엘프릭이 길드장이고 수도원장이 사라진 이 마당에 팔을 걷어붙이고 나설 사람이 없었다.

성 베드로 성당에 도착한 그녀는 회중석에서 포장공들과 그들의 도제들과 함께 있는 엘프릭을 발견했다. 사방에 석판이 쌓여 있었고 일꾼들이 모래를 붓고 장대로 바닥을 고르고 있었다. 엘프릭은 나무틀에 뾰족한 납침이 매달린 복잡한 기구를 이용해 표면이 편평한지 확인하고 있었다. 교수대의 축소판처럼 생긴 그 기구를 보자 캐리스는 십 년 전 엘프릭이 마녀 혐의로 자신을 교수대에 매달려고 덤볐던 일이 떠올랐다. 그녀는 그를 보아도 증오심을 느끼지 않는 자신에게 놀랐다. 그러기에 엘프릭은 너무도 비천하고 야비한 인간이었다. 그에게 느끼는 감정은 경멸뿐이었다.

그녀는 그가 일을 마치기를 기다렸다가 불쑥 말을 걸었다. "고드윈과 수사들이 모두 달아난 사실을 알았나요?"

그녀는 의도적으로 그를 놀라게 했는데, 기겁하는 그의 표정으로 보아 그에게는 아무런 사전 정보가 없었다는 것을 알 수 있었다. "그들이 어째서……? 그게 언제……? 아, 어젯밤에?"

"그들을 보지 못했군요."

"무슨 소리를 듣기는 했지."

"나는 봤어요." 포장공 하나가 말했다. 그가 말을 하려고 삽에 몸을 기댔다. "그때 막 홀리 부시 주점에서 나오던 참이었죠. 어두웠지만 그들은 횃불을 들고 있었어요. 수도원장은 말을 타고 다른 사람들은 걷고 있었는데 짐이 꽤 많았죠. 술통과 치즈 보따리, 그 밖에 뭔지 알 수 없는 물건들을 잔뜩 싣고 가고 있었어요."

캐리스는 이미 고드윈이 수사 전용 식품 창고마저 털어갔다는 사실을 알고 있었다. 그는 수녀들의 식료품에는 손을 대지 않았는데, 그것은 따로 보관되어 있었기 때문이었다. "그때가 몇 시였나요?"

"그렇게 늦은 시간은 아니었어요. 아홉시나 열시쯤 됐을까."

"그들과 말도 했나요?"

"그냥 잘 자라는 인사만 했죠."

"그들이 어느 쪽으로 가는지 알 것 같았어요?"

포장공은 고개를 저었다. "그들은 다리를 건너갔지만 교수대 네거리에서 어느 쪽 길로 갔는지는 보지 못했어요."

캐리스가 엘프릭에게 말했다. "지난 며칠 동안의 일을 생각해봐요. 고드윈이 혹시 이 일과 관련해서 무슨 말을 하지 않았어요? 지금 생각해보니 그랬구나 하는 일 말이에요. 몬머스라든가 요크, 앤트워프, 브레멘 같은 지명을 언급한 적 없어요?"

"아니, 나는 전혀 몰랐는걸." 엘프릭은 자신에게 말해주지 않았다는 사실 때문에 언짢은 듯했다. 그래서 캐리스는 그가 사실을 말하고 있다고 생각했다.

엘프릭이 놀랄 정도면 다른 사람이 고드윈의 계획을 알고 있었을 가능성은 거의 없었다. 고드윈은 전염병을 피해 달아난 것이기 때문에, 누군가 병을 옮길 만한 사람이 따라오는 것을 원치 않았을 게 분명하다. 빨리 떠나라, 멀리 가라, 오랫동안 돌아오지 마라. 머딘은 그렇게 말했었다. 고드윈은 어디로든 갈 수 있었다.

"고드윈이나 다른 수사의 소식을 듣게 되면 나에게도 말해줘요." 캐리스가 말했다.

엘프릭은 아무 대답도 하지 않았다.

캐리스는 일꾼들도 들을 수 있도록 목청을 높였다. "고드윈 수도원장은 귀중품을 모조리 훔쳐갔어요." 그녀의 말에 여기저기서 분개한 듯 투덜거리는 소리가 났다. 그들은 성물에 대해 소유 의식이 있었고, 실제로 형편이 넉넉한 장인들은 얼마간 비용을 보태기도 했을 것이었다. "주교님은 그것들을 돌려받고 싶어하십니다. 누구라도 고드윈을 돕거나 그들의 행방을 감춘다면, 그것만으로 신성모독이 되는 겁니다."

엘프릭은 당황한 듯했다. 지금까지 그의 삶은 고드윈의 호감을 사는 데 달려 있었다. 그런데 이제 자신의 후원자가 사라졌다. 그가 말했다. "뭔가 그럴 수밖에 없는 사정이 있었을지도……"

"그런 게 있다면 어째서 고드윈이 아무에게도 말을 하지 않았겠어요? 어째서 편지 한 통 남겨놓지 않았겠느냐고요."

엘프릭은 대꾸할 말을 찾지 못했다.

캐리스는 도시의 유력 상인들 모두에게 알려야 한다는 사실을 깨달았다. 빠를수록 좋을 것이다. "회의를 소집해주세요." 그녀는 엘프릭에게 말했다. 다음 순간 좀더 설득력 있는 방법이 생각났다. "주교님이 오늘 저녁식사 후에 교구 길드 집회를 원하세요. 모든 조합원에게 전해주세요."

"알겠네." 엘프릭이 말했다.

캐리스는 조합원 모두가 호기심으로라도 그 자리에 필히 참석하리라고 생각했다.

그녀는 성 베드로 성당을 나와 수도원으로 향했다. 화이트호스 여인숙 주점 앞을 지나가는데, 걸음을 멈춰 세우는 뭔가가 보였다. 한 소녀가 나이든 남자와 이야기하고 있었는데 어딘지 모르게 거슬렸다. 그녀는 언제나 어린 여자아이의 나약한 처지에 예민했는데, 그것은 어쩌면 자신의 어린 시절이 생각나기 때문일 수도 있고, 어쩌면 자신이 낳지 못했던 딸 때문일 수도 있었다. 그녀는 문가로 가 그들을 유심히 살펴보았다.

남자의 옷차림은 값비싼 모피 모자를 제외하면 남루했다. 캐리스는 그가 누구인지 몰랐지만, 그가 날품팔이꾼이며 누군가의 모자를 얻어쓰고 있다는 것은 짐작할 수 있었다. 너무 많은 사람이 죽는 바람에 장신구가 남아돌아 이런 부자연스러운 치장을 한 사람을 적잖이 볼 수 있었다. 소녀는 열네 살쯤 되어 보이고 예쁘장하고 아직 앳되어 보였다. 캐리스는 교태를 부리려 애쓰지만 별다른 감흥을 주지 못하는 소녀를 엄한 눈으로 지켜보았다. 남자가 지갑에서 돈을 꺼냈고 둘은 뭔가를 흥정하는 것 같았다. 이윽고 남자가 소녀의 작은 가슴을 만졌다.

캐리스는 그 순간 완전히 파악했다. 그녀는 두 사람에게 성큼성큼 다가갔다. 남자는 수도복을 힐끗 보더니 재빨리 그 자리를 떠났다. 소녀는 죄의식을 느끼면서도 화가 난 듯했다. 캐리스가 말했다. "여기서 뭐 하는 거지? 몸을 팔려고 하는 거니?"

"아니에요, 수녀님."

"사실대로 말해! 어째서 저 남자가 가슴을 만지도록 놔뒀지?"

"그럼 어떡하라고요! 저는 먹을 것이 하나도 없는데 수녀님이 저 사람을 쫓아버렸잖아요." 여자아이는 울음을 터뜨렸다.

캐리스는 아이가 굶주렸다는 것을 알았다. 아이는 야윈데다 창백했다. "나를 따라와. 먹을 것을 좀 주마."

캐리스는 아이의 팔을 잡고 수도원으로 향했다. "이름은?"

"이즈메이예요."

"몇 살이지?"

"열세 살이요."

수도원에 도착하자 캐리스는 이즈메이를 주방으로 데려갔다. 주방에서는 수습수녀 우나의 감독 아래 저녁식사 준비가 한창이었다. 주방장 조지핀이 전염병에 걸렸기 때문이다. "이 아이에게 버터 바른 빵을 좀 주세요." 캐리스가 우나에게 말했다.

캐리스는 자리에 앉아 아이가 먹는 모습을 지켜보았다. 이즈메이는 며칠이나 먹지 못한 게 분명했다. 아이는 4파운드짜리 빵을 절반이나 먹고 나서야 먹는 속도가 느려졌다.

캐리스는 아이에게 사과주 한 잔을 따라줬다. "어쩌다 굶게 된 거니?"

"가족 모두가 전염병으로 죽었어요."

"아버지는 뭐하는 분이었어?"

"재봉사였어요. 저도 바느질을 잘하지만 이제는 옷을 사는 사람이 아무도 없어요. 죽은 사람의 집에서 뭐든 마음대로 가질 수 있으니까요."

"그래서 네가 몸을 팔려고 했던 거로구나."

아이는 시선을 떨궜다. "죄송해요, 수녀원장님. 너무 배가 고파서 그랬어요."

"그런 일을 한 것이 오늘이 처음이었니?"

아이는 고개를 저었고, 캐리스를 똑바로 바라보지 못했다. 캐리스의 눈에 분노의 눈물이 고였다. 대체 어떤 인간이 굶주린 열세 살짜리 아이에게 돈을 주고 성행위를 하려는 걸까? 신은 어떻게 이런 어린 여자아이를 이토록 절망적인 지경까지 몰아넣을 수 있을까? "이곳에서 수녀들과 함께 지내며 주방 일을 해보지 않겠니? 그러면 배불리 먹게 될 거야."

이즈메이는 간절한 눈으로 고개를 들었다. "물론이죠, 원장님. 그러고 싶어요."

"그럼 그렇게 해. 우선 수녀님들 저녁식사 준비를 거들면 되겠구나. 우나, 여기 주방 일을 도울 아이가 왔어요."

"고맙습니다, 캐리스 원장님. 지금 아무 손이라도 빌려야 할 지경이었거든요."

캐리스는 주방을 나와 생각에 잠긴 채 6시과 전례를 올리기 위해 성당으로 향했다. 그녀는 이 전염병이 단순히 육체적 질병으로 그치는 것이 아니라는 사실을 깨닫기 시작했다. 전염병은 모면했지만 이즈메이의 영혼은 위기에 처한 것이었다.

앙리 주교가 미사를 주관한 덕분에 캐리스는 생각에 잠길 여유를 얻었다. 교구 길드 집회에서 그녀는 수사들이 달아난 사실을 알리는 것 외에 다른 이야기를 해보기로 마음먹었다. 전염병의 악영향에 대처하기 위해 시민들을 다잡아야 할 때가 됐다. 하지만 어떻게 해야 할까?

그녀는 저녁식사를 하면서도 내내 그 문제에 골몰했다. 지금이야말로 중요한 결정을 내릴 적기였다. 주교가 이곳에 있다는 사실이 그녀에게 힘을 실어주고 있었고 그러니 다른 때라면 반대에 부딪칠지 모르는 방안들을 밀어붙일 수 있을 것 같았다.

또한 지금은 주교에게서 그녀 자신이 원하는 것을 얻어낼 절호의 기회이기도 했다. 그것은 풍부한 결실을 맺을 수 있는 생각이었다……

저녁식사가 끝나자 캐리스는 주교가 묵는 수도원장 사택으로 향했다. 그는 로이드 부주교와 함께 식탁에 앉아 있었다. 수녀원 주방에서 마련한 음식으로 식사를 한 두 사람은 수도원 하인이 식탁을 치우는 동안 와인을 마시고 있었다. "저녁식사가 마음에 드셨는지 모르겠습니다, 주교 예하." 그녀가 격식을 갖춰 말했다.

그는 전만큼 언짢은 기색은 아니었다. "마음에 들었소. 고맙소, 캐리스 원장. 창꼬치가 꽤 맛있었소. 달아난 수도원장에 관해 무슨 소식이라도 있습니까?"

"수도원장은 목적지에 대한 어떤 실마리도 남기지 않으려고 무척 조심했던 것 같습니다."

"실망스럽군요."

"그런데 조사하면서 시내를 돌아다니다가 몇 가지 신경쓰이는 일들을 보게 됐습니다. 열세 살짜리 소녀가 몸을 팔고 있었고, 평소 모범적이던 두 시민이 죽은 사람의 재산을 놓고 싸우고, 한 남자는 대낮부터 곤드레가 될 정도로 술에 취해 있었습니다."

"모두 전염병의 여파지. 어디서나 그런 일들이 벌어지고 있소."

"그런 여파에 맞서야 한다고 생각합니다."

그는 눈썹을 치켜세웠다. 뭔가 방법을 강구해야 한다는 생각을 해본 적이 없는 듯했다. "무슨 말이오?"

"수도원장은 킹스브리지의 영주입니다. 그가 주도해서 사태를 수습해야죠."

"하지만 그는 사라졌잖소."

"주교님은 엄밀히 말해서 우리 수도원을 관할하는 대수도원장님이십니다. 저는 주교님이 영구적으로 킹스브리지에 계시면서 이 도시를 책임지셔야 한다고 생각합니다."

사실 그것이야말로 그녀가 원치 않는 일이었다. 다행히도 주교가 그 말에 동의할 가능성은 거의 없었다. 다른 곳에서도 그가 할 일은 넘치도록 많았다. 그녀는 다만 그를 몰아붙이기 위해 그 말을 한 것이었다.

그는 머뭇거렸다. 그래서 한순간 그녀는 자신이 그를 잘못 판단한 거라고, 그가 그 제안을 받아들이면 어떡하나 걱정했다. 이윽고 주교가 말했다. "그건 불가능한 얘기요. 이 주교 관구에 있는 모든 도시에서 같은 문제가 일어나고 있소. 셔링은 사태가 한층 더 나쁘고. 내 휘하의 사제들이 죽어가는 동안 나는 이곳의 그리스도교 조직을 결속하기 위해 일해야 합니다. 주정뱅이나 매춘부 따위를 걱정할 시간은 없소."

"아무튼 누군가는 킹스브리지 수도원장 역할을 맡아야 합니다. 지금 이 도시에는 도덕적 지도자가 필요하니까요."

그때 로이드 부주교가 끼어들었다. "주교 예하, 이 문제는 이 수도원의 재무를 처리하고 대성당과 부속건물을 유지하고 토지와 소작인들을 관리하는 문제를 누가 맡느냐는 문제이기도 한데……"

"그럼 당신이 그 일들을 다 해야겠군요, 캐리스 원장." 앙리가 말했다.

그녀는 그런 생각은 해본 적도 없다는 듯이 주교의 제안을 고려해보는 척했다. "그다지 중요하지 않은 일들이라면 저도 처리할 수 있습니다. 수사들의 돈과 토지를 관리하는 일 같으면 말이죠. 하지만 저는 주교님만큼은 할 수 없습니다. 예하. 성사를 행하지도 못하고요."

"그 문제는 이미 얘기했잖소." 그는 조바심 내는 투로 말했다. "되도록 조속한 시일 내 새 성직자들을 임명하겠소. 하지만 그 밖의 일들은 모두 당신도 처리할 수 있잖습니까."

"그 말씀은 저에게 킹스브리지 수도원장 대행을 맡기신다는 것처럼 들리는데요."

"바로 그거요."

캐리스는 흡족한 기색을 내보이지 않기 위해 몸을 사렸다. 기대대로 너무 잘 풀려서 믿기지 않을 정도였다. 그녀는 아무래도 상관없는 몇 가지 일을 제외한 나머지 모든 일에서 수도원장의 권한을 행사하게 되는 셈이었다. 혹시 그 일에 자신이 미처 생각지 못한 문제점이 숨어 있는 것은 아닐까?

"수녀원장이 권한을 대행하는 데 필요한 경우에 대비해 그 내용을 증서로 남기는 편이 좋겠습니다." 로이드 부주교가 말했다.

"시민들이 이 결정에 따르기를 바라신다면 이것이 주교님이 친히 내린 결정이라는 인상을 심어줄 필요가 있습니다. 이제 곧 교구 길드 집회가 시작됩니다. 괜찮으시다면 그 자리에 참석하셔서 사람들에게 말씀해주셨으면 합니다." 캐리스가 말했다.

"좋소, 갑시다."

그들은 고드윈의 사택을 나와 길드 집회소를 향해 큰길을 걸어올라 갔다. 조합원들 모두가 수사들에게 일어난 일에 대해 듣기 위해 기다리고 있었다. 캐리스는 먼저 그들에게 자신이 알고 있는 내용을 이야기했다. 그중 몇몇은 어제 날이 어두워진 뒤에 있었던 집단 이동을 보았거나 그 소리를 들었지만, 수사들이 이 도시를 떠난다고 생각했거나 의심한 사람은 아무도 없었다.

캐리스는 조합원들에게 이 도시를 찾은 여행자들 중에, 짐을 잔뜩 싣고 집단으로 이동하는 수사들 이야기를 하는 사람이 있는지 귀담아들어달라고 당부했다.

"하지만 우리는 그들이 빠른 시일 내에 돌아올 가능성이 없다는 사실을 받아들여야 합니다. 그 점에 대해 주교 예하의 말씀이 있을 거예요." 그녀는 자신이 아니라 주교의 입에서 그 말이 나오기를 원했다.

앙리가 목청을 가다듬고 입을 열었다. "본인은 캐리스 자매의 수녀원장 당선을 승인했으며, 이제 그녀를 수도원장 대행에 임명했습니다. 여러분은 캐리스 원장을 본인의 대리인이자, 사제 서품에 관한 일을 제외한 다른 모든 문제에서 여러분의 영주로 대해주기를 당부하는 바입니다."

캐리스는 사람들의 얼굴을 주시했다. 엘프릭은 분을 삭이는 표정을 지었다. 그녀가 이 지위를 얻기 위해 무슨 수를 썼으리라 짐작한 머딘은 그녀와 이 도시를 위해 잘된 일이라 여기고 얼굴에 희미한 미소를 지으면서도, 한편으로는 이 일로 그녀가 자신에게서 더 멀리 떠나리라 깨닫고 아쉬움에 입가를 일그러뜨렸다. 다른 사람들은 모두 반기는 기색이었다. 사람들은 그녀를 잘 알고 신뢰하고 있었고, 고드윈이 달아난 이 상황에서도 굳건히 자리를 지키고 있다는 점에서 한층 더 신뢰감을 주었다.

그녀는 이 일에서 얻을 수 있는 최대한의 결실을 끌어낼 작정이었다. "수도원장 대행으로서 첫날인 오늘, 다급히 처리할 세 가지 문제가 있습니다. 첫째는 과음이에요. 오늘 저는 저녁 시간이 되기도 전에 술에 취해 길에 쓰러져 있는 덩컨 다이어를 봤습니다. 그런 일은 이 도시를 방탕한 분위기로 흐릴 것이며, 위기에 처한 이런 때에는 더더욱 용납할 수 없는 일입니다."

여기저기서 큰 소리로 동감을 표하는 소리가 나왔다. 교구 길드는 상인들 중에서도 나이가 많고 보수적인 이들이 주축을 이루었다. 그들 중에도 아침부터 과음하는 사람이 있긴 했지만, 대개는 눈에 띄지 않게 자기 집에서 마셨다.

캐리스는 말을 이었다. "저는 치안관 존에게 별도의 부관을 두어 대낮에 만취한 사람은 누구를 막론하고 체포하라고 지시하겠습니다. 그는 술에서 깰 때까지 유치장에 있게 될 겁니다."

그 말에는 엘프릭도 고개를 끄덕였다.

"두번째는, 상속인 없이 죽은 이들의 재산 때문에 발생하는 문제입니다. 저는 오늘 아침 조지프 블랙스미스와 토비 피터슨이 길거리에서 잭 매로가 키우던 닭 세 마리를 두고 싸우는 모습을 봤습니다."

어른들이 그런 사소한 일로 싸웠다는 말에 웃음이 터져나왔다.

캐리스는 그 문제에 대한 해결책도 생각해두었다. "원칙적으로 그런 재산은 영주에게 환수되는데, 킹스브리지 주민의 경우에는 수도원이 영주가 되겠죠. 하지만 수도원 건물에 헌옷이 쌓이는 건 원치 않기 때문에 2파운드의 값어치가 되지 않는 소유물에 대해서는 이 규칙을 적용하지 않으려 합니다. 그 대신 바로 이웃한 두 집에서 약탈당하지 않도록 그 집의 문단속을 해야 합니다. 그런 다음 교구 사제가 방문해 재산 목록을 작성할 것이며, 교구 사제는 채권자가 있을 경우 그들의 주장을 청취할 겁니다. 사제가 없는 경우에는 저를 찾아와도 됩니다. 채무가 변제된 후 의류나 가구, 식품, 음료 같은 사망자의 개인 소유물은 이웃이 나누어갖고, 현금은 교구 성당에 기부될 겁니다."

이 말에 대해서도 대체로 수긍하는 분위기였다. 대부분이 고개를 끄덕였고 찬성한다는 말이 웅성웅성 들려왔다.

"마지막으로, 화이트호스 여인숙 주점 밖에서 몸을 팔려던 열세 살 고아 소녀를 봤습니다. 아이 이름은 이즈메이인데, 먹을 것이 없어 굶주리다 못해 그랬던 거였어요." 캐리스가 따지는 듯한 눈길로 방안을 둘러보았다. "그리스도인들의 도시에서 어떻게 그런 일이 일어날 수 있는지, 누가 말해보시겠어요? 아이의 가족은 모두 죽었지만, 그들의 친구와 이웃이 한 명도 없었을까요? 어린아이가 굶도록 내버려둔 게 누군가요?"

푸주한 에드워드 부처가 나지막한 소리로 말했다. "이즈메이 테일러는 행실이 나쁜 아이예요."

캐리스는 핑계를 용납하지 않았다. "그애는 열세 살입니다!"

"나는 그저 그애가 돕겠다는 사람을 거절했을지도 모른다는 말을 하고 있는 겁니다."

"언제부터 우리가 아이들이 스스로 그런 결정을 내리도록 한 거죠? 아이가 고아가 되면 우리 모두에게 그 아이를 돌볼 의무가 있는 거예요. 그렇지 않다면 여러분이 믿는 종교가 무슨 의미가 있나요?"

모두가 부끄러워하는 표정을 지었다.

"앞으로 아이가 부모를 잃으면 이웃한 두 집에서 그 아이를 저에게 데려와주기 바랍니다. 아무도 가족으로 받아들이지 않은 아이는 수도원에서 살게 할 겁니다. 여자아이는 수녀들과 함께 살고, 수사의 숙소는 남자아이들 숙소로 바꾸겠습니다. 아이들 모두 오전에는 공부를 하고, 오후에는 각자에게 맞는 일을 하게 될 거예요."

그 말에 대해서도 대체적으로 동의가 이루어졌다.

그때 엘프릭이 말했다. "이제 끝났소, 캐리스 원장?"

"네. 제가 제안한 사항에 대해 다른 의견이 없다면요."

아무도 말을 꺼내지 않았다. 조합원들은 회의가 끝났다고 여기고 자리에서 일어나기 시작했다.

그때 엘프릭이 다시 말했다. "지금 이 자리에 있는 사람들 중에 자신들이 나를 길드장으로 선출했었다는 사실을 기억하는 사람이 있는지 모르겠소."

그의 목소리는 분노에 차 있었다. 사람들은 모두 짜증스러운 듯 안절부절못했다.

"우리는 지금까지 킹스브리지 수도원장이 재판도 없이 절도죄로 고발당하는 광경을 지켜보았소." 그가 말을 이었다.

분위기가 험악해졌다. 동의하지 않는다는 웅성거림이 일었다. 고드윈이 결백하다고 여기는 사람은 아무도 없었다.

엘프릭은 아랑곳하지 않았다. "그리고 우리는 지금 이곳에 노예처럼 앉아서, 한 여자가 이 도시의 법을 멋대로 좌지우지하는 걸 보고만 있소. 술 취한 사람을 가두는 게 누구 권한이라고요? 저 여자의 권한입니다. 상속 재산에 대한 최종판결을 누가 내린다고요? 저 여자입니다. 누가 이 도시의 고아를 맡는다고요? 저 여자입니다. 그러면 우리는 뭡니까? 여러분은 남자가 아닌가요?"

베티 백스터가 말했다. "나는 남자가 아닌데요."

남자들이 웃음을 터뜨렸다.

캐리스는 개입하지 않기로 했다. 그럴 필요도 없는 일이었다. 그녀는 혹시라도 주교가 엘프릭의 말에 반박할까 싶어 그쪽을 바라보았다. 주교는 입을 꾹 다문 채 의자에 깊숙이 앉아 있었다. 그 역시 엘프릭이 지는 싸움을 벌이고 있다고 생각하는 듯했다.

엘프릭이 언성을 높였다. "우리는 여자 수도원장이든 수도원장 대행이든 거부해야 합니다. 수녀원장이 교구 길드에 와서 멋대로 법을 정하게 놔둬선 안 된단 말이오!"

몇 사람이 그 말에 반발해 투덜댔다. 두세 명이 진저리가 난다는 듯 나가려고 자리에서 일어섰다. 누군가 외쳤다. "그만하게, 엘프릭."

엘프릭은 고집스럽게 말을 이었다. "그리고 저 여자는 마녀 혐의로 사형선고까지 받았던 그 여자란 말이오!"

이제 앉아 있는 사람은 없었다. 한 사람이 문밖으로 나갔다.

"돌아오게!" 엘프릭이 버럭 소리쳤다. "나는 아직 폐회를 선언하지 않았어!"

이제 그를 보는 사람은 아무도 없었다.

캐리스도 문밖으로 나가려는 사람들 사이에 끼어들었다. 그녀는 주교와 부주교가 나가도록 길을 터줬다. 마지막으로 나온 사람은 그녀였다. 캐리스는 문가에서 뒤를 돌아보았다. 엘프릭 혼자 상석에 앉아 있었다.

그녀는 밖으로 나왔다.

64

　고드원과 필리먼이 숲속의 성 요한 수도원을 방문한 이래 십이 년이 흘렀다. 고드원은 그때 잘 구획된 밭과 말끔히 다듬어진 울타리, 깨끗한 도랑, 과수원에 줄지어 선 사과나무들에 깊은 인상을 받았던 기억이 났다. 오늘도 마찬가지였다. 결국 솔 화이트헤드 역시 달라지지 않은 것이었다.

　고드원 일행은 체스판 모양의 얼어붙은 밭을 가로질러 수도원 건물들이 있는 곳으로 향했다. 가까이 다가갈수록 고드원은 그사이 몇 가지 나아진 점이 있다는 것을 발견했다. 십이 년 전에는 수사들의 생활공간과 공동 침실이 있는 작은 석조건물 주위를 주방과 마구간, 낙농장, 제빵소 등의 작은 목조건물들이 흩어져 에워싸고 있었다. 그런데 지금은 목조의 엉성한 별채들 대신 석조건물들이 성당과 나란히 붙어 있었다. "전보다 좀더 안전해 보이는군." 고드원이 말했다.

　"프랑스와의 전쟁에서 돌아온 병사들 때문에 범법자들이 늘어났기 때문이 아닐까요." 필리먼이 대꾸했다.

고드윈은 이맛살을 찌푸렸다. "이런 건축 계획에 대해 내 허락을 구한 기억이 없는데."

"그러지 않았으니까요."

"흠." 유감스럽게도 그로서는 불평할 수가 없었다. 만약 고드윈이 감독 의무를 소홀히 하지 않았다면 어떻게 솔이 이런 건축 계획을 집행할 수 있었겠느냐는 반문을 받을 수도 있었다.

게다가 지금은 외부인의 접근을 쉽게 차단할 수 있다는 점에서 그의 목적에 부합됐다.

이틀간 여행하는 사이 그의 마음은 어느 정도 진정이 되었다. 어머니의 죽음은 그를 광적인 공포로 몰아넣었다. 킹스브리지에 있는 매 순간 그는 자신이 죽을 거라고 확신했다. 그는 참사관에서 설교를 하고 대이동을 준비할 만큼만 감정을 다잡을 수 있었다. 그의 설득력 있는 웅변에도 불구하고 수사들 가운데 일부는 달아난다는 것을 부정적으로 여겼다. 그러나 그들은 모두 복종을 맹세한 사람들이었다. 시키는 대로 하는 습관이 다른 것보다 강하게 작용했다. 그럼에도 불구하고 고드윈은 그들 일행이 이글거리는 횃불을 들고 두 개의 다리를 건너 어둠 속으로 들어선 뒤에야 비로소 안전해진 듯한 느낌을 받았다.

그는 여전히 아슬아슬한 기분이었다. 이따금 어떤 문제에 대해 골몰하다 어머니에게 의견을 물어야겠다고 생각했는데, 이제 두번 다시 그녀에게 조언을 구할 수 없다는 것을 깨닫는 순간 공포감이 담즙처럼 목구멍으로 넘어오곤 했다.

그는 이제야 전염병으로부터 달아나는 중이었지만 이미 석 달 전 마크 웨버가 죽었을 때 했어야 할 일이었다. 너무 늦은 건 아닐까? 그는 공포감을 애써 눌렀다. 이 세상으로부터 완전히 격리되기 전까지는 안전하지 못할 것 같았다.

그는 억지로 생각을 현재로 되돌렸다. 한 해 이 무렵에는 밭에 사람이 없기 마련이지만, 잘 다져놓은 수도원 앞마당에서는 수사 몇 명이 일을 하고 있었다. 한 사람은 말에 편자를 박고 있었고 한 사람은 쟁기를 손질하고 있었으며 몇 명은 사과주 압착기의 지렛대를 돌리는 중이었다.

그들 모두 하던 일을 멈추고 놀란 얼굴로 자신들을 향해 다가오는 방문객 무리를, 스무 명의 수사와 여섯 명의 수련수사, 네 채의 수레, 열마리의 짐말을 빤히 바라보았다. 고드윈은 수도원 하인들을 제외한 나머지 인원을 모조리 데리고 나선 것이었다.

사과주 압착기에서 일하던 수사 중 한 명이 무리에서 떨어져 다가왔다. 고드윈은 그가 솔 화이트헤드임을 알아보았다. 그들은 솔이 연례 방문차 킹스브리지에 왔을 때 만났지만, 고드윈은 이제야 솔의 그 특징적인 회색을 띤 금발에 새치가 섞인 것을 알아차렸다.

스무 해 전 두 사람은 옥스퍼드에서 함께 수학했다. 솔은 학업과 토론에서 모두 뛰어난 학생이었다. 또한 그들 모두를 통틀어 가장 독실하기도 했다. 만약 그에게 영적인 면이 덜하고, 그가 하느님의 뜻에 맡기는 것이 아니라 전략적으로 출세하려고 들었다면 킹스브리지 수도원장은 그가 됐을 것이다. 하지만 그는 그렇지 않았기 때문에 앤서니 수도원장이 죽고 선거가 있었을 때 고드윈은 솔의 허를 찔러 가볍게 이길수 있었다.

그렇기는 해도 솔은 결코 나약하지 않았다. 그에게는 고드윈이 두려워하는 완강한 정의감이 있었다. 그가 오늘 고드윈의 계획에 고분고분따라올 것인가, 아니면 문제를 일으킬 것인가? 고드윈은 한번 더 두려움을 억누르고 애써 냉정을 찾았다.

그는 솔의 얼굴을 유심히 살펴보았다. 성 요한 수도원장은 고드윈이 온 것이 놀라운 한편 분명 그리 달갑지 않은 것 같았다. 정중하게 환영하는 표정을 짓긴 했지만 미소는 보이지 않았다.

선거 기간에 고드윈은 모두에게 자신은 그 자리를 원치 않는다고 믿게끔 했지만, 뒤로는 솔을 포함해 다른 모든 유력 후보를 하나씩 제거했다. 솔은 자신이 속임수에 당했다고 의심했을까?

"안녕하십니까, 수도원장님." 솔이 그에게 다가오면서 말했다. "이거 뜻밖의 축복이로군요."

솔은 드러내놓고 적대적으로 굴지는 않을 모양이었다. 그는 분명 그런 행동이 복종의 서약에 위배된다고 여길 것이다. 고드윈은 마음을 놓았다. "당신에게 하느님의 축복이 있기를. 꽤 오랜만에 성 요한 수도원의 내 어린양들을 방문하는 것 같군."

솔은 수사들과 말들, 그리고 물건이 잔뜩 실린 수레들을 바라보았다. "그저 단순한 방문이 아닌 것 같군요." 그는 고드윈에게 말에서 내리도록 거들겠다는 말은 하지 않았다. 마치 그들을 안으로 맞아들이기 전에 해명이 필요하다는 투였다. 가소로운 일이었다. 그에게는 자신의 상급자를 쫓아낼 권한이 없었다.

그럼에도 불구하고 고드윈은 자기도 모르게 해명을 하고 있었다. "전염병 소식은 들었소?"

"소문은 들었습니다. 우리에게 소식을 전해줄 방문객이 거의 없는 형편이긴 합니다만."

잘된 일이었다. 방문객이 거의 없다는 것이 고드윈이 이곳으로 온 이유였다. "그 병 때문에 킹스브리지에서 수백 명이 죽었네. 나는 수도원이 전멸할까 두려웠지. 그래서 수사들을 이곳으로 데려온 걸세. 어쩌면 이것이 우리가 살아남을 유일한 길일지 모르니까."

"물론 여기 오신 것을 환영합니다. 방문한 이유가 무엇이든 말이죠."

"그야 말할 것도 없지." 고드윈은 딱딱하게 말했다. 그는 자신이 변명해야 할 처지에 몰렸다는 사실에 화가 치밀었다.

솔이 생각에 잠긴 투로 말했다. "그런데 모두가 잘 만한 자리가 마땅치 않은데요……"

"그건 내가 결정할 문제일세." 고드윈은 다시금 자신의 지위를 내세우며 말했다. "주방에서 우리가 먹을 저녁을 준비하는 동안 당신이 이곳 안내를 좀 해주게." 고드윈은 도움을 받지 않고 말에서 내려 수도원 안으로 걸어들어갔다.

솔은 뒤따를 수밖에 없었다.

솔이 수사의 청빈 서약에 얼마나 진지하게 임하는지 보여주듯 수도원 전체가 꾸밈없이 수수하고 말끔히 청소되어 있었다. 그러나 지금 고드윈에게 무엇보다 관심이 가는 것은 외부로부터 그곳이 얼마나 차단되는가였다. 다행히도 질서와 관리에 대한 솔의 성실함 덕분에 건물에는 출입구가 거의 없었다. 수도원 안으로 들어가는 길은 세 군데, 주방과 마구간, 또는 성당을 통해서 들어가는 길밖에 없었다. 각각의 출입구마다 단단히 빗장을 지를 수 있는 견고한 문짝이 달려 있었다.

공동 침실은 아홉이나 열 명 정도의 수사가 기거할 정도의 크기로 작았고, 수도원장이 쓸 만한 별도의 침실은 없었다. 스무 명 남짓한 수사가 지낼 만한 장소는 성당밖에 없었다.

고드윈은 공동 침실을 혼자서 독차지할까도 생각했지만, 그 방에는 성당 보물을 감춰둘 만한 공간이 없었다. 그는 보물을 곁에서 떼어놓고 싶지 않았다. 다행히도 작은 성당에 잠글 수 있는 부속 기도실이 있어 고드윈은 그곳을 쓰기로 했다. 킹스브리지에서 온 나머지 수사들은 회중석 바닥에 짚을 깔고 자는 것으로 만족해야 했다.

식품과 와인은 주방과 저장실로 옮겨졌지만 필리먼은 성당 보물을 고드윈의 방이 된 기도실에 들여놓았다. 필리먼은 성 요한 수사들과 잡담을 나누다가 돌아왔다. "솔에게는 나름대로 일을 꾸려가는 방식이 있더군요." 그가 보고했다. "그는 하느님과 성 베네딕투스의 규율에 엄격히 복종할 것을 요구하지만, 자신을 모시게 하지 않는다고 합니다. 그는 공동 침실에서 함께 자고 수사들과 같은 음식을 먹고 대체로 아무런 특혜도 요구하지 않는 모양입니다. 말할 것도 없이 수사들은 그 점 때문에 그를 존경하고요. 하지만 끊임없이 벌을 받고 있는 수사가 하나 있는데, 존퀼 형제라고 합니다."

"누군지 기억이 나는군." 존퀼은 킹스브리지에서 수련수사로 있을 때도 늘 말썽을 피웠다. 잦은 지각에 꾀죄죄하고 게으르고 탐욕스러웠다. 그에게는 자제력이 없었는데, 아마 스스로 어떻게 해볼 수 없는 억제력을 다른 사람을 통해서 얻어볼 수단으로 수도생활을 택했을 것이다. "그가 우리한테 그리 도움이 될 것 같지는 않은데."

"그자는 툭하면 서열을 무시할 겁니다. 하지만 그는 권위가 없죠. 그의 말을 따를 사람은 없을 겁니다."

"솔에 대한 불만은 전혀 없던가? 늦잠을 잔다든가 궂은일을 피한다든가 혼자만 좋은 와인을 마신다든가 하는."

"그런 건 없어 보입니다."

"흠." 솔은 예전과 다름없이 올곧았다. 고드윈은 실망했지만 별로 놀라지는 않았다.

저녁기도 시간에 고드윈은 성 요한 수도원의 수사들이 진지하고 잘 단련되어 있다는 사실에 주목했다. 지난 몇 년 동안 그는 이 수도원으로 반항적이거나 정신적인 문제가 있거나 교회의 가르침에 의문을 품거나 이단 교리에 관심을 보이는 등 문제가 있는 수사들만 보냈다. 그런데 솔은 불평 한마디 하지 않았고 한 사람도 되돌려보내지 않았다.

그에게는 그런 사람들도 모범적인 수사로 바꿔놓는 능력이 있는 것 같았다.

미사가 끝나자 고드윈은 킹스브리지 수사들을 식사를 하도록 식당으로 보내고 필리먼과 건장한 젊은 수사 두 사람만 남게 했다. 성당에 그들만 남자 그는 필리먼에게 클로이스터로 통하는 문을 지키게 하고 젊은 수사들에게 조각한 나무 제단을 들어내고 그 자리에 구덩이를 파라고 지시했다.

구덩이 깊이가 충분해지자 고드윈은 제단 밑에 묻을 작정으로 기도실에서 성당 장식물들을 꺼내왔다. 하지만 그 작업이 끝나기 전에 솔이 문 앞으로 다가왔다.

고드윈의 귀에 필리먼의 목소리가 들렸다. "수도원장님은 혼자 있고 싶어하십니다."

이어서 솔의 목소리가 들렸다. "그러면 그분이 직접 나에게 그렇다고 말씀하시겠죠."

"원장님이 그렇게 전하라고 제게 말씀하셨습니다."

솔의 언성이 커졌다. "내가 내 성당에서 쫓겨나는 일은 없을 겁니다. 당신한테서는 더욱!"

"지금 폭력이라도 쓰시려는 겁니까, 킹스브리지 부수도원장님?"

"계속 앞을 막는다면 당신을 분수대에 던져버리겠소."

고드윈이 나섰다. 그는 솔 모르게 이 일을 처리하고 싶었지만 그렇게 될 것 같지 않았다. "들여보내게, 필리먼." 고드윈이 안에서 소리쳤다.

필리먼이 비켜서자 솔은 안으로 성큼성큼 들어섰다. 그는 꾸러미를 보더니 허락도 구하지 않고 자루를 열고 안을 들여다보았다. "맙소사!" 그는 은도금된 주수병*을 꺼내며 외쳤다.

고드윈은 그에게 상관이 하는 일에 대해 따지지 말라고 소리치고 싶은 충동을 느꼈다. 그랬더라도 솔은 그 질책을 받아들였을 것이다. 그는 적어도 원칙상 겸손한 태도를 견지하는 사람이었다. 그러나 고드윈은 솔의 마음속에 의혹의 싹이 꿈틀대는 것을 원치 않았기 때문에 이렇게 말했다. "대성당의 보물들을 함께 가져왔네."

솔이 혐오스럽다는 듯 얼굴을 찡그렸다. "이런 화려한 물건들은 대성당에는 모르겠지만 숲속의 초라한 소수도원에는 어울리지 않는군요."

"당신은 이걸 볼 필요가 없어. 감춰둘 생각이니까. 당신이 감춘 장소를 알아도 무방하지만, 그런 걸 안다는 부담을 덜어주고 싶었던 것뿐일세."

솔은 미심쩍은 표정을 지었다. "그런데 왜 이것들을 가져온 겁니까?"

"보관하기 위해서지."

솔은 그리 쉽사리 설득되지 않았다. "주교님이 저것들을 밖으로 내가도록 허락하셨다는 게 놀랍군요."

물론 주교에게는 물어보지도 않았지만, 고드윈은 말하지 않았다.

"지금 킹스브리지의 상황이 너무 좋지 않아 아무리 수도원이라 해도 성물들이 안전하리라는 확신을 할 수가 없었네."

"하지만 여기보다는 안전할 텐데요? 아시겠지만 이 주위에는 범법자가 우글거립니다. 수도원장님이 오는 길에 그들을 만나지 않은 게 천만다행이지요."

"하느님이 우리를 지켜보고 계시니까."

"자신의 보물도 지켜보고 계실 겁니다."

솔의 태도는 거의 불순종에 가까웠지만, 고드윈은 과민반응을 보였다가 오히려 의심받을까봐 그를 나무라지 않았다. 그러나 그는 솔의 겸

---

* 미사 성찬식 때 성작(聖爵)에 담을 물과 와인이 들어 있는 두 개의 병.

허한 태도에도 한계가 있다는 데 주목했다. 어쩌면 솔은 자신이 십이 년 전 그의 속임수에 넘어갔다는 사실을 결국은 알아챘는지도 모른다.

"수사들에게 식사 후에 식당에 남아달라고 전해주게. 이 일을 마치는 대로 그들에게 할말이 있으니까." 고드윈이 말했다.

솔은 이 말이 그만 나가보라는 뜻임을 알아듣고 나갔다. 고드윈은 장식물과 수도원 증서, 성인의 유골함, 그리고 가진 돈 거의 전부를 땅에 묻었다. 수사들은 구덩이를 흙으로 메운 다음 제단을 원래 위치로 되돌려놓았다. 메우고 남은 흙은 밖으로 가져가 여기저기 흩뿌렸다.

일이 모두 끝나자 그들은 식당으로 갔다. 좁은 공간은 킹스브리지 식구들까지 더해져서 북적거렸다. 수사 하나가 봉독대 앞에서 「마르코복음」 한 구절을 읽다가 고드윈이 들어서자 입을 다물었다.

고드윈은 성서를 읽던 수사에게 자리로 돌아가 앉으라고 손짓했다. "이건 성스러운 은둔입니다." 그가 입을 열었다. "하느님은 우리의 죄를 벌하기 위해 이 무서운 전염병을 보내셨습니다. 우리는 오염된 도시의 영향에서 멀리 떠나 죄를 정화하기 위해 이곳에 왔습니다."

고드윈은 토론할 생각이 없었지만 솔이 큰 소리로 물었다. "구체적으로 어떤 죄를 말씀하시는 겁니까, 고드윈 신부님?"

고드윈은 생각나는 대로 말했다. "인간이 하느님의 성스러운 교회의 권위에 도전하고, 여자들이 음탕해지고, 수사들이 여자들이 있는 세상에서 완전히 떨어지지 못하고, 수녀들이 이단과 마법에 빠져버렸습니다."

"그런 죄를 정화하는 데 시간이 얼마나 걸릴까요?"

"전염병이 물러나면 우리가 승리했다는 걸 알게 되겠지요."

그때 성 요한 수도원의 한 수사가 입을 열었는데, 고드윈은 그가 존 퀼임을 알아보았다. 그는 몸집이 크고 굼뜬 사내로 눈에는 사나운 기운이 있었다. "그 정화를 어떻게 하실 겁니까?"

고드윈은 이곳 수사들이 상급자에게 거리낌없이 질문을 던진다는 사실에 놀랐다. "기도와 명상과 단식을 통해 할 것이오."

"단식은 괜찮은 생각이군요. 우리에게는 남은 식량이 별로 없으니까요." 존퀼이 말했다.

그 말에 짤막한 웃음이 터졌다.

고드윈은 청중에 대한 통제력을 잃게 될까 우려했다. 그는 정숙하라는 의미로 봉독대를 내리쳤다. "이 시간부터 외부인은 누구든 우리에게 위험한 존재입니다. 구내로 들어오는 모든 출입문은 밤낮으로 안에서 빗장을 걸어두시오. 내 허락 없이는 어떤 수사도 밖으로 나가지 못합니다. 긴급을 요하는 경우에만 허락이 있을 것이오. 방문객은 모두 돌려보내시오. 이 무서운 전염병이 물러갈 때까지 우리는 이곳에 유폐될 것이오."

존퀼이 다시 말했다. "하지만 만약—"

고드윈은 그의 말을 잘랐다. "형제여, 나는 의견을 말하라고 한 일이 없네." 그는 모두가 침묵할 때까지 방안에 있는 사람들을 노려보았다. "당신들은 수사이고, 복종은 당신들의 의무입니다. 자, 이제 기도합시다."

⁓

위기는 바로 다음날 찾아왔다.

고드윈은 솔과 다른 수사들이 자신의 지시를 임시로 받아들였을 뿐이라는 것을 감지했다. 기습을 당한 그들은 얼떨결에 일어난 일이라 반대를 하지 못했고 반발할 뚜렷한 이유가 없었기에 본능적으로 상급자의 말에 따른 것뿐이었다. 하지만 고드윈은 그들이 본색을 드러낼 때가 오리라는 것을 알고 있었다. 하지만 그 순간이 이렇게 빨리 오리라고는 예상하지 못했다.

그들은 아침기도 시간에 의식을 올리고 있었다. 작은 성당 안은 몹시 추웠다. 밤새 불편했던 잠자리에서 일어난 고드윈은 몸이 결리고 쑤셨다. 그는 벽난로와 푹신한 침대가 있는 자신의 저택이 그리웠다. 겨울 새벽의 회색 어스름이 창문에 어른거리기 시작했을 무렵 성당의 묵직한 서쪽 문을 두드리는 소리가 났다.

고드윈은 긴장했다. 그는 자신의 지위가 강화되기까지 하루이틀 정도의 여유가 더 있었으면 하고 아쉬워했다.

그는 수사들에게 노크 소리를 무시하고 계속 기도를 드리라고 신호했다. 얼마 후 노크 소리에 고함소리가 더해졌다. 솔이 문 쪽으로 가려고 일어났지만 고드윈은 앉으라는 손짓을 했다. 잠시 머뭇거리던 솔은 이내 지시에 따랐다. 고드윈은 결연한 태도로 꼼짝도 않고 앉아 있었다. 수사들이 대꾸하지 않으면 훼방꾼들은 가버릴 게 분명했다.

그러나 고드윈은 사람들에게 아무것도 하지 말라고 설득하는 일이 매우 어려운 일이라는 것을 깨닫기 시작했다.

정신이 산만해진 수사들은 성가에 집중하지 못했다. 서로 수군대거나 어깨 너머로 서쪽 문 쪽을 바라보곤 했다. 성가 소리는 흐트러지고 서로 어긋나더니 이윽고 사그라져 고드윈의 목소리만 들렸다.

고드윈은 화가 치밀었다. 그들이 그가 하는 대로 잘 따랐다면 방해 따위는 무시할 수 있었을 것이다. 그들의 나약함에 화가 난 그는 마침내 자리를 떠나 문까지 얼마 되지 않는 회중석을 가로질렀다. 문에는 빗장이 걸려 있었다. "무슨 일이오?" 그가 외쳤다.

"안으로 들여보내주세요!" 문에 가로막혀 한풀 꺾인 듯한 대꾸 소리가 들렸다.

"들어오지 못합니다. 돌아가시오." 고드윈이 외쳤다.

솔이 그의 옆으로 왔다. "지금 저들을 교회에서 쫓아내겠다는 건가요?" 그가 어이없다는 투로 반문했다.

"당신에게 말했을 텐데. 외부인은 받지 않겠다고."

다시 문을 두드리기 시작했다. "안으로 들여보내주십시오!"

솔이 외쳤다. "당신들은 누구요?"

잠시 소리가 멈춘 뒤 누군가가 말했다. "숲에 사는 사람들입니다."

필리먼이 큰 소리로 말했다. "범법자들입니다."

솔이 분개한 어조로 말했다. "우리와 같은 죄인들입니다. 우리와 같은 하느님의 어린양들이고요."

"그렇다고 해서 우리를 죽일 수도 있는 저들을 안으로 들일 수는 없소."

"저들에게 그럴 생각이 있는지부터 확인해보는 게 좋겠습니다." 솔이 문 오른편에 있는 창으로 다가갔다. 성당은 높지 않은 건물이어서 눈높이 바로 아래 창턱이 있었다. 창에는 유리가 없었고, 추위를 막기 위해 살짝 비치는 아마포로 막아놓았을 뿐이었다. 솔이 덮개를 열고 발끝으로 서서 밖을 내다보았다. "무슨 일입니까?" 솔이 외쳤다.

고드윈의 귀에 그들이 답하는 소리가 들렸다. "아픈 사람이 있어서 왔습니다."

"내가 저들과 얘기하겠네." 고드윈이 솔에게 말했다.

솔은 그를 빤히 바라보았다.

"어서 창가에서 비켜서게." 고드윈이 말했다.

솔은 마지못해 그 말에 따랐다.

"우린 당신들을 들일 수 없소. 그러니 어서 돌아가시오." 고드윈이 외쳤다.

솔이 믿을 수 없다는 눈으로 그를 바라보았다. "지금 병자를 돌려보내려는 건가요? 우린 수사이고 의사입니다!"

"만일 저 사람이 전염병에 걸린 거라면 우리가 해줄 일은 없네. 그를 여기 들이면 우리 모두가 죽게 될 걸세."

"그건 하느님의 뜻에 달린 겁니다."

"하느님은 우리에게 자살을 허락하지 않으셨네."

"저 사람이 어디가 아픈지도 모르잖습니까. 어쩌면 팔이 부러진 건지도 모릅니다."

고드윈이 이번에는 문 왼쪽, 마주보는 창을 열고 밖을 내다보았다. 험상궂게 생긴 사내 여섯이 들것 주위에 서 있었는데, 들것은 바로 성당 문 앞에 놓여 있었다. 그들은 값비싼 옷을 입고 있었지만 마치 나들이옷을 입고 한뎃잠을 자기라도 한 것처럼 더러웠다. 범법자들의 전형적인 모습이었다. 그들은 여행자들에게 좋은 옷을 빼앗아 입지만 순식간에 추레한 몰골이 되고 만다. 모두 중무장한 상태였고 일부는 좋은 칼과 단검, 긴 활들을 갖고 있는 것으로 보아 귀환병인 것 같았다.

들것에는 추운 1월 아침인데도 땀을 뻘뻘 흘리는 사내가 누워 있었다. 그는 코피를 흘리고 있었다. 문득 원치 않았는데도 고드윈은 상상 속에서, 구호소에서 어머니가 죽어가고 있을 때 수녀가 아무리 닦아내도 계속 윗입술로 피가 뚝뚝 떨어지던 모습을 떠올리고 말았다. 그때 그는 자신도 그렇게 죽을지 모른다는 생각에 너무 두려워 킹스브리지 대성당 지붕에서 투신이라도 하고 싶었었다. 너댓새 동안 심각한 착란에 사로잡히고 고통스러운 갈증에 시달리다 죽는 것보다 짧은 한순간의 고통 속에 죽는 편이 훨씬 나을 것 같았다. "저 사람은 전염병에 걸렸소!" 고드윈은 고함치듯 말했는데 자기도 모르게 병적으로 흥분한 말투가 튀어나오고 말았다.

범법자 중 한 사람이 앞으로 나서며 말했다. "당신이 누군지 알 것 같군요. 킹스브리지 수도원장이잖습니까."

고드윈은 애써 마음을 가다듬었다. 그는 두려움과 분노가 어린 눈으로 우두머리가 분명한 그 사내를 바라보았다. 그의 태도에는 귀족 같은 오만한 자신감이 엿보였고, 비록 오랜 세월 거칠게 살며 망가지기는 했지만 한때 미남이었을 얼굴이었다. 고드윈이 말했다. "수사들이 하느님에게 찬송을 드리는데 교회 문을 두드리는 당신은 누구요?"

"어떤 이들은 나를 은신자 탬이라고 하더군요." 범법자가 대꾸했다.

수사들 사이에서 놀라서 숨을 몰아쉬는 소리가 들렸다. 은신자 탬은 전설과도 같았다. 존퀼 형제가 소리쳤다. "저들이 우리를 모조리 죽이고 말 겁니다!"

솔은 존퀼을 제지했다. "조용히 하게. 우리는 모두 언젠가 하느님이 원하실 때 죽게 될 걸세. 그전에는 죽지 않아."

"알았습니다, 신부님."

솔이 창 쪽으로 돌아서서 말했다. "당신들은 작년에 우리 닭을 훔쳐 갔죠."

"죄송합니다, 신부님." 탬이 말했다. "몹시 배가 고팠거든요."

"그런데 이제 와서 도와달라는 겁니까?"

"신부님이 하느님은 용서하신다고 설교하시기 때문이죠."

"이 문제는 나에게 맡기게!" 고드윈이 솔에게 말했다.

솔의 얼굴에 내면의 갈등이 고스란히 드러났다. 수치심과 반항심이 번갈아가며 나타나더니 이윽고 그는 고개를 숙였다.

"하느님은 진심으로 뉘우치는 자를 용서하십니다." 고드윈이 탬에게 말했다.

"이 사람은 윈 포레스터라고 하는데, 그동안 저지른 수많은 죄를 진심으로 뉘우치고 있습니다. 그는 성당에서 병을 낫게 해달라고 기도드리고 싶어하고, 설령 병이 낫지 않더라도 성스러운 장소에서 죽길 바란단 말입니다."

그때 범법자 중 한 사람이 재채기를 했다.

솔은 창가에서 물러나 양손으로 허리를 짚고 고드윈과 마주섰다. "저 사람들을 쫓아내선 안 됩니다!"

고드윈은 애써 마음을 가라앉혔다. "지금 재채기 소리 못 들었나. 그 게 무슨 뜻인지 모르겠나?" 그러면서 다른 수사들도 잘 들으라는 듯이 고개를 돌리고 말했다. "저들은 모두 전염병에 걸렸단 말일세!"

그러자 모두 겁에 질려 웅성거렸다. 고드윈은 그들이 두려워하기를 바랐다. 그러면 솔이 그에게 반대한다 해도 그들은 자신을 지지할 것이 었다.

"전염병에 걸렸더라도 우리는 저들을 도와줘야 합니다. 우리의 목숨 은 우리 것이 아니며 땅속에 묻힌 황금처럼 지킬 수 있는 것도 아닙니 다. 우리는 우리 자신을 하느님에게 바쳤습니다. 하느님이 원하는 대로 쓰시도록 자신을 바쳤습니다. 하느님은 당신의 성스러운 목적에 부합 될 때 우리의 목숨을 가져가실 겁니다." 솔이 말했다.

"저 범법자들을 들이는 건 자살행위야. 놈들이 우리를 모두 죽일 걸 세!"

"우리는 하느님의 종입니다. 우리에게 죽음이란 그리스도와의 행복 한 재회입니다. 그러니 두려워할 필요 있습니까, 수도원장님?"

고드윈은 솔이 조리 있게 말을 하고 있는 반면 자신은 겁에 질린 것 처럼 굴고 있다는 사실을 깨달았다. 그는 침착하고 냉철하게 보여야 한 다고 스스로를 다그쳤다. "그렇다고 일부러 죽음을 자초하는 건 죄악 일세."

"하지만 성스러운 의무를 다하는 과정에서 죽음을 맞게 된다면 기꺼 이 맞이해야 합니다."

고드윈은 솔과 길게 논쟁해봤자 얻을 것이 없으리라는 것을 깨달았다. 이런 식으로는 자신의 권위를 내세울 수 없었다. 그는 자기 쪽 창문 덮개를 내렸다. "그쪽 창문 덮개도 내리고 이쪽으로 오게, 솔 형제." 고드윈은 그렇게 말하고는 솔을 바라보며 그가 자기 지시에 따르기를 기다렸다.

잠깐 머뭇거리던 솔은 그의 지시에 따랐다.

"당신이 한 세 가지 서약이 무엇이오, 형제?" 고드윈이 말했다.

잠깐 동안 정적이 흘렀다. 솔은 지금 이 자리에서 벌어지고 있는 일이 무엇인지 알았다. 고드윈은 그와 대등한 자격으로 대결하기를 거부하고 있었다. 처음에 솔은 대답을 거부하는 것처럼 보였지만 오랜 수련으로 몸에 밴 습성이 앞섰다. "청빈, 순결, 복종입니다."

"그러면 당신은 누구에게 복종해야 하는가?"

"하느님, 성 베네딕투스 규율, 그리고 수도원장입니다."

"지금 당신의 수도원장이 바로 앞에 서 있네. 당신은 나를 수도원장으로 인정하는가?"

"예."

"수도원장님이라고 해야지요."

"수도원장님."

"이제 해야 할 일을 일러줄 테니 복종하게." 그러면서 고드윈은 주위를 둘러보았다. "모두들 자기 자리로 돌아가시오."

한순간 얼어붙은 듯한 침묵이 흘렀다. 움직이는 사람도, 말하는 사람도 없었다. 고드윈은 사태가 여기서 어느 한쪽으로 판가름날 거라고 생각했다. 순종 아니면 반항, 질서 아니면 무질서, 승리 아니면 패배였다. 그는 숨을 죽였다.

이윽고 솔이 몸을 움직였다. 그는 고개를 숙이고 자리에서 물러났다. 그리고 짧은 통로를 지나 제단 앞 자기 자리로 돌아가 앉았다.

나머지 수사들도 똑같이 했다.

밖에서 몇 차례 더 고함소리가 났지만, 떠나면서 질러대는 소리였다. 범법자들은 의사를 강요해서 병든 동료를 치료하기는 글렀다는 사실을 깨달은 듯했다.

고드윈은 제단으로 돌아와 수사들을 마주보고 섰다. "중단된 찬송을 마저 끝냅시다." 그런 다음 그가 성가를 부르기 시작했다. 영광이 성부와 성자와 성령께, 처음과 같이 이제와 항상 영원히. 아멘

> 영광이 성부와
> 성자와
> 성령께

노래는 여전히 들쭉날쭉했다. 수사들은 여전히 잔뜩 흥분한 상태여서 마음가짐이 잡히지 않았다. 그래도 그들은 자기 자리로 돌아가 일과를 따르고 있었다. 고드윈의 승리였다.

> 처음과 같이
> 이제와
> 항상
> 영원히
> 아멘.

"아멘." 고드윈이 한번 더 말했다.

그때 한 수사가 재채기를 했다.

65

고드윈이 달아난 직후 엘프릭은 전염병으로 죽었다.

캐리스는 남편을 잃은 앨리스에게는 안된 일이지만, 그 점을 제외하면 그가 사라졌다는 사실을 기뻐하지 않을 수 없었다. 그는 약자를 괴롭히고 강자에게는 아부했고, 재판 때 거짓말을 해서 하마터면 그녀를 교수형당하게 할 뻔했다. 그가 없어진 세상은 한결 좋아질 것이었다. 하다못해 그의 건축 사업도 그의 사위인 해럴드 메이슨이 더 잘 운영할 것이었다.

교구 길드는 엘프릭을 대신해 머딘을 길드장으로 선출했다. 머딘은 침몰하는 배의 선장이 된 기분이라고 말했다.

죽음의 행렬은 끝없이 이어져 사람들은 친척과 이웃, 친구, 고객, 종업원을 땅에 묻었고, 끊임없는 공포심은 더이상 어떠한 폭력이나 잔인한 행위에도 놀라지 않을 만큼 대부분의 사람들을 폭력적으로 만들었다. 자신도 곧 죽으리라고 여긴 사람들은 자제력을 잃고 맹목적인 충동에 따랐다.

머딘은 캐리스와 함께 킹스브리지에서 정상적인 삶이라고 할 만한 것을 유지하기 위해 분투했다. 고아원은 캐리스의 계획 가운데 가장 성공적인 결과를 가져왔다. 전염병으로 부모를 잃은 아이들은 수녀원의 보호를 고맙게 받아들였다. 아이들을 돌보고 읽기와 찬송을 가르치면서 오랫동안 억제했던 모성 본능을 새삼 느끼는 수녀들도 있었다. 음식은 풍족했는데, 그것은 겨울철 비축분을 나누어먹을 사람 수가 줄었기 때문이었다. 킹스브리지 수도원은 아이들 소리로 가득했다.

도시의 상황은 그보다 훨씬 어려웠다. 죽은 이의 재산을 둘러싼 격렬한 싸움이 끊이지 않았다. 사람들은 빈집에 들어가 멋대로 약탈했다. 현금이나 옷감, 곡물이 가득한 창고를 유산으로 물려받은 아이들이 유산을 가로채려는 파렴치한 이웃의 양자로 들어가는 일도 있었다. 캐리스는 공짜를 바라는 마음이 사람들을 최악의 상태로 몰아넣는다고 절망적인 심정으로 생각했다.

캐리스와 머딘은 공중도덕의 타락상에 맞선 싸움에서는 미미한 성과밖에 거두지 못했다. 캐리스는 주정뱅이에 대한 치안관 존의 단속 결과에 실망했다. 새로 과부와 홀아비가 된 많은 사람이 광분한 듯 짝을 찾아다니고, 중년 남녀가 주막이나 심지어 문가에서 격렬한 애정 행위를 하는 장면도 심심치 않게 눈에 띄었다. 캐리스는 그런 행위 자체에 대해서는 별다른 이의가 없었지만, 만취 상태와 공공연한 음행이 한데 결합되면 싸움으로 번지는 일이 잦았다. 그러나 머딘과 교구 길드로서는 그것을 막을 도리가 없었다.

시민들에게 용기가 절실했던 바로 그 시점에 벌어진 수사들의 탈주는 그것과는 정반대의 효과를 낳았다. 그 일로 모두가 혼란에 빠졌다. 하느님의 대리인이 떠났다는 사실은 전지전능한 신이 이 도시를 저버렸다는 의미나 마찬가지였다. 언제나 행운을 가져다줬던 성인 유골이 사라졌으니 자신들의 운이 다했다고 말하는 이들도 있었다. 주일미사 때 볼 수 있었던 값진 십자고상과 촛대가 없어졌다는 사실은 매주 킹스브리지가 망했다는 사실을 상기시켰다. 그러니 거리에서 술에 취하거나 간음을 하지 말아야 할 이유가 없었다.

1월 중순이 되자 킹스브리지의 주민은 7천 명에서 줄잡아 천 명이 줄어들었다. 다른 도시들도 비슷한 상황이었다. 캐리스가 고안한 마스크가 있었지만 수녀들의 사망률이 더 높았는데, 그건 그들이 끊임없이 전염병 환자들과 접촉했기 때문이었다. 서른다섯 명의 수녀 중 이제 남은 사람은 스무 명뿐이었다. 그러나 수사와 수녀가 거의 다 죽고 간신히 몇 명만 살아 있거나, 단 한 명만 남은 수도원도 여러 곳이라는 소문도 들렸으므로 그들은 스스로 운이 좋은 축에 속한다고 여겼다. 한편 캐리스는 수련 기간을 줄이고 훈련 강도를 높임으로써 구호소에 더 많은 일손을 보충했다.

머딘은 홀리 부시 여인숙을 운영하던 남자를 고용해 벨 여인숙 운영을 맡겼다. 또한 롤라를 돌보도록 마티나라는 열일곱 살의 영리한 소녀를 고용했다.

얼마 후 전염병의 기세가 꺾이는 듯했다. 캐리스는 성탄절 무렵 일주일에 백 명까지 매장해야 했는데 1월에는 그 수가 쉰 명으로 떨어지더니 2월에는 다시 스무 명까지 내려간 사실을 발견했다. 그녀는 어쩌면 이 악몽도 끝나가고 있는지 모른다는 희망을 품기 시작했다.

이 시기에 병에 걸린 운 나쁜 이들 가운데 한 사람은 검은 머리의 삼십대 남자였는데, 한때 미남이었을 것 같았다. 그는 외지인이었다. "어제까지만 해도 감기에 걸린 줄 알았습니다." 그가 문으로 들어서며 말했다. "그런데 코피가 멎지 않아요." 그는 코에 피 묻은 넝마를 대고 있었다.

"누울 곳을 마련해드리죠." 캐리스가 아마포 마스크를 쓴 채 말했다.

"전염병에 걸린 게 맞죠?" 그가 말했다. 캐리스는 여느 사람처럼 공포에 질린 것이 아니라 체념 어린 차분한 그의 어조에 놀랐다. "치료할 방법은 있습니까?"

"편안하게 해주고 기도를 드려줄 거예요."

"그게 무슨 소용입니까. 당신도 기도를 믿지 않잖아요."

그녀는 그가 그처럼 쉽게 자신의 속마음을 꿰뚫어보자 깜짝 놀랐다. "지금 자신이 무슨 소리를 하는 건지 모르나보군요." 그녀는 가볍게 항의했다. "나는 수녀니까 당연히 믿죠."

"나에게는 진실을 말해도 됩니다. 내가 언제쯤 죽을 것 같습니까?"

그녀는 그를 유심히 살펴보았다. 그는 미소를 짓고 있었는데, 많은 여자의 마음을 녹였을 법한 매력적인 미소였다. "어째서 당신은 두려워하지 않는 거죠? 다른 사람들은 모두 두려워하는데요."

"나는 사제들이 하는 소리는 믿지 않아요." 그러면서 그는 짓궂은 눈으로 그녀를 바라보았다. "그리고 당신도 분명 그럴 것 같다는 생각이 드는데요."

그녀는 상대가 아무리 매력적이어도 낯선 사람과 이런 문제로 토론할 생각은 없었다. "전염병에 걸리면 대개 사흘에서 닷새 안에 죽어요." 그녀는 퉁명스럽게 말했다. "살아남는 사람도 더러 있지만, 그 이유는 모릅니다."

그는 그 말을 흔쾌히 받아들였다. "내가 생각했던 대로군요."

"여기 누워봐요."

그는 그녀에게 다시 한번 그 악동 같은 미소를 지었다. "이러는 게 무슨 도움이 되겠습니까?"

"지금 눕지 않으면 조만간 쓰러지고 말 거예요."

"알겠습니다." 그는 그녀가 가리킨 밀짚 매트 위에 누웠다.

캐리스는 그에게 모포를 가져다줬다. "이름이 뭐죠?"

"탬입니다."

그녀는 그의 얼굴을 유심히 들여다보았다. 매력적이긴 하지만 잔인한 성향이 느껴졌다. 여자를 유혹하려다 잘 안 되면 강간할 타입이군. 그녀는 생각했다. 야외 생활로 피부는 거칠고, 술꾼인 듯 코가 빨갰다. 값비싼 옷을 입었지만 더러웠다. "당신이 누군지 알 것 같아요. 죗값을 치를 일이 두렵지 않은가요?"

"그런 걸 믿었다면 그런 짓도 하지 않았을 겁니다. 당신은 지옥불에 탈까봐 겁이 납니까?"

평소였다면 회피했을 질문이지만 그녀는 이 죽어가는 범법자가 솔직한 대답을 들을 자격이 있다고 생각했다. "나는 내가 하는 행동이 나의 일부를 이룬다는 생각을 믿어요. 내가 용기 있고 강하면, 그리고 아이와 병자와 가난한 이들을 돌본다면, 나는 좀더 나은 사람이 된다고요. 그러나 잔인하거나 비겁하거나 거짓말을 하거나 술에 빠지면 무가치한 인간이 될 거고 나 스스로를 존중하지 못하겠죠. 그것이 내가 믿는 신성의 보답이에요."

그는 생각에 잠긴 얼굴로 그녀를 바라보았다. "이십 년 전에 당신을 만났더라면 좋았을걸."

그녀는 비난하는 투로 말했다. "그때 나는 열두 살이었을 텐데요."

그는 도발적으로 한쪽 눈썹을 치켜세웠다.

그녀는 이쯤에서 그만하기로 했다. 그는 치근대기 시작했고 그녀도 즐기는 듯 동조하고 있었던 것이다. 그녀는 돌아섰다.

"이런 일을 하다니 당신은 용감한 여자로군요. 이러다 죽을지도 모르는데."

"나도 알아요." 그녀는 다시 몸을 돌려 그를 마주보았다. "하지만 이건 내 운명이에요. 나는 나를 필요로 하는 사람들에게서 달아날 수가 없어요."

"당신의 수도원장은 그렇게 생각하지 않는 모양이던데."

"그는 사라져버렸어요."

"사람은 완전히 사라지지는 못해요."

"내 말은 고드윈 수도원장과 수사들의 행방을 아무도 모른다는 거예요."

"나는 알죠." 탬이 말했다.

～

2월말 날씨는 화창하고 온화했다. 캐리스는 암갈색 조랑말을 타고 킹스브리지를 떠나 숲속의 성 요한 수도원으로 향했다. 머딘도 검정 콥*을 타고 동행했다. 여느 때라면 수녀가 남자와 단둘이 여행하는 것은 눈살을 찌푸리게 할 일이겠지만 지금은 평범한 시기가 아니었다.

범법자들로부터 공격받을 위험도 크게 줄어들었다. 은신자 탬은 죽기 전 범법자 대부분이 전염병에 걸려 죽었다고 말했다. 그리고 인구의 급격한 감소 때문에 전국적으로 식품과 술, 의복 등 여느 때라면 범법자들이 훔치던 것들이 남아돌았다. 전염병에서 살아남은 범법자들은 유령 도시나 버려진 마을에 들어가 원하는 것을 마음껏 손에 넣을 수 있었다.

처음에 캐리스는 고드윈이 킹스브리지에서 이틀 거리밖에 되지 않는 곳에 있다는 사실을 알고 실망했다. 그가 두번 다시 돌아오지 못할 만큼 먼 곳으로 갔을 거라고 예측했기 때문이다. 그러나 그녀는 수도원의

---

* 다리가 짧고 튼튼한, 말 품종의 하나.

돈과 귀중품, 특히 수녀원 증서를 되찾아올 기회가 생긴 것을 다행으로 여겼다. 재산이나 권리에 대한 분쟁이 벌어질 때를 대비해 그 증서는 반드시 있어야 했다.

만약 고드윈과 대면하게 된다면 그녀는 주교의 이름으로 수도원 재산의 반환을 요구할 생각이었다. 그녀에게는 자신의 권한을 뒷받침해 줄 앙리 주교의 서한도 있었다. 그래도 고드윈이 반환을 거부한다면, 수도원 재산을 안전하게 보관한 것이 아니라 훔쳤다는 반증이 될 것이다. 그렇게 되면 주교는 재산 반환을 위한 법적 조치를 취하거나, 수도원에 군대를 보내 해결할 것이다.

비록 고드윈이 그녀의 삶에서 영원히 제거되지 않았다는 점은 실망스러웠지만 캐리스는 그의 비겁함과 부정직함을 몰아세울 수 있으리라 생각하자 기분이 좋았다.

말을 타고 도시를 벗어나자 캐리스는 마이어와 함께했던, 모든 면에서 진정한 모험이었던 프랑스 장거리 여행이 떠올랐다. 마이어 생각을 하자 상실감이 솟구쳤다. 전염병으로 많은 사람이 죽었지만 캐리스는 그중에서도 마이어가, 그녀의 아름다운 얼굴과 다정한 마음씨와 사랑이 가장 그리웠다.

그리고 꼬박 이틀 동안 머딘을 독차지한다는 것도 기뻤다. 숲속 길을 따라 말을 나란히 달리면서 두 사람은 젊은 시절에 그랬던 것처럼 머릿속에 떠오르는 모든 생각에 대해 끊임없이 이야기를 나누었다.

머딘의 생각은 언제나처럼 명석했다. 전염병이 나돌았지만 그는 나환자 섬에 상점과 여인숙을 짓고 있었고, 베시 벨에게서 물려받은 여인숙을 헐고 두 배로 크게 새로 지을 계획이라고 했다.

캐리스는 머딘과 베시가 연인 관계였을 거라 짐작했다. 그렇지 않고는 베시가 그에게 재산을 남겼을 이유가 있을까? 그러나 캐리스는 자신을 탓했다. 머딘이 진정으로 원하는 여자는 그녀였고, 베시는 그다음이었다. 두 여자 모두 그 사실을 알고 있었다. 그럼에도 캐리스는 머딘이 그 통통한 여자와 함께 잤다고 생각하자 질투와 분노를 느꼈다.

두 사람은 정오에 말을 멈추고 냇가에서 휴식을 취했다. 그리고 빵과 치즈와 사과 등 아주 부유한 여행자가 아니고서는 누구나 여행길에 가지고 다니는 음식을 먹었다. 말에게도 곡식을 먹였는데, 온종일 사람을 태워야 할 때는 풀을 뜯는 것만으로는 부족하기 때문이었다. 식사를 마치고 잠시 볕을 쐬며 누웠지만 바닥이 차고 눅눅해 잠을 잘 수 없었고 그들은 곧 일어나 길을 서둘렀다.

그들은 어느새 젊은 시절처럼 친밀한 관계로 돌아갔다. 머딘은 계속 그녀를 웃게 해주었고, 구호소에서 매일같이 죽어가는 사람들만 대하던 그녀는 기분전환이 필요했다. 그녀는 베시 때문에 화가 났던 것도 잊어버렸다.

수백 년 동안 킹스브리지 수사들이 다니던 길을 따라 움직인 그들은 보통 그 길의 중간 지점으로 지나게 되는 작은 마을 로즈버러의 레드 카우에서 그날 밤을 보냈다. 두 사람은 저녁으로 진한 에일을 곁들인 소고기 구이를 먹었다.

이때쯤 캐리스는 머딘을 원하는 마음이 간절했다. 지난 십 년의 세월은 기억에서 사라진 듯했고, 그를 품에 안고 전처럼 사랑을 나누고 싶었다. 그러나 그럴 수 없었다. 레드 카우에는 남자용 침실과 여자용 침실이 따로 있었고, 그것이 수사들이 언제나 이곳을 숙소로 삼은 이유였을 것이다. 캐리스와 머딘은 계단참에서 헤어졌고, 캐리스는 누웠지만 잠을 이루지 못한 채 어느 기사의 아내가 내는 코고는 소리와 향신료 상인이 쌔근대는 소리를 들으며 자신의 허벅지 사이를 만졌고, 그 손이 머딘의 것이었으면 좋겠다고 생각했다.

그녀는 지치고 기운이 없는 상태로 일어나 아침식사로 나온 죽을 기계적으로 먹었다. 그러나 그녀와 함께 있다는 사실에 그저 기뻐하는 머딘을 보자 곧 그녀의 기분도 나아졌다. 말을 타고 로즈버러를 벗어날 무렵 둘은 다시 어제처럼 즐겁게 웃고 떠들었다.

여행 이틀째는 울창한 삼림지를 지나야 했는데, 오전 내내 다른 여행자가 보이지 않았다. 그들의 대화는 점점 더 사적인 것으로 흘러갔다. 캐리스는 머딘이 피렌체에서 어떻게 살았는지 좀더 자세히 알게 됐다. 어떻게 실비아와 만났는지, 그녀가 어떤 사람인지도 알게 됐다. 캐리스는 실비아와 사랑을 나누는 일이 어땠는지 묻고 싶었다. 나와 다른 점이 있었을까? 있다면 어떤 점이었을까? 그러나 그런 질문은 죽은 사람이라 해도 실비아의 사생활을 침해하는 것이라는 생각이 들어 참았다. 어쨌든 그녀는 머딘의 어조에서 많은 것을 짐작할 수 있었다. 비록 캐리스와 할 때만큼 열정적이지 않았을지는 모르지만 머딘이 실비아와 사랑을 나눌 때 행복했었다는 것을 느낄 수 있었다.

익숙지 않은 말 등에 오래 앉아 가느라 지친 그녀는 식사를 하기 위해 걸음을 멈췄고, 구원받은 기분으로 말에서 내렸다. 식사를 마친 두 사람은 출발 전에 소화도 시킬 겸 커다란 나무줄기에 등을 대고 앉아 잠시 쉬었다.

고드윈을 떠올리고, 숲속의 성 요한 수도원에서 과연 어떤 장면이 펼쳐질지 예상해보던 캐리스는 문득 머딘과 자신이 사랑을 나눌 때가 되었다고 느꼈다. 이유는 설명할 수 없지만─그들은 서로의 몸을 만지지도 않았다─그녀는 그렇다고 확신했다. 그녀는 그를 보고 그도 자신과 똑같은 생각을 하고 있다고 느꼈다. 그는 안타까운 듯한 미소를 짓고 있었는데, 그 눈에는 지난 십 년의 희망과 회오, 고통과 눈물이 어려 있었다.

그는 그녀의 손을 들어 손바닥에 입을 맞추고는 부드러운 손목 안쪽에 입술을 대고 눈을 감았다. "당신 맥박이 느껴져." 그가 나지막이 말했다.

"맥박으로 알 수 있는 건 별로 없어." 그녀가 속삭였다. "제대로 알려면 철저히 조사를 해봐야지."

그는 그녀의 이마와 눈꺼풀, 코에 입을 맞췄다. "내가 당신 알몸을 보더라도 당황하지 않았으면 해."

"걱정 마. 이런 날씨에 옷을 벗을 생각은 없으니까."

그 말에 두 사람은 킥킥대며 웃었다.

"수도복 치맛자락을 살짝 걷어서 좀더 조사해보게 해주면 좋겠는데." 그가 말했다.

그녀가 손을 뻗어 치맛자락을 잡았다. 안에는 무릎까지 오는 반바지를 입고 있었다. 그녀가 치맛자락을 천천히 올리자 발목과 무릎, 하얀 허벅지가 드러났다. 장난스러운 기분이기는 했지만 마음 한구석으로는 지난 십 년 사이에 자신의 몸에 일어난 변화를 그가 알아차릴지 궁금했다. 몸은 전보다 홀쭉해졌지만 엉덩이는 살이 붙었다. 피부도 전만큼 탄력이 없었고 그때처럼 매끄럽지도 않았다. 가슴 역시 단단하지 않았다. 그가 어떻게 생각할까? 그녀는 근심을 누른 채 장난을 즐겼다. "의학적인 목적이라면 이 정도로 충분하지 않아?"

"아직 아닌데."

"나는 속옷도 안 입었단 말이야. 그건 우리 수녀들에게는 어울리지 않는 사치품이니까."

"아무리 언짢은 광경을 보게 되더라도 우리 의사들은 철저히 조사해봐야 해."

"이런." 그녀가 미소지으며 말했다. "정말 부끄러운데. 그럼, 좋아."

그녀는 그의 얼굴을 바라보며 천천히 치마를 허리까지 걷어올렸다.

그는 그녀의 몸을 빤히 응시했다. 그의 숨소리가 점점 거칠어졌다. "이런, 이런. 증세가 아주 심각한데. 사실은 말이지……" 그는 그녀의 얼굴을 바라보며 침을 삼키고는 다시 말했다. "이젠 더이상 농담하지 못하겠군."

그녀는 그에게 두 팔을 두르고 최대한 힘껏 자기 쪽으로 끌어당기고는 마치 물에 빠져 익사하려던 그를 구하기라도 하듯 그의 몸에 매달렸다. "나를 사랑해줘, 머딘. 어서."

오후의 햇살 아래 숲속의 성 요한 수도원은 정적에 잠긴 듯했다. 뭔가가 잘못됐다는 분명한 징조야. 캐리스는 생각했다. 이 작은 수도원은 예로부터 식량을 자급자족했고, 주변은 밭으로 에워싸여 있었다. 비에 젖은 밭은 쟁기질과 써레질이 필요해 보였다. 그러나 일하는 사람은 아무도 없었다.

가까이 다가가자 성당 옆 작은 묘지에 새로 만든 무덤들이 늘어선 것이 보였다. "전염병이 이곳까지 온 모양이군." 머딘이 말했다.

캐리스는 고개를 끄덕였다. "결국 비겁하게 달아나려던 고드윈의 계획도 수포로 돌아간 거네." 그녀는 복수심이 충족되는 강렬한 느낌을 맛보았다.

"고드윈도 병에 걸린 건 아닌지 모르겠군." 머딘이 말했다.

캐리스는 자기도 모르게 그랬으면 좋겠다고 생각했지만, 수녀로서 차마 그 말을 입 밖에 내지는 못했다.

그녀와 머딘은 고요한 수도원을 돌아 마구간으로 이어지는 마당으로 보이는 곳으로 향했다. 문은 열려 있었고 말들은 바깥의 연못 주위 풀밭에서 풀을 뜯고 있었다. 그러나 방문객을 맞아 안장을 내리도록 거들어줄 사람은 나타나지 않았다.

그들은 빈 마구간을 지나 안으로 들어가보았다. 섬뜩하리만큼 고요했다. 이곳 수사들이 모두 죽은 걸까 하는 생각이 캐리스의 머릿속을 스쳤다. 주방이 어질러져 있고 제빵소의 화덕이 차갑게 식어 있었다. 두 사람의 발소리가 클로이스터의 차가운 회색 아케이드에 울려퍼졌다. 이윽고 성당 입구 쪽으로 다가가던 그들은 토머스 형제와 마주쳤다.

"우리를 찾아냈군! 하느님 감사합니다." 토머스가 말했다.

캐리스는 그를 껴안았다. 그녀는 토머스에게는 여자들의 몸도 유혹거리가 되지 않는다는 사실을 알고 있었다. "살아 계시다니 기뻐요."

"실은 나도 병에 걸렸지만, 나았어."

"그 병에 걸려 무사한 사람은 별로 없어요."

"그렇지."

"무슨 일이 있었는지 말씀해주세요."

"고드윈과 필리먼은 용의주도하게 계획을 세웠어." 토머스가 말했다. "거의 아무런 예고도 없었지. 고드윈은 참사관에서 설교했을 때 아브라함과 이삭 이야기를 했었지. 하느님이 종종 우리에게 잘못된 일처럼 보이는 일을 요구하신다면서 말이야. 그러고는 그날 밤 수도원을 떠날 예정이라고 말했어. 수사들 대부분은 전염병을 피해 떠난다는 걸 반겼고, 불만을 품은 사람들은 복종의 서약을 했던 사실을 상기해야 했어."

캐리스는 고개를 끄덕였다. "충분히 짐작되는 일이에요. 자기 개인의 이익과 부합되는 지시에 복종하는 건 어려운 일이 아니니까요."

"나 자신이 자랑스럽진 않아."

캐리스는 뭉툭한 그의 왼팔을 어루만졌다. "비난하려는 뜻은 아니었어요, 토머스 형제님."

"그렇다 해도 행선지를 발설한 사람이 없었다는 건 놀라운데요." 머딘이 말했다.

"그건 고드윈이 우리가 어디로 가는지 말하지 않았기 때문이야. 우리 대부분은 이곳에 도착한 뒤에도 여기가 어딘지 몰랐으니까. 이곳 수사들에게 물어보고서 알았어."

"하지만 전염병이 이곳까지 따라온 것 같은데요."

"오면서 묘지를 봤을 테지. 솔 수도원장을 제외한 성 요한 수사들이 전부 거기 매장됐어. 솔 원장은 성당 안에 묻혔지. 킹스브리지 수사들도 거의 다 죽었어. 발병이 있고 몇 명은 이곳을 빠져나갔지만, 그들이 어떻게 됐는지는 알 수 없네."

캐리스는 토머스가 성격이 좋은 몇 살 아래 수사와 특히 가까운 사이였던 것을 기억하고 머뭇대다 물었다. "마티아스 형제님은 어떻게 됐나요?"

"죽었어." 토머스는 무뚝뚝하게 대답했지만, 이윽고 그의 눈에 눈물이 고였다. 당황한 토머스는 고개를 돌렸다.

캐리스는 그의 어깨에 한 손을 얹었다. "정말 유감이에요."

"사별한 사람들이야 헤아릴 수 없이 많지."

캐리스는 마티아스 이야기는 그만하는 편이 낫겠다고 판단했다. "고드윈과 필리먼은요?"

"필리먼은 달아났어. 고드윈은 멀쩡하게 살아 있지. 그는 병에 걸리지 않았어."

"제가 고드윈에게 전할 주교님의 전갈을 가져왔어요."

"짐작할 만한 일이로군."

"저를 그에게 데려다주세요."

"그는 지금 성당 안에 있어. 부속 기도실을 침실로 쓰고 있지. 그는 자신이 병에 걸리지 않은 건 그것 때문이라고 확신하지. 나를 따라오게."

그들은 클로이스터를 가로질러 작은 성당 안으로 들어갔다. 성당에서는 공동 침실에서 나는 냄새와 비슷한 냄새가 났다. 동쪽 끝에 있는 심판의 날 벽화가 현실과 섬뜩하리만큼 잘 어울렸다. 회중석은 사람들이 집단으로 잠을 자던 자리인 듯 짚이 깔리고 여기저기 모포가 흩어져 있었다. 하지만 그곳에 있는 사람은 고드윈뿐이었다. 그는 제단 앞 땅바닥에 두 팔을 옆으로 벌린 채 엎드려 있었다. 한순간 그녀는 그가 죽었나 하고 생각했지만, 다음 순간 그것이 그저 극단적인 참회의 자세에 불과하다는 것을 깨달았다.

"손님이 오셨습니다, 수도원장님." 토머스가 말했다.

고드윈은 그 자세 그대로 있었다. 캐리스는 그가 연기를 하고 있다고 생각했지만, 꼼짝 않고 그 자세를 유지하는 모습을 보고는 그가 어쩌면 진지하게 용서를 구하고 있는지도 모른다는 생각이 들었다.

이윽고 고드윈이 천천히 일어나 몸을 돌렸다.

그의 얼굴은 창백하고, 몸은 마른데다 지치고 불안해 보였다.

"왔구나." 고드윈이 말했다.

"당신이 있는 곳이 발각됐어요, 고드윈." 그녀는 그를 신부님이라고 부를 생각이 없었다. 그는 악한이고, 그녀는 악한을 추적한 것이었다. 캐리스는 더없는 만족감을 느꼈다.

"은신자 탬이 말했겠군."

캐리스는 그가 여전히 명민하다는 사실에 주목했다. "당신은 정의를 피해 달아나려 했지만 실패했어요."

"나는 정의를 두려워하지 않아." 그는 도전조로 말했다. "내가 이곳에 온 건 내가 거느린 수사들의 목숨을 구하기 위해서였을 뿐이야. 잘못이 있다면 너무 늦게 떠났다는 거지."

"결백한 사람은 야음을 틈타서 달아나지 않죠."

"행선지를 비밀에 부쳐야 했으니까. 이곳까지 따라오는 사람이 있다면 그건 목적에 어긋나는 것이지."

"그렇다면 굳이 성당의 보물을 훔칠 것은 없었잖아요."

"나는 훔친 게 아니야. 안전하게 보관하려고 가져온 거지. 그래도 될 만한 때가 오면 있어야 할 장소에 돌려놓을 걸세."

"그러면 어째서 보물을 가져오면서 아무에게도 말하지 않은 거죠?"

"말했어. 나는 앙리 주교 앞으로 편지를 썼네. 주교가 내 편지를 못 받은 건가?"

캐리스는 당황하기 시작했다. 고드윈이 지금 이 상황에서 빠져나갈 수 없으리란 게 맞는 생각이었을까? "그럴 리가 없어요. 그분은 편지를 받지 않았어요. 애초에 그런 편지를 보낸 게 사실인지 믿을 수가 없군요."

"그러면 심부름꾼이 편지를 배달하기 전에 전염병에 걸려 죽은 모양이군."

"그 사라진 심부름꾼 이름이 뭔데요?"

"나는 모르지. 필리먼이 고용한 사람이니까."

"그리고 필리먼은 지금 여기 없다 이거죠. 정말 편리하군요." 그녀는 비꼬는 투로 말했다. "당신은 당신 마음대로 하고 싶은 말을 할 수 있지만, 앙리 주교님이 보물을 훔친 혐의로 당신을 고발했고, 당신에게 반환을 명령하기 위해 나를 이곳에 보내셨어요. 나에게 모든 것을 즉각 넘기라는 명령서가 있어요."

"굳이 그럴 것까지 없을 것 같군. 내가 직접 주교에게 가져갈 거니까."

"주교님이 명령하신 내용은 그게 아닌데요."

"무엇이 최선인지는 내가 판단해."

"당신이 거부한다는 건 절도를 증명하는 거예요."

"나는 이 문제를 다르게 보도록 앙리 주교를 설득할 수 있다고 확신하네."

문제는 고드윈이라면 그렇게 할 수 있을지도 모른다는 거야. 캐리스
는 절망적으로 생각했다. 그는 말주변이 좋고, 앙리 주교는 대부분의
주교들이 그렇듯 가능한 한 충돌을 피하는 쪽을 택할 것이다. 그녀는
우승컵이 손에서 미끄러지는 듯한 기분을 느꼈다.

형세가 뒤집혔다고 느낀 듯 고드윈은 희미하게 득의의 미소를 지었
다. 그 때문에 캐리스는 격분했지만 말문이 막혔다. 이제 그녀가 할 수
있는 일은 돌아가서 앙리 주교에게 여기서 있었던 일을 보고하는 것뿐
이었다.

도저히 믿을 수 없었다. 고드윈이 정말 킹스브리지로 돌아와 다시 수
도원장직에 복귀할 수 있을까? 그가 어떻게 킹스브리지 대성당 안에서
고개를 들 수 있겠는가? 어쨌든 그는 수도원과 도시와 교회에 손해를
끼친 장본인이 아닌가? 설령 주교가 그를 받아들인다 해도 시민들이 들
고일어나지 않을까? 극단적인 전망이긴 했지만, 그보다 더 이상한 일도
일어났었다. 결국 정의란 없는 것일까?

캐리스는 그를 응시했다. 그의 얼굴에 떠오른 승리의 표정은 그녀의
패배를 말하고 있었다.

다음 순간 그녀는 다시 한번 형세가 뒤집히는 광경을 보았다.

고드윈의 입술 위, 왼쪽 콧구멍에서 피가 한 방울 흘러나왔다.

❧

다음날 아침 고드윈은 자리에서 일어나지 못했다.

캐리스는 아마포 마스크를 쓰고 그를 간호했다. 장미수로 그의 얼굴
을 닦아주고 마실 것을 달라고 할 때마다 희석한 와인을 줬다. 그의 몸
을 만지고 나면 반드시 식초로 손을 씻었다.

고드윈과 토머스 외에 남아 있는 수사는 두 명뿐이었는데, 둘 다 킹

스브리지의 수련수사였다. 그들 역시 전염병에 걸려 죽어가고 있었다. 그 두 사람도 공동 침실에서 성당으로 옮겨 함께 간호했다. 그녀는 희미한 빛에 잠긴 회중석에서 죽어가는 사람들 사이를 그림자처럼 지나다녔다.

그녀는 고드윈에게 성당 보물이 있는 곳을 물었지만 그는 대답하지 않았다.

머딘과 토머스가 수도원 안을 수색했다. 그들이 가장 먼저 찾아본 곳은 제단 아래였다. 흙바닥이 무른 것으로 보아 최근에 뭔가가 그곳에 묻혔다는 것을 알 수 있었다. 하지만 구덩이를 파보니―토머스는 한 손으로도 놀랄 만큼 구덩이를 잘 팠다―아무것도 없었다. 뭔가 그곳에 묻혀 있던 것이 다른 곳으로 옮겨진 것 같았다.

그들은 사람들이 떠나버린 수도원의 텅 빈 방들을 모조리 확인하고 차갑게 식은 제빵소 화덕과 말라붙은 양조통 속까지 뒤졌지만 보석도 유골도 증서도 찾을 수 없었다.

이튿날 밤에 토머스는 아무 말도 없이 숙소를 비워 머딘과 캐리스 단둘이서 그곳에서 잘 수 있게 해줬다. 그는 어떤 말도, 부추기는 행동도, 눈짓도 하지 않았다. 두 사람은 토머스의 사려 깊은 묵인을 고마워하며 모포 아래서 사랑을 나눴다. 그런 뒤 캐리스는 잠을 이루지 못하고 누워 있었다. 지붕 아래 둥지를 튼 올빼미의 울음소리, 그리고 이따금 이 올빼미가 잡아온 작은 동물이 지르는 소리가 들렸다. 캐리스는 자신이 임신할지도 모른다고 생각했다. 자신의 소명을 저버리고 싶지는 않았지만 머딘의 품에 안기고 싶은 유혹을 뿌리칠 수 없었다. 그녀는 일단 앞일에 대해서는 생각하지 않기로 했다.

사흘째 되는 날 캐리스와 머딘과 토머스가 식당에서 식사를 하고 있을 때 토머스가 말했다. "고드윈이 마실 것을 달라고 할 때, 보물 숨긴

곳을 묻고 말할 때까지 마실 것을 주지 말아보게."

캐리스는 그 문제를 고려해보았다. 정당한 제안이었다. 하지만 고문이나 다름없는 일이 될 수도 있었다. "저는 그럴 수 없어요. 그자가 그런 일을 당해도 싸다고 생각하기는 하지만 그래도 그럴 순 없어요. 병자가 마실 것을 달라고 하면 줘야 해요. 그것은 그리스도교 왕국의 모든 보물을 합한 것보다 중요한 일이에요."

"그를 뭐 때문에 가엾게 여기지? 그는 자네에게 한 번도 동정심을 베푼 적이 없었어."

"저는 교회를 구호소로 삼았지 고문실로 만들 생각은 없어요."

토머스는 좀더 말하고 싶은 눈치였지만, 머딘이 고개를 저어 말리고는 이렇게 말했다. "그런데 당신이 보물들을 마지막으로 본 것이 언제였죠?"

"이곳에 도착한 날 밤이었네. 말 두 마리에 실은 가죽 자루와 궤짝에 들어 있었지. 그것은 다른 것들과 같이 말에서 내려졌어. 그래서 나는 그것도 성당 안으로 들여왔을 거라고 생각하네."

"그런 다음에는요?"

"그뒤로는 보지 못했어. 하지만 저녁기도가 끝나고 우리 모두 식사를 하러 갔을 때 고드윈과 필리먼이 줄리 수사와 존 수사와 함께 성당에 남았다는 사실을 알았네."

"제가 맞혀보죠. 그 수사들은 둘 다 젊고 힘이 세죠?" 캐리스가 말했다.

"그래."

"아마 그때 보물을 제단 밑에 묻었을 거야. 하지만 언제 다시 파냈을까?" 머딘이 말했다.

"성당에 아무도 없을 때 했을 텐데, 그건 식사 시간뿐이지."

"그들이 식사 시간에 없었던 때가 또 있었나요?"

"몇 번은 될 거야. 고드윈과 필리먼은 언제나 규칙 같은 건 무시해도 되는 듯이 행동했으니까. 그들이 식사나 미사 시간에 빠진 건 일일이 기억할 만큼 드문 일이 아니었어."

"줄리와 존이 또다시 빠진 적은요? 고드윈과 필리먼은 다시 도움이 필요했을 텐데요." 캐리스가 말했다.

"그렇지 않았을 수도 있어." 머딘이 말했다. "한번 팠던 땅을 다시 파는 건 훨씬 쉬우니까. 고드윈은 마흔세 살이고 필리먼은 서른네 살밖에 안 됐어. 그 두 사람은 꼭 그렇게 해야 할 필요가 있다면 다른 사람의 도움 없이도 그 일을 할 수 있어."

그날 밤 고드윈은 헛소리를 늘어놓기 시작했다. 때로는 성경 구절을 중얼거리고, 때로는 설교를 하고, 때로는 용서를 빌기도 했다. 캐리스는 무슨 실마리라도 건져보려고 한동안 그 소리에 귀를 기울였다. "대바빌론도 무너졌고, 모든 백성이 그 여자의 음행으로 신의 노여움을 샀으며, 옥좌 밖으로는 불과 천둥이 쏟아지도다. 세상의 상인들은 울며 슬퍼하리라. 회개하라, 회개하라. 매춘부들의 어미와 간음한 너희 모두 회개할지어다! 그 모든 일은 보다 고귀한 목적, 하느님의 영광을 위해 이루어진 것이니. 목적은 수단을 정당화하기 때문이도다. 제발 나에게 마실 것을 다오." 그의 묵시론적인 헛소리는 지옥의 고문을 묘사한 벽화에서 암시를 받았을 것 같았다.

캐리스는 그의 입가에 잔을 대줬다. "성물이 어디 있죠, 고드윈?"

"나는 일곱 개의 황금 촛대를 보았지. 진주와 보석으로 온통 장식되고 자주색과 진홍색 고급 아마포에 싸여 삼목과 백단향, 은으로 만든 궤에 들어 있네. 나는 일곱 개의 머리와 열 개의 뿔이 달린 진홍색 짐승에 올라탄 여인을 보았어. 불경스럽기 그지없는 일이지." 그가 떠들어대는 소리가 회중석에 반향을 일으키며 울려퍼졌다.

다음날 수련수사 두 명이 죽었다. 그날 오후 토머스와 머딘은 그들을 수도원 북쪽 묘지에 묻었다. 춥고 습한 날이었지만 그들은 땅을 파느라 땀에 젖었다. 토머스가 장례미사를 올렸다. 캐리스는 머딘과 함께 무덤 가에 서 있었다. 모든 것이 무너져가는 지금은 그런 의식이 외적인 일상을 유지시키는 데 도움이 됐다. 그들 주위에는 고드윈과 솔을 제외한 모든 수사의 새 무덤이 있었다. 솔의 시신은 성단소 아래 안치되어 있었는데, 그것은 수도원장에게 주어지는 최고의 영예였다.

매장을 마친 후 캐리스는 성당으로 돌아와 성단소에 마련된 솔의 무덤을 바라보았다. 성당에서 그 부분만큼은 판석으로 포장되어 있었다. 무덤을 마련하기 위해 분명 그 판석들을 들어냈을 것이다. 그런 다음 판석들을 원래 자리에 돌려놓고, 그중 하나를 잘 닦아 비문을 새겨놓았을 것이다.

한쪽 구석에서는 고드윈이 머리가 일곱 개 달린 짐승들에 대해 떠들어대고 있어 정신을 집중하기가 어려웠다.

머딘이 뭔가 골똘히 생각하고 있는 그녀를 보더니, 그녀의 시선이 머문 곳을 바라보았다. 곧 그는 그녀가 무슨 생각을 하고 있는지 짐작했다. 그는 어이없다는 듯이 말했다. "고드윈이 솔 화이트헤드의 관 속에 보물을 감췄을 리가 있겠어?"

"수사가 무덤을 훼손한다는 건 상상하기 어려운 일이지. 그런데 보물이 교회 밖으로 나갔을 것 같지는 않거든."

"솔은 자네들이 오기 일주일 전에 죽었네. 필리먼이 사라진 건 그 이틀 뒤의 일이고." 토머스가 말했다.

"그렇다면 필리먼이 무덤을 파도록 도와줬을 수도 있겠네요."

"그렇지."

그들 세 사람은 고드윈이 중얼대는 헛소리를 애써 무시하며 서로를 바라보았다.

"알아내는 방법은 하나뿐이에요." 머딘이 말했다.

머딘과 토머스는 나무삽을 집어들었다. 그들은 비문이 적힌 판석과 주변의 판석들을 들어낸 뒤 땅을 파기 시작했다.

토머스는 한 손만 쓰는 데 완전히 익숙해진 상태였다. 그는 성한 팔로 삽을 흙속에 박고 기울인 다음 자루를 잡았던 손을 삽날로 가져가 들어올렸다. 그동안 이런 식으로 움직이면서 오른팔 근육이 유달리 발달되었다.

그러나 그 일을 하는 데는 시간이 오래 걸렸다. 최근에 판 무덤들은 대부분 깊이가 얕았지만 솔 수도원장의 무덤은 6피트나 됐다. 바깥에 어둠이 내리자 캐리스는 촛불을 가져왔다. 너울대는 촛불 빛에 벽화의 악귀들이 살아 움직이는 것처럼 보였다.

토머스와 머딘 모두 구덩이 속에 들어가 있었는데 성당 바닥에서는 그들의 머리만 보였다. 그때 머딘이 말했다. "잠깐, 여기 뭔가 있어."

캐리스는 수의로 사용되곤 하는 기름 먹인 아마포처럼 생긴 흰 물체를 보았다. 그것은 흙투성이였다. "시신일 거야." 그녀가 말했다.

"그렇다면 관은 어디 있지?" 토머스가 말했다.

"솔 원장이 관에 놓여 매장됐을까요?" 관은 선택된 소수에게만 허락 됐으며 가난한 사람들은 수의에 싸여 매장됐다.

"솔은 관에 놓여 매장됐어. 내 눈으로 봤어. 이곳은 숲속이라서 목재가 풍부하지. 수사들 모두 관에 놓여 묻혔어. 목수로 일하던 사일러스 형제가 병에 걸리기 전까지는." 토머스가 말했다.

"잠깐만요." 머딘이 말했다. 그가 수의 밑 흙속에 삽을 박고 한 삽 떠냈다. 그러고서 삽날로 땅을 두드렸다. 캐리스의 귀에 나무들끼리 부딪치는 듯한 둔탁한 소리가 들렸다. "관은 이 밑에 있어요." 머딘이 말했다.

"시신이 어떻게 관 밖으로 나온 거지?" 토머스가 말했다.

캐리스는 두려움에 몸을 떨었다.

그때 구석에 있던 고드윈이 목청을 높였다. "거룩한 천사들 앞과 어린양 앞에서 불과 유황으로 고난을 받으리니 그 고난의 연기가 세세토록 올라가리로다.*"

"저자를 좀 조용히 시킬 수 없을까?" 토머스가 캐리스에게 말했다.

"저는 가지고 있는 약이 없어요."

"여기에 초자연적인 일 같은 건 없어. 내 생각에는 고드윈과 필리먼이 관에서 시신을 끄집어내고 거기다 훔친 보물을 넣은 것 같은데." 머딘이 말했다.

토머스는 기운을 되찾았다. "그럼 관 속을 봐야겠군."

우선 수의에 싸인 시신부터 옮겨야 했다. 머딘과 토머스는 허리를 숙이고 시신의 어깨와 무릎을 잡아 들어올렸다. 어깨까지 들어올린 시신을 더 위로 옮길 수 있는 유일한 방법은 그것을 바닥을 향해 던져 올리는 것뿐이었다. 시신이 쿵 소리를 내며 바닥으로 떨어졌다. 그들은 겁에 질린 눈으로 서로를 바라보았다. 영혼의 세계에 대한 말들을 대부분 믿지 않던 캐리스조차 자신들이 하고 있는 일 때문에 겁에 질렸다. 그녀는 자기도 모르게 어깨 너머로 성당의 어둑한 구석을 불안하게 돌아보았다.

머딘이 관을 덮고 있는 흙을 치우는 동안 토머스가 쇠지렛대를 가져왔다. 그들은 그것으로 관뚜껑을 들어올렸다.

그들이 좀더 잘 볼 수 있도록 캐리스는 무덤 위로 촛불 두 개를 비춰줬다.

---

* 「요한계시록」 14장 10~11절.

관 속에는 수의에 싸인 또다른 시신이 들어 있었다.

"정말 이상한 일도 다 있군!" 토머스가 말했다. 그의 목소리가 떨리는 것이 역력히 느껴졌다.

"이 일에 대해 침착하게 생각해보기로 해요." 머딘이 말했다. 그는 차분하고 냉정하게 말했지만, 머딘에 대해 너무나 잘 아는 캐리스는 그가 침착을 잃지 않기 위해 안간힘을 다하고 있다는 것을 알았다. "관 속에 든 시신은 누굴까요? 확인해보죠."

머딘은 허리를 숙이고 양손으로 수의를 잡고는, 바느질된 솔기를 따라 꼭대기부터 수의를 뜯어냈다. 시신은 일주일쯤 지난 것이어서 악취가 났지만 난방이 되지 않는 성당의 차가운 땅속에 묻혀 있었기 때문에 부패는 심하지 않았다. 캐리스가 들고 있는 촛불의 일렁거리는 불빛만으로도 죽은 이가 누구인지 명확히 보였다. 머리 언저리에 회색을 띤 금발이 있었다.

"솔 화이트헤드로군." 토머스가 말했다.

"그럼 관 속에 제대로 들어 있었던 거네요." 머딘이 대꾸했다.

"그럼 저 시신은 누구죠?" 캐리스가 말했다.

머딘이 솔의 금발 위로 수의를 씌운 뒤 관뚜껑을 덮었다.

캐리스는 다른 시신 옆에서 무릎을 꿇었다. 그녀는 그동안 많은 시신을 보았지만 무덤에서 꺼내본 적은 없었다. 손이 떨렸다. 그녀는 수의를 벌려 시신의 얼굴을 확인했다. 놀랍게도 시신의 눈이 뜨여 있어 빤히 그녀를 바라보는 듯했다. 그녀는 용기를 내어 시신의 싸늘한 눈꺼풀을 내렸다.

그녀는 모르는, 몸집이 큰 젊은 수사의 시신이었다. 까치발을 하고 무덤 밖을 내다본 토머스가 말했다. "존퀼 형제야. 그는 솔 수도원장이 죽은 다음날 죽었지."

"그런데 왜……?" 캐리스가 말했다.

"우리는 그가 공동묘지에…… 묻힌 줄 알았는데."

"관에 놓여서 말이죠?"

"그래."

"그런데 그의 시신이 여기 있군요."

"그의 관은 꽤 무거웠네. 나도 함께 관을 들었으니까……"

"이제야 알겠어요. 존퀼은 매장되기 전 관에 놓여 이 성당 안에 있었어요. 다른 수사들이 식사를 하고 있을 때 고드윈과 필리먼이 관을 열고 시신을 꺼냈을 거예요. 그들은 솔의 무덤을 파고 존퀼을 솔의 관 위에 던져넣었죠. 그런 다음 무덤을 다시 메웠던 거예요. 그러고서 존퀼의 관에 성당 보물을 담아 관뚜껑을 봉했을 겁니다." 머딘이 말했다.

"그렇다면 존퀼의 무덤을 파봐야겠군." 토머스가 말했다.

캐리스는 성당 창문 쪽을 바라보았다. 캄캄했다. 솔의 무덤을 파는 사이에 날이 저문 것이었다. "내일 아침까지 기다려야겠는데요." 그녀가 말했다.

두 남자는 잠시 가만히 있었다. 이윽고 토머스가 말했다. "시작한 김에 끝내버리는 게 좋겠어."

캐리스는 주방의 장작 더미에서 장작 두 개를 가져다 불을 붙인 뒤 성당으로 돌아왔다.

성당 밖으로 나서던 세 사람의 귀에 고드윈이 고함소리가 들렸다. "하느님의 진노의 큰 포도주 틀에 던지매 성밖에서 그 틀이 밟히니 틀에서 피가 나서 말굴레에까지 닿았고.*"

캐리스는 몸을 떨었다. 「요한계시록」에 나오는 끔찍한 그 장면에 그

---

* 「요한계시록」 14장 19~20절 참조.

녀는 넌더리를 냈다. 그녀는 머릿속에서 그 장면을 몰아내려 애썼다.

그들은 붉은 횃불을 들고 서둘러 공동묘지로 향했다. 캐리스는 그 벽화와 고드윈의 정신 나간 헛소리에서 멀어지자 진정이 되는 듯했다. 그들은 존 퀼의 묘비를 찾아 무덤을 파기 시작했다.

두 남자는 이미 수련수사 두 사람을 묻느라 땅을 팠고 솔의 무덤도 다시 팠다. 이것은 식사를 마친 뒤 그들이 파는 네번째 무덤이었다. 머딘은 지쳐 보였고 토머스 역시 땀을 뻘뻘 흘리고 있었다. 하지만 그들은 끈질기게 계속 팠다. 구덩이가 서서히 깊어지며 무덤 옆에 쌓인 흙무더기도 점점 높아졌다. 이윽고 삽날이 나무에 부딪쳤다.

캐리스는 머딘에게 쇠지레를 넘겨주고, 구덩이 가장자리에 무릎을 꿇고 앉아 횃불 두 개를 비춰줬다. 머딘은 지레로 관뚜껑을 열어 무덤 밖으로 던졌다.

관 속에는 시신이 들어 있지 않았다.

시신 대신 자루와 궤가 빼곡하게 차 있었다. 머딘이 가죽 자루를 열어 보석이 박힌 십자고상을 꺼냈다. "할렐루야." 그가 지친 어조로 말했다.

토머스가 궤를 열자 생선 두름처럼 단단히 엮어놓은 양피지 두루마리가 나왔다. 증서였다.

캐리스는 무거웠던 짐을 어깨에서 내려놓는 듯한 기분을 느꼈다. 수녀원 증서를 되찾은 것이었다.

토머스는 다른 자루 속에 손을 넣었다. 손에 잡힌 것은 두개골이었다. 그는 비명을 지르며 두개골을 떨어뜨렸다.

"성 아돌푸스잖아요." 머딘이 무덤덤한 어조로 말했다. "순례자들은 이 유골이 담긴 상자를 만지려고 수백 마일이나 떨어진 곳에서도 온다고요." 그는 두개골을 집어들었다. "우리는 운이 좋은 거죠." 머딘은 두

개골을 다시 자루에 넣었다.

"제가 제안 한 가지 할게요." 캐리스가 말했다. "우린 이것들을 수레에 싣고 킹스브리지까지 가져가야 해요. 그냥 관 속에 넣은 채 가져가면 어떨까요? 이미 잘 들어 있는데다 관이라면 강도들도 손대지 않을 거예요."

"좋은 생각이야." 머딘이 말했다. "그냥 관째 무덤에서 꺼내죠."

토머스가 수도원에 가서 밧줄을 가져왔고 그들은 구덩이에서 관을 끌어올렸다. 그들은 관뚜껑을 다시 덮고 성당까지 끌고 가기 위해 관을 밧줄로 묶었다.

그것을 끌고 가려던 순간 비명이 들렸다.

그 소리에 공포를 느낀 캐리스가 외마디소리를 냈다.

그들 모두 성당 쪽을 바라보았다. 한 사람의 형체가 눈을 부릅뜨고 입가에 피를 흘리며 그들을 향해 달려오고 있었다. 공포에 사로잡힌 그 순간 캐리스는 그동안 정령에 대해 들었던 그 모든 말도 안 되는 미신 같은 소리들이 사실처럼 느껴졌다. 이윽고 그녀는 눈앞에 보이는 사람이 고드윈이라는 것을 깨달았다. 어떻게 했는지는 모르지만 임종 직전의 그가 애써 몸을 일으킨 것이다. 그는 비틀거리며 성당 밖으로 나오다 횃불을 보고는 광기에 사로잡혀 그들을 향해 뛰어온 것이었다.

그들은 못 박힌 듯 그 자리에 서서 그를 바라보았다.

고드윈은 우뚝 서더니 관과 텅 빈 무덤을 바라보았다. 흔들리는 횃불빛 아래서 캐리스는 그의 일그러진 얼굴에 떠오른 사태를 이해한 듯한 희미한 표정을 본 것 같았다. 다음 순간 그는 힘을 잃고 쓰러졌다. 그가 쓰러진 곳은 존퀼의 빈 무덤 옆에 쌓아놓은 흙무더기 위였는데, 그는 그곳에서 구덩이 속으로 그대로 굴러떨어졌다.

그들 모두 무덤 안을 들여다보았다.

고드원은 벌렁 누워 아무것도 보이지 않는 눈을 부릅뜬 채 그들을 올려다보고 있었다.

66

캐리스는 킹스브리지로 돌아오자마자 다시 그곳을 떠나기로 마음먹었다. 그녀에게 숲속의 성 요한 수도원은 무덤도 아니고, 머딘과 토머스가 파낸 시신들이 있던 곳도 아닌, 아무도 경작하고 있지 않은 정연하게 늘어서 있던 밭의 이미지로 남았다. 머딘과 수레를 모는 토머스와 나란히 말을 달려 돌아오던 그녀는 같은 상태로 방치된 숱한 밭들을 보며 위기를 예감했다.

수사와 신부의 수입원 대부분은 소작료였다. 소작농은 수도원 소유의 토지에서 경작하거나 가축을 기르고, 기사나 백작에게 사용료를 내는 것처럼 수도원장이나 수녀원장에게 소작료를 냈다. 전통적으로는 밀 열두 자루나 양 세 마리, 송아지 한 마리나 양파 한 수레처럼 수확의 일정 부분을 성당으로 가져왔지만 요즘은 대부분 현금으로 냈다.

그런데 토지를 경작하는 사람이 없다면 소작료를 낼 사람도 없게 되는 것이었다. 이제 수녀들은 무엇으로 먹고살아야 할까?

그녀가 숲속의 성 요한 수도원에서 회수해온 성당 보물과 돈과 증서는, 시실리어 수녀원장이 제러마이어에게 아무도 쉽게 찾지 못할 장소에 새로 짓도록 한 비밀 금고실에 안전하게 보관됐다. 보물은 하나만 빼놓고 모두 회수됐는데, 그 하나는 킹스브리지의 양초 상인 길드에서 기증한 황금 촛대였다. 그것만 어디론가 사라져버리고 없었다.

캐리스는 승리를 거두고 돌아온 뒤 주일미사에서, 회수한 성인 유골을 주제로 이야기했다. 그녀는 토머스에게 고아원 남자아이들을 맡겼는데, 힘센 남자 어른이 관리해야 할 연령의 아이들이 있기 때문이었다. 그리고 그녀는 수도원장 사택으로 거처를 옮겼다. 그러면서 망자가 된 고드윈이 그곳을 여자가 차지했다는 사실을 알면 얼마나 기겁할까 생각하며 쓴웃음을 지었다. 이런 사소한 일들을 처리하자마자 캐리스는 오던비로 향했다.

오던 계곡은 킹스브리지에서 하루 거리에 있는 점토질이 풍부한 비옥한 골짜기다. 백 년 전 어느 사악한 늙은 기사가 평생 지은 죄에 대해 용서를 구하려는 마음으로 임종 직전 수녀원에 기부한 땅이었다. 오던 강 제방을 따라 다섯 개 마을이 군데군데 흩어져 있고, 양옆으로는 넓은 밭이 산기슭까지 펼쳐져 있었다.

밭은 좁고 길게 나뉘어 여러 가구에 배정되어 있었다. 그녀가 우려했던 대로 밭 대부분은 방치되어 있었다. 전염병이 모든 것을 바꿔놓았지만, 새로운 환경에 적응해 농사 방식을 바꿀 만한 지혜나 용기를 지닌 사람이 없었다. 캐리스가 직접 나서야 했다. 그녀는 필요한 일이 무엇인지 대강 생각해두었는데, 세부적인 부분은 일을 진척하며 마무리할 생각이었다.

그녀는 최근 수련 기간을 마친 젊은 수녀 조앤과 동행했다. 조앤은 십 년 전의 캐리스를 연상시키는 영리한 처녀인데, 검은 머리에 파란 눈으로 외모는 딴판이었다. 조앤은 모든 것에 의문을 품는 예리한 회의

론자였다.

두 사람은 골짜기에서 가장 큰 마을인 오던비로 향했다. 이 골짜기에서 관리인으로 일하는 윌은 교회 바로 옆에 위치한 커다란 목조주택에 살고 있었다. 그는 집에 없었는데, 가장 멀리 떨어진 밭에서 귀리 씨를 뿌리고 있었다. 덩치가 크고 행동이 굼뜬 남자였다. 바로 옆 경작지는 휴경 상태로 버려진 채 풀과 잡초가 자라고 있었고 양 몇 마리가 풀을 뜯고 있었다.

관리인 윌은 대개 이 일대 마을의 소작료를 거둬 일 년에 몇 차례 수도원을 방문했기 때문에 캐리스를 알고 있었지만 자기 밭에서 그녀를 만나자 당황했다. "캐리스 자매님이잖습니까!" 그녀를 알아본 그가 외쳤다. "무슨 일로 여기까지 오셨습니까?"

"이제는 수녀원장이에요, 윌. 수녀원 땅이 제대로 경작되고 있는지 확인하러 왔어요."

"아." 그는 고개를 절레절레했다. "보시다시피 최선을 다하고 있지만, 남자들이 너무 많이 죽어버려 아주 힘든 상황입니다."

관리인들은 늘 어렵다는 말을 입에 달고 살았지만 이번만큼은 사실이었다.

캐리스는 말에서 내렸다. "함께 걸으면서 그 문제에 대해 이야기해보죠." 몇백 야드 떨어진 완만한 언덕배기에서 한 농부가 여덟 마리 소를 데리고 쟁기질하는 모습이 보였다. 농부가 소를 멈춰 세우고 그녀 쪽을 호기심 어린 눈길로 바라보자 그녀는 그쪽으로 걸음을 옮겼다.

윌은 평정을 되찾아갔다. 그녀와 나란히 걸으며 그가 말했다. "자매님들처럼 하느님의 따님들은 당연히 경작에 대해 별로 아시는 것이 없으실 테지만, 제가 최대한 요점들을 설명해보겠습니다."

"그렇게 해주면 고맙겠네요." 그녀는 윌 같은 남자들이 자기 앞에서 생색을 내는 데 익숙했다. 그들에게는 따지는 것보다 오히려 방심해도 된다는 잘못된 환상에 빠지게 놔두는 편이 최선이라는 것을 그녀는 이미 터득하고 있었다. 그런 식으로 해서 훨씬 더 많은 사실들을 알아냈다. "이곳에서는 전염병으로 얼마나 죽었나요?"

"아, 말도 못할 정도입니다."

"몇 명이나 되는데요?"

"어디 보자, 윌리엄 존스와 두 아들, 그리고 리처드 카펜터와 그의 아내―"

"이름까지 말할 필요는 없어요." 캐리스는 짜증을 삭이며 말했다. "대충 어느 정도죠?"

"그건 생각을 좀 해봐야겠는데요."

그들은 농부가 쟁기질하는 밭에 이르렀다. 소 여덟 마리를 다루기 위해서는 숙련된 기술이 필요하기 때문에 보통 마을에서 영리한 축에 드는 사람이 쟁기질을 맡았다. 캐리스는 그 젊은이에게 말을 걸었다. "오던비에서 전염병으로 죽은 사람이 몇이나 되죠?"

"이백 명쯤 됩니다."

캐리스는 그를 유심히 살펴보았다. 키는 작지만 군세 보이고, 금빛 수염이 무성하게 자라 있었다. 그리고 젊은이 특유의 확신에 찬 표정을 짓고 있었다. "당신은 누구죠?" 그녀가 물었다.

"제 이름은 해리이고, 제 아버지는 리처드였습니다, 자매님."

"나는 수녀원장 캐리스예요. 이백 명이라는 수치는 어떻게 나온 건가요?"

"제 계산에 의하면 이곳 오던비에서 죽은 사람이 마흔두 명입니다. 햄과 숏에이커 역시 상황이 비슷했으니까 합하면 백이십 명쯤 될 겁니다. 롱워터는 무사했지만 올드처치에서는 로저 브레튼턴 노인을 제외하고는 모두 죽었으니 대략 여든 명쯤이라 하면, 합해서 이백이죠."

그녀는 윌을 돌아보았다. "마을 전체 주민수가 얼마나 되죠?"

"아, 그게, 어디 보자……"

해리 플라우맨이 대신 대답했다. "전염병이 돌기 전까지는 거의 천 명 가까이 됐습니다."

윌이 말을 받았다. "그래서 제가 제 밭에 씨 뿌리는 걸 보게 되신 겁니다. 평소에는 일꾼들이 할 일이죠. 그런데 이제는 일꾼이 하나도 없습니다. 모두 죽어버려서요."

"아니면 품삯을 더 받으려고 다른 곳으로 갔는지도 모르죠." 해리가 말했다.

캐리스의 귀가 번쩍 뜨였다. "그래요? 누가 품삯을 더 많이 준다는 거죠?"

"이웃 골짜기의 몇몇 부유한 농부들이죠." 윌이 분개한 어조로 말했다. "귀족은 하루에 1페니씩 지불하는데, 그것이 일꾼들이 언제나 받았고 또 응당 받는 금액이죠. 그런데 제멋대로 해도 된다고 생각하는 자들이 있지 뭡니까."

"그렇지만 그 덕에 그들은 씨앗을 뿌릴 수 있잖아요." 캐리스가 대꾸했다.

"그러나 옳고 그른 게 있는 법입니다, 캐리스 원장님." 윌이 말했다.

캐리스가 양떼가 있는 묵혀둔 밭을 가리키며 물었다. "저 땅은 어떻게 된 거죠? 왜 저기는 쟁기질이 되지 않은 건가요?"

"저 밭은 윌리엄 존스네 겁니다. 그런데 그와 그 아들들이 죽은데다, 그 아내는 셔링에 있는 자매와 살려고 가버렸습니다." 윌이 대답했다.

"그래서 새 소작인은 구했나요?"

"소작인을 구할 수가 없습니다, 원장님."

해리가 다시 끼어들었다. "예전 조건으로는 구할 수 없다는 얘깁니다."

월이 그를 노려보자 캐리스가 물었다. "그게 무슨 말이죠?"

"보통 때라면 봄에 곡식값이 비싼데, 떨어졌잖습니까."

캐리스는 고개를 끄덕였다. 그것은 누구나 아는 시장의 원리였다. 구매자가 줄어들면 값은 떨어지는 법이다. "그래도 사람은 어떻게든 살 길을 찾기 마련이죠."

"사람들은 밀과 보리와 귀리는 심고 싶어하지 않는데, 이 골짜기에서는 심으라는 대로 심어야 하죠. 그래서 소작하러 다른 곳으로 가버리는 겁니다."

"다른 곳은 사정이 어떤가요?"

월은 벌컥 화를 내며 말을 가로챘다. "자기들 멋대로 하고 있죠."

캐리스의 질문에 대답한 것은 해리였다. "사람들은 영주의 땅에서 일주일에 하루씩 품앗이를 해주는 농노가 아니라 소작료를 현금으로 내는 자유 소작인이 되고 싶어합니다. 그러면 다른 작물을 얼마든지 심어도 되니까요."

"그게 어떤 작물인데요?"

"삼이나 아마, 사과, 배처럼 시장에서 팔리는 것들이죠. 매년 조금씩 다르긴 하지만요. 그런데 오딘비에서는 그런 일이 허용되지 않습니다." 문득 정신을 차린 듯 해리가 덧붙였다. "수도회에 불만이 있어서 한 말은 아닙니다. 수녀원장님. 그리고 관리인 월에게도 그렇고요. 이분이 정직한 사람이라는 건 누구나 알죠."

캐리스는 상황을 파악했다. 관리인들은 대개 보수적이었다. 좋은 시절에는 그런 것이 별문제가 되지 않았다. 예전 방식으로도 통했다. 하지만 지금은 위태로운 시기였다.

그녀는 더없이 권위적인 태도로 말했다. "자, 이제부터 잘 들으세요,

윌. 당신이 해야 할 일을 말해줄 테니까." 윌은 화들짝 놀란 얼굴이 되었다. 자신이 상의를 하고 있다고 생각했지 명령을 받고 있다고는 여기지 않았기 때문이다. "우선, 언덕배기 밭을 쟁기질하는 건 멈추세요. 비옥한 땅이 경작되지 않고 있는데 그러는 건 바보짓이니까요."

"하지만—"

"조용히 하고 들으세요. 모든 소작인에게 언덕배기에 있는 밭을 골짜기 아래쪽 비옥한 토지로 일대일로 교환해주겠다고 하세요."

"그러면 언덕배기에 있는 밭은 어쩌고요?"

"목초지로 전환해서 아래쪽에는 소를 풀어놓고 높은 쪽에는 양을 방목하는 거예요. 그 일에는 사람이 많이 필요 없어요. 그저 망을 볼 아이 몇 명만 있으면 되죠."

"흠." 윌은 뭔가 토를 달고 싶었지만 당장은 반박할 말이 떠오르지 않는 듯했다.

캐리스가 말을 이었다. "다음, 골짜기 아래쪽 토지 가운데 아직 소작인이 없는 땅은 현금으로 소작료를 낼 자유 소작지로 제공하세요." 자유 소작지의 소작인은 농노가 아니며 영주의 땅에서 일을 할 필요가 없고 결혼하거나 가옥을 짓는 데도 영주의 허락을 얻을 필요가 없었다. 소작료만 내면 되었다.

"지금 원장님은 예전부터 해온 모든 방식을 버리라고 하시는 겁니다."

그녀는 묵혀둔 밭을 가리켰다. "그런 것 때문에 우리 땅이 못쓰게 되고 있어요. 이 사태를 해결할 다른 방도가 있나요?"

"음." 한동안 침묵이 흘렀다. 이윽고 윌이 말없이 고개를 저었다.

"셋째, 경작지에서 일을 하는 사람은 누구든 하루 2펜스씩 품삯을 주겠다고 하세요."

"하루 2펜스라고요!"

캐리스는 이런 급격한 변화를 이루려면 윌에게 의지할 수 없겠다는 생각이 들었다. 그는 늑장을 부리거나 이런저런 핑곗거리를 만들어낼 것이다. 그녀는 확신에 찬 쟁기꾼 쪽으로 고개를 돌렸다. 그녀는 그를 변화를 이끌 주도자로 삼기로 했다. "해리, 당신은 앞으로 몇 주 동안 이곳 시장들에 찾아가 자리를 옮길 생각이 있다면 오던비로 가면 잘될 거라고 소문을 퍼뜨려요. 품삯을 받고 싶어하는 일꾼이 있으면 이곳으로 데려와요."

해리는 미소지으며 고개를 끄덕였다. 윌은 여전히 조금 멍한 표정을 짓고 있었다.

"올여름에는 이 비옥한 토지에서 곡식이 자라는 걸 보고 싶어요. 알 겠어요?"

"알겠습니다." 윌이 말했다. "고맙습니다, 수녀원장님."

캐리스는 조앤 자매와 함께 모든 증서를 검토하며 날짜와 각 증서의 요점을 기록했다. 그녀는 모든 증서의 사본을 만들어두기로 했는데, 그 것은 원래 고드윈의 발상이었다. 비록 그는 사본을 만든다는 구실로 수 녀들에게서 증서를 빼내려 했던 것이었지만. 그러나 사본을 만드는 건 좋은 생각이었다. 사본이 많을수록 귀중한 문서가 사라질 위험은 그만 큼 줄어들 것이다.

1327년에 작성된 증서 하나가 그녀의 주의를 끌었다. 린 곡창지라고 부르는 노포크의 린 인근에 있는 큰 농장을 수사들에게 양도한다는 내 용이었다. 기부 조건은 수도원에서 토머스 랭리 경이라는 기사를 수련 수사로 받아들이는 것이었다.

캐리스는 어린 시절 머딘과 랠프와 궨다와 함께 숲으로 들어갔던 그 날을 떠올렸다. 그날 그들은 토머스가 결국 한 팔을 잃게 되는 부상을 당하는 광경을 목격했었다.

캐리스가 조앤에게 그 증서를 보여주자 그녀가 어깨를 으쓱하며 말했다. "부유한 가문의 누군가를 수사로 만들려면 그 정도 기부는 예삿일 아닌가요."

"하지만 기부자가 누군지 봐요."

조앤은 다시 증서를 보았다. "이저벨라 왕비잖아요!" 이저벨라는 죽은 에드워드 2세의 부인이자 에드워드 3세의 어머니였다. "그녀가 킹스브리지와 무슨 관계가 있죠?"

"아니면 토머스와 무슨 관계가 있는 걸까?" 캐리스가 반문했다.

며칠 후 그녀는 우연히 사실을 알 기회가 생겼다. 반년마다 한 번씩 찾아오는 린 곡창지의 관리인 앤드루가 킹스브리지를 방문했을 때였다. 노포크 출신인 앤드루는 쉰 살이 넘었고 수도원에 그 땅이 기부된 이후로 곡창지를 관리해온 인물이었다. 이제 백발이 된 그는 여전히 몸이 통통했는데, 그래서 캐리스는 그 곡창지가 전염병이 돌고 있는데도 여전히 번창하는 모양이라고 생각했다. 며칠 걸리는 거리에 있었기 때문에 노포크에서는 우마차로 날라야 하는 곡물이 아닌 현금으로 수도원에 소작료를 냈는데, 앤드루는 노블 금화로 돈을 마련해 왔다. 그것은 3분의 1 파운드 값어치의 새로 주조된 화폐로 함선 갑판에 서 있는 에드워드 왕이 새겨져 있었다. 캐리스는 돈을 헤아려 새 금고실에 넣도록 조앤에게 건넨 뒤 앤드루에게 물었다. "그런데 어째서 이십이 년 전 이저벨라 왕비가 이 곡창지를 우리에게 기부하셨는지 아십니까?"

놀랍게도 그 말에 생기가 돌던 앤드루의 얼굴이 창백해졌다. 몇 번이나 말을 더듬더니 그는 이렇게 대답했다. "저는 왕비 전하의 결정에 의문을 가질 이유가 없습니다."

"물론 그렇죠." 캐리스가 상대방을 안심시키는 어조로 말했다. "나는 그저 이유가 궁금했을 뿐이에요."

"그분은 많은 선행을 베푸신 신심 깊은 분입니다."

자기 남편을 죽였듯이 말인가요. 그녀는 속으로 생각했다. 하지만 말은 이렇게 했다. "하지만 그분이 토머스라는 이름을 거론한 데는 이유가 있지 않겠어요?"

"그가 다른 많은 사람처럼 왕비에게 청원을 했고 왕비는 귀부인들이 흔히 그렇듯 관대하게 청원을 들어주신 겁니다."

"보통은 청원자와 모종의 관계가 있는 경우에 그렇죠."

"아니, 아닙니다. 거기에는 아무런 관계도 없습니다."

불안해하는 그를 보며 캐리스는 그가 거짓말을 하고 있으며 진실을 말해주지 않으리라고 확신했다. 그래서 그 이야기를 멈추고 구호소에서 저녁식사를 하도록 그를 내보내줬다.

이튿날 아침 클로이스터에서 수도원의 유일한 수사인 토머스 형제가 그녀에게 말을 걸었다. 화난 얼굴로 그가 말했다. "어째서 앤드루 린을 심문했나?"

"호기심이 들어서 그랬어요." 그녀는 깜짝 놀라며 말했다.

"대체 뭘 하려는 거지?"

"뭘 하려는 게 아니에요." 그녀는 그의 시비조가 거슬렸지만 다투고 싶지는 않았다. 그녀는 긴장을 풀기 위해 아케이드 가장자리를 에워싼 야트막한 담장에 걸터앉았다. 봄날의 햇살이 환하게 안뜰을 비추고 있었다. 그녀는 일상적인 대화를 하듯 물었다. "대체 다 어떻게 된 일이에요?"

토머스는 딱딱한 어조로 말했다. "무슨 이유로 나를 조사하려는 건가?"

"그런 게 아니에요. 진정하세요. 나는 모든 증서를 검토하고 목록을 만들면서 사본을 떠두고 있어요. 그러다 뭔지 알 수 없는 증서를 봤을 뿐이에요."

"자네는 자신과 상관없는 문제를 파고들고 있어."

그녀는 발끈했다. "저는 킹스브리지 수녀원장이고, 수도원장 대행이에요. 이곳에 있는 어떤 것도 나에게 비밀일 수는 없어요."

"장담하지만 이 묵은 사실을 들추려 한다면 분명 후회하게 될 거야."

협박처럼 들렸지만 그녀는 그를 다그치지 않기로 했다. 그녀는 전술을 바꾸었다. "토머스 형제님, 저는 우리가 친구라고 생각해요. 그러니 당신은 저에게 어떤 일을 하지 말라고 할 권리가 없어요. 당신이 그러려고 했다는 것만으로도 저는 실망했어요. 저를 믿지 못하세요?"

"자네는 지금 자네가 뭘 묻고 있는지 모르고 있어."

"그러면 알려주세요. 이저벨라 왕비가 당신과 나, 킹스브리지와 무슨 관계가 있죠?"

"아무 관계도 없어. 그분은 이제 은둔해서 살고 있는 노인일 뿐."

"그분은 쉰세 살이에요. 왕을 한 명 폐위시켰고 그럴 마음만 먹는다면 한 명 더 폐위시킬 수 있을지도 모르죠. 그리고 이 수도원과 그녀 사이에 오랫동안 감춰온 모종의 관계가 있어요. 그걸 당신은 저에게 알려주지 않으시려는 거고요."

"마음대로 생각하게."

그녀는 그 말을 무시했다. "이십이 년 전 누군가 당신을 죽이려 했어요. 당신을 제거하려다 실패한 사람과 당신을 수도원의 수사로 만들기 위해 돈을 댄 사람이 같은 사람인가요?"

"앤드루는 린에 돌아가면 이저벨라 왕비에게 자네가 이런 질문을 했다고 보고할 거야. 그건 알고 있나?"

"어째서 그런 일에 왕비가 신경을 쓰죠? 어째서 사람들이 당신을 그렇게 두려워하는 건가요, 토머스?"

"내가 죽으면 모든 의문이 풀릴 거야. 그다음에는 문제될 일이 없을 테고." 그는 몸을 돌려서 가버렸다.

저녁식사를 알리는 종이 울렸다. 캐리스는 생각에 잠긴 채 수도원장 사택으로 향했다. 고드윈이 키우던 고양이가 문가에 앉아 있었다. 고양이는 그녀를 빤히 바라보았다. 캐리스는 고양이를 쫓아버렸다. 그녀는 고양이를 집안에 들일 생각이 없었다.

그녀는 매일 저녁 머딘과 함께 식사했다. 보통 수도원장은 정기적으로 길드장과 식사를 했지만 매일 하는 것은 이례적이었다. 하지만 지금은 특별한 시기였다. 어쨌든 그녀는 누군가 이유를 캐물으면 그런 핑계를 댈 생각이었지만, 그런 사람은 없었다. 두 사람은 또다시 단둘이 있을 수 있는 여행을 떠날 기회를 만들기 위해 열심히 핑곗거리를 찾았다.

머딘이 나환자 섬의 건설 현장에서 진흙투성이가 되어 들어왔다. 그는 이제 그녀에게 서원을 철회하고 수도원을 떠나라고 간청하지 않았다. 적어도 당분간은 매일같이 그녀를 만날 수 있고 앞으로 좀더 친밀하게 지낼 기회를 기대하는 것으로 만족하는 듯했다.

수도원 일꾼이 겨우살이풀을 넣은 햄 스튜를 내왔다. 그가 나가자 캐리스는 머딘에게 증서와 그것에 대한 토머스의 반응을 들려줬다. "토머스는 누설되면 나이든 왕비에게 타격이 될 만한 비밀을 알고 있는 거야."

"나도 그렇다고 생각해." 머딘은 신중한 어조로 대꾸했다.

"1327년 만성절 그날, 내가 달아난 뒤 그가 당신을 붙잡았다고 했지?"

"응. 그는 나에게 편지 한 통을 땅에 묻는 걸 거들게 했어. 그리고 나는 그 일을 비밀에 부치기로 맹세했어. 그가 죽기 전까지. 그가 죽으면 편지를 꺼내 사제에게 건넬 작정이야."

"그는 자기가 죽으면 내가 품은 모든 의혹이 풀릴 거라고 하던데."

"내 생각에 그는 그 편지로 그의 적들을 위협하고 있는 것 같아. 그들은 그가 죽으면 그 내용이 탄로날 거라고 생각하는 게 분명해. 그래서 그를 죽이지 못하는 거야. 사실 그를 킹스브리지의 수사로 만들어 그가 멀쩡하게 잘 살아가도록 묶어둔 셈이지."

"그 일이 아직도 문제가 될 수 있을까?"

"그 편지를 묻고 십 년쯤 지났을 때, 내가 그에게 그 비밀을 누설한 적이 없다고 하자 그는 '비밀을 누설했다면 너는 죽었을 거야'라고 말했어. 그 말이 그때 했던 맹세보다 더 무서웠어."

"시실리어 원장님이 에드워드 2세는 자연사한 게 아니라는 말을 했었어."

"그분은 어떻게 그 사실을 아셨지?"

"앤서니 삼촌에게 들었다고 하셨어. 그래서 나는 이저벨라 왕비가 남편을 시해한 것인지도 모른다고 짐작했지."

"어쨌든 이 나라 사람들 절반이 그렇게 여기고 있지. 하지만 증거가 있다면…… 시실리어 원장님이 왕이 어떤 식으로 시해됐는지도 말했어?"

캐리스는 기억을 더듬어보았다. "아니. 지금 생각해보니 원장님은 이렇게 말했어. '노왕은 낙상으로 돌아가신 게 아니다.' 나는 그때 그럼 시해당하신 거냐고 물었지만 대답 없이 돌아가셨지."

"하지만 부정한 행위를 감추기 위한 게 아니라면 어째서 왕의 죽음에 관해 거짓 이야기를 꾸며낸 걸까?"

"토머스가 가지고 있던 편지는 그것이 부정한 행위이고, 그 일에 왕비가 연루됐다는 것을 입증하는 내용이겠군."

두 사람은 생각에 잠겨 말없이 저녁식사를 마쳤다. 수도원 일과에서 저녁식사 이후의 한 시간은 휴식이나 독서를 하는 시간이었다. 캐리스와 머딘은 여느 때에는 얼마간 함께 시간을 보내곤 했다. 그러나 오늘 머딘은 나환자 섬에 새로 짓고 있는 브리지라는 주막의 대들보 각도 때문에 골머리를 앓고 있었다. 두 사람은 허기진 듯 키스를 했지만 그는 곧 몸을 떼고 황급히 공사 현장으로 돌아갔다. 캐리스는 실망한 채 고 대그리스의 의학자 갈레노스가 쓴 책을 라틴어로 번역한 『아르스 메디카』를 펼쳤다. 대학에서 가르치는 의학의 기본 토대가 되는 것으로, 그녀는 옥스퍼드와 파리에서 사제들이 배우는 내용을 알기 위해 그것을 읽고 있었다. 하지만 지금까지는 도움이 될 만한 내용이 별로 없었다.

하녀가 들어와 식탁을 치웠다. "토머스 형제에게 내가 좀 보자고 한다고 전해줘요." 캐리스가 말했다. 그녀는 그와 언성을 높였지만 그래도 여전히 그들이 친구 사이임을 확실히 해두고 싶었다.

그런데 토머스가 도착하기 전에 밖에서 소동이 일었다. 말들이 내는 소리, 귀족이 시중을 받으려고 지르는 고함소리가 들렸다. 잠시 후 문이 벌컥 열리더니 텐치의 영주 랠프 피츠제럴드가 들어왔다.

그는 화가 난 듯했지만, 캐리스는 그것을 모르는 척했다. "어서 와요, 랠프." 그녀는 가능한 한 붙임성 있게 말을 걸었다. "뜻밖의 방문이네요. 킹스브리지에 오신 걸 환영해요."

"그런 소리는 집어치우시오." 그는 무뚝뚝하게 대꾸했다. 그는 그녀가 앉은 자리로 걸어가 금방이라도 싸울 듯이 바짝 붙어 섰다. "당신이 온 나라 소작농을 망치고 있다는 건 알고 있소?"

그때 또 한 사람이 따라 들어와 문가에 섰는데, 캐리스는 몸집이 크고 머리가 작은 그가 랠프의 오랜 패거리인 앨런 펀힐이라는 것을 알았다. 두 사람 모두 긴 칼과 단검으로 무장을 하고 있었다. 캐리스는 자신이 지금 이 사택에 혼자 있다는 사실을 자각하지 않을 수 없었다. 그녀는 되도록 분위기를 풀어보려 했다. "햄 좀 드실래요, 랠프? 나는 방금 식사를 마쳤거든요."

랠프는 화제를 바꿀 생각이 없었다. "당신이 내 농부를 훔쳐갔소!"

"농부요, 꿩이오*?"

그 말에 앨런 펀힐이 웃음을 터뜨렸다.

랠프의 얼굴이 붉게 물들었고, 그러자 그는 더욱 험악해 보였다. 캐리스는 괜한 농담을 했다고 생각했다. "나를 놀리면 후회하게 될 거요." 랠프가 말했다.

캐리스는 잔에 에일을 따랐다. "당신을 놀리긴요. 대체 무슨 말인지 확실하게 말해보세요." 그러면서 그에게 에일을 내밀었다.

그녀의 떨리는 손이 그녀가 두려워하고 있다는 것을 드러내고 있었지만 그는 잔도 받지 않고 그녀를 향해 손가락질하며 말했다. "내 마을에서 일꾼들이 사라지고 있소. 알아봤더니 당신들의 마을로 옮겨갔더군. 더 많은 품삯을 받으려고."

캐리스는 고개를 끄덕였다. "당신이 말을 파는데 사려는 사람이 둘이면 더 비싼 값을 부르는 사람에게 팔지 않겠어요?"

"이건 그것과 다르지."

"나는 같다고 생각해요. 에일이나 좀 들어요."

그 순간 그가 손을 홱 휘저어 그녀가 들고 있던 잔을 쳤다. 잔이 바닥에 떨어지며 에일이 짚 속에 엎질러졌다. "그들은 내 일꾼이오."

그녀는 손을 다쳤지만 애써 통증을 무시했다. 그러고는 허리를 숙여 잔을 집어 식기장에 놓았다. "꼭 그렇지는 않아요. 그들이 일꾼이라면, 그건 당신이 그들에게 땅을 준 적이 없다는 의미니까 그들에게는 다른 곳으로 갈 권리가 있어요."

"나는 아직 그들의 영주란 말이오, 빌어먹을! 그리고 한 가지 더 있소. 얼마 전에 어떤 자유민한테 소작을 주겠다고 했더니 그놈이 거절하

---

* 농부(peasants)와 꿩(pheasants)의 발음이 비슷한 데 착안한 말장난.

면서 킹스브리지 수도원에서는 더 좋은 조건을 받을 수 있다고 입을 놀리더군."

"마찬가지예요, 랠프. 나는 가능한 한 많은 사람이 필요하기 때문에 사람들이 원하는 대로 줄 생각이에요."

"당신은 여자라 사태를 제대로 분간하지 못하는 거요. 그렇게 하다가는 결국 모두의 품삯을 올리는 결과만 될 뿐이라는 걸 모르고 있다고."

"꼭 그렇진 않아요. 품삯이 올라가면 현재는 아무 일도 하지 않는 자들, 가령 범법자들이나 전염병으로 텅 빈 마을에서 근근이 살아가는 부랑자들까지 끌어들이게 될지 몰라요. 그리고 날품팔이로 살던 사람들 중에도 소작인이 되어 자기 땅을 경작하게 되면서 열심히 일할 사람이 나올 거고요."

랠프는 주먹으로 탁자를 내리쳤다. 그녀는 갑작스러운 큰 소리에 놀라 눈을 깜박였다. "당신한테 내가 하던 방식을 바꾸게 만들 권리는 없소!"

"나는 그럴 권리가 있다고 봐요."

그러자 그는 그녀의 수도복 앞자락을 와락 움켜잡았다. "이제 더이상 못 참겠군!"

"이 손 놓지 못해, 이런 백치 같으니."

그 순간 토머스 형제가 들어왔다. "나를 보자고 했나? 그런데 이게 무슨 일이지?"

토머스가 재빨리 방을 가로질러 다가오자 랠프는 불에 덴 사람처럼 캐리스의 옷자락을 황급히 놓았다. 토머스는 무기도 들지 않았고 팔도 하나뿐인 수사지만 랠프는 전에 그에게 제압당한 적이 있어서 그를 두려워했다.

랠프는 한 발짝 뒤로 물러섰다가 자신이 두려움을 드러냈다는 것을 깨닫고 수치스러워했다. "볼일은 끝났소!" 그가 큰 소리로 말하고 문으로 향했다.

"오던비나 다른 곳에서 내가 하고 있는 일은 완전히 합법적인 거예요, 랠프." 캐리스가 말했다.

"그건 자연의 질서에 어긋나는 짓이오!"

"그걸 금지하는 법은 없어요."

앨런이 주인을 위해 문을 열어줬다.

"어디 두고 보지." 랠프는 말하고 밖으로 나갔다.

67

1349년 3월, 궨다와 울프릭은 관리인 네이트와 함께 노스우드의 작은 도시에서 주중에 열리는 시장에 갔다.

이제 두 사람은 랠프 경 밑에서 일하고 있었다. 궨다와 울프릭은 전염병에 걸리지 않았지만, 랠프의 일꾼 몇 명이 전염병으로 죽는 바람에 일손이 필요해져 위글리 관리인인 네이트가 그들을 데려갔다. 퍼킨은 그들에게 품삯 대신 식사만 제공했는데, 랠프는 평소의 품삯을 주겠다고 했던 것이다.

두 사람이 랠프 밑에서 일하겠다고 하자 퍼킨은 그제야 품삯을 주겠다며 그들을 붙들었지만 이미 늦어버렸다.

이날 그들은 랠프의 삼림에서 나온 통나무를 수레에 싣고 노스우드에 팔러 나왔는데, 그곳에서는 까마득한 옛날부터 목재시장이 열렸다. 그들의 두 아들인 샘과 데이비드도 돌봐줄 사람이 없어 데려갔다. 궨다는 자기 아버지를 신뢰하지 않았고, 그녀의 어머니는 이 년 전 세상을 떠났다. 울프릭의 부모님은 돌아가신 지 오래되었다.

시장에는 위글리에서 온 다른 사람들도 있었다. 개스퍼드 신부는 채소밭에 뿌릴 종자를 사러 왔고, 궨다의 아버지 조비는 갓 도축한 토끼를 팔러 나왔다.

관리인 네이트는 등이 굽은 난쟁이여서 통나무를 들지 못했다. 그가 흥정을 맡고 울프릭과 궨다가 나무를 운반했다. 정오가 되자 네이트는 그들에게 1페니를 주며 광장에 있는 올드 오크 주막에서 점심을 사먹으라고 했다. 그들은 리크를 곁들인 삶은 베이컨을 아이들과 함께 사먹었다. 여덟 살 데이비드는 아직 식성이 어린애 수준이지만 열 살 샘은 또래보다 커서 늘 배고파했다.

식사를 하던 그들은 사람들의 대화를 듣게 됐는데, 그것이 궨다의 관심을 끌었다.

한쪽 구석에서 한 무리의 젊은이들이 서서 큰 조끼로 에일을 마시고 있었다. 모두 옷차림이 남루한데, 금빛 수염이 무성한 한 사람만은 부유한 농부이거나 장인인 듯 가죽바지에 고급 부츠, 새 모자로 근사하게 차려입고 있었다. 궨다의 귀가 번쩍 뜨인 대목은, "우리 오던비에서는 하루 품삯으로 2펜스를 준다"는 말이었다.

그녀는 좀더 알아내려고 열심히 귀를 기울였지만 띄엄띄엄 들릴 뿐이었다. 그녀가 들은 것은 전염병 때문에 일손이 부족해지자 일부 고용주가 그동안의 품삯인 하루 1페니보다 더 주기로 했다는 것이었다. 너무 달콤한 이야기라 곧이곧대로 믿기가 힘들었다.

그 자리에서는 울프릭에게 아무 말도 하지 않았다. 울프릭은 그 달콤한 이야기를 듣지 못했지만 그녀의 심장은 한층 빠르게 뛰기 시작했다. 그녀의 가족은 오랫동안 가난에 시달려왔다. 그들의 삶이 나아질 가망이 과연 있을까?

그녀는 좀더 알아볼 필요가 있었다.

식사를 마친 그들은 주막 밖 긴 의자에 앉아 아들들이 다른 아이들과 함께 주막의 이름이 된 커다란 나무 주위에서 뛰노는 광경을 지켜보았다. "울프릭." 궨다가 조용히 그를 불렀다. "우리가 각자 하루에 2펜스씩 번다면 어떨 것 같아?"

"어떻게 그런다는 거야?"

"오던비에 가면 돼." 그녀는 자신이 들은 이야기를 해주고는 이렇게 마무리했다. "우리에게 새로운 삶이 시작될 수도 있어."

"그러면 나는 아버지의 땅을 영영 되찾지 못하게 되잖아?"

그녀는 그를 막대기로 때려주고 싶은 마음이 들었다. 그는 여전히 정말 그런 일이 일어날 거라고 생각하고 있는 걸까? 어떻게 그렇게 바보같을 수 있을까?

그녀는 최대한 부드럽게 말했다. "당신이 상속권을 잃은 지 십이 년이 지났어. 그사이에 랠프는 점점 더 강력한 존재가 됐고. 그리고 당신에 대한 그의 감정이 누그러질 기미는 조금도 없어. 그런데 당신은 땅을 찾을 가능성이 있다고 생각하는 거야?"

그는 그 질문에는 대답하지 않았다. "그럼 우리는 어디서 살아?"

"오던비에도 집이 있겠지."

"하지만 랠프가 우리를 보내줄까?"

"그는 우리를 막지 못해. 우리는 농노가 아니라 일꾼이니까. 그건 당신도 알잖아."

"하지만 랠프도 그 사실을 알고 있을까?"

"그가 반대할 기회조차 주지 않으면 돼."

"그럴 수 있을까?"

"글쎄……" 그녀는 아직 그것은 생각해보지 않았지만 시급히 해치울 필요가 있는 문제였다. "오늘 당장 여기서 떠나면 되지."

두렵기 짝이 없는 생각이었다. 두 사람 모두 평생을 위글리에서 살았다. 울프릭은 이사를 가본 적도 없었다. 그런데 이제 작별인사도 없이 본 적도 없는 마을에 가서 살 궁리를 하고 있었다.

그러나 울프릭은 다른 문제를 걱정하고 있었다. 그는 광장 저편 양초 가게에 있는 등이 굽은 관리인을 가리켰다. "네이트는 뭐라고 할까?"

"저 사람한테는 우리 계획을 말하지 않을 거야. 뭔가 다른 이야기를 꾸며대면 돼. 이곳에서 볼일이 있어 오늘밤을 보내고 내일 돌아간다는 식으로. 그렇게 하면 우리가 어디로 갔는지 아무도 알지 못할 거야. 위글리에는 두번 다시 돌아가지 않을 거고."

"두번 다시 돌아가지 않는단 말이지." 울프릭이 풀이 죽어서 말했다.

궨다는 조급한 마음을 억눌렀다. 그녀는 남편을 잘 알았다. 울프릭은 한번 마음먹은 일은 끝까지 해치우지만 결정하기까지는 시간이 걸렸다. 그러나 그도 결국 이 생각에 동조할 것이다. 그는 꽉 막힌 사람이 아니라 조심스럽고 신중한 사람이었다. 그녀가 보기에는 다급하게 결정해야만 하는 일이지만, 그는 다급한 결정을 싫어했다.

그때 금빛 수염을 기른 젊은이가 올드 오크에서 나왔다. 궨다는 주위를 둘러보았다. 위글리에서 온 사람은 눈에 띄지 않았다. 그녀는 자리에서 일어나 그에게 말을 붙였다. "일꾼에게 하루 품삯을 2펜스씩 준다고 하던 것 같던데요?"

"그렇습니다, 부인." 그가 대답했다. "여기서 남서쪽으로 반나절 거리에 있는 오던비 골짜기에서요. 최대한 많은 일손이 필요하거든요."

"당신은 누군가요?"

"나는 오던비의 쟁기꾼입니다. 해리라고 하고요."

궨다는 쟁기꾼이 따로 있는 걸 보아 오던비가 크고 부유한 마을이 분명하다고 추측했다. 쟁기꾼들은 대개 무리 지어 여러 마을에 고용되어 일했다. "그곳 영지의 주인은 누구죠?"

"킹스브리지 수녀원장입니다."

"캐리스잖아요!" 놀라운 소식이었다. 캐리스라면 믿을 수 있었다. 궨다는 한층 더 기운이 났다.

"그래요. 그분이 지금 수녀원장이죠. 아주 단호한 여성입니다."

"그건 나도 알아요."

"그분은 자매들을 부양하기 위해 토지가 경작되기를 원하시죠. 변명은 통하지 않는답니다."

"오던비에 일꾼이 살 만한 집이 있나요? 가족과 함께 살 집 말이에요."

"유감스럽게도 아주 많죠. 전염병으로 많은 사람이 죽었거든요."

"여기서 남서쪽이라고 했죠?"

"배드퍼드에서 남쪽 길로 접어들어 오던강 상류 쪽으로 가면 됩니다."

궨다는 문득 신중해졌다. "내가 가려는 게 아녜요." 그녀는 재빨리 말했다.

"아, 물론 그러실 테죠." 그는 그녀의 말을 믿지 않았다.

"사실은 친구 때문에 물어보는 거예요." 그녀는 몸을 돌렸다.

"그 친구에게 되도록 빨리 오라고 해주세요. 봄이 가기 전에 쟁기질과 파종을 마쳐야 하니까요."

"알겠어요."

그녀는 독한 술이라도 마신 것처럼 가벼운 현기증을 느꼈다. 하루에 2펜스씩 받고 캐리스 밑에서 일하다니, 게다가 랠프와 퍼킨, 저 새롱대는 아넷으로부터 멀리 떨어지다니! 꿈만 같았다.

그녀가 울프릭 옆에 앉아 물었다. "다 들었어?"

"응." 그러면서 그는 주막 문 옆에 있는 사람을 가리켰다. "그리고 저 양반도 다 들었지."

궨다는 그쪽을 바라보았다. 그녀의 아버지였다.

~

"말을 매게." 오후가 절반쯤 지났을 무렵 네이트가 울프릭에게 말했다. "이제 돌아갈 시간이야."

"이번주 품삯을 오늘까지 해서 계산해주셨으면 좋겠는데요." 울프릭이 말했다.

"품삯은 원래 하던 대로 토요일에 줄 걸세." 네이트가 당치 않다는 듯이 말했다. "저 늙은 말을 수레에 매라니까."

울프릭은 말 쪽으로 움직이지 않았다. "오늘 주셨으면 좋겠는데요." 그가 고집스럽게 말했다. "목재가 다 팔렸으니 돈이 있을 것 아닙니까."

네이트는 몸을 돌려 그를 똑바로 보았다. "왜 품삯을 일찍 달라는 건가?" 그가 짜증스러운 듯이 물었다.

"오늘 저녁에 당신과 위글리로 돌아가지 않을 거니까요."

네이트는 깜짝 놀랐다. "대체 왜 그러나?"

궨다가 나섰다. "우리는 멜컴에 갈 거예요."

"뭐라고?" 네이트는 발끈했다. "자네 같은 사람들이 무슨 일로 멜컴까지 간다는 거야!"

"하루 2펜스씩 주고 뱃사람을 쓴다는 어부를 만났거든요." 궨다는 혹시라도 있을 추적을 따돌릴 셈으로 꾸며댔다.

울프릭이 덧붙였다. "랠프 경에게 안부나 전해주세요. 그에게 하느님이 함께하시길 바란다고요."

궨다가 덧붙였다. "하지만 앞으로 두번 다시 그를 볼 일은 없을 거예요." 그녀가 그 말을 한 것은 너무나 달콤한 말이기 때문이었다. 랠프를 두번 다시 볼 일이 없다니.

네이트는 분개한 어조로 말했다. "경은 자네들이 떠나는 걸 원치 않으실 걸세!"

"우리는 소작농이 아니에요. 땅이 없으니까. 랠프는 우리를 막지 못해요."

"자네는 소작농의 아들이잖은가." 네이트가 말했다.

"하지만 랠프가 내 상속권을 거부했죠." 울프릭이 대꾸했다. "그러니 이제 와서 충성을 요구할 수는 없는 일이에요."

"가난뱅이가 권리를 주장하는 건 위험한 일일세."

"그건 맞는 말이죠." 울프릭도 인정했다. "하지만 그래도 그렇게 할 겁니다."

네이트는 두 손 들었다. "이대로 끝나지는 않을 걸세."

"내가 말을 수레에 매주기를 원하세요?"

네이트는 그를 노려보았다. 그가 직접 말을 맬 수는 없었다. 등이 굽었기 때문에 힘이 드는 복잡한 일을 하기가 어려운데다 말이 그보다 키가 더 컸다. "물론이지."

"기꺼이 해드리죠. 그전에 품삯 먼저 주시겠어요?"

네이트가 화가 치민 얼굴로 지갑에서 은화 6페니를 헤아렸다.

궨다가 돈을 받자 울프릭은 말을 수레에 달았다.

네이트는 두말없이 수레를 몰고 가버렸다.

"자, 이제 끝났어!" 궨다가 말하고는 울프릭을 바라보았다. 그는 벌쭉 웃고 있었다. "왜 그래?"

"모르겠어. 오랫동안 차고 있던 굴레가 갑자기 사라진 기분이야."

"잘됐네." 그녀는 그가 바로 그런 기분이기를 바랐다. "이제 오늘밤 묵을 곳을 찾아야 해."

시장 광장에서 가장 좋은 자리를 차지하고 있는 올드 오크는 숙박비가 비쌌다. 그들은 좀더 싼 곳을 찾아 작은 도시를 돌아다녔다. 결국 게

이트 하우스에서 묵기로 했는데, 궨다는 네 사람 숙식비로, 즉 저녁식사와 바닥 매트, 아침식사까지 합해 1페니에 흥정을 마쳤다. 내일은 오전 내내 걸어야 하기 때문에 아이들을 푹 재우고 아침도 든든히 먹어둘 필요가 있었다.

그녀는 흥분해서 잠을 이룰 수 없을 정도였다. 한편으로는 걱정이 되기도 했다. 자신이 지금 가족을 어디로 데려가려는 걸까? 그녀가 아는 거라고는 누군가의 말, 그것도 오늘 처음 본 사람이 한 말이 전부였고, 그게 사실인지는 오던비에 도착해야 알 수 있었다. 일을 벌이기 전에 확인해둘 필요가 있었다.

하지만 그녀와 울프릭은 십 년 동안 궁지에 몰려 있었는데, 오던비의 쟁기꾼 해리는 처음으로 그들에게 빠져나올 길을 일러준 사람이었다.

아침식사로 나온 음식은 빈약했다. 묽은 죽과 물을 탄 사과즙이 전부였다. 궨다는 길에서 먹기 위해 갓 구운 큰 빵 한 덩어리를 샀고, 울프릭은 가죽 부대에 차가운 우물물을 채웠다. 그들은 해뜨기 한 시간 전에 도시 성문을 지나 남쪽 길로 접어들었다.

길을 가면서 궨다는 아버지 조비에 대해 생각했다. 그들이 위글리로 돌아오지 않았다는 사실을 알면 그는 즉시 자신이 엿들은 대화 내용을 떠올리고 그녀의 가족이 오던비로 갔을 거라 추측할 것이다. 그는 멜컴 이야기에 속아넘어가지 않을 것이다. 그는 그런 간단한 책략으로는 속일 수 없는 경험 풍부하고 능수능란한 사기꾼이었다. 하지만 그녀가 어디로 갔는지 그녀의 아버지에게 물어볼 사람이 있을까? 그녀가 아버지와 말도 섞지 않는다는 건 모두가 알았다. 그리고 설령 그들이 묻는다고 해도 그가 자신이 짐작한 내용을 까발릴까? 아니면 아직 일말의 부성애라도 남아 있어서 자기 딸을 보호해줄까?

그 일에 대해 자신이 할 수 있는 일은 아무것도 없었으므로 그녀는 아버지에 대한 생각을 접었다.

여행하기에 좋은 날씨였다. 얼마 전 내린 비로 땅은 부드러워지고 먼지가 일지 않는데, 오늘은 비도 내리지 않는데다 잠깐씩 햇살이 비쳐 춥지도 덥지도 않았다. 아이들은 금세 지쳐버렸다. 둘째 데이비드가 더 심했지만, 울프릭은 노래와 시를 외워주기도 하고, 나무와 풀 이름을 알아맞히게도 하고, 숫자놀이를 하고 이야기도 들려주며 솜씨 좋게 아이들 기분을 맞춰주었다.

퀜다는 자신들이 한 일이 거의 믿기지 않을 정도였다. 바로 어제 이 시간만 해도 자신들의 삶은 영원히 변하지 않을 것 같았다. 고된 노동과 가난, 좌절된 열망이 그들의 운명 같았었다. 그런데 이제 그들은 새로운 삶의 길로 나아가고 있었다.

그녀는 울프릭과 함께 십 년간 살았던 집을 떠올려보았다. 남겨두고 온 것은 별것이 없었다. 냄비 몇 개, 새로 쪼개놓은 장작들, 햄 반 토막, 모포 네 장이 전부였다. 그녀는 지금 입고 있는 옷 말고는 따로 옷이랄 것도 없었고, 울프릭과 아이들도 마찬가지였다. 장신구도 리본도 장갑도 빗도 없었다. 십 년 전에는 울프릭이 뒤뜰에서 닭과 돼지를 키웠지만, 극빈의 세월 동안 하나씩 잡아먹거나 내다팔았다. 그들의 초라한 살림살이는 오던비에서 받게 될 일주일 치 품삯 정도밖에 되지 않는 것이었다.

해리가 일러준 대로 남쪽 길로 접어든 그들은 오던강 진흙 여울목을 건너 서쪽으로 방향을 꺾어 강 상류를 향해 걸어갔다. 갈수록 강폭이 좁아지더니 이윽고 언덕배기 사이에 좁은 땅이 나왔다. "기름진 땅인걸." 울프릭이 말했다. "하지만 쟁기질이 힘들겠어."

정오 무렵 그들은 돌로 지은 성당이 있는 큰 마을에 이르렀다. 그들은 성당 옆 나무로 지은 영주의 집 문으로 다가갔다. 퀜다는 떨리는 마음으로 문을 두드렸다. 쟁기꾼 해리가 제대로 알지도 못하고 떠든 것이 아닐까? 이곳에 일거리가 없다는 말을 듣게 되지 않을까? 아무 소득도 없이 가족들을 반나절 동안 헛되이 고생만 시킨 건 아닐까? 위글리로 되돌아가 관리인 네이트에게 다시 일을 달라고 사정해야 한다면 얼마나 치욕스러울까.

머리가 센 여인이 나왔다. 그녀는 외지인을 대하는 마을 사람들 특유의 흔한 의심적은 눈으로 퀜다를 보았다. "무슨 일이에요?"

"안녕하세요, 부인. 여기가 오던비인가요?" 퀜다가 물었다.

"그런데요."

"우리는 일거리를 구하는 일꾼입니다. 쟁기꾼 해리가 이곳으로 오라고 해서요."

"저런, 해리가 그랬단 말이에요?"

뭔가 잘못된 것 같은 느낌이 들었다. 아니면 이 여자가 그저 심술쟁이 여편네라 이러는 걸까? 그녀는 하마터면 생각을 입 밖으로 낼 뻔했다. 퀜다는 겨우 마음을 다잡고 다시 물었다. "해리가 이 집에 사나요?"

"그럴 리가요. 그는 쟁기꾼이에요. 여긴 관리인 집이고."

퀜다는 관리인과 쟁기꾼 사이에 모종의 알력이 있는 모양이라고 짐작했다. "그럼 관리인을 만나봐야겠네요."

"그이는 지금 여기 없어요."

퀜다는 참을성 있게 다시 물었다. "어디로 가면 그분을 뵐 수 있을까요?"

여자는 골짜기 쪽을 가리키며 말했다. "북쪽 밭으로 가봐요."

퀜다가 여자가 가리킨 방향으로 고개를 돌려보았다. 다시 고개를 돌려보니 여자는 이미 집안으로 들어가버리고 없었다.

"저 여자는 우리가 별로 달갑지 않은 모양이군." 울프릭이 말했다.

"늙은 여자들은 변화를 싫어하지. 관리인이라는 사람을 찾아보자."

"아이들이 지쳤는데."

"조금만 있으면 쉽게 될 거야."

그들은 밭을 가로질렀다. 밭에서는 사람들이 한창 일하고 있었다. 아이들은 쟁기질한 밭에서 돌을 고르고, 여자들은 씨를 뿌리고, 남자들은 거름을 날랐다. 궨다의 눈에 멀리서 힘센 소 여덟 마리가 축축하게 젖은 묵직한 흙 사이로 부지런히 쟁기를 끄는 모습이 보였다.

그들은 말이 끄는 써레가 도랑에 박혀 끌어내려 애쓰는 한 무리의 남녀와 마주쳤다. 궨다와 울프릭이 합세했다. 울프릭의 널찍한 등 덕분에 박혀 있던 써레를 밀어서 빼낼 수 있었다.

마을 사람들이 모두 울프릭을 바라보았다. 얼굴 한쪽에 오래된 화상 자국이 있는 키 큰 사내가 우호적인 어조로 말을 걸었다. "아주 쓸모 있는 친구로군. 자넨 누군가?"

"울프릭이라고 합니다. 여기는 제 아내 궨다고요. 우리는 일을 찾고 있는 일꾼들입니다."

"자네는 우리에게 꼭 필요한 사람이군, 울프릭." 사내가 말했다. "나는 칼 섀프츠베리라고 하네." 그러면서 손을 내밀어 울프릭과 악수했다. "오딘비에 온 걸 환영하네."

❧

그로부터 팔 일 후 랠프가 왔다.

울프릭과 궨다는 견고하게 지어진 작은 집을 얻어 들어갔다. 석조의 굴뚝이 딸리고 위층에는 아이들과 따로 잘 수 있는 침실이 있는 집이었다. 나이들고 좀더 보수적인 마을 사람들은 그들 가족을 경계의 눈빛으로 맞았는데, 그중에서도 특히 관리인 월과 처음 그들이 도착한 날 쌀쌀맞았던 관리인의 아내 바이가 그랬다. 하지만 쟁기꾼 해리와 젊은 사람들은 변화에 흥분하며 밭에 일손이 더 생긴 것을 반겼다.

그들은 약속대로 하루 2펜스씩 받았다. 궨다는 첫 일주일을 채우는 날을 손꼽아 기다렸다. 그날이 되면 그들은 각각 12펜스씩을 받게 될 텐데—무려 1실링이었다!—그들이 여태껏 벌어본 가장 큰 돈의 두 배나 되는 액수였다. 그 많은 돈으로 대체 뭘 하지?

울프릭도 궨다도 위글리 밖에서는 일해본 적이 없었기 때문에, 모든 마을이 다 똑같지 않다는 사실이 놀라웠다. 이곳에서 최고 권한을 가진 사람은 킹스브리지 수녀원장이었고, 그 사실이 차이를 가져왔다. 랠프의 규칙은 개인이 멋대로 정한 것이었기 때문에 그에게 항의하는 건 위험한 일이었다. 그와 대조적으로 오던비 사람들은 대부분 수녀원장이 원하는 것을 잘 아는 것 같았고, 분쟁이 생겼을 때도 수녀원장의 원칙을 미리 헤아려 해결하곤 했다.

랠프가 왔을 때도 그런 가벼운 언쟁이 진행되고 있었다.

날이 저물어 모두 밭에서 집으로 돌아가는 중이었다. 노동으로 녹초가 된 어른들 앞에서 아이들이 앞장서 뛰어갔고, 쟁기꾼 해리는 쟁기를 푼 소떼를 모느라 맨 뒤에 있었다. 그날 새벽, 궨다와 울프릭과 마찬가지로 새로 온 일꾼이자 얼굴에 화상 자국이 있는 칼 새프츠베리가 금요일에 가족을 먹이려고 뱀장어 세 마리를 잡았다. 문제는 일꾼에게, 그것도 단식을 해야 하는 금요일에 소작인들과 똑같이 오던강에서 물고기를 잡을 권리가 있느냐 하는 것이었다. 쟁기꾼 해리는 그런 특혜는 오던비에 사는 모두에게 해당된다고 말했다. 관리인의 아내인 바이는 소작인은 지주에게 관습적인 의무를 지지만 일꾼은 그렇지가 않으며, 추가 의무를 진 사람들만 추가적인 혜택을 받을 수 있다고 말했다.

결국 관리인 윌이 결정을 내려야 했는데, 그는 자기 아내와 상반되는 결정을 내렸다. "수녀원장이라면 이렇게 말할 겁니다. 사람들이 생선을 먹기를 바란다면 교회는 그들이 먹을 생선을 마련해줘야 한다고요." 모두가 그 말을 받아들였다.

마을 쪽을 보던 궨다의 눈에 말을 탄 두 사람이 보였다.

갑자기 싸늘한 돌풍이 불었다.

밭 저편 반 마일쯤 떨어진 곳에서 방문자들이 마을 사람들이 가고 있는 길 옆으로 비스듬하게 자리잡은 가옥들 쪽을 향해 가고 있었다. 그녀는 그들이 무장했다는 것을 알 수 있었다. 커다란 말을 탄데다, 무거운 옷차림새였다. 폭력을 일삼는 자들은 대체로 패드를 잔뜩 넣은 겉옷을 입었다. 그녀는 울프릭의 옆구리를 찔렀다.

"나도 보고 있었어." 울프릭이 굳은 목소리로 말했다.

그런 자들이 별일 없이 마을을 찾아오는 법은 없었다. 그들은 작물을 재배하고 가축을 키우는 사람들을 무시했다. 그들은 보통 품위를 지킨다는 명목으로 스스로 마련하지 못하는 빵이나 고기, 술 따위를 가져갈 때만 마을을 찾아왔다. 그리고 권리나 소작료에 대한 생각이 농부들과는 판이했기 때문에 언제나 말썽이 일어나곤 했다.

몇 분 사이 마을 사람 모두가 그들을 보았다. 사람들은 조용해졌다. 궨다는 해리가 방향을 살짝 틀어 마을 끝으로 소떼를 몰고 있다는 사실을 알아차렸지만 그 순간에는 이유를 알지 못했다.

궨다는 두 남자가 달아난 일꾼을 찾으러 온 것이 분명하다고 생각했다. 그녀는 자기도 모르게 기도를 올리면서, 그들이 칼 섀프츠베리나 다른 새 일꾼들의 이전 고용주이기만 빌었다. 하지만 말 탄 자들과 거리가 좁혀지면서 그들이 랠프 피츠제럴드와 앨런 펀힐이라는 것을 알아본 그녀는 가슴이 철렁 내려앉았다.

두려워하던 순간이 온 것이었다. 그녀는 랠프가 자신들이 간 곳을 알아낼 확률이 높다는 것을 알고 있었다. 그녀의 아버지는 눈치가 빠른데다 입을 다물어줄 거라고 기대할 수 없는 인물이었다. 그리고 랠프에게 그들을 데려갈 권리가 없다고는 하지만 그는 기사이자 귀족이었고, 그런 자들은 그녀 같은 사람들을 제 마음대로 하기 일쑤였다.

달아나기에는 너무 늦어버렸다. 마을 사람들은 쟁기질이 된 넓은 밭 사이의 길을 걸어가고 있었다. 누구라도 이 무리에서 떨어져 달아난다면 랠프와 앨런의 눈에 바로 띌 테고, 그들의 추적을 받게 될 것이었다. 마을 사람들 속에 있으면서 얻는 최소한의 보호막마저 잃고 말 것이었다. 그들은 독 안에 든 쥐나 다름없었다.

궨다는 아이들을 불렀다. "샘! 데이비드! 이리 와!"

아이들은 그 소리를 듣지 못했거나 아니면 들을 생각이 없는 듯했다. 아이들이 계속 뛰어갔다. 궨다가 두 아들을 쫓아갔지만 아이들은 그것을 놀이라고 생각하고 그녀보다 더 빨리 뛰려고 했다. 이제 그들은 거의 마을에 이르렀다. 그녀는 너무 지쳐서 아이들을 쫓아갈 수 없었다. 거의 울 지경이 된 궨다는 고함을 질렀다. "돌아오라니까!"

울프릭이 나섰다. 그는 궨다 곁을 지나쳐 곧 데이비드를 따라잡았다. 그러고는 아이를 번쩍 안아들었다. 그러나 샘을 잡기에는 너무 늦었고, 아이는 웃으면서 가옥들 사이로 달아났다.

말 탄 자들이 성당 옆에 말을 세웠다. 샘이 그들 쪽으로 달려오자 랠프는 말을 슬쩍 앞으로 몰면서 안장에서 허리를 숙여 아이의 셔츠를 잡아 들어올렸다. 샘이 놀라 소리쳤다.

그 모습을 본 궨다는 비명을 질렀다.

랠프는 아이를 자기 말 어깨 위에 앉혔다.

데이비드를 안고 있던 울프릭이 랠프 앞에 우뚝 멈췄다.

"이 아이가 네 아들인가." 랠프가 말했다.

궨다는 소름이 끼쳤다. 아들이 걱정됐다. 랠프에게도 위엄이라는 게 있다면 아이까지 해치지는 않겠지만, 무슨 사고가 날지 알 수 없었다. 그것 말고도 또다른 위험이 있었다.

울프릭이 랠프와 샘을 함께 보게 된다면 그 둘이 아버지와 아들이라는 것을 알아챌지도 모를 일이었다.

물론 샘은 아직 어려 몸도 얼굴도 앳되지만 랠프처럼 머리숱이 많고, 눈이 까맣고, 앙상하지만 어깨도 랠프처럼 딱 바라져 있었다.

궨다는 남편의 얼굴을 보았다. 울프릭의 표정에는 궨다의 눈에는 너무나 명확한 그 사실을 알아챈 듯한 기색은 없었다. 그녀는 마을 사람들의 표정도 살펴보았다. 그들은 눈치채지 못한 듯했지만, 유독 한 사람, 관리인의 아내 바이만 궨다를 빤히 바라보았다. 심성이 고약한 그 늙은 여자는 어쩌면 짐작했을지도 모른다. 하지만 나머지 다른 사람들은 알지 못했다, 아직까지는.

윌이 나서서 방문자들에게 말을 걸었다. "어서 오십시오, 나리들. 저는 오딘비의 관리인 윌이라고 합니다. 무슨 일이신지—"

"입 닥쳐라, 관리인." 랠프가 말했다. 그리고는 울프릭을 가리키며 물었다. "저자가 여기서 뭘 하고 있는 거지?"

궨다는 분노한 영주의 표적이 자신들이 아니라고 깨달은 마을 사람들이 긴장을 늦추는 것을 느꼈다.

윌이 대답했다. "나리, 저 친구는 일꾼입니다. 킹스브리지 수녀원장이 고용한—"

"저자는 도망자다. 그러니 이제 돌아가야 해." 랠프는 그의 말을 잘랐다.

겁에 질린 윌은 입을 다물었다.

그때 칼 섀프츠베리가 말했다. "나리는 무슨 권한으로 그런 요구를 하시는 겁니까?"

랠프는 얼굴을 기억해두려는 듯 칼을 유심히 바라보았다. "말조심해. 내가 다른 한쪽 얼굴마저 망쳐놓기 전에."

윌이 불안한 어조로 말했다. "우리는 피를 흘리는 일은 바라지 않습니다."

"그거 아주 현명한 생각이군, 관리인." 랠프가 말했다. "이 거만한 농부 놈은 이름이 뭐지?"

"내가 누군지는 알 것 없소, 기사 나리." 칼이 무례하게 말했다. "나는 당신이 누군지 알고 있소. 당신은 랠프 피츠제럴드지. 나는 당신이 강간 혐의로 기소되어 셔링 법정에서 사형선고를 받는 걸 봤소."

"하지만 나는 죽지 않았어, 안 그런가?"

"죽었어야 할 사람이지. 그리고 당신에게 영주로서 일꾼들에게 행사할 권리 따위는 없소. 무력을 쓴다면 뜨거운 맛을 보게 될 거요."

그 말에 몇몇 사람이 놀라 숨을 몰아쉬었다. 무장한 기사에게 그런 식으로 말하는 것은 무모했다.

"그냥 계세요, 칼. 나 때문에 당신이 죽는 건 바라지 않으니까." 울프릭이 말했다.

"자네 때문이 아닐세." 칼이 말했다. "이 무뢰한이 자네를 끌어가도록 내버려두면 다음주에는 또다른 자가 나를 잡으러 올 테지. 우린 힘을 합쳐야 해. 우린 무력한 존재가 아니야."

칼은 덩치가 컸는데, 키는 울프릭보다 더 크고 어깨는 그와 비슷하게 넓었다. 궨다는 칼이 진심으로 말하고 있다는 것을 알았다. 기겁할 일이었다. 만약 싸움이 시작되면 무시무시한 폭력이 벌어질 텐데, 샘은 여전히 랠프의 말 위에 앉아 있었다. "우리가 그냥 돌아갈게요." 그녀는 필사적인 어조로 말했다. "그게 나을 거예요."

"아니, 그렇지 않소. 나는 당신들이 원하든 않든 저 사람이 당신들을 데려가지 못하게 막을 거요. 그게 나한테도 좋으니까." 칼이 말했다.

여기저기서 동조하는 소리가 났다. 궨다는 주위를 둘러보았다. 대부분 삽이나 괭이를 들고 있었고, 비록 겁에 질린 얼굴이긴 했지만 여차하면 휘두를 태세였다.

울프릭이 랠프에게 등을 돌리고 나지막하면서도 다급한 목소리로 말했다. "여자들은 아이들을 데리고 성당으로 들어가요, 어서요!"

그 소리에 여자들이 아기를 안아들고 어린아이의 팔을 잡아끌었다. 궨다와 몇몇 젊은 여자는 그 자리에 그대로 서 있었다. 마을 사람들은 본능적으로 서로 어깨를 맞댄 채 바싹 붙어 섰다.

랠프와 앨런은 당황한 것 같았다. 오십 명이 넘는 호전적인 농부들과 맞서게 되리라고는 예상하지 못했던 것이다. 하지만 그들은 말을 타고 있었으므로 언제든 원하기만 하면 그 자리에서 벗어날 수 있었다.

"흠, 아무래도 이 꼬마를 위글리로 데려가야겠군." 랠프가 말했다.

궨다가 공포에 질려 헉 소리를 냈다.

랠프가 말을 이었다. "아이를 찾고 싶으면 그 부모가 원래 있던 곳으로 돌아오겠지."

궨다는 제정신이 아니었다. 랠프는 샘을 데리고 있었고, 언제든 말을 달려 가버릴 수 있었다. 그녀는 발작적으로 악쓰고 싶은 충동을 겨우 억눌렀다. 그가 말을 돌리면 몸을 던져서라도 그를 안장에서 끌어내리기로 마음먹었다. 그녀는 한걸음 앞으로 나섰다.

다음 순간 랠프와 앨런의 뒤쪽으로 소떼가 보였다. 쟁기꾼 해리가 마을 한쪽 끝에서 그곳까지 소들을 몰고 온 것이었다. 몸집이 거대한 소여덟 마리가 느릿느릿 성당 앞, 소동이 벌어진 현장까지 와서 멈춰 서서는 어디로 가야 할지 몰라 소리 없이 주위를 두리번거렸다. 해리는 소떼 뒤에 서 있었다. 랠프와 앨런은 그제야 자신들이 마을 사람들과 소떼와 돌로 지은 성당, 삼각으로 포위된 채 함정에 빠졌다는 사실을 깨달았다.

젠다는 해리가 애초부터 랠프가 울프릭과 젠다를 데려가려 하면 길을 막을 생각으로 돌아왔으리라 추측했다. 지금 이 상황에서 그의 생각은 효과가 있었다.

"아이를 내려놓고 조용히 가시오, 랠프 경." 칼이 말했다.

문제는 이제 랠프로서는 체면을 구기지 않고 물러서기가 어려워졌다는 점이야. 젠다는 생각했다. 바보처럼 보이지 않기 위해서는 뭔가를 해야 할 텐데, 바보처럼 보인다는 것이야말로 자존심 강한 기사에게는 최악의 수치였다. 그들은 늘 명예에 대해 이야기하지만 그들에게 명예는 아무것도 아니었다. 필요에 따라 그들은 얼마든지 불명예스러운 행동을 일삼았다. 그들이 정말로 소중히 여기는 것은 자존심이었다. 굴욕을 당하느니 죽는 편이 낫다고 여겼다.

기사와 말에 탄 아이, 불온한 마을 사람들, 묵묵히 서 있는 소들로 이루어진 그 광경은 얼마의 시간이 지났지만 변함이 없었다.

이윽고 랠프는 샘을 땅에 내려놓았다.

젠다의 눈에 안도의 눈물이 솟구쳤다.

샘이 엄마에게 달려와 허리를 껴안더니 울음을 터뜨렸다.

긴장이 풀린 듯 남자들은 치켜들었던 삽과 괭이를 아래로 내렸다.

그때 랠프가 말고삐를 잡아당기며 소리쳤다. "이랴! 이랴!" 말이 뒷다리로 일어섰다. 랠프는 박차를 가하면서 사람들이 모여선 곳을 향해 곧장 말을 몰았다. 사람들은 뿔뿔이 흩어졌다. 앨런은 랠프를 뒤따랐다. 마을 사람들은 정신없이 길 밖으로 몸을 던지며 흙바닥에서 뒹굴었다. 그들은 서로에게 짓밟혔지만 말발굽에 밟히는 일만은 가까스로 피할 수 있었다.

랠프와 앨런은 마치 이 모든 대결이 그저 한바탕 농담에 불과하다는 듯이 큰 소리로 웃어대며 마을을 벗어났다.

하지만 실제로 랠프는 망신을 당한 것이었다.

그리고 그 사실은 그가 다시 돌아온다는 것을 의미한다고 퀜다는 확신했다.

68

　백작의 성은 변한 것이 없었다. 머딘은 십이 년 전, 예전 성채를 헐고 그 자리에 평화시의 백작에게 걸맞은 현대식 대저택을 지어보라는 요청을 받았던 것을 머릿속에 떠올렸다. 그러나 그는 킹스브리지에 놓을 새 교량 설계를 위해 그 일을 사양했다. 그때 이후로 그 계획은 시들해진 듯했다. 예나 다름없는 팔 자 모양의 성벽에 도개교 두 개가 있고, 구식의 본성이 팔 자의 위쪽 고리에 자리잡고 있었다. 백작 가족은 더이상 여우에게 위협받을 일이 없다는 사실을 알지 못한 채 토끼굴 한구석에서 겁먹은 토끼들처럼 살고 있었다. 레이디 앨리에나와 잭 빌더가 살던 시절과 별다를 게 없는 것이 분명했다.

　머딘은 백작부인 레이디 필리파의 부름을 받은 캐리스와 동행했다. 윌리엄 백작이 병에 걸렸는데, 필리파는 남편이 전염병에 걸렸다고 생각했다. 캐리스는 몹시 당황했다. 전염병이 물러갔다고 생각하고 있었기 때문이다. 지난 여섯 주 동안 킹스브리지에서 그 전염병으로 죽은 사람은 없었다.

캐리스와 머딘은 연락을 받자마자 출발했다. 하지만 심부름꾼이 백작의 성에서 킹스브리지까지 오는 데 이틀이 걸리고 두 사람이 이곳에 오는 데도 같은 시간이 걸렸기 때문에 백작은 지금쯤 죽었거나 죽기 직전일 가능성이 높았다. "내가 할 수 있는 일이라곤 백작에게 양귀비 추출물을 줘 임종의 고통을 덜어주는 것뿐이야." 두 사람이 말을 타고 갈 때 캐리스가 말했다.

"당신은 그 이상의 일을 해주는 거야." 머딘이 말했다. "당신이 있기만 해도 사람들은 위안을 받으니까. 당신은 침착하고 식견도 풍부하고 사람들이 알아듣도록 말을 하잖아. 종기라든가 그들이 겪을 혼란이나 통증에 대해서 말이야. 당신은 기질이 어쩌니저쩌니 전문용어를 써가며 사람들 앞에서 잘난 체하지도 않아. 그런 말은 사람들에게 자신들이 무지하고 무력하다고 느끼게 하고 겁먹게만 하니까. 당신이 있으면 사람들은 할 수 있는 모든 일을 다 하고 있다는 느낌을 받아. 그리고 그게 바로 사람들이 원하는 거야."

"당신 말이 맞았으면 좋겠어."

머딘은 줄잡아 말한 데 불과했다. 발작을 일으키던 사람들이 그저 그들을 달래주는 캐리스가 잠시 곁에 있어주는 것만으로도 앞으로 일어날 일에 대해 대처하려는 분별력을 되찾는 모습을 머딘은 몇 번이나 보았다.

그녀의 타고난 재능은 전염병이 시작된 이후 거의 초인적이라는 평판을 얻을 정도로 발전했다. 인근 몇 마일 안에 있는 사람들은 누구나 그녀와 수녀들이 수사들이 달아난 상태에서도 목숨을 내놓고 병자들을 돌봐왔다는 사실을 알고 있었다. 사람들은 그녀를 성녀처럼 여겼다.

성안의 공기는 무겁게 가라앉아 있었다. 일상을 돌아가게 하는 사람들은 여전히 장작과 물을 나르고 말을 먹이고 무기를 벼르고 빵을 굽고 고기를 다듬는 일을 수행했다. 서기와 병사, 심부름꾼 등 다른 많은 사람은 그저 하는 일 없이 빈둥거리며 환자의 방에서 무슨 소식이 들려오기만 기다렸다.

머딘과 캐리스가 본성으로 통하는 성안의 다리를 지날 때 떼까마귀들이 빈정거리며 인사하듯 깍깍거렸다. 머딘의 아버지인 제럴드 경은 언제나 자신이 잭과 앨리에나의 아들인 토머스 백작의 직계 후손이라고 주장했다. 수천 개의 부츠가 밟았을 닳고 닳아 번들거리고 움푹 팬 자국 위로 조심스레 발을 디디며 커다란 홀로 통하는 계단을 하나씩 헤아리며 오르던 머딘은 자신의 조상들도 이 오래된 돌계단을 밟았을 거라 생각했다. 그에게는 그런 생각이 흥미롭긴 하지만 별로 대단한 것은 아니었다. 그러나 그의 동생 랠프는 가문의 옛 영광을 되찾는 데 집착했다.

캐리스가 앞에서 가고 있었고, 계단을 오르며 흔들리는 그녀의 엉덩이를 보며 머딘은 입술을 씰룩이며 미소지었다. 그는 매일 밤 그녀와 함께 잘 수 없다는 것이 무척 실망스러웠지만, 바로 그런 이유로 이따금 단둘이 지내게 될 때면 그만큼 더 가슴이 두근거렸다. 어제만 해도 두 사람은 따스한 봄날 오후의 햇볕이 내리쬐는 숲속의 빈터에서, 그들의 격정은 안중에도 없는 말들이 풀을 뜯는 옆에서 사랑을 나눴다.

이상한 관계이긴 했지만 어차피 그녀는 특별한 여자였다. 교회의 가르침 가운데 많은 부분에 의혹을 품고 있는 수녀원장, 의사들의 치료법을 거부하는 치료사로 인정받는 여자, 남들이 보지 않을 때 남자와 뜨거운 사랑을 나누는 수녀였다. 평범한 관계를 원했다면 평범한 여자를 골랐어야 했겠지. 머딘은 생각했다.

홀 안은 사람들로 가득했다. 어떤 이들은 새로 짚을 깔고 불을 피우고 식탁에 음식을 차리면서 일을 하고, 어떤 이들은 그저 대기하고 있었다. 길쭉한 방 한쪽 끝, 백작의 거처로 통하는 계단참 아래 좋은 옷을 입고 앉아 있는 열다섯 살쯤 된 소녀가 보였다. 소녀는 일어서더니 품위 있는 걸음걸이로 그들에게 다가왔다. 머딘은 소녀가 레이디 필리파의 딸일 거라 짐작했다. 소녀는 어머니를 닮아 키가 크고 모래시계 같은 몸매를 하고 있었다. "레이디 오딜라예요." 소녀가 필리파를 꼭 빼닮은 거만한 어조로 말했다. 태도는 침착했지만 앳된 티가 남은 눈가는 울어서 빨개지고 주름져 있었다. "당신이 캐리스 원장이시겠네요. 아버지를 진찰하러 와주셔서 고마워요."

"킹스브리지의 길드장 머딘입니다. 윌리엄 백작은 좀 어떠신가요?" 머딘이 말했다.

"몹시 편찮으세요. 그리고 이제는 두 오빠마저 병석에 누웠습니다." 머딘은 백작 부부에게 열아홉 살과 스무 살쯤 된 두 아들이 있다는 사실을 떠올렸다. "어머니가 수녀원장님을 바로 데려오라고 하셨어요."

"물론 그래야죠." 캐리스가 말했다.

오딜라가 계단을 올라갔다. 캐리스는 주머니에서 아마포 조각을 꺼내 코와 입을 단단히 싸맨 뒤 뒤따랐다.

머딘은 긴 의자에 앉아 기다렸다. 비록 가끔 한 번씩 나누는 사랑으로 만족해야 했지만, 그렇다고 여분의 기회를 찾는 일까지 그만둔 것은 아니었기 때문에 그는 예리한 눈으로 건물 안을 유심히 살피면서 그들이 어디서 묵게 될지 짐작해보았다. 유감스럽게도 이곳은 전통적인 성의 구조를 따르고 있었다. 큰 홀인 이 방이 거의 모든 사람이 한꺼번에 먹고 자는 자리인 것이다. 계단은 백작 부부를 위한 가족실 겸 침실로 통하는 것 같았다. 현대식 성에는 가족과 내빈을 위한 별도의 방이 있지만, 이 성에 그런 사치는 없는 듯했다. 오늘밤 캐리스와 이곳 홀 바닥에 나란히 눕긴 하겠지만 추문을 일으키지 않기 위해서는 그저 잠만 자야 할 것이었다.

얼마 후 레이디 필리파가 가족실에서 나와 계단을 내려왔다. 머딘의 눈에는 언제나 그녀가 자신에게 쏠리는 사람들의 시선을 의식하며 여왕처럼 입장하는 것처럼 보였다. 위엄을 드러내기 위해 취하는 그녀의 자세는 엉덩이의 고혹적인 곡선과 풍만한 가슴을 돋보이게 할 뿐이었다. 그러나 오늘 그녀는 평소 차분해 보이던 얼굴이 온통 눈물로 얼룩지고 눈은 충혈되어 있었다. 유행에 따라 맵시 있게 말아올린 머리 모양도 살짝 흐트러지고, 머리카락 몇 올이 머리장식 밖으로 삐져나와 산만한 매력을 풍겼다.

머딘은 자리에서 일어나 무슨 말을 듣게 될지 기다리는 눈길로 그녀를 바라보았다.

"우려했던 대로 남편은 전염병에 걸렸어요. 두 아들 역시 마찬가지고요." 그녀가 말했다.

방안에 있던 사람들은 낙심해서 웅성거렸다.

그것은 물론 전염병의 마지막 잔재에 불과할 수도 있었지만 어쩌면 새로운 창궐의 시작을 의미하는 것일 수도 있었다. 그러나 머딘은 그런 일은 없을 거라고 생각했다.

"백작은 어떠십니까?" 머딘이 물었다.

필리파가 머딘 옆에 앉으며 말했다. "캐리스 원장이 고통을 덜어줬어요. 하지만 임종이 가까웠다고 하는군요."

두 사람의 무릎이 거의 닿을 정도로 가까웠다. 그녀는 깊은 슬픔에 잠겨 있고 그는 캐리스에 대한 사랑에 현기증을 느낄 정도였지만 묘하게도 그 순간 머딘은 그녀에게 성적 매력을 느꼈다. "아드님들은요?"

그녀는 청색 가운에 금실 은실로 수놓인 무늬를 살펴보기라도 하듯 자신의 무릎을 내려다보았다. "아버지와 같아요."

"너무 가혹한 일입니다. 레이디. 너무 가혹해요." 머딘은 조용히 말했다.

그녀가 경계하는 눈빛으로 그를 훑어보았다. "당신은 동생과는 다른 것 같군요."

머딘은 랠프가 오랜 세월 동안 거의 강박적으로 필리파를 사랑했었다는 사실을 알고 있었다. 그녀도 그 사실을 알고 있을까? 머딘으로서는 알 수 없는 일이었다. 어쨌든 랠프는 상대를 잘 고른 것 같았다. 가망 없는 사랑을 할 거라면 상대가 독신인 것보다는 나을 테니까. "랠프와 저는 아주 다르죠." 머딘은 무덤덤하게 대꾸했다.

"당신들이 어렸을 때가 기억나는군요. 당신은 꽤 당돌했죠. 나에게 눈빛과 어울리는 녹색 비단을 사라고 말했잖아요. 그뒤 당신 동생이 싸움을 벌였고요."

"형제들 중에는 일부러 형과는 반대로 엇나가려는 동생이 종종 있는 것 같습니다. 그저 다르고 싶다는 이유로 말입니다."

"내 두 아들도 그런 것 같아요. 롤로는 제 아버지와 할아버지를 닮아 의지가 강하고 단호하죠. 그런데 릭은 늘 자상하고 친절해요." 필리파는 울기 시작했다. "오, 맙소사. 그애들을 한꺼번에 잃게 되다니."

머딘은 그녀의 손을 잡았다. "아직 어떻게 될지 모르잖아요." 그가 부드럽게 말했다. "저는 피렌체에서 전염병에 걸렸지만 이렇게 살아남았습니다. 제 딸은 전염병에 아예 걸리지 않았고요."

그녀는 그를 바라보았다. "당신의 아내는요?"

머딘은 맞잡은 자신들의 손을 내려다보았다. 두 사람은 네 살밖에 나이차가 나지 않지만, 필리파의 손은 그의 손에 비해 눈에 띄게 주름이 많았다. 그가 말했다. "실비아는 죽었습니다."

"나는 하느님에게 나도 병에 걸리게 해달라고 빌고 있어요. 우리집 남자들이 모두 죽으면 나도 죽고 싶을 테니까."

"그렇게 되지는 않을 겁니다."

"귀족 여인들은 사랑하지도 않는 남자와 결혼해야 하는 운명에 따르지만, 윌리엄을 만난 나는 운이 좋았어요. 남편감으로 정해진 사람이었지만 나는 처음부터 그이를 사랑했죠." 그녀의 목소리가 떨리기 시작했다. "다른 사람과 사는 건 생각만 해도 참기 어려워요······"

"물론 그렇게 생각하시는 게 당연합니다." 아직 남편이 살아 있는데 이런 얘기를 하다니 이상하군. 머딘은 생각했다. 하지만 큰 슬픔에 빠진 그녀는 세세한 부분은 생각지 않고 떠오르는 대로 말하고 있었다.

그녀가 마음을 다잡으려 애쓰며 물었다. "당신은 어떤가요? 재혼을 했나요?"

"아닙니다." 그는 자신이 킹스브리지 수녀원장의 연인이라는 사실을 설명할 방도가 없었다. "하지만 상대 여성이······ 그러겠다고 하면 할 수도 있겠죠. 레이디도 결국 똑같은 생각을 하시게 될 겁니다."

"하지만 당신은 이해 못해요. 후계자가 없는 백작 미망인은 에드워드 왕이 정한 사람과 결혼해야 해요. 왕은 내가 누굴 원하는지 따위는 아랑곳하지 않을 겁니다. 왕의 유일한 관심사는 셔링의 다음번 백작을 누구로 하느냐 뿐이니까."

"그렇군요." 머딘은 생각해보지 못한 것이었다. 남편을 진정으로 사랑했던 미망인이라면 그런 식의 재혼이 더없이 역겨운 일이 될 수도 있겠다는 생각이 들었다.

"아직 남편이 살아 있는데 재혼 얘기를 꺼내다니, 내가 무슨 끔찍한 생각을 하는 거지. 뭐에 씐 것처럼."

머딘이 이해한다는 듯이 그녀의 손을 토닥였다. "충분히 이해할 수 있는 일입니다."

계단 위쪽에서 문이 열리고 캐리스가 천에 손을 닦으며 나왔다. 머딘은 문득 필리파의 손을 잡고 있는 것이 거북하게 느껴졌다. 그는 손을 빼고 싶었지만 그러면 오히려 떳떳하지 못해 보일 것 같아 애써 가만히 있었다. 그는 캐리스에게 미소지으며 물었다. "환자들은 좀 어때?"

캐리스의 시선이 그들이 잡고 있는 손 쪽으로 향했지만 그녀는 아무 말도 하지 않았다. 캐리스는 마스크 끈을 풀며 계단을 내려왔다.

필리파는 서두르는 기색 없이 손을 빼냈다.

캐리스가 마스크를 벗고 말했다. "레이디, 이런 말씀을 드리게 돼서 몹시 유감입니다만, 윌리엄 백작은 돌아가셨습니다."

❧

"새 말이 필요하겠어." 랠프 피츠제럴드가 말했다. 그의 애마 그리프가 늙어가고 있었다. 팔팔했던 밤색 말은 왼쪽 뒷다리를 삐었다가 낫는 데만 몇 달이 걸렸는데, 또다시 그 다리를 절고 있었다. 랠프는 기분이 언짢았다. 그리프는 랠프가 젊은 기사종자였던 시절에 롤런드 백작이 준 말로, 그후로 언제나 그와 함께 있었고 프랑스와의 전쟁 때도 함께했었다. 앞으로 몇 년은 영지 안에서 천천히 돌아다닐 때 탈 수 있겠지만 사냥할 때 타는 건 불가능할 것이다.

"내일 셔링 시장에 가서 다른 말을 사오죠." 앨런 펀힐이 말했다.

두 사람은 마구간에서 그리프의 구절*을 들여다보고 있었다. 랠프는 마구간이 좋았다. 그곳에서 나는 흙냄새, 기운차고 아름다운 말들, 힘쓰는 일에 몰두하는 우악스러운 손을 가진 사내들이 좋았다. 그곳에 있으면 세상이 단순해 보였던 어린 시절로 돌아간 듯했다.

랠프는 앨런의 의견에 바로 대답하지 않았다. 앨런은 랠프에게 말을

---

* 말굽 위 뒤쪽 털이 난 부분의 관절.

살 돈이 없다는 것을 알지 못했다.

전염병이 돌자 처음에는 상속세가 들어와 풍족했다. 평소라면 아버지에게서 아들에게로 한 세대에 한 차례 상속되던 것이 몇 개월 새 두세 차례 상속인이 바뀌며 그때마다 돈을 챙길 수 있었다. 대개의 경우 좋은 가축이 들어오기도 했지만 현금이 들어오는 경우도 많았다. 그러다 경작할 사람이 부족해지면서 토지가 쓸모없어지기 시작했다. 곡식값이 폭락했다. 그 결과 랠프의 수입은 현금과 농산물 모두 동시에 급감하게 됐다.

상황이 말이 아니로군, 기사에게 말 한 필 살 돈이 없다니. 그는 생각했다.

그러다 위글리의 관리인 네이트가 오늘 한 계절분의 세금을 텐치 홀로 가져오기로 했다는 사실이 생각났다. 매년 봄이면 마을에서는 영주에게 한 살짜리 양 스물네 마리를 바칠 의무가 있었다. 그것들을 셔링 시장에 내다팔면 사냥용 말은 아니더라도 승마용 말 한 필쯤 살 돈은 마련될 것이다. "좋아." 랠프가 앨런에게 말했다. "위글리 관리인이 왔는지 가보지."

그들은 홀로 들어갔다. 그곳은 여자의 구역이어서 랠프의 기분은 단번에 침울하게 가라앉았다. 틸리가 불가에 앉아 석 달 된 아들 게리에게 젖을 먹이고 있었다. 틸리는 어린 나이에 아이를 낳았지만 그녀도 아기도 모두 건강했다. 이제 틸리의 몸은 가냘픈 소녀의 몸에서 급변해 젖가슴이 많이 부풀었고, 아기는 가죽 같은 커다란 젖꼭지를 열심히 빨고 있었다. 그녀의 배는 노파처럼 축 늘어졌다. 랠프는 벌써 여러 달째 그녀와 사랑을 나누지 않았는데, 앞으로도 그럴 일은 없을 것 같았다.

그 옆에 아기의 이름을 따온 할아버지 제럴드 경이 레이디 모드와 함께 앉아 있었다. 랠프의 부모는 이제 연로했지만 아침마다 손자를 보러 마을에 있는 자신들의 집에서 영주 저택으로 찾아왔다. 모드는 아기가 랠프를 닮았다고 했지만 그는 어디가 닮았는지 알 수 없었다.

랠프는 홀 안에 네이트가 있는 것을 보자 반가웠다.

등이 굽은 관리인이 긴 의자에서 펄쩍 뛰듯 일어났다. "안녕하십니까, 랠프 경."

랠프는 그가 쭈뼛거리는 눈빛으로 자신을 보고 있음을 알았다. "무슨 문제라도 있나, 네이트? 양들은 가져왔겠지?"

"아닙니다, 나리."

"어째서 가져오지 않았지?"

"양이 한 마리도 없습니다, 나리. 위글리에는 늙은 암양 몇 마리 말고는 양이 한 마리도 남지 않았습니다."

랠프는 놀랐다. "누가 훔쳐가기라도 했다는 것이냐?"

"아닙니다. 그중 일부는 이미 주인들이 죽었을 때 상속세로 나리께 드렸습니다. 그후 목동 잭 셰퍼드의 땅을 넘겨받을 소작인을 찾지 못해 지난겨울 대부분의 양들이 죽었습니다. 올봄에도 돌볼 사람이 없어 새끼 양 대부분을 잃었고, 어미 양도 몇 마리 죽었죠."

"말도 안 되는 소리!" 랠프는 화를 냈다. "농노들이 가축을 죽게 내버려두면 귀족들은 어떻게 살라는 거냐?"

"1월과 2월 들어서 전염병이 사그라졌을 때 전염병이 아주 물러간 줄 알았는데 다시 돌아온 것 같습니다."

랠프는 공포로 몸이 떨리는 것을 겨우 억눌렀다. 다른 사람들과 마찬가지로 그 역시 전염병에 걸리지 않은 것을 천행으로 여겼다. 그런데 그것이 되돌아오다니 있을 수 있는 일인가?

네이트가 말을 이었다. "이번주에 퍼킨이 죽고 곧이어 그의 아내 페그와 아들 롭, 사위 빌리 하워드도 죽었습니다. 살아남은 아넷이 그 넓은 땅을 관리해야 할 텐데 그건 불가능한 일입니다."

"그렇다면 그 땅에 매긴 상속세가 있겠군."

"그렇죠. 그 땅을 맡을 소작인이 있다면 말입니다."

의회에서는 더 많은 품삯을 받으려는 일꾼들이 인근 마을로 달아나지 못하도록 할 새 법령이 만들어져 통과를 기다리고 있었다. 법령이 통과되기만 하면 랠프는 그 법을 집행해 일꾼들을 찾아올 작정이었다. 하지만 그는 소작인을 찾는 일이 시급하다는 사실을 이제야 깨달았다.

"백작이 돌아가셨다는 이야기는 들으셨겠죠?" 네이트가 말했다.

"뭐라고?" 랠프는 다시 한번 놀랐다.

"그게 무슨 말이냐?" 제럴드 경이 말했다. "윌리엄 백작이 죽었다고?"

"전염병 때문입니다." 네이트가 설명했다.

"가엾은 윌리엄 삼촌!" 틸리가 말했다.

어머니의 기분을 감지한 아기가 울음을 터뜨렸다.

랠프가 온갖 시끄러운 소리 너머로 목청을 높였다. "그게 언제 일이지?"

"겨우 사흘 전입니다." 네이트가 대답했다.

틸리가 다시 젖을 물리자 아기는 조용해졌다.

"그러면 윌리엄의 맏아들이 새 백작이 되겠군." 랠프가 생각에 잠긴 어조로 말했다. "그애는 이제 스무 살도 안 됐을 텐데."

네이트는 고개를 저었다. "롤로 도련님도 전염병으로 돌아가셨습니다."

"그러면 그 동생이—"

"그분도 돌아가셨습니다."

"두 아들 모두!" 랠프의 가슴이 뛰었다. 셔링 백작은 그의 영원한 꿈이었다. 그런데 전염병이 그에게 기회를 안겨준 셈이었다. 게다가 전염병은 유망한 후보 대다수를 쓸어버림으로써 그의 승산을 높여준 셈이었다.

그는 아버지와 시선이 마주쳤다. 제럴드 경 역시 똑같은 생각을 하고 있었다.

"롤로와 릭까지 죽다니, 너무해요." 틸리가 울기 시작했다.

랠프는 그녀의 말을 무시한 채 가능성을 점쳐보았다. "어디 보자, 남아 있는 친척이 또 누가 있지?"

"백작부인도 돌아가셨을 테지?" 제럴드가 네이트에게 말했다.

"아닙니다, 나리. 레이디 필리파는 살아 계십니다. 그분의 딸 오딜라도 살아 계시고요."

"아하!" 제럴드가 말했다. "그러면 왕이 선택하는 사람이 누구든 백작이 되기 위해서는 필리파와 혼인을 해야겠군."

랠프는 벼락이라도 맞은 듯한 충격을 받았다. 레이디 필리파와 혼인하는 것은 젊은 시절 이래 그의 꿈이었다. 이제 자신의 두 가지 꿈을 단번에 이룰 기회가 온 것이었다.

그러나 랠프는 이미 결혼한 몸이었다.

"그걸로 끝이겠군." 제럴드가 말했다. 그는 의자 깊숙이 앉았다. 그의 흥분은 일어난 것만큼이나 순식간에 사라져버렸다.

랠프는 아이에게 젖을 물린 채 울고 있는 틸리를 바라보았다. 열다섯 살에 키가 5피트도 안 되는 그녀가 그와, 그가 늘 꿈꿔왔던 미래 사이를 성벽처럼 가로막고 서 있었다.

그는 그녀가 저주스러웠다.

～

윌리엄 백작의 장례식은 킹스브리지 대성당에서 거행됐다. 수사는 토머스 형제뿐이었고, 앙리 주교가 미사를 집전하고 수녀들이 성가를 불렀다. 짙은 베일을 쓴 레이디 필리파와 레이디 오딜라가 관을 뒤따랐다. 검은 상복을 입은 그들의 극적인 모습에도 불구하고 랠프는 그 의식에, 보통 유력 인사의 장례식에 따르기 마련인 장엄한 느낌, 이를테면 거대한 강물의 흐름처럼 역사적인 순간이 지나간다는 느낌이 부족하다고 느꼈다. 죽음은 어디서나 매일같이 벌어지는 일이었고, 귀족의 죽음도 이제는 흔해빠진 일이 되었다.

그는 장례식에 참석한 이들 가운데 혹시라도 병에 감염된 누군가가 숨결을 통해, 또는 눈에서 나오는 보이지 않는 빛으로 병을 옮기지는 않을지 불안했다. 그 생각을 하자 랠프는 언짢아졌다. 그는 수도 없이 죽음에 직면했었고, 전투를 치르면서 공포를 물리치는 법도 배웠지만, 그때의 상대는 맞서 싸울 수 있는 적이었다. 전염병은 등뒤에서 긴 칼을 사람들에게 꽂았다가 들키기 전에 사라져버리는 자객과 다름없었다. 랠프는 몸을 떨며 되도록 그 생각을 하지 않으려 애썼다.

랠프 옆에는 예전 킹스브리지와 관련한 소송을 맡았던 호리호리한 변호사 그레고리 롱펠로 경이 있었다. 그레고리는 이제 군주에게 군주가 해야 할 일에 대해서가 아니라—그 일은 의회의 일이었다—어떻게 그 일을 할 것인가에 대해 기술적 조언을 하는 정선된 전문가 집단인 추밀원의 일원이었다.

국왕의 교시는 보통 교회의 미사 때, 그중에서도 이런 큰 의식이 치러질 때 발표되는 일이 많았다. 오늘 앙리 주교는 이 자리에서 새로 제정된 노동자 칙령을 설명했다. 랠프는 그레고리 경이 그 소식을 가져온 장본인이며, 이곳에 머물면서 사람들의 반응을 확인할 거라고 추측했다.

랠프는 주의깊게 귀를 기울였다. 그는 의회에 출두한 적은 없었지만 상원 소속인 윌리엄 백작과 하원에서 셔링을 대표하는 피터 제프리스 경에게 노동력 위기 상황에 대해 이야기한 적이 있었기 때문에 어떤 이야기가 거론됐는지 알고 있었다.

"모든 사람은 자기가 사는 마을의 영주를 위해 일해야 하며, 자신의 영주가 자유를 주기 전에는 다른 마을로 이사하거나 다른 주인을 위해 일할 수 없습니다." 주교가 말했다.

랠프는 몹시 기뻤다. 예상하고 있었지만 마침내 공식화됐다는 것이 기뻤다.

전염병이 창궐하기 전에는 일꾼이 모자란 적이 없었다. 오히려 대부분의 마을에서 노동력이 남아돌았다. 땅이 없는 이들이 날품을 팔 일도 구하지 못할 경우에는 영주에게 자비를 구하기도 했는데, 그들을 실제로 도와주든 않든 영주에게는 그런 자들이 골칫거리였다. 따라서 그들이 다른 마을로 떠나고 싶어하면 영주로서는 안도할 일이었으며, 사람들을 원래 있던 곳에 묶어둘 법이 필요할 일도 없었다. 그런데 이제는 일꾼들이 칼자루를 쥐고 있었으며, 이대로 방치해서는 안 될 상황이 되었다.

주교의 발표를 들은 신도들 속에서 동의하는 목소리가 들렸다. 킹스브리지 시민들은 그런 일에 큰 영향을 받지 않았지만, 장례식에 참석하기 위해 시골에서 온 이들은 대부분 일꾼이 아니라 고용주였다. 새로운 이 법령은 그들의 손으로 만들어진 것이자 그들을 위한 것이었다.

주교가 말을 이었다. "이제 1347년에 받았던 것보다 더 많은 품삯을 요구하거나 제공하거나 용인하는 일은 위법입니다."

랠프는 동의하는 뜻으로 고개를 끄덕였다. 마을에 남아 있던 일꾼들마저 더 높은 품삯을 요구하고 있었다. 그는 이 법령으로 그런 일도 종지부를 찍게 되기를 바랐다.

그는 그레고리 경과 시선이 마주쳤다. "경이 고개를 끄덕이는 걸 보았소. 이 법에 찬성한다는 겁니까?"

"우리가 원하던 것입니다." 랠프가 말했다. "며칠 안에 이 법령이 집행될 겁니다. 내 영지에서 달아난 자들 가운데 특별히 끌고 와야 할 자들이 있죠."

"괜찮다면 내가 동행해도 되겠습니까." 변호사가 말했다. "일이 어떻게 진행되는지 보고 싶습니다."

69

오던비의 신부가 전염병으로 죽은 뒤로 성당에서는 미사가 열리지 않았다. 그런 까닭에 궬다는 주일 아침에 성당 종소리가 들리자 깜짝 놀랐다.

울프릭이 알아보러 나갔다 오더니, 데릭이라는 신부가 임시 파견되어 왔다고 했다. 궬다는 서둘러 아이들의 얼굴을 씻기고 모두 함께 밖으로 나왔다.

화창한 봄날 아침이었다. 선명한 햇살이 작은 교회의 오래된 회색 돌벽을 감싸고 있었다. 새로운 신부를 보려고 마을 사람들이 모두 나왔다.

데릭 신부는 세련된 말투에 시골 교회에 어울리지 않는 화려한 차림새를 한 도시의 성직자였다. 궬다는 그의 방문에 무슨 특별한 의미가 있을지도 모른다고 생각했다. 교회측에서 갑자기 이런 교구에 특별한 배려를 할 만한 이유가 있을까? 그녀는 언제나 최악의 상황을 가정하는 건 나쁜 버릇이라고 여겼지만 그래도 뭔가 잘못되어가고 있다는 느낌이 들었다.

그녀는 울프릭과 아이들과 함께 회중석에 서서 의식을 주재하는 사제를 지켜보았는데, 불길한 느낌은 갈수록 커졌다. 사제는 보통 기도를 하거나 성가를 부르면서 이 모든 의식이 사제 자신과 하느님 사이의 사적인 소통이 아니라 신도들을 위한 것임을 강조하기 위해 신도들을 바라보았다. 그런데 데릭 신부의 시선은 신도들의 머리 위에 떠 있었다.

그녀는 곧 이유를 알게 됐다. 미사가 끝날 무렵 신부는 신도들에게 왕과 의회에서 통과된 새 법령에 대해 통고했다. "땅이 없는 일꾼들은 영주가 요구할 경우 원래 자신이 있던 마을로 돌아가 일해야 합니다."

궨다는 격분했다. "어떻게 그럴 수 있죠?" 그녀가 소리쳤다. "영주는 어려운 시기에도 일꾼을 도울 의무를 지지 않아요. 우리 아버지는 땅도 없는 날품팔이꾼이었는데 일이 없으면 우리 모두 굶어야 했어요. 그런 영주에게 일꾼이 왜 충성해야 한다는 거예요?"

여기저기서 동조하는 웅성거림이 일어나자 사제는 한층 목소리를 높여야 했다. "이것은 국왕 폐하가 결정하신 일이고 국왕은 하느님으로부터 우리의 통치자로 선택되신 분입니다. 우리는 모두 폐하의 뜻을 따라야 합니다."

"왕은 수백 년간 이어져온 관습도 바꿀 수 있는 건가요?" 궨다는 고집스럽게 밀어붙였다.

"지금은 어려운 시기입니다. 나도 여러분 대부분이 지난 몇 주 사이에 오던비에 왔다는 걸 알고 있―"

"그건 쟁기꾼의 권유를 받아서였소." 칼 섀프츠베리가 사제의 말을 끊고 나섰다. 화상 자국이 있는 그의 얼굴이 분노로 납빛을 띠었다.

"마을 주민들 모두가 권유를 했겠죠." 사제도 그 점은 인정했다. "그리고 모두들 당신들이 온 것을 고맙게 여겼을 테고요. 그러나 현명하신 폐하는 이런 일이 계속되어서는 안 된다고 판결하셨습니다."

"그러면 가난한 사람들은 계속 가난하게 살게 될 겁니다." 칼이 말했다.

"그건 하느님이 정하신 일입니다. 사람마다 자기 본분이라는 게 있습니다."

쟁기꾼 해리가 말했다. "그러면 하느님은 어떻게 우리가 다른 일손의 도움을 받지 않고도 밭을 경작할 수 있다고 하실까요? 새로 온 일꾼들이 모두 가버리면 우리는 일을 끝내지 못합니다."

"모두 다 떠날 필요는 없을 겁니다." 데릭이 말했다. "새 법령에 의하면 요구가 있을 경우에만 돌아가야 한다는 거니까요."

그 말에 모두 조용해졌다. 타지에서 온 사람들은 자신들의 영주가 그곳에 있는 자신들을 추적할 수 있을지 따져보고 있었고, 이곳 주민들은 그 경우 남게 될 일꾼이 얼마일지 궁금해했다. 하지만 궨다는 자신의 앞일을 알 것 같았다. 조만간 랠프가 그녀 가족을 끌고 가려고 올 것이 분명하다.

그녀는 그전에 먼저 사라지기로 결심했다.

사제가 물러가자 신도들은 문 쪽으로 움직이기 시작했다. "우린 여기서 떠나야 해." 궨다가 나지막한 목소리로 울프릭에게 말했다. "랠프가 우리를 잡으러 오기 전에."

"어디로?"

"그건 몰라. 하지만 그게 더 나아. 어디로 가는지 우리가 모르면 다른 사람도 모를 테니까."

"하지만 어떻게 먹고살지?"

"일꾼이 필요한 다른 마을을 찾으면 돼."

"그런 마을이 많이 있을까?"

그는 언제나 그녀보다 생각이 느렸다. "많이 있을 거야." 그녀가 인

내심을 가지고 말했다. "국왕이 오던비 하나 때문에 이 법령을 통과시킨 건 아닐 테니까."

"그거야 그렇지."

"오늘 당장 떠나야 해." 그녀는 단호히 말했다. "오늘은 일요일이니까 밑지는 일은 없을 거야." 그녀는 시간을 가늠해보기 위해 창밖을 힐끗 보았다. "아직 정오도 안 됐어. 밤이 오기 전까지 꽤 멀리 갈 수 있어. 내일 아침부터 새로운 마을에서 일할 수 있을지도 모르지."

"좋아. 랠프가 언제 들이닥칠지 알 수 없으니까."

"아무한테도 말하지 마. 집에 가서 가져갈 짐을 챙긴 다음 곧장 빠져나갈 거니까."

"알았어."

그들이 문에 이르러 햇살이 비치는 밖으로 나섰을 때, 궨다는 이미 늦었다는 것을 알았다.

성당 밖에는 말을 탄 여섯 명이 대기하고 있었다. 랠프와 그의 수하인 앨런, 런던풍 옷차림을 한 키 큰 남자, 싸구려 술집에서 몇 푼만 주면 고용할 수 있는 부류의 더럽고 흉터가 있고 사악해 보이는 불량배 세 명이었다.

궨다와 시선이 마주치자 랠프는 의기양양한 미소를 지었다.

궨다는 필사적으로 주위를 둘러보았다. 며칠 전에만 해도 마을 사람들은 어깨를 맞대고 랠프와 앨런에게 맞섰지만 이번에는 사정이 달랐다. 이제 상대는 둘이 아니라 여섯이었다. 이전에는 밭에서 돌아오던 길이어서 손에 연장들을 들고 있었지만, 지금 사람들은 빈손으로 성당에서 나오던 중이었다. 그리고 무엇보다 중요한 것은 처음에 그들은 자신들이 옳다고 믿었지만 이번에는 그렇게까지 확신하지 못한다는 사실이었다.

마을 사람 몇몇은 그녀와 시선이 마주치자 재빨리 고개를 돌려버렸다. 그녀의 의심은 굳어졌다. 오늘 마을 사람들은 싸우지 않을 것이다.

궨다는 크게 낙심해 몸에서 힘이 빠져나가는 것 같았다. 쓰러질 것 같아 성당 현관의 석조물에 몸을 기댔다. 그녀의 심장은 한겨울 무덤에서 파낸 흙처럼 무겁고 차갑고 축축해진 것 같았다. 가혹한 절망감이 그녀를 완전히 잠식해버렸다.

그들은 며칠 동안 자유로웠다. 그러나 그것은 꿈에 지나지 않았다. 이제 그 꿈은 끝났다.

꿈꿈

랠프는 목에 밧줄을 맨 울프릭을 끌며 말을 몰아 천천히 위글리를 통과했다.

그들이 도착한 것은 늦은 오후였다. 속력을 내기 위해 랠프는 두 아이를 그가 고용한 불량배들의 말에 나눠 태웠다. 궨다는 뒤에서 따라가고 있었다. 랠프는 그녀를 밧줄로 묶는 일은 신경도 쓰지 않았다. 어차피 자기 아이들을 따라올 테니까.

일요일이라 위글리 주민 대부분은 랠프가 예상한 대로 집밖에 나와서 볕을 쬐고 있었다. 모두들 겁에 질려 침묵한 채 그 비참한 행렬을 지켜보았다. 랠프는 울프릭이 굴욕을 겪는 모습을 보고 사람들이 더 높은 품삯을 요구하려는 생각을 아예 단념하기를 바랐다.

그들은 랠프가 텐치 홀로 옮기기 전에 살았던 작은 영주 저택에 이르렀다. 랠프는 그제야 울프릭을 풀어주고 그들 가족이 살던 집으로 돌려보냈다. 그런 다음 고용한 불량배들에게 돈을 주고 앨런과 그레고리 경과 함께 영주 저택으로 들어갔다.

저택은 언제든 영주가 방문할 수 있도록 말끔히 청소되어 있었다. 그는 비라에게 와인을 내오고 저녁을 준비하라고 일렀다. 어둠이 내리기 전까지 텐치에 도착하기에는 너무 늦은 시각이었다.

그레고리가 자리에 앉아 긴 다리를 쭉 뻗었다. 그는 어디서든 제 집처럼 편안하게 지낼 수 있는 부류인 듯했다. 곧고 검은 머리도 이제는 백발이 희끗희끗해졌지만 콧구멍이 벌어진 긴 코 덕분에 여전히 거만한 인상을 풍겼다. "일이 잘 풀린 것 같소?" 그가 물었다.

랠프는 그곳까지 오는 내내 새 법령에 대해 생각하고 있었으므로 대답할 말이 있었다. "법령이 제대로 먹히지 않을 겁니다." 그가 말했다.

그레고리는 눈썹을 치켜세웠다. "오, 그래요?"

"저도 랠프 경과 같은 생각입니다." 앨런이 말했다.

"이유는?"

"우선 도망자들이 간 곳을 알아내기가 어렵습니다." 랠프가 말했다.

앨런이 끼어들었다. "우리가 울프릭을 추적한 건 운이 좋았기 때문이죠. 그와 궨다가 갈 곳을 계획하는 말을 엿들은 사람이 있었으니까요."

"다음으로, 그들을 되찾아오는 건 너무 성가신 일입니다." 랠프가 말했다.

그레고리는 고개를 끄덕였다. "우리는 그 일에 하루를 다 쓴 셈이죠."

"그리고 사람을 고용하고 그들에게 말까지 제공해야 했소. 달아난 일꾼을 찾으려고 시간과 돈을 써가며 나라 안을 뒤지고 다닐 수는 없는 일입니다."

"알겠소."

"셋째로, 그들이 다음주에 다시 도망치지 않는다는 보장이 없습니다."

"일꾼들이 어디로 가는지 아무에게도 말하지 않으면 그들을 찾지 못할 수도 있죠." 앨런이 말했다.

"그 법령이 효과를 거두기 위한 유일한 방법은, 누군가 마을을 다니면서 그렇게 옮겨온 자들을 찾아내 벌하는 것뿐입니다." 랠프가 말했다.

"노동자 관리위원회 같은 것을 두자는 말이로군요." 그레고리가 말했다.

"그겁니다. 각 주마다 여기저기 돌면서 도망자를 색출할 조사단을 만들어 열두 명 정도씩 조사원을 임명하는 거죠."

"다른 사람이 경을 위해 대신 일해주기를 원하는 거로군요."

조롱조의 말이었지만 랠프는 대수롭지 않다는 표정을 지었다. "꼭 그런 건 아닙니다. 원한다면 내가 조사원이 될 수도 있어요. 다만 그것이 법령이 성과를 거두는 길이라는 거죠. 낫질 한 번으로 밭 전체를 수확할 수는 없으니까요."

"재미있는 얘기요." 그레고리가 말했다.

비라가 술 단지와 술잔을 가져와 세 사람에게 와인을 따라줬다.

"당신은 빈틈없는 사람이오, 랠프 경. 당신은 의회 의원이 아니죠?" 그레고리가 말했다.

"아닙니다."

"안타까운 일이군요. 폐하께서 당신의 조언을 유용하게 들으실 것 같은데."

랠프는 그 말에 기쁜 기색을 감추려 애썼다. "과찬이십니다." 그러면서 몸을 앞으로 기울였다. "그런데 윌리엄 백작이 죽었으니 그 자리가 비었고—" 그때 문이 열리는 것을 보고 그는 말을 멈췄다.

관리인 네이트가 들어섰다. "정말 잘하셨습니다, 나리! 일꾼들 중에서 가장 부지런한 울프릭과 궨다를 다시 우리에 몰아넣었으니까요."

랠프는 중요한 순간을 방해한 네이트에게 화가 치밀었다. 그는 짜증스럽게 말했다. "그럼 이제 이 마을에서 좀더 세금을 낼 수 있을 거라 믿겠네."

"그럼요, 나리…… 그들이 계속 붙어 있기만 한다면요."

랠프는 눈살을 찌푸렸다. 네이트는 즉각 자신이 처한 난관에 몰두했다. 어떻게 그가 울프릭을 위글리에 계속 잡아둘 수 있겠는가? 밤낮으로 사슬로 매놓고 밭을 갈게 할 수는 없는 노릇이었다.

"그런데 관리인, 자네는 영주에게 뭔가 제안할 것이 있지 않은가?" 그레고리가 말했다.

"그렇습니다. 나리."

"그럴 줄 알았네."

네이트는 즉각 권유를 받아들여 랠프에게 말했다. "울프릭이 죽을 때까지 위글리에 묶어놓을 한 가지 방법이 있습니다."

랠프는 속임수라는 것을 직감했지만 들어보는 수밖에 없었다. "계속하게."

"그에게 그의 아버지가 소유했던 땅을 돌려주는 겁니다."

그레고리에게 좋은 인상을 심어주려 하지 않았다면 랠프는 네이트에게 버럭 고함을 쳤을 것이다. 그는 겨우 화를 누르고 굳은 어조로 말했다. "나는 그렇게 생각하지 않네."

"우선 그 땅을 부칠 소작인을 구할 수 없습니다. 아넷은 그 땅을 관리할 수 없는 형편이고, 살아남은 남자 친척이 있는 것도 아니거든요."

"상관없네. 어쨌든 울프릭에게 땅을 줄 수는 없어."

"어째서 안 된다는 겁니까?" 그레고리가 물었다.

랠프는 십이 년 전의 싸움 때문에 아직까지 울프릭에게 원한을 품고 있다는 사실을 인정하고 싶지 않았다. 여태 그레고리에게 좋은 인상을 주었는데 그것을 망치고 싶지도 않았다. 어렸을 때 다툰 일 때문에 이익에 반하는 행동을 하는 기사를 왕의 추밀원 의원이 어떻게 생각하겠는가? 그는 그럴싸한 핑계를 둘러댔다. "그러면 달아났던 울프릭에게 보상이라도 베푸는 인상을 주기 때문입니다."

"그럴 것 같진 않은데요." 그레고리가 말했다. "이 관리인 말에 의하면 당신이 그에게 주는 것이 아무도 원치 않는 것이잖습니까."

"그렇기는 해도 다른 주민들에게 잘못된 본보기가 될 수도 있습니다."

"지나치게 신중한 생각인 것 같소." 그레고리가 말했다. 그는 자신의 생각을 적당히 담아두는 부류가 아니었다. "당신이 소작인을 구하려고 필사적으로 애쓰고 있다는 건 누구나 아는 사실일 거 같은데요. 지주들 대부분이 그렇긴 하지만 말이오. 이 마을 사람들은 당신이 마을의 수입을 위해 행동한 것이고 울프릭은 운좋은 수혜자라고 여길 겁니다."

네이트가 덧붙였다. "자기 땅이 생기면 울프릭과 궨다는 두 배로 열심히 일할 겁니다."

랠프는 염려스러웠다. 그는 진심으로 그레고리에게 잘 보이고 싶었다. 백작 지위에 대한 의논을 이제 막 시작하려는 참이었다. 울프릭 때문에 그 일을 위태롭게 만들 수는 없는 노릇이었다.

랠프는 단념해야 했다.

"자네 말이 맞을지도 모르겠군." 그는 자신이 이를 악물고 말하고 있다는 것을 깨닫고 되도록 태연하게 말하려 애썼다. "어쨌든 그자는 이곳까지 끌려왔고 수모도 당할 만큼 당했으니까. 그 정도면 충분하겠지."

"저도 그럴 거라고 생각합니다."

"좋아, 네이트." 랠프가 말했다. 잠시 말이 목에 걸려 나오지 않았다. 울프릭에게 평생 소원하던 것을 준다는 것이 너무도 싫었다. 하지만 더 중요한 문제가 있었다. "울프릭에게 아버지의 땅을 돌려주게."

"밤이 되기 전에 분부대로 거행하겠습니다." 네이트가 말하고는 물러났다.

"그런데 아까 백작 지위에 대해 뭔가 말하려고 하지 않았나요?" 그레고리가 말했다.

랠프는 신중하게 표현을 골랐다. "롤런드 백작이 크레시 전투에서 돌아가신 뒤 저는 폐하께서 저를 셔링의 백작으로 임명하실지도 모른다고 생각했었죠. 제가 젊은 웨일스 공의 목숨을 구했던 터라 더욱 그랬습니다."

"하지만 롤런드 백작에게는 적자가 있었소. 그에게도 두 아들이 있었고."

"그렇습니다. 그런데 이제 그 세 사람이 모두 죽었죠."

"흠." 그레고리가 와인을 한 모금 마셨다. "맛이 괜찮군요."

"가스코뉴산이죠."

"멜컴으로 들어오는 물건이겠군요."

"그렇습니다."

"맛이 좋군요." 그레고리는 와인을 조금 더 마셨다. 그가 뭔가 할말이 있는 듯해 랠프는 잠자코 기다렸다. 그레고리는 꽤 오랫동안 속으로 표현을 다듬었다. 그러고는 이윽고 말했다. "킹스브리지 근방 어딘가에…… 있어서는 안 될 서한이 한 통 있소."

랠프는 어리둥절했다. 지금 무슨 얘기를 하는 거지?

그레고리가 말을 이었다. "오랫동안 그 서한은 여러 가지 복잡한 이유로 안전하게 보관하리라 믿을 만한 사람이 가지고 있었소. 그런데 최근 누군가가, 그 비밀을 캐려는 듯한 질문을 던졌소."

온통 수수께끼 같은 이야기였다. 랠프는 성마른 어조로 물었다. "도무지 무슨 말씀인지 모르겠군요. 대체 그런 곤란한 질문을 던진 사람이 누굽니까?"

"킹스브리지의 수녀원장이오."

"오호."

"그저 모종의 실마리를 잡고 짚어본 것일 수도 있소. 아무 뜻 없이 한 질문일 수도 있고. 하지만 폐하의 측근들은 그 서한이 그녀의 수중에 들어갔을지도 모른다고 우려하고 있습니다."

"무슨 내용입니까?"

그레고리는 마치 거친 강에 놓인 징검다리를 발끝으로 조심스레 두드려보며 건너는 사람처럼 다시 한번 신중히 표현을 골랐다. "폐하의 자애로운 모친과 관련 있는 내용이오."

"이저벨라 왕비 말씀이군요." 그 늙은 마녀는 여전히 린의 화려한 성 안에서 자신의 모국어인 프랑스어로 쓰인 소설책을 읽으며 지낸다고들 했다.

"간단히 말해 나는 수녀원장이 그 서한을 갖고 있는지 여부를 알아야 하오. 단 내가 그 문제에 관심을 가지고 있다는 걸 누구도 알아서는 안 됩니다."

"수도원에 가서 수녀들의 증서들을 뒤져보거나…… 아니면 그 서한을 찾아오는 것, 둘 중 하나겠군요." 랠프가 말했다.

"후자요."

랠프는 고개를 끄덕였다. 그는 그레고리가 자신에게 바라는 일이 무엇인지 이해하기 시작했다.

"은밀히 조사해본 결과 수녀 전용 금고실의 위치를 정확히 아는 사람이 없다는 사실을 알게 됐소." 그레고리가 말했다.

"그래도 수녀들은 알 겁니다. 최소한 몇 사람은."

"하지만 말하지 않을 겁니다. 나는 당신이 사람들을…… 설득해 비밀을 캐내는 일에서 전문가라는 말을 들었소."

그레고리는 랠프가 프랑스에서 한 일을 알고 있었다. 이 대화가 우연히 나온 것이 아니라는 것을 랠프는 깨달았다. 그레고리는 사전에 계획한 것이 분명했다. 실제로 그가 킹스브리지에 온 진짜 이유가 이것일 수도 있었다. 랠프가 말했다. "제가 폐하의 측근들이 이 문제를 해결하도록 도울 수도 있습니다만……"

"좋소."

"……보상으로 셔링의 백작 지위를 저에게 주신다고 약속한다면 말입니다."

그레고리는 눈살을 찌푸렸다. "신임 백작은 나이 많은 백작부인과 결혼을 해야 할 텐데요."

랠프는 자신의 간절함을 드러내지 않기로 했다. 그레고리가 여자에 대한 욕망에 조금이라도 좌우되는 남자를 미더워하지 않는 부류임을 본능적으로 파악한 것이다. "레이디 필리파는 저보다 다섯 살 연상이지만 딱히 그녀에 대한 반감은 없습니다."

그레고리는 미심쩍은 표정을 지었다. "그녀는 무척 아름다운 여성이죠. 폐하께서 그녀를 누구와 재혼시키든 그 사람은 자신을 행운아라고 여기게 될 겁니다."

랠프는 자신이 너무 앞서갔다는 사실을 깨달았다. "뭐 굳이 관심 없다는 듯이 보일 생각은 없습니다." 그가 재빨리 말했다. "그녀는 정말 미인이니까요."

"하지만 당신은 이미 결혼한 몸이잖소." 그레고리가 말했다. "내가 잘못 안 겁니까?"

앨런과 시선이 마주친 랠프는 앨런이 랠프의 다음 말을 몹시 궁금해하고 있다는 것을 알아챘다.

랠프는 한숨을 쉬며 말했다. "제 아내는 큰 병에 걸렸죠. 아무래도 오래 살지 못할 것 같습니다."

∽

궨다는 울프릭이 태어나 자란 옛집의 부엌에서 불을 피웠다. 냄비를 찾아 우물에서 길어온 물을 붓고 스튜를 끓이기 위해 우선 햇양파 몇 개를 넣었다. 울프릭이 장작을 더 날라 왔다. 아이들은 가족이 처한 비극의 나락은 아랑곳없이 옛친구들과 놀기 위해 나갔다.

궨다는 어둠이 내릴 때까지 허드렛일을 하느라 바빴다. 그녀는 되도록이면 생각을 하지 않으려 했다. 미래, 과거, 남편, 그녀 자신, 어떤 것을 생각해도 더 울적해지기만 했다. 울프릭은 의자에 앉아 화덕의 불꽃을 들여다보았다. 두 사람 모두 아무 말도 하지 않았다.

이웃에 사는 데이비드 존스가 에일 한 단지를 들고 왔다. 그의 아내는 전염병에 걸려 죽었고, 다 큰 딸 조애나가 그와 함께 들어왔다. 궨다는 반갑지 않았다. 자신들의 비참함을 보여주고 싶지 않았다. 그러나 호의를 품고 찾아온 사람들을 쫓아보낼 수는 없었다. 궨다가 침울한 얼굴로 나무잔에 앉은 먼지를 닦자, 데이비드가 모두에게 에일을 따라줬다.

"일이 이렇게 돼서 유감이지만 다시 만나니 반갑군." 술을 마시며 데이비드가 말했다.

단숨에 잔을 비운 울프릭은 더 달라고 잔을 내밀었다.

얼마 후 에런 애플트리와 그의 아내 울라가 들어왔다. 울라는 작은 빵들이 담긴 바구니를 들고 있었다. "빵이 없을 것 같아서 조금 만들어 왔어." 울라가 말했다. 울리가 사람들에게 빵을 돌리자 집안에 맛있는 냄새가 가득 퍼졌다. 데이비드 존스는 그들에게도 에일을 따라줬다. 그들도 자리에 앉았다. "도망칠 용기를 어떻게 냈어?" 울라가 감탄조로 물었다. "나 같으면 너무 무서웠을 텐데!"

궨다는 자신들이 겪은 모험담을 들려주기 시작했다. 그때 방앗간에서 돌아온 잭과 엘리 풀러가 꿀을 발라 구운 배를 한 접시 들고 왔다. 울프릭은 음식을 잔뜩 먹고 에일도 양껏 마셨다. 분위기가 밝아지면서 궨다의 기분도 조금 나아졌다. 그뒤로도 많은 이웃이 제각기 선물을 들고 찾아왔다. 궨다가 오딘비의 주민들이 삽과 괭이를 들고 랠프와 앨런과 맞선 이야기를 들려주자 모두가 즐거워하며 폭소를 터뜨렸다.

오늘 벌어진 일을 이야기할 차례가 되자 그녀는 다시 절망감에 사로잡혔다. "모든 게 우리한테 불리하게 돌아갔어요." 그녀가 씁쓸한 어조로 말했다. "랠프와 그 불량배들뿐 아니라 왕과 교회까지도요. 우리에게는 승산 없는 일이었어요."

이웃들이 울적한 얼굴로 고개를 끄덕였다.

"그리고 그자가 저 사람 목에 밧줄을……" 궨다의 가슴은 싸늘한 절망감에 싸였다. 목소리가 갈라져 더이상 말을 할 수 없었다. 그녀는 에일을 크게 한 모금 들이켜고 말을 이었다. "그리고 그자가 저 사람 목에 밧줄을 맸어요. 그러고는 내가 아는 한 이 세상에서 가장 힘세고 용감한 사람을 짐승처럼 끌고 온 거예요. 그 무자비하고 어리석고 사람들을 괴롭히는 랠프가 밧줄 끝을 잡고서요. 나는 하늘이 무너져 우리 모두를 죽여주길 바랐어요."

좀 심한 말이기는 했지만 모두가 공감했다. 귀족들은 농민들에게 어떤 짓이든 할 수 있었다. 그들은 농민들을 굶기고 기만하고 폭행하고 약탈했다. 그중에서 가장 심한 것은 굴욕을 주는 일이었다. 그들은 굴욕을 결코 잊지 못했다.

문득 궨다는 이제 모두 가주길 바랐다. 해가 떨어진 지 오래됐고 밖은 어두웠다. 그녀는 자리에 누워 눈을 감고 혼자서 생각해보고 싶었다. 울프릭과도 말하고 싶지 않았다. 그녀가 사람들에게 돌아가달라고 말하려던 찰나, 관리인 네이트가 들어왔다.

방안이 조용해졌다.

"무슨 일이죠?" 궨다가 물었다.

"좋은 소식을 가져왔네." 그가 밝은 어조로 말했다.

그녀는 부루퉁한 얼굴로 말했다. "오늘 같은 날 우리한테 좋은 소식이 있을 리 없죠."

"아닐걸. 자네는 그게 뭔지 아직 모르잖나."

"좋아요. 그럼 말해봐요."

"랠프 경이 울프릭에게 아버지의 땅을 돌려주라고 했네."

울프릭이 펄쩍 뛰듯 일어났다. "소작인으로 삼는다는 건가요? 그냥 그 땅에서 일하라는 게 아니라?"

"자네 아버지와 똑같이 소작인이 되는 거야." 네이트는 자신이 그저 소식을 전하는 것이 아니라 랠프를 설득해 양보를 얻어내기라도 했다는 듯이 생색을 내며 말했다.

울프릭이 기뻐하며 환하게 웃었다. "정말 잘됐군요!"

"그 조건을 그대로 받아들이겠나?" 네이트는 그저 형식상으로 묻는다는 듯이 쾌활하게 물었다.

그때 궨다가 나섰다. "여보! 그냥 받아들이면 안 돼!"

울프릭은 당황해서 아내를 바라보았다. 여느 때처럼 울프릭은 사태의 이면을 즉각 알아채지 못했다.

"조건을 의논해!" 그녀는 작은 목소리로 울프릭을 다그쳤다. "아버지처럼 농노가 되면 안 돼. 영주에 대한 의무가 없는 자유 소작인을 요구해야 한단 말이야. 앞으로 두번 다시 이렇게 유리하게 협상할 일은 없을 거야. 조건을 협상하라고!"

"협상?" 울프릭은 반문했다. 그는 잠깐 동요하는 듯했다. 그러다 곧 그 순간의 행복한 기분에 굴복하고 말았다. "지난 십이 년 동안 내가 그토록 바라왔던 순간이야. 협상은 하지 않겠어." 그런 다음 네이트에게 말했다. "받아들이겠어요." 울프릭은 이렇게 말하고 술잔을 들었다.

모두가 건배했다.

70

구호소는 다시 환자로 가득찼다. 1349년 들어 처음 석 달 동안 물러
간 것처럼 보였던 전염병은 4월이 되자 그 위력이 배가되어 돌아왔다.
부활절 주일 다음날 캐리스는 지친 눈으로 청어 뼈 모양으로 빽빽이 늘
어선 병상들을 바라보았다. 매트들 사이가 너무 좁아 마스크 쓴 수녀들
이 주의하며 지나다녀야 할 정도였다. 그러다가 이제 병상 곁을 지키
던 가족들이 거의 사라지자 지나다니기는 한결 수월해졌다. 죽어가는
친지 곁을 지키는 일은 그 자신이 쉽게 병에 전염될 수 있어 위험천만
했다. 그래서 사람들은 무정해졌다. 전염병이 처음 돌기 시작했을 때만
해도 그들은 전염에 아랑곳하지 않고 사랑하는 사람 곁을 지켰다. 어머
니는 아이 곁에, 남편은 아내 곁에, 중년의 남녀들은 노부모 곁을 지켰
다. 사랑이 두려움을 극복했던 것이다. 그러나 이제는 달라졌다. 가족
이라는 가장 강력한 연결고리는 죽음이라는 산酸에 완전히 부식돼버리
고 말았다. 어머니나 아버지, 남편이나 아내가 환자를 데려온 뒤 그들
을 부르는 애처로운 소리를 못 들은 척하며 사라져버리는 것이 일상적

인 모습이 되었다. 마스크를 쓰고 식초에 손을 씻는 수녀들만 그 병에 맞섰다.

놀랍게도 거드는 일손은 부족하지 않았다. 수녀원에는 죽은 수녀들을 대체할 수련수녀들이 몰려들었다. 이것은 부분적으로는 캐리스가 성녀라는 평판이 났기 때문이었다. 수도원 역시 같은 방식으로 살아나고 있었는데, 토머스는 한 학급의 수련수사들을 훈련시키고 있었다. 그들 모두 미쳐 돌아가는 세상 속에서 질서를 찾으려고 갖은 애를 쓰고 있었다.

다시 돌아온 전염병은 이전에 병에 걸리지 않았던 몇몇 유력한 시민들을 덮쳤다. 캐리스는 치안관 존의 죽음에 낙심했다. 그녀는 그의 졸속주의식 치안 활동이 한 번도 마음에 든 적이 없었지만—그는 무작정 곤봉으로 말썽꾼의 머리부터 후려치고 나서 심문했다—그가 없으니 앞으로는 더욱 치안을 유지하기가 힘들어질 것이다. 이 도시에서 열리는 모든 잔치에 특별한 롤빵을 내놓고 교구 길드 집회에서 날카로운 질문을 던지던 뚱보 베티 백스터도 죽었다. 툭하면 말다툼하던 그녀의 네 딸이 가업을 이어받아 어설프게나마 하고 있었다. 캐리스의 아버지와 동세대로 돈을 벌고 쓸 줄 알았던 사람들 중 마지막까지 남아 있던 딕 브루어도 죽었다.

캐리스와 머딘은 큰 규모의 집회를 취소시킴으로써 전염병의 전파를 늦춰왔다. 대성당에서 거행되는 부활절 행렬도 없었고, 이번 성령강림절에는 양모 정기시장도 열리지 않을 예정이었다. 주말에 열리는 시장은 도시 성벽 바깥에 있는 연인들의 들판에서 열렸는데, 시민 대부분은 장에 가지 않았다. 캐리스는 전염병이 처음 시작됐을 때도 그런 조치를 취하고 싶었지만 그때는 고드윈과 엘프릭이 반기를 들었었다. 머딘은 이탈리아의 몇몇 도시에서는 검역 기간을 두어 삼십 일에서 사십 일쯤 성문을 폐쇄하기도 했었다고 말했다. 전염병을 몰아내기에는 이미 너무 늦었지만, 캐리스는 그런 제약들이 다소라도 인명을 구할 거라 믿었다.

그녀가 곤란을 겪지 않는 한 가지 문제는 돈이었다. 시간이 흐를수록 일가붙이가 모두 죽는 일이 빈번해지자 많은 사람이 자신들의 재산을 수녀원에 유증했으며, 새로 들어온 수련수녀들도 대부분 토지나 가축, 과수원, 금붙이 따위를 가져왔다. 수녀원은 어느 때보다 부유해졌다.

그러나 그것은 별로 위안거리가 되지 못했다. 난생처음 그녀는 지치는 기분을 느꼈는데, 고된 일 때문만이 아니라 활력이 고갈되고 의지력이 떨어지고 역경에 약해지고 있었기 때문이었다. 전염병은 한층 더 무서운 기세로 몰아쳐 일주일에 이백 명씩 죽어나갔지만 그녀는 어떻게 해야 할지 알 수 없었다. 근육통과 두통이 일고 이따금 눈앞이 흐려졌다. 대체 이 전염병은 어디까지 가야 끝날까. 그녀는 우울하게 생각하곤 했다. 모두가 죽어야 끝날까?

그때 두 남자가 비틀거리며 문 안으로 들어섰는데, 두 사람 모두 코피를 흘리고 있었다. 캐리스는 재빨리 그들에게 다가갔다. 그러나 팔이 닿는 거리에 이르기도 전에 그들에게서 풍기는 달착지근하고 고약한 술냄새를 맡았다. 아직 저녁 시간도 멀었는데 둘 다 만취한 상태였다. 그녀는 좌절감에 신음했다. 이런 일이 너무도 빈번했다.

그녀는 그들이 누군지 어렴풋이 알고 있었다. 에드워드 슬로터하우스의 도살장에서 일하는 건장한 젊은이 바니와 루였다. 바니는 한쪽 팔을 축 늘어뜨리고 있었는데, 부러진 것 같았다. 루는 얼굴에 큰 상처가 있었다. 코가 으스러지고 한쪽 눈이 끔찍하게 뭉개져 있었다. 둘 다 술에 너무 취해 통증을 느끼지 못하는 것 같았다. "싸움이 났어요." 바니가 겨우 알아들을 수 있을 만큼 어눌하게 말했다. "진심은 아니었어요. 이 녀석은 제 가장 친한 친구니까요. 저는 이 친구를 사랑합니다."

캐리스와 넬리 자매가 두 취한을 인접한 매트에 눕혔다. 넬리는 바니의 팔을 살펴보더니 부러지지는 않았지만 탈골됐다고 말했다. 그녀는 수련수녀를 보내 뼈를 맞춰줄 외과의사 매슈 바버를 불러오게 했다. 캐리스는 루의 얼굴을 닦아줬다. 눈을 구할 수 없을 것 같았다. 한쪽 눈알이 반숙 달걀처럼 터져버린 상태였다.

그녀는 이런 일을 보면 화가 치밀었다. 두 사람은 전염병에 걸리지도 않았고, 사고로 부상을 입은 것도 아니었다. 그들은 술을 구실로 서로에게 상해를 가한 것이었다. 전염병의 첫 파동이 지난 뒤 그녀는 시민들에게 법과 질서 의식을 주입시키는 데 겨우 성공한 듯했지만, 두번째 파동은 사람들의 영혼에 치명상을 입혔다. 그녀가 다시 질서 있게 행동해야 한다고 호소했을 때 사람들의 반응은 냉담하기만 했다. 그녀는 이제 어떻게 해야 좋을지 알 수 없었으며, 피로감이 너무 컸다.

캐리스가 다친 채 나란히 누워 있는 두 사람을 바라보고 있을 때, 밖에서 이상한 소음이 들렸다. 한순간 그녀는 삼 년 전 에드워드 왕의 신병기가 천둥 치는 것 같은 무시무시한 소리를 내며 적진을 향해 돌 대포를 쏘아대던 크레시 전장으로 돌아간 느낌이었다. 다음 순간 또다시 그 소음이 들려오자 그녀는 그제야 그것이 북소리라는 것을, 여러 개의 북을 별다른 규칙 없이 아무렇게나 두드려대는 소리라는 것을 알았다. 이어서 피리를 불고 종을 치는 소리가 들렸다. 역시 선율을 무시한 연주였다. 곧이어 거칠게 악쓰고 울부짖고 고함치는 소리가 났는데, 그것은 승리 혹은 고통, 아니면 둘 다를 의미하는 듯했다. 치명적인 화살이 날아다니는 소리, 다친 말들이 지르는 비명이 없다는 점만 제외하면 전쟁터에서 나는 소리와 다를 것이 없었다. 그녀는 눈살을 찌푸리며 밖으로 나가보았다.

마흔 명쯤 되는 사람들이 성당 앞 초지에 모여 미친듯이 기묘한 춤을 추고 있었다. 그중 몇몇이 악기를 연주했는데, 연주라기보다는 아무런 선율도 화음도 없는 잡음만 만들어내고 있을 뿐이었다. 그들이 입은 밝은색 조잡한 옷들은 찢어지거나 얼룩져 있었고, 일부는 반나체 상태로 은밀한 부위가 보이는데도 아랑곳없는 듯했다. 악기가 없는 사람들은 모두 채찍을 들고 있었다. 한 무리의 시민들이 따라와 호기심과 놀라움이 어린 눈으로 그 광경을 지켜보고 있었다.

춤꾼들을 선도하는 자는 탁발 수사 머도였다. 그는 전보다 더 뚱뚱해진 몸으로 활기차게 껑충거리고 있었고 더러운 얼굴에서 흐르는 땀이 제멋대로 자란 수염을 타고 떨어졌다. 그는 무리를 이끌고 성당의 서쪽 큰문으로 간 다음 무리 쪽으로 고개를 돌리고 소리쳤다. "우리 모두 죄를 지었다!"

추종자들이 그에 화답해 무슨 소리인지 알 수 없는 새된 소리와 신음 소리를 냈다.

"우리는 불결하다!" 머도가 오싹한 어조로 말했다. "우리는 오물에서 뒹구는 돼지처럼 음탕함에 빠졌다. 우리는 욕망에 몸을 떨며 육욕에 굴복했다. 전염병에 걸려 마땅하다!"

"맞습니다!"

"그러니 우린 어떻게 해야 하는가?"

"고통받아야 합니다!" 추종자들이 외쳤다. "고통받아야 합니다!"

추종자들 중 한 사람이 채찍을 휘두르며 앞으로 뛰어나왔다. 채찍의 가죽끈 세 가닥에 각각 뾰족한 돌조각이 달려 있었다. 그는 머도의 발밑에 몸을 던지고는 자신의 등을 채찍질하기 시작했다. 채찍에 얇은 옷이 찢어지고 등의 맨살에서 피가 솟구쳤다. 그는 고통에 찬 비명을 질렀고, 다른 추종자들도 그 고통에 동조하는 신음소리를 냈다.

이번에는 한 여자가 앞으로 나왔다. 그녀는 옷을 허리까지 내리고 돌아섰다. 사람들 앞에 그녀의 젖가슴이 드러났다. 그녀도 똑같은 채찍으로 자신의 등을 치기 시작했다. 이번에도 추종자들은 신음소리를 냈다.

하나둘씩 앞으로 나와 자신의 몸을 매질하는 추종자들 대부분의 맨살에는 이미 멍과 상처가 가득했다. 이전에도 이런 짓을 했던 것이고, 그중 일부는 여러 차례 이 일을 반복한 것이었다. 그들은 왜 이런 행동을 반복하며 도시들을 돌아다니는 걸까? 캐리스는 머도가 연루되어 있으니 이제 조만간 누군가 돈을 걷기 시작할 거라고 확신했다.

그때 구경꾼들 사이에서 한 여자가 갑자기 악을 쓰며 달려나왔다. "나도 고통을 당해야 해요!" 캐리스는 그 여자가 언제나 주눅들어 살던, 양초 상인 마셀 챈들러의 젊은 아내 마레드인 것을 알아보고 깜짝 놀랐다. 그녀가 그리 많은 죄를 지었을 것 같지는 않았지만, 그녀는 자신의 삶을 좀더 극적인 것으로 만들 기회를 마침내 발견한 듯했다. 그녀는 옷을 전부 벗어던지고 알몸으로 탁발 수사 앞에 섰다. 피부에 티하나 없는 그녀의 몸은 꽤 아름다웠다.

한동안 그녀를 빤히 바라보던 머도가 말했다. "내 발에 입을 맞춰라."

그녀가 그 앞에 무릎을 꿇더니 군중 앞에서 엉덩이를 보이며 외설스러운 자세로 그의 더러운 발에 얼굴을 가져갔다.

머도는 다른 참회자에게서 채찍 하나를 넘겨받아 그녀에게 건넸다. 그녀는 자기 몸을 채찍질하며 고통의 비명을 질러댔다. 그녀의 하얀 피부에는 순식간에 붉은 채찍 자국이 났다.

군중 속에서 이 소동에 끼어들려는 간절한 마음을 느낀 몇 사람이 더 달려나왔는데, 대부분 남자였고 머도는 그들 하나하나에게 똑같은 의식을 해줬다. 이내 그곳은 난장판이 되고 말았다. 자기 몸을 채찍질하지 않는 이들은 북이나 종을 두드리고 격렬한 지그gigue 춤을 추었다.

그들의 행동은 광기를 띠었지만 캐리스의 직업적인 눈으로 볼 때 채찍질이 아무리 극심하고 고통스러울지라도 그 때문에 영구적인 손상을 입을 것 같진 않았다.

그때 캐리스 옆에 다가온 머딘이 말했다. "어떻게 생각해?"

그녀는 눈살을 찌푸리며 말했다. "어째서 이런 걸 보면 화가 나는지 모르겠어."

"나도 그래."

"자기 몸에 자기가 채찍질을 하겠다는데 내가 반대할 이유는 없잖아? 어쩌면 저렇게 해서 기분이 나아질지도 모르니까."

"하지만 나도 당신과 같은 기분이야. 머도가 연루됐다면 아마도 속임수 같은 게 있을지도 모르지."

"꼭 그런 것 때문은 아니야."

지금 이곳의 분위기는 참회와는 거리가 멀다고 그녀는 판단했다. 이 춤꾼들은 자신들이 지은 죄를 슬퍼하고 회개하며 지나온 삶을 관조적으로 되돌아보고 있는 것이 아니었다. 진심으로 참회하는 사람이라면 고요 속에서 생각에 잠기며 감정을 드러내지 않을 것이다. 캐리스가 그들에게서 느낀 것은 전혀 달랐다. 그것은 그저 격앙일 뿐이었다.

"이건 퇴폐적인 거야." 그녀가 말했다.

"그저 술을 마시는 대신 과도하게 자기혐오에 빠지는 거지."

"여기에는 무아경 비슷한 느낌이 있어."

"섹스만 없을 뿐이지."

"이 사람들에게 그럴 시간만 줘봐."

머도는 다시 행렬을 이끌고 수도원 경내를 빠져나가기 시작했다. 캐리스는 채찍 고행자들 가운데 일부가 사발을 꺼내들고 군중들에게 동전을 구걸하는 광경에 주목했다. 이런 식으로 도시의 큰길 곳곳을 누비는 거로군. 그녀는 짐작했다. 그러다 큰 주점에서 행렬을 끝낼 것이고,

그러면 그곳 사람들이 음식을 대접해줄 것이다.

머딘이 그녀의 팔을 가볍게 건드리며 말했다. "얼굴이 창백해. 몸은 좀 어때?"

"그냥 좀 피곤할 뿐이야." 그녀는 짧게 대꾸했다. 그녀는 자신의 상태가 어떻든 버텨야 했기 때문에 지쳤다는 사실을 상기시켜준들 소용이 없었다. 하지만 자신을 생각해주는 것이 고마워 부드러운 어조로 말했다. "수도원장 사택으로 가. 이제 곧 저녁식사 시간이니까."

두 사람은 행렬이 떠나고 난 초지를 가로질렀다. 그들은 사택으로 들어갔다. 단둘이 있게 되자마자 캐리스는 머딘을 끌어안고 키스했다. 갑자기 육욕에 이끌려 그의 입속에 혀를 밀어넣었는데, 그녀는 그도 그것을 좋아한다는 것을 알아챘다. 머딘은 응답하듯 양손으로 그녀의 가슴을 부드럽게 움켜쥐었다. 이 사택 안에서는 그런 키스를 한 적이 없었다. 어쩌면 탁발 수사 머도가 벌인 광란에 평소 자신이 지켜왔던 자제력을 약화시키는 뭔가가 있었던 것이 아닐까. 그녀는 어렴풋이 그렇게 생각했다.

"당신 몸이 뜨거워." 머딘이 그녀의 귀에 속삭였다.

그녀는 머딘이 수도복을 벗고 자신의 젖꼭지에 키스해주길 바랐다. 자신이 자제력을 잃고 있다는 느낌이 들었다. 자칫하다가는 사람들에게 쉽게 들킬 수도 있는 이곳 바닥에서 사랑을 나누게 될 것 같았다.

그 순간 여자 목소리가 들렸다. "일부러 엿보려던 건 아니었어요."

캐리스는 기겁했다. 그녀는 죄책감을 느끼며 머딘에게서 얼른 몸을 뗐다. 소리가 난 쪽으로 몸을 돌렸다. 방 한쪽 끝 긴 의자에 어린 여자가 아기를 안고 앉아 있었다. 랠프 피츠제럴드의 아내였다. "틸리!" 캐리스가 말했다.

틸리가 일어섰다. 지치고 겁에 질린 표정이었다. "놀라게 해서 죄송해요."

캐리스는 마음을 놓았다. 틸리는 수녀원학교에 다녔고 여러 해 동안 수녀원에 살았으며 캐리스를 좋아했다. 그녀라면 이런 일을 떠벌리지 않을 것이다. 하지만 그녀가 여기에 무슨 일로 온 걸까? "괜찮은 거니?" 캐리스가 물었다.

"좀 지쳤어요." 틸리가 말했다. 틸리가 비틀거리자 캐리스는 그녀의 팔을 잡아 부축했다.

아기가 울음을 터뜨렸다. 머딘은 아기를 받아 능숙하게 얼렀다. "자, 자, 귀여운 아가." 그러자 울음소리는 불만스러운 칭얼거림으로 누그러졌다.

"여기까지 어떻게 온 거니?" 캐리스가 물었다.

"걸어왔어요."

"텐치 홀에서? 게리를 데리고?" 생후 육 개월 된 아기는 만만찮은 짐이었을 것이다.

"꼬박 사흘 걸렸어요."

"맙소사. 대체 무슨 일이 있었어?"

"도망쳤어요."

"랠프가 쫓아오지는 않았니?"

"쫓아왔어요. 앨런하고 함께요. 저는 두 사람이 지나갈 때까지 숲에 숨어 있었어요. 게리가 착하게도 울지 않아줬고요."

그 광경을 상상하자 캐리스는 목이 메는 것 같았다. "하지만……" 그녀가 침을 삼키며 말했다. "왜 도망쳤는데?"

"남편이 저를 죽이려고 했어요." 틸리는 이렇게 말하고는 눈물을 쏟았다.

캐리스는 그녀를 자리에 앉혔고, 머딘은 와인을 잔에 따라 가져다줬다. 그들은 그녀가 흐느끼도록 내버려두었다. 캐리스는 그녀 옆에 앉아 어깨를 안아줬고 그동안 머딘은 게리를 돌봤다. 이윽고 틸리가 실컷 울고 나자 캐리스는 물었다. "랠프가 무슨 짓을 한 거지?"

틸리는 고개를 저었다. "아무 짓도 하지 않았어요. 그저 저를 바라보는 눈길이 이상했어요. 저는 그가 저를 죽이고 싶어한다는 걸 알아요."

"내 동생이 절대 그럴 리 없다고 말할 수 있다면 좋겠군." 머딘이 중얼거리듯 말했다.

"그런데 왜 랠프가 그런 끔찍한 짓을 하려는 걸까?" 캐리스가 말했다.

"저도 모르겠어요." 틸리가 가련한 어조로 말했다. "그는 윌리엄 백작의 장례식에 갔어요. 거기에 런던에서 온 변호사가 있었죠. 그레고리 롱펠로 경이라고."

"누군지 알아." 캐리스가 말했다. "똑똑한 사람이지만 나는 그를 별로 좋아하지 않아."

"그다음부터 시작됐어요. 이 모든 일이 그레고리 경과 연관이 있다는 느낌이 들어요."

"그저 추측만으로 아기까지 데리고 이 먼길을 걸어오지는 않았을 텐데." 캐리스가 말했다.

"말도 안 되는 소리 같다는 건 저도 알아요. 하지만 그가 앉아서 살의를 띤 눈으로 저를 노려봤어요. 자기 아내를 그런 눈으로 보는 남자가 있을까요?"

"아무튼 제대로 찾아왔어. 여기는 안전하니까."

"여기 있어도 될까요?" 틸리가 애원조로 말했다. "저를 돌려보내지 않으실 거죠?"

"절대 그러지 않을 거야." 캐리스가 말했다. 그 말을 하면서 머딘과 시선이 마주쳤다. 그녀는 그가 무슨 생각을 하고 있는지 알았다. 틸리에게 장담하는 일이 성급하다는 의미였다. 일반적으로 탈주자들은 교회를 피난처로 삼을 수 있지만, 수녀원이 기사의 아내를 은신시키고 그에게서 영원히 그녀를 지킬 수 있는지는 아주 의심스러웠다. 게다가 랠프에게는 자기 아들이자 상속인인 아이를 아이 어머니에게서 포기시킬 수 있는 자격이 있을 것이다. 그럼에도 캐리스는 최대한 자신 있는 어조로 말했다. "있고 싶을 때까지 얼마든지 있어도 좋아."

"아, 고맙습니다."

캐리스는 자신이 그 약속을 지킬 수 있게 되기를 속으로 기도했다.

"구호소 위층의 객실 하나를 쓰면 되겠어."

그 말에 틸리는 걱정스러운 표정을 지었다. "하지만 랠프가 오면 어떻게 하죠?"

"감히 그러지는 못할 거야. 그러나 좀더 안전하게 있고 싶다면 시실리어 수녀원장님이 예전에 쓰시던 방을 쓰면 돼. 수녀원 숙소 맨 안쪽에 있는 방 말이야."

"그렇게 할게요."

그때 수도원 하녀가 들어와 식사를 차렸다. 캐리스는 틸리에게 말했다. "내가 식당으로 데려다줄게. 수녀들과 함께 저녁식사를 한 다음 숙소에서 좀 쉬렴." 그러고서 그녀는 자리에서 일어섰다.

그 순간 갑자기 현기증을 느꼈다. 그녀는 균형을 잡으려고 한 손으로 식탁을 짚었다. 게리를 안고 있던 머딘이 걱정스럽게 물었다. "왜 그래?"

"곧 괜찮아질 거야. 좀 피곤해서 그래."

다음 순간 캐리스는 바닥에 쓰러졌다.

머딘은 정신이 나갈 정도로 공포에 휩싸였다. 한순간 그는 마비된 듯 꼼짝도 할 수 없었다. 캐리스는 이제껏 아픈 적도, 무력했던 적도 없었다. 그녀는 병자를 돌보는 사람이었다. 그런 그녀가 병에 걸린다는 건 생각할 수 없는 일이었다.

그 순간은 눈 깜빡할 사이에 지났다. 그는 애써 두려움을 억누른 채 조심스럽게 아기를 틸리에게 건넸다.

하녀는 식사를 차리다 말고 서서 놀란 눈으로 의식을 잃고 바닥에 쓰러진 캐리스를 내려다보고 있었다. 머딘은 침착하려 애쓰면서도 다급한 어조로 하녀에게 말했다. "지금 구호소로 뛰어가서 캐리스 원장이 아프다고 전해라. 그리고 우나 자매를 데려와. 어서, 서둘러!" 하녀는 황급히 방을 뛰어나갔다.

머딘은 캐리스 옆에 무릎을 꿇었다. "내 말 들려?" 그러면서 힘없이 늘어진 그녀의 손을 잡아 토닥여보기도 하고 뺨을 만져보기도 하고 눈꺼풀을 들어보기도 했다. 그녀는 완전히 의식을 잃은 상태였다.

"원장님이 전염병에 걸린 건가요?" 틸리가 물었다.

"오, 맙소사." 머딘은 캐리스를 안아들었다. 머딘은 체구가 작지만 늘 석재며 대들보 같은 무거운 자재들을 들어 옮겼다. 그는 그녀를 가볍게 안고 일어서서 식탁에 눕혔다. "죽지 마." 그는 속삭였다. "죽으면 안 돼."

그는 그녀의 이마에 입을 맞췄다. 이마가 뜨거웠다. 조금 전 키스할 때도 그녀의 이마가 뜨겁다는 것을 느꼈지만 그때는 흥분한 터라 걱정하지 않았다. 어쩌면 그것 때문에 캐리스가 평소보다 더 격정적이었을 수도 있다. 고열은 그런 작용을 할 수 있었다.

우나 자매가 왔다. 머딘은 눈물이 날 만큼 고마웠다. 그녀는 수습을 끝낸 지 한두 해밖에 되지 않은 젊은 수녀지만, 캐리스는 그녀의 간호 솜씨를 높이 평가했고 언젠가는 구호소를 맡길 생각으로 훈련시키고 있었다.

우나가 아마포 마스크로 입과 코를 감싸고 목 뒤로 매듭을 지었다. 그런 다음 캐리스의 이마를 짚고 뺨을 만져보았다. "원장님이 재채기를 하셨나요?" 우나가 물었다.

머딘은 눈물을 닦아내고 대답했다. "아니요." 그는 캐리스가 재채기를 했다면 분명 자신이 알아차렸을 거라고 확신했다. 재채기는 불길한 전조였다.

우나는 캐리스의 수도복 앞섶을 풀었다. 작은 젖가슴을 드러낸 그녀는 보기 괴로울 정도로 허약해 보였다. 하지만 그녀의 가슴에 흑자주색 발진이 보이지 않는 것은 반가운 일이었다. 우나는 앞섶을 다시 여몄다. 이번에는 캐리스의 콧속을 들여다보았다. "코피는 나지 않았어요." 그러면서 그녀는 주의깊게 캐리스의 맥박을 쟀다.

잠시 후 그녀가 말했다. "전염병이 아닐 수도 있지만 병세가 심해 보이세요. 열이 심하고 맥이 빠르고 호흡이 얕아요. 원장님을 위층으로 옮기고 장미수로 얼굴을 닦아주세요. 원장님을 보살피는 사람은 전염병에 걸린 환자를 대할 때처럼 반드시 마스크를 쓰고 손을 씻어야 해요. 당신도요." 그러고는 머딘에게 아마포 마스크를 주었다.

마스크를 쓴 그의 얼굴에 눈물이 흘렀다. 그는 캐리스를 위층으로 데려가 그녀의 방 침대에 눕히고 옷매무새를 바로잡아줬다. 수녀들이 장미수와 식초를 가져왔다. 머딘이 캐리스가 틸리에 대해 하려던 조치에 대해 일러주자 수녀들은 어린 어머니와 아기를 식당으로 데려갔다. 머딘은 캐리스 옆에 앉아서 향기로운 물에 적신 천으로 그녀의 이마와 뺨을 닦아주며 의식이 돌아오기를 기도했다.

이윽고 캐리스가 정신을 차렸다. 그녀는 눈을 뜨고 어리둥절한 듯 눈살을 찌푸리더니 불안한 표정으로 물었다. "무슨 일 있었어?"

"당신이 기절했어."

그녀는 일어나 앉으려 했다.

"가만히 있어. 당신은 아파. 전염병은 아닌 것 같지만 아무래도 중병에 걸린 듯해."

그녀도 몸에 힘이 없다고 여겼는지 더이상 저항하지 않고 베개에 몸을 기대고 누웠다. "한 시간만 쉬고 일어날게."

그녀는 두 주 동안 침대에서 나오지 못했다.

～

사흘 후 그녀의 흰자위가 겨자색을 띠자, 우나 자매는 그녀가 황달에 걸렸다고 판단했다. 캐리스는 우나가 약초를 우려내고 꿀을 섞어 뜨겁게 달인 즙을 하루 세 차례씩 마셨다. 열은 내렸지만 기운이 없는 상태가 계속됐다. 캐리스는 걱정스러운 마음에 매일같이 틸리에 대해 물었고, 우나는 그 질문에 대답했지만 캐리스가 마음쓸까봐 수녀원의 다른 일들에 대해서는 입을 다물었다. 캐리스는 기력이 너무 없어서 그런 우나를 다그치지도 못했다.

머딘은 수도원장 사택을 떠나지 못했다. 낮시간에는 그녀가 부를 수 있는 거리에 있는 아래층에 있었고 그의 일꾼들이 짓거나 허무는 중인 여러 건축물에 대한 지시 사항을 듣기 위해 그곳으로 왔다. 밤에는 그녀 옆에 매트를 깔고 선잠을 자다가 그녀의 숨소리가 바뀌거나 뒤척이거나 하면 잠을 깨곤 했다. 롤라는 옆방에서 잤다.

첫째 주가 끝날 무렵 랠프가 그곳에 나타났다.

"아내가 사라졌어." 그가 수도원장 저택 홀 안으로 들어서며 말했다.

머딘이 큰 석판에 도면을 그리다가 고개를 들고 말했다. "어서 와라." 랠프의 표정이 왠지 미덥지 않아. 그는 생각했다. 랠프는 틸리가 사라진 데 대해 분명 복합적인 감정을 품었을 것이다. 그는 그녀를 좋아하지 않지만, 아내가 달아난 것을 좋아할 남자는 없는 법이다.

어쩌면 나 역시 복합적인 감정을 가졌는지도 모르지. 머딘은 양심의 가책을 느끼며 생각했다. 나는 그의 아내가 남편을 떠나도록 거든 셈이니까.

랠프는 긴 의자에 앉았다. "술 좀 없어? 목말라 죽겠어."

머딘은 찬장에서 술병을 가져와 술을 따랐다. 틸리가 어디 있는지 모른다고 말할까 하는 생각이 스쳤지만, 동생한테 거짓말한다는 것에 본능적으로 거부감이 들었다. 중요한 문제이니만큼 더욱 그랬다. 수도원에 틸리가 있다는 사실을 비밀에 부치기는 어려울 것이다. 이미 너무나 많은 수녀와 수련수녀들, 하인들이 이곳에서 틸리를 보았다. 아주 긴박한 상황만 아니라면 언제나 정직이 최선인 법이지. 머딘은 생각했다. 그가 랠프에게 잔을 건네며 말했다. "틸리는 아기와 함께 이곳 수녀원에 있다."

"그럴 줄 알았어." 랠프가 세 손가락이 뭉툭하게 잘려나간 자국을 보이며 왼손으로 잔을 들었다. 그는 술을 죽 들이켰다. "뭐가 문제라는데?"

"네 아내는 너한테서 달아난 거야, 랠프."

"그러면 나한테 알려줬어야지."

"그건 미안하다. 하지만 그녀를 배신할 수는 없었어. 너한테 겁을 먹었으니까."

"어째서 내가 아니라 그 여자 편을 들지? 나는 형의 동생이야!"

"내가 너를 잘 알기 때문이지. 그녀가 겁을 먹었다면 그럴 만한 이유가 있을 테니까."

"말도 안 돼." 랠프는 분개한 표정을 지었지만 별로 설득력은 없었다.

머딘은 랠프가 실제로 어떤 생각을 하는지 궁금했다.

"그녀를 보내줄 수 없어. 성소의 비호권을 요청했으니까."

"게리는 내 아들이자 상속자야. 나한테서 그애를 빼앗지는 못해."

"물론 그렇지. 네가 소송을 걸면 이길 게 확실해. 하지만 설마 아이를 엄마에게서 떼어놓으려는 건 아니겠지?"

"아이가 집에 온다면 생이별을 하게 되겠지."

아마 그 말이 맞을 것이다. 머딘이 랠프를 설득할 다른 방도를 궁리하고 있는데 토머스 수사가 앨런 펀힐을 이끌고 들어섰다. 토머스는 성한 쪽 손으로 달아나지 못하게 하려는 듯 앨런의 팔을 붙잡고 있었다. "이 친구가 기웃거리며 돌아다니고 있었네." 토머스가 말했다.

"그저 좀 둘러봤을 뿐입니다. 저는 수도원에 아무도 없는 줄 알았습니다."

"자네가 보다시피 그렇지가 않네. 수도원에는 수사 한 명, 수련수사 여섯 명, 그리고 스무 명쯤 남자 고아들이 있으니까." 머딘이 말했다.

"그런데 이 친구는 수도원이 아니라 수녀원 쪽 클로이스터에 있었네." 토머스가 말했다.

머딘은 눈살을 찌푸렸다. 멀리서 성가를 부르는 소리가 들려왔다. 앨런은 시간에 맞춰 침입한 것이다. 수사와 수련수녀들이 성당에서 6시과 전례를 올리는 시간이었다. 이 시각이면 수도원 건물 대부분이 빈다. 앨런은 그동안 눈에 띄지 않고 돌아다녔을 것이다.

그저 호기심에서 한 행동 같지는 않았다.

"다행히도 주방 하인이 이자를 보고 성당으로 나를 데리러 왔지." 토머스가 덧붙였다.

머딘은 앨런이 무엇을 찾고 있었을지 궁금했다. 틸리일까? 그렇다고 벌건 대낮에 수녀원에서 감히 틸리를 끌어낼 엄두는 내지 못했을 것이다. 머딘은 랠프에게 물었다. "두 사람은 무슨 꿍꿍이속이지?"

랠프는 그 질문을 앨런에게 돌렸다. "대체 무슨 짓을 하고 있었나?" 랠프는 분노한 어조로 물었지만, 머딘의 생각에 그것은 거짓 분노였다.

앨런은 어깨를 으쓱했다. "기다리면서 잠시 둘러본 것뿐입니다."

그건 그럴싸한 구실이 되지 못했다. 주인을 기다리는 할일 없는 병사는 수녀원 클로이스터가 아니라 마구간이나 주점에서 기다렸다.

"흠…… 앞으로는 그런 짓 하지 마라." 랠프가 말했다.

머딘은 랠프가 이런 식으로 얘기를 마무리할 작정임을 알았다. 나는 동생한테 정직했는데 동생은 나에게 그렇지 않군. 그는 서글픈 심정으로 생각했다. 그는 좀더 중요한 문제로 돌아갔다. "틸리를 한동안 내버려두는 게 어때? 여기서 아주 잘 지낼 거야. 그리고 어쩌면 그녀도 네가 정말로 자기를 해치려던 것이 아니라는 걸 깨닫고 곧 돌아갈지도 몰라."

"정말 창피한 일이군." 랠프가 말했다.

"꼭 그렇지는 않아. 한동안 속세를 떠나길 바라는 귀부인이 수도원에서 몇 주씩 보내는 일도 가끔 있으니까."

"보통 미망인이 됐거나 남편이 전쟁터로 나갔을 때 그렇지."

"뭐 언제나 그런 건 아니지."

"뚜렷한 이유가 없다면 사람들은 남편에게서 도망치고 싶어하는 거라고들 생각하지."

"그래봤자 아닌가. 너도 아내와 한동안 떨어져 지내는 것이 좋을지도 모르고."

"그래 그럴지도 모르지." 랠프가 말했다.

머딘은 놀랐다. 랠프가 이렇게 순순히 설득되리라고는 기대하지 않았던 것이다. 놀란 마음을 가라앉히는 데 한참이 걸렸다. 그러고서 머딘은 말했다. "바로 그거야. 아내에게 석 달 시간을 줘. 그다음에 와서 얘기해보는 게 좋겠어." 머딘은 그사이에 틸리가 누그러지리라고는 생각하지 않았지만 적어도 위기를 유예할 수는 있을 것이다.

"석 달이라. 좋아." 랠프가 말하고 일어섰다.

머딘은 동생과 악수했다. "어머니와 아버지는 어떠시냐? 몇 달 동안 뵙지 못했는데."

"늙어가고 계시지. 아버지는 이제 외출도 하시지 않아."

"캐리스가 좀 나아지면 찾아가 뵈어야겠군. 캐리스는 황달에 걸렸다가 회복하는 중이야."

"안부 전해줘."

머딘은 문으로 가서 말을 타고 떠나는 랠프와 앨런을 지켜보았다. 그는 몹시 불안했다. 랠프에게 무슨 꿍꿍이속이 있는데, 그저 틸리를 데려가는 정도의 일이 아닌 것 같았다.

그는 도면이 있는 곳으로 돌아와 한동안 그것을 들여다보고 앉아 있었지만 도무지 눈에 들어오지 않았다.

둘째 주 끝 무렵이 되자 캐리스는 확실한 회복의 기미를 보였다. 머딘은 완전히 지쳤지만 행복했다. 그는 집행유예라도 받은 기분으로 롤라를 일찍 재운 뒤 오랜만에 외출했다.

온화한 봄날 저녁이었다. 햇살과 향기로운 공기에 머리가 어지러울 정도였다. 그가 상속받은 벨 여인숙은 재건축을 위해 문을 닫은 상태지만 홀리 부시는 성업중이어서 밖에 내놓은 자리까지 손님들이 차서 술을 마시고 있었다. 많은 사람이 나와 온화한 날씨를 즐기는 모습을 보고 머딘은 자신이 날짜를 착각했나 싶어 술 마시는 이들에게 오늘이 휴일이냐고 물어보았다. "요즘은 매일이 휴일인 셈이죠. 모두 전염병으로 죽을 텐데 일해봐야 무슨 소용이겠습니까? 술이나 한잔 들어요."

"아니, 괜찮소." 머딘은 계속 걸었다.

많은 사람이 평소였다면 살 엄두도 내지 못했을 화려한 머리장식이나 수놓인 튜닉 같은 화려한 차림을 하고 있는 것이 눈길을 끌었다. 아마 누군가에게서 물려받았거나, 부잣집 시체에서 멋대로 벗겨냈을 것이다. 그러나 그 결과는 자못 불쾌했다. 벨벳 모자가 더러운 머리 위에 얹혀 있고, 금실 자수에는 음식 얼룩이 묻어 있고, 누더기 바지에 보석 박힌 구두를 신고 있었다.

그는 바닥까지 내려오는 가운에 주름 장식까지 있는 여자옷을 입은 두 남자를 보았다. 그들은 흡사 부를 과시하는 상인의 아내들처럼 팔짱을 낀 채 큰길을 따라 걷고 있었지만, 큰 손과 발, 턱수염을 보니 의심할 것도 없이 남자들이었다. 머딘은 더이상 의지할 기준이 없어지기라도 듯 혼란을 느끼기 시작했다.

땅거미가 짙게 깔릴 무렵 다리를 건너 나환자 섬으로 가보았다. 머딘은 두 다리 사이에 상점과 주점 거리를 만들어놓았다. 공사는 끝났지만 건물은 아직 임대하지 않아 부랑자들의 침입을 막기 위해 문과 창에 판자를 대고 못질해놓은 상태였다. 그곳에 사는 것은 토끼밖에 없었다. 전염병이 사그라지고 킹스브리지가 정상으로 돌아올 때까지 그 부지는 비어 있게 될 것이다. 전염병이 물러가지 않으면 그곳을 임대할 일도 아예 없을지 모르지만, 그렇더라도 그 문제는 걱정거리 축에도 들지 못했다.

그는 성문이 닫히기 직전 구시가로 돌아왔다. 화이트호스 여인숙 주점에서는 성대한 잔치라도 벌어진 것 같았다. 온통 불이 밝혀져 있었고 건물 앞을 군중이 메우고 있었다. "무슨 일이죠?" 머딘이 한 술꾼에게 물었다.

"젊은 데이비가 전염병에 걸렸는데 여인숙을 물려줄 상속자가 없어 몽땅 술로 바꿔 마셔버리는 중이오." 사내는 즐거운 듯 씩 웃으며 말했다. "그러니 얼마든지 마셔요. 모두 공짜니까!"

다른 많은 사람도 똑같은 생각으로 행동하고 있는 듯했고, 이미 수십 명이 술에 취해 비틀거리고 있었다. 머딘은 군중 사이를 헤치고 지나갔다. 어떤 사람은 북을 치고 몇몇은 춤을 추고 있었다. 그는 둥그렇게 모여 선 한 무리의 사람들을 보고는 그들에게 가려져 있는 것을 보기 위해 사람들 어깨 너머를 바라보았다. 술에 잔뜩 취한 스무 살쯤 된 여자가 탁자에 엎드려 있고 한 남자가 뒤에서 그녀에게 성기를 삽입하고 있었다. 남자들 몇몇이 자기 순서를 기다리고 있는 것이 분명했다. 머딘은 역겨움에 고개를 돌렸다. 그때 건물 옆 빈 술통에 반쯤 가려진 채 있는 오지 오슬러가 눈에 띄었다. 부유한 말거간인 그가 한 젊은 청년 앞에서 무릎을 꿇은 자세로 그의 성기를 빨고 있었다. 그것은 위법일 뿐아니라 실제로 사형까지 당할 수 있는 일이었지만 아무도 그런 일에 아랑곳하지 않는 듯했다. 교구 길드 조합원이자 기혼자인 오지는 머딘과 시선이 마주쳤지만 하던 일을 멈추지 않았다. 오히려 누군가 보고 있다는 사실에 흥분을 느낀 듯 더 격렬하게 몸을 움직였다. 머딘은 아연한 기분으로 고개를 저었다. 건물 바로 앞에 놓인 탁자에는 구운 고깃덩어리와 훈제 생선, 푸딩, 치즈 같은 먹다 남긴 음식이 쌓여 있었다. 그 탁자에 개가 올라가 햄을 뜯어먹고 있었다. 한 남자는 스튜 사발에 먹은 것을 게워내고 있었다. 주점 문가에 데이비 화이트호스가 큰 술잔을 든 채 커다란 나무의자에 앉아 있었다. 그는 재채기를 하며 땀을 흘리고 전염병의 주요 증상인 코피를 흘리고 있었지만, 주위를 둘러보며 주정뱅이들에게 성원을 보내고 있었다. 그는 전염병이 자신을 끝장내기 전에 스스로 술로 목숨을 끊고 싶은 듯했다.

머딘은 욕지기가 났다. 그는 그곳을 떠나 빠른 걸음으로 수도원으로 돌아갔다.

놀랍게도 캐리스가 일어나 옷을 차려입고 있었다. "이제 나았어. 내일부터는 평상시 일과로 돌아갈 거야." 그러고는 미심쩍어하는 그의 표정을 보고 덧붙였다. "우나 자매도 그래도 된다고 했어."

"하긴 당신이 남의 말을 고분고분 듣는다면 정상으로 돌아온 거라고 할 수 없지." 그 말에 그녀는 웃음을 터뜨렸다. 그녀가 웃는 것을 보자 그의 눈에 눈물이 맺혔다. 캐리스는 지난 두 주 동안 웃지 않았다. 그래서 그는 이따금 자신이 그녀의 웃음소리를 다시 듣게 될 날이 오긴 할까 생각했었다.

"어디 갔었어?" 그녀가 물었다.

그는 그녀에게 시내에 갔던 일, 자신이 봤던 언짢은 광경들에 대해 말해줬다. "그중에 그렇게까지 사악하다고 할 만한 건 없었어. 다만 사람들이 그다음에 무슨 짓을 할지가 걱정이야. 모든 금기가 사라져버리면 서로 죽이기 시작하지 않을까?"

그때 주방 하녀가 저녁식사로 수프를 내왔다. 캐리스는 조심스럽게 수프를 홀짝였다. 오랫동안 그녀는 음식만 보면 욕지기가 났다. 그러나 그리크 수프는 입에 맞는 모양이었다. 그녀는 한 접시를 깨끗이 비웠다.

하녀가 식탁을 치우고 물러가자 캐리스가 말했다. "아픈 동안 죽음에 대해 많이 생각했어."

"당신은 사제도 부르지 않았잖아."

"내가 좋아지든 않든 하느님이 내가 마지막 임종의 순간에 개심했다고는 믿지 않으실 것 같아."

"그럼 무슨 생각을 한 거야?"

"내가 진심으로 후회할 일이 있는지 생각해봤어."

"그런 게 있어?"

"많지. 나는 언니한테 좋은 친구가 되지 못했어. 아이도 없지. 또 어머니가 돌아가신 날 아버지가 어머니에게 준 진홍색 외투도 잃어버렸어."

"어쩌다 그랬어?"

"수녀원에 들어올 때 갖고 들어올 수 없었어. 그 외투가 어떻게 됐는지 몰라."

"가장 크게 후회되는 일은 뭔데?"

"두 가지가 있어. 하나는 구호소를 짓지 못했다는 것, 또하나는 당신과 침대에서 얼마 보내지 못했다는 것."

그가 눈썹을 치켜세웠다. "흠, 두번째는 어렵지 않게 해결할 수 있는데."

"알아."

"수녀들은 어쩌고?"

"이제 아무도 그런 것에 개의치 않아. 시내가 어떤지 보고 왔잖아. 이곳 수녀원도 너무 정신이 없어서 오랜 규칙을 들먹이며 소동을 피우지 못해. 조앤과 우나는 매일 밤 구호소 위층 객실에서 함께 잠을 자. 이제 그런 건 문제도 되지 않는 거야."

머딘은 눈살을 찌푸렸다. "그들이 그러는 건 이상한 일일 뿐이지만, 그래도 한밤중에 미사를 드리러 성당에 가잖아. 그들은 어떻게 그 두 가지 일을 양립시키는 걸까?"

"들어봐. 「누가복음」에 이런 말이 있어. '옷 두 벌 있는 자는 옷 없는 사람에게 나눠줄 것이요.*' 셔링의 주교가 그 말과, 옷으로 가득찬 궤짝을 어떻게 양립시킨다고 생각해? 모두가 교회의 가르침에서 자기가 원하는 것만 취하고 자기에게 맞지 않는 것은 무시하는 거야."

"그러면 당신은?"

"나도 마찬가지야. 하지만 나는 그 일에 정직하지. 그래서 이제부터 나는 당신 아내처럼 당신과 살 거야. 그리고 만약 누군가 나에게 물으

---

* 3장 11절.

면 지금은 이상한 시기라고 대답해줄 거고." 그녀는 자리에서 일어나 문으로 가더니 빗장을 질렀다. "당신은 지난 두 주 동안 여기서 잠을 잤어. 잠자리를 옮기지 마."

"그렇다고 가둘 것까지는 없잖아." 그가 웃으며 말했다. "자발적으로 있을 텐데." 그러면서 그녀를 껴안았다.

"내가 기절하기 몇 분 전에 하던 일부터 시작해. 그때 틸리 때문에 하지 못했던 일 말이야."

"당신은 열이 심했어."

"그건 지금도 마찬가지야."

"어디서 중단했는지 생각 좀 해봐야겠는걸."

"먼저 침대로 가."

"좋아."

두 사람은 손을 잡고 계단을 올라갔다.

71

랠프와 그의 부하들은 킹스브리지 북쪽 숲속에 몸을 숨긴 채 기다리고 있었다. 5월이라 저녁이 길었다. 밤이 되자 랠프는 그들에게 자신이 망을 볼 테니 잠시 눈을 붙이라고 했다.

그의 옆에는 앨런 펀힐과 용병 네 명이 있었는데, 그들은 왕의 군대에서 전역한 병사들로 평화시에 자신들이 있을 자리를 찾지 못한 전사들이었다. 앨런은 글로스터의 레드 라이언 술집에서 그들을 고용했다. 그들은 랠프가 누군지 알지 못했고 환한 대낮에 그를 본 적도 없었다. 시키는 대로 하고 돈을 받고 아무 질문도 하지 않을 자들이었다.

랠프는 왕과 함께 프랑스에 있을 때처럼 기계적으로 시간의 흐름에 유의하며 자지 않고 있었다. 시간이 얼마나 흘렀는지 알려고 애쓰면 오히려 확신할 수 없지만 그저 머리에 떠오르는 대로 짐작할 때는 언제나 정확히 들어맞는다는 사실을 알게 됐다. 수사들은 시간을 가늠할 때, 타는 데 걸리는 시간을 표시해놓은 양초나 좁은 깔때기 통로로 모래나 물이 흐르게 만든 시계를 사용했다. 그러나 랠프의 머릿속 시계가 더 정확했다.

그는 나무에 등을 기댄 채 꼼짝 않고 앉아 그들이 작게 피워놓은 모닥불을 들여다보고 있었다. 덤불 속에서 작은 동물들이 바스락거리는 소리와 이따금 포식성의 올빼미 울음소리가 들렸다. 행동에 나서기 전에 기다리는 시간만큼 마음이 가라앉는 때도 없었다. 고요와 어둠, 그리고 생각할 시간이 있었다. 위험이 임박하면 사람들은 흥분하기 마련이지만 그는 오히려 마음이 가라앉았다.

오늘밤 작전에 예상되는 주된 위험은 사실 치고받는 싸움에서 생기는 위험이 아니었다. 난투극이 벌어질지도 모르지만 상대는 비만한 민간인이거나 유약한 수사일 것이다. 진짜 위험은 누군가 랠프를 알아보는 일이었다. 이제부터 그가 하려는 일은 가히 충격적일 것이다. 온 나라, 아니 어쩌면 유럽의 모든 교회가 격노해 성토할 일일 것이다. 정작이 일을 맡긴 그레고리 롱펠로가 누구보다도 큰 목소리로 이 일을 규탄하고 나설 것이다. 만일 랠프가 원흉이라는 사실이 드러난다면 그는 교수형에 처해질 것이다.

하지만 성공하면 그는 셔링의 백작이 될 것이다.

자정에서 두 시간이 지났다는 판단이 섰을 때, 그는 무리를 깨웠다.

그들은 말들을 매놓은 뒤 숲을 빠져나와 도시로 통하는 길을 걸어갔다. 프랑스에서 전투를 치를 때도 그랬듯이 장비는 앨런이 맡아서 운반했다. 짤막한 사다리와 둘둘 만 밧줄, 노르망디에서 도시 성벽을 공격할 때 쓰던 갈고랑쇠 따위였다. 허리띠에는 석공 연장인 끌과 망치도 달고 있었다. 이 연장은 필요하지 않을지도 모르지만 그들은 만전을 기하는 것이 최선임을 알고 있었다.

앨런은 단단하게 말아 끈으로 묶은 커다란 포대도 몇 개 챙겼다.

도시가 보이는 곳에 이르자 랠프는 눈과 입 부분을 뚫은 두건을 꺼냈다. 모두 그 두건을 썼다. 랠프는 자신을 노출시킬 우려가 있어 손가락 세 개가 없는 왼손에 벙어리장갑을 꼈다. 이제 누구도 그를 알아볼 수 없을 것이다. 물론 잡히지 않는다면.

모두 발소리를 죽이기 위해 부츠 위에 펠트 자루를 씌우고 그 끝을 무릎에 묶었다.

킹스브리지가 군대의 공격을 받은 것은 수백 년 전 일이었기 때문에 보안은 느슨했고, 전염병이 돌고 나서는 더욱 그랬다. 그러나 도시로 들어가는 남쪽 입구는 단단히 폐쇄되어 있었다. 머딘이 설계한 큰 다리의 도시 쪽 끝에 초소가 있고 거기에 빗장을 지른 튼튼한 나무문이 있었다. 그러나 강물이 막고 있는 것은 도시의 동쪽과 남쪽뿐이었다. 북쪽과 서쪽에는 다리 대신 허술하게 손질된 성벽만 있었다. 바로 그 때문에 랠프는 북쪽에서 도시로 접근한 것이었다.

성벽 바깥쪽에는 고깃간 뒷마당에 묶어놓은 개들처럼 초라한 가옥들이 듬성듬성 있었다. 앨런은 며칠 전 랠프와 함께 킹스브리지에 와서 틸리에 대해 수소문할 때 그 길을 정찰해두었다. 랠프와 용병들은 앨런을 따라 가능한 한 소리를 내지 않고 오두막집들 사이를 걸어갔다. 아무리 도시 외곽에 사는 극빈자들이라 해도 잠에서 깨면 경보를 발할 수 있었다. 개 한 마리가 짖는 바람에 랠프는 긴장했지만 누군가가 야단을 치자 조용해졌다. 다음 순간 성벽이 허물어진 곳에 이른 그들은 무너진 돌을 밟고 쉽게 성벽을 올랐다.

그들이 들어선 곳은 어느 창고 뒤편으로 이어지는 좁은 골목이었다. 그 골목은 도시의 북쪽 성문 바로 안쪽으로 통했다. 랠프는 그 성문에 보초병이 있는 초소가 있다는 것을 알고 있었다. 여섯 명이 소리 없이 그곳으로 다가갔다. 성벽 안으로 쉽게 들어오기는 했지만, 보초가 그들을 본다면 누군지 확인할 것이고 대답이 시원치 않으면 소리쳐 경보를 발할 것이다. 그러나 다행히도 보초는 등받이 없는 의자에 앉아 초소 한쪽 벽에 몸을 기댄 채 잠들어 있었다. 그의 옆 선반에서 양초 한 토막이 촛농을 흘리며 타고 있었다.

그러나 랠프는 보초가 잠에서 깰 위험을 감수하지 않기로 마음먹었다. 발끝을 들고 가까이 다가간 그는 초소 안으로 상체를 들이밀고 날이 긴 단검으로 보초의 목을 베었다. 잠에서 깬 사내는 고통으로 비명을 지르려 했지만 그의 입에서 나온 것은 피뿐이었다. 랠프는 쓰러지려는 사내를 붙잡아 의식이 완전히 끊어지길 기다렸다. 그런 뒤 시체를 다시 초소 벽에 기대어놓았다.

그는 죽은 자의 튜닉에 피 묻은 칼날을 닦은 다음 칼집에 넣었다.

성문을 막고 있는 커다란 이중문 안쪽에는 한 사람이 드나들 만한 작은 출입구가 있었다. 랠프는 나중에 재빨리 달아날 수 있도록 이 작은 문의 빗장을 뽑아놓았다.

여섯 명은 수도원으로 통하는 길을 따라 소리 없이 걸어갔다.

달은 보이지 않았지만—그것이 랠프가 오늘밤을 선택한 이유였다— 희미한 별빛이 그들을 비춰주고 있었다. 그는 불안한 눈으로 길 양편에 있는 가옥의 위층 창들을 바라보았다. 잠을 이루지 못한 사람이 무심코 창밖을 내다보기라도 한다면 복면한 그들을 좋게 볼 리 없었다. 다행히 아직 밤에 창을 열어놓고 잘 만큼 따뜻한 날씨가 아니어서 덧창들은 모두 닫힌 상태였다. 그래도 랠프는 복면이 보이지 않도록 외투 두건을 최대한 앞으로 푹 눌러써 얼굴에 그늘이 지도록 했다. 그러고는 다른 자들에게도 똑같이 하라고 신호를 보냈다.

그가 어린 시절을 보낸 도시였으므로 길은 익숙했다. 그의 형 머딘은 여전히 이곳 어딘가에 살고 있지만, 랠프는 형이 정확히 어디 사는지 알지 못했다.

그들은 이미 몇 시간 전에 문을 닫은 홀리 부시 앞을 지나 큰길을 따라 내려갔다. 그리고 성당 경내로 들어섰다. 입구에는 쇠테를 두른 높다란 목조 대문이 있었지만 벌써 여러 해 전부터 늘 열려 있었고 경첩도 녹슨 채 방치되어 있었다.

수도원은 구호소 창으로 흘러나오는 흐릿한 불빛을 제외하고는 캄캄했다. 랠프는 지금이 수사들과 수녀들이 가장 깊이 잠들어 있을 시간이라 판단했다. 이제 한 시간쯤 후면 그들은 아침기도를 올리기 위해 일어날 것이고, 기도는 동트기 전에 끝날 것이다.

이미 수도원을 답사한 앨런이 무리를 이끌고 성당 북쪽을 돌아갔다. 그들은 소리를 내지 않고 묘지를 통과하고 수도원장 사택을 지난 뒤 대성당 동쪽 끝과 강둑 사이에 있는 좁다란 부지로 향했다. 앨런이 그곳 막다른 담장에 짤막한 사다리를 걸쳐 세우고 나직이 속삭였다. "여기가 수녀원의 생활공간이오. 모두 나를 따라오시오."

그는 담장을 올라 지붕 위로 올라섰다. 기와 석판을 디뎠지만 그의 발에서는 거의 아무 소리도 나지 않았다. 다행히도 갈고랑쇠를 쓸 일은 없었는데, 그랬다면 걱정스러울 정도로 큰 소리가 났을 것이다.

사람들이 그 뒤를 따랐다. 랠프가 맨 나중에 올라갔다.

그들은 나지막하게 쿵 소리를 내며 지붕에서 안뜰 풀밭 위로 뛰어내렸다. 일단 그곳까지 오자 랠프는 주위에 일정한 간격으로 서 있는 클로이스터의 석주들을 주의깊게 살펴보았다. 아치들이 흡사 경비병처럼 그를 노려보는 듯했지만 움직이는 것은 아무것도 없었다. 수사와 수녀에게 애완견이 금지된 것은 잘된 일이었다.

앨런은 그들을 이끌고 그늘이 짙게 드리워진 통로를 지나 묵직한 문을 통과했다. "주방이오." 그가 소곤거렸다. 큰 화덕의 깜부기불에서 나온 흐릿한 불빛이 주방 안을 비추고 있었다. "냄비를 건드리지 않도록 천천히 움직이시오."

랠프는 어둠에 눈이 익을 때까지 기다렸다. 이윽고 커다란 식탁과 술통 몇 개, 조리용 그릇 무더기의 윤곽을 알아볼 수 있었다. "각자 앉거나 누울 만한 곳을 찾아 편히 쉬게." 랠프가 그들에게 말했다. "그들이 모두 일어나 성당에 갈 때까지 이곳에서 기다린다."

〰

랠프는 한 시간 후 주방 밖을 내다보면서 숙소를 나와 대성당으로 가기 위해 클로이스터를 걸어가는 수녀와 수련수녀의 수를 헤아렸다. 그중 몇몇이 든 등잔이 둥근 천장에 기괴한 그림자를 만들어냈다. "스물다섯이야." 랠프는 앨런에게 속삭였다. 그의 예상대로 그중에 틸리는 없었다. 수녀원에 기거중인 귀부인은 한밤중의 의식에는 참석하지 않아도 됐다.

그들의 모습이 사라지자 랠프는 자리를 떴다. 다른 사람들은 그대로 남아 있었다.

틸리가 잠을 자고 있을 만한 곳은 두 군데뿐이었다. 구호소 아니면 수녀들 숙소였다. 랠프는 틸리가 공동 침실을 더 안전하다고 여겼을 거라 짐작하고 먼저 그곳으로 향했다.

그는 소리 죽여 돌계단을 올랐다. 여전히 펠트로 신을 씌운 상태였으므로 소리는 나지 않았다. 그는 숙소 안을 조용히 들여다보았다. 촛불 한 자루만 타고 있었다. 그는 수녀들이 모두 성당에 가 있기를 바랐다. 쓸데없는 사람 때문에 상황을 복잡하게 만들고 싶지 않았다. 병에 걸렸거나 게으름피우는 한두 명이 남아 있을까봐 걱정이 됐다. 그러나 숙소 안은 비어 있었다. 틸리도 보이지 않았다. 막 그곳을 나오려던 그의 눈에 숙소 한쪽 끝에 있는 문이 보였다.

그는 촛불을 집어들고 숙소 끝까지 조용히 걸어가 소리 없이 문을 열고 들어갔다. 흔들리는 촛불 빛에 베개에 얹혀 있는 젊은 아내의 머리와 얼굴 주위로 흩어진 머리카락이 보였다. 더없이 천진하고 예쁜 모습에 날카로운 가책을 느낀 랠프는 출세를 가로막고 있는 그녀를 자신이 얼마나 증오했는지를 애써 상기했다.

그의 아들 게리는 그녀 옆에 있는 요람에 누워 입을 벌린 채 평화롭게 자고 있었다.

랠프는 살며시 다가가 재빠르게 오른손으로 틸리의 입을 틀어막아 그녀를 깨우는 동시에 아무 소리도 내지 못하게 했다.

틸리는 눈을 홉뜨더니 공포에 질려 그를 빤히 쳐다보았다.

그는 촛불을 내려놓았다. 그의 주머니에 든 유용한 잡동사니들 가운데 천조각과 가죽끈이 있었다. 그는 천조각을 틸리의 입속에 쑤셔넣어 소리를 내지 못하게 했다. 복면을 쓰고 장갑을 끼고 있는데다 아무 말도 하지 않았지만, 그는 그녀가 자기를 알아본 것 같다고 느꼈다. 어쩌면 개처럼 그의 냄새를 맡은 것일지도 모른다. 아무래도 상관없었다. 어차피 아무에게도 말하지 못하게 될 것이었다.

그는 가죽끈으로 그녀의 손발을 묶었다. 지금은 가만히 있지만 나중에는 버둥거릴 것이었다. 그는 재갈이 단단히 물려 있는지 확인했다. 그런 다음 자리를 잡고 앉아 기다렸다.

성당 쪽에서 노랫소리가 들려왔다. 여자들의 힘찬 합창소리였는데, 드문드문 들리는 남자의 목소리는 여자들의 합창을 따라잡으려 애쓰는 것처럼 들렸다. 틸리는 눈을 동그랗게 뜨고 애원하는 눈빛으로 그를 빤히 바라보고 있었다. 그는 얼굴이 보이지 않도록 틸리를 돌려놓았다.

그녀는 전에 그가 자신을 죽일지도 모른다고 생각했었다. 그의 속마음을 읽은 것이다. 그녀는 마녀가 분명하다. 아니 여자들은 모두가 마녀일지도 모른다. 어쨌든 그녀는 그가 그런 생각을 하기 시작하자마자 그것을 간파했다. 그후 그녀는 그를 지켜보기 시작했다. 특히 저녁이 되면 그가 무엇을 하든 두려움에 찬 그녀의 눈길이 따라다녔다. 밤에 그가 잠들면 잔뜩 경계하듯 뻣뻣한 자세로 그의 옆에 누웠고, 아침에는 언제나 그녀가 먼저 일어나 있었다. 그런 일이 며칠 계속되다가 그녀가 사라졌다. 랠프와 앨런은 그녀를 찾지 못하다가 킹스브리지 수도원으로 피신했다는 소문을 들었다.

예기치 않게도 그럼으로써 그의 계획과 딱 맞아떨어진 셈이었다.

아기가 잠결에 코를 킁킁거렸다. 아기가 울지도 모른다는 생각이 들었다. 그때 수녀들이 돌아오면 어쩌지? 그는 그 문제를 생각해보았다. 수녀 한두 명이 틸리에게 도움이 필요한지 보려고 들어올지도 모른다. 그러면 수녀들을 죽이리라고 마음먹었다. 처음 하는 일도 아니었다. 프랑스에서도 이미 수녀들을 죽인 적이 있었다.

마침내 수녀들이 숙소로 돌아오는 소리가 들렸다.

앨런이 주방에서 지켜보면서 돌아오는 수녀들 수를 헤아릴 것이다. 전원이 숙소로 들어왔다는 것을 확인하면, 앨런과 다른 네 명은 칼을 뽑아들고 행동에 나설 것이다.

랠프는 틸리를 번쩍 들었다. 그녀의 얼굴은 온통 눈물범벅이었다. 그는 그녀의 등이 자기 쪽으로 오도록 틸리를 뒤집은 다음 한 팔로 그녀의 허리를 안고 자신의 허리 높이까지 들어올렸다. 그녀의 몸은 어린애만큼 가벼웠다.

그러고는 날이 긴 단검을 뽑아들었다.

밖에서 남자 목소리가 들렸다. "조용히 하지 않으면 죽이겠다!" 복면에 막힌 음성이었지만 그는 앨런이라는 것을 알았다.

고비였다. 수도원 경내에는 다른 사람들도 있었다. 수녀들, 구호소의 환자들, 수사들이 각각 자기 구역에 있었다. 랠프는 그들이 나타나서 일이 꼬이는 것을 원치 않았다.

앨런이 경고를 했음에도 몇몇이 충격과 공포의 비명을 질렀고, 다행히 랠프가 생각하기에 그 소리는 그리 크지 않았다. 아직까지는 순조로웠다.

랠프는 문을 열고 틸리를 허리에 낀 채 숙소 안으로 들어섰다.

수녀들이 들고 있는 등잔 불빛 덕분에 실내가 한눈에 들어왔다. 방한구석에서 앨런이 랠프가 틸리를 붙든 것처럼 한 수녀를 붙든 채 목에 단검을 들이대고 있었다. 앨런 뒤에는 둘이 더 있었다. 다른 두 용병은 계단 발치에서 망을 보고 있을 것이다.

"잘 들어라." 랠프가 말했다.

그가 말한 순간 틸리가 발작적으로 몸을 비틀었다. 그의 목소리를 알아들은 것이었다. 하지만 다른 사람들이 눈치채지 못하는 한 아무래도 상관없었다.

겁에 질린 침묵이 흘렀다.

"너희 중에 누가 회계 담당이냐?" 랠프가 말했다.

아무도 입을 열지 않았다.

랠프는 틸리의 목덜미에 칼끝을 가져다댔다. 틸리는 다시 꿈틀거렸지만 체구가 너무 작아서 간단하게 제압됐다. 바로 지금이 죽일 때야, 그는 생각했지만 주춤했다. 그는 지금까지 숱한 사람을 죽였고, 남자는 물론 여자도 죽였지만, 자신이 껴안고 키스하고 함께 잠을 자고 자기 아이를 낳은 여자의 따뜻한 몸을 칼로 찌른다는 것이 갑자기 끔찍하게 여겨졌다.

한편으로는 수녀 중 하나를 죽이는 것이 수녀들에게 더 효과적인 충격을 줄 수 있다고 판단했다.

그는 앨런을 향해 고개를 끄덕였다.

단번의 강한 일격으로 앨런은 자신이 붙들고 있던 수녀의 목을 베었다. 그녀의 목에서 솟구친 피가 바닥에 뚝뚝 떨어졌다.

누군가 비명을 질렀다.

단순한 비명이 아니라 순전한 공포의 외침, 죽은 자도 일으켜세울 만큼 미친듯이 악을 쓰는 소리였다. 용병 하나가 비명을 질러대는 그녀를 온 힘을 다해 곤봉으로 후려쳤지만 의식을 잃고 바닥에 쓰러질 때까지 비명을 멈추지 않았다. 그녀의 뺨에서 피가 흘렀다.

랠프는 다시 물었다. "너희 중에 누가 회계 담당이냐?"

⟆

머딘은 아침기도 시간을 알리는 종이 울리고 캐리스가 침대에서 빠져나갈 때 잠깐 잠에서 깼다. 여느 때처럼 그는 돌아누워 선잠에 빠져들었고, 그녀가 돌아왔을 때는 시간이 일이 분밖에 지나지 않은 것 같았다. 침대로 돌아온 그녀의 몸은 차가웠다. 그는 그녀를 끌어당겨 두 팔로 감싸안았다. 이 시간에는 한동안 이야기를 나누기도 했지만 대개는 사랑을 나누고 다시 잠이 들곤 했다. 머딘이 좋아하는 시간이었다.

그녀는 그의 가슴팍에 자신의 젖가슴을 편하게 대고 몸을 밀착시켰다. 그는 그녀의 이마에 입을 맞췄다. 그녀가 달아오르자 그는 그녀의 다리 사이로 손을 뻗어 부드러운 털을 애무했다.

그러나 오늘 그녀는 이야기가 하고 싶었다. "어제 그 소문 들었어? 도시 북쪽 숲에 범법자들이 있대."

"좀 믿기지 않는 얘기인데."

"모르겠어. 그쪽 성벽은 낡을 대로 낡았잖아."

"하지만 그자들이 뭘 훔치려는 거지? 원하는 것이 뭐든 마음만 먹으면 가질 수 있는데. 고기가 필요하면 수천 마리의 양이나 소가 지키는 사람도 없이 들판에 널려 있어. 뭐라고 할 주인도 없이."

"그래서 이상하다는 거야."

"요즘은 도둑질이 담장 너머로 이웃집 공기를 들이마시는 것만큼이나 쉬워."

그녀는 한숨을 쉬었다. "나는 석 달 전에 이 끔찍한 전염병이 다 끝났다고 생각했어."

"그사이에 죽은 사람들이 얼마나 되지?"

"부활절 이후로 천 명은 묻었지."

머딘도 그 정도 될 거라고 생각했다. "다른 도시도 사정이 비슷하다고 하던데."

그는 어둠 속에서 고개를 끄덕이는 그녀의 머리카락이 자신의 어깨를 쓸며 움직이는 것을 느꼈다. 그녀가 말했다. "잉글랜드 인구의 4분의 1가량이 이미 사라졌을 거야."

"사제도 절반 이상 사라졌을걸."

"그건 그들이 미사 때마다 많은 사람과 접촉하기 때문이야. 어쩔 수 없는 일이지."

"그래서 교회도 절반가량 폐쇄됐잖아."

"굳이 말하자면 잘된 일이지. 군중이 모이면 전염병은 더 급속히 퍼질 테니까."

"어쨌든 사람들 대부분은 이미 종교를 중시하지 않게 됐어."

캐리스에게 그 점은 별로 비극이랄 것도 없었다. "이제부터는 미신적인 치료법보다는 실제 효과가 있는 치료법에 대해 생각하게 되겠지."

"그렇기는 해도 일반 사람들은 어느 치료법이 진짜고 어느 것이 가짜인지 알기 어렵잖아."

"내가 네 가지 법칙을 가르쳐줄게."

그는 어둠 속에서 미소지었다. 그녀는 언제나 규칙을 목록으로 만들었다. "말해봐."

"첫째. 어떤 증상에 대한 치료법이 수십 가지가 있다면 전부 효과가 없다고 볼 것."

"어째서?"

"그중 효과가 있는 게 하나라도 있다면 다른 치료법들이 있을 리가 없으니까."

"말이 되는군."

"둘째. 약이 쓰다고 해서 약효가 있다는 의미는 아니라는 것. 종다리의 뇌를 날로 복용하는 건 후두염에 효과가 없어. 속만 느글거릴 뿐이지. 그보다는 뜨거운 꿀물 한 잔이면 증상이 가라앉을 거야."

"그건 알아둘 필요가 있겠군."

"셋째. 인분과 동물 배설물은 어느 경우에도 효과가 없다는 것. 보통은 그 때문에 오히려 증상이 악화되지."

"그 말을 들으니 마음이 놓이네."

"넷째. 약과 질병이 비슷한 모양을 하고 있다면 상상력에서 나온 헛소리라는 것. 예를 들어 발진에 개똥지빠귀의 얼룩 깃털을 약으로 쓰거나, 황달에 양의 오줌을 약으로 쓰는 게 그런 거야."

"이런 건 책으로 써놓아야 해."

그녀는 코웃음을 쳤다. "대학에서는 고대 문헌을 더 좋아하지."

"대학생을 위한 책을 말한 게 아니야. 당신이 좋아하는 사람들, 수녀나 산파, 이발사, 현녀 같은 사람들을 위해 쓰라는 거야."

"현녀와 산파는 글을 읽을 줄 몰라."

"읽을 줄 아는 사람도 있고, 또 남들이 읽어줘도 되잖아."

"전염병에 대처하는 요령을 알려주는 작은 책자가 더 좋을 것 같아."

그녀는 잠시 생각에 잠긴 듯했다.

고요한 정적을 뚫고 비명이 울렸다.

"저게 무슨 소리지?" 머딘이 말했다.

"올빼미에 잡힌 뒤쥐 울음소리 같은데."

"아니, 그런 소리가 아니었어." 그는 벌떡 일어났다.

꿈

수녀들 중 하나가 앞으로 나서며 랠프에게 말했다. 그녀는 젊고—수
녀들은 대부분 젊었다—검은 머리에 푸른 눈을 가지고 있었다. "틸리
님을 해치지 마세요." 그녀는 애원조로 말했다. "나는 조앤 자매예요.
원하는 대로 할 테니 더이상 폭력은 쓰지 말아줘요."

"나는 은신자 탬이다. 수녀원 금고실 열쇠가 어디 있나?" 랠프가 말
했다.

"내가 허리에 차고 있어요."

"금고실로 안내해라."

조앤은 망설였다. 랠프가 금고실의 위치를 모른다는 것을 눈치챘기
때문일 수도 있었다. 지난번 이곳을 답사했을 때 앨런은 잡히기 전까지
수녀원 안을 철저히 수색할 수 있었다. 그는 침투할 경로를 짜고 숨기
좋은 장소로 주방을 정하고 수녀들의 숙소 위치를 파악했다. 하지만 금
고실만은 찾지 못했다. 조앤은 금고실 위치를 알려주고 싶지 않았다.

랠프는 허비할 시간이 없었다. 조금 전 울린 비명을 들은 사람이 있
을지도 몰랐다. 랠프는 칼끝으로 틸리의 목덜미를 살짝 찔러 피가 나오
게 했다. "나는 금고실로 가야겠는데." 그가 말했다.

"알았어요. 그녀를 해치지만 말아요! 길을 안내할게요."

"그래야지."

그는 수녀들을 감시할 용병 둘을 숙소에 남겨두었다. 그와 앨런은 틸
리를 데리고 조앤을 따라 클로이스터로 통하는 계단을 내려갔다.

계단 발치에서는 다른 두 용병이 칼을 들이댄 채 다른 수녀 세 명을 잡아놓고 있었다. 구호소에서 일하던 수녀들이 비명을 듣고 무슨 일인지 알아보러 왔었을 것이다. 잘된 일이었다. 그것으로써 남아 있던 다른 위험 요소가 제거된 셈이었다. 하지만 수사들은 어디 있을까?

그는 그 수녀들을 숙소로 올려 보냈다. 용병 한 명은 계단 발치에서 망을 보도록 남겨두고, 다른 한 명에게는 수녀들을 데려가도록 했다.

조앤은 그들을 숙소 바로 아래층의 공동 식당으로 데려갔다. 조앤이 들고 있는 등잔의 흔들리는 불빛에 가대식 식탁과 긴 의자, 낭독대, 혼례 잔치에 참석한 예수를 그린 벽화가 드러났다.

식당 안쪽 끝에 이르러 조앤이 식탁 하나를 치우자 바닥의 뚜껑문이 드러났다. 거기에는 보통 문에 있는 것과 같은 열쇠 구멍이 있었다. 그녀는 자물쇠에 열쇠를 넣고 돌린 뒤 뚜껑문을 들어올렸다. 그러자 좁다란 나선형 돌계단이 나타났다. 조앤은 그 계단을 내려갔다. 랠프는 용병을 보초로 세워두고 어설픈 자세로 허리에 틸리를 낀 채 뒤따라 내려갔고, 앨런이 그 뒤를 따랐다.

계단을 내려간 랠프는 흡족한 듯 주위를 둘러보았다. 바로 이곳이 성소 중의 성소, 수녀원의 비밀 금고실이었다. 지하감옥처럼 비좁은 지하실이지만 그보다는 훨씬 잘 만들어져 있었다. 대성당에 쓰인 것과 같은 네모반듯한 석재로 벽을 쌓고 바닥에는 판석이 촘촘하게 깔려 있었다. 지하실 공기는 서늘하고 건조했다. 랠프는 닭처럼 팔다리를 묶어놓은 틸리를 바닥에 내려놓았다.

마치 거인의 관처럼 뚜껑이 달린 커다란 궤짝 하나가 그 공간을 거의 차지하고 있었는데, 궤짝은 벽에 붙은 고리에 사슬로 고정되어 있었다. 그 밖에 별다른 물건은 없었다. 등받이가 없는 의자 두 개, 필기용 책상 하나, 아마도 수녀원 회계장부인 듯한 양피지 두루마리 다발이 놓인 선반 등이었다. 벽에 붙은 쇠장식에 묵직한 양모 외투 두 벌이 걸려 있었는데, 랠프는 회계 담당과 조수가 한겨울 몇 달 동안 이곳에 내려와 일할 때 입는 옷이라고 짐작했다.

궤짝은 너무 커서 바로 옮기지는 못하고 분명 분해한 상태로 들여와 이곳에서 조립했을 것이다. 랠프가 걸쇠를 가리키자 조앤은 허리띠에 있는 또다른 열쇠로 자물쇠를 열었다.

랠프는 궤짝 안을 들여다보았다. 수십 개의 양피지 두루마리가 더 들어 있었는데, 수녀원 소유의 재산과 권리를 증명하는 각종 증서와 권리증이 분명했다. 가죽과 양모로 된 자루들에는 보석 장식물이 들어 있을 것이며, 좀더 작은 궤짝에는 분명 현금이 들어 있을 것이다.

이제 잔꾀를 부릴 시점이었다. 그가 노리는 것은 증서들이었지만 그렇게 보이고 싶지 않았다. 그것들을 훔친 것처럼 보이지 않도록 훔쳐내야 했다.

그는 조앤에게 작은 궤짝을 열라고 명령했다. 거기에는 얼마간의 금화가 들어 있었다. 랠프는 그 안에 돈이 얼마 없다는 사실에 어리둥절했다. 아마 이 방 어딘가, 벽 뒤편에 더 많은 돈을 감춰놓았을 것이다. 하지만 그 문제를 생각하느라 하던 일을 멈추지는 않았다. 그는 돈에 관심이 있는 척하기만 하면 되었다. 랠프는 허리에 차고 있던 주머니에 금화를 쏟아부었다. 그사이에 앨런은 큰 자루를 풀고 성당 장식물들을 챙기기 시작했다.

일단 그런 장면을 조앤에게 보이고 난 뒤 랠프는 그녀에게 위로 올라가라고 지시했다.

틸리는 여전히 겁에 질린 채 눈을 동그랗게 뜨고 지켜보고 있었지만 그녀가 무엇을 보든 상관없었다. 그녀에게 자기가 본 것을 말할 기회 따위는 없을 것이다.

랠프는 또다른 자루를 펼치고는 가능한 한 신속하게 양피지 두루마리를 집어넣기 시작했다.

필요한 것을 모두 챙긴 뒤 랠프는 앨런에게 망치와 끌로 나무 궤짝을 부수게 했다. 그러고는 벽에 걸린 양모 외투를 내려 둘둘 말아 촛불에 댔다. 순식간에 양모에 불이 옮겨붙었다. 그는 불붙은 양모 위에 궤짝을 부순 나뭇조각을 얹었다. 이내 불이 크게 피어오르며 매캐한 연기가 가득찼다.

그는 바닥에 무력하게 누워 있는 틸리를 바라보았다. 그런 다음 칼을 뽑았다. 순간 그는 다시 한번 망설였다.

수도원장 사택에서 작은 문을 열고 나오면 곧장 참사관으로 이어지고, 참사관은 대성당 북쪽 익랑으로 연결됐다. 머딘과 캐리스는 비명이 들린 곳을 찾기 위해 이쪽으로 들어섰다. 참사관에 아무도 없자 그들은 성당 안으로 들어갔다. 넓은 실내를 비추기에는 촛불 빛이 너무 약했지만 두 사람은 교차부 복판에 서서 열심히 귀를 기울여보았다.

빗장이 덜컥대는 소리가 났다.

"거기 누구요?" 머딘이 말했다. 두려움 때문에 자신의 목소리가 떨리는 것이 부끄러웠다.

"토머스일세."

그 목소리는 남쪽 익랑에서 났다. 잠시 후 토머스가 그들이 들고 있는 촛불 빛 안으로 들어섰다. 그가 말했다. "누군가 비명을 지르는 것 같았어."

"우리도 들었어요. 하지만 성당 안에는 아무도 없어요."

"주변을 살펴보지."

"수련수사와 남자아이들은요?"

"내가 가서 자라고 일렀네."

그들은 남쪽 익랑을 지나 수사들의 생활공간으로 향했다. 역시 아무도 없었고 아무 소리도 나지 않았다. 그들은 주방 창고를 지나 구호소로 향했다. 환자들은 여느 때처럼 병상에 누워 있었는데, 일부는 자고 일부는 고통으로 신음하고 있었다. 잠시 후 머딘은 그곳에 있어야 할 수녀가 한 사람도 보이지 않는다는 것을 알아챘다.

"이상하네." 캐리스가 말했다.

비명이 이곳에서 났을 수도 있지만, 그렇다고 보기에는 다급하거나 동요한 기미가 전혀 없었다.

그들은 주방으로 가보았다. 예상한 대로 그곳에도 아무도 없었다.

그때 토머스가 무슨 냄새라도 맡은 것처럼 코를 킁킁거렸다.

"뭐죠?" 머딘이 말했다. 그는 자기도 모르게 속삭이고 있었다.

"수사들은 보통 청결하지." 토머스가 웅얼대는 소리로 대답했다. "그런데 이곳에 청결하지 않은 자가 있었던 것 같네."

머딘은 평소와 다른 냄새를 맡을 수 없었다.

토머스는 조리사들이 뼈에서 살점을 발라낼 때 사용하는 큰 칼을 집어들었다.

그들은 주방 문 쪽으로 향했다. 그때 토머스가 뭉툭한 왼팔을 들어 경고를 보냈다. 그들은 걸음을 멈췄다. 수녀원 클로이스터에 희미한 불빛이 보였다. 그 불빛은 맨 안쪽 후미진 곳에서 나오는 듯했다. 머딘이 짐작하기에 멀리 떨어진 촛불의 반사광 같았다. 수녀 전용 식당이나, 수녀들의 공동 숙소로 통하는 돌계단 계단참에서 비친 불빛 같았다. 아니면 그 둘 다일지도 몰랐다.

토머스는 샌들을 벗고 앞으로 걸어갔다. 맨발이어서 판석을 디뎌도 발소리가 나지 않았다. 그는 클로이스터의 그늘 속으로 녹아들어갔다.

머딘은 후미진 구석으로 조금씩 다가가는 토머스의 모습을 겨우 알아볼 수 있었다.

그때 머딘의 코에 희미하지만 톡 쏘는 듯한 냄새가 흘러들었다. 그것은 토머스가 주방에서 맡았던, 불결한 몸에서 나는 냄새가 아니라 전혀 다른 새로운 냄새였다. 잠시 후 머딘은 그것이 연기 냄새라는 것을 깨달았다.

토머스 역시 그 냄새를 맡은 것이 분명했다. 그가 벽에 붙어선 채 움직이지 않았던 것이다.

눈에 보이지 않는 누군가가 놀란 듯 끙 소리를 냈다. 다음 순간 후미진 구석에서 클로이스터 통로 쪽으로 걸어나오는 사람의 모습이 어렴풋하면서도 확실하게 보였다. 흐릿한 불빛에 실루엣을 드러낸 사내는 복면을 하고 있었다. 사내가 식당 문 쪽으로 방향을 돌렸다.

그 순간 토머스가 사내를 덮쳤다.

어둠 속에서 고기 써는 칼이 한순간 번뜩이다가 사내의 몸속에 박히는 메스꺼운 소리가 났다. 사내는 공포와 고통으로 외마디소리를 질렀다. 사내가 쓰러지는 순간 토머스가 다시 한번 칼을 휘둘렀고, 사내의 비명은 꾸르륵거리는 역겨운 소리로 바뀌더니 그마저 멈췄다. 숨이 끊어진 사내는 쿵 소리와 함께 판석 위로 쓰러졌다.

머딘 옆에 있던 캐리스는 공포에 사로잡혀 헉 하고 숨을 몰아쉬었다.

머딘이 앞으로 달려나갔다. "무슨 일입니까?"

토머스는 그에게로 돌아서며 칼을 움직여 돌아가라는 신호를 보냈다. "조용히 하게!" 그가 나지막한 소리로 말했다.

한순간에 불빛이 달라졌다. 갑자기 클로이스터가 타오르는 듯 아주 환해졌다.

누군가 묵직한 발소리를 내며 식당 밖으로 달려나왔다. 한 손에는 부대 자루를, 다른 한 손에는 활활 타는 횃불을 든 우람한 사내였다. 흡사 유령처럼 보였지만, 다음 순간 머딘은 그자가 눈과 입 부분이 뚫린 조잡한 복면을 쓰고 있다는 것을 알아보았다.

토머스는 달려나오는 사내 앞을 가로막으며 칼을 들어올렸다. 하지만 한발 늦었다. 토머스가 미처 칼을 내리칠 사이도 없이 사내가 곧장 돌진해 정면충돌하면서 그대로 넘어지고 말았던 것이다.

기둥 쪽으로 호되게 떠밀린 토머스의 머리가 돌에 부딪치는 요란한 소리가 났다. 토머스는 의식을 잃고 그대로 쓰러져버렸다. 달려오던 사내도 균형을 잃고 무릎을 꿇었다.

캐리스는 머딘을 지나쳐 달려가 토머스 옆에 무릎을 꿇었다.

그때 복면을 쓴 사내 몇이 횃불을 들고 나타났다. 머딘이 보기에 그중 일부는 식당에서, 다른 일부는 숙소로 통하는 계단 쪽에서 온 것 같았다. 그와 동시에 여자들의 비명과 울부짖는 소리가 들렸다. 한순간 그곳은 아수라장이 됐다.

머딘은 캐리스에게 달려가, 우르르 몰려오는 그들에게서 그녀를 보호하기 위해 몸으로 막아섰다.

땅에 쓰러진 동료를 본 침입자들은 갑자기 충격에 빠져 쇄도하던 걸음을 멈춘 채 꼼짝도 하지 않았다. 그들은 자신들의 횃불 빛으로, 목이 거의 잘리고 클로이스터 돌바닥에 낭자하게 피를 쏟은 동료가 의심의 여지도 없이 죽었다는 것을 확인했다. 고개를 좌우로 돌리며 복면 눈구멍을 통해 주위를 살피는 그들의 모습은 개울물 속 물고기들 같았다.

그중 하나가 토머스와 캐리스 옆 땅바닥에 피로 붉게 물든 채 떨어져 있는 토머스의 칼을 발견하고는 다른 자들에게 가리켰다. 그러고는 분노에 찬 소리를 울리며 칼을 뽑아들었다.

머딘은 캐리스가 걱정됐다. 그는 앞으로 나서며 칼을 뽑아든 자의 주의를 자기 쪽으로 끌었다. 사내가 머딘에게 다가서며 칼을 치켜들었다. 머딘은 사내를 캐리스에게서 먼 쪽으로 유인하면서 뒤로 물러섰다. 그는 그녀의 위험을 줄인 대신 자신은 더욱 무서운 상황에 몰렸다는 것을 깨달았다. 두려움에 떨며 뒷걸음치던 머딘은 죽은 자가 흘린 피를 밟고 미끄러졌다. 발이 허공으로 뻗치며 벌렁 나자빠지고 말았다.

칼을 든 사내가 다가와 그를 죽이기 위해 팔을 높이 치켜든 채 그를 내려다보는 자세로 섰다.

다음 순간 무리 가운데 하나가 끼어들었다. 침입자들 중에서 키가 가장 큰 그 사내는 놀랍도록 재빨랐다. 그는 왼손으로 머딘을 죽이려던 자의 치켜든 팔을 잡았다. 그자가 우두머리임이 분명했다. 그가 아무말 없이 복면한 머리를 가로젓기만 했는데도 칼을 든 사내가 순순히 무기를 내렸기 때문이다.

머딘은 자신을 구해준 사내가 왼손에만 벙어리장갑을 끼고 있는 것을 보았다.

이 모든 일이 벌어지는 데 불과 열을 세는 정도의 시간밖에 걸리지 않았다. 일은 시작된 것만큼이나 갑자기 끝났다. 복면을 쓴 무리 중 하나가 주방 쪽으로 돌아서서 달리기 시작하자 나머지도 뒤따랐다. 머딘은 그들이 달아나는 길을 미리 계획해둔 게 분명하다고 생각했다. 주방에는 성당 앞 초지로 통하는 문이 있어 바깥으로 나가는 지름길이었다. 그들이 횃불과 함께 사라지자 클로이스터는 어둠에 싸였다.

머딘은 갈피를 못 잡고 그대로 서 있었다. 침입자들을 쫓아가야 할까, 아니면 수녀들의 숙소로 올라가 그들이 비명을 지른 이유를 알아내야 할까, 아니면 불이 난 곳이 어딘지 찾아야 할까?

그는 캐리스 옆에 무릎을 꿇었다. "토머스 형제는 살아 있어?"

"머리를 부딪치고 의식을 잃은 것 같지만 숨을 쉬고 있고 피도 나오지 않아."

그때 뒤편에서 귀에 익은 조앤 자매의 목소리가 들렸다. "도와주세요!" 머딘은 뒤를 돌아보았다. 조앤 자매가 식당 문가에 서 있었다. 손에 들고 있는 등잔불 때문에 얼굴은 기괴해 보였고 머리는 흡사 근사한 모자라도 쓴 듯 연기로 싸여 있었다. "제발, 어서요!"

머딘은 벌떡 일어섰다. 조앤은 다시 식당 안으로 사라졌다. 머딘은 그녀를 좇아 달려갔다.

그녀가 들고 있던 등잔불 빛이 어지러운 그림자를 던졌지만 그는 용케 가구에 걸리지 않고 식당 끝까지 따라갈 수 있었다. 지하로 이어지는 바닥의 구멍에서 연기가 솟아오르고 있었다. 머딘은 지하로 이어지는 그 구멍이 꼼꼼한 업자의 솜씨임을 단번에 알아보았다. 완벽한 정사각형인데다 가장자리가 깔끔했고, 뚜껑문도 훌륭했다. 그는 그곳이 제러마이어가 비밀리에 만든 수녀원의 비밀 금고실일 거라 짐작했다. 하지만 오늘밤 도둑들은 그 금고실을 알아내고 말았다.

그는 가득 연기를 들이마시고는 기침을 터뜨렸다. 아래서 무엇이 왜 타고 있는지 궁금했지만 알아보고 싶은 생각은 없었다. 그러기에는 너무나 위험해 보였다.

다음 순간 조앤이 그에게 악을 썼다. "저 안에 틸리가 있어요!"

"맙소사." 머딘은 절망한 어조로 말하고는 계단을 내려갔다.

그는 숨을 참았다. 연기 속으로 자세히 살펴보았다. 두려웠지만 건축업자인 그의 눈에는 잘 만들어진 나선형 돌계단이 먼저 들어왔다. 계단 한 단 한 단이 정확히 똑같은 크기와 모양이었고, 한 단과 다음 단이 정확히 같은 각을 이루고 있었다. 그래서 발밑이 보이지 않아도 확신을 가지고 계단을 내려갈 수 있었다.

그는 순식간에 지하실로 내려갔다. 한복판에서 타오르는 불길이 보였다. 열기가 너무 강해 몇 초 이상 버티지 못할 것 같았다. 연기가 자욱했다. 여전히 숨은 참고 있었지만 눈물이 나오며 시야가 흐려졌다. 그는 소맷자락으로 눈을 훔치고 어둑한 연기 속을 살펴보았다. 대체 틸리는 어디 있는 거지? 바닥은 보이지 않았다.

그는 무릎을 꿇었다. 시야가 약간 나아졌다. 아래쪽은 연기가 그다지 짙지 않았다. 그는 방 구석구석을 기어다니며 살피고 눈에 보이지 않는 곳에서는 손으로 쓸어보았다. "틸리!" 머딘은 외쳤다. "틸리, 어디 있어요?" 그때 연기가 목구멍으로 들어와 발작적으로 기침이 터졌고 그 순간 틸리가 대답을 했다면 듣지 못했을 것 같았다.

더이상 견딜 수 없었다. 그는 발작적인 기침을 했고 숨을 쉴 때마다 더 많은 연기가 들어와 금방이라도 질식할 것 같았다. 눈물이 흥건해 거의 앞이 보이지 않았다. 그가 필사적인 심정에서 불길에 더 가까이 다가갔고 불이 그의 소맷자락을 태우기 시작했다. 여기서 쓰러져 의식을 잃는다면 틀림없이 죽고 말 것이다.

다음 순간 그의 손에 사람의 살이 닿았다.

그는 그것을 움켜잡았다. 그것은 사람의 다리, 작은 다리, 여자의 다리였다. 그는 그것을 자기 쪽으로 끌어당겼다. 그녀의 옷에서는 연기가 나고 있었다. 얼굴을 볼 수 없어 의식이 있는지 없는지 알 수 없었지만, 양 손발이 가죽끈에 묶여 있어 그녀 혼자서는 움직일 수 없었다. 기침을 참으려 사투를 벌이면서 그는 두 팔을 그녀의 몸 아래로 밀어넣어 들어올렸다.

똑바로 일어서자 앞이 보이지 않을 만큼 연기가 자욱했다. 계단 쪽이 어딘지 기억나지 않았다. 비틀거리며 불길에서 멀어지려다 벽에 부딪쳐 하마터면 틸리를 떨어뜨릴 뻔했다. 왼쪽일까 오른쪽일까? 왼쪽으로 가보니 구석이었다. 그는 방금 왔던 방향으로 돌아갔다.

익사하는 듯한 기분이 들었다. 몸에서 힘이 빠져나가면서 그는 무릎을 꿇었다. 그 행동이 그를 구원해주었다. 그는 다시 한번 바닥에서는 좀더 잘 보인다는 것을 확인했다. 그 순간 바로 눈앞에, 마치 천국이 보이듯 돌계단이 보였다.

그는 축 늘어진 틸리를 끌어안은 채 가까스로 무릎으로 기어 계단까지 갔다. 그러고는 마지막 남은 힘을 끌어모아 일어섰다. 그는 한 발을 계단 맨 아랫단에 얹고 몸을 끌어올렸다. 그리고 그다음 계단으로 올라섰다. 참을 수 없이 터져나오는 기침을 해대며 그는 마지막 계단까지 힘겹게 올라왔다. 그는 비틀거리다 무릎을 꿇으며 틸리를 바닥에 떨어뜨리고는 식당 바닥에 그대로 쓰러져버렸다.

누군가 그의 몸 위로 허리를 굽혔다. 그가 흥분한 어조로 소리쳤다. "뚜껑문을 닫아. 불길을 막아야 해!" 잠시 후 나무문이 쾅 하고 닫히는 소리가 났다.

누군가 그의 겨드랑이 밑으로 손을 넣었다. 잠깐 눈을 뜬 그의 눈에 캐리스의 얼굴이 거꾸로 보였지만 곧 시야가 흐려졌다. 그녀는 그를 바닥 위로 끌고 갔다. 연기가 엷어지자 그는 숨을 몰아쉬기 시작했다. 자신이 실내에서 밖으로 옮겨졌다는 것을 알았다. 깨끗한 밤공기를 마실 수 있었다. 캐리스가 그를 두고 다시 안으로 뛰어가는 발소리가 들렸다.

그는 헐떡이다 기침을 터뜨리고, 다시 헐떡이다 기침을 터뜨렸다. 이윽고 아주 서서히 호흡이 정상으로 돌아왔다. 눈물도 더이상 나오지 않았다. 동이 터오는 것이 보였다. 어렴풋한 빛 속에서 자신을 에워싸고 서 있는 한 무리의 수녀들이 보였다.

머딘은 일어나 앉았다. 캐리스와 또 한 수녀가 틸리를 식당 밖으로 끌어내 그의 옆으로 데려왔다. 캐리스가 틸리 위로 몸을 숙이고 있었다. 말을 하려던 머딘은 기침을 터뜨렸다. 그는 겨우 말할 수 있었다. "틸리는?"

"심장을 찔렸어." 캐리스가 말했다. 그리고 울기 시작했다. "당신이 가기 전에 이미 죽어 있었던 거야."

72

머딘은 환한 빛에 눈을 떴다. 그는 늦잠을 잤다. 침실 창문으로 들어
오는 햇살의 기울기로 보아 오전도 절반쯤 지난 것 같았다. 간밤의 악
몽 같았던 일을 떠올린 그는 한순간 그것이 어쩌면 실제로 일어나지 않
았던 일일지도 모른다는 희망을 품었다. 하지만 숨을 쉴 때마다 가슴에
통증이 일었고 불에 덴 얼굴이 아팠다. 틸리가 참혹하게 살해당했다는
것이 기억에 되살아났다. 넬리 자매도 생각났다. 아무 죄 없는 젊은 두
여자가 죽었다. 어떻게 하느님은 이런 일이 일어나도록 허락하셨을까?

침대 옆에 놓인 작은 탁자에 쟁반을 내려놓는 캐리스에게 시선이 간
그는 비로소 자기를 깨운 것이 무엇인지 알았다. 그녀는 등을 돌리고
있었지만 그녀의 굽은 어깨와 고개의 각도를 보고 그는 그녀가 화가 나
있다고 확신했다. 놀랄 일도 아니었다. 그녀는 틸리 때문에 비탄에 잠
겨 있었고, 수녀원의 신성과 안전이 모독당한 데 격분해 있었다.

머딘은 일어났다. 캐리스가 탁자 옆으로 등받이 없는 의자 두 개를
끌어와 두 사람은 의자에 앉았다. 그는 애정 어린 눈으로 그녀의 얼굴

을 살펴보았다. 피로 때문에 눈가가 주름져 있었다. 그는 그녀가 잠을 자긴 했는지 궁금했다. 그녀의 왼뺨에 재가 묻어 있는 것을 보고 그는 자신의 엄지에 침을 묻혀 조심스럽게 닦아줬다.

그녀는 갓 구운 빵과 신선한 버터, 사과주를 가져왔다. 허기지고 목이 말랐던 머딘은 허겁지겁 먹었다. 캐리스는 치미는 분노 때문인지 아무것도 먹지 않았다.

머딘이 빵을 한입 가득 넣은 채 말했다. "토머스 수사는 좀 어때?"

"구호소에 누워 있어. 머리에 부상을 입었지만 조리 있게 말하고 질문에 답하는 걸 보니 뇌를 다친 건 아닌 것 같아."

"다행이군. 틸리와 넬리에 대한 검시가 있을 텐데."

"셔링의 치안관에게 전갈을 보냈어."

"그들은 은신자 탬이 한 짓이라고 할 거야."

"탬은 죽었어."

그는 고개를 끄덕였다. 그는 어떤 이야기를 할지 알 것 같았다. 아침 식사 덕분에 좀 나아졌던 기분이 다시 가라앉았다. 그는 음식을 마저 삼킨 다음 접시를 밀어냈다.

캐리스가 이어서 말했다. "간밤에 온 자가 누구였든 그는 자기 신분을 감추려 했어. 그래서 거짓말을 한 거지, 석 달 전 이 구호소에서 탬이 죽었다는 걸 모르고."

"그게 누구일 것 같아?"

"복면한 걸 보면 우리가 아는 사람이야."

"그럴 것 같군."

"범법자들은 복면을 하지 않아."

그건 사실이었다. 치외법권에서 살아가는 그들은 자신들의 존재나 자신들이 한 행동이 알려지는 데 대해 관심이 없었다. 간밤의 침입자들은 달랐다. 복면을 했다는 것은 그들이 신분이 노출되기를 두려워하는 버젓한 시민이라는 확고한 반증이었다.

캐리스는 냉정한 논리를 펴나갔다. "그들은 조앤에게 금고실을 열게 만들려고 넬리를 죽였지만, 틸리를 죽일 필요까진 없었어. 이미 금고실에 들어갔으니까. 그들은 다른 이유로 틸리를 죽였을 거야. 그들은 그녀가 연기에 질식되고 불에 타죽도록 그냥 그곳에 내버려두지도 않았어. 확실하게 처리하기 위해 칼로 찔렀지. 무슨 이유인지는 몰라도 그자들은 그녀를 확실하게 죽여야 했던 거야."

"그래서 당신이 내린 결론은 뭐야?"

캐리스는 그 질문에 대답하지 않았다. "틸리는 랠프가 자기를 죽이고 싶어한다고 했었어."

"그건 나도 알아."

"복면한 무리 중 하나가 당신을 죽이려고 했지." 그녀는 목이 메여 말을 멈춰야 했다. 그녀는 머딘의 사과주를 한 모금 마시며 마음을 가라앉힌 뒤에 말을 이었다. "하지만 무리 가운데 우두머리가 그자를 제지했어. 왜 그랬을까? 이미 수녀와 귀부인까지 죽인 마당에 건축업자 하나를 죽이는 데 망설인 이유가 뭘까?"

"당신은 그자가 랠프였다고 생각하는군."

"당신은 그렇지 않다는 거야?"

"나도 그렇게 생각해." 머딘은 무겁게 한숨을 내쉬었다. "그자가 벙어리장갑을 낀 건 봤어?"

"장갑을 꼈다는 건 알았어."

머딘은 고개를 저었다. "그는 장갑을 한 손에만 꼈어. 왼손에. 그것도 손가락장갑이 아니라 벙어리장갑을."

"손가락이 잘린 손을 숨기려고."

"확신할 수도 없고 아마 아무것도 입증할 수 없을 테지만, 그럴 거라는 무서운 확신이 들어."

캐리스는 자리에서 일어섰다. "피해가 어느 정도인지 조사해봐야겠어."

그들은 수녀원 클로이스터로 가보았다. 수련수사들과 고아들이 까맣게 타버린 나무와 재를 자루에 담아 나선형 계단 위로 올리며 금고실을 치우고 있었다. 완전히 파손되지 않은 것은 모두 조앤 자매에게 건네주고 부스러기들은 퇴비장으로 날랐다.

식당 식탁 위에는 금은 촛대며 십자고상, 성합, 성반 같은 성당의 장식물들이 놓여 있었는데, 모두 정교하게 세공되고 보석으로 장식된 것들이었다. 그것을 본 머딘이 놀라며 물었다. "그들이 이것들은 가져가지 않은 건가?"

"아니, 가져갔었어. 하지만 생각을 바꿨는지 시 외곽 도랑에다 버렸어. 오늘 아침 달걀을 팔러 오던 농부가 발견하고 가져왔어. 정직한 농부라 다행이지."

머딘은 손 씻는 용도로 쓰는, 수탉 모양이고 목덜미에 깃털이 곱게 양각된 황금 주전자를 집어들었다. "이런 물건은 팔기가 쉽지 않아. 이런 것을 살 여유가 있는 사람이 별로 없는데다 내놔도 사람들은 십중팔구 장물이라고 여겼을 거야."

"녹여서 금으로 팔 수도 있었어."

"그렇게 하기에는 너무 번거롭다고 판단했던 모양이군."

"그럴지도 모르지."

그녀는 확신하지 못했다. 머딘도 마찬가지였다. 자신이 붙인 설명이 별로 탐탁지 않았다. 그들의 절도 행위가 사전에 신중하게 계획된 것임은 확실했다. 그런데 어째서 장식물을 어떻게 처분할 건지는 사전에 정해놓지 않았을까? 가져가든가 아니면 처음부터 가져가지 말았어야 하지 않았을까?

캐리스와 머딘은 지하 금고실로 내려갔다. 간밤에 겪었던 호된 시련이 떠오르면서 소름이 끼친 머딘은 공포감에 뱃속이 조여드는 것 같았다. 수련수사들이 자루걸레와 물통을 가지고 벽과 바닥을 닦고 있었다.

캐리스는 수련수사들을 내보내 잠시 쉬도록 했다. 단둘이 남자 그녀는 선반에서 장대 하나를 집어들더니 그것을 지렛대 삼아 발밑 판석을 비집어 올렸다. 머딘은 조금 전까지도 그 판석이 주위의 판석과는 어느 정도 간격이 있고 다른 것들만큼 딱 맞지 않는다는 것을 알아차리지 못했다. 이제 그의 눈에 그 아래로, 나무 궤짝 하나가 들어 있는 널찍한 금고실이 보였다. 캐리스가 구멍 속으로 손을 뻗어 궤짝을 들어올렸다. 그런 다음 허리춤에 차고 있던 열쇠로 궤짝을 열었다. 궤짝은 금화로 가득차 있었다.

머딘은 깜짝 놀랐다. "그자들이 이걸 놓쳤군!"

"이곳에는 숨겨진 금고가 세 개 더 있어." 캐리스가 말했다. "바닥에 하나, 벽 속에 두 개. 그들은 그것들을 전부 놓친 거야."

"그 금고들을 찾는 건 별로 어렵지 않았을 것 같은데. 대부분의 금고실에는 비밀 장소가 있잖아. 그건 누구나 아는 사실이지."

"도둑이라면 더욱 그렇지."

"그렇다면 놈들이 노린 것이 돈이 아니었을지도 모르겠군."

"바로 그거야." 캐리스는 궤짝을 잠근 뒤 바닥 금고에 다시 집어넣었다.

"만약 놈들이 장식물을 원했던 게 아니고, 숨겨진 금고를 찾기 위해 금고실을 철저히 수색할 만큼 돈에 관심이 있었던 게 아니라면, 애초에 여기는 왜 온 걸까?"

"틸리를 죽이기 위해서야. 도둑질은 은폐를 위한 구실이고."

머딘은 그 점에 대해 생각해보았다. "그러기 위해서 굳이 정교한 구실까지 짤 필요는 없었어." 잠시 후 그가 말했다. "만약 놈들이 원한 것이 틸리를 죽이는 것뿐이었다면 숙소에서 해치울 수도 있었어. 수녀들이 아침기도를 마치고 돌아올 때쯤 그 일을 끝내고 이미 멀리 달아날 수 있었고. 또한 만일 놈들이 그 일을 신중하게 해치웠다면, 예를 들어 깃털 베개로 질식시킨다든가 했다면, 우리는 그녀가 살해된 건지 확신하지 못했을 수도 있어. 자다가 돌연사한 것처럼 보였을 테니까."

"그렇다면 그자들이 이곳까지 침투한 게 설명되지 않아. 금화 몇 푼 말고는 얻은 게 거의 없으니까."

머딘은 지하실을 둘러보았다. "증서들은 어디 있지?"

"불타버렸을 거야. 별로 중요하지는 않아. 모두 사본을 만들어두었으니까."

"양피지는 불에 잘 타지 않는데."

"나는 양피지에 불을 붙여본 적이 없어."

"연기가 나면서 오그라들고 일그러지기는 해도 완전히 재가 되지는 않아."

"그럼 확인해볼까."

두 사람은 금고실을 떠나 다시 계단을 올라왔다. 클로이스터로 나선 캐리스가 조앤에게 물었다. "잿더미 속에서 혹시 양피지를 봤어요?"

그녀는 고개를 저었다. "양피지는 없었는데요."

"보지 못하고 지나쳤을 가능성은 없을까?"

"그럴 것 같지는 않아요. 완전히 타서 재가 됐다면 몰라도요."

"양피지는 타지 않는다고 하던데요." 그러고서 캐리스는 머딘에게 말했다. "대체 누가 우리의 증서를 갖고 싶어할까? 다른 사람들에게는 아무 쓸모도 없는 건데."

머딘은 그저 어떤 결론에 이를지 알아볼 셈으로 자신의 추론을 따라가보았다. "여기에, 실제로 이곳에 있거나 이곳에 있을 가능성이 있거나, 혹은 사람들이 이곳에 있을 거라고 여길 만한 문서가 있다고 가정해보자고. 그리고 그걸 노리는 사람이 있다고."

"그럼 뭐가 어떻게 된다는 거야?"

머딘은 이맛살을 찌푸렸다. "문서는 공개되게 돼 있어. 뭔가를 기록하는 행위의 핵심은 훗날 사람들이 볼 수 있도록 하려는 거니까. 물론 비밀문서라면 다르지만……" 그 순간 그의 머릿속에 뭔가가 떠올랐다.

그는 캐리스를 조앤 옆에서 떨어지도록 하고 아무도 자신들의 말을 들을 수 없다는 것이 확실해질 때까지 클로이스터를 걸어다녔다. 이윽고 그가 말했다. "하지만 물론 우리는 비밀문서가 하나 있다는 걸 알고 있지."

"토머스 형제가 숲에 묻었다던 편지 말이구나."

"응."

"하지만 그것이 수녀원 금고실에 있을 거라고 짐작할 만한 실마리가 있었을까?"

"잘 생각해봐. 혹시 최근에 그렇게 생각되도록 할 만한 일을 한 적 없어?"

그 순간 캐리스의 얼굴에 당황한 표정이 떠올랐다. "맙소사." 그녀가 외쳤다.

"무슨 일이 있었군."

"전에 내가 당신에게 옛날에 수도원에서 토머스를 받아주는 조건으로 이저벨라 왕비에게 기부받은 린 곡창지에 대해 얘기한 적이 있잖아."

"그 이야기를 다른 사람에게도 했어?"

"응, 린의 관리인한테 했어. 토머스 형제가 그 사실을 알고 화를 내면서 무서운 일이 벌어질 거라고 말했었어."

"그러면 누군가가 당신이 토머스의 비밀 편지를 갖고 있을지 모른다고 여겼겠군."

"랠프가 그랬을까?"

"랠프가 그 편지에 대해 알고 있었을 것 같지는 않아. 토머스 형제가 편지를 묻는 것은 우리 중에서도 나밖에 보지 못했으니까. 그가 그 편지에 대해 말했을 리 없어. 랠프는 분명 다른 누군가의 사주를 받고 이런 짓을 했을 거야."

캐리스는 겁먹은 표정을 지었다. "이저벨라 왕비일까?"

"아니면 왕 자신이거나."

"국왕이 랠프에게 수녀원에 침입하라고 명령한다는 게 가능한 일이야?"

"직접적으로는 가능하지 않지. 아마 누군가를 이용했을 거야. 충성스럽고 야심만만하고 양심의 가책이라고는 없는 인물을. 피렌체에서도 그런 자들이 총독 관저 근처에서 어슬렁대는 걸 본 적이 있어. 인간쓰레기 같은 자들이지."

"그게 누구일까."

"나는 짐작이 가는데." 머딘이 말했다.

～

이틀 후 그레고리 롱펠로는 위글리에 있는 작은 목조의 영주 저택에서 랠프와 앨런을 만났다. 텐치보다는 위글리에서 만나는 편이 훨씬 안전했다. 텐치 홀에서는 랠프의 일거수일투족을 지켜보는 사람이 너무 많았다. 하인들, 부하들, 그의 부모도 있었다. 그러나 위글리 사람들은 등골이 휘도록 일하느라 바빴고, 앨런이 들고 있는 자루에 뭐가 있는지 물어볼 사람은 아무도 없었다.

"계획대로 된 모양이군요." 그레고리가 말했다. 수녀원 습격 소식이 삽시간에 온 주에 퍼졌던 것이다.

"별로 어렵지 않았습니다." 랠프가 말했다. 그는 그레고리의 미적지근한 반응에 약간 실망했다. 증서들을 손에 넣느라 그런 고역을 치렀으니 기쁜 기색을 보일 만도 했다.

"당연한 일이지만 치안관이 검시를 하겠다고 발표했더군요." 그레고리는 뚱한 어조로 말했다.

"범법자들이 혐의를 받게 될 겁니다."

"경을 알아본 사람은 없었소?"

"우리는 복면을 하고 있었습니다."

그레고리는 기묘한 눈빛으로 랠프를 바라보았다. "나는 경의 아내가 수녀원에 있는 줄은 몰랐소."

"예기치 못한 일이었죠. 아내까지 죽게 될 줄은."

기묘한 표정이 한층 뚜렷해졌다. 대체 이 변호사 자식이 무슨 생각을 하고 있는 거지? 랠프가 아내를 죽인 사실을 눈치채고 충격받은 척이라도 할 참인가? 여차하면 랠프는 그레고리가 수녀원에서 벌어진 모든 사건에 연루돼 있다는 사실을 떠벌릴 생각이었다. 그가 교사한 장본인이 아닌가. 그에게는 남을 비난할 자격이 없었다. 랠프는 그레고리가 무슨 말인가 하기를 기다렸다. 그러나 한동안 묵묵히 있던 그레고리는 이렇게 말했다. "그 증서들을 좀 봅시다."

랠프는 가정부 비라를 시간이 많이 걸리는 심부름을 시켜 내보냈다. 그리고 앨런을 문 앞에 세워두고 방문객을 받지 않도록 했다. 이윽고 그레고리가 자루에 든 증서를 탁자 위에 쏟아부었다. 그러고는 편히 자리잡고 앉아 살펴보기 시작했다. 일부는 둘둘 말아 끈으로 묶은 것들이고 일부는 펼쳐진 상태로 소책자처럼 꿰매놓은 것들이었다. 그는 열린 창문으로 들어오는 밝은 햇살 아래서 그중 하나를 개봉해 몇 줄 읽어보더니 그 증서를 자루 속에 던져넣고 다른 증서를 집어들었다.

랠프는 그레고리가 찾는 것이 뭔지 알지 못했다. 그는 그저 그것 때문에 왕이 곤혹스러울 수도 있다고만 했다. 랠프는 캐리스가 가지고 있던 어떤 증서가 왕을 곤경에 처하게 할 수도 있는 것인지 짐작도 하지 못했다.

그는 그레고리가 증서를 읽는 모습을 지켜보기가 지루했지만 자리를 뜰 생각은 없었다. 그레고리에게 원하는 것을 가져다줬으니 그가 이 거래에서 랠프가 받을 몫을 확인해줄 때까지는 자리를 지킬 생각이었다.

장신의 변호사는 끈질기게 증서들을 훑어보았다. 그러다가 한 증서에 주의가 끌렸는데 끝까지 읽어보더니 다른 것들처럼 그냥 자루 속에 집어던졌다.

랠프와 앨런은 지난주 대부분을 브리스틀에서 지냈다. 그들이 언제 어디서 뭘 하고 있었는지 해명해야 할 일이 생길 것 같지는 않았지만 그래도 만일을 대비해놓은 것이었다. 그들은 킹스브리지에 갔던 날 밤을 제외하고는 매일 저녁 술집을 돌며 술을 마셨다. 그들과 함께 마신 사람들은 공짜 술을 마신 것은 기억하겠지만 그중 하루 랠프와 앨런이 나타나지 않았다는 건 기억하지 못할 것이고, 설령 기억한다 하더라도 그것이 부활절 다음 네번째 수요일이었는지 성령강림절 두 주 전 목요일이었는지까지는 모를 것이다.

이윽고 탁자 위가 깨끗해지고 자루가 다시 찼다. 랠프가 말했다. "찾던 것이 없습니까?"

그레고리는 그 질문에는 대답하지 않았다. "전부 다 가져온 겁니까?"

"전부 가져왔습니다."

"잘했군요."

"그런데 찾는 것이 거기 없습니까?"

그레고리는 여느 때처럼 신중하게 표현을 골라가며 말했다. "내가 찾는 특정한 증서는 여기 없소. 하지만 어째서 얼마 전에 이…… 문제가…… 제기됐는지를 설명해줄 만한 증서는 보았소."

"결국 해답을 얻은 셈이로군요." 랠프는 집요하게 파고들었다.

"그렇습니다."

"그럼 폐하가 우려하실 일도 더이상 없는 셈이군요."

그레고리는 조바심치는 표정을 지었다. "폐하가 뭘 우려하시는지는 경이 관심을 가질 일이 아닙니다. 그건 내가 알아서 할 일이오."

"그렇다면 저는 여기서 말씀하셨던 보상을 받았으면 합니다만."

"아, 물론이오. 경은 추수철 무렵 셔링의 백작이 될 겁니다."

랠프는 더할 나위 없이 만족스러웠다. 마침내 셔링의 백작이 되는 것이다. 그는 늘 바라 마지않던 상을 탄 것이고 이 소식을 전할 아버지도 아직 살아 있었다. "고맙습니다." 랠프가 말했다.

"내가 경이라면 레이디 필리파에게 청혼을 하겠소."

"청혼이라고요?" 랠프는 깜짝 놀랐다.

그레고리는 어깨를 으쓱했다. "물론 그녀에게는 실제적인 선택권이 없죠. 그래도 절차는 지켜야 합니다. 레이디에게 가서 폐하께서 청혼을 허락하셨으며 경이 그녀를 사랑하는 만큼 그녀도 경을 사랑하기를 바란다고 말하는 게 좋겠소."

"아, 알겠습니다."

"선물이라도 하나 들고 가는 게 좋겠지요." 그레고리가 말했다.

73

틸리의 장례식 날 아침, 캐리스와 머딘은 새벽같이 대성당 지붕에서 만났다.

지붕은 별개의 세상이었다. 석판의 면적을 계산하는 일은 수도원학교의 고급 수학반에서 끊임없이 나오는 기하학 문제였다. 인부들은 보수와 유지를 위해 끊임없이 지붕에 올라야 했기 때문에 경사부와 용마루, 귀퉁이와 배수구, 작은 탑, 뾰족탑, 낙수홈통, 가고일 사이로 보도와 사다리가 그물처럼 연결돼 있었다. 교차부 위쪽 탑은 아직 재건되지 않았지만 서쪽 전면부 꼭대기에서 보이는 전망은 인상적이었다.

수도원은 벌써 북적거렸다. 그녀의 장례식은 성대하게 치러질 것이었다. 틸리는 살아 있을 때는 하찮은 존재였지만 이제는 수녀원에서 피살된 귀부인이라는 그 악명 높은 살인사건의 희생자로서, 그녀에게 말 몇 마디 걸어본 적도 없는 사람들의 조문까지 받게 될 참이었다. 캐리스는 전염병의 위험 때문에 되도록이면 조문객을 받고 싶지 않았지만 어쩔 수가 없었다.

주교도 이미 도착해 수도원장 사택에서 가장 좋은 방을 쓰고 있었다. 그 때문에 캐리스와 머딘은 밤을 따로 보냈다. 그녀는 수녀들의 공동 침실에서, 그와 롤라는 홀리 부시에서 잤다. 아내를 잃고 홀아비가 된 랠프는 구호소 위층의 개인실을 썼다. 그의 아기 게리는 수녀들이 돌봤다. 죽은 여자의 유일한 친척인 레이디 필리파와 그녀의 딸 오딜라 역시 구호소에서 묵었다.

머딘도 캐리스도 어제 도착한 랠프와는 말 한마디 섞지 않았다. 아무것도 입증할 수 없었기 때문에 틸리를 위해 정의를 실현할 수는 없었지만, 그들은 진실을 알고 있었다. 그들은 자신들의 생각을 아직 아무에게도 말하지 않았다. 그래봤자 소용없을 것이기 때문이었다. 오늘 장례식이 열리는 동안에도 그들은 랠프에게 평소와 다름없는 모습을 보여야 할 것이다. 쉽지 않은 일일 테지만.

요인들이 잠든 사이 수녀들과 수도원 일꾼들은 장례식 음식을 준비하느라 분주했다. 4파운드짜리 긴 밀빵 수십 덩어리가 이미 화덕에서 연기를 피우며 구워지고 있었다. 남자 일꾼 두 명이 새로 꺼낸 술통을 수도원장 사택 쪽으로 굴리면서 가고 있었다. 성당 앞 초지에서는 수련 수녀 몇 명이 일반 조문객을 위해 긴 의자와 가대식 식탁을 설치하고 있었다.

강 저편에서 해가 떠오르며 킹스브리지의 지붕들 위로 비스듬히 노란 햇살을 뿌렸다. 캐리스는 지난 아홉 달 동안 전염병이 이 도시에 남긴 흔적을 살펴보았다. 높은 지붕에서는 썩은 이빨처럼 가옥들 사이로 생긴 틈새가 보였다. 물론 목조건물은 화재나 홍수, 부실 공사, 혹은 그저 노후했다는 이유로 무너지기 일쑤였다. 전과 다른 점은 이제는 아무도 무너진 집을 수리하지 않는다는 것이었다. 집이 무너지면 같은 동네에 있는 빈집으로 옮겨가 살면 되었다. 지금 이곳에서 뭔가를 짓는 유일한 사람은 머딘뿐이었는데, 사람들은 그를 돈이 남아도는 정신 나간 낙천주의자쯤으로 여겼다.

강 건너에서는 무덤 파는 일꾼들이 새로 봉헌한 또하나의 묘지에서 벌써 일을 시작하고 있었다. 전염병은 수그러들 기미가 보이지 않았다. 대체 어디까지 가야 끝날까? 무덤 자리를 만들기 위해 가옥들이 계속 무너져 결국 한 채도 남지 않고 부서진 기왓장과 불에 그슬린 대들보만 남을 때까지, 도시 언저리까지 무덤이 밀고 들어와 100에이커의 공동 묘지 한복판에 텅 빈 대성당만 서 있는 황무지로 변할 때까지일까?

"이런 일이 일어나는 걸 보고만 있지는 않겠어." 캐리스가 말했다.

머딘은 처음에는 무슨 소리인지 이해하지 못했다. "장례식 말이야?" 그가 눈살을 찌푸리며 말했다.

캐리스는 팔을 휘둘러 도시와 그 너머의 세상을 가리켰다. "이 모든 것 말이야. 서로에게 상처를 입히는 주정뱅이들. 구호소 문가에 병든 자식을 버리고 가는 부모. 화이트호스 바깥 탁자에서 술에 취한 여자와 섹스를 하려고 줄선 사내들. 초원에서 죽어가는 가축들. 구경꾼들에게 푼돈을 구걸하며 제 몸을 채찍질하며 회개한다고 하는 반나체의 사람들. 그리고 무엇보다 바로 이곳 수녀원에서 젊은 어머니가 무참하게 살해당하는 일까지 있었어. 우리가 모조리 전염병으로 죽어 없어진다고 해도 상관없어. 우리가 아직 살아 있는 한, 나는 우리가 사는 세상이 이런 식으로 산산조각나도록 내버려두지 않겠어."

"무슨 일을 할 생각인데?"

그녀는 고마운 마음에 머딘에게 미소를 지었다. 다른 사람들이라면 이 상황에 맞서 싸우기에는 그녀가 무력하다고 말했을 테지만, 그는 언제나 그녀의 말을 믿을 준비가 되어 있었다. 그녀는 뾰족탑에 조각되어 있는, 이백 년이라는 세월 동안 비바람에 얼굴이 희미해진 석조 천사상들을 보며 대성당 건축업자들을 사로잡았을 열정을 떠올렸다. "우리는 이 도시의 질서와 일상을 회복시킬 거야. 억지로라도 킹스브리지 시민들을 정상으로 돌아오게 만들겠어. 그들이 좋아하든 않든. 전염병이 창궐하더라도 이 도시와 이곳의 삶을 재건하고 말 거야."

"좋아."

"지금이 바로 그 일을 할 때야."

"모두가 틸리 사건으로 성나 있는 지금이 적기라는 말이군."

"그리고 사람들은 무장한 자들이 한밤중에 도시로 난입해 마음대로 살인을 자행할 수 있다는 생각에 겁을 집어먹었어. 모두가 안전하지 않다고 여기고 있어."

"그래서 어떻게 할 거야?"

"이런 일이 두번 다시 일어나서는 안 된다고 사람들에게 말할 거야."

"이런 일이 두번 다시 일어나서는 안 됩니다!" 그녀가 외쳤다. 그녀의 목소리가 묘지에 울려퍼지고 대성당의 고색창연한 벽을 치며 메아리쳤다.

미사 때 여자는 큰 소리로 말할 수 없었지만, 매장은 성당 밖에서 치러지는 의식인데다가 종종 고인의 가족 같은 일반인이 발언하거나 기도를 올리기도 했다.

그렇기는 해도 캐리스는 비난받을 짓을 자초하고 있었다. 장례식은 로이드 부주교와 참사회원인 클로드의 도움을 받아 앙리 주교가 주재하는 의식이었다. 로이드는 수십 년 동안 교구 주교로 봉직했고 클로드는 프랑스에서 온 앙리의 동료였다. 이런 고위 성직자들 앞에서 수녀가 예정에도 없는 연설을 하는 것은 무례하기까지 한 일이었다.

물론 캐리스에게 그런 점들은 고려의 대상이 되지 못했다.

그녀가 입을 연 것은 작은 관이 광중으로 막 내려지고 있을 때였다. 조문객 몇몇은 벌써 흐느끼기 시작했다. 줄잡아 오백 명이나 모여 있었지만 그녀의 목소리에 일제히 숨을 죽였다.

"무장한 자들이 한밤중에 우리 도시에 난입해 수녀원에 있는 젊은 여인을 죽였습니다. 저는 그런 일을 용납하지 않겠습니다."

군중 속에서 동감의 웅성거림이 나왔다.

그녀는 목소리를 높였다. "이 수도원이 그런 일을 용납하지 않을 겁니다. 주교님이 그런 일을 용납하지 않으실 겁니다. 그리고 킹스브리지의 모든 시민이 그런 짓을 절대 용납하지 않을 겁니다!"

지지하는 목소리가 점점 커지더니 사람들이 함께 외쳐댔다. "옳소! 아멘!"

"사람들은 하느님이 이 전염병을 보내셨다고 합니다. 하느님이 비를 보내시면 우리는 비를 피해야 합니다. 하느님이 겨울을 보내시면, 우리는 불을 피웁니다. 하느님이 잡초를 보내시면, 우리는 그 뿌리를 뽑습니다. 우리는 스스로를 지켜야 합니다!"

그녀는 앙리 주교 쪽을 곁눈으로 보았다. 주교는 어리벙벙한 표정을 짓고 있었다. 그는 이 설교에 대해 사전에 예고받지 못했는데, 허락을 구했다면 분명 거절했을 것이다. 하지만 캐리스가 사람들의 지지를 얻고 있었기에 개입할 엄두를 내지 못했다.

"우리가 무엇을 할 수 있을까요?"

그녀는 주위를 둘러보았다. 모든 사람이 그녀에게 기대에 찬 눈길을 보내고 있었다. 사람들은 어떻게 하면 좋을지 알지 못하고 그녀의 입에서 해결책이 나오기를 바라고 있었다. 그들은 자신들에게 희망을 주는 것이기만 하면 무엇이든 그녀가 하는 말에 성원을 보낼 것 같았다.

"도시 성벽을 재건해야 합니다!" 그녀가 소리쳤다.

사람들이 일제히 찬성하는 소리를 외쳤다.

"새 성벽은 예전보다 더 높고 더 튼튼하고 더 길게 세워야 합니다." 그때 그녀는 랠프와 시선이 마주쳤다. "살인자들을 막을 수 있는 성벽이어야 합니다!"

군중이 "옳소!" 하고 외쳤다. 랠프는 시선을 돌렸다.

"그리고 새 치안관을 선출해야 합니다. 법을 준수하고 선행을 이끌 부관들과 보초병들도 뽑아야 합니다."

"옳소!"

"오늘 저녁 실무 계획을 마련하기 위한 교구 길드 모임이 열릴 겁니다. 그리고 다음 주일 교회에서 길드에서 결정된 내용을 공표하겠습니다. 여러분 고맙습니다. 하느님의 은총이 여러분 모두와 함께하기를 빕니다."

❧

수도원장 사택 대식당에서 열린 장례식 정찬에서 앙리 주교는 상석에 앉았다. 그의 오른편에는 과부가 된 셔링의 백작부인 레이디 필리파가 앉았다. 그녀 옆에는 상주이자 틸리의 죽음으로 홀아비가 된 랠프 피츠제럴드 경이 앉았다.

랠프는 필리파의 옆자리에 앉게 된 것이 기뻤다. 그는 그녀가 음식에 신경을 쓰는 사이에 그녀의 젖가슴을 힐끗거릴 수 있었고, 그녀가 상체를 앞으로 기울일 때마다 목둘레가 네모지게 파인 얇은 여름옷 안쪽을 들여다볼 수도 있었다. 아직 그녀는 그가 자신에게 옷을 벗고 알몸으로 서라고 명령할 수도 있고, 그가 그녀의 그 멋진 젖가슴을 온전히 감상할 날이 얼마 남지 않았다는 것도 모르고 있었다.

그는 캐리스가 마련한 정찬이 풍족하지만 사치스럽지 않다는 것을 알았다. 금박을 입힌 백조나 설탕으로 지은 탑은 없었지만 구운 고기와

찐 생선, 갓 구운 빵과 콩, 봄에 나는 과실은 풍성했다. 그는 필리파에게 잘게 다진 닭고기에 아몬드 밀크로 조리한 수프를 덜어줬다.

그녀가 엄숙한 어조로 말했다. "정말 무서운 비극이에요. 깊은 애도를 표합니다."

사람들이 너무나 깊은 애도를 표하는 바람에 랠프는 한동안 자신이 끔찍스러운 사별을 겪은 가엾은 희생자라고 착각하고 틸리의 어린 심장에 칼을 꽂아넣은 장본인이라는 사실을 잊기까지 했다. "고맙소." 그가 근엄한 어조로 대꾸했다. "아내는 너무 어렸죠. 하지만 우리 군인들은 갑작스러운 죽음에 익숙합니다. 자신의 목숨을 구해주고 영원한 우정과 충성을 맹세한 전우가 다음날 심장에 화살을 맞고 죽더라도 잊어야만 하니까요."

그러자 그녀는, 호기심과 혐오감이 섞인 묘한 눈길로 랠프를 쳐다보던 그레고리 경을 연상시키는 예의 기묘한 표정을 지었다. 랠프는 틸리의 죽음을 대하는 자신의 어떤 태도가 사람들에게 이런 반응을 유도하는 것인지 궁금해졌다.

"갓난아기가 하나 있죠." 필리파가 말했다.

"게리라고 합니다. 오늘은 수녀들이 그 아이를 돌보고 있지만 내일 텐치 홀로 데려갈 겁니다. 유모를 구해놓았거든요." 그는 이 기회를 잡아 넌지시 암시해보기로 마음먹었다. "물론 제대로 어머니 노릇을 할 사람이 있어야겠지만 말입니다."

"그건 그래요."

그는 그녀도 남편과의 사별을 겪었다는 사실을 상기했다. "하지만 배우자를 잃는다는 게 어떤 건지는 레이디도 알고 계실 테죠."

"나는 스물한 해 동안 사랑하는 사람과 함께였으니 운이 좋았죠."

"지금은 분명 외로우시겠군요." 그는 지금이 청혼을 하기에는 적절치 않지만, 어쨌든 대화를 조금씩 그쪽으로 끌고 가기로 마음먹었다.

"사실 그래요. 윌리엄과 두 아들을 모두 잃었으니까요. 성이 텅 빈 것 같아요."

"하지만 그 상태가 그리 오래가지는 않을 겁니다."

그녀가 자신의 귀를 의심하는 듯 그를 빤히 바라보자, 그는 자신이 뭔가 그녀의 기분을 거스르는 말을 했다는 것을 깨달았다. 그녀는 고개를 돌려 옆자리에 앉은 앙리 주교에게 말을 걸었다.

랠프의 오른쪽에는 필리파의 딸 오딜라가 있었다. "이 고기파이 좀 먹어보겠니?" 랠프가 오딜라에게 말했다. "공작과 토끼 고기로 소를 넣은 것이다." 그녀가 고개를 끄덕이자 그는 한 조각 잘라 덜어주었다. "몇 살이지?"

"올해 열다섯 살입니다."

키가 큰 그녀는 벌써 어머니와 비슷한 몸매를 가지고 있었고, 풍만한 가슴과 넓은 엉덩이에서 여자 태가 났다. "그보다는 나이가 있어 보이는데." 그는 그녀의 가슴 쪽을 보며 말했다.

어린아이들은 보통 나이가 더 든 것처럼 보이고 싶어하기 마련이므로 그로서는 칭찬 삼아 한 말이었지만 오딜라는 얼굴을 붉히며 고개를 돌렸다.

랠프는 자신의 나무접시로 시선을 옮기고 생강을 넣어 조리한 돼지고기 한 조각을 찍었다. 그리고 울적한 기분으로 돼지고기를 씹었다. 그는 그레고리가 청혼이라고 했던 그 일에 도무지 서툴렀다.

✑

캐리스는 앙리 주교 왼쪽 자리에 앉아 있었고, 그녀의 다른 쪽 옆자리에는 길드장 머딘이 앉아 있었다. 머딘 옆에는 석 달 전 윌리엄 백작의 장례식 때문에 이곳에 왔다가 아직도 이 주변에서 얼쩡대고 있는 그레고리 롱펠로 경이 앉아 있었다. 캐리스는 살인을 자행한 랠프와 그 짓을 하도록 부추긴 것이 거의 확실한 인물과 한자리에 앉아 있는 역겨움을 애써 견디고 있었다. 그러나 그녀는 이 정찬에서 할일이 있었다. 그녀는 도시를 부흥시킬 계획을 품고 있었다. 성벽 재건은 그 시작에 불과했다. 그다음 단계로 나아가기 위해서는 앙리 주교를 자기편으로 만들 필요가 있었다.

그녀는 주교에게 선명한 붉은색을 띤 가스코뉴산 와인을 따라줬다. 주교는 와인을 죽 들이켰다. 그가 입을 닦고 말했다. "설교가 아주 훌륭하더군요."

"고맙습니다." 그녀는 그의 찬사 속에서 빈정거림이 섞인 질책의 기미를 알아차렸다. "이 도시의 삶은 무질서와 방종으로 타락해버렸어요. 그것을 바로잡으려면 시민들을 고양할 필요가 있죠. 주교님도 동의하시리라 믿습니다만."

"내 동의를 구하는 일이 좀 늦은 것 같은데요. 그래도 당신의 말에는 동감이오." 앙리는 이미 진 싸움을 가지고 다시 싸우자고 덤비지 않는 실용주의자였다. 그녀는 그 점을 계산에 넣었던 것이다.

그녀는 후추와 정향을 넣고 구운 왜가리 고기를 자기 접시에 덜어놓기는 했지만 손도 대지 않았다. 식사를 하기에는 할말이 너무 많았다. "성벽과 방범대 말고도 다른 계획이 있거든요."

"나도 그럴 거라고 생각했소."

"저는 킹스브리지의 주교는 잉글랜드에서 가장 높은 성당을 가질 필요가 있다고 생각합니다."

그는 눈썹을 치켜세웠다. "그런 말은 예상하지 못했던 거로군요."

"이백 년 전에는 여기가 잉글랜드에서 가장 중요한 수도원의 하나였죠. 이제 그 명성을 되찾아야 합니다. 새로운 성당 탑은 이 도시의 부흥을 상징하고 주교들 가운데서도 예하의 명성을 드높여줄 겁니다."

그는 쓴웃음을 지었지만 사실은 기분이 좋았다. 그는 상대가 자신에게 사탕발림을 하고 있다는 사실을 알고 있었지만 그 제안은 마음에 들었다.

"또한 그 탑은 이 도시에도 이바지하게 될 거예요. 멀리서도 탑이 보이면 순례자들과 상인들도 이쪽으로 걸음을 돌릴 테니까요." 캐리스가 말했다.

"비용은 어느 정도나 들겠소?"

"수도원에는 돈이 많습니다."

그는 또다시 놀랐다. "고드윈 수도원장은 돈 문제로 불만이 많았던 걸로 아는데."

"그는 관리자로서는 무능했죠."

"나는 유능하다는 인상을 받았소만."

"그는 많은 사람에게 자신이 유능하다는 인상을 심어줬지만, 늘 잘못된 결정만 내렸어요. 처음부터 그는 수입을 보장해줄 축융기 수리를 거부하고 아무것도 나오지 않는 이 저택을 짓는 데 돈을 썼습니다."

"그런데 어떻게 해서 달라진 겁니까?"

"관리인 대부분을 해고하고 변화를 꾀할 의지가 있는 젊은 사람들로 교체했습니다. 토지의 절반은 목초지로 바꿔 인력이 부족한 요즘 같은 시기에 관리하기 쉽게 만들었고요. 나머지 토지는 관습상의 의무를 지지 않는 대신 현금을 받는 조건으로 소작을 줬습니다. 또한 이번 전염병으로 거둬진 상속세와, 상속인 없이 사망한 사람들의 유증이 많았습니다. 그 덕에 수도원은 이제 수녀원만큼 풍족해졌습니다."

"그래서 소작인은 이제 모두 자유인이 되었소?"

"대부분은 그렇습니다. 일주일에 하루씩 영주의 땅에서 일하지 않아도 되고, 지주를 위해 건초를 나르고 지주의 땅에서 양을 치는 등의 잡다한 일을 하는 대신 돈을 내기만 하면 되죠. 사람들은 그쪽을 더 선호합니다. 그 덕분에 우리의 삶도 한결 단순해졌고요."

"많은 지주들, 특히 수도원장이 지주인 곳에서는 그런 식의 소작제에 반기를 들고 있소. 그 때문에 소작농을 망치고 있다고들 하던데."

캐리스는 어깨를 으쓱했다. "그래서 무엇을 잃었나요? 어떤 농노에게는 혜택을 주고 다른 자들은 박대해서 모두를 비굴하게 만드는 식으로 쩨쩨한 편차를 부과하는 정도의 권력이겠죠. 수사와 수녀는 농부에게 압제를 가할 권한이 없습니다. 어떤 작물을 심어야 장에 내다팔 수 있는지는 농부들이 알죠. 그런 일은 알아서 하게 놔둬야 더 잘할 수 있습니다."

주교는 미심쩍은 표정을 지었다. "그러면 수도원이 새 탑을 건설할 비용을 댈 수 있다는 거요?"

주교는 그녀가 돈을 요구할 거라고 예상했던 것 같았다. "그렇습니다. 이 도시 상인들이 약간 보조하는 정도면 될 것 같습니다. 그리고 바로 그 부분에서 주교께서 저희를 도와주실 수 있을 겁니다."

"나는 당신이 나에게 뭔가 요구하려는 줄 알았소."

"저는 주교님에게 돈을 부탁드리는 게 아닙니다. 제가 주교님에게 원하는 건 돈보다 더 가치 있는 일이죠."

"그게 뭔지 호기심이 생기는군요."

"저는 국왕 폐하에게 칙허장을 신청하고 싶습니다." 이 말을 하면서 캐리스는 자신의 손이 떨리기 시작하는 것을 느꼈다. 그녀는 십 년 전 고드윈을 상대로 치렀던 싸움을, 그녀 자신이 마녀 혐의로 고발된 결과로 귀착되고 만 그때 일을 상기했다. 그때의 쟁점이 칙허장이었고, 그 때문에 그녀는 하마터면 목숨을 잃을 뻔했다. 지금은 그때와는 상황이 완전히 달랐지만, 칙허장은 그때나 지금이나 여전히 중요한 문제였다. 그녀는 식사용 나이프를 내려놓고, 손의 떨림을 멈추려고 무릎 위에서 양손을 맞잡았다.

"그렇군요." 앙리가 이도 저도 아닌 모호한 어조로 말했다.

캐리스는 마른침을 삼킨 뒤 말을 이었다. "그것이 이 도시의 상업 활동을 회복시키는 데 구심 역할을 할 겁니다. 오랫동안 킹스브리지는 과거의 부당한 수도원 규칙들에 얽매여 있었습니다. 수도원장들은 지나치게 신중하고 보수적인데다 어떤 변화나 쇄신도 본능적으로 거부하기 십상이었죠. 그런데 상인들은 변화로 먹고사는 사람들입니다. 그들은 언제나 돈을 벌 새로운 방도를 모색하죠. 적어도 훌륭한 상인이라면 그렇게 합니다. 킹스브리지 시민들에게 우리가 새로 지으려는 탑의 건축비를 내도록 하려면 그들이 번영하는 데 필요한 자유를 주어야만 합니다."

"칙허장 말이로군요."

"그러면 이 도시는 독자적인 법정을 갖게 되고, 자체 법규를 정하게 될 테고, 지금처럼 실질적인 권한이 없는 교구 길드가 아니라 제대로 된 길드가 다스리게 될 겁니다."

"하지만 국왕이 그 일을 허락하시겠습니까?"

"국왕들은 세금을 많이 내는 자치도시를 선호하죠. 하지만 과거에는 언제나 킹스브리지 수도원장이 칙허장에 반대해왔어요."

"당신은 수도원장들을 지나치게 보수적이라고 여기는군요."

"소심한 거죠."

"흠." 주교가 웃으며 말했다. "소심하다는 말로 당신을 고발할 일은 없을 것 같군요."

캐리스는 요점을 밀어붙였다. "새 탑을 지으려면 칙허장이 필수입니다."

"그 점은 나도 알겠소."

"그럼 동의하시는 건가요?"

"탑 말이오, 아니면 칙허장 말이오?"

"그 둘은 서로 떼어놓을 수 없습니다."

앙리는 즐거운 듯이 보였다. "지금 나와 흥정을 하는 거요, 캐리스 수녀원장?"

"굳이 그렇게 표현하시고 싶다면요."

"좋소. 나에게 탑을 지어주면 내가 칙허장을 얻도록 도와주겠소."

"아니요. 그 반대여야 합니다. 칙허장이 먼저 필요합니다."

"그러기 위해서는 당신에 대한 신임이 있어야 하겠는데."

"그게 어려우신가요?"

"솔직히 말하면 어려운 일은 아니오."

"좋아요. 그럼 합의하신 겁니다."

"좋소."

캐리스가 상체를 기울여 머던 건너편 쪽을 향해 말했다. "그레고리 경?"

"무슨 일입니까, 캐리스 원장?"

그녀는 그에게 억지로 정중한 어투로 말했다. "설탕소스를 뿌린 이 토끼 고기 맛보셨나요? 한번 들어보시죠."

그레고리는 그릇을 건네받아 고기를 덜었다. "고맙소."

"킹스브리지가 자치도시가 아니라고 했던 말 기억하시겠죠." 캐리스가 말했다.

"기억하고말고요." 그레고리는 십 년도 더 전에 축융기 문제로 분쟁이 있었을 때 왕실법정에서 그 사실을 거론해 캐리스의 허를 찌른 적이 있었다.

"주교님은 지금이 우리가 폐하에게 칙허장을 청원할 때라고 생각하십니다."

그레고리는 고개를 끄덕였다. "폐하는 그 청원을 호의적으로 보실 겁니다. 그 청원이 정당한 방식으로 제기된다면 더욱 그럴 거고요."

그녀는 혐오감을 최대한 억누르며 말했다. "그 점에 대해 우리에게 조언해주실 수 있을까요."

"이 문제를 나중에 좀더 자세히 얘기해도 되겠소?"

그레고리는 보나마나 뇌물을 요구할 것이다. 그는 분명 그것을 착수금이라고 부르겠지만. "좋고말고요." 그녀가 몸서리가 나는 것을 겨우 참으며 말했다.

하인들이 음식을 치우기 시작했다. 캐리스는 자기 접시를 내려다보았다. 음식은 건드리지도 않은 채였다.

～

"우리 집안과 당신 집안은 친척이죠." 랠프가 레이디 필리파에게 말했다. "물론 그렇게 가까운 친척은 아니지만 말입니다." 그는 황급히 덧붙였다. "하지만 우리 아버지는 레이디 앨리에나와 잭 빌더의 아들인 셔링 백작의 후손이시죠." 그러면서 그는 식탁 맞은편에 앉은 자신의 형이자 길드장인 머딘을 바라보았다. "내 생각에 나는 백작의 피를, 나의 형은 건축업자의 피를 물려받은 것 같습니다."

그는 그녀가 그 말을 어떻게 받아들이는지 보려고 필리파의 얼굴을 바라보았다. 별다른 감흥은 보이지 않았다.

"나는 레이디의 돌아가신 시아버님인 롤런드 백작 밑에서 자란 것이나 마찬가지죠." 그가 말을 이었다.

"경이 기사종자였을 때가 기억나네요."

"나는 프랑스에 있을 때 국왕 폐하의 군인으로 백작의 군대에서 복무했습니다. 크레시 전투에서 웨일스 공의 목숨을 구하기도 했죠."

"그래요, 정말 대단하군요." 그녀는 예의를 차려 말했다.

그는 나중을 위해, 즉 그녀가 장차 자신의 아내가 되리라는 말을 할 때 좀더 자연스럽도록, 그녀가 그를 대등한 상대로 느끼게 하려고 애를 쓰고 있었다. 그러나 그 의도대로 되는 것 같지 않았다. 그녀는 그저 따분한 얼굴로, 그가 끌어가려는 대화에 어리둥절한 표정을 짓고 있었다.

설탕을 입힌 딸기, 꿀을 바른 웨이퍼, 대추야자, 건포도, 향료를 넣은 와인 등 후식이 나왔다. 랠프는 긴장도 풀고 필리파를 대하는 데 혹시 도움이 될까 싶어 와인을 죽 들이켜고 한 잔 더 따랐다. 그는 어째서 그녀와 대화하는 일에 자신이 이토록 진땀을 빼는지 도무지 알 수 없었다. 오늘이 그의 아내의 장례식이라서? 아니면 필리파가 백작부인이어서? 그것도 아니면 오랜 세월 가망도 없이 그녀를 짝사랑했는데 이제 마침내 그녀가 정말로 자신의 아내가 된다는 사실이 믿기지 않아서?

"이제 백작의 성으로 돌아가실 겁니까?" 그가 그녀에게 물었다.

"네. 우리는 내일 출발해요."

"거기서 오래 머물 예정인가요?"

"내가 달리 어디로 가겠어요?" 그녀는 이맛살을 찌푸리며 말했다. "왜 그런 걸 묻죠?"

"그곳으로 레이디를 한번 찾아뵈려고요."

그녀의 반응은 냉담했다. "무슨 일 때문에요?"

"지금 이 자리에서 거론하기에는 적절치 않은 문제를 의논하고 싶어서죠."

"대체 그게 무슨 말이에요?"

"며칠 안으로 찾아뵙겠습니다."

그러자 그녀는 동요했다. 그녀가 한층 높은 목소리로 물었다. "대체 경이 나에게 무슨 할말이 있다는 거죠?"

"말했다시피 오늘 이 자리에서 말하는 건 적절치 않습니다."

"당신 아내의 장례식이라서 그렇다는 건가요?"

그는 고개를 끄덕였다.

그녀의 얼굴이 창백해졌다. "맙소사. 설마 그걸 제안하려는 건……"

"지금은 말하고 싶지 않다고 했잖습니까."

"하지만 알아야겠어요!" 그녀는 언성을 높였다. "지금 경이 나에게 청혼을 하려는 겁니까?"

그는 멈칫했다가 어깨를 으쓱하고는 고개를 끄덕였다.

"하지만 대체 무슨 권리로? 그건 왕의 허락이 필요한 일이에요!"

그는 그녀를 바라보며 눈썹을 치켜세웠다.

그녀는 갑자기 벌떡 일어섰다. "안 돼!" 식탁에 있던 사람들이 일제히 그녀를 바라보았다. 그녀는 그레고리를 노려보았다. "이게 사실인가요? 왕이 나를 이자와 결혼시키려고 하시나요?" 그녀는 경멸하듯 엄지로 랠프를 가리키며 물었다.

랠프는 칼에 찔리기라도 한 것 같았다. 그녀가 이토록 불쾌해할 거라고는 전혀 예상하지 못했기 때문이다. 자신이 그토록 혐오감을 주는 존재였던가?

그레고리는 랠프에게 힐난의 눈길을 보냈다. "지금은 그 문제를 거론할 때가 아니었소."

필리파가 소리쳤다. "그럼 사실이군요! 하느님 맙소사!"

랠프는 오딜라와 시선이 마주쳤다. 그녀는 공포에 질린 눈으로 랠프를 빤히 바라보고 있었다. 대체 내가 저애에게 싫은 짓이라도 한 적이 있단 말인가?

"참을 수 없는 일이에요." 필리파가 말했다.

"어째서 그렇습니까?" 랠프가 말했다. "뭐가 문제죠? 무슨 권리로 당

신이 나와 우리 가족을 깔보는 겁니까?" 그는 좌중을 돌아보았다. 그의
형, 그의 협력자 그레고리, 주교, 수녀원장, 그 밖에 군소 귀족과 유력한
시민들이 그 자리에 있었다. 그들 모두 충격에 싸여, 그리고 필리파의
격한 반응에 호기심을 느끼며 침묵을 지켰다.

필리파는 그의 질문을 무시했다. 그리고 다시 그레고리에게 말했다.
"나는 그렇게 하지 않겠어요! 그러지 않을 거라고요. 내 말 알겠어요?"
그녀의 얼굴은 분노로 백지장처럼 하얘졌지만 눈물이 뺨을 타고 흘러
내렸다. 랠프는 이토록 고통스럽게 자신을 거부하고 모욕하는 와중에
도 그녀가 정말 아름답다고 생각했다.

그레고리가 냉정한 어조로 말했다. "그건 당신이 결정할 일이 아닙니
다, 레이디 필리파. 제가 결정할 사안도 아니고요. 폐하의 뜻에 따라 결
정될 겁니다."

"억지로 예복을 입혀 나를 결혼식장으로 끌고 갈 수는 있겠죠." 필리
파는 격분했다. 그녀는 앙리 주교를 가리키며 말했다. "하지만 주교님
이 나에게 랠프 피츠제럴드를 남편으로 삼겠느냐고 물으면 나는 절대
로 '네!'라고 대답하지 않겠어요! 절대로! 결코!"

그녀는 사나운 기세로 방을 빠져나갔다. 오딜라가 뒤따랐다.

만찬을 마친 시민들은 흩어져 집으로 돌아갔고 내빈들도 한숨 자두
려고 각자 방으로 돌아갔다. 캐리스는 치우는 일을 감독했다. 필리파는
모르고 있지만, 랠프의 아내를 죽인 것이 바로 그라는 사실을 아는 그
녀는 진심으로 필리파가 안쓰러웠다. 하지만 그녀의 관심사는 한 개인
이 아니라 도시 전체의 운명이었다. 그녀는 킹스브리지에 대한 생각에
빠져 있었다. 일은 그녀가 기대하던 것 이상으로 잘 풀렸다. 시민들은
그녀에게 성원을 보냈고, 주교는 그녀가 한 모든 제안에 동의해주었다.

그녀는 전염병이 창궐하고는 있지만 어쩌면 킹스브리지가 번영을 되찾게 될지도 모른다고 생각했다.

뒷문 밖 고기 뼈와 빵부스러기가 쌓인 곳에서 고드윈이 기르던 고양이인 대주교가 먹다 남은 오리고기를 맛있게 먹고 있었다. 캐리스는 고양이를 쫓아버렸다. 고양이는 몇 야드를 재빨리 달아나더니 속도를 늦춰 끝이 하얀 꼬리를 거만하게 치켜세운 채 꼿꼿한 걸음걸이로 걸어갔다.

그녀는 앙리 주교가 동의한 변화들을 실현하려면 어떤 일부터 시작해야 할지 고민하며 사택의 계단을 올라갔다. 그녀는 걸음을 멈추지 않고 자신과 머딘이 함께 쓰는 방의 문을 열고 안으로 들어갔다.

한순간 그녀는 혼란에 빠졌다. 방 한가운데에 두 남자가 서 있었다. 그녀는 내가 엉뚱한 집에 들어온 모양이군 했다가 아니, 엉뚱한 방에 들어온 모양이야 하고 생각했다. 그러나 이내 그녀는 그곳이 자신의 방이자 가장 좋은 침실이고, 지금 주교가 쓰고 있는 방이라는 사실을 떠올렸다.

앙리 주교와 그의 비서격인 참사회원 클로드였다. 두 사람은 벌거벗은 채 서로를 끌어안고 키스하고 있었고 그녀는 그 사실을 한참 후에야 인지했다.

그녀는 놀란 눈으로 그들을 바라보았다. "오, 이런!" 그녀는 말했다.

그들은 방문이 열리는 소리를 듣지 못한 듯했다. 그녀가 소리 내어 말하기 전까지는 누군가 자신들을 보고 있다는 것도 알지 못했다. 놀란 목소리를 들은 두 사람이 동시에 돌아보았다. 앙리는 겁에 질리고 죄책감이 어린 표정을 지으며 입을 떡 벌렸다.

"죄송해요!" 캐리스가 말했다.

두 남자는 마치 그렇게 하면 방금까지 있었던 일을 부인할 수 있기라도 한 듯 펄쩍 뛰어 떨어졌다. 다음 순간 그들은 자신들이 벌거벗었다는 사실을 깨달았다. 앙리는 살이 찌고 배가 튀어나오고 팔다리가 통통하고 가슴에 회색 털이 나 있었다. 클로드는 앙리보다 젊고 호리호리하고, 사타구니의 밝은 밤색 털을 제외하면 체모라고는 거의 찾아볼 수 없었다. 캐리스는 두 개의 발기한 음경을 동시에 본 적이 없었다.

"정말 죄송해요!" 그녀는 몹시 당혹해하며 말했다. "제 잘못입니다. 깜박했어요." 그녀는 자신이 쓸데없는 말을 늘어놓고 있다는 것과 놀란 두 사람이 아무 말도 하지 못하는 상태라는 것을 깨달았다. 그 두 사람이 아무 말도 하지 못한다는 사실은 중요하지 않았다. 어떤 말로도 이 상황을 모면하기는 불가능했다.

제정신을 차린 그녀는 방을 나와 문을 닫았다.

머딘은 매지 웨버와 함께 만찬장에서 빠져나왔다. 그는 턱과 엉덩이가 나온 이 작고 땅딸막한 부인을 좋아했다. 그는 그녀가 전염병으로 남편과 자식들을 여읜 뒤에도 꿋꿋하게 살아가는 모습에 감탄했다. 그녀는 천을 짜고 캐리스의 방식대로 진홍색으로 염색을 하는 사업을 계속하고 있었다. 매지가 그에게 말했다. "캐리스가 아주 잘했어. 늘 그렇지만 그녀 생각이 옳아. 이런 식으로는 살 수 없으니까."

"그 많은 일을 겪고도 당신은 변함없이 예전처럼 살아가고 있군요."

"한 가지 문제가 있다면 일할 사람을 구하기가 어렵다는 거지."

"그건 누구나 마찬가지예요. 저도 그래요."

"가공하지 않은 양모는 값이 싸지만 부자들은 여전히 많은 돈을 내고라도 고급 진홍색 옷감을 사려고 해. 더 많이 만들 수만 있다면 더 많이 팔 수 있을 텐데."

머딘은 생각에 잠긴 채 말했다. "피렌체에서 더 빠른 직기를 본 적이 있어요. 디딤판이 있는 베틀이었죠."

"그래?" 귀가 번쩍 뜨인 듯 그녀는 호기심 어린 눈으로 그를 바라보왔다. "그런 건 처음 들어보는데."

그는 어떻게 설명하면 좋을지 생각해보았다. "보통 베틀은 틀 위에 실을 걸어 날실이라는 것을 만든 다음 날실 사이로 교차하도록 또다른 실을 짜넣잖아요? 실 하나는 위로, 그다음 실은 아래로, 이쪽에서 저쪽으로 갔다가 돌아오면서 씨실을 만들죠."

"간단한 베틀은 그런 식으로 옷감을 짜지. 우리가 쓰는 건 그것보다는 나은 방식이지만."

"알아요. 그 과정을 좀더 빠르게 하기 위해 두번째 날실들은 잉아라고 하는 이동식 막대기에 붙여서, 잉아를 움직이면 실 절반이 다른 것들로부터 떨어지도록 하죠. 그러면 위아래로 짜넣기를 반복하는 대신 단번에 그 사이로 씨실을 통과시킬 수 있는 거예요. 그다음에는 잉아를 날실 밑으로 내려서 왔던 곳으로 되돌리면 되고요."

"맞아. 그러는 과정에서 씨실이 얼레에 감기는 거지."

"날실 사이를 통과해서 얼레를 왼쪽에서 오른쪽으로 옮길 때마다 그것을 내려놓고 양손을 써서 잉아를 옮긴 다음 다시 얼레를 집어 오른쪽에서 왼쪽으로 옮겨놓게 되죠."

"맞아."

"그런데 디딤판식 베틀에서는 발로 잉아를 움직여요. 그러면 얼레를 손에서 내려놓을 필요가 없죠."

"정말이야? 세상에!"

"그렇게 하면 차이가 꽤 나겠죠, 그렇지 않겠어요?"

"엄청난 차이가 있고말고. 옷감을 두 배는 더 짤 수 있어. 아니, 그 이상 짤 수 있어!"

"제가 생각한 게 그거예요. 한번 시험해보게 제가 만들어볼까요?"

"응, 꼭 그렇게 해줘!"

"정확히 어떻게 만들어졌는지 기억이 나지는 않는데. 도르래와 지레를 써서 디딤판을 작동시킨다면……" 그는 생각하느라 이맛살을 찌푸렸다. "어쨌든 한번 만들어볼 수는 있을 것 같아요."

〜

그날 오후 늦게 도서실 앞을 지나던 캐리스는 그곳에서 작은 책 한 권을 들고 나오던 참사회원 클로드와 마주쳤다. 그는 그녀와 시선이 마주치자 멈춰 섰다. 두 사람은 즉시 한 시간 전에 그들이 마주쳤던 그 순간을 떠올렸다. 클로드는 처음에 당황한 빛이더니 다음 순간 입가에 웃음을 띠었다. 그러나 그 일을 재미있어하는 것이 잘못이라고 여긴 듯 손으로 입을 가렸다. 벌거벗은 두 남자가 깜짝 놀라던 장면을 떠올린 캐리스도 속에서는 웃음이 끓어올랐지만 대놓고 웃는 건 부적절한 것 같았다. 그러나 그녀는 마음속에 있는 말을 충동적으로 내뱉고 말았다. "두 분은 정말 우스워 보였어요!" 그 말에 클로드는 자기도 모르게 킥했고, 캐리스도 못 참고 킥킥거리다 급기야 더는 못 참고 서로의 팔을 부여잡고 눈물이 나올 만큼 큰 웃음을 터뜨리고 말았다.

〜

그날 저녁 캐리스는 머딘을 수도원 경내의 남서쪽 모퉁이로 데려갔다. 그곳에는 강을 따라 채소밭이 있었다. 공기는 따뜻하고 촉촉한 대지에서는 새싹 내음이 났다. 캐리스는 자라난 파와 무를 보았다. "결국 당신 동생이 셔링의 백작이 되겠네." 그녀가 말했다.

"레이디 필리파가 무슨 수를 쓰지 않는다면 그렇겠지."

"백작부인은 왕이 시키는 대로 해야 하지 않아?"

"이론상으로 모든 여자는 남자에게 순종해야 하지만," 머딘은 씩 웃으며 말했다. "관습 같은 것은 무시하는 사람들도 있으니까."

"누구를 말하는 건지 모르겠는데."

머딘의 기분은 돌연 바뀌었다. "어떻게 된 세상인지. 왕이 아내를 죽인 남자를 귀족 서열의 맨 꼭대기에 올려놓다니."

"그런 일은 흔해. 하지만 당신 가족에게 그런 일이 일어났다는 게 놀라운 거야. 가엾은 틸리."

머딘은 눈에 보이는 환영을 지우려는 듯 눈을 비볐다. "그런데 무슨 일로 나를 여기로 데려온 거야?"

"내가 세운 계획의 마지막 단계에 대해 말하려고. 새 구호소 말이야."

"아. 나도 그 생각을……"

"이곳에 구호소를 지을 수 있겠어?"

머딘은 주위를 둘러보았다. "안 될 이유는 없을 것 같은데. 부지가 경사져 있지만 수도원 전체가 경사면에 있으니까. 게다가 대성당을 세우는 것도 아니잖아. 일층인가, 아니면 이층?"

"일층으로 할 거야. 그런데 내부는 중간 크기의 방들로 나누면 좋겠어. 환자와 같은 공간에 있는 사람들에게 병이 빠르게 퍼지지 않도록 한 방에 넷 또는 여섯 개의 병상을 넣을 정도로. 별도의 조제실도 필요해. 큼직하고 빛이 잘 들어서 약을 조제하기에 알맞은 곳이어야 해. 바깥에는 약초를 키울 밭이 있어야 하고. 널찍하고 바람이 잘 통하는 변소도 필요해. 청소하기 쉽게 관을 설치해 물을 끌어와야 하고. 건물 전체가 밝고 널찍해야겠지. 그런데 가장 중요한 건 수도원의 다른 구역과 적어도 100야드는 떨어져 있어야 한다는 거야. 건강한 사람과 병자를 격리해야 하니까. 그것이 중요한 핵심이지."

"내일 아침에 도면을 그려봐야겠군."

그녀는 주위를 두리번거리더니 아무도 보는 사람이 없자 그에게 키스했다. "이건 내가 평생 해온 일의 정점이 될 거야. 알아?"

"당신은 지금 서른두 살이야. 평생의 정점을 말하기에는 좀 이르지 않아?"

"아직 실현된 것도 아닌데 뭐."

"그리 오래 걸리진 않을 거야. 새 탑의 기초를 파는 동안 그 작업에 착수할게. 구호소를 짓자마자 석수들을 성당 공사에 투입하면 돼."

두 사람은 돌아가기로 했다. 그녀는 그의 진정한 열망이 탑에 있다는 것을 확신했다. "그 탑은 높이가 얼마나 될까?"

"405피트."

"솔즈베리 탑은 얼마나 되는데?"

"404피트야."

"그럼 이 탑이 잉글랜드에서 가장 높은 건축물이 되겠네."

"누군가 더 높은 탑을 짓기 전까지는 그렇겠지."

결국 머딘도 자신의 야망을 이루게 되겠구나. 그녀는 생각했다. 수도 원장 사택으로 걸어가면서 그녀는 그에게 팔짱을 꼈다. 그녀는 행복했 다. 참으로 이상한 일이었다. 킹스브리지 시민 수천 명이 전염병으로 죽고 틸리가 살해된 마당에 희망에 부풀다니. 그것은 계획이 있기 때문 이었다. 캐리스는 언제나 계획이 있으면 기분이 나아졌다. 새로운 성 벽, 방범대, 탑, 칙허장, 그리고 무엇보다 새 구호소. 이 모든 일을 준비 할 시간을 어떻게 마련하지?

그녀는 머딘과 팔짱을 낀 채 수도원장 사택으로 들어섰다. 앙리 주교 와 그레고리 경이 그곳에서, 캐리스 쪽으로 등을 돌리고 있는 세번째 인물과 한창 대화를 나누고 있었다. 뒷모습만 보았는데도 새로운 인물 에게서는 어딘가 불쾌감을 주는 낯익음이 있었다. 캐리스는 문득 불안 감에 휩싸였다. 그 순간 그 인물이 고개를 돌렸다. 그녀는 그의 얼굴을 보았다. 냉소적이고 의기양양한 얼굴, 상대를 비웃는 악의에 찬 표정.

필리먼이었다.

74

다음날 아침 앙리 주교와 다른 손님들이 킹스브리지를 떠났다. 수녀들의 공동 침실에서 잠을 잔 캐리스는 아침식사 후 수도원장 사택으로 돌아가 이층 자기 방으로 올라갔다.

그곳에 필리먼이 있었다.

그녀가 자기 침실에 있는 남자 때문에 놀라는 일이 이틀 사이에 두 번이나 일어난 셈이었다. 그러나 필리먼은 혼자였고 옷을 다 입은 채 창가에 서서 무슨 책을 들여다보고 있었다. 그의 옆모습을 본 그녀는 그가 지난 육 개월 동안 고생한 듯 몸이 야위었다는 것을 알아보았다.

"여기서 뭐하는 거예요?" 그녀가 말했다.

그는 그 질문이 의외라는 듯이 대꾸했다. "여기는 수도원장 사택이오. 내가 여기 있으면 안 될 이유라도 있나요?"

"여기는 당신 방이 아니니까요!"

"나는 킹스브리지의 부수도원장입니다. 그 자리에서 해임된 적이 없소. 수도원장은 죽었습니다. 그러니 달리 누가 여기 살아야 하죠?"

"물론 나죠."

"당신은 수사도 아니잖소."

"앙리 주교님이 나를 수도원장 대행으로 임명하셨어요. 그리고 어젯 밤 당신이 돌아왔는데도 주교님은 나를 해임하지 않았고요. 그러니 내 가 당신 상관이에요. 당신은 나에게 복종해야 해요."

"하지만 당신은 수녀요. 당신은 수사들과 함께 사는 것이 아니라 수 녀들과 함께 살아야 할 몸이오."

"나는 몇 달 전부터 이곳에서 지냈어요."

"혼자서 말이오?"

문득 캐리스는 자신의 지반이 위태롭다는 사실을 깨달았다. 필리먼 은 그녀와 머딘이 이곳에서 거의 부부처럼 지냈다는 사실을 알고 있을 것이다. 두 사람은 자신들에 대해 떠벌리지 않고 신중하게 행동했지만 대부분 그들의 관계를 짐작했을 것이다. 그리고 필리먼은 상대의 약점 을 파고드는 데 거의 야수 같은 본능을 지닌 사람이다.

그녀는 잠시 그 문제를 생각해보았다. 필리먼에게 지금 당장 이곳에 서 나가라고 다그칠 수도 있었다. 필요하다면 쫓아낼 수도 있었다. 토 머스와 수련수사들은 필리먼이 아니라 그녀의 말에 따를 것이다. 그러 나 그런 다음에 어떻게 할 것인가? 필리먼은 머딘과 그녀가 사택에서 함께 지냈다는 사실을 사람들에게 퍼뜨리기 위해 할 수 있는 모든 일을 할 것이다. 그는 이 문제를 논쟁에 붙일 것이고, 유력한 시민들은 편이 갈릴 것이다. 대부분은 평판이 좋은 캐리스를 지지해주겠지만 비난하 는 이들도 분명 있을 것이다. 그 갈등 때문에 그녀의 권위가 약해지고 그녀가 계획한 모든 일이 방해를 받게 될지도 모른다. 차라리 패배를 시인하는 편이 나았다.

"이 방을 써도 좋습니다. 하지만 홀은 안 돼요. 그곳은 내가 유력 시민이나 수도원을 찾는 고위층을 만나는 공간이니까요. 또한 미사에 참가하지 않을 때는 이곳이 아니라 수사 전용 클로이스터에 있어야 합니다. 원래 부수도원장이 사택을 쓰게 되어 있지는 않으니까요." 그녀는 그에게 토를 달 기회를 주지 않고 방에서 나왔다. 체면은 살렸지만, 이긴 건 필리먼이었다.

그녀는 지난밤 필리먼의 교활했던 행동을 떠올렸다. 필리먼은 앙리 주교의 질문을 받자 자신이 저지른 모든 비열한 행위에 대해 그럴싸한 해명을 가져다붙였다. 어떻게 이 수도원의 직무를 내버린 채 숲속의 성요한 수도원으로 달아날 수 있었는가? 그는 이 질문에, 수사들의 수도원은 전멸할 위기에 처했고 그것을 구할 유일한 방법은 '빨리 떠나라, 멀리 가라, 오랫동안 돌아오지 마라'라는 말대로 달아나는 것뿐이었다고 대답했다. 그것만이 전염병을 피하는 유일하고도 가장 확실한 방법이었고, 모두가 동의한 일이었다고 했다. 그는 그들이 저지른 유일한 실수는 킹스브리지에서 너무 오래 머무적거린 것이라고도 했다. 그렇다면 어째서 아무도 주교에게 그 계획을 알리지 않았는가? 이에 필리먼은 그 일은 유감으로 생각하지만, 그와 다른 수사들은 고드윈 수도원장의 명령에 복종할 수밖에 없었다고 답했다. 그러면 전염병이 숲속의 성요한 수도원을 덮쳤을 때 당신은 왜 그곳에서 달아났는가? 이 질문에는 자신이 몬머스의 주민들을 보살피라는 하느님의 부름을 받았으며, 고드윈 수도원장의 허락을 받고 떠난 거라고 답했다. 그런데 토머스 형제는 왜 그 사실에 대해 알지도 못하고, 실제로 그런 일은 없었다고 단호하게 부인하는 것인가? 이에 필리먼은 다른 수사들은 고드윈 수도원장이 내린 결정에 대해 몰랐으며, 수도원장은 그 사실이 알려지면 수사들의 시샘을 사게 될까봐 우려했다고 대답했다. 그렇다면 어째서 당신은 또다시 몬머스를 떠나온 것인가? 이에 필리먼은 그곳에서 탁발 수사 머도를 만나 그로부터 킹스브리지 수도원에서 그를 필요로 한다는 말을 들었고, 이것 역시 하느님의 계시라고 여겼기 때문에 돌아왔다고 답했다.

캐리스는 전염병을 피해 달아난 필리먼이 자신은 전염병에 걸리지 않는 행운아라는 사실을 깨달았으리라고 결론지었다. 그러던 중 머도를 통해 캐리스가 수도원장 사택에서 머딘과 함께 생활하고 있다는 이야기를 듣게 됐을 것이고, 그 상황을 이용해 자신의 입지를 회복할 수 있을 거라 판단했을 것이다. 이 일은 하느님과는 아무 관련이 없었다.

그러나 앙리 주교는 필리먼이 늘어놓은 변명을 곧이곧대로 받아들였다. 용의주도하게도 필리먼은 거의 아부하듯 주교 앞에서 자신을 바짝 낮추었던 것이다. 필리먼의 본성을 알지 못하는 앙리는 그 이면에 감춘 진실을 보지 못했다.

그녀는 필리먼을 사택에 남겨둔 채 대성당으로 걸어갔다. 북서쪽 탑의 길고 좁은 나선형 계단을 오른 그녀는 그곳 석공 전용 다락방에서 북쪽으로 면한 높은 창을 통해 들어오는 빛을 받으며 바닥 도판에 도면을 그리고 있는 머딘을 발견했다.

그녀는 흥미로운 눈으로 그가 하는 작업을 들여다보았다. 언제나 그렇지만 설계도를 알아보기는 쉬운 일이 아니었다. 회반죽 위를 긁어서 그려놓은 가느다란 선들을 상상 속에서 창과 문이 있는 두꺼운 석벽으로 바꿔 그릴 수 있어야 했다.

머딘은 자신의 작업을 살펴보는 그녀를 기대에 부푼 눈으로 바라보았다. 그는 분명 그녀에게 열렬한 반응을 기대하고 있었다.

처음에 도면을 본 그녀는 당황했다. 전혀 구호소 같아 보이지 않았다. 그녀가 말했다. "이건…… 수도원 클로이스터 도면 같은데!"

"맞아. 군이 구호소를 성당 회중석처럼 좁고 기다란 방으로 만들 필요는 없잖아? 당신이 원하는 건 밝고 바람이 잘 통하는 건물이잖아. 그러니 방들을 한데 빽빽하게 모으는 대신 가운데 네모난 공간을 둔 거야."

그녀는 눈앞에 그려보았다. 사각형의 풀밭과 그것을 에워싸고 있는 건물, 네 개 또는 여섯 개의 병상이 들어가는 병실로 통하는 문들, 덮개가 있는 아케이드 통로 아래로 병실 사이를 오가는 수녀들. "정말 멋진걸. 이런 건 생각해본 적도 없지만 완벽한 것 같아."

"안뜰에서는 약초를 키울 수 있어. 볕이 좋으면서도 건물이 바람을 막아줄 테니까. 뜰 안에 맑은 물을 뜰 수 있는 분수대도 놓을 거야. 그 물은 변소가 있는 남쪽 동棟을 지나 강으로 흘러들 거고."

캐리스는 그에게 열광적인 키스를 퍼부었다. "당신은 정말 재능이 많아!" 다음 순간 머딘에게 전할 소식이 머릿속에 떠올랐다.

그녀의 표정이 어두워지는 것을 본 그가 물었다. "무슨 일이야?"

"우리는 사택에서 나와야 해." 그녀는 필리먼과 어떤 대화를 나눴는지, 자신이 그에게 왜 양보하고 나왔는지 말했다. "보나마나 필리먼과 큰 싸움이 벌어질 게 뻔한데, 그런 처지에 놓이고 싶지 않거든."

"일리 있는 말이야." 그는 말했다. 침착한 어조였지만, 그녀는 그의 얼굴을 보고 화가 나 있다는 것을 알았다. 그는 자신의 도면을 응시하고 있었지만 생각은 다른 데 가 있었다.

"그리고 다른 이유도 있어. 우리는 사람들에게 되도록 정상적인 삶을 살아야 한다고 말하고 있어. 거리에서 질서를 지키고, 돌아가 가정을 지키고, 더이상 방탕에 빠져서는 안 된다고. 우리가 모범을 보일 필요가 있어."

그는 고개를 끄덕였다. "연인과 사는 수녀원장은 이만저만 비정상이 아니겠지." 이번에도 침착한 어조였지만 얼굴은 화가 나 있었다.

"이렇게 돼서 유감이야."

"나도 그래."

"하지만 우리 둘 다 원하는 것들, 당신의 탑과 내 구호소, 이 도시의 장래를 위태롭게 하고 싶지는 않잖아."

"그래. 하지만 우린 우리가 함께하는 삶을 희생하는 거야."

"꼭 그렇진 않아. 잠을 따로 자는 건 괴로운 일이지만, 함께 있을 기회는 많을 테니까."

"어디서?"

그녀는 어깨를 으쓱했다. "이를테면, 이곳도 그래." 그녀는 짓궂은 도깨비 장난에 사로잡혔다. 그녀는 그에게서 떨어져 천천히 수도복 치맛자락을 걷어올리며 계단이 있는 문가로 다가갔다. "올라오는 사람은 아무도 없어." 그녀는 이렇게 말하며 옷을 허리춤까지 말아올렸다.

"사람이 오는 소리는 들릴 거야." 그가 말했다. "층계 발치에 있는 문에서 소리가 날 테니까."

그녀는 허리를 숙이고 계단을 내려다보는 시늉을 했다. "거기서 뭔가 이상한 게 보여?"

머딘은 킥킥댔다. 그녀는 늘 이런 식의 장난으로 그의 기분을 풀어줬다. "뭔가가 나한테 눈짓을 보내는걸." 그는 웃음을 터뜨렸다.

그녀는 여전히 옷을 허리춤까지 말아올린 채 의기양양한 미소를 지으며 그에게 돌아갔다. "그래, 우리는 모든 것을 다 포기할 필요는 없어."

그는 등받이 없는 의자에 앉아 그녀를 끌어당겼다. 그녀는 두 다리를 벌리고 그의 허벅지 위로 올라가 앉았다. "여기에 매트를 갖다놓는 게 좋겠어." 그녀의 목소리는 욕망으로 잠겨 있었다.

그는 그녀의 젖가슴에 코를 비비며 중얼거렸다. "석공 다락방에 침대가 필요하다는 걸 어떻게 설명하지?"

"그냥 석공들이 연장을 놓을 푹신한 장소가 있어야겠다고 하면 되잖아."

일주일 후 캐리스와 토머스 랭리는 성벽 재건 공사를 점검하러 갔다. 규모는 크지만 단순한 작업이었다. 일단 줄이 맞기만 하면 실제 석축 공사는 아직 서툰 젊은 석공과 도제들도 처리할 수 있었다. 캐리스는 공사가 신속하게 시작된 것이 기뻤다. 유사시에 도시가 자체적으로 방어할 수 있는 시설을 갖추는 것은 필요한 일이지만 그녀에게는 더 중요한 동기가 있었다. 시민들로 하여금 외부 세계의 파괴력에 맞서도록 해 자연스럽게 질서와 적법 행위가 필요하다는 인식을 일깨우려 했던 것이었다.

그녀는 자신이 이런 역할을 맡게 된 것이 실로 얄궂은 운명이라고 생각했다. 그녀는 언제나 일반적인 관행을 경멸하고 관습을 비웃으며 살던 사람이었다. 자신에게 자기 마음대로 규칙을 정할 권리가 있다고 여겼다. 그러던 그녀가 이제는 제멋대로 사는 자들을 단속하려 하고 있었다. 그런 그녀를 위선자라고 손가락질하는 사람이 없다는 것이 기적이었다.

진실을 말하자면, 어떤 사람들은 무질서 상태에서도 번영하지만 다른 사람들은 그렇지 못하다는 것이다. 머딘은 구속이 없는 환경에서 더 잘 지내는 부류다. 그녀는 그가 슬기롭고 어리석은 처녀들의 이야기를 모티프로 조각했던 일을 떠올려보았다. 그것은 지금까지 누구도 본 적 없는 것이었고, 그래서 엘프릭은 구실을 만들어 그것을 파괴해버렸다. 규제는 머딘에게 방해만 될 뿐이었다. 그러나 도축장 일꾼인 바니와 루 같은 자들에게는 술에 취해 난투극을 벌이고 서로를 상해하지 못하도록 막을 법이 있어야 한다.

그럼에도 그녀의 위치는 불확실했다. 법과 질서를 강요하면서 그 규칙들이 실제로 그녀 자신에게는 적용되지 않는 이유를 해명하기는 어려운 일일 것이다.

그녀는 토머스와 함께 수도원으로 돌아오는 길에 이 문제를 곰곰이 생각했다. 그때 흥분한 걸음걸이로 대성당 밖에서 서성이고 있는 조앤 자매가 보였다. "필리먼 때문에 화가 나요." 조앤 자매가 말했다. "원장님이 자기 돈을 훔쳤다고 돌려줘야 한다고 하는데요!"

"진정해요." 캐리스는 말했다. 그녀는 조앤을 성당 현관으로 데려갔다. 그들은 돌의자에 앉았다. "심호흡 좀 하고 무슨 일이 있었는지 설명해봐요."

"3시과 전례가 끝난 후 필리먼이 와서 성 아돌푸스 묘에 쓸 양촛값 10실링이 필요하다는 거예요. 저는 원장님에게 여쭤봐야 한다고 말했고요."

"잘했어요."

"그랬더니 그가 벌컥 화를 내면서, 그건 수사의 돈이고 자기에게 돌려주어야 한다고 소리쳤어요. 그러고는 열쇠를 요구했어요. 열쇠를 주지 않으면 강제로라도 잡아챌 기세였어요. 하지만 저는 그에게 금고실이 어디 있는지 모를 테니 열쇠도 소용없을 거라고 말했죠."

"비밀 금고실로 한 건 정말 좋은 아이디어였어요." 캐리스가 말했다.

옆에서 대화를 듣고 있던 토머스가 말했다. "그자는 내가 경내에 없을 때를 일부러 골랐던 것 같군. 비겁한 자야."

"조앤, 그의 요구를 거절한 건 옳은 행동이었어요. 당신을 괴롭히다니 유감이네요. 토머스 형제님, 필리먼을 찾아서 사택으로 데려와주세요." 캐리스가 말했다.

그녀는 두 사람과 헤어져 생각에 골몰한 채 묘지를 지났다. 필리먼이 말썽을 부리기 시작한 것이 분명했다. 그는 사납게 고함치는 유의 악당이 아니었다. 만약 그런 유라면 그녀도 손쉽게 제압할 수 있을 것이다.

그러나 그는 교활한 적수이고, 그녀로서는 말려들지 않도록 신중할 필요가 있었다.

그녀가 수도원장 사택 문을 열어보니 필리먼이 홀 안의 긴 탁자 상석에 앉아 있었다.

그녀는 문가에서 걸음을 멈췄다. "당신은 이곳에 있어선 안 돼요. 내가 말했는데—"

"당신에게 볼일이 있어서 온 거요." 그가 말했다.

그녀는 사택을 잠가놓아야 한다는 것을 깨달았다. 그렇지 않으면 그는 언제나 그녀의 지시를 비웃을 구실을 마련할 것이다. 그녀는 화를 억눌렀다. "그렇다면 엉뚱한 곳에서 나를 찾았던 셈이네요."

"하지만 결국 당신을 찾아내지 않았소."

그녀는 그를 유심히 살펴보았다. 그는 돌아온 직후 면도를 하고 머리를 깎고 수도복도 새로 갈아입었다. 어느 모로 보나 침착하고 권위 있는 수도원 임원의 모습이었다. 그녀가 말했다. "조앤 자매와 얘기했어요. 그녀는 몹시 흥분했더군요."

"나 역시 마찬가지죠."

그녀는 그가 상석에 앉아 있고 자신은 그의 앞에 서 있어서 마치 그가 책임자이고 그녀는 청원자처럼 보인다는 사실을 깨달았다. 그는 정말 영악할 정도로 이런 수법을 잘 구사했다. 그녀가 말했다. "돈이 필요하다면 나에게 부탁해야 합니다."

"나는 부수도원장이오!"

"그리고 나는 수도원장 대행이죠. 그러니 내가 당신 상관이에요." 그녀는 언성을 높였다. "당신이 가장 먼저 해야 할 일은 지금 그 자리에서 일어나는 겁니다!"

그는 그녀의 어조에 놀란 듯했다. 다음 순간 그는 자제력을 발휘해 무례하다고 느낄 정도로 천천히 의자에서 일어났다.

캐리스는 그 자리에 앉았고, 그를 그냥 세워두었다.

그래도 그는 태연했다. "나는 당신이 수도원 돈으로 새 탑을 짓는다는 사실을 알고 있소."

"맞아요. 그건 주교님 지시에 따른 겁니다."

그의 얼굴에 곤혹스러움이 스쳤다. 그는 주교에게 영합해 그를 자기 편으로 삼은 다음 캐리스에게 맞설 생각을 품고 있었다. 어릴 때부터 그는 언제나 힘있는 자 밑에서 끊임없이 아첨을 해왔다. 그것은 그가 수도원에 들어올 수 있었던 방법이기도 했다.

"나는 수도원 자금을 쓸 수 있어야 하오. 그건 내 권리입니다. 수사들의 자산은 내 책임하에 있단 말이오." 그가 말했다.

"전에 수사들의 자산을 책임지고 있을 때는 그걸 훔치지 않았나요."

그의 얼굴이 창백해졌다. 정곡을 찔린 것이었다. "말도 안 되는 소리." 그는 자신이 당황한 사실을 숨기기 위해 고함을 쳤다. "고드윈 수도원장님이 안전하게 보관하기 위해 가져간 것이었소."

"내가 수도원장 대행으로 있는 한 어느 누구도 그것을 '안전하게 보관하기' 위해 가져가진 못합니다."

"적어도 성물만큼은 내게 주시오. 신성한 보물은 여자가 아니라 마땅히 사제가 관리해야 하오."

"성물은 토머스 형제님이 아주 잘 관리하고 있어요. 미사 때마다 꺼냈다가 미사가 끝나면 다시 우리 금고에 반납하고 있습니다."

"그것만으로는 충분하지 않—"

그 순간 캐리스의 머릿속에 뭔가 떠올랐다. 그녀는 그의 말을 끊고 말했다. "게다가 당신은 아직 전부 다 반납한 것도 아니더군요."

"현금이라면—"

"성물 말이에요. 양초 상인 길드에서 기부한 황금 촛대 하나가 없어졌어요. 그건 어떻게 된 거죠?"

그 말에 그가 보인 반응은 놀라웠다. 그녀는 그가 다시 한번 고함을 치며 부인할 줄 알았다. 그러나 그는 당황한 표정을 지으며 말했다. "그건 언제나 수도원장님 방에 보관되어 있었소."

그녀는 눈살을 찌푸렸다. "그래서요……?"

"나는 촛대를 다른 성물들과 따로 보관했소."

그녀는 경악했다. "그럼 지금까지 그 촛대를 당신이 가지고 있었다는 건가요?"

"고드윈 원장님이 나에게 잘 관리하라고 맡기셨으니까."

"그래서 당신은 촛대를 몬머스나 다른 곳으로 갈 때도 가지고 다녔고요?"

"고드윈 원장님이 원하신 일이었소."

믿기 어려운 이야기였고, 그렇다는 것은 필리먼 자신도 알고 있을 것이었다. 그가 그 촛대를 훔친 것이 분명했다. "그럼 그 촛대를 아직도 가지고 있겠군요?"

그는 거북한 표정으로 고개를 끄덕였다.

그 순간 토머스가 들어왔다. "여기 있었군!" 그가 말했다.

"토머스 형제님, 위층에 가서 필리먼 형제님의 방을 뒤져보세요." 캐리스가 말했다.

"거기서 뭘 찾아봐야 하지?"

"사라진 황금 촛대요."

필리먼이 말했다. "찾아볼 것도 없소. 기도대 위에 놓여 있으니까."

위층으로 올라갔던 토머스가 촛대를 들고 내려왔다. 그는 촛대를 캐리스에게 건넸다. 촛대는 묵직했다. 캐리스는 주의깊게 촛대를 들여다보았다. 받침대에는 양초 상인 길드 조합원 열두 명의 이름이 자잘한 글자로 새겨져 있었다. 어째서 필리먼은 이 촛대를 가지고 있으려 했을까? 팔거나 녹이기 위한 목적이 아니었던 것이 분명했다. 촛대를 처분할 시간이 충분했는데도 그러지 않았기 때문이다. 그는 그저 자신만의 황금 촛대가 갖고 싶었는지도 모른다. 방에 혼자 있을 때면 이 촛대를 응시하거나 만졌던 걸까?

캐리스는 필리먼의 눈에 고인 눈물을 보았다.

"그걸 나한테서 빼앗을 생각이오?" 필리먼이 말했다.

바보 같은 질문이었다. 캐리스는 대답했다. "물론이죠. 이건 당신 방이 아니라 대성당에 있어야 할 물건이에요. 양초 상인들이 이것을 기증한 이유는 하느님에게 영광을 드리고 미사에 아름다움을 보태기 위해서지 한 수사의 개인적 호사를 위해서가 아니니까요."

그는 말다툼하려 하지 않았다. 그는 죄를 뉘우치는 표정이 아니라 가졌던 것을 빼앗긴 사람 특유의 표정을 짓고 있었다. 자신이 나쁜 짓을 했다는 것을 느끼지 못했다. 그의 슬픔은 범죄에 대한 가책이 아니라 물건을 빼앗긴 낙담 때문이었다. 캐리스는 그에게 수치심이 없다는 사실을 깨달았다.

"이것으로 당신의 수도원 재산권에 관한 논의는 끝났어요." 그녀는 필리먼에게 말했다. "이제 가도 좋습니다." 그 말에 필리먼은 밖으로 나갔다.

그녀는 촛대를 토머스에게 건네줬다. "조앤 자매에게 가져다주고 잘 보관하라고 해주세요. 양초 상인들에게는 촛대를 찾았고 다음 주일부터 쓸 거라고 고지할 거예요."

토머스도 자리를 떴다.

캐리스는 생각에 잠긴 채 의자에 그대로 앉아 있었다. 필리먼은 그녀를 미워했다. 그러나 그 이유를 생각하느라 허비할 시간이 없었다. 그는 땜장이가 친구를 사귀는 것보다 더 빨리 적을 만들었다. 그는 무자비한 적이었고, 양심의 가책을 전혀 느끼지 못하는 사람이었다. 그는 기회만 있으면 그녀를 곤란에 빠뜨리기로 결심했을 것이다. 상황은 결코 나아지지 않을 것이다. 그녀가 이런 사소한 충돌에서 그를 이길 때마다 그의 악의는 한층 더 타오를 것이다. 그렇다고 그가 이기도록 내버려두면 그는 기승을 부리며 더욱 달려들 것이다.

결국 피비린내 나는 싸움이 벌어질 텐데 그녀로서는 결과가 어떻게 될지 알 수 없었다.

～

6월의 토요일 저녁, 채찍 고행단이 돌아왔다.

캐리스는 필사실에서 원고를 쓰고 있었다. 전염병과 그 대처법에서 시작해 그보다 가벼운 질병으로 글을 이어가기로 마음먹었다. 지금은 자신이 킹스브리지 구호소에 도입했던 아마포 마스크에 대해 쓰고 있었다. 마스크는 효과가 있긴 하지만 전적인 방역은 되지 못했고, 그 사실을 설명하기가 쉽지 않았다. 유일하고도 확실한 안전책은 전염병이 닥치기 전에 도시를 떠나 병이 물러갈 때까지 돌아오지 않는 것이지만, 주민 대다수가 선택할 수 있는 대책이 아니었다. 기적 같은 치유를 믿는 이들에게 불완전한 방역이라는 개념을 납득시키기는 어려운 일이다. 진실을 말하자면, 마스크를 썼던 수녀들 중에도 일부는 전염병에 걸렸지만 마스크를 쓰지 않았던 사람들 중에 발병한 사람 수만큼은 많지 않았다는 것이다. 캐리스는 마스크를 방패에 비유해 설명하기로 했다. 방패는 공격을 받을 때 목숨을 보장해주지는 못하지만 소중한 보호책인 것은 확실하며, 방패 없이 전쟁터에 나가는 기사는 없다. 그녀가 새 양피지의 하얀 여백에 그것을 쓰고 있을 때, 채찍 고행단의 소리가 들려왔다. 그녀는 낙담하며 신음을 내뱉었다.

　북소리가 주정뱅이의 발소리처럼 울리고, 백파이프는 고통에 신음하는 야수 같았으며, 종은 장례식 조종 소리 같았다. 밖으로 나가 보니 마침 행렬이 경내로 들어서고 있었다. 전보다 인원이 늘어 칠팔십 명 정도 되고 모두 전보다 더 거칠어진 것 같았다. 길게 자란 머리칼은 헝클어지고 옷은 너덜거리고 비명은 더욱 광적이었다. 이미 도시를 한 바퀴 돈 그들은 뒤로 길게 추종자들의 행렬을 달고 있었다. 일부는 재미삼아 구경하고 있었고, 일부는 옷을 찢고 제 몸을 채찍질하면서 무리에 가담한 상태였다.

　그녀는 그들을 다시 보게 될 줄 몰랐다. 교황 클레망 6세가 채찍 고행단을 규탄했기 때문이다. 하지만 교황은 멀리 아비뇽에 있었고, 그의 규칙을 집행하는 건 다른 자들의 몫이었다.

　전과 마찬가지로 탁발 수사 머도가 그들을 이끌고 있었다. 그가 대성당 서쪽 문을 향해 가고 있을 때 캐리스는 그쪽의 큰 문들이 활짝 열려 있는 것을 보고 경악했다. 그녀는 문을 열도록 허락한 일이 없었다. 토머스가 그녀에게 묻지도 않고 열었을 리 없었다. 분명 필리먼이다. 그녀는 필리먼이 여행중에 머도와 만났다고 말한 것을 상기했다. 그녀는 머도가 필리먼에게 이번 방문을 사전에 알렸고, 그들이 채찍 고행단을 교회 안으로 끌어들이기로 공모했으리라 짐작했다. 필리먼은 자신이 이 수도원에서 서품을 받은 유일한 사제이며, 따라서 어떤 미사를 올릴지 결정할 권리가 있다고 주장할 것이 분명했다.

　하지만 필리먼이 그러는 이유가 뭘까? 어째서 그는 머도와 채찍 고행단에 관심을 두는 걸까?

　머도가 행렬을 이끌고 높다란 중앙 문을 지나 회중석으로 들어섰다. 시민들이 뒤따라 몰려왔다. 캐리스는 이런 과시적인 행사에 끼어들 마음이 없었지만 무슨 일이 일어나는지 알 필요가 있었기 때문에 마지못해 군중을 따라 안으로 들어갔다.

필리먼은 제단에 있었다. 탁발 수사 머도가 그의 곁으로 갔다. 필리먼이 두 손을 들어 조용히 시킨 다음 입을 열었다. "오늘 우리는 우리의 사악함을 고해하고 우리의 죄를 회개하며 속죄의 고행을 위해 이 자리에 왔습니다."

설교에 재능이 없는 필리먼의 말은 별다른 반응을 끌어내지 못했지만 카리스마 넘치는 머도가 바로 뒤를 이었다. "우리는 우리의 음탕한 생각과 불결한 행동을 고해합니다!" 그가 소리치자 군중이 고함치며 동감을 표했다.

전과 똑같은 과정이 반복됐다. 머도의 설교에 광란 상태에 빠진 사람들이 앞으로 나서더니 자신들을 죄인이라 외치면서 제 몸을 때렸다. 폭력과 벗은 몸에 홀린 시민들은 그 광경을 구경했다. 그것은 연기였지만 채찍질은 진짜였다. 캐리스는 회개하는 자들의 등에 생긴 채찍 자국과 상처를 보고 몸서리쳤다. 그중 일부는 전에도 여러 번 채찍질을 해서 흉터투성이였다. 새로 합세한 다른 이들의 등은 최근에 난 상처가 다시 벌어지고 있었다.

얼마 안 가 시민들도 합세했다. 그들이 앞으로 나설 때마다 필리먼은 모금함을 내밀었다. 캐리스는 그가 이런 일을 벌인 동기가 돈이라는 사실을 깨달았다. 모두가 필리먼이 내민 모금함에 돈을 넣고 나서야 머도에게 가서 고해하고 그의 발에 입을 맞출 수 있었다. 머도 역시 모금함을 주시하고 있었다. 캐리스는 그 두 사람이 나중에 헌금을 나눠 갖기로 했을 거라 추측했다.

점점 더 많은 시민이 나서고 북소리와 파이프 소리도 점점 커졌다. 필리먼이 들고 있던 모금함은 순식간에 채워졌다. 그렇게 '용서받은'

사람들은 무아경에 빠진 채 광적인 음악소리에 맞춰 춤을 추었다.

이윽고 모든 참회자가 춤을 추었고 더이상 나서는 사람이 없었다. 음악소리가 절정으로 치닫더니 갑자기 뚝 끊어졌다. 그제야 캐리스는 머도와 필리먼이 이미 사라졌다는 것을 알았다. 그녀는 그들이 남쪽 측랑을 지나 수사 전용 클로이스터에 가서 헌금을 정산할 거라고 생각했다.

구경거리가 끝났다. 춤추던 자들은 탈진한 채 바닥에 누웠다. 구경꾼들은 뿔뿔이 흩어지기 시작했다. 그들은 열린 문을 통해 여름 저녁의 맑은 공기 속으로 나섰다. 얼마 지나지 않아 머도의 추종자들도 기운을 차리고 교회를 떠났다. 캐리스도 그곳을 나왔다. 그녀는 채찍 고행단 대부분이 홀리 부시로 향하고 있는 것을 보았다.

그녀는 안도감을 느끼며 수녀원의 서늘한 고요 속으로 돌아왔다. 클로이스터가 어둑해지자 수녀들은 저녁기도에 참석한 뒤 저녁식사를 했다. 캐리스는 자러 가기 전 구호소를 확인해보았다. 그곳은 여전히 환자들로 넘쳐났다. 전염병은 여전히 수그러들 기미 없이 맹위를 떨치고 있었다.

흠잡을 만한 일은 별로 없었다. 우나 자매는 캐리스가 세워놓은 원칙을 준수했다. 마스크를 착용하고 사혈을 하지 않으며 극도의 청결을 유지했다. 캐리스가 자러 가려던 순간, 채찍 고행자 한 사람이 실려 왔다.

홀리 부시에서 실신하며 긴 의자에 부딪혀 머리가 깨진 남자였다. 그의 등에서는 아직도 피가 흐르고 있었다. 캐리스는 그가 피를 너무 많이 흘렸기 때문에 의식을 잃으며 머리를 부딪혔을 거라 짐작했다.

우나는 의식을 잃은 그의 상처를 소금물로 씻었다. 그리고 사슴뿔에 불을 붙여 그의 정신이 돌아오도록 코밑에 자극적인 연기를 쏘였다. 그런 다음 계피와 설탕을 섞은 2파인트의 물을 먹여 잃은 혈액을 보충하도록 했다.

그러나 그는 시작에 불과했다. 그뒤로도 출혈과 과음, 사고나 싸움으로 다친 남녀들이 실려 왔다. 채찍 고행단의 광란 때문에 토요일 밤에 들어오는 환자 수는 열 배로 불어났다. 그중에는 채찍질을 너무 자주 해서 등이 썩어가는 남자도 있었다. 마지막으로 자정이 지났을 때 묶인 상태로 매질과 강간을 당한 여자가 실려 왔다.

다른 수녀들과 함께 이 환자들을 보살피던 캐리스는 격한 분노가 끓어올랐다. 그들이 입은 상해는 모두 머도 같은 자들이 왜곡시킨 종교관 때문에 생겨난 것이었다. 그들은 전염병이 하느님이 인간의 죄악에 내린 벌이지만 다른 식으로 스스로를 응징함으로써 병을 피할 수 있다고 믿었다. 흡사 하느님이 비정상적인 규칙이 있는 게임을 즐기는 복수심에 불타는 괴물이기라도 한 것 같았다. 캐리스는 하느님의 정의란 열두 살짜리 골목대장의 정의보다는 세련된 것이어야 한다고 믿었다.

그녀는 주일 아침기도 때까지 일을 한 뒤 두어 시간 눈을 붙였다. 그런 뒤 머딘을 만나러 나갔다.

머딘은 자신이 나환자 섬에 지은 집들 중 가장 큰 집에서 살고 있었다. 남쪽 강변에 위치한 그 집은 새로 사과나무와 배나무를 심은 널찍한 정원 가운데 있었다. 그는 롤라를 보살피고 집을 관리할 중년 부부를 고용했다. 부부의 이름은 아르노와 에밀리인데, 그들은 서로를 안과 엠이라고 불렀다. 부엌에 있던 엠은 캐리스를 보자 정원 쪽을 가리켰다.

머딘은 끝이 뾰족한 막대기로 맨땅에 글자를 써가며 롤라에게 이름 쓰는 법을 가르치고 있었다. 그가 'o'에 얼굴을 그려넣자 아이는 깔깔대며 웃었다. 이제 네 살이 된 롤라는 올리브색 피부에 갈색 눈을 가진 귀여운 여자아이였다.

두 사람을 지켜보던 캐리스는 문득 찌르는 듯한 후회감에 사로잡혔다. 그녀는 머딘과 거의 반년 가까이 잠자리를 했다. 그녀는 아기를 원치 않았다. 임신은 그녀의 모든 야심에 종지부를 찍는 것을 의미했기 때문이다. 하지만 한편으로는 아쉽기도 했다. 그녀는 갈등을 느끼고 있었고, 아마도 그래서 자신이 임신할지도 모르는 위험을 무릅썼을 것이다. 하지만 그런 일은 일어나지 않았다. 그녀는 이제 자신이 아이를 갖지 못하는 몸이 된 것이 아닐까 생각했다. 어쩌면 십 년 전 현녀 매티가 줬던 임신중절 약이 어떤 식으로든 자궁을 손상시켰는지도 모른다. 언제나처럼 그녀는 자신이 사람의 몸과 질병에 대해 좀더 잘 알았다면 좋았을 거라 생각했다.

머딘이 와서 그녀에게 키스했다. 두 사람은 정원을 거닐었고, 그들 앞에서 롤라가 뛰어다니며 상상 속에서 나무 하나하나에게 말을 거는 정성스러우면서도 이해할 수 없는 놀이를 했다. 정원은 아직 다듬어지지 않은 상태였다. 나무들은 모두 새로 심은 것이고, 돌이 많은 섬의 땅을 비옥하게 하기 위해 다른 곳에서 실어나른 흙이 깔려 있었다. "채찍 고행단에 대해 의논을 좀 하려고." 캐리스는 그에게 간밤에 구호소에서 있었던 일을 이야기했다. "그들을 킹스브리지에서 쫓아내고 싶어." 그녀는 이렇게 이야기를 마무리했다.

"좋은 생각이야. 그 모든 것이 머도의 돈벌이 수단일 뿐이니까."

"그리고 필리먼도 개입되어 있어. 그가 헌금함을 들고 있었거든. 교구 길드에 얘기해보겠어?"

"물론이지."

수도원장 대행인 캐리스는 이곳의 영주이기도 하므로 이론상으로는 누구에게 말할 필요 없이 자신의 권한만으로도 채찍 고행단을 쫓아낼 수 있었다. 그러나 국왕에게 칙허장을 청원한 상태이기 때문에 조만간 도시의 행정권은 길드에 이양될 것이었다. 그래서 지금을 일종의 과도기로 삼고 싶었다. 게다가 법을 집행하기 전에 지지를 얻는 것이 언제나 현명한 판단임을 그녀는 경험으로 배웠다.

"정오미사가 시작되기 전에 치안관을 시켜 머도와 그 추종자들을 도시 밖으로 내보냈으면 해." 그녀가 말했다.

"필리먼이 격분하겠군."

"애초에 그가 의논도 하지 않고 그들에게 교회 문을 열어줘서는 안 되는 거였어." 캐리스는 말썽이 일어나리라는 것을 알았지만, 필리먼의 반응이 두려워 이 도시를 위해 옳은 일을 못하는 건 용납할 수 없었다. "교황님은 우리 편이야. 신중하고 신속하게 처리한다면 필리먼이 아침 식사를 하기도 전에 이 문제를 해결할 수 있어."

"좋아." 머딘이 말했다. "홀리 부시에 길드 조합원들을 모아볼게."

"나도 한 시간 안에 그곳으로 갈게."

교구 길드는 도시의 다른 모든 기구와 마찬가지로 심각할 정도로 회원 수가 줄었지만, 매지 웨버와 제이크 챕스토, 에드워드 슬로터하우스 등을 포함해 몇몇 유력 상인은 전염병이 창궐하는 가운데서도 살아남아 있었다. 신임 치안관이 된 존의 아들 멍고도 그 자리에 참석했고, 그의 부관들은 밖에서 지시를 기다렸다.

토의에는 오랜 시간이 걸리지 않았다. 유력 시민 중에는 광란의 소동에 참가한 사람도 없는데다가 모두가 이런 공공연한 행동을 불만스럽게 여기고 있었다. 교황의 결정이 문제를 매듭지었다. 캐리스는 수도원장 대행으로서 공식적으로 길거리에서의 채찍질과 공공장소에서의 나체 노출을 금지하고, 규칙을 위반하는 자는 길드 조합원 세 명의 합의만 있으면 그 지시에 따라 치안관에 의해 시외로 추방된다는 내용의 세칙을 공표했다. 그런 다음 길드는 새 법령을 지지하는 결의서를 통과시켰다.

멍고는 위층으로 올라가 탁발 수사 머도를 침대에서 끌어냈다.

머도는 순순히 따르지 않았다. 그는 계단을 내려오면서 고함치고 울먹이고 기도하고 욕설을 퍼부었다. 멍고의 부관 둘이 양팔을 잡아 반쯤 끌다시피 그를 여인숙 밖으로 끌어냈다. 거리로 나서자 머도는 한층 더 소란을 피웠다. 멍고가 앞장서고 길드 조합원들이 뒤따랐다. 머도의 추종자 몇이 항의하러 왔다가 역시 호송되는 신세가 됐다. 그들이 큰길을 따라 머딘이 만든 다리로 향하는 사이에 시민 몇 명이 따라붙었다. 눈앞에서 벌어지고 있는 일에 이의를 제기하는 시민은 없었으며, 필리먼의 모습도 보이지 않았다. 어제까지만 해도 자기 몸에 채찍질을 해대던 사람들조차 오늘은 마치 어제 일이 수치스럽다는 표정을 지은 채 말없이 바라보기만 했다.

그들 일행이 다리를 건너자 군중은 흩어지기 시작했다. 구경꾼이 줄어들자 머도는 한결 조용해졌다. 억울하다는 듯이 드러내던 분노도 끓어오르는 악의를 삭이는 수준으로 바뀌었다. 그는 두 개의 다리를 건너 멀찌감치 떨어진 곳에서 풀려나자 교외 지역을 지나 뒤도 돌아보지 않고 가버렸다. 한줌밖에 남지 않은 그의 추종자들이 머뭇거리며 그의 뒤를 따랐다.

캐리스는 그가 다시는 나타나지 못할 거라고 예감했다.

그녀는 멍고와 그의 부관들을 치하하고 수녀원으로 돌아왔다.

구호소에서는 우나가 새로 들어온 전염병 환자의 자리를 마련하기 위해 간밤에 사고로 들어왔던 환자들을 내보내고 있었다. 캐리스는 정오까지 구호소에서 일한 뒤 고마운 심정으로 그곳을 나서서 주일 교중 미사를 보기 위해 가는 행렬을 이끌었다. 그녀는 성가를 부르고 기도하고 지루한 설교가 이어질 한두 시간을 무의식중에 고대하고 있었다. 그 시간은 휴식 같을 것이다.

토머스를 비롯해 수련수사들을 이끌고 들어서는 필리먼의 표정은 무척 불길했다. 머도가 추방된 소식을 들은 것이 분명했다. 그가 채찍 고행단을 캐리스와 별개로 자신만의 수입원으로 삼으려 했다는 데는 의문의 여지가 없었다. 그 희망이 좌절되자 격노한 것이다.

잠시 캐리스는 그가 화를 누르지 못해 무슨 짓을 하지 않을까 걱정스러웠다. 하고 싶은 대로 해보라지. 그녀는 생각했다. 어차피 이번 일이 아니면 또다른 어떤 일로 화풀이를 할 것이다. 그녀가 무엇을 하든 필리먼은 조만간 또 그녀에게 화를 낼 것이다. 그러니 걱정해봐야 소용없는 일이었다.

그녀는 기도하는 사이사이 꾸벅꾸벅 졸다가 필리먼이 설교를 시작했을 때 잠에서 깼다. 설교단에 선 그는 더 매력이 없어 보였고 그의 설교에 귀기울이는 사람은 거의 없었다. 그러나 그는 오늘 자신이 설교할 주제가 간음이라고 밝히며 청중의 주의를 끌었다.

그는 사도 바오로가 고린도의 초기 그리스도인들에게 보낸 첫번째 편지 한 구절을 전거로 삼았다. 그는 먼저 라틴어로 그 구절을 인용한 뒤 쩌렁쩌렁한 목소리로 번역했다. "내가 너희에게 쓴 편지에 음행하는 자들을 사귀지 말라 하였거니와*!"

그는 사귄다는 말의 의미에 대해 지루할 정도로 자세히 설명했다. "함께 먹지도 말고 함께 마시지도 말고 함께 살지도 말고 함께 이야기를 해서도 안 된다는 겁니다." 캐리스는 그가 대체 무슨 말을 하려는 것인지 불안해졌다. 설마 저 설교단에 서서 곧바로 캐리스를 공격하려는 것일까? 그녀는 성가대석 수련수사들 맞은편에 앉아 있는 토머스 쪽을 흘깃 보았는데, 그는 걱정스러운 표정을 짓고 있었다.

다시 분노로 일그러진 필리먼의 얼굴로 시선을 돌린 캐리스는 그가

---

*「고린도전서」5장 9절.

무슨 짓이든 할 수 있는 자라는 것을 다시금 깨달았다.

"이 말은 누구를 가리키는 걸까요?" 그는 과장된 어조로 물었다. "사도 바오로는, 교회 밖에 있는 사람들이 아니라고 단서를 달았습니다. 교회 밖에 있는 사람들은 하느님이 판단하실 것이며, 여러분이 판단할 사람들은 교회 안에 있는 사람들이라고 하셨습니다." 그러면서 그는 신도들을 가리켰다. "바로 여러분이 판단하시라는 말입니다!" 그는 다시 성경을 내려다보며 그 구절을 읽었다. "밖에 있는 사람들은 하느님이 심판하시려니와 이 악한 사람은 너희 중에서 내쫓으라.*"

신도들은 조용했다. 그들은 이 설교가 여느 때처럼 선행을 하라는 일반적인 훈계가 아니라는 것을 감지했다. 필리먼에게는 준비한 말이 있었다.

"우리는 우리 주변을 돌아봐야 합니다. 우리 도시, 우리 교회, 우리 수도원을 말입니다! 간음한 자가 있습니까? 그렇다면 그자들을 쫓아내야 합니다!"

이제 필리먼이 그녀를 지칭하고 있다는 데는 의문의 여지가 없었다. 예민한 시민이라면 누구나 그녀와 같은 결론을 내렸을 것이다. 하지만 그녀가 무엇을 할 수 있겠는가? 자리에서 일어나 그의 말을 반박한다는 것은 있을 수 없는 일이었다. 그저 성당에서 나가버리는 것도 불가능했는데, 그랬다가는 오히려 그의 말을 강조할 뿐만 아니라 가장 아둔한 신도에게까지 지금 필리먼의 공격 대상이 그녀라는 사실을 확인시키는 결과가 될 뿐이었다.

그녀는 분한 마음을 누른 채 듣고 있을 수밖에 없었다. 필리먼이 제대로 설교를 한 것은 이번이 처음이었다. 머뭇거리지도 더듬지도 않고

---

* 「고린도전서」 5장 13절.

똑똑한 발음으로 명확하게 전달했고 여느 때의 지루하고 단조로운 말투도 벗어던졌다. 그에게는 증오심이야말로 영감의 원천인 셈이었다.

물론 그렇다고 해서 그녀를 수도원에서 쫓아낼 사람은 없었다. 설령 그녀가 성직자 부족 상황이 오래간다는 이유만으로 주교가 그 자리에 앉혀놓은 무능한 수녀원장이라고 해도 그랬다. 전국의 교회와 수도원이 미사를 집전하거나 성가를 부를 사람이 없다는 이유로 문을 닫았다. 주교들은 더 많은 사제와 수사와 수녀를 임명하려고 하지 해고하는 일은 없었다. 어쨌든 어느 주교라도 캐리스를 쫓아내려 든다면 시민들이 들고일어날 것이다.

그럼에도 필리먼의 설교는 치명적이었다. 이제 이 도시의 지도자들이 머딘과 캐리스의 밀회를 눈감아주기는 어려울 것이다. 이런 일은 신망을 떨어뜨렸다. 사람들은 보통 남자의 성적 방종을 여자에게보다는 쉽게 눈감아줬다. 위선자라는 비난을 피할 수 없을 것 같아 그녀는 고통스러웠다.

그녀는 똑같은 내용을 더 크게 외쳐댈 뿐인 장광설이나 다름없는 설교와 나머지 미사 의식이 진행되는 동안 이를 악문 채 자리에 앉아 있었다. 수사들과 수녀들이 줄지어 성당을 빠져나오자마자 그녀는 조제실로 가서 앙리 주교에게 필리먼을 다른 수도원으로 전출해달라는 편지를 썼다.

✍

그런데 앙리는 오히려 필리먼을 승진시켰다.

탁발 수사 머도를 추방한 지 두 주가 지났을 때였다. 그들은 대성당의 북쪽 익랑에 있었다. 무더운 여름날이었지만 성당 안은 언제나처럼 서늘했다. 주교는 조각한 나무의자에, 필리먼과 캐리스, 로이드 부주교, 클로드 참사회원 등은 긴 의자에 앉아 있었다.

"당신을 킹스브리지 수도원장으로 임명하겠소." 앙리가 필리먼에게 말했다.

필리먼은 기쁨에 찬 능글맞은 웃음을 지으며 캐리스 쪽으로 의기양양한 시선을 던졌다.

캐리스는 소스라치듯 놀랐다. 두 주 전 그녀는 앙리 주교에게 황금 촛대를 훔친 일을 비롯해 필리먼이 이곳에서 계속 책임자 역할을 해서는 안 되는 정당한 사유들을 조목조목 적은 편지를 보냈기 때문이다. 그러나 그녀의 편지는 역효과를 부른 것 같았다.

그녀가 이의를 제기하려 했지만 앙리 주교는 그녀를 노려보며 손을 들어 제지했다. 그녀는 주교가 다음에 무슨 말을 하는지 잠자코 들어보기로 했다. 주교는 계속해서 필리먼에게 말했다. "나는 당신이 이곳에 온 이후의 행적 때문이 아니라 그런 행적에도 불구하고 당신을 임명하는 겁니다. 당신은 못된 말썽꾼 노릇을 도맡아왔소. 교회에 사람이 부족하지 않았다면 내가 백 년 안에 당신을 승진시키는 일은 없었을 거요."

그런데 왜 지금 그렇게 하는 거지? 캐리스는 궁금했다.

"그러나 우리에게는 수도원장이 있어야 하고, 아무리 능력이 출중하다 해도 수녀원장이 수도원장 역할을 하기는 충분치 않소."

캐리스는 주교가 토머스를 수도원장에 임명했다면 나았을 거라고 생각했다. 그런다 해도 토머스는 그 자리를 사양했을 테지만. 십이 년 전 앤서니 수도원장의 계승자를 선출하는 과정에서 암투 끝에 상처를 입은 토머스는 수도원장 선거에 두번 다시 나가지 않기로 굳게 결심했다. 캐리스는 알지 못하지만, 실제로 주교가 토머스와 얘기해보고 그의 의사를 이미 확인했는지도 모른다.

"하지만 당신의 임명에는 제한 조건들이 있소." 앙리 주교가 필리먼에게 말했다. "첫째, 당신의 직위가 비준되는 것은 킹스브리지가 칙허장을 받는 날 이후가 될 겁니다. 나는 이 도시를 맡아서 운영할 능력이 없는 당신에게 그 일을 맡길 생각이 없소. 따라서 그 과도기에는 캐리스 수녀원장이 계속해서 수도원장 대행 직무를 수행할 것이고 당신은 수사들의 공동 침실을 사용해주시오. 수도원장 사택은 폐쇄될 겁니다. 만약 당신이 대기 기간 중에 부정한 행위를 하면 나는 임명을 철회하겠소."

필리먼은 화가 나고 상처를 입은 표정을 지었지만 입을 꾹 다물고 있었다. 그는 자신이 이겼다는 것을 알고 있었기 때문에 이런 조건에 가타부타하지 않았다.

"둘째, 당신은 독자적으로 금고를 갖게 되겠지만 회계 담당은 토머스 수사가 될 겁니다. 토머스 수사가 알지 못하고 동의하지 않는 한 어떤 돈도 귀중품을 사는 데 쓴다거나 금고에서 빼낼 수 없소. 나는 새 탑을 지으라고 지시했고, 설계자인 머딘이 계획한 일정에 따라 지불을 하도록 인가했소. 수도원장은 수사 전용 기금에서 그 비용을 지불해야 하며, 필리먼이든 누구든 이 계약 내용을 변경할 수 있는 권한을 가진 자는 없소. 나는 짓다 만 탑은 원치 않습니다."

적어도 머딘은 소원을 이루게 되겠군. 캐리스는 고마운 심정으로 생각했다.

앙리가 이번에는 캐리스에게 말했다. "한 가지 더 지시할 일이 있습니다만, 그것은 당신에게 해당되는 것이오, 수녀원장."

이번엔 또 뭐지? 그녀는 생각했다.

"간음에 대한 고발이 들어왔소."

캐리스는 자기 때문에 벌거벗은 주교와 클로드가 놀랐던 일을 떠올리며 주교를 빤히 바라보았다. 어떻게 그런 그가 감히 이런 문제를 제기한단 말인가?

주교는 말을 이었다. "과거는 문제삼지 않겠소. 그러나 앞으로는 킹스브리지 수녀원장이 남자와 관계를 맺는 일은 있어선 안 될 것이오."

하지만 주교님은 연인과 함께 살잖아요! 그녀는 이렇게 말하고 싶었다. 그러나 그때 문득 앙리 주교의 얼굴에 떠오른 표정을 읽었다. 그것은 애원하는 표정이었다. 그는 그녀에게 그것을 문제시해서 자신을 위선자로 보이게 만들지는 말아달라고 애원하고 있었다. 캐리스는 주교 스스로도 지금 자신이 부당한 일을 하고 있다는 것을 알지만 어쩔 수 없는 일이라고 생각하고 있다는 것을 깨달았다. 필리먼이 주교로 하여금 이렇게 하도록 몰아붙인 것이다.

그럼에도 그녀는 힐난하는 말을 쏘아붙이고 싶었다. 하지만 자신을 억제했다. 그렇게 해서 좋을 일이 없었다. 궁지에 몰린 앙리로서는 최선을 다하고 있었다. 캐리스는 입을 꾹 다물었다.

"지금 이 순간부터는 비난받을 여지를 남기지 않겠다고 확실히 약속하겠소, 수녀원장?" 앙리가 말했다.

캐리스는 바닥을 내려다보았다. 전에도 이런 입장에 처했었다. 이번에도 그녀는 자신이 그동안 애써왔던 모든 일, 구호소와 칙허장과 탑을 포기하느냐 아니면 머딘과 헤어지느냐를 놓고 선택의 기로에 섰다. 그리고 이번에도 그녀는 일을 선택했다.

그녀는 고개를 들어 주교를 똑바로 바라보며 말했다. "네, 주교 예하. 약속드립니다."

～

그녀는 구호소에서 다른 사람들에 둘러싸인 상태에서 머딘에게 말했다. 그녀의 목소리는 떨리고 금방이라도 눈물이 쏟아질 것 같았지만, 단둘이 만날 수는 없었다. 그와 단둘이 만난다면 자신의 결심이 약해지고, 그를 껴안고 사랑한다고 말하고 수녀원을 떠나 그와 결혼하겠다고 약속하게 될 것 같았다. 그래서 그녀는 머딘에게 전갈을 보내 구호소 입구에서 그를 만났고, 사무적인 어조로 이야기했다. 애정 어린 손길로 자신이 그토록 사랑하는 그의 몸을 만지게 될까봐 두 팔을 가슴 앞에서 단단히 팔짱 끼고 있었다.

그녀가 주교의 최후통첩과 자신의 결정에 대해 말을 마치자, 그는 그녀를 용서할 수 없다는 듯이 바라보았다. "이번이 마지막이야." 그가 말했다.

"그게 무슨 뜻이야?"

"당신이 그렇게 할 거라면, 그 결정은 이제 바꿀 수 없다는 뜻이야. 나는 이제 더이상 당신이 내 아내가 될 그날이 오기만 기다리고 있지는 않을 거야."

그녀는 그에게 한 대 얻어맞기라도 한 것 같았다.

그의 말 한마디 한마디가 그녀를 때렸다. "당신이 진담으로 한 말이라면 나는 이제 당신을 잊도록 해볼게. 나는 서른세 살이야. 언제까지나 이대로 살고 싶진 않아. 아버지는 쉰여덟 살이 되셨고 이제 사실 날도 얼마 남지 않았어. 나는 가정을 꾸려서 아이도 더 낳고 정원을 가꾸며 행복하게 살 거야."

그가 묘사한 그림은 그녀에게 고문이나 다름없었다. 그녀는 슬픔을 참느라 입술을 깨물었지만 뜨거운 눈물이 흘러내렸다.

그의 말은 가차없었다. "나는 당신을 사랑하느라 남은 인생까지 허비하진 않겠어." 그 말이 비수처럼 그녀의 가슴에 꽂혔다. "지금 수녀원을 나오거나 영원히 여기서 살거나 선택해."

그녀는 애써 침착한 눈으로 그를 바라보았다. "나는 당신을 잊지 않을 거야. 언제까지나 당신을 사랑하겠어."

"하지만 그것으로는 부족해."

그녀는 잠시 아무 말도 하지 않았다. 그런 것이 아니라고 그녀는 생각했다. 그녀의 사랑은 약한 것도 모자란 것도 아니었다. 다만 불가항력적인 선택에 직면했을 뿐이었다. 하지만 입씨름은 소용없는 일이었다. "정말 그렇게 생각해?"

"분명히 그렇게 생각해."

그녀는 그 말에 진심으로 동의하지 않으면서도 고개를 끄덕였다. "미안해. 내 평생 어느 때보다도 미안해."

"나도 그래." 그는 몸을 돌려 그곳을 나왔다.

75

마침내 그레고리 롱펠로 경은 런던으로 돌아갔는데, 마치 그 대도시의 성벽에 튕겨나온 축구공처럼 놀랄 만큼 빨리 되돌아왔다. 그는 잔뜩 지친 표정에 콧구멍을 벌름거리고 숨을 거칠게 내쉬고 긴 백발은 땀에 젖어 달라붙은 몰골로 저녁이 다 되어 텐치 홀에 모습을 드러냈다. 길에서 마주친 사람이든 동물이든 모든 존재 위에 군림하려던 그의 평소 태도가 한풀 꺾인 듯 보였다. 랠프와 앨런은 창가에서 바실러드*라 불리는, 날이 넓은 신형 단검을 들여다보고 있었다. 그레고리는 말 한마디 없이 기다란 몸을 조각이 새겨진 큰 의자에 던지듯 털썩 앉았다. 어떤 상황에서든 오만하기 짝이 없는 그는 여전히 집주인에게서 앉으라는 말이 나올 때까지 기다리지 않았다.

랠프와 앨런은 그가 말을 꺼내기를 기다리며 빤히 보고 있었다. 무례한 행동을 좋아하지 않는 랠프의 어머니는 못마땅한 듯 콧방귀를 뀌

---

* 칼자루 끝이 T자형 또는 열십자형 모양인 중세 유럽의 단검.

었다.

마침내 그레고리가 입을 열었다. "폐하는 명령 불복종을 싫어하시죠."

그 말에 랠프는 겁을 먹었다.

그는 불안한 눈으로 그레고리를 보면서, 자신이 과연 왕에게 불복종으로 비칠 만한 일을 했는지 자문해보았다. 그런 기억은 없었다. 랠프는 불안한 어조로 말했다. "폐하께서 언짢으셨다니 유감이군요. 저와 관련된 일이 아니었으면 좋겠는데 말입니다."

"경도 관련되어 있소." 그레고리는 짜증스러울 정도로 모호한 어조로 말했다. "나도 마찬가지고요. 폐하는 당신이 원하는 대로 되지 않을 때는 좋지 못한 선례가 남는다고 여기시죠."

"그 점에서는 저도 전적으로 동의합니다."

"바로 그 이유에서 경과 나는 내일 이곳을 떠나 백작의 성으로 가 레이디 필리파를 만날 것이고, 그녀를 당신과 결혼시킬 예정이오."

결국 그 문제였다. 랠프는 어느 정도 마음을 놓았다. 공정하게 말하자면 필리파가 말을 듣지 않은 것이 그의 책임일 수는 없지만, 왕들에게 공정성을 기대해선 안 된다. 그러나 짐작건대 이 문제의 책임은 그레고리에게 있고, 그래서 그레고리는 왕의 계획을 실천함으로써 자신의 입지를 회복하려는 것이었다.

그레고리는 분노와 악의에 찬 표정을 지었다. "장담하는데, 내가 그여자와 얘기를 끝낼 때쯤이면 그녀는 당신에게 제발 결혼해달라고 빌겁니다."

어떻게 그렇게 된다는 것인지 랠프로서는 상상할 수 없었다. 필리파가 말했듯 여자를 결혼식장까지 끌고 갈 수 있을지는 몰라도 '결혼하겠다'는 말을 하게 강제할 수는 없다. 랠프는 그레고리에게 말했다. "마그나 카르타*에 과부의 재혼 거부 권리가 보장되어 있다고 말하는 사람도 있던데요."

그레고리는 그에게 악의에 찬 눈길을 보냈다. "내가 폐하 앞에서 실수로 그런 말을 했습니다. 그 일을 상기시킬 것까진 없소."

랠프는 궁금했다. 그레고리는 어떤 위협이나 약속으로 필리파가 그의 뜻에 굽히도록 할 생각인 걸까? 그에게는 그녀를 강제로 납치하고, 뇌물을 듬뿍 안겨 그녀가 아무리 "절대 안 할 거예요!"라고 해도 못 들은 척할 사제가 있는 외딴 성당으로 끌고 가는 것 말고는 다른 방도가 떠오르지 않았다.

그들은 이튿날 아침 일찍 수행원 몇 명만 데리고 출발했다. 수확기라 북쪽 경작지에서는 남자들이 낫으로 호밀을 베고 여자들은 뒤에서 다발로 묶는 작업을 하고 있었다.

요즘 랠프는 필리파보다 수확이 더 걱정스러웠다. 날씨가 아니라 전염병 때문이었다. 날씨는 괜찮았다. 소작인이 턱없이 부족한데다 일꾼은 거의 없는 것이나 다름없었다. 그는 일꾼 대부분을 캐리스 수녀원장 같은 파렴치한 지주들에게 빼앗겼다. 그들은 더 높은 임금과 귀가 솔깃한 소작 조건을 내걸어 다른 영주 밑에 있던 사람들을 유혹했다. 랠프는 뼈를 깎는 심정으로 농노 일부를 자유 소작인으로 풀어줬는데, 그것은 그들이 이제 그의 땅에서 의무적으로 일할 필요가 없다는 사실을 의미했으며, 그 때문에 랠프는 수확기에 노동력을 완전히 잃은 상태였다. 그의 곡식 대부분은 십중팔구 밭에서 썩어갈 판이었다.

하지만 필리파와 결혼하게 된다면 그가 안고 있던 문제는 해결될 수 있을 것이다. 지금 그가 가진 토지의 열 배나 되는 토지를 갖게 될 것이

---

* 왕이 영국 국민의 법적, 정치적 권리를 인정한 칙허장. 1215년 존 왕이 귀족들의 강압적 요구로 승인했다.

고, 법정과 삼림지, 시장, 방앗간 등 수십 곳에서 수입이 들어올 것이다. 게다가 그의 가문도 명실상부한 귀족 계급으로 복귀하게 될 것이며, 제럴드 경은 세상을 뜨기 전 백작의 아버지가 될 수 있을 것이다.

대체 그레고리가 무슨 꿍꿍이속인지 다시금 궁금해졌다. 필리파는 그레고리의 가공할 의지력과 강력한 연줄에 도전장을 던짐으로써 엄청난 부담을 자초한 셈이었다. 랠프라면 아무리 고귀하다 해도 그녀와 같은 입장에 놓이는 것은 마다할 것이다.

그들은 정오가 되기 전 백작의 성에 도착했다. 성가퀴에서 다투듯 울어대는 떼까마귀 소리를 들으면 언제나 랠프는 이 성에서 롤런드 백작의 기사종자였던 시절이 머릿속에 떠올랐다. 이따금 그 시절이 가장 행복했다는 생각이 들곤 했다. 그러나 지금 백작이 없는 성은 조용하기 그지없었다. 성 아래쪽 구내에서 거칠게 노는 종자들도 없었고, 마구간 밖에서 손질과 훈련을 받는 말들이 콧김을 뿜으며 발을 구르는 소리도 들리지 않았고, 본채 계단에서 주사위놀이를 하는 병사들도 없었다.

필리파는 오딜라와 몇 안 되는 몸종들과 함께 구식 홀에 있었다. 모녀는 베틀 앞 긴 의자에 나란히 앉아 태피스트리를 짜고 있었다. 태피스트리에 묘사된 그림이 완성되고 나면 숲속의 한 장면이 될 것 같았다. 필리파는 갈색 실로 나무줄기를, 오딜라는 연녹색으로 나뭇잎을 짜고 있었다.

"꽤 멋지기는 하지만 동물도 좀 넣어야겠소." 랠프가 애써 기운차고 우호적인 목소리로 말했다. "새와 토끼도 몇 마리 넣고, 사슴을 쫓는 사냥개들도 좀 있으면 좋겠군요."

필리파는 언제나처럼 그의 매력에 넘어가지 않았다. 그녀는 자리에서 일어나더니 그에게서 물러섰다. 그녀의 딸도 어머니와 똑같이 뒤로 물러섰다. 랠프는 모녀의 키가 똑같다는 사실을 알아차렸다. 필리파가 말했다. "무슨 일로 온 건가요?"

어디 마음대로 지껄여봐. 랠프는 언짢은 기분으로 생각했다. 그는 그녀에게서 몸을 반쯤 돌렸다. "그레고리 경이 하실 말씀이 있다고 합니다." 그는 이렇게 말하고 지루하다는 듯 창가로 가서 밖을 내다보았다.

그레고리는 격식을 차려 두 여자에게 인사를 건네면서 방해가 된 것은 아닌지 물어보았다. 물론 빈말이었다. 그레고리는 그들의 사생활 같은 것은 안중에도 없었다. 하지만 예의바른 태도에 마음이 누그러진 필리파는 그에게 앉으라고 권했다. 잠시 후 그가 말했다. "백작부인, 폐하께서 당신 때문에 몹시 화가 나셨습니다."

필리파는 고개를 숙여 보였다. "폐하를 언짢게 해드려 송구스럽군요."

"폐하는 당신의 충성스러운 신하 랠프 경을 셔링의 백작으로 삼아서 그에게 보상하고 싶어하십니다. 그와 동시에 부인에게는 젊고 강건한 남편을, 부인의 따님에게는 좋은 계부를 마련해주려 하십니다." 그 말에 필리파는 몸서리를 쳤지만 그레고리는 아랑곳하지 않았다. "폐하는 부인의 완강한 저항에 어리둥절해하셨습니다."

필리파는 겁을 먹은 듯이 보였는데, 그러는 것도 무리는 아니었다. 남자 형제나 손위 남자가 있었다면 사정이 달랐겠지만 전염병이 그녀의 집안을 완전히 쓸어버렸다. 남자 친척이 없는 그녀에게는 왕의 진노로부터 자신을 지켜줄 사람이 없었다. "폐하는 어떻게 하시려는 건가요?" 그녀는 걱정스러운 어조로 물었다.

"'반역'이라는 단어는 언급하지 않으셨습니다…… 아직까지는."

랠프는 과연 필리파를 합법적으로 반역죄로 고발할 수 있을지 의심스러웠지만, 그럼에도 그 위협에 그녀의 얼굴은 창백해졌다.

그레고리는 말을 이었다. "폐하는 제게 우선 부인을 설득해보라고 하셨습니다."

필리파가 말했다. "물론 폐하는 결혼을 정치적인 문제라고 여기시겠—"

"결혼은 정치적인 겁니다." 그레고리는 그녀의 말을 끊고 말했다. "만일 여기 있는 부인의 아름다운 따님이 부엌데기 하녀의 잘생긴 아들과 사랑에 빠진다면, 부인은 귀부인이란 자기 마음에 든다고 아무하고나 결혼하는 법이 아니라고 하시겠죠. 그러고는 따님을 방에 가두고 그 방 창에서 내려다보이는 곳에서 따님을 영영 단념하겠다고 할 때까지 그 사내아이를 매질하라고 하실 겁니다."

필리파는 모욕당한 표정을 지었다. 그녀는 일개 변호사가 그녀의 지위에 걸맞은 처신이 무엇인지 훈계하는 일 자체가 못마땅한 것이었다. "귀족 미망인의 의무에 대해서는 나도 압니다." 그녀는 오만한 어조로 말했다. "나는 백작부인이에요. 할머니도 백작부인이셨고 내 여동생도 전염병으로 죽기 전까지 백작부인이었어요. 하지만 결혼이 그저 정치적이기만 한 건 아닙니다. 그건 마음의 문제이기도 해요. 우리 여자들은 우리의 영주이며 주인이 되는 남자들의 처분에 자신을 내맡기죠. 그러면 그들은 우리의 운명을 현명하게 결정할 의무를 갖게 되는 거예요. 우리는 우리 마음속에 있는 감정이 완전히 무시되지 않게 해달라고 청원하죠. 그리고 대개의 경우 그런 요청은 받아들여지기 마련이었습니다."

그녀는 화가 나 있었지만 여전히 자제력이 있었고, 그럼에도 모멸감을 한껏 드러내고 있었다. '현명하게'라는 표현은 신랄한 빈정거림이었다.

"평상시였다면 부인의 말이 맞을 테지만 지금은 정상적인 시기가 아닙니다." 그레고리가 대꾸했다. "평소였다면 왕이 백작에 앉힐 만한 사람을 물색할 때면 현명하고 강하고 박력 넘치며 왕에게 충성을 바치고 어떤 식으로든 왕을 섬기려 열의를 다하는 사람이 대여섯 명쯤이 눈에 띄었을 겁니다. 그러면 왕은 자신 있게 그들 중에 백작이 될 인물을 지

256

명했겠죠. 그러나 너무나 많은 훌륭한 인물들이 전염병으로 희생되어 버린 지금 왕은 오후 느지막이 생선장수를 찾는 주부나 다름없게 되었습니다. 좌판에 남은 것이 어떤 것이든 감수하고 가져와야 한단 말입니다."

랠프는 그레고리의 논거가 강력하다는 것을 알면서도 모욕감을 느꼈다. 하지만 그는 그 말을 못 들은 척했다.

필리파는 전술을 바꾸었다. 그녀는 하녀에게 손짓을 하며 말했다. "가장 좋은 가스코뉴산 와인을 내오거라. 그리고 그레고리 경은 여기서 저녁도 드실 테니 갓 잡은 양을 마늘과 로즈마리를 넣어 요리해서 내오도록 해."

"알겠습니다, 마님."

"정말 친절하시군요, 레이디." 그레고리가 말했다.

필리파는 아양을 떨 줄 몰랐다. 달리 숨은 동기가 없는데도 그저 상대를 환대하는 시늉을 한다는 것은 그녀의 성미에 맞지 않았다. 그녀는 곧장 본론으로 돌아갔다. "그레고리 경, 경에게 내 마음, 내 영혼, 내 모든 존재가 랠프 피츠제럴드 경과의 혼인을 극도로 불쾌하게 여긴다는 사실을 말씀드려야겠군요."

"하지만 왜 그러시죠? 그도 다른 사람과 별다를 바 없잖습니까."

"아니, 그렇지 않아요."

두 사람은 마치 랠프가 그 자리에 없기라도 한 것처럼 그에 대해 더없이 무례한 언사를 써가며 이야기하고 있었다. 필사적인 입장에 처한 필리파는 어떤 말이라도 할 태세였는데, 랠프는 그녀가 자신을 그토록 싫어하는 이유가 궁금했다.

그녀는 생각을 가다듬기 위해 잠시 말을 멈췄다. "강간범, 고문자, 살인마…… 그런 단어들은 너무 추상적이군요."

랠프는 기겁했다. 그는 자신을 그런 식으로 생각하지 않았다. 물론 그는 왕을 위해 사람들을 고문했고 아넷을 강간했으며, 범법자 시절 몇 명의 남녀노소를 죽이긴 했다…… 랠프는 필리파가 복면을 하고 자기 아내 틸리를 죽인 장본인이 그라는 것을 모른다는 사실을 위안으로 삼았다.

필리파가 말을 이었다. "인간은 보통 내면에 이런 짓을 하지 못하도록 막는 뭔가를 지니고 있기 마련이에요. 그것은 다른 사람의 고통을 공감하는 능력…… 아니, 그건 거의 강제력이나 같은 거예요. 어쩔 수 없이 그렇게 되는 것이니까요. 그레고리 경, 경 같은 분은 여자를 강간하지 못해요. 그 여자와 함께 괴로워할 테고 그래서 그 여자를 측은하게 여길 거예요. 같은 이유로 경은 고문이나 살인도 하지 못하죠. 타인의 고통을 공감할 능력이 없는 사람은 설령 두 다리로 걷고 말을 한다고 해도 인간이라고 할 수 없어요." 그녀는 몸을 앞으로 기울이며 목소리를 낮췄지만, 랠프의 귀에는 그 소리가 똑똑히 들렸다. "그리고 나는 짐승과 잠자리를 같이할 생각이 없습니다."

랠프는 버럭 고함을 질렀다. "나는 짐승이 아닙니다!"

그는 그레고리가 자신을 지지해줄 줄 알았다. 그레고리는 다툴 생각이 없는 모양이었다. "그게 최종적인 뜻입니까, 레이디 필리파?"

랠프는 놀랐다. 그레고리는 마치 그 말 가운데 일부가 사실이기라도 한 것처럼 그대로 넘길 작정일까?

"나는 경이 폐하에게 돌아가, 나는 폐하의 충성스럽고 순종하는 백성이며 또 폐하의 은혜를 간절히 소망하지만, 설령 가브리엘 대천사가 명령한다고 해도 랠프와는 혼인할 수 없다고 말씀드려주었으면 해요." 필리파가 말했다.

"알겠습니다." 그레고리가 자리에서 일어서며 말했다. "우리는 여기서 저녁식사를 하지 않을 겁니다."

이것으로 끝이라는 건가? 랠프는 그레고리가 도저히 뿌리칠 수 없는 뇌물이나 협박 같은 비밀 무기를 꺼내 자신을 놀래주기만 기다리고 있었다. 이 영리한 궁중 변호사가 정말 그 값비싼 양단 소맷자락 속에 아무것도 감춰 온 게 없단 말인가?

필리파 역시 이렇게 갑자기 논의가 종결된 것에 놀란 듯했다.

그레고리가 문으로 걸어가자 랠프도 따라갈 수밖에 없었다. 필리파와 오딜라는 이 산뜻한 퇴장이 믿기지 않는 듯 두 사람을 빤히 보고만 있었다. 몸종들도 잠자코 대기중이었다.

"부탁합니다. 폐하께서 자비를 베풀어주시도록." 필리파가 말했다.

"폐하께서 들어주실 겁니다, 레이디." 그레고리가 말했다. "폐하는 당신이 계속 고집을 피운다면, 그토록 싫어하는 사람과 억지로 혼인시키지 않겠다고 말해도 좋다고 하셨습니다."

"고마워요! 경은 내 생명의 은인입니다."

랠프는 이의를 제기할 생각으로 입을 벌렸다. 그레고리는 철석같이 약속했었다! 자신은 바로 이 일을 성사시키기 위해 신성모독과 살인도 마다하지 않았다. 설마 그에게 약속한 그 보상을 도로 거두겠다는 건 아니겠지?

하지만 그레고리가 먼저 말했다. "그 대신 랠프 경을 당신의 딸과 결혼시키라고 하셨지요." 그는 잠시 말을 끊고는 어머니 옆에 서 있는 호리호리한 열다섯 살의 소녀를 가리켰다. "영애이신 오딜라와 말입니다." 그는 누군지 분명히 해둘 필요가 있다는 듯이 꼭 집어 말했다.

필리파는 놀라서 숨을 몰아쉬었고 오딜라는 비명을 질렀다.

그레고리는 고개 숙여 절하고 말했다. "두 분 모두 안녕히 계십시오."

"잠깐만 기다려줘요!" 필리파가 외쳤다.

그레고리는 아랑곳하지 않고 밖으로 나갔다.

랠프도 어리둥절한 채 뒤따라 나갔다.

◞

퀜다는 잠에서 깼지만 기운이 없었다. 수확기라 8월은 하루도 빠짐없이 밭일을 하며 보냈다. 울프릭은 동틀녘부터 해질녘까지 지칠 줄 모르고 낫을 휘두르며 곡식을 베었다. 곡식을 다발로 묶는 것이 퀜다의 일이었다. 온종일 그녀는 등허리가 타는 것처럼 아플 때까지 허리를 숙이고 짚단을 올리는 동작을 반복했다. 날이 어두워져 눈앞이 보이지 않을 때가 돼서야 비틀거리며 집에 돌아와 쓰러지듯 누워 잤고, 가족들은 찬장에 있는 것을 각자 알아서 꺼내 먹었다.

울프릭은 새벽같이 일어났는데, 퀜다는 깊은 잠결에도 그가 일어나는 것을 알았다. 그녀는 겨우겨우 자리에서 일어났다. 모두가 아침을 든든히 먹어야 할 필요가 있었기 때문에 그녀는 차가운 양고기와 빵, 버터, 진한 맥주를 식탁에 차렸다. 열 살이 된 샘은 알아서 일어났지만 이제 여덟 살인 데이비는 깨워서 끌어내야 했다.

"이 땅을 부부 단둘이서 경작한 적은 한 번도 없었어." 식사 도중 퀜다가 언짢은 어조로 말했다.

울프릭은 짜증이 날 정도로 자신감에 넘쳤다. "다리가 무너졌던 그해에도 당신과 나 단둘이서 수확을 했잖아." 그는 쾌활하게 말했다.

"그건 내가 십이 년이나 젊었을 때 얘기야."

"하지만 지금이 그때보다 더 아름다워."

그녀는 다정한 말을 주고받을 기분이 아니었다. "당신 아버지와 형님이 살아 계셨을 때도 수확기에는 일꾼을 고용했어."

"걱정 마. 이건 우리 땅이고 우리가 심은 곡식을 수확해서 이문을 남길 테니까. 매일 품삯으로 겨우 1페니씩 버는 것하고는 달라. 일을 많이 할수록 그만큼 더 벌게 될 거야. 그게 당신이 늘 원하던 일이었잖아?"

"나는 늘 독립적이고 자급자족하길 원했어. 묻는 게 그런 의미라면." 궨다는 문가로 가보았다. "서풍이 불고 하늘에 구름이 좀 있네."

울프릭은 걱정스러운 표정을 지었다. "이삼일은 더 비가 내리지 않아야 할 텐데."

"그럴 거야. 얘들아, 밭에 갈 시간이다. 가면서 먹으면 돼." 그녀가 끼니를 때울 빵과 고기를 자루에 담고 있을 때 관리인 네이트가 다리를 절며 들어섰다. 그녀가 말했다. "이런! 오늘은 안 돼요. 추수가 거의 끝나간단 말이에요!"

"영주님도 거둬야 할 작물이 있지." 관리인이 말했다.

네이트 뒤로 열 살 난 그의 아들 조너선이 들어왔는데, 보통 조노라고 부르는 그 아이는 샘을 보자 얼굴을 찡그렸다.

"사흘만 더 우리 밭에서 일하게 해주세요." 궨다가 말했다.

"이 문제로 더는 가타부타하지 말게. 자네들은 일주일에 하루씩, 그리고 수확기에는 이틀씩 영주의 밭에서 일해야 해. 오늘과 내일 브룩필드 영주의 밭에서 보리를 수확하게."

"두번째 날은 보통 면제해줬잖아요. 오랫동안 그래왔다고요."

"일손이 많을 때는 그래도 괜찮았지. 지금 영주님은 아주 힘든 상태야. 너무 많은 사람이 자유 소작인으로 빠져나가 영주님 밭을 수확할 사람이 없단 말일세."

"그러면 당신과 타결을 봐서 관습적인 의무를 면제받은 사람들은 이득이고, 우리처럼 예전 방식대로 하는 사람들은 영주의 땅에서 두 배나 더 일하는 손해를 보잖아요." 그녀는 울프릭이 네이트와 조건을 협상하라고 했던 자신의 말을 묵살했던 그때 일을 상기하고 남편에게 비난의 시선을 보냈다.

"뭐 그렇게 된 셈이지." 네이트는 대수롭지 않다는 투로 말했다.

"젠장." 궨다가 말했다.

"욕은 하지 말게. 점심은 공짜로 얻어먹을 테니까. 밀빵과 새로 꺼낸 에일이 나올 거야. 그 정도면 기대할 만하지 않겠나?"

"랠프 경은 호되게 부릴 작정으로 말에게 귀리를 먹이죠."

"자, 어서 서두르게!" 네이트가 나갔다.

그때 관리인의 아들 조노가 샘에게 혀를 쏙 내밀어 보였다. 샘이 잡아채려 했지만 조노는 그 손길을 피해 제 아버지 뒤를 따라 달려갔다.

궨다의 가족은 지친 기색으로 밭을 가로질러, 산들바람에 보리가 나부끼는 랠프의 밭을 향해 터벅터벅 걸어갔다. 그들은 일을 시작했다. 울프릭이 보리를 베면 궨다가 다발로 묶었다. 샘은 그 뒤에서 궨다가 놓친 곡식을 한데 모았다가 한 다발 분량이 되면 어머니가 묶도록 건네줬다. 데이비드는 재주 많은 작은 손으로 짚을 꼬아 곡식을 묶을 새끼를 만들었다. 꾀바른 농노들이 자기 밭에서 곡식을 수확하는 동안 여전히 예전의 소작제에 묶여 있는 다른 가족들도 궨다 가족과 함께 일하고 있었다.

해가 중천에 올랐을 때 네이트가 술통이 얹힌 수레를 밀고 왔다. 그는 약속대로 각 가족에게 갓 구운 크고 맛있는 밀빵을 한 덩이씩 줬다. 모두가 배불리 먹은 뒤 어른들은 그늘에 누워 휴식을 취했고 아이들은 뛰놀았다.

그때 꾸벅꾸벅 졸던 궨다의 귀에 아이가 지르는 비명이 들렸다. 그녀는 즉각 자기 아이들의 소리가 아니라는 것을 알았지만 그래도 자리에서 벌떡 일어났다. 가 보니, 그녀의 아들 샘이 관리인의 아들 조노와 싸우고 있었다. 나이와 몸집이 비슷한데도 샘은 조노를 땅바닥에 쓰러뜨려놓고 무자비하게 주먹질과 발길질을 해대고 있었다. 그녀는 아이들에게 다가갔다. 그러나 울프릭이 한발 빨랐다. 그는 한 손으로 샘을 잡아 떼어놓았다.

궨다는 낭패한 심정으로 조노를 바라보았다. 조노의 코와 입에서 피가 흘렀고 붉게 물든 한쪽 눈가는 벌써 부어오르고 있었다. 아이는 배를 잡은 채 신음하며 울었다. 궨다는 아이들이 싸우는 장면을 수도 없이 보았지만 이것은 달랐다. 조노는 일방적으로 늘씬하게 두들겨맞은 것이었다.

궨다는 열 살 된 자신의 아들을 바라보았다. 아이의 얼굴에는 다툰 흔적이 없었다. 조노는 샘을 단 한 대도 치지 못한 것 같았다. 샘은 자신이 한 짓에 대해 전혀 양심의 가책을 느끼지 않는 것 같았다. 오히려 밉살맞을 정도로 의기양양했다. 그런데 그 표정이 왠지 눈에 익었다. 궨다는 어디서 그런 표정을 봤는지 기억을 더듬어보았다. 사람을 두들겨팬 뒤에 누군가 저런 표정을 지었는데, 그것이 누구인지 떠올리는 데는 그리 오래 걸리지 않았다.

그녀는 샘의 친부인 랠프 피츠제럴드의 얼굴에서 그것과 똑같은 표정을 본 적이 있었다.

～

랠프와 그레고리가 백작의 성을 찾아간 지 이틀 후 레이디 필리파가 텐치 홀을 방문했다.

랠프는 자신이 백작영애 오딜라와 혼인하게 될 경우에 대해 생각하고 있었다. 그애는 젊고 예뻤지만 런던에서는 몇 푼만 주면 젊고 예쁜 여자아이를 살 수 있었다. 게다가 랠프는 이미 어린아이나 다름없는 여자와 결혼한 경험이 있었다. 처음의 흥분이 가시자 그는 그 어린 여자가 따분하고 짜증스러웠다.

그는 오딜라와 결혼하고 필리파도 손에 넣는 건 어떨지에 대해서도 한동안 궁리해보았다. 딸과 결혼하고 그 어머니를 정부로 곁에 둔다는 생각은 흥미로웠다. 어쩌면 모녀를 한꺼번에 데리고 잘 수 있을지도 모른다. 그는 칼레에서 모녀가 모두 창녀인 두 여자와 동시에 관계한 적이 있었는데, 그 행위가 묘하게 근친상간의 냄새를 풍긴다는 것 때문에 패륜을 범하는 듯한 짜릿함을 느꼈었다.

그러나 좀더 생각해보니 그런 일은 일어날 것 같지 않았다. 필리파가 그런 일을 용납할 리 만무했다. 그는 그녀를 강압할 방도가 있을지 생각해보았지만 그녀는 위협에 쉽게 굴복하는 부류가 아니었다. "저는 오딜라와 결혼하고 싶지 않습니다." 랠프는 백작의 성에서 말을 타고 돌아오는 길에 그레고리에게 이렇게 말했다.

"영애와 결혼하게 되지는 않을 겁니다." 그레고리는 이렇게만 말했을 뿐 자세한 말은 하지 않았다.

필리파는 몸종과 경호원을 한 명씩 데려왔고, 오딜라는 데려오지 않았다. 텐치 홀에 들어선 그녀에게서 이번만큼은 도도한 태도를 찾아볼 수 없었다. 별로 아름다워 보이지 않을 정도이군. 랠프는 생각했다. 그녀는 지난 이틀 밤 잠을 이루지 못한 것이 분명했다.

그들은 막 식사를 하려고 자리에 앉은 참이었다. 식탁에는 랠프와 앨런, 그레고리, 기사종자 몇 명과 관리인이 있었다. 필리파는 그 방에서 유일한 여자였다.

그녀는 그레고리에게 다가갔다.

그가 이전에 그녀에게 보여줬던 정중한 태도는 흔적도 없었다. 그는 자리에서 일어나지도 않은 채 무례한 태도로 마치 불평거리를 가져온 하녀를 대하듯 그녀를 위아래로 훑어보았다. "무슨 일이시오?" 이윽고 그레고리가 입을 열었다.

"내가 랠프와 결혼하겠어요."

"오, 그래요?" 그는 짐짓 놀란 시늉을 하며 말했다. "지금 당신이 결혼을 하겠다고 말한 겁니까?"

"그래요. 내 딸을 그에게 바치느니 차라리 내가 하겠어요."

"레이디," 그레고리는 빈정거리는 어조로 말했다. "레이디는 폐하께서 당신에게 진수성찬으로 차려진 식탁에서 가장 먹고 싶은 걸 고르라고 하신 줄 아시는군요. 그건 잘못 생각한 겁니다. 폐하는 당신에게 마음에 드는 음식을 들라고 하신 것이 아닙니다. 폐하는 명령하신 겁니다. 그리고 당신이 그 명령에 따르지 않았기 때문에 다른 명령을 내리신 겁니다. 폐하는 당신에게 선택권을 주신 게 아니에요."

그녀는 시선을 떨어뜨렸다. "내 행동에 대해서는 죄송하게 생각합니다. 부디 내 딸을 구해주세요."

"그 문제를 내가 처리할 수 있다면 나는 당신의 요청을 거절할 겁니다. 타협할 줄 모르는 당신에 대한 벌로서 말입니다. 하지만 당신은 랠프 경에게 사정해봐야 하지 않을까요."

그녀는 랠프를 바라보았다. 그는 그녀의 눈에서 분노와 절망의 빛을 보았다. 그녀는 그가 이제껏 보았던 여자 중에 가장 오만한 여자였는데, 이제 스스로 그 자존심을 꺾어버린 것이었다. 그는 당장 그녀와 침대로 가고 싶어졌다.

하지만 아직 끝난 것이 아니었다.

"나에게 할말이 있을 텐데요?" 랠프가 말했다.

"죄송합니다."

"자, 이리 오시오." 랠프는 식탁 상석에 앉아 있었다. 필리파가 가까이 다가가 그의 곁에 섰다. 그는 의자 팔걸이에 조각된 사자 머리를 쓰다듬었다. "계속해보시오."

"지난번 경의 청혼을 거부했던 것을 미안하게 생각합니다. 그때 내가 했던 모든 말을 거두고 싶어요. 나는 경의 청혼을 받아들이겠습니다. 경과 결혼하겠어요."

"하지만 나는 당신에게 재차 청혼한 게 아니지요. 폐하는 오딜라와 결혼하라고 명하셨으니까."

"만약 경이 폐하께 첫번째 명령을 다시 내려달라고 청한다면 폐하는 흔쾌히 허락하실 거예요."

"그렇다면 당신이 나에게 그 일을 부탁해야 하지 않겠소?"

"그래요." 그녀는 그의 눈을 똑바로 바라보았다. 그러고는 최후의 굴욕감을 삼켰다. "경에게 부탁합니다…… 애원해요. 부디 나를 경의 아내로 삼아주세요, 랠프 경."

랠프는 의자를 뒤로 밀며 자리에서 일어섰다. "그러면 나에게 키스를 하시오."

필리파는 눈을 질끈 감았다.

그는 왼팔로 그녀의 어깨를 안고 끌어당겼다. 그리고 그녀의 입술에 키스했다. 그녀는 미동도 없이 그에게 몸을 내맡겼다. 그는 오른손으로 그녀의 젖가슴을 움켜쥐었다. 그가 늘 상상했던 대로 단단하면서도 묵직했다. 그는 그녀의 몸을 손으로 쓸며 밑으로 내려가 다리 사이에서 멈췄다. 그녀는 움찔했지만 저항하지 않고 그의 품에 안겨 있었다. 그는 그녀의 다리 사이 그곳을 손바닥으로 눌렀다. 그리고 두툼하게 솟아 있는 삼각형 모양의 치골을 손으로 잡았다.

잠시 후 랠프는 그 자세 그대로 키스를 멈추고는 방안에 있는 사람들을 둘러보았다.

76

랠프가 셔링의 백작이 된 비슷한 시기에 데이비드 칼리언이라는 젊은이가 몬머스의 백작이 됐다. 그는 열일곱 살밖에 되지 않았고 죽은 백작과는 먼 친척에 불과했지만 작위를 물려받을 가까운 친척들이 모두 전염병으로 죽고 없었다.

그해 성탄절을 며칠 앞두고 앙리 주교는 킹스브리지 대성당에서 새로 백작이 된 두 사람을 축복하는 미사를 집전했다. 미사가 끝난 후 데이비드와 랠프는 머딘이 주최한 길드 집회소 연회의 주빈으로 초대받았다. 또한 이 도시 상인들에게도 킹스브리지에 칙허장이 하사됐다는 축하할 일이 있었다.

랠프는 데이비드가 지나치게 운이 좋다고 생각했다. 왕국을 떠난 적도 전쟁터에서 싸워본 적도 없는 고작 열일곱 살의 소년이 백작이 된 것이다. 랠프는 에드워드 왕을 따라 노르망디를 행군하고 연이은 전투에 목숨을 걸고 손가락 세 개를 잃고 왕을 위해 무수한 죄까지 서슴지 않았는데도 서른두 살이 되도록 기다려야 했다.

하지만 그도 마침내 성공해 금실 은실로 수놓은 값비싼 양단 코트를 입고 앙리 주교의 옆자리, 식탁 상석에 앉게 됐다. 그를 아는 사람들은 낯선 사람들에게 그를 손짓으로 가리키고, 부유한 상인들은 그가 지나갈 때 길을 내주며 존경의 표시로 고개를 숙였으며, 그의 잔에 술을 따르는 하녀는 긴장으로 손을 떨었다. 이제 침대에서 걸어나오지 못하는 신세로 끈질기게 목숨만 부지하고 있는 그의 아버지 제럴드 경은 이렇게 말했다. "나는 백작의 후손이고 이제 백작의 아버지가 됐다. 나는 더 이상 바랄 것이 없다." 그것은 더할 나위 없이 흐뭇한 말이었다.

랠프는 데이비드와 일꾼 문제에 대해 이야기하고 싶었다. 수확과 가을 쟁기질이 끝나 그 문제는 일시적이나마 전정된 상태였다. 한 해 중 이 시기는 낮이 짧고 날씨가 차서 밭에서 할 일이 많지 않았다. 그러나 봄 쟁기질이 시작되고 파종할 만큼 땅이 부드러워지기가 무섭게 그 문제는 다시 불거질 것이다. 일꾼들은 더 높은 품삯 얘기를 끄집어내기 시작할 테고 그 요구가 받아들여지지 않으면 씀씀이가 헤픈 고용주를 찾아 도망칠 것이다.

이 일을 막을 유일한 방책은 귀족들이 단합해서 더 높은 품삯에 대한 요구를 받아주지 않고 도망자를 고용하지 않는 것뿐이었다. 랠프는 데이비드와 이런 이야기를 나누고 싶었다.

그러나 몬머스의 신임 백작은 랠프와 별로 대화하려는 마음이 없는 듯했다. 그 청년은 자기 또래인 랠프의 의붓딸 오딜라에게 더 관심을 보였다. 랠프는 두 사람이 전에도 만난 적이 있다는 사실을 알고 있었다. 필리파와 그녀의 전남편 윌리엄은 데이비드가 몬머스의 전 백작 생전에 기사종자로 있을 때 종종 몬머스성에 손님으로 초대받아 가곤 했었다. 과거에 무슨 일이 있었는지는 모르지만 두 사람은 이제 친구처럼 지냈다. 데이비드는 오딜라와 활기찬 대화를 나눴고 오딜라는 그의 말을 한마디도 놓치지 않았다. 그의 모든 의견에 동조하고 그의 이야기에 놀라고 그가 하는 농담에 웃음을 터뜨렸다.

랠프는 언제나 여자를 매료시키는 남자들을 시기했다. 키 작고 평범한 외모에 붉은 머리인 그의 형도 그런 능력으로 가장 예쁜 여자들의 마음을 사로잡을 수 있었다.

그래도 랠프는 머딘이 안됐다고 여겼다. 롤런드 백작이 랠프는 기사 종자감이며 머딘은 목수의 도제감이라고 선언한 그날 이후 머딘의 운명은 정해진 셈이었다. 머딘이 형이지만 백작이 될 운명을 타고난 것은 랠프였다. 데이비드 백작 맞은편에 앉아 있는 머딘을 보며 랠프는, 그는 한낱 길드장이며, 자신이 어느 정도 매력을 타고났다는 사실 정도로 만족해야 할 거라고 생각했다.

랠프는 자신의 아내조차 사로잡지 못했다. 필리파는 그와 거의 아무 말도 하지 않았다. 남편보다 개한테 말을 거는 일이 더 많았다.

랠프는 그토록 필리파를 원했던 자신이 정작 그녀를 손에 넣은 뒤로 이렇게까지 불만일 수 있는 것인지 자문했다. 그는 열아홉 살에 기사종자가 된 이후로 그녀를 동경해왔다. 그러나 결혼한 지 석 달이 지난 지금은 진심으로 그녀에게서 벗어나고 싶었다.

그가 불평할 만한 일은 거의 없었다. 필리파는 아내의 모든 의무에 충실했다. 그녀는 성의 살림을 효율적으로 운영했다. 그것은 크레시 전투 이후 그녀의 전남편이 백작이 된 이래 죽 해온 일이기도 했다. 물자를 주문하고, 비용을 지불하고, 옷이 만들어지고, 불이 지펴지고, 식탁에는 제대로 음식이 차려졌다. 게다가 그녀는 랠프의 성적인 요구에도 복종했다. 그는 자신이 원하는 대로 다 할 수 있었다. 그녀의 옷을 찢기도 하고 그녀의 몸속에 억지로 손가락을 쑤셔넣기도 하고 그녀를 세워놓거나 엎드리게 한 채 성행위를 하기도 했는데, 그녀는 불평 한마디

하지 않았다.

그러나 그녀는 그의 애무에 아무런 반응도 보이지 않았다. 입술로 그의 입술을 더듬는 일도 없었고, 그의 입속에 자신의 혀를 넣는 일도 없었고 그를 애무하는 일도 없었다. 그녀는 아몬드 기름병을 옆에 두고 그가 잠자리를 하려 할 때마다 반응하지 않는 자신의 몸에 기름을 발랐다. 그러고는 그가 자신의 몸 위에서 끙끙대는 동안 시체처럼 누워 있었다. 그가 나가떨어지고 나면 그녀는 곧바로 몸을 씻으러 가버렸다.

이 결혼에서 유일하게 좋은 점은 오딜라가 꼬마 게리를 좋아한다는 사실뿐이었다. 게리가 이제 막 피어나는 그녀의 모성 본능을 끌어냈던 것이다. 오딜라는 아기에게 말을 걸고 노래를 불러주고 잠을 재우기 위해 얼러줬다. 그녀는 실로 애정으로 게리를 보살폈는데, 돈을 주고 구한 유모에게서는 기대할 수 없는 일이었다.

그래도 랠프는 자신의 선택을 후회했다. 그가 그토록 오랜 세월 동안 갈망 어린 눈길로 바라보았던 필리파의 관능적인 몸은 이제 혐오스럽기만 했다. 벌써 그녀의 몸에 손을 대지 않은 지가 몇 주나 지났는데 앞으로도 손댈 생각이 없었다. 그녀의 묵직한 가슴과 둥근 엉덩이를 보고 있으면 틸리처럼 가녀린 팔다리와 소녀 같은 피부가 그리웠다. 그가 길고 예리한 칼로 늑골 밑을 찌르고 고동치는 심장까지 갈라버렸던 틸리. 그것은 고해할 엄두도 내지 못할 죄악이었다. 그 일로 그는 얼마나 오랫동안 연옥에서 고통을 당하게 될까. 그는 비참한 심정으로 생각하곤 했다.

주교와 그의 동료들은 수도원장 사택에 체류하고 있었고, 몬머스 백작 일행이 수도원의 객실을 차지하고 있었기 때문에 랠프와 필리파와 그들의 하인들은 여인숙에 묵었다. 랠프가 고른 곳은 그의 형이 주인이고 새로 개장한 벨 여인숙이었다. 그것은 킹스브리지에 하나밖에 없는 삼 층짜리 건물이었다. 일층은 막힌 데 없이 널찍한 한 공간으로 이루어져 있고, 이층에는 남자용과 여자용 공동 침실이, 맨 위층에는 값비싼 개별 객실 여섯 개가 있었다. 연회가 끝나자 랠프와 그의 부하들은 주점으로 자리를 옮겨 불가에 자리를 잡고 술을 주문한 뒤 주사위놀이를 시작했다. 필리파는 캐리스와 이야기를 나누면서, 데이비드 백작과 함께 있는 오딜라의 보호자로서 남아 있었다.

랠프와 동료들 주위에는 씀씀이가 헤픈 귀족 주변에 꼬이기 마련인 젊은 남녀 찬미자들이 무리 지어 있었다. 랠프는 술에 취하고 도박이 주는 짜릿함을 맛보면서 점차 자신의 걱정거리를 잊었다.

랠프는 금발의 어린 여자가, 잃을 때마다 쾌활하게 주사위 판에 은화를 내던지는 그를 동경하는 표정으로 지켜보고 있다는 것을 알아챘다. 그는 그녀를 손짓으로 불러 자기 옆에 앉혔다. 그녀는 엘라라고 자기 이름을 밝혔다. 그녀는 긴장되는 순간마다 마치 조마조마해서 그런다는 듯이 랠프의 허벅지를 움켜잡곤 했는데, 다분히 의도적인 듯했다. 여자들은 대개 그랬다.

놀이에 흥미가 떨어진 그는 여자에게 관심을 돌렸다. 부하들이 계속 놀이를 하는 사이에 그는 엘라에 대해 잘 알게 됐다. 그녀는 필리파와는 정반대였다. 행복해하고, 성적 매력이 넘치고, 랠프에게 푹 빠져 있었다. 그녀는 끊임없이 자신의 몸을 만지거나 랠프의 몸을 건드렸다. 얼굴에 흘러내린 머리카락을 쓸어넘기기도 하고 그의 팔을 가볍게 치기도 하고 손으로 자신의 목을 만지거나 그의 어깨를 장난스럽게 밀치거나 했다. 그녀는 그가 프랑스에서 겪은 일에 무척 흥미를 보였다.

그런데 곤란하게도 머딘이 주점에 들어와 그의 옆에 앉았다. 머딘은 벨 여인숙을 직접 운영하지 않고 베티 백스터의 막내딸에게 맡겼는데, 그녀가 제대로 운영하는지 관심이 많았기 때문에 랠프에게 만족스러운

지 물었다. 랠프가 옆에 있는 여자를 소개하자 머딘은 "그래, 나도 엘라가 누군지는 알지" 하고 경멸스럽다는 듯이, 그답지 않게 무례한 어조로 말했다.

형제의 만남은 틸리가 죽은 후로 이번이 겨우 세번째인가 네번째였다. 랠프와 필리파의 결혼식 때도 그랬지만 그전에는 만나도 서로 이야기를 나눌 시간이 없었다. 그럼에도 랠프는 자신을 바라보는 머딘의 눈빛만 보고도 그가 틸리를 죽인 사람을 자신이라고 의심하고 있음을 알았다. 입 밖으로 꺼내지는 않지만 그것은 마치 가난한 농부의 비좁은 단칸방에 들어와 있는 암소처럼 확연했다. 랠프는 그 말이 입 밖에 나오는 순간 형제의 대화는 그것으로 마지막이 되리라고 생각했다.

그래서 오늘 저녁도 그들은 마치 합의라도 한 것처럼 다시금 의미 없는 잡담을 몇 마디 나누다 머딘이 할일이 있다며 먼저 자리를 떴다. 랠프는 12월 저녁 어스름한 이 시각에 할일이 뭐가 있다는 건지 잠시 의아하게 여겼다. 그는 머딘이 무슨 일을 하며 시간을 보내는지 전혀 알지 못했다. 머딘은 사냥을 하지도 않고, 재판을 하지도 않으며, 왕의 시중을 들어야 하는 것도 아니었다. 어떻게 매일 쉬지도 않고 도면을 그리고 건축 일꾼들을 감독하며 보낼 수 있을까? 랠프라면 미쳐버리고 말았을 것이다. 그는 형이 사업으로 큰돈을 벌고 있다는 사실에 좌절감을 느꼈다. 그 자신은 텐치의 영주가 된 후로도 여전히 돈에 쪼들리고 있었다. 그런데 머딘은 돈에 구애받지 않는 삶을 사는 것 같았다.

랠프는 엘라에게로 관심을 돌렸다. "형은 좀 기분이 언짢은 모양이야." 그가 머쓱해하며 말했다.

"그건 반년 동안 여자를 안지 못해 그런 거예요." 엘라가 킥킥댔다. "전에는 수녀원장과 잠을 잤지만 필리먼이 돌아오고 나서는 수녀원장이 그를 쫓아냈거든요."

랠프는 그 말에 놀란 시늉을 했다. "수녀는 남자와 자면 안 되잖아."

"캐리스 원장님은 훌륭한 사람이지만 색욕이 있어요. 걷는 걸 보면 알 수 있죠."

랠프는 여자에게서 이런 솔직한 말을 듣자 흥미를 느꼈다. "남자에게는 좀 심한 일이지." 그는 그녀의 생각에 동의하는 시늉을 했다. "오랫동안 여자 없이 지내야 한다면 말이야."

"저도 그렇게 생각해요."

"그러면…… 발기하기 쉽거든."

그 말에 그녀는 고개를 한쪽으로 갸웃하며 눈썹을 치켜세웠다. 그는 자신의 허벅지 쪽으로 시선을 떨어뜨렸다. 그녀의 눈도 그의 시선을 따라갔다. "어머, 이런. 꽤 불편하겠는데요." 그러면서 그녀는 그의 발기된 성기 부분에 손을 갖다댔다.

그 순간 필리파가 나타났다.

랠프는 얼어붙었다. 그는 죄책감을 느끼고 걱정이 되면서도, 자신이 필리파를 신경쓰고 있다는 데 화가 치밀었다.

"나는 위층으로 올라가겠ㅡ 오 이런." 필리파가 말했다.

엘라는 그때까지도 손을 떼지 않고 있었다. 오히려 랠프의 성기를 살짝 움켜잡으면서 필리파를 도발하는 미소까지 지었다.

필리파는 얼굴을 붉혔고, 그 얼굴에는 수치심과 혐오감이 드러나 있었다.

랠프는 말을 하려 입을 열었지만 무슨 말을 해야 좋을지 알 수 없었다. 그는 이런 수모를 초래한 원인이 그녀라고 생각했기 때문에 여장부 같은 아내에게 사과할 마음은 없었다. 하지만 백작부인인 아내가 눈앞에 있는데 술집 작부에게 성기를 잡힌 채 자리에 앉아 당황해하는 자신이 한심하다고 느꼈다.

그러나 그것도 잠시뿐이었다. 랠프는 목이 잠긴 소리를 냈고 엘라는 킥킥거렸으며 필리파는 분노와 혐오감을 담아 "오!" 하고 말했다. 필리파는 몸을 돌리더니 부자연스러울 정도로 고개를 빳빳이 세우고 걸어 갔다. 그녀는 널찍한 계단에 이르자 산을 오르는 사슴처럼 우아한 걸음으로 계단을 올라가더니 뒤도 돌아보지 않고 그대로 사라져버렸다.

랠프는 자신이 그런 감정을 느낄 하등의 이유가 없다고 여기면서도 분노와 수치심을 동시에 느꼈다. 그러자 엘라에 대한 관심이 한순간에 사그라졌다. 그는 그녀의 손을 밀쳐냈다.

"술 좀 더 드세요." 엘라가 말하며 탁자에 놓인 단지에서 술을 따랐지만 머리가 지끈거리기 시작한 랠프는 나무잔을 밀어냈다.

엘라가 손으로 그의 한쪽 팔을 잡고 나지막하면서도 다정한 목소리로 말했다. "저를 그냥 두고 가시면 곤란해요. 당신이 저를 완전히 흥분시켰다고요."

랠프는 그녀의 손을 뿌리치며 자리에서 일어섰다.

그녀의 표정이 굳었다. "그래요. 그럼 대신 무슨 보상이라도 주셔야죠."

랠프는 지갑에서 은화 한줌을 꺼냈다. 그러고는 여자를 바라보지도 않고 액수가 얼마인지도 개의하지 않고 탁자 위에 돈을 던졌다.

여자는 재빨리 동전을 쓸어모았다.

랠프는 여자를 남겨두고 위층으로 올라갔다.

필리파는 침대머리에 등을 기댄 채 똑바로 앉아 있었다. 구두는 벗었지만 옷은 모두 입고 있었다. 그녀는 방에 들어오는 랠프를 비난 어린 눈길로 빤히 바라보았다.

"당신은 나한테 화를 낼 권리가 없소!" 그가 말했다.

"나는 화나지 않았어요. 화난 건 당신이지." 그녀가 말했다.

그녀는 언제나 이런 식으로 말을 꼬아서 그녀는 맞고 그가 잘못했다는 식으로 만들곤 했다.

그가 미처 대답할 말을 궁리할 사이도 없이 그녀가 다시 말했다. "내가 떠나주길 바라나요?"

그는 놀란 눈으로 그녀를 빤히 바라보았다. 예상하지 못한 말이었다. "어디로 간다는 거지?"

"여기요. 수녀가 될 생각은 없지만 수녀원에 살 수는 있어요. 하녀 하나, 집사, 고해신부만 있으면 돼요. 이미 캐리스 원장에게도 말해두었고 그녀도 흔쾌히 받아들였어요."

"내 전처도 그랬었지. 사람들이 뭐라고 생각하겠소?"

"일시적이든 영구적이든 인생의 어느 단계에서 수녀원에 칩거해 지내는 귀부인들은 많아요. 사람들은 당신이 가임기를 넘긴 나를 퇴짜 놨다고 여길 거예요. 아마 그건 사실일지도 모르고요. 어쨌든 남들이 하는 말이 신경이 쓰인다는 거예요?"

한순간 그의 머릿속에 아들 게리가 오딜라와 떨어지는 것이 안됐다는 생각이 스쳤다. 그러나 자신을 탐탁지 않게 생각하는 거만한 필리파로부터 벗어난다는 것은 생각만으로도 좋았다. "좋소. 당신이 그러겠다는데 내가 무슨 수로 막겠소? 틸리도 허락 같은 건 구하지 않았지."

"그전에 오딜라를 결혼시키고 싶어요."

"대체 누구와?"

그녀는 바보 같다는 듯이 그를 바라보았다.

"아, 젊은 데이비드 말이로군." 그가 말했다.

"그는 그애와 사랑에 빠졌어요. 나는 그들이 잘 어울린다고 생각하고요."

"그는 미성년자니까 왕의 허락을 구해야 할 거요."

"그래서 당신한테 말하는 거예요. 데이비드와 함께 왕을 알현하고 결혼을 지지한다고 말해주겠어요? 그렇게 해준다면 맹세코 두번 다시 당신한테 어떤 부탁도 하지 않을게요. 그냥 조용히 떠나주겠어요."

그녀는 그에게 아무런 희생도 요구하지 않고 있었다. 몬머스와 동맹을 맺는 것도 랠프에게 좋으면 좋았지 해가 될 일은 아니었다. "그럼 그 뒤에 성을 나와 수녀원으로 들어갈 건가?"

"오딜라가 결혼하는 즉시 그렇게 하겠어요."

그것으로 그의 꿈은 종지부를 찍게 되겠지만, 그 꿈은 이미 언짢고 황폐한 현실로 바뀐 지 오래였다. 그는 실패를 인정하고 새 출발을 하는 편이 낫겠다고 생각했다.

"좋소." 해방감과 회한이 섞인 감정으로 그는 말했다. "이것으로 계약 성립이오."

77

1350년의 부활절은 예년보다 일찍 찾아왔다. 성금요일 저녁, 머딘의 집 벽난로에서는 커다란 불이 활활 타오르고 있었다. 식탁에는 불에 조리하지 않은 음식들, 즉 훈제 생선과 연질 치즈, 빵, 배, 라인산 와인 한 병이 차려져 있었다. 머딘은 깨끗한 속옷에 노란색 새 실내복을 입고 있었다. 집안은 말끔히 청소되고, 찬장에는 수선화가 꽂힌 단지가 놓여 있었다.

머딘은 혼자였다. 롤라는 관리인 부부인 안과 엠이 데리고 있었다. 그들이 쓰는 오두막집은 정원 한끝에 있었는데, 이제 다섯 살이 된 롤라는 그곳에서 자는 것을 더 좋아했다. 아이는 그곳에 가는 것을 순례라고 불렀는데, 머리빗과 좋아하는 인형을 여행가방에 넣어 가곤 했다.

머딘은 창을 열고 밖을 내다보았다. 서늘한 산들바람이 강을 건너 남쪽 풀밭을 지나 그곳까지 불어왔다. 저녁의 마지막 빛이 마치 하늘에서 떨어져 강물 속으로 가라앉았다가 캄캄한 어둠 속으로 사라지는 듯했다.

그는 두건을 쓴 사람이 수녀원에서 나오는 모습을 머릿속에 그려보왔다. 그 사람은 대성당 앞 초지에 대각선으로 뻗은 사람들 왕래에 다져진 길을 빠르게 걸어 벨 여인숙의 불빛을 지나친 다음 진흙투성이 큰 길을 따라 내려온다. 얼굴에 짙은 그늘이 져 있는 그 사람은 아무하고도 말을 섞지 않는다. 곧 물가에 이른다. 차갑고 검은 강물 쪽으로 흘낏 시선을 던진다. 절망에 차 자신을 파멸로 이끌 생각을 하던 순간을 떠올렸을까? 설령 그렇더라도 그 생각은 순식간에 흩어져버릴 것이다. 이윽고 머딘이 만든 다리의 자갈길 위로 걸음을 내딛는다. 그리고 다리의 경간을 가로질러 나환자 섬의 땅을 딛는다. 그곳에서 큰 도로를 벗어나 키 작은 관목 숲을 지나고 토끼들이 풀을 뜯어먹는 덤불을 가로질러 예전 나환자들의 집이 있었던 폐허를 돈 다음 남서쪽 물가로 다가온다. 이윽고 머딘의 집 문을 노크한다.

머딘은 창문을 닫고 기다렸다. 노크 소리는 들리지 않았다. 간절히 기다리고 있었기에 시간을 조금 이르게 잡은 것이다.

그는 와인을 마시고 싶은 충동을 느꼈지만 마시지 않았다. 그 일은 하나의 의식으로 정착됐는데, 이제 와서 새삼스럽게 순서를 바꿀 마음은 없었다.

잠시 후 노크 소리가 들렸다. 문을 열었다. 그녀는 집안으로 들어오면서 두건을 젖히고 어깨에 걸치고 있던 묵직한 회색 망토를 바닥에 떨어뜨렸다.

그녀는 그보다 키가 1인치 이상 컸고 나이도 몇 살 많았다. 자부심이 강한 그녀의 얼굴은 거의 오만해 보일 정도지만, 지금은 햇살처럼 따스한 미소를 짓고 있었다. 그녀는 킹스브리지의 진홍색 옷감으로 지은 겉옷을 입고 있었다. 그는 그녀를 껴안고 관능적인 몸을 끌어당기며 그녀의 큰 입술에 키스했다. "사랑하는 필리파." 그가 말했다.

그들은 바닥에서 옷도 거의 벗지 않은 채 사랑을 나눴다. 그는 그녀에게 굶주려 있었고 그녀의 열정도 그에게 뒤지지 않았다. 그가 그녀의 망토를 짚이 깔린 바닥에 펴자 그녀는 치맛자락을 걷어올리고 그 위에 누웠다. 그녀는 흡사 익사하는 사람처럼 두 다리로 그의 몸을 감싸 죄고 두 팔로는 그를 짓이길 것처럼 자신의 부드러운 몸으로 잡아당겼으며 얼굴을 그의 목덜미에 묻은 채 그의 몸에 찰싹 달라붙었다.

그녀는 그에게 말했었다. 랠프를 떠나 수도원으로 옮겨오며, 앞으로 수녀들이 차갑게 식은 자기 몸을 입관해 땅속에 묻기 전까지 누구도 자기 몸을 건드리는 일은 없을 거라 생각했다고. 그 이야기에 머딘은 하마터면 울음을 터뜨릴 뻔했다.

그도 캐리스를 너무 사랑했기 때문에 다른 여자에게 애정을 품는 일은 앞으로 없을 거라 생각했었다. 필리파에게도 머딘에게도 이 사랑은 뜻밖의 선물처럼 다가왔다. 그것은 작열하는 사막 한가운데서 솟아나는 시원한 샘물 같았으며, 두 사람은 갈증으로 죽어가던 사람들처럼 그 샘물을 마셨다.

사랑을 나눈 두 사람은 서로 몸을 얽은 채 숨을 헐떡이며 불가에 누워 있었다. 머딘은 그들이 타올랐던 첫 순간을 떠올렸다. 수도원으로 옮겨온 지 얼마 되지 않아 필리파는 새 탑의 건축에 관심을 보였다. 실용적 사고를 지닌 그녀는 기나긴 시간을 기도와 명상으로만 보내는 것이 쉽지 않았다. 그녀는 곧잘 도서실을 찾았지만 온종일 책만 읽고 지낼 수도 없었다. 머딘은 석공 전용 다락으로 그를 보러 온 그녀에게 설계도를 보여줬다. 그녀는 곧 매일 일과처럼 그곳을 찾기 시작했고, 그가 일하는 동안 옆에서 말을 붙이곤 했다. 그는 언제나 그녀의 지성과 강인함에 감탄하곤 했는데, 다락에서 친밀한 대화를 나누는 동안 그녀의 품위 있는 태도에 가려져 있던 따뜻하고 관대한 정신을 알게 됐다. 또한 그는 그녀에게서 활기찬 유머감각을 발견했고, 그녀를 웃게 하는 법도 알게 됐다. 그녀는 허스키한 커다란 웃음소리로 화답했고, 그는 그 웃음소리를 좋아했고 어느새 그녀를 사랑하게 됐다. 그러던 어느 날 그녀가 그를 칭찬했다. "당신은 친절한 사람이에요. 그런 사람은 많지 않은데." 진심에서 우러나온 그 말이 그의 마음을 움직여 그는 그녀의 손에 입을 맞췄다. 호의에서 나온 행동이었지만, 그녀가 원하지 않으면 그저 거부하면 그만이었을 것이다. 그녀가 손을 빼고 한 발짝 뒤로 물러나기만 했어도 머딘은 자신이 지나쳤다고 여기고 말았을 것이다. 그러나 그녀는 거부하지 않았다. 오히려 그의 손을 잡고 사랑이 담긴 듯한 눈으로 그를 바라보았다. 그는 그녀를 끌어안고 그녀의 입술에 키스했다.

두 사람은 다락에 놓인 매트 위에서 사랑을 나눴고, 머딘은 나중에 가서야 석공들이 연장을 놓을 푹신한 자리가 필요하다는 농담을 하면서 그곳에 매트를 놓자고 한 것이 캐리스였다는 사실을 떠올렸다.

캐리스는 그와 필리파의 관계를 알지 못했다. 필리파의 하녀와, 안과 엠 외에는 아무도 그들의 관계를 알아채지 못했다. 그녀는 해가 지자마자 잠자리에 드는 수녀들과 같은 시간에 구호소 위층 자신의 방에서 잠자리에 들었다. 그리고 수녀들이 모두 잠들면, 귀빈들이 평민 숙소를 지나지 않고 드나들 수 있도록 마련된 바깥쪽 계단으로 빠져나왔다. 그러고는 새벽이 오기 전, 수녀들이 아침 전례에서 성가를 부를 시간에 맞춰 왔던 길로 되돌아갔고, 밤새 자기 방에서 자고 나온 사람처럼 아침식사를 하러 식당으로 갔다.

그는 캐리스가 그의 곁을 완전히 떠나버린 지 일 년도 되지 않아 자신이 다른 여자를 사랑하게 됐다는 사실이 놀라웠다. 물론 캐리스를 잊은 것은 아니었다. 오히려 매일같이 그녀를 생각했다. 뭔가 재미있는 일이 있으면 그녀에게 이야기해주고 싶고, 까다로운 문제가 생기면 그녀의 의견을 듣고 싶었다. 롤라의 까진 무릎을 따뜻한 와인으로 씻길 때는 자기도 모르게 그녀가 하던 방식대로 하곤 했다. 게다가 거의 매일같이 그녀와 마주쳤다. 새 구호소는 거의 완성되어가고 있었지만 대성당의 탑 공사는 이제 막 시작한 단계였기 때문에 캐리스는 두 곳의 공사 현장에 주의를 기울이고 있었다. 또한 수도원은 이제 도시의 상인들을 통제할 권한을 잃었지만 그럼에도 캐리스는 머딘과 길드가 새 법정을 세우고, 양모 거래소를 건축할 계획을 짜고, 장인 길드에게 갖가지 표준치와 측정치를 성문화하도록 권하는 등 자치도시의 모든 법령의 제정 과정을 관심 있게 지켜보았다. 그러나 그녀에 대한 그의 생각은 쓴 맥주가 목구멍 안쪽에 남기는 쓴맛처럼 언제나 뒷맛이 씁쓸했다. 그는 온 힘을 다해 그녀를 사랑했지만 결국 그녀가 그를 거부한 것이었다. 그것은 마치 싸움으로 끝난 뒤에 행복했던 시절을 추억하는 일 같았다.

"당신은 내가 자유롭지 못한 여자에게 특별히 더 마음이 끌린다고 생각해요?" 그는 멍한 어조로 필리파에게 물었다.

"아니요. 그런데 왜요?"

"십이 년 동안 수녀를 사랑하고, 아홉 달을 홀로 지내다가 이번에는 동생의 아내와 사랑에 빠졌으니 이상하잖아요."

"나를 그렇게 부르지 말아요." 그녀는 재빨리 말했다. "그건 결혼이 아니었어요. 나는 내 의사와 상관없이 결혼을 당한 것이고 그와 잠자리를 한 건 몇 번뿐인데다, 그는 앞으로 다시 나를 보지 않게 된 걸 행복해하고 있으니까요."

그는 미안하다는 듯이 그녀의 어깨를 토닥거렸다. "그래도 우리의 관계는 비밀로 해야 해요. 내가 캐리스에게 비밀로 하는 것처럼." 그가 입밖에 내지 않은 말은, 남편은 간통을 범한 아내를 합법적으로 죽일 수 있다는 것이었다. 비록 그런 일이 실제로 일어났다는 이야기를 들은 적도 없었고 귀족들 간에 그런 일이 있었던 적도 없다 하지만, 랠프는 무서울 정도로 자존심이 강했다. 머딘은 랠프가 자신의 첫 아내 틸리를 죽였다는 사실을 알고 있었고, 필리파에게도 그 이야기를 했다.

"당신 아버지는 당신 어머니를 오랫동안 짝사랑했다고 하지 않았나요?" 그녀가 말했다.

"정말 그랬죠!" 머딘은 오래전 그 이야기를 거의 잊고 있었다.

"그리고 당신은 수녀와 사랑에 빠졌고요."

"그리고 내 동생은 행복하게 살고 있는 귀족 유부녀를 오랫동안 바라보기만 했죠. 사제들이 흔히 하는 말처럼 아버지의 업은 자손에게도 나타나나봐요. 하지만 이 얘기는 그만하죠. 저녁 좀 들겠어요?"

"조금 이따가요."

"그전에 하고 싶은 일이 있어요?"

"당신도 그게 뭔지 알 텐데요."

물론 알고 있었다. 그는 그녀의 다리 사이에 무릎을 꿇고 그녀의 배와 허벅지에 키스했다. 그녀는 버릇처럼 언제나 두 번씩 사랑을 나누고 싶어했다. 그는 혀끝으로 그녀의 몸을 간질이기 시작했다. 그녀는 신음하며 그의 뒤통수를 잡아 눌렀다. "그래요. 당신은 내가 원하는 게 뭔지 알아요. 특히 내 몸이 당신이 뿌린 씨로 가득할 때 내가 원하는 걸."

그가 고개를 들고 말했다. "그래요." 그런 다음 그는 다시 고개를 숙이고 하던 일을 계속했다.

⚬

봄이 되면서 전염병의 기세가 한풀 꺾였다. 사람들은 여전히 죽어나가고 있었지만 환자 수는 현저히 줄어들었다. 부활절 주일에 앙리 주교는 올해 양모 정기시장을 예년처럼 연다고 공표했다.

그날 미사에서 수련수사 여섯 명이 서원을 하고 정식 수사가 됐다. 그들은 모두 아주 짧은 수련 기간을 거쳤지만 앙리 주교는 킹스브리지의 수사 수를 늘리는 데 혈안이 되어 있었다. 주교는 전국적으로 똑같은 현상이 벌어지고 있다고 말했다. 사제 다섯 명도 서품을 받았는데, 그들 역시 짧아진 수련 기간 덕을 보았다. 그들은 전염병에 희생된 인근 지역 사제들의 자리를 대체했다. 그리고 대학에서 내려온 킹스브리지 수사도 두 명 있었는데, 그들은 통상 오 년에서 칠 년이 걸리는 학업 기간을 삼 년 만에 마치고 의학학위를 받았다.

새로 온 의사는 오스틴과 사임이었다. 캐리스는 그들 두 사람에 대한 기억이 어렴풋했다. 그들이 삼 년 전 옥스퍼드의 킹스브리지 대학으로 떠났을 때 그녀는 접대 책임자였다. 부활절 주일의 월요일 오후 그녀는 그들에게 거의 완공된 새 구호소를 보여줬다. 휴일이라 인부들은 보이지 않았다.

두 사람 다 대학교가 학생들에게 의학 이론과 가스코뉴산 와인에 대한 취향과 함께 주입한 듯한 거만한 자신감에 차 있었다. 하지만 수년간 환자를 겪어온 캐리스도 나름대로 자신감이 있었다. 그녀는 활기찬 어조로 확신을 가지고 구호소 시설과 계획해둔 운영 방식을 설명했다.

오스틴은 홀쭉하고 열성적인 청년으로 금발이 벌써 성기어가고 있었다. 그는 클로이스터처럼 배열된 새 병실의 혁신적인 배치 방식에 깊은 인상을 받았다. 그보다 나이가 위고 둥글둥글한 얼굴의 사임은 캐리스의 경험에서 뭔가를 배워보려는 생각이 없는 것 같았다. 그녀는 그가 자신이 말을 할 때마다 언제나 다른 쪽을 바라본다는 사실을 알아차렸다.

"나는 구호소는 언제나 청결이 우선이어야 한다고 생각해요." 그녀가 말했다.

"왜요?" 사임이 꼬마 여자아이한테 어째서 인형한테 벌을 주는지 묻는 듯 짐짓 생색내는 투로 반문했다.

"청결에는 좋은 점이 있으니까요."

"아하. 결국 그것은 체액의 균형과는 무관한 거로군요."

"그건 모르겠어요. 우리는 체액에는 별로 신경쓰지 않으니까요. 그 방식은 전염병의 대처에는 전혀 도움이 되지 못했거든요."

"그러면 바닥 청소는 효과를 보았나요?"

"최소한 청결한 방은 환자의 기분을 낫게 해주죠."

오스틴이 끼어들었다. "사임, 옥스퍼드의 교수님들 중에도 수녀원장님의 새로운 발상과 같은 생각을 하고 있는 분들이 있다는 건 자네도 인정해야지."

"그건 몇 안 되는 이단자들일 뿐이야."

"중요한 건 환자에게서 건강한 사람에게로 전염되는 종류의 질병을 가진 환자를 격리해야 한다는 거예요." 캐리스가 말했다.

"왜요?" 사임이 물었다.

"전염을 막기 위해서죠."

"어떻게 전염되는데요?"

"그건 아무도 몰라요."

사임의 입가에 승리의 미소가 희미하게 스쳤다. "그러면 원장님은 격리가 전염을 막는다는 걸 어떻게 아셨나요?"

그는 자신이 논쟁에서 그녀를 이겼다고 생각했다. 그것이 옥스퍼드에서 주로 배우는 것이었다. 하지만 그녀는 그리 만만한 상대가 아니었다. "경험에서 알았죠. 양치기는 어미의 자궁에서 새끼양이 자라는 기적을 이해하지 못하지만, 숫양을 없애면 그런 일이 일어나지 않는다는 건 알고 있으니까요."

"흠."

캐리스는 그가 "흠" 하고 말하는 방식이 마음에 들지 않았다. 그는 영리하기는 했지만 그것은 세상 물정을 모르는 영리함이었다. 그녀는 이런 부류가 가진 지식과 머딘과 같은 사람이 가진 지식이 너무나 다르다는 것을 새삼 깨달았다. 머딘의 지식은 폭이 넓고 복잡함에 대한 이해력도 뛰어났지만, 무엇보다 그의 지혜는 이 세상의 현실과 동떨어진 것이 아니었다. 그것은 자신이 잘못하면 자신이 지은 건물이 무너진다는 사실을 알고 있기 때문이었다. 그녀의 아버지 에드먼드 역시 그런 부류로, 영리하면서도 실제적이었다. 그런데 사임은 고드윈이나 앤서니가 그랬듯이 환자가 살든 죽든 상관없이 언제나 체액에 대한 믿음에만 얽매이는 부류였다.

오스틴이 활짝 웃으며 말했다. "원장님이 이기신 것 같네, 사임." 그는 잘난 체하는 친구가 교육도 받지 못한 이 여성을 압도하지 못했다는 사실이 꽤 재미있는 듯했다. "병이 정확히 어떻게 퍼지는지는 알지 못하지만 그래도 환자와 건강한 사람을 격리시켜서 나쁠 건 없을 것 같네."

그때 수녀원 회계 담당인 조앤이 그들의 대화에 끼어들었다. "오던비의 관리인이 뵙고 싶어하는데요, 캐리스 원장님."

"송아지들을 데려왔던가요?" 오던비에서는 부활절 때마다 한 살배기 송아지 열두 마리를 수녀원에 바치게 되어 있었다.

"네."

"송아지들은 우리에 넣고 관리인에게 이쪽으로 와달라고 해줘요."

사임과 오스틴이 간 뒤 캐리스는 타일을 깐 변소 바닥을 검사했다. 관리인이 그곳으로 그녀를 찾아왔다. 쟁기꾼 해리였다. 그녀는 변화에 제대로 대처하지 못하는 예전 관리인을 해고하고 그 마을에서 가장 영리한 이 젊은이를 그 자리에 앉혔다.

그는 그녀에게 손을 내밀어 악수를 청했는데 그런 행동은 과할 정도로 친근한 것이지만 캐리스는 그가 마음에 들었기 때문에 별로 신경쓰지 않았다.

"송아지떼를 그렇게 멀리서 몰고 오다니 무척 힘들었겠군요. 게다가 한창 봄 쟁기질 하느라 바쁠 텐데요." 캐리스가 말했다.

"그건 그렇죠." 그가 말했다. 대부분의 쟁기군이 그렇듯 그도 어깨가 딱 바라지고 팔뚝이 억셌다. 여덟 마리 소를 몰며 무거운 쟁기로 젖은 진흙땅을 갈기 위해서는 기술은 물론 힘도 있어야 했다. 그에게서는 건강한 바깥 냄새가 풍기는 듯했다.

"그보다는 차라리 현금으로 내는 게 더 낫지 않겠어요?" 캐리스가 말했다. "요즘은 영지세를 현금으로 내는 곳이 많거든요."

"그러면 편하기는 하겠죠." 그러면서 그는 장난스럽게 눈을 가늘게 떴다. "하지만 그러면 얼마가 될까요?"

"한 살배기 송아지를 장에 내다팔면 10실링에서 12실링을 받죠. 올해는 값이 좀더 떨어지긴 했지만요."

"그렇죠. 절반 가까이 떨어졌어요. 3파운드면 송아지 열두 마리를 살 수 있거든요."

"잘 받는 해에는 6파운드죠."

그는 흥정이 재미있다는 듯 씩 웃었다. "그건 원장님이 고민하실 문제죠."

"그래도 현금으로 내는 편이 나을 텐데요."

"금액이 합의가 된다면 그렇겠죠."

"그러면 8실링으로 하면 되겠어요."

"그런데 만약 송아지 한 마리 값이 5실링밖에 되지 않는다면, 우리 마을 사람들은 초과된 돈을 어디서 구하죠?"

"이렇게 해요. 앞으로 오던비는 5파운드를 내거나 송아지 열두 마리를 내는 것으로. 어느 쪽으로 할지 선택은 그쪽이 하고요."

해리는 그 방식에 문제점이 없는지 생각해보았지만 딱히 없는 것 같았다. "좋습니다. 그러면 이제 계약을 마무리할까요?"

"뭘 어떻게 마무리한다는 거예요?"

그 순간 놀랍게도 그가 그녀에게 키스했다.

그는 억센 양손으로 그녀의 가냘픈 어깨를 붙잡더니 고개를 숙여 그녀의 입술 위에 자신의 입술을 포갰다. 만약 사임 형제가 이런 짓을 했다면 그녀는 뒤로 물러났을 것이다. 하지만 해리는 달랐고, 어쩌면 그녀는 그의 억센 남자다움에 끌렸는지도 모른다. 이유가 무엇이든 그녀는 그가 그녀의 몸을 끌어당겨 수염 난 입을 자신의 입술에 갖다대 키스하는데도 내버려두었다. 그와 몸이 밀착됐을 때 그녀는 그가 발기했다는 것을 알아챘다. 그녀는 타일을 새로 깐 이 변소에서 그가 자신을 기꺼이 취할 수도 있겠다는 것을 깨닫고 비로소 정신을 차렸다. 그녀는 키스를 멈추고 그를 밀쳐냈다. "그만해요! 지금 무슨 짓이에요?"

그는 태연했다. "원장님에게 키스하고 있죠."

그녀는 문제가 생겼다고 깨달았다. 아마 셔링에서 가장 유명한 커플이었을 그녀와 머딘에 관한 소문이 널리 퍼진 것이 분명했다. 해리는 확실하게 알지는 못할 테지만 그 소문만 듣고도 대담하게 굴어볼 만하다고 느낀 것이다. 이런 일들은 그녀의 권위를 손상시킬 수 있었다. 그녀는 이 사태를 당장 바로잡아야 했다. "다시는 이런 짓을 해선 안 됩니다." 그녀는 최대한 엄격한 어조로 말했다.

"원장님도 좋아하시는 것 같던데요!"

"그러면 당신의 죄는 한층 더 커져요. 나약한 여자를 유혹해 성스러운 맹세를 저버리게 부추겼으니까."

"하지만 나는 당신을 사랑해요."

그녀는 그가 진심이라는 것을 깨달았다. 이유는 짐작할 수 있었다. 그녀는 그의 마을로 들이닥쳐서 모든 것을 재편하고 농부들이 자신이 원하는 대로 할 수 있도록 해줬다. 그녀는 해리의 잠재력을 알아보고 그를 동료들의 윗사람으로 출세시켜줬다. 그러니 그로서는 그녀를 숭배할 수밖에 없었다. 그가 그녀에게 빠진 것은 놀랄 일이 아니었다. 그러나 가능한 한 신속하게 그 사랑에서 벗어나게 해야 했다. "또다시 나에게 그런 식으로 말하면 오딘비의 관리인을 바꾸겠어요."

"오." 그 말이 죄악이라는 비난보다 더 효과적으로 그의 행동을 중지시켰다.

"자, 이제 그만 돌아가요."

"알겠습니다, 캐리스 원장님."

"그리고 다른 여자를 구해요. 순결을 맹세하지 않은 여자를 찾는 게 좋을 거예요."

"그럴 일은 없을 겁니다." 그는 이렇게 말했지만, 그녀는 믿지 않았다.

그는 떠났지만 그녀는 그 자리에 그대로 서 있었다. 마음이 들뜨고 욕망이 끓어올랐다. 얼마간 혼자 있을 수 있었다면 자위라도 했을 것이다. 그녀가 육체적 욕망에 사로잡힌 것은 아홉 달 만의 일이었다. 머딘과 완전히 결별한 뒤 그녀는 성에 대해 생각하지 않는 일종의 거세 상태에 빠져 있었다. 그녀는 다른 수녀들과의 인간관계에서 온정과 애정을 느꼈다. 조앤과 우나를 좋아했지만 그들에게 마이어처럼 육체적 사랑을 느끼지는 않았다. 그녀가 열정을 느끼는 것은 새 구호소, 탑, 도시의 재건 같은 일들이었다.

그녀는 탑에 대해 생각하면서 구호소를 나와 대성당 앞 초지를 가로질렀다. 머딘은 거대한 구덩이 네 개를 파놓았다. 그것은 성당 바깥, 예전 탑의 기초 주변에 판 구덩이로 지금까지 사람들이 봤던 어떤 구덩이

보다 깊었다. 그는 흙을 들어낼 거대한 기중기들도 설치해놓았다. 축축한 몇 달의 가을 동안 소가 끄는 수레들이 온종일 큰길을 오르내리고 첫번째 다리를 건너 바위투성이 나환자 섬에 흙을 부려놓았다. 그리고 그곳에서 머딘의 선창에 쌓여 있는 건축용 석재를 싣고 다시 큰길을 따라 올라가 성당 부지 주변에 석재를 쌓아놓았다. 석재 무더기는 시간이 흐르면서 점점 높이 올라갔다.

겨울 추위가 끝나자마자 석공들이 기초를 놓기 시작했다. 대성당 북쪽으로 간 캐리스는 회중석 외벽과 북쪽 익랑 외벽이 만나는 지점에 서서 구덩이 속을 들여다보았다. 구덩이는 현기증을 느낄 정도로 깊었다. 바닥은 이미 말끔한 석재로 덮여 있었는데, 네모반듯하게 자른 석재들은 직선으로 놓여 얇은 회반죽 층으로 결합되어 있었다. 예전의 기초가 적합하지 않았기 때문에 이번에 세울 탑은 별도로 만든 새 기초 위에 건축되는 것이었다. 그 탑은 현재의 성당 외벽 위로 솟을 예정이어서 예전 탑의 상층부를 철거한 엘프릭의 작업에 추가해서 별도로 철거 작업을 할 필요는 없었다. 공사가 끝난 후에야 머딘은 엘프릭이 교차부 위쪽에 만들어놓은 임시 지붕을 걷어낼 계획이었다. 그것이 머딘의 전형적인 설계 방식이었다. 단순하면서도 혁신적이고, 공사 현장이 안고 있는 특유의 문제점을 영리한 방식으로 해결하는 것.

구호소에는 부활절 휴일이라 공사가 멈췄지만 구덩이 안에서 누군가 움직이는 것이 보였다. 누군가가 기초를 둘러보고 있었다. 얼마 후 그녀는 그것이 머딘임을 알아보았다. 그녀는 턱없이 약해 보이는 밧줄 사다리들 중 한 개를 골라 위태위태하게 아래로 내려갔다.

바닥에 이르자 비로소 마음이 놓였다. 머딘이 미소지으며 그녀가 사다리에서 내리도록 거들어줬다. "좀 창백해 보이는데." 그가 말했다.

"한참 내려왔으니까. 어떻게 지내?"

"잘 지내. 이 공사는 앞으로도 몇 년이 더 걸릴 거야."

"왜? 구호소는 더 복잡한데도 완공이 됐잖아."

"두 가지 이유가 있어. 높이가 높을수록 그 위에서 작업할 수 있는 석공의 수가 줄어들거든. 지금은 기초를 놓는 데 석공 열두 명을 쓰고 있지. 하지만 높이가 올라가고 폭이 좁아지면 그들이 모두 작업할 공간이 없어져. 또다른 이유는 회반죽이 굳는 데 시간이 오래 걸린다는 거야. 위에 하중을 더 싣기 전에 겨울 한철 동안 굳도록 내버려둬야 하거든."

그녀는 그의 말을 듣는 둥 마는 둥 했다. 그녀는 그의 얼굴을 보면서 수도원장 사택에서, 아침기도와 조과朝課 사이 시간에 열린 창으로 하루의 첫 빛이 스며들어 그들의 벌거벗은 몸에 축복처럼 내릴 때 그와 사랑을 나누던 일을 떠올리고 있었다.

그녀가 그의 팔을 토닥거리며 말했다. "어쨌든 구호소는 이제 얼마 남지 않았잖아."

"성령강림절까지는 새 구호소로 옮길 수 있을 거야."

"반가운 소식이네. 전염병의 기세가 조금 꺾여서 사망자 수도 점점 줄고 있긴 하지만."

"다행이네." 그가 열기 띤 어조로 말했다. "어쩌면 전염병도 이제 다 끝났는지도 몰라."

그녀는 침울한 얼굴로 고개를 저었다. "전에도 끝난 줄 알았었지. 잊어버린 거야? 지난해 이맘때였어. 그러다 한층 더 악화됐잖아."

"잊을 리가."

그녀는 손바닥으로 그의 뺨을 어루만졌다. 빳빳한 수염이 느껴졌다. "적어도 당신은 안전하잖아."

그의 얼굴에 살짝 언짢은 표정이 스쳤다. "구호소가 완공되는 대로 양모 거래소 공사를 시작할 수 있을 거야."

"당신 생각대로 양모사업이 조만간 다시 번성해야 할 텐데."

"그렇게 되지 않는다 해도 어쩔 수 없지. 어차피 우리는 모두 죽게 돼 있어."

"그런 말 하지 마." 머딘이 말했다. 그녀는 그의 뺨에 입을 맞췄다.

"우리는 우리가 계속 살아갈 거라는 가정에서 행동해야 해." 그는 마치 그녀가 자신을 짜증나게 했다는 듯이 화난 어조로 말했다. "하지만 진실은 우리가 우리의 앞날을 모른다는 거지."

"그래, 최악의 사태는 생각하지 말기로 해." 그녀는 양팔로 그의 허리를 감고 자신의 젖가슴을 그의 마른 몸에 꼭 붙이며 끌어안았다. 자신의 부드러운 살에 닿는 그의 단단한 뼈가 느껴졌다.

그는 거칠게 그녀를 밀쳐냈다. 그녀는 비틀거리며 뒷걸음치다 넘어질 뻔했다. "그러지 마!" 그가 소리쳤다.

그녀는 그에게 따귀라도 맞은 것처럼 충격을 받았다. "대체 왜 그래?"

"나한테 손대지 마!"

"나는 그냥……"

"그냥 그러지 말라고! 당신은 아홉 달 전에 우리 관계를 끝냈어. 나는 그것이 마지막이라고 했어. 진심으로 한 말이었어."

그녀는 그가 화를 내는 이유를 알 수 없었다. "나는 그냥 당신을 안은 것뿐이야."

"아무튼 그러지 마. 나는 이제 당신 애인이 아니야. 당신에게는 그럴 권리가 없어."

"나에게 당신을 만질 권리가 없다는 거야?"

"그래!"

"나는 허락을 구해야 한다고는 생각하지 않았어."

"아니, 당연히 당신은 알고 있었어. 당신은 사람들이 당신 몸을 만지게 하지 않잖아."

"당신은 그냥 사람들이 아니야. 우리는 서로 모르는 사이가 아니라고." 그러나 그렇게 말하면서도 그녀는 자신이 틀리고 그의 말이 옳다는 것을 알았다. 그녀는 그를 거부해놓고 여태 그 결과를 인정하지 않고 있었다. 해리와의 일이 그녀의 욕망에 불을 지폈고, 그녀는 그 욕망을 가라앉히기 위해 머딘을 찾은 것이었다. 그녀는 그저 다정한 친구로서 그의 몸을 만지는 거라고 여겼지만 그것은 거짓이었다. 그녀는 부유하고 할일 없는 귀부인이 한쪽으로 밀쳐두었던 책을 다시 집어드는 것처럼 그가 아직도 자신이 가질 수 있는 존재인 양 그를 대했다. 그에게 자신의 몸을 만질 권리가 없다고 먼저 못을 박아놓고는 근육질의 젊은 쟁기꾼이 입을 맞췄다는 이유만으로 그 특권을 되살리려 한 것은 잘못이었다.

그렇다 해도 머딘이라면 부드럽고 다정하게 그 사실을 지적했을 거라는 생각이 들었다. 그런데 그는 적개심에 차서 모질게 행동했다. 그녀는 그의 사랑뿐만 아니라 우정까지 잃은 걸까? 그녀의 눈에 눈물이 고였다. 그녀는 그에게서 몸을 돌리고 사다리로 돌아갔다.

사다리를 타고 오르기가 힘들었다. 피곤했다. 기력을 소진해버린 것 같았다. 그녀는 오르다 말고 잠시 멈춰 밑을 내려다보았다. 머딘이 밑에서 자신의 체중을 실어 사다리가 흔들리지 않게 잡아주고 있었다.

거의 다 올라왔을 때 그녀는 다시 밑을 내려다보았다. 머딘은 아직 그 자리에 있었다. 문득 거기서 떨어지면 자신의 불행도 끝날 거라는 생각이 들었다. 꽤 높은 곳에서 무자비한 돌덩이가 위로 떨어질 것이다. 즉사할 것이다.

그녀의 생각을 감지한 듯 머딘이 초조한 몸짓으로 어서 사다리를 마저 올라가라고 손짓했다. 그녀가 자살한다면 그는 얼마나 망연해할까.

그녀는 한순간 비참하고 가책에 잠긴 그를 상상하며 이상한 만족감을 느꼈다. 내세라는 것이 정말 있다 해도 하느님이 자신을 벌하지는 않을 거라는 확신이 들었다.

그녀는 마지막 남은 몇 단을 마저 올라 단단한 땅 위로 올라섰다. 한순간이긴 했지만 정말 바보 같은 생각이었다. 그녀는 삶을 끝낼 생각이 없었다. 그러기에는 할일이 너무 많았다.

그녀는 수녀원으로 돌아갔다. 저녁기도 시간이라 행렬을 이끌고 대성당으로 향했다. 젊은 수련수녀였을 때는 의식에 시간을 허비하는 것이 싫었었다. 실제로 시실리어 수녀원장은 일부러 그녀에게 일을 주어 그 시간의 대부분을 다른 일을 할 수 있도록 배려해줬다. 그런데 이제는 휴식과 성찰을 할 수 있는 그 시간이 달가웠다.

그날 오후 그녀는 침울했지만 결국 회복되리라 생각했다. 하지만 성가를 부르는 동안 터져나오려는 눈물을 참아야 했다.

저녁식사에는 훈제 장어가 나왔다. 너무 질긴데다 맛이 강해 캐리스는 별로 좋아하지 않았다. 배도 별로 고프지 않았다. 캐리스는 빵만 조금 먹었다.

저녁식사를 한 뒤 그녀는 조제실에 틀어박혔다. 그곳에서 두 수련수녀가 캐리스의 원고를 필사하고 있었다. 그녀가 탈고한 것은 성탄절 직후였다. 많은 사람이 사본을 요청했다. 약제사, 수녀원장, 이발사, 그리고 의사도 한두 명 있었다. 원고를 필사하는 것은 구호소에서 일하고 싶어하는 수녀에게는 훈련 과정의 하나가 됐다. 분량이 얼마 안 되는데다 세밀한 삽화도 없고 비싼 잉크도 쓰지 않기 때문에 사본은 비싸지 않았다. 주문이 끝도 없이 밀려들었다.

세 사람이 있자 조제실은 몹시 비좁았다. 캐리스는 새 구호소의 널찍하고 환한 조제실로 갈 날만 고대했다.

그녀는 혼자 있고 싶어 수련수녀들을 내보냈다. 하지만 바람대로 되지 않았다. 얼마 후 레이디 필리파가 들어왔다.

캐리스는 이 서름서름한 백작부인에게 호의를 품은 적이 없었지만 그녀의 처지에는 동정이 갔고, 랠프 같은 남편에게서 도망쳐나온 여자라면 누구에게든 기꺼이 수녀원을 피신처로 제공할 의향이 있었다. 필리파는 까다롭지 않은 손님이었다. 요구 사항이 거의 없고 대부분의 시간을 자기 방에서 지냈다. 그녀는 기도와 극기로 이루어지는 수녀들의 삶에는 별다른 관심을 보이지 않았다. 그것은 캐리스가 누구보다 잘 이해할 수 있었다.

캐리스는 그녀에게 작업대 옆에 있는 등받이 없는 의자를 권했다.

태도는 정중하지만 그녀는 꽤 직선적인 여자였다. 그녀가 단도직입적으로 말했다. "나는 당신이 머딘을 흔들지 않았으면 해요."

"뭐라고요?" 캐리스는 놀란 한편 감정이 상했다.

"물론 대화는 할 수 있겠지만 키스를 하거나 몸에 손을 대는 건 안돼요."

"어떻게 나한테 그런 말을 할 수 있죠?" 대체 필리파가 뭘 알고 있는 것일까? 그리고 무슨 이유로 그런 일에 신경을 쓰는 것일까?

"그는 더이상 당신의 연인이 아니에요. 그러니 그를 그만 괴롭혀요."

머딘이 백작부인에게 오늘 오후에 그들 사이에 있었던 일을 이야기한 것이 분명했다. "하지만 그가 왜 당신에게 그런 말을……?" 그 질문이 입 밖으로 다 나오기도 전에 캐리스는 그 답을 짐작할 수 있었다.

필리파의 다음 말이 그 사실을 확인해줬다. "그는 이제 당신 사람이 아니에요. 내 사람이에요."

"오, 맙소사!" 캐리스는 소스라치듯 놀랐다. "당신과 머딘이요?"

"그래요."

"당신이…… 당신들이 정말……"

"그래요."

"몰랐어요!" 그녀는 자신에게 그럴 권리가 없다는 것을 알았지만 그럼에도 배신감을 느꼈다. 언제 그런 일이 일어났지? "하지만 어떻게……어디서……?"

"상세한 내용까지 알 건 없잖아요."

"물론 그래요." 그녀는 나환자 섬에 있는 그의 집일 거라고 짐작했다. 아마도 밤중이었을 것이다. "얼마나 됐……?"

"그런 건 중요하지 않아요."

계산하기 어렵지 않았다. 필리파가 이곳에 온 것은 한 달도 채 되지 않았다. "꽤 빠른 시간 안에 일어난 일이로군요."

그런 빈정거림은 불필요한 것이었는데, 필리파는 역시 품위 있게 그 말을 못 들은 척해줬다. "그는 당신 곁에 있기 위해서라면 무슨 일이든 했을 거예요. 그런데 그런 그를 당신이 뿌리쳤어요. 이제 그를 놓아줘요. 그가 당신이 아닌 다른 사람을 사랑하는 건 쉽지 않은 일이었지만, 이제 겨우 그럴 수 있게 된 거예요. 그러니 훼방하지 말아요."

캐리스는 그녀의 말에 거칠게 반박하고, 자신에게 명령하거나 도덕적인 요구를 할 권리가 없다고 화를 내고 싶었다. 그러나 필리파의 말이 옳았다. 캐리스는 머딘을 놓아줘야 했다, 영원히.

그녀는 필리파에게 상심한 기미를 보이고 싶지 않았다. "이제 나가주시겠어요?" 캐리스는 애써 필리파처럼 품위 있게 말했다. "혼자 있고 싶군요."

필리파는 쉽게 밀려날 상대가 아니었다. "내 말대로 할 거예요?" 그녀는 고집스레 다그쳤다.

캐리스는 그런 다그침이 마음에 들지 않았지만 남은 기력이 없었다.

"물론 그럴 거예요."

"고마워요." 필리파는 나갔다.

캐리스는 소리가 들리지 않을 만큼 필리파가 멀어졌다는 확신이 들었을 때 울음을 터뜨렸다.

78

필리먼은 수도원장으로서 고드윈보다 나을 것이 없었다. 그는 수도
원 자산 관리라는 업무의 과중함에 질리고 말았다. 캐리스는 수도원장
대행을 맡은 기간에 수사들의 주요 수입원을 목록으로 작성해두었다.

1. 소작료

2. 상업 및 산업 이익의 배분(10분의 1 교구세)

3. 소작을 주지 않은 토지에서 나오는 농산물 수익

4. 도정 및 산업용 방앗간에서 나오는 수익

5. 수로 통행세 및 모든 어업 이익의 배분

6. 시장의 점포세

7. 사법 수익―법원 수수료 및 벌금

8. 순례자 등에게서 받은 기증품

9. 도서, 성수, 양초 등의 판매 수익

그녀가 목록을 주자 필리먼은 모욕적이라는 듯이 그것을 다시 그녀에게 내던지다시피 돌려줬다. 필리먼과 달리 겉으로나마 품위를 지켰던 고드윈이라면 그녀에게 고맙다고 한 뒤 조용히 목록을 무시해버렸을 것이다.

그녀는 아버지 밑에서 일할 때 부오나벤투라 카롤리에게 배웠던 새로운 회계 방식을 수녀원에 도입했다. 예전 방식은 단순히 양피지에 모든 거래를 짤막하게 기록하는 것이라 확인하려면 일일이 거슬러올라가서 봐야 했다. 그런데 이탈리아에서 도입한 방식은 왼쪽에는 수익, 오른쪽에는 지출을 기록하고 맨 아래 각각의 합을 더하는 식이었다. 양쪽 합산 수치의 차액만 보면 수녀원이 수익을 내고 있는지 손실을 보고 있는지 알 수 있었다. 조앤 자매는 열광하며 이 방식을 익혔는데, 그녀가 필리먼에게 새 회계 방식에 대해 설명해주겠다고 하자 그는 퉁명스럽게 거절했다. 그는 도와주겠다는 제의를 자신의 능력에 대한 모욕으로 받아들였다.

그에게는 단 한 가지 재능밖에 없었는데, 그것은 고드윈의 재능이기도 했던, 사람들을 조종하는 것이었다. 그는 기민하게 신임 수사들을 솎아냈다. 개방적인 사고를 지닌 의료 담당 수사 오스틴 형제를 비롯해 두 명의 영리한 젊은 수사들을 숲속의 성 요한 수도원으로 보내버렸다. 그곳은 그의 권위에 도전하기에는 너무 먼 곳이었다.

필리먼은 이제 주교의 두통거리가 되고 말았다. 앙리 주교는 그를 임명한 상관이고, 필리먼은 주교 관할이었다. 또한 도시는 독립했고, 캐리스에게는 새 구호소가 생겼다.

새 구호소는 부활절 후 일곱번째 주에 있을 성령강림절에 주교의 축성을 받을 예정이었다. 축성일을 며칠 앞두고 캐리스는 장비들과 물품들을 새 조제실로 옮겼다. 새 조제실은 두 사람이 작업대에서 약을 만들고 한 사람이 필사용 책상에 앉아 있어도 될 만큼 공간이 넓었다.

캐리스가 구토제를 조제하고 우나가 말린 약초를 갈고 그레타 수련수녀는 캐리스의 책을 필사하고 있는데 한 수련수사가 작은 나무 상자를 들고 왔다. 조시라고 불리는 십대 소년 조사이어였다. 조시는 세 여자가 있는 곳에 오자 당황해서 머뭇거렸다. "이걸 어디에 놓을까요?" 소년이 물었다.

"그게 뭐죠?" 캐리스가 물었다.

"상자입니다."

"그건 나도 알아요." 그녀가 참을성 있게 말했다. 안타까운 일이지만 읽고 쓰는 법을 배운다고 다 영리해지는 것은 아닌 듯했다. "그 상자에 뭐가 들었어요?"

"책이 들었습니다."

"책이 든 상자를 왜 가져온 거죠?"

"그러라는 지시를 받았거든요." 잠시 후에야 대답이 충분치 않다는 사실을 깨달은 듯 조시가 다시 말했다. "사임 형제님이 지시하셨습니다."

캐리스는 눈썹을 치켜세웠다. "사임 형제가 나에게 책을 선물했다는 거예요?" 그녀는 상자를 열어보았다.

조시는 그 질문에는 대답도 하지 않고 달아나듯 나가버렸다.

모두 라틴어로 쓴 의학서였다. 캐리스는 그 책들을 훑어보았다. 모두 고전이었는데, 이븐시나의 『의학의 시』, 히포크라테스의 『식이법과 위생학』, 갈레노스의 『의학개론』, 이삭 유다에우스의 『소변학』 등이었다. 모두 삼백 년도 더 전에 집필된 책들이었다.

조시가 또다른 상자를 들고 나타났다.

"이번에는 또 뭔가요?" 캐리스가 물었다.

"의료 기구입니다. 사임 형제님이 건드리지 말라고 하셨습니다. 직접 와서 정리하신다고요."

캐리스는 경악했다. "사임 형제가 자기 책들과 기구들을 여기 보관하겠다고 해요? 여기서 일할 생각이라던가요?"

물론 조시는 사임의 의도에 대해 아는 것이 전혀 없었다.

캐리스가 미처 더 뭐라고 하기도 전에 사임이 필리먼과 함께 그곳에 나타났다. 사임은 별다른 설명도 없이 방안을 둘러보더니 짐을 풀기 시작했다. 그는 선반에 있는 캐리스의 약병들을 일부 치우고 그 자리에 자기 책들을 꽂았다. 그러고는 혈관을 열 때 쓰는 예리한 메스와 소변 시료를 채취할 때 사용하는 유리 플라스크들을 꺼냈다.

캐리스는 아무렇지 않은 투로 물었다. "여기 구호소에서 많은 시간을 보낼 계획이신가봐요, 사임 형제님?"

"여기가 아니면 또 어디겠습니까?" 필리먼이 대신 대답했는데, 그는 그런 질문을 예상했다는 듯 재미있어하는 기색이었다. 그는 캐리스가 자기 말에 반박이라도 했다는 듯이 분개한 어조로 말을 이었다. "이곳은 구호소잖습니까? 그리고 사임 형제는 이 수도원의 유일한 의사이고요. 그가 아니면 누가 사람들을 치료하겠습니까?"

갑자기 조제실은 더이상 넓어 보이지 않았다.

캐리스가 대꾸할 사이도 없이 낯선 사람 하나가 나타났다. "토머스 형제가 이곳으로 가라고 하시더군요. 저는 런던에서 온 조너스 파우더러라고 합니다."

방문객은 쉰 살쯤 되어 보이고 수놓은 외투에 털모자 차림을 하고 있었다. 금방이라도 미소지을 것 같은 얼굴과 친근한 태도를 유심히 본 캐리스는 그가 뭔가를 팔아 생계를 유지하는 사람일 거라 추측했다. 그는 사람들과 악수를 나누고는 방안을 둘러보며, 딱지를 붙여 단정하게 정리해놓은 약병들과 물병들을 보고 흡족한 듯 고개를 끄덕였다. "훌륭

합니다. 런던 밖에서 이렇게 잘 구비된 조제실은 본 적이 없는데요."

"혹시 의사이십니까?" 필리먼이 물었다. 그의 어조는 조심스러웠다. 조너스의 신분을 알지 못하기 때문이었다.

"약종상입니다. 스미스필드의 성 바르톨로메오 병원 바로 옆에 가게를 갖고 있습니다. 과시할 생각은 없습니다만, 런던에서는 가장 큰 약국이죠."

필리먼은 긴장을 풀었다. 약종상이라면 상인에 불과하고, 서열로 따져도 수도원장보다 한참 아래였다. 필리먼이 빈정거리는 투로 말했다. "그런데 런던에서 가장 큰 약국을 하시는 약종상이 무슨 일로 이렇게 멀리까지 오셨소?"

"『킹스브리지 만병통치법』 사본을 구하려고 왔습니다."

"뭘 구한다고요?"

조너스는 알면서 왜 그러느냐는 듯이 미소를 지었다. "너무 겸손하십니다. 지금 여기 계신 수련수녀님이 필사하고 있는 것 같은데요."

"아, 그 책 말이군요. 그런데 만병통치법은 아닌데요." 캐리스가 말했다.

"모든 질병에 대한 치료법이 들어 있던데요."

캐리스는 문득 그 말에도 일리가 있다는 생각이 들었다. "그런데 그 책을 어떻게 알게 되셨나요?"

"저는 희귀한 약초와 다양한 약재를 찾기 위해 여행을 많이 합니다. 그럴 때는 제 아들들이 약국을 지키죠. 그러다 사우샘프턴에서 수녀 한 분을 만나게 됐는데 그분이 제게 사본 하나를 보여주시더군요. 그분이 그 책을 만병통치법이라고 하시며 킹스브리지에서 쓰인 거라고 하셨습니다."

"혹시 클로디아 자매님 아니었나요?"

"맞습니다. 제가 그 수녀님에게 필사할 동안만 빌려달라고 사정했는데도 거절하시더군요."

"누군지 알겠어요." 클로디아는 킹스브리지 순례를 왔다가 수녀원에 머무르면서 자신의 몸은 돌보지 않고 전염병 환자들을 간호했던 수녀다. 캐리스는 감사의 표시로 그녀에게 사본 한 권을 줬었다.

"훌륭한 책입니다." 조너스는 열기 띤 어조로 말했다. "게다가 우리말로 집필됐고 말이죠!"

"그 책은 사제가 아닌 치료사들을 위해 쓴 거니까요. 그분들은 라틴어를 모르죠."

"다른 어떤 언어로도 이런 책은 본 적이 없습니다."

"그 책이 그렇게 특별한가요?"

"어떤 내용인지 좀 보십시오!" 조너스는 열광적으로 말했다. "체액이나 질병 분류 대신 환자의 증상에 따라 항목이 나뉘어 있습니다. 그래서 환자의 증상이 복통인지 출혈인지 고열인지 설사인지 재채기인지에 따라 곧장 그 항목을 볼 수 있게 되어 있어요!"

필리먼이 짜증스럽다는 투로 말했다. "약종상이나 약국을 찾는 고객한테는 알맞겠군요."

조너스는 필리먼의 조롱하는 말투를 눈치채지 못한 것 같았다. "분명 수도원장님이 이 귀한 책을 쓰셨겠군요."

"아닙니다!" 필리먼이 말했다.

"그러면 어느 분이……?"

"제가 썼습니다." 캐리스가 말했다.

"여자분이!" 조너스가 감탄한 어조로 말했다. "그런데 그 많은 지식을 다 어디서 얻으셨습니까? 어떤 책에도 그런 내용은 없는데 말입니다."

"옛 문헌들은 제게 별로 도움이 되지 못했답니다. 조너스. 저는 처음에 킹스브리지의 매티라는 현녀한테서 약을 조제하는 법을 배웠는데, 그분은 안타깝게도 마녀로 처형될 위기에 몰려 도시를 떠나고 말았죠. 그리고 저의 전임이셨던 시실리어 수녀원장님에게 배운 것도 있고요. 하지만 처방이나 치료법을 수집하는 건 어려운 일이 아니에요. 누구나 그런 것 몇 가지씩은 갖고 있으니까요. 온갖 쓸모없는 것들 중에 효과 있는 몇 가지를 찾아내는 일이 어려운 거죠. 이 책자는 여러 해 동안 제가 시도해본 모든 치료의 결과를 기록한 일지를 바탕으로 쓴 것입니다. 제 눈으로 여러 번 효과가 확인된 것만 기록했어요."

"이 책을 쓰신 분과 직접 이야기를 나누게 되다니 영광입니다."

"사본을 한 권 드리겠습니다. 먼 곳에서 일부러 여기까지 찾아오시다니 부끄럽네요!" 캐리스는 찬장 문을 열었다. "원래는 숲속의 성 요한 수도원에 보내려고 한 것인데, 그곳은 다음 사본을 기다려줄 수 있을 테니까요."

조너스는 성스러운 물건이나 되는 듯이 책을 건네받았다. "정말 고맙습니다." 그러더니 부드러운 가죽으로 만든 자루를 꺼내 캐리스에게 건넸다. "약소합니다만, 감사의 표시로 제 가족이 킹스브리지 수녀님들에게 드리는 선물이니 받아주시기 바랍니다."

캐리스는 자루를 열고 모직 천에 싸인 작은 물건을 꺼냈다. 포장을 풀자 보석이 박힌 황금 십자가가 나왔다.

필리먼의 눈이 탐욕으로 번뜩였다.

캐리스는 깜짝 놀라 외쳤다. "너무 값진 선물이군요!" 그러고는 그 말만으로는 부족한 것 같아 덧붙였다. "가족 분들이 아주 후하시네요, 조너스."

그는 해명하는 듯한 몸짓을 했다. "우리는 부자죠. 모두 하느님 덕분입니다."

필리먼이 시기심 어린 어조로 말했다. "노파의 엉터리 처방이 적힌 책 따위에 저런 걸 바치다니!"

"아, 수도원장님은 물론 이런 것들보다 훨씬 훌륭한 지식을 가진 분이시겠죠. 하지만 우리가 원하는 건 그런 고상한 지식이 아니거든요. 우리는 체액이 뭔지 알고 싶은 생각이 없습니다. 그저 고통을 줄이려고 벤 손가락을 빠는 어린아이처럼 효과가 있는 약을 쓰고 싶은 겁니다. 이런 일이 어떤 이유, 어떤 과정으로 일어나는지 하는 것은 우리보다 훨씬 고매하신 분들이 맡아주시겠지요. 우리 같은 사람들이 이해하기에 하느님의 피조물은 너무나 신비로우니까요." 조너스가 말했다.

캐리스는 조너스의 말 속에 아슬아슬하게 감춰진 조롱을 눈치챘다. 우나가 웃음을 참는 것이 보였다. 역시 그의 조롱을 알아챈 사임의 눈에 성난 빛이 스쳤다. 그러나 상대의 조롱을 알아차리지 못한 필리먼은 아부의 말로 받아들이고 누그러진 듯했다. 그의 얼굴에 스친 교활한 표정을 본 캐리스는 그가 책을 판 대금을 일부 가로채서 자신을 위한 보석 박힌 십자가를 마련할 궁리를 하고 있을 거라고 짐작했다.

여느 때처럼 성령강림절 일요일에 양모 정기시장이 열렸다. 원래 장날은 구호소가 바빠지는 날인데, 올해도 어김없었다. 노인들은 시장까지 먼길을 오느라 병에 걸렸고, 아이들은 낯선 음식에 물갈이를 하느라 설사를 했고, 성인 남녀는 술집에서 술에 취해 다치거나 상해를 입었다.

캐리스는 처음으로 환자를 둘 집단으로 격리시킬 수 있었다. 급감하는 전염병 환자와 복통과 매독 같은 전염의 가능성이 있는 환자들은 그날 아침 주교가 공식적으로 축성한 새 건물로 옮겼다. 사고를 당하거나 싸우다 다친 환자들은 감염 위험이 없는 예전 구호소에서 치료를 받았다. 이제는 엄지손가락이 탈구되어 수도원을 찾아왔다가 폐렴으로 죽어나가는 일은 없어진 셈이었다.

위기는 성령강림절 주간의 월요일에 찾아왔다.

그날 오후 일찍 캐리스는 식사 후 산책도 할 겸 시장을 둘러보러 나갔다. 시장은 예전에 비해 한산했다. 예전에는 수백 명의 외지인과 수천 명의 시민이 성당 앞 초지뿐 아니라 모든 길로 밀려들었다. 지난해 정기시장이 취소됐었기 때문에 많지 않으리라 예상했는데 그래도 예상보다는 많았다. 사람들이 전염병의 세력이 약화된 것을 알아챈 듯했다. 지금까지 살아남은 이들은 자신들이 전염병으로부터 안전하다고 생각했는데, 일부는 맞지만 일부는 그렇지 않았다. 사람들은 여전히 전염병으로 죽고 있었다.

매지 웨버가 만든 옷감이 정기시장의 주된 화젯거리였다. 머딘이 설계해준 새 베틀은 속도가 더 빠를 뿐만 아니라 복잡한 문양을 만들기도 더 쉬웠다. 그녀는 이미 재고의 절반을 팔아치운 상태였다.

캐리스와 매지가 이야기를 하고 있는데 주변에서 싸움이 시작됐다. 매지는 전에도 종종 그랬듯 캐리스가 아니었다면 자신은 여전히 돈 한 푼 없는 직공이었을 거라고 말해 캐리스를 난처하게 했다. 캐리스 역시 전처럼 그 말을 부인하려는데, 바로 그때 고함치는 소리가 들려왔다.

원기 왕성한 청년들이 외치는, 가슴 깊은 곳에서 울려나오는 소리 같았다. 그 소리는 30야드쯤 떨어진 술통 옆에서 들려왔다. 고함소리가 점점 다급해지더니 이번에는 젊은 여자가 비명을 질렀다. 캐리스는 손쓸 수 없을 지경이 되기 전에 싸움을 말려볼 작정으로 그쪽으로 걸음을 서둘렀다.

그녀는 조금 늦고 말았다.

이미 싸움이 벌어져 있었다. 이 도시의 불량배 네 명이, 촌스러운 옷차림으로 보아 시골 농부들로 보이는 무리와 격렬하게 싸우고 있었다.

농부들은 한 마을 사람들 같았다. 비명을 지른 것이 분명한 예쁜 여자아이가 무지막지하게 치고받는 양쪽 사람들을 떼어놓으려 애쓰고 있었다. 도시의 불량배 하나는 칼을 뽑아들고 있었고, 농부들은 묵직한 나무삽을 들고 있었다. 캐리스가 다가갔을 때는 사방에서 더 많은 사람이 모여드는 중이었다.

캐리스는 뒤따라온 매지에게 고개를 돌리고 말했다. "사람을 보내 명고 치안관을 불러오세요. 어서요. 치안관은 길드 집회소 지하실에 있을 거예요." 매지가 급히 부르러 갔다.

사람들은 점점 난폭해졌다. 칼을 든 도시 불량배들이 늘어났다. 젊은 농부 하나가 땅바닥에 쓰러져 팔에서 피를 철철 흘리고, 다른 하나는 칼에 얼굴이 깊이 베인 채 싸우고 있었다. 캐리스 앞에서 다른 두 불량배가 땅바닥에 쓰러진 농부를 걷어차기 시작했다.

한순간 망설이던 캐리스는 앞으로 나섰다. 그녀는 가까이에 있던 한 싸움꾼의 셔츠를 잡았다. "월리 베이커슨, 당장 그만두지 못해!" 그녀는 최대한 엄격한 어조로 고함을 질렀다.

그 말은 거의 먹히는 듯 보였다.

월리가 놀라 상대방에게서 물러서며 죄책감 어린 얼굴로 캐리스를 바라본 것이다. 그녀가 다시 입을 벌린 순간 월리를 노린 것이 분명한 삽이 그녀의 머리를 호되게 후려쳤다.

끔찍한 고통이 몰려들었다. 시야가 흐려지면서 그녀는 균형을 잃고 땅바닥에 쓰러졌다. 멍하니 누워 정신을 차리려 애썼지만 주위 세상이 온통 요동쳤다. 순간 누군가 그녀의 겨드랑이에 손을 넣더니 그곳에서 끌어냈다.

"통증이 심해요, 캐리스 원장님?" 낯익은 목소리였지만 누구인지는 알 수 없었다.

마침내 머리가 맑아지면서 그녀는 자신을 구해준 사람의 부축을 받고 일어섰다. 그녀를 부축해준 사람은 힘이 좋은 곡물상 메그 로빈스였다. "잠깐 정신을 잃은 것뿐이에요. 이 청년들이 서로 죽이지 못하게 말려야 해요."

"치안관들이 오고 있어요. 이곳은 그 사람들에게 맡기죠."

그의 말대로 멍고와 예닐곱 명쯤 되는 부관들이 곤봉을 휘두르며 나타났다. 그들은 곧장 싸움판 속으로 들어가 닥치는 대로 머리통을 갈겨댔다. 치안관들은 원래 싸움을 일으킨 이들만큼이나 상해를 입혔지만, 그들의 개입이 싸움판을 혼란에 빠뜨렸다. 청년들은 당황한 표정을 지으며 일부는 그 자리에서 달아났다. 순식간에 싸움이 정리됐다.

"메그, 수녀원으로 가서 우나 자매를 데려와줘요. 붕대를 가져오라고 하고요." 캐리스가 말했다.

메그는 빠른 걸음으로 자리를 떴다.

부상자 중 걸을 수 있는 자들은 재빨리 사라졌다. 캐리스는 뒤에 남은 부상자들을 살펴보기 시작했다. 복부를 찔린 시골 청년은 창자를 도로 집어넣으려 애쓰고 있었는데 가망이 없어 보였다. 팔을 베인 청년은 출혈만 막는다면 목숨은 건질 것 같았다. 캐리스는 그의 허리띠를 풀러 팔뚝을 묶고 단단히 조였다. 흐르던 피가 점점 줄어들더니 배어나오는 정도가 됐다. "허리띠를 꽉 잡고 있어요." 그녀가 청년에게 이르고, 이번에는 손뼈가 부러진 듯 보이는 불량배 쪽으로 다가갔다. 그녀도 맞은 머리가 여전히 아팠지만 무시했다.

그때 우나와 수녀 몇 명이 나타났다. 얼마 후에는 이발사 매슈가 가방을 들고 도착했다. 그들은 부상자들에게 임시로 붕대를 감아줬다. 캐리스의 지시에 따라 자원자들이 중상자들을 수녀원으로 데려갔다. "그들을 예전 구호소로 데려가세요." 그녀가 말했다.

무릎을 꿇고 있다 일어선 캐리스는 현기증을 느끼고 균형을 잡기 위해 우나를 붙잡았다. "무슨 일이에요?" 우나가 물었다.

"괜찮아요. 이제 구호소로 가보는 게 좋겠어요."

그들은 시장 점포들 사이를 지나 예전 구호소로 향했다. 들어가 보니 부상자는 한 명도 보이지 않았다. 캐리스는 화를 냈다. "이런 바보들이 환자를 엉뚱한 곳으로 데려간 모양이네." 그녀는 사람들에게 양쪽 구호소의 차이를 익히게 하려면 시간이 좀 걸리겠다고 판단했다.

그녀와 우나는 새 구호소로 가보았다. 널찍한 아치 길을 통해 클로이스터로 들어가게 되어 있었다. 안으로 들어서던 두 사람은 밖으로 나오는 자원자들과 마주쳤다. "사람들을 엉뚱한 데로 데려왔잖아요!" 캐리스는 언짢은 어조로 쏘아붙였다.

자원자 한 명이 말했다. "하지만 수녀원장님—"

"지금 얘기할 시간이 없어요." 그녀는 성마른 어조로 대꾸했다. "다친 사람들을 예전 구호소로 옮기세요."

클로이스터에 들어서던 캐리스는 팔을 베인 청년이 전염병 환자 다섯 명이 있는 병실로 운반되는 광경을 보았다. 캐리스는 안뜰을 가로질러 뛰어가 성난 어조로 소리쳤다. "멈춰요! 지금 어디로 가는 거예요?"

그때 한 남자가 말했다. "제가 지시했습니다."

캐리스는 걸음을 멈추고 소리가 난 쪽을 돌아보았다. 사임 형제였다. "바보같이 굴지 말아요. 저 사람은 자상을 입었어요. 전염병으로 죽게 할 작정이에요?"

그 말에 사임의 둥글둥글한 얼굴이 분홍색으로 물들었다. "제가 원장님 허락을 구할 필요는 없을 텐데요."

캐리스는 그의 바보 같은 말을 무시했다. "부상당한 이 청년들 모두 전염병 환자에게서 격리해야 해요. 안 그러면 감염될 거예요!"

"지나친 우려 같은데요. 가서 좀 쉬시죠."

"가서 쉬라고?" 캐리스는 격분했다. "나는 방금 이 사람들에게 전부 임시로 붕대로 감아놓았어요. 그러니 이제부터 제대로 살펴봐야 해요. 하지만 여기선 안 돼요!"

"응급 처치를 해주신 건 감사합니다, 원장님. 그러나 이제 환자를 면밀하게 진찰하는 건 제게 맡겨두시죠."

"이런 바보 같으니, 그러다간 다 죽이고 말 거예요!"

"좀 진정되도록 구호소에서 나가주셨으면 합니다만."

"이 멍청한 사람. 나를 여기서 쫓아낼 수는 없어! 이 구호소는 수녀원의 돈으로 지은 거예요. 여기 책임자는 나란 말입니다."

"원장님이 책임자라는 겁니까?" 사임이 싸늘한 어조로 말했다.

그때 캐리스는 자신은 예상 못했지만 상대방은 이런 순간이 오리라고 거의 확실하게 예상하고 있었다는 것을 깨달았다. 그는 얼굴을 붉히긴 했지만 감정을 자제하고 있었다. 그에게는 계획이 있었다. 그녀는 말을 멈추고 재빨리 생각해보았다. 주위를 둘러본 그녀는 수녀들과 자원자들 모두가 이 일이 어떻게 마무리지어질지 지켜보고 있다는 것을 알았다.

"우리는 이 청년들을 치료해야 해요." 그녀가 말했다. "여기 서서 입씨름을 벌이는 동안에도 저 사람들은 피를 흘리며 죽어가고 있어요. 우선 당장은 타협하기로 해요." 그런 다음 목청을 높였다. "모두 환자들을 그 자리에 내려놔주겠어요?" 날씨가 따뜻해 굳이 환자를 실내까지 데리고 들어갈 필요는 없었다. "우선 급한 일부터 처리한 다음 환자를 어디에 수용할지는 나중에 결정하기로 해요."

자원자들과 수녀들은 캐리스를 잘 알고 그녀를 존경했지만 그들에게 사임은 낯선 사람이었다. 그들은 신속하게 그녀의 지시대로 움직였다.

자신이 패했다는 것을 안 사임의 얼굴에는 화난 기색이 역력했다. "이런 상황에서는 환자를 치료할 수 없습니다." 그는 이렇게 말하고 성큼성큼 가버렸다.

캐리스는 충격을 받았다. 그녀는 타협안을 내놓아 그의 자존심을 구해주려 했다. 그가 토라져서 환자를 놔두고 가버리리라고는 생각지도 못했다.

그녀는 머릿속에서 그에 대한 생각을 지우고 부상자들을 살펴보기 시작했다.

몇 시간 동안 그녀는 바쁘게 움직이며 상처를 씻고 벌어진 자리를 봉합하고 환자들에게 통증을 가라앉히는 약초와 기력을 보충해주는 음료를 줬다. 이발사 매슈는 부러진 뼈를 맞추고 탈구된 관절을 바로잡았다. 매슈는 이제 오십대이지만 그의 아들 루크가 아버지와 똑같은 솜씨로 그를 보조했다.

그들이 일을 마쳤을 때는 오후도 지나 서늘한 저녁이 되어가고 있었다. 그들은 클로이스터 벽에 기대앉아 휴식을 취했다. 조앤 자매가 그들에게 시원한 사과주를 가져다줬다. 캐리스는 여전히 두통을 느꼈다. 바쁠 때는 통증을 무시할 수 있었지만 이제는 신경이 쓰였다. 오늘은 좀 일찍 자리에 누워야겠다고 그녀는 생각했다.

그들이 사과주를 마시고 있는데 젊은 조시가 나타났다. "주교께서 원장님이 괜찮으신 시간에 수도원장 사택에서 뵙자고 하십니다, 수녀원장님."

짜증이 난 그녀는 끙 하고 신음했다. 분명 사임이 그에게 불평했을 것이다. 이런 일이야말로 그녀가 피하고 싶은 일이었다. "곧 가서 뵙겠다고 전해줘요." 그러고는 좀 작은 소리로 덧붙였다. "어쨌든 성가신 일을 빨리 끝내버리는 게 낫겠지." 그녀는 사과주를 마저 마시고 그곳을 나섰다.

그녀는 지친 걸음으로 초지를 가로질렀다. 점포 주인들은 밤을 대비해 상품을 덮고 궤짝에 자물쇠를 채우며 자리를 정리하고 있었다. 그녀는 묘지를 지나 사택으로 들어갔다.

앙리 주교는 탁자 상석에 앉아 있었다. 클로드과 참사회원 로이드 부주교가 함께 있었다. 필리먼과 사임도 그 자리에 있었다. 고드윈의 고양이 대주교가 밉살맞은 얼굴로 앙리 주교의 무릎에 앉아 있었다. 주교가 말했다. "자리에 앉아요."

그녀는 클로드 참사회원 옆자리에 앉았다. 클로드가 상냥한 어조로 말했다. "피곤해 보이는군요, 캐리스 원장."

"오후 내내, 큰 싸움을 벌인 바보 같은 아이들 뒤치다꺼리를 하며 보냈죠. 말리다가 머리까지 얻어맞았고요."

"싸움이 있었다는 얘기는 들었소."

앙리 주교가 덧붙였다. "그리고 새 구호소에서 있었던 언쟁에 대해서도 들었고요."

"저도 그 일 때문일 거라 짐작하고 있었습니다."

"그렇소."

"새 구호소를 만든 것은 오로지 전염시킬 우려가 있는 질병에 걸린 환자들을 격리하려는—"

"뭐 때문에 언쟁이 있었는지는 나도 알고 있소." 앙리가 말을 끊었다. 그는 좌중을 보며 말했다. "캐리스 원장은 싸움에서 다친 사람들을 예전 구호소로 옮기라고 지시했소. 사임 형제는 그 지시에 반하는 지시를 내렸고요. 만인 앞에서 꼴사나운 추태를 보인 겁니다."

"그 점에 대해서는 죄송합니다, 주교 예하." 사임이 말했다.

앙리는 그 말을 무시했다. "이야기를 계속하기 전에 분명히 해두고 싶은 것이 있소." 그는 사임과 캐리스를 번갈아 보았다. "나는 당신들의 주교이며, 직권상 킹스브리지 수도원의 대수도원장이오. 나에게는 당신들 모두에게 명령할 권리와 권한이 있고 내 명령에 따르는 것이 당신들의 의무입니다. 그 점을 인정하시오, 사임 형제?"

사임은 고개를 숙였다. "인정합니다."

앙리가 이번에는 캐리스를 보고 말했다. "수녀원장, 당신은?"

물론 이의가 있을 수 없었다. 앙리 주교의 말은 틀린 데가 없었다. "물론입니다." 그녀가 대답했다. 그녀는 주교가 부상자들을 격리하지 않는 우를 범할 만큼 어리석지 않으리라고 확신했다.

"우선 내가 논쟁의 요점을 말하겠소. 새 구호소는 캐리스 원장이 정해놓은 세부 내역에 의거해 수녀원의 자금으로 건립됐습니다. 수녀원장은 그곳에 전염병 환자와, 건강한 사람에게 옮길 수 있는 여타 질병에 걸린 환자를 수용한다는 계획을 세우고 있었소. 수녀원장은 그런 환자를 격리하는 것이 중요하다고 생각하죠. 모든 상황을 고려했을 때 그녀는 자신이 세운 계획대로 이행되어야 한다고 주장할 자격이 있다고 보고 있죠. 내 말이 맞습니까, 수녀원장?" 앙리가 말했다.

"맞습니다."

"캐리스 원장이 이런 계획을 세웠을 때 사임 형제는 이곳에 없었으므로 그의 조언은 구할 수 없었소. 그러나 형제는 대학에서 삼 년간 의학을 공부하고 학위를 받았죠. 그는 캐리스 원장이 의술에 관련해 훈련을 받은 적도 없고 경험에서 얻은 것 외의 질병의 속성에 대해서는 아는 것이 없다고 지적하고 있습니다. 그는 전문의일 뿐 아니라 이 수도원, 아니 사실상 킹스브리지를 통틀어 하나밖에 없는 의사이기도 하죠."

"그렇습니다." 사임이 말했다.

"어떻게 내가 훈련받지 않았다는 말을 하실 수 있죠?" 캐리스는 분통을 터뜨렸다. "나는 오랜 세월 동안 환자를 치료했고—"

"좀 가만히 있으시오." 앙리 주교는 별로 언성을 높이지 않고 말했는데, 그가 언성을 높이지 않았기 때문에 캐리스는 입을 다물었다. "이제 당신이 봉직한 내력을 말하려던 참이었으니까. 원장이 이곳에서 한 일은 헤아릴 수 없을 만큼 소중한 것이었소. 아직 사그라지지 않은 이 전염병이 창궐한 동안 당신이 쏟은 헌신적인 노력 덕분에 당신의 명성은 멀리까지 퍼졌죠. 당신의 경험과 실제 지식은 더할 나위 없이 값진 겁니다."

"고맙습니다. 주교님."

"그런 반면 사임은 사제이며 대학 졸업자이고…… 남자이지요. 그의 학식은 수도원의 구호소를 합당하게 운영하는 데 필수적인 겁니다. 우리는 그를 잃고 싶지 않소."

"대학에 있는 마스터 중에도 제 방식에 동의하는 사람이 있습니다. 오스틴 형제에게 물어보세요." 캐리스가 말했다.

"오스틴 형제는 숲속의 성 요한 수도원으로 보냈습니다." 필리먼이 말했다.

"왜 그랬는지 이제야 이유를 알겠군요." 캐리스가 말했다.

"이 문제를 결정짓는 것은 오스틴 형제나 대학 마스터가 아니라 본인이오." 주교가 말했다.

캐리스는 문득 이번 대결에 대해 자신이 아무런 준비도 하지 못했다는 것을 깨달았다. 그녀는 지친데다 두통까지 있어 제대로 생각하기도 어려웠다. 권력 다툼의 한복판에 있는데 그녀에게는 아무런 전략이 없었다. 머리가 맑은 상태였다면 주교가 부른다고 곧바로 오지는 않았을 것이다. 잠을 자고 두통을 가라앉히고 다음날 아침 맑은 정신으로 일어나 전략을 세운 뒤에 주교를 만나러 왔을 것이다.

전략을 세우기에는 너무 늦어버린 걸까?

"주교님, 오늘 저녁은 이런 토론을 벌이기에 적합하지 않은 것 같습니다. 내일로 연기할 수 없을까요. 그러면 저도 몸 상태가 좀 나아질 것 같습니다만." 그녀가 말했다.

"그럴 필요 없소." 앙리가 말했다. "사임의 불만도 들었고 당신의 생각도 알고 있소. 게다가 나는 내일 아침 일찍 떠날 예정이오."

캐리스는 주교가 이미 마음을 정했다는 것을 깨달았다. 그녀가 무슨 말을 해도 달라질 것은 없었다. 하지만 어떤 결정을 내렸을까? 그가 어느 쪽으로 움직일까? 캐리스로서는 알 수 없었다. 게다가 지칠 대로 지친 상태라서 그저 잠자코 앉아서 자신의 운명이 결정되는 것을 듣고 있을 수밖에 없었다.

"인간은 나약한 존재입니다." 앙리가 말했다. "사도 바오로도 말했듯이, 거울로 보는 것같이 희미하고*, 우리는 실수를 하고 길을 잃고 서투른 판단을 내립니다. 우리는 도움이 필요합니다. 그것이 하느님이 우리에게 당신의 교회와 교황과 사제를 보내 우리를 인도하게 하신 이유입니다. 우리의 기략이 오류를 범하기 쉽고 미숙하기 때문이지요. 우리가 우리의 생각만 따른다면, 우리는 실패하고 말 겁니다. 권위 있는 이들에게 자문을 구해야 한단 말입니다."

캐리스가 느끼기에 주교는 사임 쪽으로 기우는 것 같았다. 어떻게 저리 어리석을 수 있을까?

하지만 주교는 어리석었다. "사임 형제는 대학에서 마스터들의 지도 아래 고전 의학을 공부했소. 그의 학위는 교회의 인정을 받은 것입니다. 그러므로 우리는 교회의 권위, 요컨대 그의 권위를 받아들여야 하

---

* 「고린도전서」 13장 12절 참조.

오. 그가 내리는 판단이 교육받지 않은 사람의 판단보다 열등할 리 없습니다. 그 사람이 아무리 용감하고 훌륭한 여인이라 할지라도 말이오. 그의 결정이 우선시되어야 마땅합니다."

캐리스는 너무 힘들고 아파서 면담이 끝난 것이 반가울 정도였다. 사임이 이기고 그녀가 진 것이었다. 그러나 그녀가 원하는 건 잠이었다. 그녀는 자리에서 일어섰다.

"당신을 실망시켜 미안하군요, 캐리스 원장……" 앙리 주교가 말했다.

그녀가 문으로 걸어가자 주교는 말을 멈췄다.

"저런 무례한 행동을 하다니." 필리먼의 목소리가 들렸다.

"그냥 내버려둡시다." 주교가 조용히 말했다.

문에 이른 그녀는 뒤도 돌아보지 않고 그대로 나왔다.

느린 걸음으로 묘지를 지나는 동안 방금 있었던 일의 의미가 선명해졌다. 사임이 구호소의 책임자가 된 것이었다. 이제부터 그녀는 그의 지시를 따라야 한다. 환자를 분류해서 격리하지도 못할 것이다. 마스크를 쓰는 일도, 식초로 손을 씻는 일도 없을 것이다. 병약한 환자는 사혈로 더 약해질 것이고, 굶주린 환자는 하제를 써서 더 여윌 것이고, 상처에는 고름을 짜낸다는 명목으로 동물 분뇨로 만든 연고를 바르게 될 것이다. 청결이나 신선한 공기 따위에 신경쓰는 일도 없을 것이다.

그녀는 아무와도 말을 하지 않고 클로이스터를 지나고 계단을 올라 공동 침실 안쪽에 있는 자기 방으로 향했다. 그러고는 침대에 엎드렸다. 머리가 사정없이 울려댔다.

그녀는 머딘을 잃었고, 구호소를 잃었다. 모든 것을 잃은 것이었다.

그녀는 머리에 입은 부상이 치명적일 수도 있다는 것을 알고 있었다. 지금 잠들면 두번 다시 깨어나지 못할지도 모른다.

어쩌면 그편이 나을지도 모른다.

79

머딘이 정원에 나무를 심은 것은 1349년 봄이었다. 일 년이 지나자 대부분의 수목은 자리를 잡아서 드문드문이나마 멋진 잎을 틔웠다. 자리를 잡지 못해 고전하는 나무가 두서너 그루 있었고, 확실하게 죽은 건 한 그루뿐이었다. 열매까지는 기대하지도 않았지만 7월이 되자 놀랍게도 조숙한 묘목 하나에 열두어 개쯤 작은 암녹색 배가 달렸다. 아직 크기도 작고 돌처럼 딱딱했지만 가을이 되면 충분히 익을 것 같았다.

어느 일요일 오후 머딘이 롤라에게 열매를 보여주자 아이는 그것이 자기가 좋아하는 톡 쏘는 맛에 즙이 많은 그 과일이라는 사실을 믿지 않았다. 아이는 아버지가 여느 때처럼 자기를 놀리는 거라고 여겼거나, 아니면 그렇게 여기는 시늉을 했다. 그가 롤라에게 그러면 익은 배가 어디서 나는 거라고 생각하느냐고 묻자 아이는 나무라는 눈길로 그를 바라보며 말했다. "아빠는 바보야, 시장에서 나잖아!"

머딘은 아직 가냘픈 이 아이도 나중에 여성의 부드러운 굴곡을 갖게 된다는 것을 상상하기 어려웠지만 언젠가는 배처럼 성숙할 거라고 생각했다. 그는 딸이 과연 자신에게 손자를 안겨줄지 궁금했다. 지금 다섯 살이니 그런 날도 십여 년 남은 셈이었다.

성숙에 대한 생각에 잠겨 있던 그의 눈에 자신을 향해 정원을 걸어오는 필리파가 보였다. 그는 새삼스럽게 그녀의 가슴이 더할 나위 없이 둥글고 풍만하다는 것을 깨달았다. 그녀가 대낮에 그를 찾아오는 일은 없었기 때문에 그는 이유가 궁금했다. 남의 눈에 띨 경우에 대비해 그는 사람들 입에 오르내리지 않고 남편의 형이 할 만한 인사로 그녀의 뺨에 살짝 입을 맞추며 맞이했다.

그녀는 곤혹스러운 듯했는데, 그제야 그는 지난 며칠 동안 그녀가 여느 때보다 말이 없고 생각이 복잡해 보였다는 것이 기억났다. 그녀가 옆의 풀밭에 앉자 그는 물었다. "뭐 마음에 걸리는 일이라도 있어요?"

"나는 충격적인 소식을 부드럽게 전하는 법을 몰라요. 나 임신했어요."

"허, 이런!" 그는 너무 놀라 반응을 숨길 생각조차 하지 못했다. "내가 놀란 건 당신이 말하길……"

"알아요. 나도 내가 그러기에는 나이가 너무 많다고 생각했으니까. 지난 몇 년 사이에 생리가 일정치 않다가 아예 끊어졌었거든요. 아무튼 그랬다고 생각했어요. 그런데 아침이면 헛구역질이 나고 유두가 아파요."

"나도 당신이 정원에 들어설 때 가슴이 커진 것 같아 유심히 보긴 했어요. 그런데 확실한 건가요?"

"나는 여섯 번이나 임신한 경험이 있어요. 세 아이를 낳고 세 차례 유산했죠. 그래서 임신을 하면 어떤지 잘 알아요. 확실해요."

그는 미소지었다. "흠. 그러면 우리에게 아이가 생기겠군요."

그녀는 그의 미소에 화답하지 않았다. "그렇게 기뻐할 일이 아니에요. 이 일이 어떤 결과를 불러올지 생각 못하는 모양이군요. 나는 셔링 백작의 아내예요. 지난 10월 이후로 그와 잠자리를 하지 않았고, 2월

이후로는 같이 살지도 않았어요. 그런데 7월인 지금 임신 이 개월, 길게 잡아도 삼 개월째예요. 그 사람은 물론이고 온 세상이 그 사람 아이가 아니라는 사실을 알 거예요. 셔링의 백작부인이 간통을 한 거죠."

"하지만 그는……"

"나를 죽이지 않을 거란 말인가요? 틸리도 죽였는데?"

"오, 맙소사. 그건 그래요. 그렇지만……"

"그리고 그가 나를 죽인다면 아기까지 죽일 거예요."

머딘은 그런 일은 있을 수 없다고, 랠프는 그런 짓을 하지 않을 거라고 말하고 싶었다. 그러나 그렇게 말할 수 없었다.

"어떻게 할지 결정해야 해요." 필리파가 말했다.

"그렇다고 약을 써서 유산할 순 없어요. 너무 위험한 일이니까."

"그러진 않을 거예요."

"그러면 아기를 낳을 생각이군요."

"그래요. 하지만 그다음은 어쩌죠?"

"수녀원에 살면서 비밀로 하면 어떨까요? 수녀원에는 전염병 때문에 고아가 된 아이들이 많이 있잖아요."

"하지만 모성을 숨길 수는 없어요. 내가 그 아이에게만 특별히 관심을 쏟는다는 걸 모두 알게 될 거예요. 그러면 랠프도 알게 될 거고."

"당신 말이 맞아요."

"내가 그냥 사라져버리는 것도 가능해요. 런던이나 요크, 파리, 아비뇽 같은 곳으로. 아무에게도 행선지를 말하지 않으면 랠프도 쫓아올 수 없겠죠."

"나도 함께 갈게요."

"그러면 탑을 완공하지 못할 텐데요."

"그리고 당신도 오딜라를 그리워하게 되겠죠."

필리파의 딸은 데이비드 백작과 결혼한 지 육 개월 되었다. 머딘은 딸을 두고 떠나는 일이 필리파에게 얼마나 아픈 일일지 충분히 상상할 수 있었다. 그리고 솔직히 말하면 그 역시 탑을 두고 떠난다면 적지 않은 고통을 느낄 것 같았다. 성인이 된 이래 그에게는 잉글랜드에서 가장 높은 건축물을 짓는 것이 평생의 소원이었다. 그러다 마침내 공사를 시작하게 됐는데 이제 와서 포기한다면 가슴이 무너질 것이다.

탑에 대해 생각하자 그의 머릿속에 캐리스가 떠올랐다. 그는 그녀가 이 소식을 들으면 망연자실할 거라 생각했다. 그녀를 보지 못한 지도 벌써 몇 주였다. 그녀는 양모 정기시장에서 머리를 다친 뒤 내내 아팠고, 이제 완전히 낫기는 했지만 수도원 밖으로는 잘 나오지 않았다. 그는 구호소가 사임 형제에 의해 운영되고 있다는 소식을 듣자 캐리스가 일종의 권력 다툼에서 진 거라고 짐작했다. 필리파의 임신은 캐리스에게 또하나의 치명타가 될 것이다.

"그리고 오딜라도 임신했어요." 필리파가 덧붙였다.

"그렇게 빨리요? 좋은 소식이군요. 하지만 당신 딸에 손자까지 볼 수 없게 되는 것이니, 이곳을 떠날 수 없는 이유가 하나 더 는 셈이군요."

"나는 달아날 수도 없고 숨을 수도 없어요. 하지만 아무 대책 없이 낳았다간 랠프가 나를 죽일 거예요."

"분명 여기서 빠져나갈 방도가 있을 겁니다." 머딘이 말했다.

"지금 떠오르는 방법은 하나밖에 없어요."

그는 그녀를 바라보았다. 그는 그녀가 진작부터 그 생각을 하고 있었다는 것을 알았다. 해결책이 생각날 때까지 그것을 그에게 말하지 않았을 뿐인 것이었다. 그녀는 그에게, 다른 모든 해결책이 틀렸다는 것부터 입증하려 했다. 그것은 즉, 그녀가 생각해낸 해결책을 그가 좋아하지 않을 거라는 뜻이었다.

"말해봐요." 그가 말했다.

"우리는 랠프가 그 아기가 자기 아이라고 믿도록 만들어야 해요."

"하지만 그러려면⋯⋯"

"그래요."

"알아들었어요."

머딘은 필리파가 랠프와 잠자리를 한다는 것을 생각하기만 해도 역겨웠다. 질투심도 어느 정도 이유이기는 했지만 가장 중요한 사실은, 그녀가 그 일을 끔찍해한다는 것이었다. 그녀는 랠프에게 육체적이고 감정적인 면에서 극도의 혐오감을 품고 있었다. 그것은 머딘으로서도 이해할 수 있는 일이었다. 그는 평생 랠프의 잔인성을 지켜보았고, 그 잔인한 인간은 그의 동생이었다. 랠프가 무슨 짓을 하든 그 사실은 달라지지 않는다. 그럼에도 필리파가 세상에서 가장 혐오하는 남자와 억지로 성관계를 해야 한다는 것은 생각만 해도 역겨웠다.

"좀더 나은 방법이 있다면 좋을 텐데." 머딘이 말했다.

"그건 나도 마찬가지예요."

그는 그녀를 유심히 바라보았다. "당신은 벌써 결정을 내렸군요."

"그래요."

"정말 유감이에요."

"나도 그래요."

"하지만 그 일이 제대로 될까요? 당신이⋯⋯ 그를 유혹하는 일이?"

"몰라요. 그냥 해보는 수밖에요."

대성당은 대칭적인 건축물이었다. 석공 전용의 다락은 대성당 서쪽 끝의 야트막한 북쪽 탑 안에, 북쪽 현관이 내려다보이는 위치에 있었다. 그것과 쌍을 이루는 남서쪽 탑에도 비슷한 크기와 모양의 공간이 클로이스터를 내려다보는 위치에 자리잡고 있었다. 그곳은 아주 드물게만 사용되는 소소한 물품을 보관하는 창고로 썼다. 성극聖劇에 쓰이는 각종 의상과 상징물들이 나무 촛대, 녹슨 사슬, 금 간 도기, 오랜 세월 동안 양피지가 썩어 정성들여 써놓은 글자를 판독할 수 없게 된 책 같은, 전혀 쓸모없지만은 않은 잡동사니들과 함께 그곳에 있었다.

머딘은 창을 통해 긴 줄에 달린 납봉을 늘어뜨려 벽의 수직 상태를 확인하기 위해 그곳에 갔다가 뭔가를 발견했다.

벽에 금이 가 있었다. 금이 간 것이 반드시 결함이 있다는 의미는 아니지만, 숙련된 눈으로 그 금의 의미를 해석할 필요가 있었다. 모든 건축물은 움직이기 마련인데, 벽에 생긴 금은 그저 그 구조물이 변화에 맞춰 새롭게 조정됐다는 의미일 수도 있었다. 머딘은 이 창고 벽에 생긴 금 대부분은 악성이 아니라고 판단했다. 하지만 그중에 뭔지 알 수 없는, 형태가 이상한 금이 하나 있었다. 통상적인 금과는 다르게 보였다. 다시 한번 살펴본 머딘은 누군가 작은 돌이 헐거워지면서 생긴 금을 이용했던 흔적을 발견했다. 그는 그 돌을 빼냈다.

그는 곧 누군가의 비밀 장소를 발견했다는 사실을 깨달았다. 돌 뒤편에 있는 공간은 도둑의 은닉처였다. 머딘은 그 물건들을 하나씩 꺼내보았다. 큰 녹색 보석이 박힌 여성용 브로치, 은 버클, 비단 솔, 성구聖句가 적힌 두루마리가 하나씩 나왔다. 그는 맨 뒤쪽에서 도둑이 누구인지 짐작할 실마리가 될 물건을 찾아냈다. 그것은 그 구멍 속에 있던 물건 중 금전적 가치가 없는 유일한 물건이기도 했다. 단순한 모양의 다듬은 나뭇조각 표면에 'M:Phmn:AMAT'라고 새겨져 있었다.

M은 머리글자일 것이었다. Amat는 라틴어로 '사랑한다'는 뜻이었다. 그리고 Phmn은 분명 필리먼일 것이다.

남자든 여자든 한때 필리먼을 사랑한 M으로 시작되는 이름을 가진 누군가가 그에게 징표로 준 물건일 것이고, 필리먼은 이것을 훔친 귀중품들과 함께 감춰놓았을 것이다.

어린 시절부터 필리먼의 손버릇이 나쁘다는 소문이 있었다. 그의 주변에서 물건들이 없어지곤 했다. 아마도 이곳이 필리먼이 훔친 것들을 숨겨두는 장소인 모양이었다. 머딘은 필리먼이 밤중에 이곳에 혼자 올라와 돌을 빼내고 흐뭇한 표정으로 훔친 물건들을 보는 광경을 머릿속에 그려보았다. 그것은 분명 일종의 병이었다.

필리먼에게 사랑하는 사람이 있다는 이야기는 들은 적이 없었다. 그의 상관이었던 고드윈과 마찬가지로 필리먼도 성적 욕구가 별로 없는 극소수의 부류에 속한 것 같았다. 하지만 과거에 누군가가 필리먼과 사랑에 빠졌었고, 그는 그 추억을 소중히 간직하고 있었다.

머딘은 물건을 처음 발견한 상태 그대로 정확히 되돌려놓았다. 그는 그런 기억력이 좋았다. 빼냈던 돌을 원래 자리에 끼워놓았다. 그리고 생각에 잠긴 채 나선형 계단을 내려왔다.

랠프는 필리파가 집에 오자 몹시 놀랐다.

여름철 우기에 보기 드물게 날이 화창해 보통 때라면 매 사냥에 나섰을 테지만 그날은 그럴 수 없는 상황이라 화가 나 있었다. 곧 수확기가 시작될 참이라 백작 영지에서 일하는 이삼십 명쯤 되는 집사며 관리인들이 대부분 다급한 용무를 가지고 그를 만나러 왔기 때문이다. 그들이 안고 있는 문제는 똑같았다. 들에서 곡식이 익어가는데 수확할 일손이 부족했다.

그로서는 도와줄 방도가 없었다. 그는 기회만 있으면 더 높은 품삯을 받으려고 법령을 어기고 마을을 떠난 일꾼들을 기소했지만, 겨우 잡아 올 수 있었던 몇 안 되는 일꾼들은 벌금을 내고 또다시 도망쳤다. 그래서 관리인들은 그때그때 일꾼을 임시변통해야 했다. 그들이 저마다 자신의 곤경을 그에게 설명해댔고, 그는 그들의 말을 들어주고 임시변통으로 마련한 계획안들을 허락해주는 수밖에 도리가 없었다.

홀은 관리인들, 기사들, 병사들, 사제 두어 명, 그리고 느릿느릿 움직이는 하인들 십여 명으로 가득차 있었다. 조용해진 한순간 랠프의 귀에 갑자기 밖에서 떼까마귀들이 경고라도 하듯 귀에 거슬리는 소리로 우는 소리가 들려왔다. 고개를 들어 보니 문가에 필리파가 서 있었다.

그녀는 먼저 하인들에게 말했다. "마사! 이 탁자에 음식 흘린 자국이 그대로 남아 있잖아. 지금 당장 뜨거운 물을 가져와 깨끗이 닦도록 해. 디키, 백작이 좋아하시는 말이 어제 사냥 때 묻은 흙으로 범벅이 됐더구나. 그런데 너는 여기서 막대기나 깎고 앉아 있는 거냐. 냉큼 네가 일하는 마구간으로 돌아가 말을 씻겨라. 그리고 애, 너는 그 강아지를 밖에 내놔. 바닥에 오줌을 쌌잖아. 이 홀에 들어올 수 있는 개는 백작의 마스티프밖에 없다는 걸 너도 잘 알 텐데." 하인들은 전기라도 통한 것처럼 갑자기 활기를 띠고 움직이기 시작했다. 그녀가 지시하지 않은 하인들까지도 부리나케 할일을 찾아나섰다.

랠프는 필리파가 집안 하인들에게 명령하는 데는 개의치 않았다. 하인들은 닦달하는 안주인이 없으면 게으름을 피우고 늘어졌다.

그녀는 랠프에게 다가와 무릎을 한껏 굽히며 절했는데, 그런 인사는 오랜 외출에서 돌아온 다음에나 할 만한 것이었다. 그러나 그녀는 그에게 키스는 하지 않았다.

그는 무덤덤하게 말했다. "이건…… 좀 뜻밖이군."

필리파는 짜증스러운 듯이 말했다. "꼭 떠나야 했던 이유가 있었던 건 아니었어요."

랠프는 속으로 신음했다. "무슨 일로 돌아온 거요?" 그것이 무슨 일이든 골칫거리가 분명하다고 그는 확신했다.

"내 영지 잉스비 때문이에요."

필리파에게는 얼마 안 되지만 자기 재산이 있었다. 글로스터셔의 마을 몇 개가 그녀 소유이고, 그 마을들은 백작이 아니라 그녀에게 영지세를 냈다. 그녀가 수녀원에서 지낸 뒤로 그 마을들의 관리인들이 킹스브리지 수도원으로 찾아가 그녀에게 직접 영지세를 냈다는 것을 랠프는 알고 있었다. 그런데 어쩌다보니 잉스비는 예외였다. 그곳 영지 관리인은 그에게 세금을 냈고, 그러면 그가 그것을 그녀에게 전달해주곤 했는데, 그녀가 떠난 뒤로 그 일을 깜빡했던 것이다. "아, 깜박 잊고 있었군."

"괜찮아요. 당신도 생각할 게 많았을 테니까."

놀랄 만큼 타협적인 태도였다.

그녀는 위층 자기 방으로 올라갔고, 그도 자기 일로 돌아갔다. 그는 또다른 관리인이 곡식이 익어가는 밭을 하나하나 열거하면서 수확할 일꾼이 부족하다고 한탄하는 소리를 들으며, 반년 동안 떨어져 지내는 사이에 그녀의 태도가 좀 나아졌다고 생각했다. 그래도 그는 그녀가 이곳에 오래 머물 계획으로 돌아온 것이 아니길 바랐다. 밤에 그녀와 함께 눕는 일은 죽은 암소 옆에서 자는 것이나 다를 바 없었다.

그녀는 저녁식사 시간에 다시 나타났다. 그러고는 랠프 옆에 앉아 식사하며 방문중인 기사 몇 명과 우아하게 대화를 나눴다. 그녀는 여느 때와 다름없이 냉정하고 말을 아꼈는데, 호의적인 감정이나 유머는 찾아볼 수 없었지만 결혼한 이후 그녀가 보여줬던 가차없고 쌀쌀맞은 증오심의 기미는 보이지 않았다. 그 감정은 사라졌거나, 아니면 깊숙이 감추고 있었다. 식사가 끝나자 그녀는 랠프와 기사들이 술을 마시도록 둔 채 다시 물러났다.

그는 그녀가 완전히 돌아왔을 가능성에 대해 생각해보았지만 결국 그 생각을 떨쳐냈다. 그녀가 그를 사랑하는 일은, 아니 좋아하는 일조차 불가능할 것이다. 그저 오랫동안 나가 있으면서 분노의 날이 무뎌졌을 뿐일 것이다. 저변에 깔린 감정은 앞으로도 그녀를 떠날 일이 없을 거라고 생각했다.

그는 위층으로 올라가면서 그녀가 자고 있을 거라 생각했지만 놀랍게도 그녀는 상아색 잠옷 차림으로 책상 앞에 앉아 있었다. 촛불 하나만이 그녀의 자존심 강한 얼굴과 풍성하고 새까만 머리칼에 부드러운 빛을 던졌다. 그녀 앞에는 소녀다운 필적으로 쓴 장문의 편지 한 통이 놓여 있었다. 그는 그 편지가 이제 몬머스 백작부인이 된 오딜라에게서 온 것이리라 짐작했다. 필리파는 답장을 쓰는 중이었다. 그녀도 대부분의 귀족이 그렇듯이 사무적인 편지는 서기에게 구술했지만 개인적인 편지는 직접 썼다.

그는 옷방에 들어가 겉옷을 벗고 나왔다. 여름철에는 보통 속옷 차림으로 잠을 잤다.

필리파는 편지를 다 쓰고 자리에서 일어서다가 책상 위에 있던 잉크병을 엎었다. 그녀는 화들짝 놀라 뒤로 물러났지만 이미 늦어버렸다. 잉크병이 그녀 쪽으로 쏟아져 큼직한 검정 얼룩이 지며 하얀 잠옷을 망쳐버린 것이다. 그녀는 욕을 내뱉었다. 그 장면을 보고 있던 그는 조금 재미있었다. 신경질적일 정도로 깔끔한 성격인 그녀에게 잉크가 쏟아진 것이 우스웠다.

그녀는 잠시 머뭇대더니 머리 위로 잠옷을 벗었다.

그는 뛸듯이 놀랐다. 평소 그녀는 이렇게 아무데서나 옷을 벗는 일이 없었다. 그는 그녀가 잉크 때문에 당황했다고 생각했다. 그는 그녀의 알몸을 빤히 바라보았다. 수녀원에서 체중이 조금 는 것 같았다. 가슴이 전보다 더 크고 둥글어지고 복부가 약간이기는 하지만 알아볼 수 있을 만큼 부풀어 있었으며 부푼 엉덩이 역시 매력적인 곡선을 그리고 있었다. 놀랍게도 랠프는 자극을 받았다.

그녀는 허리를 숙이고 둘둘 만 잠옷으로 타일 바닥에 묻은 잉크를 닦았다. 타일을 닦는 그녀의 젖가슴이 흔들렸다. 그녀가 몸을 돌리자 그녀의 풍만한 뒤태가 고스란히 눈에 들어왔다. 그녀가 평소 그러는 사람이 아니라는 것을 몰랐다면 그는 그녀가 그를 자극하려고 일부러 그런다고 의심했을 것이다. 그러나 필리파는 랠프는 고사하고 어느 누구도 성적으로 자극한 일이 없었다. 그녀는 그저 냉정을 잃고 당황했을 뿐이었다. 바닥을 닦는 동안 완전히 노출된 그녀의 알몸을 빤히 바라보는 행위 자체가 한층 더 자극적이었다.

그는 여자와 성관계를 한 지 몇 주가 지난데다 마지막으로 안았던 여자는 솔즈베리에 있는 시원찮은 매춘부였다.

필리파가 일어섰을 때쯤 그는 이미 발기한 상태였다.

그녀는 자신을 바라보고 있는 그를 보았다. "그만 쳐다보고 이제 그만 자는 게 어때요." 그녀는 더러워진 잠옷을 빨래 바구니에 던져넣으며 말했다.

그녀는 옷을 넣어두는 궤로 가 뚜껑을 열었다. 킹스브리지로 갈 때 대부분의 옷은 그대로 두고 갔다. 아무리 귀빈이라고는 하지만 수녀원에서 지내며 사치스러운 옷차림을 하는 건 적절하지 않다고 생각했기 때문이다. 그녀는 다른 잠옷을 꺼냈다. 랠프는 그녀가 잠옷을 꺼내는 동안에도 그녀의 몸을 눈으로 낱낱이 훑었다. 그녀의 치솟은 젖가슴과 까만 털이 난 불두덩을 응시하는 동안 그의 입속은 바짝 타들어갔다.

그녀와 눈이 마주쳤다. "나한테 손대지 말아요." 그녀가 말했다.

그녀가 그 말을 하지 않았다면 그는 아마 그대로 누워서 잠을 청했을 것이다. 그러나 그녀의 즉각적인 거부가 그를 자극했다. "나는 셔링의 백작이고 당신은 내 아내요. 언제든 그리고 싶을 때 당신을 만질 수 있어."

"꿈도 꾸지 말아요." 그녀는 말하고는 잠옷을 입으려고 몸을 돌렸다.

그 말에 그는 화가 치밀었다. 그녀가 잠옷을 입으려고 머리 위로 들었을 때, 그는 다가가 그녀의 엉덩이를 손으로 쳤다. 맨살을 힘껏 후려쳐서 그녀는 분명 몹시 아팠을 것이다. 그녀가 펄쩍 뛰면서 소리쳤다. "이 정도는 되어야 꿈도 꾸지 않는 거지." 그가 말했다. 그러고는 돌아서며 항의하려는 그녀의 입에 충동적으로 주먹을 날렸다. 그녀는 뒤로 나자빠졌다. 그녀는 두 손을 입에 댔는데, 손가락 사이로 피가 흘러내렸다. 벌거벗은 그녀는 두 다리를 벌린 채 바닥에 쓰러져 있었다. 삼각형의 음모, 가랑이 사이로 유혹하기라도 하듯 살짝 벌어진 성기가 그의 눈에 들어왔다.

그는 그녀를 덮쳤다.

그녀는 격렬하게 버둥거렸지만 랠프의 몸집이 훨씬 크고 힘도 셌다. 그는 간단히 그녀를 제압했고, 잠시 후 그녀의 몸속에 들어가 있었다. 그녀의 몸은 젖어 있지 않았지만 그것이 더 자극적이었다.

일은 순식간에 끝났다. 그는 헐떡이며 그녀의 몸에서 떨어져나왔다. 이윽고 그는 그녀를 바라보았다. 그녀의 입가에 피가 묻어 있었다. 그녀는 그를 보지 않고 눈을 감고 있었다. 그런데 그 얼굴에 기묘한 표정이 떠올라 있었다. 그것이 무슨 표정인지 생각하던 그는 이윽고 깨달았다. 그리고 그 사실에 더욱 어리둥절해졌다.

그것은 승리의 표정이었다.

⁓

머딘은 벨 여인숙에서 필리파의 하녀를 보고 그녀가 킹스브리지에 돌아온 것을 알았다. 그는 그날 밤 연인이 집으로 찾아오리라 생각했는데 오지 않자 실망했다. 그는 그녀가 불편함을 느낀다고 생각했다. 아무리 불가피한 이유 때문이라고 해도, 또한 자신이 사랑하는 남자가 이미 알고 있고 이해한다고 해도 그런 일을 하고 마음 편할 여자는 없다.

그다음날 밤에도 그녀는 오지 않았다. 그는 그다음날인 일요일에는 성당에서라도 그녀를 보게 되리라 확신했다. 하지만 그녀는 미사에도 나오지 않았다. 귀족이 주일미사에 빠지는 것은 거의 있을 수 없는 일이었다. 왜 그녀는 나타나지 않고 있는 것일까?

미사가 끝난 후 그는 안과 엠에게 롤라를 맡겨 집으로 보내고 초지를 가로질러 예전 구호소로 향했다. 위층에 귀빈용 객실 세 개가 있었다. 그는 외부 계단을 이용했다.

그는 복도에서 캐리스와 마주쳤다.

그녀는 무슨 용무인지 묻지도 않고 말했다. "백작부인은 당신이 자기를 보는 걸 원치 않아. 그래도 당신은 그녀를 봐야 할 테지만."

머딘은 '백작부인이 당신을 만나고 싶어하지 않는다'가 아니라 '백작부인은 당신이 자기를 보는 걸 원치 않는다'는 이상한 표현에 주목했다. 그는 캐리스가 들고 있는 사발을 보았다. 피 묻은 천이 있었다. 그는 두려움에 싸였다. "뭐가 잘못된 거야?"

"심각한 건 아니야. 아기는 무사해."

"다행이군."

"물론 당신이 아기 아버지겠지?"

"제발 다른 사람 귀에 그 소리가 들리지 않게 해줘."

캐리스는 슬픈 표정을 지었다. "당신과 나는 오랜 세월을 함께 지냈는데도 내가 임신한 것은 한 번뿐이었지."

그는 시선을 돌렸다. "어느 방에 있어?"

"괜한 얘기 꺼내서 미안해. 당신은 나에게 관심도 없을 텐데. 레이디 필리파는 가운데 방에 있어."

머딘은 캐리스의 목소리에서 억누를 길 없는 슬픔을 감지하고 필리파가 걱정되는 와중에도 멈춰 서서 그녀의 팔을 어루만졌다. "내가 당신에게 관심이 없다고 생각하지 마. 나는 앞으로도 언제나 당신에게 일어나는 일에, 그리고 당신이 행복한지 신경쓸 거니까."

고개를 끄덕이는 그녀의 눈에 눈물이 고였다. "알아. 내가 이기적으로 굴었어. 어서 가서 필리파를 만나봐."

그는 캐리스 곁을 떠나 가운데 방으로 들어갔다. 필리파는 그에게 등을 보인 자세로 기도대 앞에 무릎을 꿇고 있었다. 그가 말을 걸자 그녀의 기도가 중단됐다. "괜찮은 거예요?"

그녀는 일어서서 그를 향해 돌아섰다. 얼굴이 엉망이었다. 입술이 세 배쯤 부어올랐고 상처에 보기 흉한 딱지가 앉아 있었다.

캐리스가 그 상처를 씻어준 것 같았다. 그래서 피 묻은 천이 있었던 것이다. "무슨 일 있었어요? 말은 할 수 있어요?"

그녀는 고개를 끄덕였다. "목소리가 좀 이상하지만 할 수 있어요." 그녀의 목소리는 웅얼거림에 가까웠지만 알아들을 수는 있었다.

"얼마나 다친 거예요?"

"얼굴이 끔찍해 보이기는 해도 심하진 않아요. 그것 말고는 괜찮아요."

그는 그녀를 끌어안았다. 그녀는 그의 어깨에 머리를 기댔다. 그는 그녀를 안은 채 말없이 기다렸다. 이윽고 그녀는 울기 시작했다. 그녀가 몸을 떨며 흐느끼는 동안 그는 그녀의 머리와 등을 쓸어줬다. "자, 이제 괜찮아요." 그러고는 그녀의 이마에 입을 맞췄다. 그는 굳이 그녀를 조용히 시키려고 하지 않았다.

그녀의 울음이 서서히 잦아들었다.

"당신 입술에 키스해도 괜찮겠어요?"

그녀는 고개를 끄덕였다. "부드럽게."

그는 자신의 입술을 그녀의 입술에 가볍게 포갰다. 아몬드맛이 났다. 캐리스가 상처에 아몬드 기름을 발라준 것이었다. "무슨 일이 있었는지 말해봐요."

"그 일은 성공했어요. 그는 속아넘어갔죠. 이제는 자기 아기라고 믿을 거예요."

그는 손끝으로 그녀의 입술을 어루만졌다. "그가 이렇게 만들었어요?"

"화내지 말아요. 내가 그를 자극했고, 성공했어요. 나는 그가 나를 때려서 기뻤어요."

"기쁘다니요! 어째서?"

"그럼 강제로 한 거라고 생각할 테니까요. 그는 폭력을 쓰지 않으면 내가 순순히 따르지 않는다고 생각해요. 그는 내가 의도적으로 유혹했다는 사실을 전혀 몰라요. 앞으로도 의심하지 않을 거예요. 그것은 내가 안전하다는 의미죠. 우리 아기도 그렇고요."

그는 한 손을 그녀의 배에 가져다댔다. "하지만 왜 나를 만나러 오지 않았어요?"

"이런 꼴을 하고요?"

"당신이 다쳤을 때는 더더욱 함께 있고 싶어요." 그러면서 그는 그녀의 가슴으로 손을 옮겼다. "게다가 그동안 당신이 그리웠어요."

그녀는 그의 손을 밀쳐냈다. "매춘부처럼 이 남자 저 남자한테로 옮겨 다닐 수는 없어요."

"아." 그는 그런 식으로는 생각해본 적이 없었다.

"이해하겠어요?"

"이해할 수 있을 것 같군요." 그는 남자라면 똑같은 행동을 하고 자랑스러워할 수도 있지만 여자라면 그런 일에 수치심을 느낀다는 것을 이해했다. "하지만 얼마 동안이나……?"

그녀는 한숨을 짓더니 걸음을 옮겼다. "그건 기간이 문제가 아니에요."

"그게 무슨 말이에요?"

"우리는 세상 사람들에게 이 아기를 랠프의 아기라고 말하기로 했죠. 그리고 나는 그가 그렇게 믿도록 만들었어요. 이제 그는 아기를 자기가 키우고 싶어할 거예요."

머딘은 낙심했다. "나는 그 문제를 깊이 생각해보지 못했지만, 당신이 계속 수도원에서 살 거라고 생각했어요."

"랠프는 자기 아이가 수녀원에서 자라도록 내버려두지 않을 거예요. 아기가 아들이면 더욱 그럴 거고요."

"그러면 이제 어떻게 할 건가요? 백작의 성으로 돌아갈 건가요?"

"그래요."

물론 아기는 아직 아무것도 아니었다. 사람도 아니고, 아기조차 아니었다. 그저 필리파의 배 속에 있는 작은 혹에 지나지 않았다. 하지만 머딘은 날카로운 슬픔을 느꼈다. 롤라는 그의 인생에서 더할 나위 없는 기쁨이었고, 그래서 그는 또다른 아이를 간절히 고대했다.

아무리 그래도 필리파와는 좀더 함께 있을 수 있을 거라고 믿었었다. "언제쯤 떠날 건가요?" 그가 물었다.

"곧이요." 그녀가 말했다. 그의 표정을 본 그녀의 눈에 눈물이 고였다. "내가 얼마나 미안해하는지 말로 표현할 수 없을 정도지만, 랠프에게 돌아갈 생각을 하면서 당신과 사랑을 나눈다면 뭔가 잘못했다는 느낌을 떨칠 수 없을 거예요. 서로 모르는 두 남자라고 해도 그럴 거고요. 당신들이 형제라는 사실은 그 일을 한층 더 추하게 느끼게 할 뿐일 거예요."

그는 눈물에 시야가 흐려졌다. "그러면 우리 관계는 이미 끝난 건가요? 지금?"

그녀는 고개를 끄덕였다. "그리고 한 가지 더 말할 게 있어요. 우리가 다시는 연인이 되어서는 안 될 이유예요. 나는 내 간통에 대해 고해를 했어요."

머딘은 필리파도 상류층 귀부인들이 그렇듯 개인 고해 신부를 두고 있다는 것을 알고 있었다. 그녀가 킹스브리지에 온 이후 그 고해 신부는 수사들과 함께 지냈다. 가뜩이나 사제가 부족한 상태라 그는 환영받았다. 그녀는 그에게 자신의 정사에 대해 고백한 것이었다. 머딘은 고해 신부가 그 비밀을 지켜주기만 바랄 뿐이었다.

"나는 죄를 빌고 용서받았지만 계속 죄를 지어서는 안 돼요." 필리파가 말했다.

머딘은 고개를 끄덕였다. 그녀의 말이 옳았다. 두 사람은 죄를 지었다. 그녀는 남편을 배신했고, 그는 동생을 배신했다. 그녀에게는 변명의 여지가 있었다. 강제로 한 결혼이었으니까. 그러나 머딘에게는 변명의 여지가 없었다. 아름다운 여인이 그와 사랑에 빠졌고 그는 자신에게 그럴 권리가 없음에도 그 사랑에 응했다. 자신이 지금 느끼고 있는 슬픔과 상실감에서 비롯된 애타는 고통은 그런 행동의 당연한 귀결이었다.

그는 그녀를, 녹회색을 띤 차가운 눈과 맞아서 부은 입술과 원숙한 몸을 바라보았다. 그리고 자신이 이미 그녀를 잃었다는 사실을 깨달았다. 아마 진정으로 그녀를 가졌던 적이 없었을지도 모른다. 어쨌든 그 일은 잘못된 것이었고 이제 끝난 일이었다. 그는 작별인사를 하려고 입을 열었지만, 목이 메여 아무 말도 나오지 않았다. 눈물에 가려 그는 앞을 볼 수 없었다. 그는 몸을 돌려 손으로 더듬어 문을 찾고는 겨우 그 방을 빠져나왔다.

한 수녀가 도기 주전자를 들고 복도를 걸어오고 있었다. 앞이 보이지 않았던 그는 캐리스의 목소리를 듣고 나서야 그 수녀가 누구인지 알았다. "머딘? 괜찮은 거야?"

그는 아무 말도 하지 않았다. 그는 반대편으로 가서 문을 열고 외부 계단으로 내려갔다. 그리고 누가 보든 말든 신경쓰지 않고 엉엉 울며 성당 앞 초지를 가로지르고, 큰길을 내려가고, 다리를 건너 자신의 섬으로 돌아갔다.

80

1350년 9월은 춥고 눅눅했지만 행복한 분위기가 감돌았다. 인근 시골에서는 축축한 밀을 수확했고, 킹스브리지에서 전염병으로 죽은 사람도 예순 살의 양재사 마지 테일러 한 명밖에 없었다. 10월에서 12월까지는 전염병에 걸린 사람이 한 명도 없었다. 적어도 당분간은 전염병이 물러간 모양이군. 머딘은 고마운 심정으로 생각했다.

모험심 강하고 활동적인 사람들이 시골에서 도시로 이주하는 일은 예부터 있었던 일인데, 그 일이 전염병이 창궐한 동안 거꾸로 됐다가 다시 시작됐다. 그들은 킹스브리지의 빈집으로 이사와 수리한 후 수도원에 집세를 내고 살았다. 어떤 이들은 주인과 그 상속인이 모두 죽는 바람에 없어졌던 제빵소와 양조장, 양초 공장들을 새로 시작했다. 길드장 머딘은 과거 수도원에서 책정했던 복잡한 인허가 과정을 모조리 없애 상점이나 점포를 쉽게 새로 열 수 있도록 했다. 덕분에 주마다 열리는 장은 점점 더 북적거렸다.

머딘은 나환자 섬에 지어놓았던 점포와 주택, 주점을 하나씩 세놓았다. 세입자들은 새로 이 도시로 이사온 진취적인 사람이거나 좀더 좋은 자리를 찾는 기존 상인들이었다. 두 개의 다리 사이 섬을 가로지르는 도로로 번화가가 연장되면서 머딘이 십이 년 전 예상했던 대로 그곳은 떠오르는 상업 요지가 됐다. 전에 사람들은 교량 공사비로 불모의 바위 섬을 사들이는 그를 제정신이 아니라고 생각했었다.

겨울로 접어들면서 다시 수천 채의 가옥에서 오르는 화덕 연기가 도시의 하늘 위에 갈색 구름을 이루며 낮게 걸렸다. 그러나 사람들은 여전히 생업에 종사하고, 물건을 사고, 음식을 먹고 마시며 술집에서 주사위놀이를 하고, 주일에는 교회에 갔다. 길드 집회소에서는 교구 길드가 자치 길드가 된 이래 처음으로 맞는 성탄절 연회가 열렸다.

머딘은 그 자리에 수도원장과 수녀원장을 초대했다. 그들은 더이상 상인들에게 지배력을 행사하지 못했지만 그래도 여전히 도시의 가장 중요한 인사들에 속했다. 필리먼은 왔지만 캐리스는 초대를 사양했다. 그녀는 우려스러울 정도로 위축되어 있었다.

머딘은 매지 웨버 옆자리에 앉았다. 그녀는 지금 킹스브리지에서 가장 부유한 상인인 동시에 가장 규모가 큰 고용주였는데, 아마 주 전체를 통틀어도 그런 듯했다. 그녀는 부길드장이 되었고, 여자가 길드장이 되는 일이 이례적인 일만 아니라면 길드장이 되어야 마땅한 사람이었다.

머딘이 벌인 수많은 사업 중에는 킹스브리지 진홍색 천의 품질을 크게 개선해준 디딤판식 베틀을 생산하는 공장도 있었다. 매지가 그가 생산한 베틀을 절반 넘게 사들였고 멀리 런던에서 온 진취적인 상인들이 나머지 물량을 주문했다. 그 베틀은 정교하게 제작하고 정확하게 조립해야 하는 복잡한 장치여서 머딘은 최고의 목수들을 고용해야 했다. 그리고 완성품에 들어간 비용의 두 배가 넘는 가격을 매겼는데도 사람들은 앞다투듯 사들였다.

그와 매지가 결혼해야 한다고 넌지시 말하는 사람들도 있지만 머딘이나 매지는 그럴 마음이 없었다. 그녀는 거인 같은 체구에 성자 같은 성품을 가졌던 마크에 필적하는 남자를 찾을 수 없었다. 원래 땅딸막한 체형이었지만 매지는 요즘 들어 더욱 살이 쪘다. 사십대에 접어든 매지는 어깨에서 엉덩이까지 통짜인 술통 같은 몸매가 되어가고 있었다. 머딘은 생강으로 조리한 햄에 사과와 정향으로 만든 소스를 발라 먹고 있는 그녀를 바라보면서, 먹고 마시는 일이 이제 그녀의 주된 즐거움인 모양이라고 생각했다. 돈을 버는 일도 마찬가지였다.

식사를 마칠 무렵 그들은 향료를 넣어 데운, 히포크래스라고 하는 와인을 마셨다. 매지는 와인을 죽 들이켜더니 트림을 하고는 긴 의자에 앉은 머딘 옆으로 다가앉았다. "우리가 구호소에 대해 뭔가 조치를 취해야겠어." 그녀가 말했다.

"네?" 그는 문제가 있다는 인식을 하지 못했다. "전염병이 물러갔으니 이제 사람들이 구호소를 찾을 일도 별로 없을 것 같은데요."

"구호소는 언제나 필요해." 그녀가 팔팔한 어조로 말했다. "사람들은 여전히 열이 나고 배탈이 나고 종양이 생기니까. 임신을 하고 싶은데 할 수 없는 여자도 있고, 아이를 낳다가 탈이 나기도 하지. 아이들은 화상을 입거나 나무에서 떨어지고. 남자들은 말에서 떨어지거나 원수의 칼에 찔리거나 성난 아내에게 맞아 머리가 깨지기도 하고—"

"좋아요. 무슨 말인지는 알겠어요." 머딘이 재잘대는 그녀의 말에 즐거워하며 말했다. "그런데 뭐가 문제라는 거죠?"

"그런데 이제는 아무도 구호소에 가고 싶어하지 않아. 사람들은 사임 형제를 좋아하지 않고, 그보다 중요한 건 그 사람이 배웠다는 그 의학 지식을 믿지 못해. 우리 모두가 전염병에 대처하는 동안 그 사람은 옥스퍼드에서 케케묵은 책이나 읽고 있었으니까. 그리고 여전히 사혈이나 뜸처럼 더이상 아무도 신뢰하지 않는 처방만 하고 있어. 사람들은 캐리스를 원해. 그런데 그녀는 좀처럼 나타나지 않고 있어."

"사람들이 구호소에 가지 않는다면 아플 때 어떻게 하는데요?"

"이발사 매슈나 약종상 사일러스나 여성의 질병을 전문으로 다루는 이 도시에 새로 온 현녀 머라이어를 찾아가지."

"그래서 지금 걱정하는 게 뭔데요?"

"사람들이 수도원에 대해 불평하기 시작했어. 수사나 수녀에게서 도움을 받지도 못하는데 탑을 짓는 데 돈을 댈 필요가 있느냐면서."

"이런." 탑은 대공사였다. 어떤 사람도 혼자서는 그 공사비를 감당할 수 없다. 공사비를 마련할 수 있는 길은 수도원과 수녀원, 그리고 이 도시의 기금을 한데 합치는 것뿐이었다. 만약 시민 쪽에서 약속 이행을 하지 않으면 공사가 위태로워질 수 있었다. "그렇군요. 이제 알겠어요." 머딘이 걱정스러운 어조로 대꾸했다. "그건 문제로군요."

성탄미사가 진행되고 있는 동안 캐리스는 올해가 사람들 대부분에게는 좋은 해였다고 생각했다. 사람들은 놀랄 만큼 빠른 속도로 전염병의 폐해를 바로잡아가고 있었다. 전염병은 무시무시한 고통을 안겨주고 문명이 와해될 위기까지 초래했지만, 그와 동시에 쇄신의 기회를 마련해주기도 했다. 그녀가 추정하기로는 거의 절반에 가까운 시민들이 사망했지만, 그 덕분에 남아 있는 농부들이 가장 비옥한 땅만 경작하게 돼 생산성이 높아지는 결과를 낳았다. 노동자 칙령과 그것을 집행하려는 랠프 백작 같은 귀족들의 노력에도 불구하고 사람들이 계속해서 가장 많은 품삯을 주는 곳으로 자리를 옮기고 있는 것을 그녀는 흐뭇하게 생각했다. 그리고 대개의 경우 그런 곳의 생산성이 가장 높았다. 곡식은 풍족해지고 가축도 다시 태어나기 시작했다. 수녀원도 번창하고 있었고 캐리스가 고드윈이 도주한 이후 수녀원뿐 아니라 수도원의 행정까지 재편해놓은 덕분에 수사들의 수도원도 지난 백 년을 통틀어 어느 때보다도 번창했다. 부는 부를 낳았고, 시골의 풍작 덕분에 도시에도 더 많은 일자리가 생겼다. 그래서 킹스브리지의 장인들과 상점주들은 예전의 풍요를 되찾기 시작했다.

미사가 끝나 수녀들이 성당을 나설 무렵 필리먼 수도원장이 그녀에게 말했다. "할말이 있으니 사택으로 좀 와주겠소, 수녀원장?"

예전에는 이런 요구에 지체 없이 정중하게 응했던 때도 있었지만 그런 시절은 이미 끝났다. "아니요. 그럴 생각 없는데요." 그녀가 말했다.

그는 곧바로 얼굴을 붉혔다. "나와 말을 하지 않겠다는 겁니까!"

"그게 아니에요. 당신 사택으로 가지 않겠다는 거죠. 당신 아랫사람이나 되는 것처럼 호출하는 건 사양하겠어요. 그런데 할말이 뭐죠?"

"구호소 얘기요. 불만들이 들어오고 있소."

"그건 사임 형제에게 말하세요. 잘 아시다시피 그가 구호소 책임자니까요."

"대체 생각을 하기나 하는 겁니까?" 그는 잔뜩 약이 오른 채 말했다. "사임이 풀 수 있는 문제였다면 당신이 아니라 그에게 말했을 거요."

그들은 수사 전용 클로이스터에 있었다. 캐리스는 안뜰을 에워싸고 있는 야트막한 담에 걸터앉았다. 돌이 차가웠다. "여기서 얘기하면 되겠군요. 할말이 뭔가요?"

필리먼은 화가 났지만 양보했다. 그녀 앞에 서 있는 그는 그녀의 아랫사람처럼 보였다. 그가 말했다. "시민들이 구호소에 불만을 품고 있소."

"놀랄 일도 아니로군요."

"머딘이 길드의 성탄절 만찬 때 나에게 불만을 토로했소. 사람들은 이제 더이상 이곳을 찾지 않고 약종상 사일러스 같은 돌팔이를 찾아간다고 말이오."

"사일러스가 사임보다 더 돌팔이일 것 같지는 않은데요."

필리먼은 수련수사 몇 명이 가까이에서 그들의 대화를 듣고 있는 것을 알아채고 말했다. "모두 물러가시오. 가서 공부들이나 해요."

그들은 종종걸음으로 사라졌다.

필리먼은 다시 캐리스에게 말했다. "시민들은 당신이 구호소에 있어야 한다고 말하고 있소."

"내 생각도 마찬가지예요. 하지만 나는 사임의 치료법을 따를 생각이 없어요. 그가 쓰는 치료법은 최고의 결과가 겨우 무해한 정도일 뿐이에요. 대개의 경우 환자를 악화시키기만 하죠. 그게 사람들이 아플 때 더이상 이곳을 찾지 않는 이유고요."

"당신이 새로 마련한 새 구호소는 지금 환자가 없어 객사로 쓰이는 형편이오. 그래도 괜찮다는 겁니까?"

그 조롱은 적중했다. 캐리스는 침을 삼키고 시선을 돌렸다. "마음이 아파요." 그녀는 조용한 어조로 말했다.

"그러면 돌아오시오. 사임과 타협할 방도를 찾아요. 처음 여기 왔을 때도 의료 담당 수사들 밑에서 일했잖소. 그때는 조지프 형제가 수석 의사였고. 그 역시 사임과 똑같은 훈련을 받은 사람이었소."

"그 말이 맞아요. 당시에도 우리는 수사들이 이로운 치료보다는 해로운 치료를 더 많이 한다고 여겼지만 그래도 함께 일할 수 있었어요. 대부분의 경우에는 아예 그들을 부르지 않았고 그저 우리가 최선이라고 생각한 대로 했으니까요. 그들이 환자를 치료할 때도 언제나 그들의 지시 사항을 그대로 따랐던 건 아니었고요."

"그들이 언제나 틀렸다고 생각하지는 않았잖소."

"그래요. 그들도 이따금 사람들을 치료했으니까요. 조지프 형제가 두

개골을 열고 참을 수 없는 두통을 일으키는 고름을 빼냈던 광경이 기억나요. 정말 인상적이었죠."

"지금도 그때처럼 하면 되지 않겠소."

"이제는 불가능해요. 사임이 끝장을 냈잖아요. 그는 자기 책과 기구를 조제실로 옮기고 구호소를 독차지했어요. 그리고 그가 그랬던 것은 당신의 부추김 때문이었다고 나는 확신해요. 그 일은 당신 머리에서 나온 생각이었을 거예요." 그녀는 필리먼의 표정을 보고 자기 생각이 맞았다고 확신했다. "당신과 그 사람이 나를 몰아낼 음모를 꾸몄죠. 그리고 성공했어요. 그리고 이제 그 결과를 감수해야죠."

"다시 예전으로 돌아갈 수도 있소. 내가 사임을 거기서 나오게 하면 되니까."

그녀는 고개를 가로저었다. "그동안 다른 변화들도 있었죠. 나는 이 전염병으로 많은 것을 배웠어요. 의사들이 사용하는 치료법이 치명적일 수 있다는 사실을 전보다 더 확신하게 됐죠. 그저 당신과 타협할 목적으로 사람들을 죽게 내버려둘 생각은 없어요."

"당신은 이 문제에 얼마나 많은 것이 걸렸는지 모르는군." 그가 희미하게 독선적인 표정을 지으며 말했다.

그렇다면 뭔가 다른 것이 있었다. 그녀는 애초에 그가 이 문제를 입에 올린 이유가 무엇인지 궁금하던 참이었다. 구호소 문제로 안달복달하는 것은 그답지 않은 일이었다. 지금까지 그는 치료에 신경을 쓴 적이 없었다. 자신의 지위를 올리고 있으나 마나 한 자존심을 지키는 데 급급했다. "말해봐요. 대체 무슨 속셈이 있는 거죠?"

"시민들은 새로 짓는 탑의 공사 기금 지원을 중단해야 한다고 이야기하고 있소. 교회가 자신들이 원하는 것을 해주지도 않는데 탑 공사에 추가 비용을 댈 필요가 있느냐면서 말이오. 그리고 이제 이곳은 자치도

시이기 때문에 나는 수도원장으로서 지불을 강요할 수 없잖습니까."

"시민들이 돈을 내지 않는다면……?"

"당신이 사랑하는 머딘은 애지중지하는 공사를 포기해야 할 것이오." 필리먼이 의기양양한 어조로 말했다.

캐리스는 그가 이것을 비장의 수로 여기고 있음을 알아챘다. 그리고 실제로 그런 사실의 폭로가 그녀를 동요시키던 때도 있었다. 하지만 이제는 달랐다. "머딘은 더이상 내가 사랑하는 사람이 아니잖아요. 안 그래요? 그 일 역시 당신이 그렇게 만들었죠."

그의 얼굴에 낭패감이 스쳤다. "하지만 주교님은 이 탑을 원하고 계시오. 당신이 그 일을 망칠 수는 없습니다!"

캐리스가 일어서며 말했다. "내가 그럴 수 없다고요? 어째서 그럴 수 없다는 거죠?" 그러고는 수녀원 쪽으로 몸을 돌렸다.

당황한 필리먼은 그녀를 불러 세웠다. "왜 그렇게 무모하게 구는 겁니까?"

캐리스는 그 말을 무시하려다가 마음을 바꿔 설명해주기로 했다. 그녀는 몸을 돌리고 사무적인 어조로 말했다. "당신도 알다시피 나는 내가 소중히 여겼던 모든 것을 빼앗겼어요. 그리고 모든 것을 다 잃은 사람은—" 여기서 그녀의 표정이 허물어지고 목소리가 갈라졌지만 겨우 수습하고 말을 이었다. "모든 것을 다 잃은 사람은 더 잃을 게 없는 법이에요."

첫눈은 1월에 내렸다. 눈은 대성당 지붕을 두꺼운 담요처럼 덮고 첨탑의 섬세한 조각을 지우고 서쪽 문에 조각된 천사와 성자의 얼굴을 가렸다. 탑의 기초부에 새로 넣은 석재에는 회반죽에 겨울의 혹한을 막기 위해 짚을 덮어놓았는데, 그 짚 위에도 눈이 쌓였다.

수도원에는 불을 피운 곳이 거의 없었다. 물론 주방에는 화덕이 있기 때문에 주방일은 수련수사들에게 인기가 있었다. 그러나 수사들과 수녀들이 매일 일고여덟 시간씩 보내는 대성당에는 온기라곤 전혀 없었다. 성당에서 화재가 나는 것은 추위를 피하려고 숯불 화로를 성당 안으로 들여왔다가 불똥이 천장 목재에 옮겨붙는 경우가 대부분이었다. 성당에 있거나 일을 하고 있지 않을 때 수사들과 수녀들은 옥외에 있는 클로이스터를 걷거나 그곳에서 책을 읽었다. 그들에게 유일하게 허락된 안락함은 클로이스터 옆에 붙어 있는 작은 방뿐이었는데, 혹한이 닥칠 때면 그곳에 불을 피웠다. 그들은 클로이스터에 있다가 불을 피운 그 방에 잠깐씩 들어와 있을 수 있었다.

여느 때와 마찬가지로 캐리스는 규칙과 관행을 무시하고 수녀들에게 겨울철에 모직 반바지를 속에 입어도 된다고 허락해줬다. 그녀는 하느님이 자신의 종이 동상에 걸리는 것을 원하지 않으실 거라 믿었다.

앙리 주교는 구호소가 너무 염려된 나머지, 아니 그보다는 자신의 탑이 위태로워지는 것이 염려된 나머지 셔링에서 킹스브리지로 눈 속을 뚫고 달려왔다. 그는 왁스를 입힌 캔버스 덮개를 씌우고 좌석에 쿠션을 댄 묵직한 이륜마차를 타고 왔다. 클로드 참사회원과 로이드 부주교가 그와 동행했다. 그들은 옷을 말리고 따뜻한 와인 한 잔을 마실 정도만 수도원장 사택에 머물렀다가, 필리먼과 사임, 캐리스, 우나, 머딘, 매지 등이 참석한 비상회의에 모습을 나타냈다.

캐리스는 이 회의가 시간낭비라는 것을 알면서도 참석했다. 참석하지 않았다가 수녀원에서 애원과 명령이 섞인 위협적인 전갈을 끝없이 받는 것보다는 나았다.

주교가 그녀에게는 별 관심도 없는 분쟁의 내용을 지루하게 요약하고 있는 동안 그녀는 유리창 너머로 떨어지는 눈송이를 바라보고 있었다. "이 위기는 캐리스 원장의 불성실하고 불손한 태도 때문에 야기된 것입니다." 앙리 주교가 말했다.

그 말에 자극받은 그녀가 반박했다. "저는 이곳 구호소에서 십 년간 일했습니다. 저와, 앞서 시실리어 원장님이 일하신 덕분에 구호소는 시민들에게 평판이 좋았죠." 그러면서 무례하게도 주교를 손가락으로 가리켰다. "그런데 주교님이 그걸 바꿔놓으셨어요. 다른 사람을 탓하려고 하지 마세요. 주교님은 바로 그 자리에서, 이제 구호소는 사임 형제가 책임을 맡는다고 선언하셨어요. 주교님은 그 어리석은 결정의 결과를 책임지셔야 합니다."

"당신은 내 지시에 복종해야 하오!" 격분한 주교의 목소리는 비명에 가까울 정도로 높아졌다. "당신은 수녀입니다. 복종을 서약했소." 귀에 거슬리는 그 소리에 고양이 대주교가 일어나 밖으로 나가버렸다.

"저는 그 서약 때문에 제가 이렇게 참을 수 없는 지경까지 몰렸다는 사실을 깨달았어요." 그녀는 그 말이 가져올 파장 따위는 생각하지 않고 말했는데, 정작 그 말이 입 밖으로 나온 순간 그 말이 틀리지 않다는 것을 깨달았다. 그녀가 지금 내뱉은 말은 수개월 동안 곰곰이 생각한 결과였다. "이런 식으로는 더이상 하느님에게 봉사할 수 없습니다." 캐리스는 말을 이었다. 그녀의 목소리는 침착했지만 가슴은 마구 방망이질하고 있었다. "바로 그런 이유로 저는 서원을 철회하고 수녀원을 떠나기로 결심했습니다."

앙리 주교는 벌떡 일어섰다. "그건 안 될 일이오!" 그가 고함을 쳤다. "나는 당신이 한 성스러운 서약을 풀어주지 않겠소."

"하지만 하느님은 그러실 겁니다." 그녀는 경멸의 빛을 감추지 않고 말했다.

그 말에 주교는 더 한층 분노했다. "개인이 하느님의 일을 처리할 수 있다는 그런 생각이야말로 사악한 이단이오. 전염병이 창궐한 이래 이런 방종한 이야기가 너무나 많이 나돌게 됐소."

"사람들이 전염병에 걸려 도움을 구하러 교회에 올 때 사제들과 수사들은……" 그러면서 그녀는 필리먼을 바라보았다. "그들은 결국 겁쟁이처럼 달아났고, 바로 그런 일들 때문에 지금의 사태가 벌어졌다는 생각은 안 드시나요?"

앙리는 발끈해서 대꾸하려는 필리먼을 손짓으로 제지했다. "우리는 오류를 범하기 쉬운 존재지만, 그럼에도 불구하고 하느님에게 다가갈 수 있는 것은 교회와 사제를 통해서만 가능한 것이오."

"물론 그렇게 생각하실 테죠." 캐리스가 말했다. "하지만 그것만으로는 사태를 바로잡을 수 없습니다."

"당신은 악마요!"

그때 클로드 참사회원이 끼어들었다. "주교 예하, 모든 점을 고려해볼 때 주교님과 캐리스 원장 두 분이 이렇게 공개적으로 다투는 것은 무익한 것 같습니다." 그러면서 그는 캐리스를 향해 우호적인 미소를 지었다. 클로드는 캐리스가 자신과 주교의 키스 장면을 보았으면서도 그 문제를 입에 올리지 않은 뒤로 그녀를 호의적으로 대했다. "지금 캐리스 원장의 비협조적인 태도는 오랜 세월 헌신적으로, 때로는 거의 영웅적으로 해온 그녀의 봉사를 감안해 고려되어야 합니다. 게다가 사람들은 원장을 좋아하죠."

"하지만 그녀의 서약을 풀어주면? 그러면 어떻게 문제를 해결하겠소?" 앙리가 말했다.

그 시점에서 머딘이 처음으로 입을 열었다. "제가 한 가지 제안하고 싶습니다."

모두가 그를 바라보았다.

"이 도시에 새로 병원을 짓는 겁니다. 제가 나환자 섬에 있는 넓은 부지를 기증하겠습니다. 수도원과 별개로, 새 수녀회 수녀들을 고용하는 겁니다. 그들은 물론 셔링 주교의 권한 아래 있겠지만 킹스브리지 수도원장이나 수도원 의사들과는 무관합니다. 새 병원은 길드에서 선출한 도시의 유력 인사가 후원자가 될 겁니다. 그 사람이 수녀원장을 임명하고요."

모두가 이 혁신적인 제안을 머릿속으로 이해하느라 조용했다. 캐리스는 놀랐다. 나환자 섬에 있는 새 병원…… 시민들이 비용을 대고…… 새 수녀회 사람들이 일하고…… 수도원과는 무관하다……

그녀는 그곳에 모인 사람들을 둘러보았다. 필리먼과 사임은 이 제안이 마음에 들지 않는 것이 분명했다. 앙리와 클로드, 로이드는 어리둥절한 표정을 짓고 있었다.

이윽고 주교가 말했다. "그 후원자는 권력이 막강하겠군요. 시민을 대표하고 비용을 대고 수녀원장을 임명하니 말이오. 그 역할을 맡는 게 누구든 그 인물이 병원을 통제할 테고."

"그렇습니다." 머딘이 대답했다.

"만일 내가 그 병원 설립을 인가한다면 시민들이 탑 공사 비용을 다시 낼 것 같소?"

매지 웨버가 처음으로 입을 열었다. "적임자가 그 자리에 임명된다면 그렇고말고요."

"그럼 그 적임자가 누구겠소?" 앙리가 물었다.

캐리스는 모두가 자기를 바라보고 있다는 것을 깨달았다.

༺

몇 시간 후 캐리스와 머딘은 무거운 망토를 둘러쓰고 부츠를 신은 차림으로 눈 속을 뚫고 섬으로 향했다. 그는 그녀에게 자신이 염두에 둔

부지를 보여줬다. 그곳은 섬의 서쪽으로, 그의 집에서 멀지 않고 강이 내려다보였다.

그녀는 자신의 삶이 이렇게 급격하게 바뀐 데 여전히 현기증을 느끼고 있었다. 그녀는 수녀 서원을 철회할 생각이었다. 그리고 거의 십이 년 만에 다시 일반 시민이 되려던 참이었다. 그녀는 막상 수도원을 떠난다고 생각하자 자신이 그 일을 별로 괴로워하지 않는다는 것을 깨달았다. 그녀가 사랑했던 사람들은 모두 죽었다. 시실리어 수녀원장, 줄리 자매, 마이어, 틸리. 조앤 자매와 우나 자매도 좋아하기는 했지만 그들만큼은 아니었다.

게다가 여전히 병원을 맡게 될 것이다. 새 수녀회의 수녀원장을 임명하고 해고할 권한을 갖게 되면 전염병이 창궐하는 와중에 깨닫게 된 새로운 생각에 맞춰 병원을 운영할 수 있을 것이다. 주교는 이미 모든 일에 동의했다.

"이번에도 클로이스터식 설계를 해야 할 것 같아." 머딘이 말했다. "당신이 책임자였던 짧은 기간에 꽤 효과적이었던 것 같으니까."

그녀는 발자국 하나 없는 눈밭을 보면서, 자신의 눈에는 그저 순백의 눈밭으로밖에 보이지 않는 곳에서 벽과 방을 상상해내는 그의 능력에 감탄했다. "입구 아치는 거의 대기실처럼 사용됐었지." 그녀가 말했다. "그곳은 사람들이 대기하고 수녀들이 처음 환자를 살펴보면서 어떤 치료를 해야 할지 결정하는 곳이었어."

"그곳을 좀더 크게 하고 싶어?"

"제대로 접수처 역할을 하는 대기실이었으면 해."

"알겠어."

그녀는 어리벙벙한 어조로 말했다. "믿기지 않아. 모든 것이 내가 원하던 그대로 이루어지다니."

그는 고개를 끄덕였다. "바로 그게 내가 해답을 구한 방식이었어."

"정말이야?"

"나는 먼저 당신이 원하는 것이 무엇일지 나 자신에게 물었지. 그런 다음 그것을 어떻게 해낼 것인지 고민했고."

그녀는 그를 응시했다. 그는 그저 자신이 그런 결론에 이르게 된 추론 과정을 설명할 뿐이라는 듯 가볍게 말했다. 머딘은 그가 그녀의 소원과 그 소원을 성취할 방도에 대해 생각했다는 것이 그녀에게 얼마나 중요한 일인지 모르는 듯했다.

"필리파는 아기를 낳았어?" 그녀가 물었다.

"응. 일주일 전에."

"성별은?"

"아들."

"축하해. 아기는 봤어?"

"아니. 세상이 아는 한 나는 아기의 삼촌일 뿐이니까. 하지만 랠프가 나에게 편지를 보냈어."

"아기 이름은 지었대?"

"롤런드. 예전 그곳 백작의 이름을 땄어."

캐리스는 화제를 바꿨다. "이쪽 하류는 강물이 그렇게 맑지 않네. 병원에는 깨끗한 물이 필요한데."

"도관을 설치해서 상류에서 물을 끌어올 거야."

눈발이 점점 잦아들다 이윽고 완전히 멈췄다. 그들은 섬을 선명하게 볼 수 있었다.

그녀는 그를 향해 미소지었다. "당신은 언제나 무엇에 대해서든 해답을 알고 있네."

그는 고개를 저었다. "깨끗한 물, 바람이 잘 통하는 방, 접수처 같은 건 쉬운 문제야."

"어려운 문제는 뭔데?"

그는 고개를 돌려 그녀를 마주보았다. 그의 붉은 수염에 눈송이들이 앉아 있었다. 그가 말했다. "이를테면 이런 문제. 그녀는 아직도 나를 사랑할까 같은 것."

두 사람은 한동안 서로의 얼굴을 응시했다.

캐리스는 행복했다.

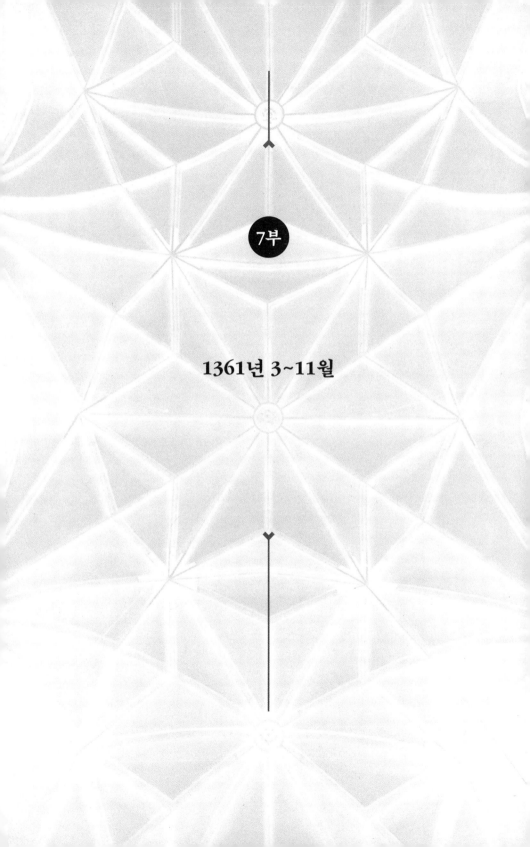

7부

1361년 3~11월

81

마흔 살이 된 울프릭은 아직도 궨다가 본 남자들 중에 가장 잘생긴 남자였다. 이제 황갈색 머리에는 은색 머리카락이 섞였지만 그 덕에 강인하면서도 현명한 인상을 줬다. 젊었을 때는 넓은 어깨가 가파르게 좁아들며 가느다란 허리로 이어졌지만, 요즘은 전만큼 날렵하지 않고 허리도 전처럼 날씬하지 않았다. 그래도 여전히 그는 두 사람 몫의 일을 할 수 있었다. 그리고 앞으로도 언제까지나 그녀보다 두 살 더 젊을 것이다.

그녀는 울프릭에 비하면 자신은 별로 변하지 않았다고 생각했다. 그녀의 검은 머리는 나이가 들어도 여간해서는 세지 않는 머리였다. 비록 아이들을 낳은 뒤로 젖가슴과 배가 전만큼 탄력 있지는 않았지만 이십 년 전보다 체중이 더 늘지도 않았다.

그녀가 자신의 나이를 의식하는 것은 피부가 매끄럽고 도약하듯 기운차게 걷는 아들 데이비를 볼 때뿐이었다. 이제 스무 살이 된 아들은 그 무렵의 그녀처럼 보였다. 그녀도 그때는 얼굴에 주름 하나 없었고 활기 넘치는 걸음걸이로 걸었다. 그러나 날씨가 좋으나 궂으나 평생 밭

일을 하며 보내느라 손은 쭈글쭈글해지고 뺨은 불그죽죽해졌고, 그녀는 천천히 걸으면서 힘을 아끼는 법을 배우게 되었다.

데이비는 그녀를 닮아 체구가 작고 약빠르고 속을 잘 내보이지 않았다. 아주 어렸을 때부터 아이가 무슨 생각을 하는지 짐작하기 어려웠다. 샘은 정반대였다. 덩치가 크고 힘이 셌고 남을 속일 만큼 영리하지 못하면서도 비열한 면이 있었는데, 궨다는 그것을 아이의 생부인 랠프 피츠제럴드의 피 때문이라고 생각했다.

벌써 몇 해 전부터 두 아들은 울프릭과 함께 밭일을 했다. 두 주 전 샘이 사라져버리기 전까지는 그랬다.

그들은 샘이 사라진 이유를 알고 있었다. 겨우 내내 위글리를 떠나 품삯을 더 주는 마을로 옮기겠다는 말을 했었기 때문이다. 샘이 사라진 것은 봄 쟁기질을 막 시작하려던 참이었다.

궨다는 품삯에 대해서는 샘의 생각이 맞는다고 생각했다. 마을을 떠나거나 1347년에 정해놓은 것보다 더 많은 품삯을 받는 것은 위법이었지만, 온 나라의 활동적인 젊은이들은 법을 비웃는 듯했고, 절박한 농부들은 그들을 고용했다. 랠프 백작 같은 지주들은 이를 가는 것 말고는 할 수 있는 일이 별로 없었다.

샘은 자신이 어디로 간다고 말하지도 않고 떠난다는 예고도 하지 않았다. 데이비가 같은 행동을 했다면 궨다는 아이가 모든 일을 신중히 생각한 끝에 그 길이 최선이라는 판단을 내렸을 거라 여겼을 것이다. 하지만 그녀는 샘이 충동적으로 떠났을 거라 확신했다. 샘은 누군가에게서 마을 이름을 듣고 다음날 아침 일찍 일어나자마자 그곳으로 떠나기로 마음먹은 것이 분명했다.

그녀는 걱정하지 말자고 스스로를 타일렀다. 샘은 스물두 살이고, 덩치가 큰데다 힘도 셌다. 아무도 쉽게 그애를 착취하거나 학대하지 못할 것이다. 하지만 어머니로서 그녀는 마음이 아팠다.

자신이 샘을 찾아내지 못한다면 다른 사람도 그럴 테고 그것은 잘된 일이었다. 그럼에도 그녀는 샘이 어디서 사는지, 괜찮은 주인을 만나 일하고 있는지, 사람들이 그를 친절하게 대하는지가 궁금해 애가 탔다.

그해 겨울 울프릭은 경작지 중에 모래가 좀더 많은 땅에 쓸 가벼운 쟁기를 새로 만들었고, 봄이 되자 궨다와 그는 직접 만들지 못하는 쇠로 만든 쟁기 날을 사기 위해 노스우드에 갔다. 여느 때처럼 위글리 주민 몇몇이 무리 지어 함께 시장에 갔다. 매지 웨버 밑에서 축융기를 돌리는 일을 하는 잭과 엘리는 생필품을 사러 가는 중이었는데, 그들은 가진 땅이 없기 때문에 곡식을 모두 사서 먹어야 했다. 아넷과 열여덟 살난 그녀의 딸 아마벨은 장에 내다팔 닭 십여 마리가 들어 있는 나무틀을 들고 있었다. 관리인 네이트 역시 장성한 아들 조노와 함께였는데, 조노는 샘과 어린 시절부터 사이가 좋지 않았다.

아넷은 여전히 길에서 잘생긴 남자들만 보면 시시덕거렸는데, 남자들도 대부분 바보같이 히죽대며 받아주곤 했다. 노스우드로 가는 도중 그녀는 데이비와 잡담을 나누었다. 자기 나이의 절반밖에 되지 않는 남자에게 아넷은 선웃음을 치고 고개를 젖히며 나무라듯 그의 팔을 찰싹 치면서 마흔두 살이 아니라 스물두 살이라도 되는 듯이 굴었다. 궨다는 아넷이 더이상 소녀가 아닌데도 그 사실을 모르는 모양이라고 언짢은 기분으로 생각했다. 젊은 시절의 아넷처럼 예쁜 아넷의 딸 아마벨은 그들과 약간 거리를 두고 걸으면서 자기 어머니 때문에 당혹스러운 표정을 짓고 있었다.

그들이 노스우드에 도착한 것은 오전이 반쯤 지났을 무렵이었다. 울프릭과 궨다는 물건을 사고 올드 오크 주점으로 점심을 먹으러 갔다.

궨다가 기억하는 한 주점 바깥에는 유서 깊은 떡갈나무 한 그루가 서 있었다. 줄기가 굵고 키가 작은 그 고목은 가지가 기괴하게 구부러져 겨울철에는 허리 굽은 노인처럼 보이지만 여름철에는 반가운 그늘을 길게 드리워줬다. 그녀의 아이들도 어렸을 때 그 나무 주위에서 서로 쫓아다니며 놀곤 했다. 그런데 그 나무가 죽었는지 쇠약해져 꺾였는지 모르지만 울프릭의 키만큼이나 널찍한 그루터기만 남은 채 주점 손님들의 의자 겸 식탁으로 쓰이기도 하고, 지친 짐마차꾼이 누워 쉬는 곳으로 쓰이기도 하고 있었다.

그 언저리에 오던비의 관리인인 쟁기꾼 해리가 앉아 큰 조끼로 에일을 마시고 있었다.

궨다는 순식간에 십이 년 전으로 돌아갔다. 그녀의 기억에 떠오른 것은, 너무나 강렬해서 눈물까지 고이게 한 것은, 십이 년 전 그날 아침 그녀의 가족이 노스우드에서 숲을 지나 오던비로 가면서 품었던 가슴 뛰는 희망, 새로운 삶에 대한 희망이었다. 그 희망은 보름도 안 돼 산산조각나고 말았고 울프릭은 밧줄에 목이 묶인 채 위글리로 끌려갔다. 그때의 기억이 여전히 그녀의 가슴을 분노로 타오르게 했다.

그러나 그때 이후로는 랠프도 모든 것을 제 마음대로 하지는 못했다. 그는 상황에 몰려 울프릭에게 아버지의 땅을 상속하도록 허락해줬는데, 비록 영악하지 못한 울프릭이 다른 사람들과는 달리 자유 소작인이 되지는 못했지만 궨다는 그런대로 만족했다. 궨다는 자신들이 날품팔이꾼이 아니라 소작인이 되었다는 사실에 기뻐하고 울프릭은 평생의 꿈을 이뤘다고 좋아했지만, 그녀는 좀더 독립적인 신분이 되지 못한 것이 못내 아쉬웠다. 봉건적인 의무를 지지 않고 지대를 현금으로 내며, 모든 계약 내용이 문서로 작성되어 어떤 영주도 되물릴 수 없는 자유 소작인이 되고 싶었다. 그것은 대부분의 농노들이 원하는 것이었고, 전염병이 휩쓴 뒤 그 신분을 갖게 된 사람도 상당수였다.

해리가 과장된 태도로 그들에게 인사를 건네고는 에일을 사겠다고 고집을 피웠다. 울프릭과 궨다가 오던비에 잠시 머물렀던 직후 캐리스 수녀원장은 해리를 관리인으로 지명했는데, 캐리스가 오래전 서원을 철회하고 조앤 자매가 수녀원장이 된 지금도 그는 여전히 관리인의 자리를 지키고 있었다. 해리의 이중턱과 술통 같은 배를 보니 오던비는 여전히 번창하는 모양이었다.

그들이 다른 위글리 주민들과 함께 떠날 채비를 하는데 해리가 궨다에게 나지막이 말했다. "샘이라는 젊은 친구가 내 밑에서 일하고 있죠."

궨다의 가슴이 뛰었다. "내 아들 샘이요?"

"천만에, 그럴 리가 있나요."

그녀는 어리둥절했다. 그렇다면 왜 그 이름을 말한 걸까?

그러나 해리가 술로 붉어진 자신의 콧잔등을 톡톡 치는 것을 본 궨다는 그가 수수께끼를 내고 있다는 것을 깨달았다. "샘이라는 친구는 자신의 영주가 들어본 적도 없는 햄프셔의 어느 기사라고 하더군요. 그 기사가 자기 마을을 떠나 다른 곳에 가서 일해도 좋다고 허락했다고요. 하지만 당신의 아들 샘의 영주는 랠프 백작이고, 그 양반은 자기 일꾼을 절대로 그냥 보내주는 법이 없죠. 그러니 내가 고용한 젊은이는 당신의 아들 샘이 아닌 게 확실합니다."

궨다는 무슨 말인지 이해했다. 그것이 공식적인 질문을 받을 경우 해리가 마련해놓은 대답이었다. "그럼, 그애가 오던비에 있군요."

"올드처치에 있어요. 골짜기에 있는 좀더 작은 마을이죠."

"잘 지내나요?" 그녀는 간절한 어조로 물었다.

"아주 잘 지내요."

"하느님 감사합니다."

"힘센 청년이고 좋은 일꾼이지만 툭하면 다퉈서 말이죠."

그건 그녀도 아는 사실이었다. "편한 집에서 살고 있나요?"

"아들이 무두장이 도제로 킹스브리지에 간 마음씨 좋은 노부부의 집에서 살고 있죠."

겐다에게는 물어볼 것이 한두 가지가 아니었지만 문득 주점 문가에서 이쪽을 보고 있는 네이트의 구부정한 모습이 눈에 띄었다. 그녀는 튀어나오려는 욕설을 억눌렀다. 알고 싶은 것이 많았지만 네이트가 샘의 행방에 대한 실마리를 얻게 될까봐 더럭 겁이 났다. 그녀는 이 정도의 정보로 만족해야 했다. 적어도 아들의 소재를 알았다는 것만으로도 기뻤다.

그녀는 별로 중요할 것 없는 대화를 끝낸다는 듯 무심한 인상을 주려고 애쓰면서 해리에게서 몸을 돌렸다. 그러면서 한쪽 입가만 움직여 말했다. "그애가 싸움에 말려들지 않게 도와줘요."

"최선을 다해보죠."

그녀는 그에게 대충 손을 흔들고, 울프릭과 그곳을 나왔다.

다른 사람들과 함께 집으로 돌아오는 길에 울프릭은 무거운 쟁기 날을 별로 힘든 기색도 없이 어깨에 짊어졌다. 겐다는 그에게 한시바삐 소식을 전하고 싶었지만 길을 가는 동안 일행이 흩어져 그녀와 남편이 다른 사람들로부터 어느 정도 거리가 생길 때까지 기다려야 했다. 그녀는 나직한 목소리로 해리와 나눴던 대화를 들려줬다.

울프릭은 안도의 표정을 지었다. "적어도 그 녀석이 어디 있는지는 알게 됐군." 그가 무거운 짐을 지고도 숨찬 기색 없이 말했다.

"내가 오던비에 가볼까 해." 겐다가 말했다.

울프릭은 고개를 끄덕였다. "그럴 거라고 생각했어." 그는 그녀의 말에 반대하는 일이 거의 없었는데 이번에는 염려가 되는 모양이었다. "하지만 위험한 일이야. 아무도 모르게 다녀와야 할 텐데."

"맞아. 네이트가 알면 절대 안 되니까."

"어떻게 하려고?"

"그는 내가 이삼일 마을에 없으면 눈치챌 거야. 그러니까 그럴싸한 이야기를 꾸며내야 해."

"당신이 아프다고 할까."

"그건 위험해. 확인해보려고 집에 들를지도 모르잖아."

"아버지 집에 갔다고 할까."

"네이트는 믿지 않을 거야. 그는 내가 꼭 필요한 일이 아니면 아버지한테 가지 않는다는 걸 아니까." 그녀는 손톱을 물어뜯으며 머리를 쥐어짰다. 긴긴 겨울밤 불가에 모여앉아 나누는 악령 이야기나 요정 이야기에 등장하는 인물들은 상대방의 거짓말을 의심 없이 믿곤 하지만, 실제 인간은 그렇게 쉽게 속아넘어가지 않는다. "킹스브리지에 간다고 하면 될 거야." 이윽고 그녀가 말했다.

"무슨 일로?"

"장에 암탉을 사러 갔다고 하면 되지 않을까."

"암탉은 아넷에게서 사면 되잖아."

"나는 그년한테서 아무것도 사고 싶지 않고, 그건 사람들도 모두 알아."

"그건 그렇지."

"그리고 네이트는 내가 예전부터 캐리스와 친구라는 걸 아니까 내가 그녀와 함께 있다가 온다고 하면 믿을 거야."

"좋아."

아주 그럴듯하지는 않지만 더 나은 생각을 할 수 없었다. 게다가 한 시바삐 아들이 보고 싶었다.

그녀는 이튿날 아침 길을 떠났다.

렌다는 3월의 찬바람을 막을 묵직한 망토를 두르고 동이 트기 전 집을 빠져나왔다. 칠흑 같은 어둠 속에서 기억에 의지해 길을 더듬어 조심스럽게 마을을 지났다. 동네를 벗어나기도 전에 남의 눈에 띄거나 어디 가느냐는 소리를 듣고 싶지 않았다. 하지만 아직 일어난 사람은 아무도 없었다. 관리인 네이트의 개가 그녀의 발소리를 듣고 낮게 으르렁댔다. 개의 꼬리가 개집 벽에 부딪치는 둔탁한 소리가 들렸다.

그녀는 마을을 떠나 밭 사이로 걸어갔다. 동이 텄을 무렵에는 마을에서 1마일쯤 벗어나 있었다. 그녀는 뒤를 돌아보았다. 아무도 없었다. 따라오는 사람은 없었다.

그녀는 아침으로 묵은 빵껍질을 씹어먹고, 오전이 반쯤 지났을 무렵 위글리에서 킹스브리지로 가는 길과 노스우드에서 오던비로 가는 길이 교차하는 곳에 있는 주점에 이르렀다. 주점에 그녀를 알아보는 사람은 없었다. 그녀는 불안한 눈으로 문을 지켜보면서 절인 생선 스튜와 사과주 1파인트를 먹고 마셨다. 누군가 들어설 때마다 그녀는 얼굴을 가릴 준비를 했지만 모두 낯선 사람들이었고, 그녀에게 주의를 기울이는 사람은 없었다. 그녀는 재빨리 그곳을 나와 오던비로 가는 길로 접어들었다.

그녀가 골짜기에 도착한 것은 오후 중반 무렵이었다. 이곳에 와본 지 십이 년이 지났지만 별로 변한 것이 없었다. 이곳은 전염병의 폐해로부터 상당히 빨리 회복됐다. 집 근처에서 놀고 있는 어린애 몇을 제외하면 마을 사람 대부분이 쟁기질을 하거나 씨를 뿌리거나 새끼 양을 돌보면서 한창 일하고 있었다. 그들은 밭을 지나는 낯선 그녀를 빤히 보면서 정체를 궁금해했다. 그중 일부는 가까이서 본다면 아마도 그녀를 알아보았을 것이다. 이곳에서 살았던 날은 열흘밖에 안 되지만 꽤 극적인 날들이었으므로 그들의 기억에 남았을 것이다. 시골에서는 그런 흥분되는 사건을 보는 일이 흔치 않았다.

그녀는 양쪽 언덕 사이에 자리잡은 평야를 굽이치며 흐르는 오던강을 따라 갔다. 그리고 큰 마을에서 출발해 전에 이곳에 살 때 알았던 햄이나 숏에이커, 롱워터 같은 규모가 좀더 작은 주거지를 지나 가장 작고 외딴곳에 있는 올드처치로 향했다.

　마을이 가까워지면서 그녀는 점점 흥분해서 발이 아픈 것도 잊었다. 올드처치는 서른 가구 정도의 오두막집이 있는 부락이었는데, 영주 저택이나 관리인의 집으로 쓸 만큼 큰 집은 한 채도 없었다. 하지만 마을 이름에 걸맞게 오래된 성당이 하나 있었다. 지어진 지 수백 년은 되어 보였다. 야트막한 탑 하나에 좁은 회중석으로 이루어진 성당은 조악한 석재로 지어져 있고 두꺼운 벽에는 아무렇게나 낸 듯한 작고 네모난 창이 있었다.

　그녀는 그 너머에 있는 밭으로 걸어갔다. 멀리 풀밭에 양치기 무리가 보였지만 그것은 무시했다. 영악한 쟁기꾼 해리가 샘처럼 덩치 좋은 일꾼을 그런 가벼운 일에 낭비할 것 같지 않았다. 샘은 써레질을 하거나 도랑을 치우거나 쟁기를 끄는 여덟 마리 소와 함께 있을 것이다. 밭 세 곳을 하나씩 살펴보던 그녀는 보온모를 쓰고 흙투성이 부츠를 신은 차림으로 서로 크게 소리쳐가며 밭을 가로지르는, 대부분 남자들로 된 한 무리의 일꾼들을 찾아냈다. 그중에 한 청년은 다른 사람들보다 머리 하나는 더 컸다. 처음에 아들의 모습을 보지 못한 그녀의 마음속에 불안감이 되살아났다. 벌써 붙잡혀간 걸까? 다른 마을로 옮긴 걸까?

　그녀는 이제 막 갈아놓은 밭에 거름을 묻고 있는 남자들 사이에서 아들을 찾아냈다. 그는 추운 날씨였는데도 외투를 벗은 채 떡갈나무삽을 치켜들고 있었는데, 낡은 아마포 셔츠 밑으로 등과 팔의 근육들이 한데 뭉쳐 꿈틀거리는 것이 보였다. 아들을 보자, 그리고 저런 사내가 자신의 작은 몸에서 나왔다는 생각을 하자 뿌듯함이 가슴 가득 차올랐다.

모두 다가오는 그녀를 바라보았다. 그들은 호기심 어린 눈길로 그녀를 빤히 보고 있었다. 저 여자는 대체 누구이고, 무슨 일로 여기 온 걸까? 그녀는 곧장 샘에게 다가가 말똥 냄새가 진동하는 아들을 끌어안았다. "어서 와요, 어머니." 그가 말하자 모두 웃음을 터뜨렸다.

그녀는 유쾌해하는 그들 때문에 당황했다.

그때 한쪽 눈이 없는 강단 있어 보이는 한 남자가 말했다. "자, 자, 샘. 엄마가 왔으니 이젠 괜찮아." 그 말에 그들은 다시 한번 웃음을 터뜨렸다.

렌다는 그제야 그들이 샘처럼 덩치 큰 사내를 자그마한 어머니가 말썽꾸러기 아이라도 되는 듯 확인하러 온 것을 재미있어한다는 것을 알았다.

"어떻게 저를 찾아낸 거예요?" 샘이 물었다.

"노스우드 장에서 쟁기꾼 해리를 만났단다."

"아무도 어머니 뒤를 밟은 사람이 없어야 할 텐데."

"날이 밝기 전에 떠났어. 누가 물으면 네 아버지가 나는 킹스브리지로 갔다고 말할 거야. 뒤따라온 사람은 아무도 없었어."

그들은 몇 분 더 얘기를 나누었다. 이윽고 샘이 일하러 가야 한다고, 그러지 않으면 다른 사람들이 일을 자기들한테 떠맡겼다고 불평할 거라고 말했다. "마을에 가서 리자 할머니를 찾으세요. 할머니는 성당 맞은편에 살아요. 어머니가 누군지 말하면 마실 거라도 내줄 거예요. 저는 해가 지면 갈게요."

렌다는 하늘을 올려다보았다. 벌써 저물고 있어 한 시간쯤 더 하면 일을 끝내야 할 것 같았다. 그녀는 샘의 뺨에 입을 맞추고 그곳을 떠났다.

그녀는 다른 집들보다 약간 더 큰 집에서 리자를 찾아냈는데, 그 집은 한 칸이 아니라 두 칸짜리였다. 리자가 앞을 보지 못하는 남편 롭을 소개했다. 샘이 말한 것처럼 리자는 그녀를 잘 대접해줬다. 그녀는 식탁에 빵과 수프를 내놓고 에일도 한 잔 따라줬다.

궨다가 노부부의 아들에 대해 묻자, 봇물 터진 것처럼 말이 쏟아져 나왔다. 아들의 어린 시절부터 도제가 될 때까지 이야기를 끝도 없이 늘어놓던 리자는 노인이 목쉰 소리로 내뱉은 한마디에 말을 그쳤다. "말이 오는데."

그들은 조용해졌다. 궨다의 귀에 구보로 달리는 규칙적인 말발굽소리가 들려왔다.

"좀 작은 말이야." 눈이 먼 롭이 말했다. "여자가 타는 말이거나 조랑말인데. 귀족이나 기사가 타기에는 작은 말이지만 귀부인이 타고 있을지도 모르지."

궨다는 두려움에 몸을 떨었다.

"한 시간 사이에 방문객이 둘이라." 롭이 말했다. "무슨 관련이 있는 게 분명하군."

그것이야말로 궨다가 두려워하던 일이었다.

그녀는 자리에서 일어나 문밖을 내다보았다. 억세게 생긴 검정 조랑말이 집들 사이로 다가오고 있었다. 그녀는 말을 탄 사람을 바로 알아보고 가슴이 철렁 내려앉았다. 위글리 관리인의 아들인 조노 리브였다.

어떻게 그녀를 찾아냈을까?

그녀는 재빨리 집안으로 몸을 피하려 했지만 그는 이미 그녀를 보았다. "궨다 아주머니!" 그가 소리치며 말을 세웠다.

"이런 망할 자식." 그녀가 내뱉었다.

"여기서 뭘 하고 계신 건지 궁금하군요." 그가 조롱하듯 말했다.

"어떻게 여기까지 온 거지? 나를 따라오는 사람은 아무도 없었는데."

"아버지가 나를 킹스브리지에 가보라고 보내셨죠. 아주머니가 거기서 무슨 장난을 치는지 알아보라고요. 그런데 도중에 갈림길 주점에 들렀더니 아주머니가 오딘비로 가는 것 같았다고 말해주던데요."

그녀는 이 영악한 청년을 속일 수 있을지 불안했다. "내가 여기 사는 옛친구를 방문하면 안 될 이유라도 있냐?"

"말도 안 되는 소리 말아요. 도망친 아주머니 아들은 어디 있죠?"

"나도 그애가 여기 있으면 좋겠는데 여기 없어."

순간 그는 어쩌면 그녀가 사실을 말하는지도 모른다고 생각한 듯 확신 없는 표정을 지었다. 잠시 후 그가 말했다. "어쩌면 숨어 있는지도 모르죠. 좀 둘러봐야겠어요." 그는 말에 박차를 가했다.

퀸다는 그의 뒷모습을 지켜보았다. 그를 속여넘기지는 못했지만 머릿속에 의혹은 심어놓았다. 그녀가 먼저 샘에게 간다면 아들을 숨길 수 있을지도 모른다.

그녀는 리자와 롭에게 황급히 한마디 하고는 재빨리 뒷문으로 작은 집을 나왔다. 그녀는 산울타리에 최대한 근접해서 밭을 가로질렀다. 마을 쪽을 돌아보니 조노가 자신과 비스듬한 방향으로 말을 달리는 것이 보였다. 날이 저물고 있어서 산울타리의 어둑한 그늘 아래 있는 자신의 작은 몸은 쉽게 분간되지 않을 것 같았다.

그녀는 삽을 어깨에 걸쳐 메고 부츠에 흙을 잔뜩 묻힌 채 돌아오고 있는 샘과 다른 사람들을 만났다. 멀리서 얼핏 보니 샘은 랠프와 구별하기 어려울 정도로 닮아 있었다. 체격이 비슷하고, 자신만만한 걸음걸이에 억센 목덜미에 잘생긴 두상까지 닮은 것 같았다. 그러나 샘이 말을 할 때는 울프릭의 모습도 보였다. 고개를 한쪽으로 갸웃하고 수줍은 미소를 짓고 손사래 치는 동작은 영락없이 아버지 판박이였다.

남자들이 그녀를 보았다. 그들은 좀전에 그녀가 갔을 때도 즐거워했는데, 애꾸눈의 남자가 "어서 오세요, 어머니!" 하고 외치자 이번에도 모두 웃음을 터뜨렸다.

그녀는 샘을 한옆으로 데려가 말했다. "조노 리브가 여기 왔어."

"젠장!"

"미안하구나."

"아무도 쫓아오지 않았다면서요!"

"나는 그애를 보지 못했어. 내 뒤를 추적해서 따라온 거야."

"빌어먹을. 이제 어쩌죠? 저는 위글리로는 돌아가지 않을 거예요!"

"그애는 너를 찾고 있는데, 마을 동쪽으로 갔어." 그러면서 그녀는 어두워져가는 주변을 훑어보았지만 눈에 보이는 것이 별로 없었다. "서둘러 올드처치로 돌아가면 숨을 수 있을 거야. 성당 안에 숨어도 되고."

"알겠어요."

그들은 걸음을 서둘렀다. 궨다가 어깨 너머로 말했다. "혹시 조노라는 관리인을 만나게 되면…… 위글리의 샘을 본 적이 없다고 해줘요."

"우린 그런 이름은 들어본 적도 없는데요, 어머니." 그중 하나가 말하자 다른 사람들도 그 말에 동조했다. 농노들은 대개 합심해서 관리인을 속이곤 했다.

궨다와 샘은 조노와 마주치지 않고 마을에 도착했다. 그들은 성당으로 향했다. 궨다는 성당 안으로 들어갈 수 있을 거라고 생각했다. 보통 시골 성당은 비어 있고 문이 열려 있기 마련이었다. 하지만 이 성당이 그렇지 않다면 그다음에는 어떻게 해야 할지 알 수 없었다.

그들은 집들 사이를 지나 성당이 보이는 곳에 이르렀다. 리자의 집 앞에 검정 조랑말이 서 있었다. 그녀는 신음했다. 조노가 어스름을 틈타 재빨리 말을 돌려 되돌아온 것이 분명했다. 그는 궨다가 샘을 찾아서 마을로 데려오리라는 데 패를 걸었고 그의 예상이 적중했다. 조노 역시 제 아버지처럼 저열한 잔꾀에 능했다.

그녀는 샘의 팔을 잡고 서둘러 길을 가로질러 성당 안으로 들어갔다. 그 순간 조노가 리자의 집에서 나왔다.

"샘." 조노가 말했다. "네가 여기 있을 줄 알았다."

궨다와 샘은 걸음을 멈추고 몸을 돌렸다.

샘이 나무삽에 몸을 기댔다. "그래서 어쩔 셈인데?"

조노는 의기양양한 얼굴로 벌쭉 웃었다. "너를 위글리로 끌고 가야지."

"할 수 있으면 해봐."

그때 마을 서쪽에서 대부분 여자들로 이루어진 한 무리의 농부들이 나타나 걸음을 멈추고는 이들의 대결 장면을 지켜보았다.

조노가 말안장 밑에 손을 넣더니 쇠사슬이 달린 연장 같은 물건을 꺼냈다. "네 다리에 이걸 채우겠어. 네가 생각이라는 걸 할 줄 안다면 반항하지 못하겠지."

궨다는 조노의 대담한 행동에 놀랐다. 그애는 정말 자기 혼자서 샘을 체포할 수 있다고 생각한 걸까? 조노도 건장하기는 했지만 샘만큼 체구가 크지는 않았다. 마을 사람들이 자신을 도와줄 거라 기대하는 걸까? 법이 그의 편이기는 해도 농부들 중에 그가 하려는 행동을 정당하다 여길 사람은 없었다. 젊은이들이 흔히 그렇듯 그는 제 분수를 알지 못했다.

"우리가 어렸을 때 나는 네놈을 혼쭐나게 패주곤 했지. 오늘도 그렇게 해주겠어." 샘이 말했다.

궨다는 그들이 싸우는 건 원하지 않았다. 누가 이기든 법의 눈으로 볼 때 결과는 샘의 잘못일 것이었다. 샘은 도망자였다. 그녀가 말했다. "지금은 어디로 가기엔 시간이 너무 늦었잖니. 내일 아침에 다시 얘기해보는 게 어떠냐?"

조노는 그 말을 비웃었다. "그래서 동트기 전에 샘을 빠져나가게 하려고요? 아주머니가 위글리를 몰래 빠져나왔던 것처럼? 그건 안 될 일이죠. 저놈은 오늘 이 차꼬를 차고 자야 해요."

그때 샘과 함께 일하던 남자들이 나타나 걸음을 멈추고 사태를 지켜보았다. 조노가 말했다. "법을 준수하는 이들은 누구나 이 도망자를 체포하도록 나를 도와야 할 의무가 있습니다. 그리고 내가 하는 일을 방해하면 누구든 법의 처벌을 받게 될 겁니다."

"그 점에서는 나를 믿어도 좋아." 애꾸눈 남자가 말했다. "내가 자네 말을 잡아주지." 그 말에 다른 사람들이 킥킥댔다. 조노에게 동조하는 사람은 거의 없었다. 그러나 샘을 위해 나서주는 사람도 없었다.

그때 조노가 갑자기 몸을 움직였다. 그는 양손에 차꼬를 든 채 샘에게 다가가더니 허리를 숙이고는 놀랄 만큼 재빠른 동작으로 샘의 다리에 차꼬를 채우려 했다.

상대가 나이가 많고 동작이 둔한 사람이었다면 먹혔겠지만 샘의 반응은 재빨랐다. 그는 뒤로 물러서면서 흙 묻은 부츠를 신은 발로 앞으로 뻗은 조노의 왼팔을 힘껏 걷어찼다.

조노는 통증과 분노로 끙 소리를 냈다. 그는 허리를 펴면서 샘의 머리를 후려칠 참으로 뒤로 젖혔던 오른팔로 차꼬를 휘둘렀다. 렌다의 귀에 겁에 질린 비명이 들렸고, 다음 순간 그녀는 그것이 자기 입에서 나온 소리라는 것을 알았다. 샘이 재빨리 한발 더 뒤로 물러나며 사정거리에서 벗어났다.

조노는 자신의 겨냥이 빗나갈 것을 알고 마지막 순간에 차꼬를 손에서 놓았다.

차꼬가 허공으로 날아갔다. 샘이 주춤하면서 몸을 돌리고 허리를 숙였지만 완전히 피하지는 못했다. 쇠붙이가 그의 귀를 때리고 사슬이 얼굴을 갈겼다. 렌다는 자신이 얻어맞기라도 한 듯 비명을 질렀다. 구경꾼들도 놀라 숨을 들이쉬었다. 샘이 비틀거렸고, 차꼬는 땅에 떨어졌다.

한순간 아무도 움직이지 않았다. 샘의 귀와 코에서 피가 흘러나왔다. 궨다는 두 팔을 내밀며 아들을 향해 한발 나섰다.

샘은 충격에서 곧 벗어났다.

그는 조노 쪽으로 몸을 돌리면서 한 번의 멋진 동작으로 묵직한 나무삽을 휘둘렀다. 조노는 차꼬를 던진 뒤 미처 균형을 잡지 못한 상태여서 일격을 피할 수 없었다. 삽날이 옆머리를 찍었다. 샘은 힘이 셌다. 나무가 뼈에 부딪는 소리가 마을의 길 위로 울려퍼졌다.

조노가 아직 비틀거리고 있을 때 샘이 다시 일격을 가했다. 삽이 바로 머리 위에서 아래로 떨어졌다. 샘이 양팔로 휘두른 삽날이 무시무시한 힘으로 조노의 정수리를 쳤다. 이번에는 큰 소리 대신 퍽 하는 둔탁한 소리가 났다. 궨다는 조노의 두개골이 깨졌을까봐 더럭 겁이 났다.

조노가 털썩 무릎을 꿇었을 때 샘이 세번째 일격을 가했는데, 이번에도 삽날에 온 힘을 실어 조노의 이마를 쳤다. 궨다는 절망에 빠진 채, 쇠로 만든 검이라도 그보다 더 심한 상해를 가하지 못할 거라 생각했다. 그녀는 샘을 말리려고 앞으로 나섰지만 좀더 일찍 똑같은 생각을 한 마을 남자들이 그녀보다 앞섰다. 두 사람이 양옆에서 팔을 하나씩 잡고 샘을 떼어놓았다.

조노는 피웅덩이에 머리를 담근 채 땅바닥에 널브러져 있었다. 궨다는 그 광경에 넌더리를 쳤고, 조노의 아버지 네이트가 이 사실을 알면 얼마나 슬퍼할지 생각하지 않을 수 없었다. 조노의 어머니는 전염병으로 죽었으므로 적어도 슬픔으로 괴로워할 일은 없었다.

샘은 별로 다친 데가 없어 보였다. 피를 흘리면서도 또다시 조노를 공격하려고 자신을 잡은 사람들에게서 빠져나오려 버둥거리고 있었다. 궨다는 허리를 숙이고 조노를 살펴보았다. 그는 눈을 감은 채 움직이지 않았다. 그의 가슴에 손을 대보았지만 아무것도 느껴지지 않았다. 그녀는 캐리스가 하던 식으로 맥을 짚어보았지만 맥박도 느껴지지 않았다. 숨을 쉬는 것 같지 않았다.

방금 일어난 일의 의미가 점차 분명해지면서 그녀는 울기 시작했다.

조노는 죽었고, 샘은 살인자가 된 것이었다.

82

그해 1361년 부활절 주일은 캐리스와 머딘이 결혼한 지 십 년째 되는
날이었다.

대성당에 서서 부활절 행렬을 지켜보던 캐리스는 자신의 결혼식을
떠올렸다. 너무 오랫동안 만남과 이별을 반복한 연인들이었던 그들은
결혼식을 오래전부터 정해진 사실을 확인하는 의식에 불과하다고 여
기고는 조촐하면서도 조용한 예식을 계획했다. 그래서 성 마르코 성당
에서 검소한 예식을 올리고 벨 여인숙에서 친지들과 소박한 식사를 하
려고 했다. 그러나 어리석은 생각이었다. 결혼식 전날 조프로이 신부가
와서 하객이 줄잡아 2천 명은 될 것 같다고 하는 바람에 그들은 어쩔 수
없이 대성당으로 예식 장소를 옮겨야 했다. 그런 뒤에야 매지 웨버가
그들 모르게 길드 집회소에서 유력 시민들을 위한 연회를 준비해놓았
고, 연인들의 들판에서는 킹스브리지 일반 시민들을 위한 야외 연회가
마련됐다는 것을 알게 됐다. 그래서 결국 그해 최대의 혼례가 되었다.

캐리스는 그때 기억을 떠올리고 미소지었다. 그날 그녀는 킹스브리

지 진홍색 옷감으로 지은 새 옷을 입었는데, 주교는 캐리스 같은 여자에게 어울리는 색이라 여겼을 것이다. 고동색과 황금색 실로 화려한 무늬를 직조한 이탈리아제 상의를 입은 머딘은 행복으로 타오르는 것처럼 보였다. 뒤늦게야 그들은 사적인 드라마라고만 생각했던 자신들의 지리한 연애가 오랫동안 킹스브리지 시민들을 즐겁게 해줬다는 것과 모두가 행복한 결말을 축하해준다는 것을 알게 되었다.

자신의 적이었던 필리먼이 설교단에 오르자 흐뭇하던 캐리스의 회상은 증발해버렸다. 그들이 결혼식을 올린 이래 십 년간 필리먼은 비대해졌다. 삭발한 수사 머리와 면도한 얼굴 아래로 지방층이 고리처럼 긴 목덜미가 고스란히 드러났고 사제복은 천막처럼 부풀어 있었다.

그는 해부에 반대하는 설교를 했다.

망자의 육신은 하느님의 것입니다, 라고 그는 말했다. 그리스도인은 면밀하게 정해진 의식에 따라 시체를 매장하도록 가르침을 받았다. 구원받은 자는 신성한 땅에, 용서받지 못한 자는 다른 곳에 매장된다. 그 밖에 어떤 일이든 시체에 가하는 행위는 하느님의 뜻에 반하는 것이다. 시체를 훼손하는 행위는 신성모독이다, 라고 그는 그답지 않은 열기 띤 어조로 말했다. 이른바 의술 연구자라는 자들이 시신을 가르고 내장을 분리하고 자르고 구멍을 뚫는 끔찍한 광경을 상상해보라고 말할 때는 목소리를 떨기까지 했다. 진정한 그리스도인은 송장을 자신들의 밥으로 삼는 이런 남녀들에게 그 어떤 용서의 여지도 없다는 것을 알고 있습니다, 라고.

캐리스는 문득 '남녀들'이라는 표현은 필리먼이 자주 쓰는 말이 아니며 그 말이 아무 의미 없이 쓰였을 것 같지 않다고 생각했다. 그녀는 회중석 자기 옆에 서 있는 남편을 힐끗 보았다. 그 역시 우려하는 듯 눈썹을 치켜세웠다.

시체 검사 금지는 표준적인 교조로서, 캐리스가 기억하는 것보다 훨씬 오래전에 교회에 의해 제기된 것이지만, 전염병이 창궐한 뒤로는 완화됐다. 진보적인 젊은 성직자들은 신도를 잃는 것이 교회에 얼마나 치명적인지를 분명히 깨달았고, 사제에 의해 전수되는 치료 방식에 변화를 꾀하려 했다. 하지만 보수적인 고참 성직자들은 과거의 방식을 고수하고 어떠한 변화도 차단하려 했다. 그 결과 해부는 원칙적으로는 금지됐으나, 실제로는 묵인되고 있었다.

캐리스는 처음부터 새로 문을 연 병원에서 해부를 실시했다. 그녀는 병원 밖에서는 그 일을 입에 올리지 않았다. 미신을 자극해봤자 좋을 것이 없기 때문이다. 하지만 기회가 있을 때면 해부를 마다하지 않았다.

최근 몇 년 사이 한두 명의 젊은 의료 담당 수사가 해부에 참여했다. 훈련받은 대부분의 의사들은 중상자를 치료할 때를 제외하면 신체 속을 들여다볼 기회가 없었다. 전통적으로 그들에게 해부가 허용되는 유일한 사체는 해부학적으로 인체와 가장 닮은 것으로 간주되는 돼지 사체뿐이었다.

캐리스는 필리먼의 공격이 걱정스럽기도 했지만 한편으로는 어리둥절했다. 그가 언제나 자신을 눈엣가시로 여겼다는 것은 알고 있었지만 이유는 알 수 없었다. 그러나 1351년 폭설이 내리던 날 교착 상태에 접어든 이래 그는 그녀의 존재를 무시해왔다. 그는 이 도시에 대한 지배력을 잃은 데 대해 스스로 보상이라도 하듯 자기 사택에 태피스트리와 양탄자, 은식기, 스테인드글라스, 장식이 들어간 필사본 같은 값비싼 물건들을 들여놓았다. 그는 전보다 더 권위적이 되어 수사들과 수련수사들에게 세세한 경의의 표시를 요구했고, 미사 때마다 화려한 제의를 입고, 다른 도시에 가야 할 일이 있을 때는 공작부인의 내실처럼 치장한 이륜마차를 이용했다.

이번 미사에는 셔링의 앙리 주교, 몬머스의 피어스 대주교, 요크의 레저널드 부주교 같은 몇몇 중요한 외부 성직자들이 성가대석에 앉아 있었는데, 어쩌면 필리먼은 보수주의적 교리를 역설함으로써 그들에게 깊은 인상을 주고 싶었는지도 모른다. 하지만 무슨 목적에서였을까? 승진할 기회를 모색하는 것일까? 대주교가 병중이기는 했지만—실제로 대주교는 교회까지 들것으로 이동했다—설마 필리먼이 감히 그 자리를 넘보려는 걸까? 위글리 출신 조비의 아들이 킹스브리지 수도원장까지 출세한 것만으로도 거의 기적이나 다름없는 일이었다. 게다가 수도원장에서 대주교가 되는 것은 이례적인 승진으로, 그것은 기사가 중간 단계인 남작이나 백작을 거치지 않고 곧장 공작 직위에 오르는 일이나 다를 바 없었다. 그런 쾌속 승진은 특별한 총애를 받는 자만이 누릴 수 있는 일이었다.

그러나 필리먼의 야심은 끝이 없었다. 캐리스는 그가 스스로를 남달리 적임자라고 여겨서 그런 것이 아님을 알았다. 그것은 오만하고 자신만만했던 고드윈이 하던 생각이었다. 고드윈은 자신이 이 도시에서 가장 현명한 사람이기 때문에 하느님이 자신을 수도원장으로 삼은 거라고 여겼다. 필리먼은 그와 정반대의 극단에 있었다. 그는 내심 자신이 아무것도 아닌 존재라고 여겼다. 그의 삶은 자신이 완전히 무가치한 존재라는 사실에 대한 일련의 확인 과정이나 다름없었다. 다만 거부에 과민한 그는, 그것이 아무리 고위직이라도 자신이 그 자리에 오를 자격이 없다는 생각 자체를 참을 수 없는 것뿐이었다.

그녀는 미사가 끝난 후 앙리 주교와 이야기해볼까 생각했다. 킹스브리지 수도원장에게는 나환자 섬의 성 엘리자베스 병원은 그가 아니라 주교의 직접 통제권 아래 있다는 십 년 전의 협약을 상기시키고, 따라서 병원에 대한 공격은 어떤 것이든 앙리 주교의 권한과 특권에 대한 공격이 될 수 있다고 지적할 수 있을 것이다. 그러나 좀더 생각해본 그녀는 이런 항변이 주교에게 그녀의 병원에서 해부를 시행하고 있다는 사실을 확인시켜, 쉽게 넘길 수 있는 모호한 의혹에 불과한 일을 처리해야만 하는 명확한 사실로 만드는 결과만 될 뿐이라는 것을 깨달았다. 그래서 입을 다물기로 했다.

그녀의 옆에는 머딘의 두 조카이자 랠프 백작의 아들들인 열세 살 게리와 열 살 롤리가 있었다. 두 소년 모두 수도원학교에 다니고 있었다. 그들은 수도원에서 살고 있지만 자유 시간 대부분을 섬에 있는 머딘과 캐리스의 집에서 보냈다. 머딘은 무심결에 롤리의 어깨에 한 손을 얹어놓고 있었다. 롤리가 그의 조카가 아니라 아들이라는 사실을 아는 사람은 세상에 딱 셋밖에 없었다. 머딘과 캐리스, 그리고 어머니 필리파였다. 머딘은 롤리를 편애하는 기미를 보이지 않으려 애썼지만, 본심을 감추기가 쉽지 않아 롤리가 학교에서 뭔가 새로운 것을 배우거나 좋은 성적을 받으면 유난히 기뻐했다.

캐리스는 이따금 낙태한 아이를 생각했다. 그녀는 늘 그 아이가 여자아이였을 거라고 상상했다. 태어났다면 스물세 살의 어엿한 여성이 되어 있을 것이고, 어쩌면 결혼해서 아이들을 낳았을지도 모른다. 그 생각은 묵은 상처처럼 그녀를 아프게 했지만 너무 익숙해서 그다지 괴롭지는 않았다.

미사가 끝나자 모두 성당을 나섰다. 아이들은 여느 때처럼 일요일 식사에 초대됐다. 대성당 밖으로 나온 머딘은 성당 한가운데 높이 솟은 탑을 돌아보았다.

캐리스는 자신만이 알아볼 수 있는 세부를 보며 눈을 찌푸린 채 완공을 앞둔 자신의 건축물을 살펴보는 머딘을 애정 어린 눈길로 유심히 바라보았다. 그녀는 그가 열한 살일 때부터 그를 알았고, 그 오랜 세월 동안 변함없이 거의 언제나 그를 사랑했다. 이제 그는 마흔다섯 살이었다. 이마에서부터 벗어지는 그의 붉은 머리칼이 곱슬곱슬한 후광처럼 곤두서 있었다. 그는 어느 부주의한 석공이 비계에서 떨어뜨린 작은 석제 까치발을 어깨에 맞은 뒤로 왼쪽 팔을 제대로 쓰지 못했다. 그러나 그의 얼굴에는 3분의 1 세기 전 만성절에 열 살 캐리스의 마음을 사로잡았던 그 소년의 열의가 아직 그대로 있었다.

그녀는 그가 보는 것을 자신도 보려고 고개를 돌렸다. 탑은 두 경간과 정확히 직각을 이루며 교차부의 네 면 위에 산뜻하게 올라앉은 듯이 보였지만, 실제로 그 하중을 받고 있는 것은 익랑들의 외곽 모서리에 세워진 거대한 부벽이었고, 부벽 자체는 새로 만든 기초 위에 서 있었다. 기둥들은 가늘었고, 맑은 날 그 사이로 푸른 하늘이 보이는 창구멍을 배수倍數로 낸 탑은 가볍고 경쾌해 보였다. 네모난 탑의 상단에 첨탑을 세우는 최종 공사를 위해 엮어놓은 비계가 위에 설치돼 있었다.

시선을 다시 지상으로 내린 캐리스의 눈에 언니가 걸어오는 것이 보였다. 앨리스는 그녀보다 겨우 한 살이 많은 마흔다섯 살이지만, 캐리스는 언니가 다른 세대의 사람처럼 느껴졌다. 남편 엘프릭이 전염병에 걸려 죽었지만 그녀는 재혼하지 않았고, 과부는 응당 그렇다고 생각하기라도 한 듯 심사가 사나운 여자가 됐다. 캐리스는 아주 오래전 엘프릭이 머딘을 함부로 대하는 문제 때문에 앨리스와 다툰 일이 있었다. 세월이 흐르면서 서로에게 품었던 적대감의 날은 무뎌졌지만 한쪽으로 머리를 기울이며 인사하는 앨리스에게서는 여전히 감정의 앙금이 있는 듯했다.

그녀 옆에는 겨우 한 살 아래인 의붓딸 그리젤더가 있었다. 그리고 그 옆에는 사생아 머딘으로 불리는 그리젤더의 아들이 우뚝 서 있었는데, 그는 오래전에 사라진 그의 생부 서스턴처럼 천박한 매력을 지닌 덩치 큰 젊은이가 되어 있었으며 건축업자 머딘과는 전혀 딴판이었다. 또 그 옆에는 그리젤더가 낳은 이제 열여섯 살이 된 딸 페트라닐라가 있었다.

엘프릭이 죽은 뒤 그리젤더의 남편인 석공 해럴드가 장인이 하던 사업을 이어받았다. 머딘의 말에 따르면 그는 시원찮은 건축업자지만, 엘프릭을 부자로 만들어준 수도원 보수 및 확장 공사를 독점하지 못하게 된 뒤로도 그럭저럭 사업을 꾸려나가고 있었다. 머딘에게 다가온 해럴드가 말했다. "사람들 말이 당신이 거푸집 없이 첨탑을 세울 거라고들 하더군요."

캐리스는 그것이 무슨 말인지 이해했다. 홍예 틀이라고도 불리는 거푸집은 회반죽이 굳을 때까지 석재를 다잡아주는 역할을 하는 나무틀을 말하는 것이다.

"그 좁은 첨탑 안에는 거푸집을 넣을 공간이 없어요. 그리고 거푸집을 무엇으로 지지한단 말입니까?" 머딘은 정중한 어조로 대꾸했지만, 캐리스는 그 어조에서 머딘이 해럴드를 좋아하지 않는다는 것을 알 수 있었다.

"첨탑이 둥글다면 그 말이 납득이 가겠지만."

캐리스는 그 말도 이해했다. 둥근 첨탑이라면 둥글게 쌓은 석재 위에 그보다 폭이 좁은 석재를 다시 둥글게 얹을 수 있었다. 그 경우 둥글게 쌓은 석재 자체가 지지대 역할을 하기 때문에 별도의 거푸집이 필요 없다. 석재들이 서로 누르고 있어 돌이 안쪽으로 떨어질 수 없기 때문이다. 그런데 각이 진 형태라면 어떤 것이든 이 원리가 적용되지 않는다.

"당신도 설계도를 보았잖소. 첨탑은 팔각형입니다."

사각탑 상부 모퉁이의 작은 탑들은 비스듬히 바깥쪽을 향하고 있어, 좀더 폭이 좁은 다른 모양의 첨탑으로 시선이 편안하게 옮겨가게 해줬다. 머딘은 샤르트르 대성당에서 이 모양을 보고 본떴다. 하지만 그것이 제대로 되려면 탑이 팔각형이어야만 했다.

"하지만 거푸집 없이 어떻게 팔각형 탑을 지을 수 있죠?" 해럴드가 말했다.

"그건 두고 보면 알 겁니다." 머딘은 이렇게 말하고 자리를 떴다.

중심가를 따라 걸어내려가며 캐리스가 물었다. "당신이 그 일을 어떻게 할지 사람들에게 말하지 않으려고 하는 이유가 뭐야?"

"그래야 나를 해고하지 못할 테니까." 머딘이 대답했다. "내가 다리를 지을 때도 까다로운 부분을 처리하고 나니까 나를 해고하고 돈이 덜 드는 다른 사람을 고용했잖아."

"그랬지."

"지금은 그러지 못할 거야. 나 말고는 아무도 그 첨탑을 짓지 못할 테니까."

"그때 당신은 젊었지. 지금은 길드장이잖아. 아무도 감히 당신을 해고하지 못해."

"그건 그래. 하지만 해고할 수 없다고 생각하도록 만드는 편이 좋아."

옛날에 다리가 있던 큰길 아래쪽에는 화이트호스라는 평판이 좋지 않은 여인숙이 있었다. 캐리스는 이제 열여섯 살이 된 롤라가 나이 많은 친구들과 함께 바깥벽에 기대서 있는 것을 보았다. 롤라는 올리브색 피부에 윤기 흐르는 검은 머리, 두툼한 입술, 강렬한 암갈색 눈을 가진 매력적인 아가씨로 자랐다. 그들은 주사위 노름판을 에워싸고 모두 큰 잔으로 에일을 마시고 있었다. 캐리스는 자신의 의붓딸이 대낮에 길거리에서 술을 마시는 모습을 보고 유감스러웠지만 놀라지는 않았다.

머딘은 화를 냈다. 그는 롤라에게 다가가 팔을 잡았다. "식사 시간이니 이제 그만 집에 돌아가야지." 그가 엄격한 어조로 말했다.

그녀는 고개를 젖히며 숱 많은 머리를 흔들었는데, 자기 아버지가 아니라 다른 사람의 시선을 의식한 동작 같았다. "안 갈래요. 여기 있고 싶어요."

"나는 네가 뭘 하고 싶은지 물어본 게 아니야." 머딘이 말하고 딸을 잡아당겼다.

그때 스무 살쯤 된 잘생긴 청년이 무리에서 떨어져나왔다. 곱슬머리에 빈정대는 듯한 미소를 띤 그는 나뭇가지로 이를 쑤시고 있었다. 캐리스는 그 청년이 특별한 직업이 없는데도 언제나 돈이 있는 것처럼 보이는 제이크 라일리라는 것을 알았다. 청년이 어슬렁어슬렁 다가왔다. "무슨 일인가요?" 그는 상대를 모욕하려는 듯 나뭇가지를 문 채 말했다.

"자네가 상관할 일이 아니야." 머딘이 말했다.

제이크가 머딘의 앞을 가로막았다. "이 아가씨는 가고 싶어하지 않는데요."

"비키는 게 좋을 거야, 친구. 오늘 하루를 유치장에서 보내고 싶지 않다면."

캐리스는 불안으로 몸이 얼어붙었다. 머딘의 말은 이치에 맞았다. 그에게는 아직 성인이 되려면 오 년이나 남은 롤라를 다잡을 권리가 있었다. 하지만 제이크는 아랑곳없이 주먹질부터 하고 결과를 감수할 부류였다. 그래도 캐리스는 끼어들지 않았다. 그랬다가는 제이크에게 가려던 분노가 그녀에게 향하리라는 것을 잘 알고 있었다.

"이 아가씨의 아버지인 모양이군요." 제이크가 말했다.

"나를 잘 아나보군. 그렇다면 길드장인 나에게 공손한 말투를 쓰는 게 좋을 걸세. 안 그러면 대가를 치르게 될 테니까."

무례한 눈으로 머딘을 노려보던 제이크는 이윽고 비켜서며 아무렇지 않은 투로 말했다. "뭐, 그러죠."

캐리스는 사태가 주먹다짐으로 번지지 않았다는 데 안도했다. 머딘은 웬만해서는 그렇지 않지만 롤라 때문이라면 이성을 잃을 수도 있었다.

그들은 다리를 향해 걸어갔다. 롤라는 아버지의 팔을 뿌리치더니 팔짱을 끼고 고개를 푹 숙인 채 앞서 걸어갔다. 그리고 완전히 토라져서는 얼굴을 잔뜩 찡그린 채 입속말로 투덜거렸다.

나쁜 패거리와 어울리는 롤라가 눈에 띈 것은 이번이 처음이 아니었다. 머딘은 딸이 이렇게 드러내놓고 그런 부류와 어울린다는 데 겁도 나고 화도 치밀었다. "저애가 왜 저러는 걸까?" 롤라의 뒤를 따라 나환자 섬의 다리를 건너면서 머딘이 캐리스에게 물었다.

"그야 아무도 모르지." 캐리스는 외부모의 자식들에게서 이런 유의 행동이 비교적 흔하다는 사실을 알고 있었다. 실비아가 죽은 뒤 롤라는 베시 벨, 레이디 필리파, 머딘의 가정부 엠, 그리고 캐리스의 보살핌을 받아왔다. 어쩌면 아이는 자신이 누구를 의지하고 살아야 하는지 혼란을 느꼈을 수도 있다. 그러나 캐리스는 그 생각을 입 밖에 내지는 않았는데, 그랬다면 머딘이 부모로서 실패했다고 암시하는 것으로 받아들일 수도 있기 때문이었다. "나도 저 나이 때는 고모와 정말 많이 다퉜어."

"무슨 일로 그랬는데?"

"비슷한 일이지 뭐. 고모는 내가 현녀 매티와 어울리는 걸 싫어했어."

"그건 전혀 달라. 당신은 불량배들과 싸구려 술집에 간 게 아니었잖아."

"페트라닐라 고모에게 매티는 나쁜 패거리의 사람이었어."

"그래도 경우가 달라."

"그렇긴 하지."

"당신은 매티에게서 배운 것이 많았어."

롤라도 틀림없이 제이크 라일리에게서 많은 것을 배우고 있을 테지만, 캐리스는 불에 기름을 붓는 격이 될 그 생각을 속에 담아두었다. 머딘은 그렇잖아도 화가 날 대로 난 상태였다.

섬은 이제 완전히 개발된 상태로 도시의 일부가 되었다. 섬 안에 교구 성당도 있었다. 전에 사람들은 황량한 땅 위를 아무렇게나 지나다녔지만 이제는 집들 사이로 곧게 뻗은 보도와 직각을 이룬 모퉁이를 따라 걸었다. 토끼들은 사라진 지 오래였다. 병원이 섬의 서쪽 끝 대부분을 차지하고 있었다. 캐리스는 매일같이 그곳에 가면서도 깔끔한 회색 석조건물과 일정한 간격으로 달린 커다란 창들, 군인들처럼 도열한 굴뚝들을 볼 때마다 늘 자랑스러운 마음이 솟구치곤 했다.

그들은 대문을 지나 정원으로 들어섰다. 이제 과수들이 모두 완전히 자라 사과나무들은 눈처럼 흰 꽃으로 덮여 있었다.

늘 그랬듯 그들은 부엌문을 통해 집안으로 들어갔다. 강 쪽으로 커다란 현관이 있지만 그곳은 거의 이용하지 않았다. 재능 많은 건축가도 실수를 저지르는군. 캐리스는 명랑한 기분으로 생각했다. 그러나 이번에도 자신의 생각을 입 밖에 내지는 않았다. 오늘만큼은 그러기로 했다.

롤라는 요란하게 발소리를 내며 위층 자기 방으로 올라갔다.

그때 현관방에서 여자 목소리가 들렸다. "어서들 오세요!" 그러자 두 아이가 소리를 지르며 거실로 달려들었다. 아이들의 어머니 필리파였다. 머딘과 캐리스는 그녀를 반갑게 맞았다.

캐리스는 머딘과 결혼하며 필리파와는 동서 사이가 됐지만, 몇 년 동안은 과거의 경쟁심 때문에 필리파와 함께 있는 자리가 불편했다. 그러다 결국 아이들을 매개로 화해하게 됐다. 처음에는 게리, 그후 롤리가 수도원학교에 입학하면서 머딘은 자연스럽게 조카들을 돌보게 됐고, 필리파 역시 킹스브리지에 있을 때는 꼬박꼬박 머딘의 집에 들렀다.

처음에 캐리스는 필리파가 성적인 매력으로 머딘을 사로잡았다는 데 질투심을 느꼈다. 머딘은 단 한 번도 필리파에 대한 자신의 사랑이 그저 우발적인 사건이었다는 식으로 가장하지 않았다. 그는 분명 지금도 그녀에게 신경을 쓰고 있었다. 그런데 최근 필리파는 부쩍 우울해 보였다. 그녀는 마흔아홉 살이지만 나이보다 더 늙어 보였고 머리는 세고 어두운 얼굴에 주름이 가득했다. 그녀는 이제 아이들만 바라보며 살고 있었다. 그녀는 몬머스 백작부인이 된 자신의 딸을 종종 찾아갔고, 그곳에 있지 않을 때는 아이들과 가까이 있기 위해 킹스브리지 수도원을 찾았다. 그녀는 랠프와 함께 백작의 성에 머무는 시간을 어떻게든 최소한으로 줄이려 했다.

"아이들을 셔링으로 데려가야 해요." 필리파가 이곳에 온 이유를 설명했다. "랠프가 아이들을 카운티법정에 데려가고 싶어하죠. 아이들 교육에 꼭 필요한 일이라고 하면서."

"그 말은 맞아요." 캐리스가 말했다. 게리는 장수를 누린다면 백작이 될 것이고, 그가 아니면 롤리가 작위를 물려받을 것이다. 따라서 두 아이 모두 법정을 알아둘 필요가 있었다.

필리파가 말을 이었다. "원래 대성당에서 부활절 미사만 참석할 생각이었는데 이륜마차 바퀴가 부서지는 바람에 하룻밤을 보내게 됐어요."

"이왕 오셨으니 식사하고 가세요." 캐리스가 말했다.

그들은 식당으로 들어갔다. 캐리스는 강이 내다보이는 창문을 열었다. 서늘하고 신선한 공기가 불어들어왔다. 그녀는 머딘이 롤라를 어떻게 할 것인지 궁금했다. 다행히 그는 롤라가 위층에서 혼자 분을 삭이도록 내버려둔 채 아무 말도 하지 않았다. 침울한 사춘기 아이가 식탁에 있으면 다른 사람들 기분까지 언짢아질 수 있었다.

그들은 리크를 넣고 삶은 양고기로 식사를 했다. 머딘이 레드와인을 따라주자 필리파는 갈증이 난 사람처럼 마셨다. 그녀는 와인을 즐기게 됐다. 어쩌면 그것이 그녀의 낙일지도 모른다.

그들이 식사를 하고 있는데 엠이 걱정스러운 표정으로 들어왔다. "부엌문 앞에 마님을 찾아온 사람이 있는데요."

"누구지?" 머딘이 성마른 어조로 물었다.

"이름을 대지 않고, 그저 마님이 자기를 알 거라고만 했어요."

"어떤 사람인데요?"

"젊은 청년이에요. 옷차림을 보면 도시 사람 같지는 않아요." 엠에게는 시골 사람을 깔보는 속물스러운 면이 있었다.

"뭐 별로 해될 사람은 아니겠군요. 들어오게 해요."

잠시 후 두건을 푹 눌러써 얼굴 대부분을 가린 키가 큰 남자가 식당으로 들어왔다. 두건을 젖히자 캐리스는 그가 궨다의 큰아들 샘이라는 것을 알아보았다.

캐리스는 태어날 때부터 그를 알고 있었다. 그애가 태어날 때 끈적거리는 머리통이 어머니의 작은 몸에서 빠져나오는 것을 지켜보았었다. 그리고 커가면서 점차 건장한 남자로 변모해가는 것도 보았다. 그는 이제 걸음걸이며 서 있는 자세, 말할 때 한 손을 먼저 살짝 올리는 것까지 울프릭과 닮은 것 같았다. 그녀는 언제나 그의 생부가 울프릭이 아닐 거라 의심을 품고 있었지만, 궨다와 가까운 사이이면서도 그것을 물어본 적은 없었다. 묻지 않고 내버려두는 편이 더 나을 때도 있는 법이다. 하지만 샘이 관리인의 아들 조노의 살인범으로 수배중이라는 소식을 듣자 어쩔 수 없이 그 의심이 되살아났다. 그것은 태어날 때 본 샘의 모습이 랠프를 빼닮았었기 때문이었다.

그런 그가 지금 캐리스를 찾아와, 울프릭의 버릇대로 한 손을 올리고 머뭇거리다가 한쪽 무릎을 꿇고 말했다. "제발 저를 살려주세요."

캐리스는 더럭 겁이 났다. "내가 너를 어떻게 도와줄 수 있는데?"

"저를 숨겨주세요. 며칠 동안 도망쳐다녔어요. 한밤중에 올드처치를 떠나 밤새도록 걸었죠. 그뒤로는 한 번도 쉬지 않았어요. 조금 전 주막에서 먹을 것을 사려고 했는데 누군가 저를 알아보는 바람에 또 달아날 수밖에 없었어요."

그가 너무나 필사적이라 가엾은 마음이 불쑥 솟았다. 하지만 그녀는 이렇게 말했다. "하지만 너는 여기 숨을 수 없어. 살인범으로 수배됐잖아!"

"살인이 아니라 싸움이었어요. 조노가 먼저 저를 때렸어요. 차꼬를 가지고 저를 후려쳤다고요. 보세요." 그러면서 자기 얼굴의 두 곳, 귀와 코에 딱지가 앉은 깊은 상처를 가리켰다.

상처에 익숙한 캐리스가 보기에도 그 상처는 닷새쯤 된 것 같았고, 코의 상처는 아물고 있지만 귀의 상처는 봉합해야 할 정도였다. 그래도 그녀는 여전히 샘이 이곳에 있어선 안 된다고 생각했다. "너는 재판을 받아야 해."

"모두 틀림없이 조노 편을 들 거예요. 저는 오던비에서 품삯을 더 준다길래 위글리에서 도망쳤어요. 조노는 그런 저를 끌고 가려고 했고요. 사람들은 조노에게 도망자를 잡아갈 권리가 있었다고 할 거예요."

"그러면 그를 치기 전에 그 생각을 먼저 했어야지."

그러자 그는 비난조로 말했다. "아주머니도 수녀원장 시절에 오던비에서 도망자들을 고용했잖아요."

그 말에 그녀는 뜨끔했다. "그래, 도망자는 그랬지. 하지만 살인자는 고용하지 않았다."

"그들은 저에게 교수형을 내릴 거예요."

캐리스는 마음이 아팠다. 어떻게 이 아이를 돌려보내겠는가?

"네가 여기 숨을 수 없는 두 가지 이유가 있어, 샘. 하나는 도망자를 숨겨주는 건 위법인데, 나는 너 때문에 법의 반대편에 설 생각은 없어. 내가 아무리 네 어머니를 좋아하더라도 말이야. 두번째 이유는 네 어머니가 여기 있는 캐리스의 오랜 친구라는 걸 세상 사람들이 다 안다는 거야. 킹스브리지 치안관이 너를 찾아 나선다면 가장 먼저 이곳부터 들를 거야." 머딘이 말했다.

"그런가요?" 샘이 말했다.

샘이 그다지 똑똑한 아이가 아니라는 것을 캐리스는 알고 있었다. 지력은 샘의 동생 데이비가 다 가진 모양이었다.

"이곳은 네가 숨기에는 최악의 장소야." 머딘이 부드럽게 말했다. "와인 한 잔 마시고 빵 한 덩어리를 가지고 이 도시를 떠나." 그는 이렇게 말하고 좀더 온화한 어조로 말을 이었다. "나는 멍고 치안관을 찾아가서 네가 여기 왔다고 보고할 거지만 그 일은 아주 늦게 할 생각이다." 그러면서 머딘이 나무잔에 와인을 따라줬다.

"고맙습니다."

"너에게 있는 유일한 길은 아무도 너를 모르는 곳으로 가서 새로운 삶을 시작하는 것뿐이야. 너는 힘이 세니까 일자리는 어디에서든 구할 수 있을 거야. 런던에 가서 배를 타. 그리고 싸움에 말려들지 말고."

그때 필리파가 불쑥 말했다. "네 어머니가 누군지 기억이 나는구나…… 궨다였나?"

샘이 고개를 끄덕였다.

필리파가 캐리스에게 말했다. "윌리엄이 살아 있을 때 캐스터햄에서 그녀를 만난 적이 있어요. 그녀가 랠프에게 강간당한 위글리 처녀 일로 나를 찾아왔었죠."

"아넷 말이군요."

"그래요." 필리파가 다시 샘에게 말했다. "그때 어머니 품에 안겨 있던 갓난아기가 바로 너였구나. 네 어머니는 좋은 사람이야. 그런데 네가 이런 곤경에 처하다니 정말 안됐구나."

잠시 침묵이 흘렀다. 샘이 잔을 비웠다. 필리파와 머딘도 마찬가지였겠지만 캐리스 역시 흘러간 세월과, 어떻게 아무것도 모르는 천진하고 귀여운 아기가 살인자가 됐는지를 생각하고 있었다.

그때 정적을 깨고 사람들의 목소리가 들려왔다.

부엌문 쪽에 남자들이 와 있는 듯했다.

샘이 덫에 걸린 곰처럼 주위를 둘러보았다. 한쪽 문은 부엌으로 통하고 다른 문 하나는 저택 정면으로 나 있었다. 그는 현관문을 향해 돌진하더니 문을 벌컥 열고 그대로 뛰쳐나갔다. 그러고는 한 치의 망설임도 없이 강 쪽으로 질주했다.

다음 순간 엠이 부엌 쪽 문을 열었고 멍고 치안관이 부관 네 명을 이끌고 식당으로 들어섰다. 그들 모두 곤봉을 들고 있었다.

머딘이 현관문을 가리켰다. "그가 방금 나갔소."

"이보게들, 그자를 쫓게." 멍고가 말하자 모두 식당을 가로질러 현관문 밖으로 몰려나갔다.

캐리스는 벌떡 일어나 빠른 걸음으로 밖으로 나갔다. 다른 사람들도 뒤따라 나왔다.

집은 3, 4피트 높이밖에 되지 않는 야트막한 바위 절벽 위에 자리잡고 있었다. 그 밑으로 물살이 빠른 강이 흐르고 있었다. 왼쪽으로는 머딘이 만든 우아한 다리가 강물 위를 가로지르고 있었고, 오른쪽은 진흙 강변이었다. 강 건너편, 전염병이 돌았을 때 생긴 옛 무덤가를 에워싼 숲의 나무들에서는 한창 새잎이 돋아나는 중이었다. 묘지 양편으로는 교외의 초라한 오두막집들이 잡초처럼 빽빽이 자리잡고 있었다.

샘은 왼쪽이나 오른쪽 어느 한쪽으로 갔을 것이다. 캐리스는 그가 방향을 잘못 잡은 것을 알자 절망에 사로잡혔다. 그는 오른쪽으로 갔고, 그 끝은 막다른 곳이었다. 진흙밭에 큼직하게 부츠 자국을 남기며 강변을 따라 달리는 그가 보였다. 치안관들이 산토끼를 쫓는 사냥개들처럼 쫓고 있었다. 그녀는 사냥개에게 쫓기는 산토끼가 언제나 안타까웠는데 샘에게도 똑같은 마음을 느꼈다. 그것은 법의 수호와는 상관없는 것이었다. 그는 그저 쫓기는 사냥감에 불과했다.

더이상 갈 곳이 없다는 사실을 알게 된 그는 물속으로 걸어들어갔다.

집 앞 보도에 남아 있던 멍고는 반대 방향인 왼쪽으로 방향을 바꿔 다리를 향해 뛰어갔다.

부관 두 명이 곤봉을 내려놓고 부츠와 겉옷을 벗고 속옷 차림으로 강물로 뛰어들었다. 다른 두 부관은 물가에 남아 있었다. 헤엄을 칠 줄 모르거나 차가운 날씨에 물속으로 뛰어들고 싶지 않은 듯했다. 헤엄을 칠 줄 아는 두 명이 샘의 뒤를 쫓기 시작했다.

샘은 힘이 셌지만 물에 젖은 무거운 겨울 외투 때문에 지쳐 점점 느려졌다. 캐리스는 공포에 삼켜지는 듯한 심정으로 부관들이 그를 따라잡는 모습을 지켜보았다.

그때 반대 방향에서 고함소리가 났다. 다리에 도착한 멍고가 다리 위를 뛰어가다 말고 멈춰 서서 강에 들어가지 않은 두 부관에게 자기를 따라오라고 손짓했다. 그들은 그의 신호를 알아보고 그곳으로 뛰어갔다. 멍고는 다리를 마저 건넜다.

샘은 헤엄을 치며 따라오던 부관들이 그를 잡기 직전에 맞은편 강가에 도착했다. 그는 발 디딜 곳을 찾자 비틀거리는 걸음으로 머리를 털고 물을 뚝뚝 흘리며 얕은 물가를 걸어갔다. 뒤를 돌아본 그는 부관 하나가 거의 손에 닿을 정도로 가까이 온 것을 알았다. 그 부관이 비틀대면서 허리를 숙이는 순간 샘이 재빨리 물이 들어찬 무거운 부츠 발로 그의 얼굴을 걷어찼다. 부관은 비명을 지르며 뒤로 나자빠졌다.

두번째 부관은 좀더 신중했다. 샘에게 다가가던 그는 적당한 거리에서 걸음을 멈췄다. 샘은 몸을 돌려 달음박질치며 물가를 벗어나 전염병이 돌았을 때 만들어진 무덤가로 들어섰다. 부관은 여전히 그를 따라 달렸다. 샘이 걸음을 멈추면 부관도 걸음을 멈췄다. 샘은 문득 상대가 자신을 가지고 놀고 있다는 것을 깨달았다. 샘이 분노의 고성을 지르며 자신을 괴롭히는 자를 향해 돌진했다. 그 부관은 오던 길을 되돌아 달아났지만, 뒤편에는 강이 있었다. 그는 얕은 물속으로 뛰어들어갔지만 물 때문에 걸음이 느려져 샘에게 따라잡히고 말았다.

샘이 그의 어깨를 움켜잡고 돌려세우더니 머리로 들이받았다. 강 저편에 있던 캐리스의 귀에, 그 가엾은 작자의 코가 으스러지는 소리가 들렸다. 샘이 옆으로 휙 밀치자 그는 강물에 피를 쏟으며 엎어졌다.

샘은 다시 물 쪽으로 몸을 돌렸는데 이번에는 멍고가 그를 기다리고 있었다. 이제 샘은 물가보다 아래쪽에 있었고 강물 때문에 움직임이 자유롭지 못했다. 멍고가 그를 향해 달려오더니 걸음을 멈추고 샘이 걸어 나오기를 기다렸다가 묵직한 곤봉을 치켜들었다. 멍고가 공격하려 하자 샘은 몸을 피했다. 그러나 다음 순간 멍고는 곤봉으로 샘의 정수리를 후려쳤다.

무시무시한 일격이었다. 캐리스는 자신이 얻어맞기라도 한 듯 헉 하고 숨을 몰아쉬었다. 샘이 고통에 노호하면서 반사적으로 양손으로 머리를 감쌌다. 힘센 젊은이들과의 싸움에 이골이 난 멍고가 다시 한번 곤봉으로 그를 후려쳤는데, 이번에 맞은 곳은 무방비 상태인 가슴팍이었다. 샘은 물속으로 고꾸라졌다. 그때 다리를 건너 뛰어온 두 부관이 도착했다. 그들은 일제히 샘에게 달려들어 얕은 물속에서 그를 붙잡았다. 조금 전 샘에게 당했던 다른 두 부관이 두 동료가 잡고 있는 사이 그에게 발길질과 주먹질을 해대며 앙갚음했다. 샘이 싸울 의지를 완전히 잃자, 그들은 그제야 그를 일으켜세워 물 밖으로 끌어냈다.

멍고는 재빨리 샘의 양손을 등뒤로 묶었다. 부관들은 도망자를 끌고 시내로 향했다.

"끔찍해라. 퀜다가 가엾어서 어떡해." 캐리스가 말했다.

83

카운티법정이 열리는 기간에 셔링 시에는 축제 분위기가 감돌았다. 광장을 에워싼 모든 여인숙이 북적였고 객실마다 가장 좋은 나들이옷을 차려입은 남녀들이 모여들어 저마다 먹고 마실 것을 달라고 소리쳤다. 도시에서는 당연히 장이 열렸고 광장은 점포들로 빽빽해서 몇백 야드를 이동하는 데 반시간은 족히 걸렸다. 합법적인 노점상은 물론이고, 롤빵 쟁반을 든 빵장수, 거리 연주자, 불구이거나 눈먼 걸인들, 젖가슴을 드러낸 매춘부들, 춤추는 곰, 설교하는 탁발 수사에 온갖 떠돌이 장사치들도 수십 명이었다.

랠프 백작은 광장을 신속하게 지나갈 수 있는 몇 안 되는 사람 중 하나였다. 말을 탄 그는 앞에 기사 세 명을 앞세웠고 하인 몇은 뒤에서 따랐는데, 그의 수행원들은 거치적거리는 사람들의 안전은 아랑곳하지 않은 채 달려가던 여세를 몰아 군중을 밀어제치며 난장판 속을 쟁기 날처럼 가르고 지나갔다.

그들 일행은 언덕 위에 있는 셰리프의 성으로 올라갔다. 안마당에 이른 그들은 호들갑스럽게 말을 돌려세운 뒤 말에서 내렸다. 하인들이 곧바로 말구종과 짐 나를 하인들을 소리쳐 불렀다. 랠프는 자신이 도착한 사실을 사람들이 알아주길 원했다.

그는 긴장하고 있었다. 옛 원수의 아들이 이제 살인죄로 재판을 받게 되었다. 그에게는 상상이 가능한 가장 달콤한 복수의 기회가 생긴 셈이지만, 그 일이 제대로 되지 않을지 모른다는 불안을 떨칠 수 없었다. 자신이 너무도 그 일을 원했기 때문에 약간의 수치스러움을 느낄 정도였다. 그는 이 일이 자신에게 얼마나 중요한 의미가 있는지 기사들이 아는 건 바라지 않았다. 그는 샘이 교수형당하기를 바라는 자신의 감정을 앨런 펀힐에게조차 조심스레 감췄다. 마지막 순간 뭔가 어긋날까봐 불안했다. 사법 절차가 잘못되는 경우도 있다는 것을 그보다 더 잘 아는 사람도 없었다. 어쨌든 그 자신이 두 차례나 교수형당할 순간을 모면한 사람이었다.

백작은 재판이 진행되는 동안 판사석에 동석할 권한이 있었으므로 그는 자신의 기대에 어긋나지 않도록 최선을 다할 작정이었다.

그는 말구종에게 고삐를 넘긴 뒤 주변을 둘러보았다. 이 성은 군사적인 목적에서 축성된 요새가 아니었다. 견고하게 건축되고 경비 상태도 좋은 편이지만 안마당이 딸린 여인숙과 별반 다를 것이 없었다. 이곳에서라면 셔링의 셰리프도 자신이 체포한 자들의 복수심에 불타는 친지들로부터 안전할 수 있을 것이었다. 이곳에는 죄수를 수감하는 지하감옥이 있고, 순회 판사가 편히 머무를 수 있는 객실도 마련되어 있었다.

셰리프인 버나드가 랠프에게 그가 쓸 방을 보여줬다. 셰리프는 이 주에서 국왕의 대리인으로서 사법 집행은 물론 세금 징수도 맡고 있었다. 보수 말고도 추가로 각종 선물과 뇌물, 벌금에서 떼어낸 소득, 몰수한 보석금 등 부수입이 많은 자리였다. 백작과 셰리프의 관계는 틀어지기 쉬웠는데, 지위는 백작이 높으나 셰리프는 간섭받지 않고 사법권을 집행할 수 있기 때문이었다. 랠프와 나이가 비슷한 부유한 양모 상인 버나드는 동지애와 경의가 섞인 어색한 태도로 랠프를 대했다.

필리파는 그들을 위해 별도로 마련된 숙소에서 랠프를 기다리고 있었다. 그녀는 긴 백발을 정교한 머리장식으로 묶고, 어두운 회색과 갈색이 섞인 값비싼 겉옷을 걸치고 있었다. 오만한 몸가짐은 예전에는 그녀를 당당한 미녀로 보이게 했지만 이제는 까다로운 노부인으로 보이게 할 뿐이었다. 랠프의 어머니라고 해도 좋을 정도였다.

랠프는 두 아들 게리와 롤리와 인사를 나눴다. 그는 아이들을 대하는 데 서툴렀고 지금까지 아이들과 많은 시간을 보내지도 않았다. 그의 두 아들은 보모들의 보살핌을 받으며 자라다 지금은 수도원학교에 다니고 있었다. 그는 아들들이 기사종자이기라도 한 것처럼 명령조로 말하기도 하고 친구처럼 놀려대기도 했다. 아이들이 좀더 나이가 들면 한결 대하기가 편해질 것이었다. 그런 것은 중요하지 않았다. 아이들은 그가 무슨 짓을 하든 그를 영웅시했다.

"내일 너희는 법정 판사석에 앉게 될 거다. 재판이 어떻게 진행되는지 봐두면 좋을 거야."

형인 게리가 말했다. "그럼 오늘 오후에는 시장을 구경해도 될까요?"

"그래. 디키를 데려가렴." 디키는 백작의 성에서 데려온 하인이었다. "자, 쓸 돈을 좀 주마." 랠프는 아이들에게 은화를 한줌씩 줬다.

아이들은 밖으로 나갔다. 랠프는 방을 가로질러 필리파가 앉아 있는 자리에서 멀찍이 떨어진 자리에 앉았다. 그는 그녀에게 손을 대는 일이 없었고, 우연으로라도 그런 일이 일어나지 않도록 언제나 일정한 거리를 유지하려 애썼다. 그는 필리파가 행여 그가 성적으로 자신에게 끌리는 일이 없도록 일부러 노인처럼 옷을 입고 행동한다고 확신했다. 그리고 그녀는 매일 미사에 참석했다.

아이까지 낳은 부부 치고는 이상한 관계였지만, 그들은 벌써 몇 년째 그렇게 지냈고 앞으로도 달라지지 않을 것이었다. 적어도 그 덕분에 그는 마음 편히 하녀의 몸을 더듬거나 술집 작부와 놀아날 수 있었다.

그러나 아이들 문제에 대해서는 이야기를 나눠야 했다. 필리파는 주관이 뚜렷했고, 시간이 지나면서 랠프는 자신이 일방적으로 결정했다가 나중에 그녀와 의견 차이 때문에 싸움을 벌이는 것보다는 차라리 미리 의논하는 편이 낫다는 것을 깨달았다.

"제럴드는 이제 기사종자가 될 나이가 됐소." 랠프가 입을 열었다.

"나도 그렇게 생각해요." 필리파가 대답했다.

"잘됐군!" 랠프가 놀라며 말했다. 그는 한바탕 입씨름하게 될 줄 알았다.

"그래서 내가 이미 데이비드 몬머스에게 얘기해뒀어요." 그녀가 덧붙였다.

그래서 그녀가 그렇게 자발적인 태도로 나왔던 것이었다. 그녀가 한 발 앞섰다. "알겠소." 그가 시간을 벌 셈으로 대꾸했다.

"데이비드도 좋다고 했고, 아이가 열네 살이 되면 바로 자기에게 보내라고 했어요."

게리는 이제 막 열세 살이 됐다. 필리파는 사실상 게리의 출발을 일 년 가까이 늦춘 셈이었다. 그러나 랠프가 걱정하는 문제는 그것이 아니었다. 몬머스의 백작 데이비드는 필리파의 딸 오딜라의 남편이었다. "기사종자가 된다는 것은 아이를 남자로 만드는 과정이오." 랠프가 말했다. "그런데 게리에게 데이비드는 순한 말이나 다름없소. 아이의 의붓누나도 게리를 좋아하고. 오딜라가 게리를 감싸고 들 것이 뻔해. 결국 게리는 그저 편하게만 지내게 될 거요." 그러고는 좀더 생각해본 끝에 그는 덧붙였다. "아마 그래서 당신이 그애를 그곳으로 보내려는 것 같지만."

그녀는 그 말을 부인하지 않으면서 이렇게 말했다. "나는 당신이 몬머스 백작과의 동맹이 강화되는 편을 반길 줄 알았죠."

맞는 말이었다. 데이비드는 귀족 사회에서 랠프의 가장 중요한 동맹자였다. 게리를 몬머스 집안에 보내는 일은 두 백작 사이에 또다른 유대관계를 만드는 것이었다. 데이비드는 그 아이를 좋아하게 될 것이다. 나중에는 데이비드의 아들이 백작의 성에서 기사종자가 될 것이다. 집안 간에 그런 연줄은 더없이 소중했다. "그애가 그곳에서 여자 같은 남자가 되지 않도록 책임질 수 있겠소?" 랠프가 물었다.

"물론이에요."

"그럼 그렇게 합시다."

"좋아요. 그 문제가 결정돼서 다행이에요." 필리파는 자리에서 일어섰다.

그러나 랠프는 할말이 남아 있었다. "그러면 롤리는 어쩔 셈이오? 두 아이가 함께 있도록 같이 보낼 수도 있는데."

랠프는 필리파가 그의 의견을 전혀 마음에 들어하지 않는 것 같다고 느꼈다. 하지만 영리한 그녀는 정면으로 그의 말을 반박하지 않았다. "롤리는 아직 어려요." 그녀는 그 문제도 생각해뒀던 것 같았다. "게다가 아직 글자도 제대로 배우지 않았고요."

"귀족에게는 글을 읽는 것이 싸우는 법을 배우는 것만큼 중요한 일은 아니오. 아무튼 그애는 백작 서열 2위요. 게리한테 무슨 일이라도 생기면……"

"당치도 않은 말이에요."

"그건 그렇지."

"그래도 나는 그애가 열네 살이 될 때까지는 기다려야 한다고 생각해요."

"글쎄. 롤리는 좀 나약한 면이 있소. 가끔 머던 형을 떠올리게 한다니까." 랠프는 그녀의 눈에 스치는 두려움을 보았다. 아마도 아이를 떠나보내는 것이 두려운 모양이라고 그는 짐작했다. 그는 그저 그녀를 괴롭히려는 이유에서 자신의 주장을 밀어붙이고 싶은 충동을 느꼈다. 하지만 열 살이라는 나이는 기사종자가 되기에는 너무 어렸다. "뭐 조만간 그애도 사내다워지겠지."

"모든 일에는 다 때가 있으니까요." 필리파가 말했다.

판사 루이스 애빙던 경은 이 지방 사람이 아니라 중죄를 재판하기 위해 왕실법정에서 카운티법정에 순회 파견된 런던 출신 변호사였다. 뚱뚱한 몸집에 분홍빛 얼굴, 금빛 수염을 기른 그는 랠프보다 열 살 어렸다.

랠프는 그 점이 새삼스러울 것은 없다고 생각했다. 그는 이제 마흔네 살이었다. 그의 세대 절반이 전염병으로 사라져버렸다. 그럼에도 그는 여전히 자기보다 어린 사람이 유명 인사나 권력자가 된 사실에 깜짝깜짝 놀라곤 했다.

그들은 배심원들이 모이고 성에서 죄수들을 끌고 오는 동안 법정 곁방에서 게리와 롤리와 함께 기다렸다. 알고보니 루이스 경은 젊은 기사종자로 크레시 전투에 참전한 인물이었지만 랠프는 그가 기억나지 않았다. 그는 경계심과 정중함이 섞인 태도로 랠프를 대했다.

조심스럽게 판사를 떠본 랠프는 상대가 만만치 않은 인물이라고 느꼈다. "노동자 법령은 집행하기가 쉽지 않죠." 랠프가 말했다. "돈을 벌구멍이 생기면 농부들은 법에 아랑곳하지 않으니까요."

"불법적인 품삯을 노리고 도망쳐서 일하는 자에게는 그 품삯을 지불하는 고용주가 있기 마련이죠." 판사가 말했다.

"바로 그겁니다! 킹스브리지 수녀원의 수녀들은 이 법령을 전혀 따르지 않고 있거든요."

"그렇다고 수녀들을 기소하기는 어려운 일입니다."

"나는 당최 이유를 모르겠소."

루이스 경은 화제를 바꾸었다. "그런데 백작은 오늘 이 재판에 특별히 관심이 있으신 겁니까?" 판사가 물었다. 그는 랠프가 판사석에 동석할 수 있는 권한을 행사하는 일이 거의 없었던 일이라는 말을 들은 모양이었다.

"이 살인자는 나의 농노입니다." 랠프는 시인했다. "하지만 내가 여기 온 주된 이유는 내 아들들에게 사법 절차라는 것을 보여주기 위해서요. 이중 한 아이는 내가 죽고 나면 백작이 될 테니까 말이죠. 이 아이들은 내일 교수형도 참관할 겁니다. 사람이 죽는 광경에는 빨리 익숙해질수록 좋으니까."

루이스는 동감이라는 듯 고개를 끄덕였다. "귀족 자제들이 마음이 약해서는 안 되죠."

법정 서기가 망치를 두드리는 소리가 들리자 옆방에서 왁자지껄하던 소음이 가라앉았다. 랠프의 불안감은 가시지 않았다. 루이스 경과의 대화는 그에 대해 별로 알려주는 바가 없었다. 어쩌면 대화에서 별다른 정보를 얻지 못했다는 사실 자체가 그의 사람됨을 가리키는 것일 수 있었다. 루이스 경은 외부의 영향을 잘 받지 않는 부류일지도 모른다.

판사가 문을 열고는 백작이 먼저 가도록 비켜섰다.

방 거의 끄트머리에 커다란 나무의자 두 개가 단 위에 놓여 있었다. 의자들 옆에는 야트막한 긴 의자가 있었다. 게리와 롤리가 긴 의자에 앉자 방청객들 사이에서 흥미로워하는 듯한 웅성거림이 일어났다. 사람들은 훗날 자신들의 영주가 될 아이들에게 시선을 빼앗기곤 했다. 그러나 랠프는 사람들의 그런 반응이 폭력과 절도와 부정이 난무하는 법정과 사춘기도 안 된 두 아이의 천진한 얼굴이 전혀 어울리지 않아서일 거라 생각했다. 두 아이는 돼지우리 안에 들어온 어린양들처럼 보였다.

랠프는 두 의자 중 하나에 앉아 이십이 년 전 바로 이 법정에서 강간 혐의로 피고석에 섰던 일을 생각했다. 그 피해자라는 자가 그가 부리는 농노였는데도 영주를 상대로 그런 고발을 하다니 웃기는 일이었다. 그 부당한 고소를 뒤에서 조종한 인물이 필리파였다. 어쨌든 그는 그녀에게 그 대가를 톡톡히 치르게 한 셈이었다.

그 재판에서 랠프는 배심원이 유죄선고를 하자마자 살기 위해 그 방을 뛰쳐나갔고, 그후 사면되어 국왕의 군대에 들어가 프랑스 원정까지 갔다. 샘은 탈출하지 못할 것이다. 그에게는 무기가 없고 발목은 사슬로 묶여 있었다. 그리고 프랑스와 전쟁을 치를 기미가 없으니 사면도 기대하지 못할 것이다.

기소장이 낭독되는 동안 랠프는 샘을 유심히 살펴보았다. 샘은 궨다가 아니라 울프릭의 체격을 닮아 키가 크고 어깨가 딱 바라진 청년이었다. 귀족 출신이라면 쓸 만한 군인이 될 수도 있을 것 같았다. 그러나 외모는 울프릭을 닮지 않았고, 그의 용모 어딘가가 뭔가를 연상시켰다. 대부분의 피고들이 그렇듯이 샘 역시 공포 위에 반항을 덧씌운 듯한 표정을 짓고 있었다. 내가 바로 저랬었지. 랠프는 생각했다.

관리인 네이트가 첫번째 증인이었다. 그는 죽은 자의 아버지였지만, 그보다 더 중요한 역할은, 샘이 랠프 백작의 농노이며 백작이 그에게 올드처치로 가도 된다는 허락을 하지 않았다는 사실을 증언하는 것이었다. 그는 도망자를 찾을 수 있을 거라 생각하고 아들 조노를 보내 궨다의 뒤를 쫓도록 했다고 증언했다. 그는 별로 호감이 가는 부류가 아니었지만 그의 슬픔은 진심에서 우러나온 것이었다. 랠프는 만족했다. 그것이야말로 유죄를 적시하는 증언이었다.

샘의 어머니가 아들 옆에 서 있었는데, 그녀의 정수리는 아들의 어깨 높이에 있었다. 퀜다는 예쁜 얼굴이 아니었다. 까만 눈은 매부리코에 너무 바짝 붙어 있고 이마와 턱은 쑥 들어가 고집이 세고 설치류 같은 인상을 줬다. 하지만 그녀는 중년인데도 강한 성적 매력을 풍겼다. 랠프가 그녀와 정을 통한 것도 벌써 이십 년 이상 지난 일이었지만, 그는 어제 일이라도 되는 것처럼 그때를 똑똑히 기억했다. 그 일은 킹스브리지의 벨 여인숙에서 있었고, 그때 그는 침대 위에서 그녀를 무릎 꿇린 채 그 짓을 했다. 그는 지금도 그 광경을 눈앞에 그릴 수 있었고, 그녀의 아담한 몸을 떠올리자 다시금 흥분이 되었다. 검은 털이 무성하게 나 있었지. 그는 회상했다.

문득 그는 그녀와 시선이 마주쳤다. 그녀는 시선을 피하지 않았고, 그가 지금 하고 있는 생각을 꿰뚫어보기라도 한 것 같았다. 침대 위에서 그녀는 처음에는 냉담한 태도로 꿈쩍도 하지 않고 그가 하는 대로 수동적으로 따르다가, 결국 뭔가 다른 감정이 그녀를 엄습했고, 그뒤 그녀는 자신의 의사와는 반대로 그의 움직임에 맞춰 몸을 움직였다. 그녀도 그때 일을 기억하고 있는 것이 분명했다. 그리 예쁘지 않은 그 얼굴에 수치스러운 듯한 표정이 떠올랐던 것이다. 그녀는 바로 시선을 외면했다.

그녀 옆에는 또 한 명의 청년이 있었는데, 둘째아들인 듯했다. 그녀를 더 닮은 이 아이는 체격이 작고 강단 있어 보였으며 얼굴에는 교활한 표정이 엿보였다. 그는 랠프와 시선이 마주치자 백작의 머릿속에 오가는 생각이 궁금한 듯 뚫어져라 쳐다보았고, 랠프의 표정을 보고 답을 알아냈다고 여기는 듯했다.

그러나 랠프에게 가장 관심이 가는 인물은 그들의 아버지였다. 그는 1337년 양모 정기시장에서 싸운 후로 울프릭을 증오해왔다. 랠프는 반사적으로 부러진 자신의 코를 만져보았다. 그뒤로도 그에게 상처를 입힌 자들이 몇 명 있었지만 그의 자존심까지 그처럼 무참하게 짓밟은 자는 없었다. 하지만 랠프는 그동안 울프릭에게 가혹한 보복을 해왔다. 나는 십 년 동안 저자의 상속권을 박탈했지. 저자의 아내와 잠자리도 했어. 그리고 바로 이 법정에서 빠져나가려는 나를 가로막으려 했을 때 저자의 뺨에 흉터도 남겨놓았지. 저자가 달아났을 때는 쫓아가 집까지 질질 끌고 왔고. 그리고 이제 저자의 아들을 목매달 참이야. 랠프는 생각했다.

울프릭은 전보다는 살이 붙었지만 여전히 건장했다. 수염이 희끗희끗 자라 있었지만, 랠프가 남긴 긴 칼자국이 가려질 정도는 아니었다. 얼굴은 주름살이 파이고 볕에 그을려 있었다. 궨다가 화난 표정이라면 울프릭은 슬픔에 잠긴 얼굴이었다. 올드처치의 농부들이 샘이 떡갈나무삽으로 조노를 죽였다고 증언하자, 궨다의 눈에는 반발하는 빛이 떠오른 반면 울프릭의 넓은 이마는 괴로움으로 주름이 잡혔다.

배심원장은 증인에게 샘이 생명의 위협을 느꼈느냐고 물었다.

랠프는 언짢았다. 그런 질문은 살인자에게 변명할 기회만 줄 뿐이었다.

그러자 애꾸눈의 깡마른 농부가 대답했다. "그 관리인을 두려워했느냐라는 의미라면 그렇지 않았습니다. 제가 보기에 그의 어머니는 두려워했던 것 같지만요." 그 말에 방청객들이 소리 죽여 웃었다.

배심원장은 다시 조노가 상대가 공격하도록 자극하는 행동을 했느냐고 물었는데, 샘에 대한 동정심을 유발할 수도 있는 이 질문에 랠프는 다시 한번 기분이 언짢아졌다.

"공격하도록 자극했느냐고요?" 애꾸눈의 농부가 말했다. "그걸 자극이라고 할 수 있는지는 모르겠지만 그는 차꼬로 상대의 면상을 후려쳤죠." 좀더 큰 웃음소리가 났다.

울프릭은 어리둥절한 표정을 짓고 있었다. 지금 그의 아들의 목숨이 경각에 달렸는데 사람들이 어떻게 이렇게 재미있어할 수 있느냐고 묻는 표정이었다.

랠프의 불안감은 더 커졌다. 배심원장은 온전한 인물 같지가 않았다.

샘이 증언할 차례가 됐고, 랠프는 그 청년이 입을 열자 울프릭과 더욱 닮았다고 생각했다. 고개를 갸웃하는 모양이나 손짓을 보면 영락없이 울프릭이었다. 샘은 자신이 조노에게 다음날 아침에 가겠다고 했는데도 조노가 자신의 발에 차꼬를 채우려 들었다고 말했다.

랠프가 작은 목소리로 판사에게 말했다. "이런다고 뭐가 달라지겠습니까." 그는 분노를 억누른 어조로 말을 이었다. "그가 생명의 위협을 느꼈든 않든, 자극한 것이든 아니든, 다음날 만나자고 말했든 않든 말이오."

루이스 경은 아무 대꾸도 하지 않았다.

랠프가 다시 말했다. "저자가 도망자이고 자기를 잡으러 온 사람을 죽인 것만은 분명한 사실입니다."

"그가 그렇게 한 것은 확실하죠." 루이스 경은 신중하게 대답했는데, 랠프는 그런 답변이 전혀 만족스럽지 못했다.

랠프는 배심원이 샘에게 질문을 하는 동안 방청객 쪽을 바라보았다. 머딘은 아내와 함께 군중 속에 있었다. 수녀가 되기 전 캐리스는 세련된 옷차림을 좋아했는데, 서원을 철회한 뒤 다시 그 시절의 취향으로 돌아왔다. 오늘은 청색과 녹색이 섞인 드레스에 킹스브리지 진홍색 옷감에 모피 단을 댄 망토를 걸치고 작고 둥근 모자를 쓴 차림이었다. 랠프는 캐리스가 궨다와 어린 시절부터 친구였다는 것, 실제로 그들이 모두 토머스 랭리가 숲에서 두 명의 병사를 죽이는 광경을 목격한 바로 그날 현장에 있었다는 것을 떠올렸다. 머딘과 캐리스는 궨다를 위해 샘이 관대한 처분을 받게 되기를 바랄 것이다. 내가 관여한 이상 어림도 없지. 랠프는 생각했다.

캐리스의 후임자 조앤 수녀원장도 법정에 와 있었는데, 수녀원이 오던비 계곡을 소유하고 있고 따라서 샘의 불법 고용주가 되는 것이기 때문에 참석한 듯했다. 조앤은 마땅히 피고와 함께 피고석에 있어야 해. 랠프는 생각했다. 그러나 그와 시선이 마주친 조앤은 마치 이번 살인사건이 자신이 아니라 그의 잘못 때문에 일어났다고 여기는 듯 그에게 비난의 눈길을 보냈다.

킹스브리지 수도원장은 보이지 않았다. 샘은 필리먼 수도원장의 조카지만 필리먼은 자신이 살인자의 외삼촌이라는 사실에 사람들의 주의가 쏠리는 것을 원치 않았을 것이다. 랠프는 필리먼이 예전에 자기 여동생에게 보호자로서 보여주었던 애정을 떠올렸다. 하지만 세월이 지나면서 그런 감정도 퇴색한 듯했다.

평판이 나쁜 샘의 할아버지 조비도 그 자리에 있었는데, 그는 이제 머리가 하얗게 센 노인으로 허리가 굽고 이도 다 빠져 있었다. 저자가 여기는 왜 온 거지? 오래전부터 궨다와 사이가 좋지 않았던 그가 손자라고 특별히 애정을 품을 것 같지는 않았다. 어쩌면 사람들이 재판에 집중한 사이에 동전이라도 훔치러 왔는지도 모른다.

샘이 증인석에서 물러나자 루이스 경이 짤막하게 말했다. 사건 요지에 대한 판사의 설명은 랠프의 마음에 들었다. "샘 위글리가 도망자였습니까?" 판사가 반문했다. "조노 리브에게 그를 체포할 권리가 있었습니까? 샘이 삽으로 조노를 죽였습니까? 만일 이 세 질문에 그렇다는 답이 나오면 샘의 살인 혐의는 유죄입니다."

랠프는 놀라는 한편 마음이 놓였다. 샘이 공격을 자극했는지 여부 같은 말도 안 되는 소리는 나오지 않았다. 판사는 멀쩡한 인간인 게 분명했다.

"평결이 어떻게 나왔습니까?" 판사가 물었다.

랠프는 울프릭을 바라보았다. 그는 완전히 두려움에 사로잡혀 있었다. 이것이 나에게 도전하는 자들이 겪는 일이야. 랠프는 생각했다. 그 생각을 입 밖에 낼 수 없다는 것이 유감스러웠다.

울프릭과 그의 시선이 마주쳤다. 랠프는 울프릭의 속내를 읽어보려고 그 시선을 피하지 않았다. 그의 마음속에 깃든 감정은 어떤 것일까? 랠프는 그것이 공포라는 것을 알았다. 울프릭은 랠프 앞에서 두려운 빛을 보인 적이 없었지만, 그는 지금 완전히 무너져내렸다. 이제 그의 아들이 죽게 될 테고, 그 사실이 그를 결정적으로 굴복시킨 것이다. 두려움에 떠는 울프릭의 눈을 응시하던 랠프는 몸속 깊은 곳까지 속속들이 스며드는 흡족함에 전율했다. 이십사 년 만에 나는 결국 네놈을 파멸시킨 거야. 마침내 겁에 질렸군. 그는 생각했다.

배심원들이 의논을 했다. 배심원장이 다른 배심원들과 논쟁을 벌이는 것 같았다. 랠프는 초조한 눈으로 그들을 지켜보았다. 판사가 그렇게까지 말했는데도 일말의 의혹이 남아 있다는 건가? 그러나 배심원들 사이에는 확신이 없어 보였다. 이 단계까지 와서 모든 일이 틀어질 리가 없잖아. 랠프는 생각했다.

이윽고 배심원들이 합의를 본 듯했지만, 랠프는 어느 쪽이 이겼는지 짐작할 수 없었다. 배심원장이 자리에서 일어섰다.

"우리는 샘 위글리의 살인 혐의를 유죄로 평결합니다." 배심원장이 말했다.

랠프는 자신의 오랜 적에게 시선을 못박았다. 울프릭은 칼에 찔린 사람 같은 표정을 짓고 있었다. 그는 고통스러운 듯 얼굴이 창백해지더니 두 눈을 질끈 감았다. 랠프는 승리의 미소를 애써 감춰야 했다.

그때 루이스 경이 랠프 쪽으로 고개를 돌리는 바람에 랠프는 울프릭에게서 급히 시선을 거뒀다. "이 평결에 대해 어떻게 생각하십니까?" 판사가 물었다.

"나에게는 선택의 권리가 없잖습니까."

루이스 경은 고개를 끄덕였다. "배심원단은 선처를 권고하지도 않았군요."

"그들도 도망자가 자기 관리인을 죽이고도 무사하기를 원치 않는 겁니다."

"그러면 최고형을 받아야 한다는 말씀입니까?"

"그야 당연하죠!"

판사가 다시 법정을 향해 돌아앉았다. 랠프는 다시 울프릭의 얼굴에 시선을 못박았다. 다른 사람들은 일제히 루이스 경을 바라봤다. 판사가 입을 열었다. "샘 위글리, 당신은 관리인의 아들을 살해하고 사형선고를 받았다. 내일 새벽 당신을 셔링 광장의 장터에서 교수형에 처한다. 당신의 영혼에 하느님의 자비가 있기를 빌겠다."

울프릭은 휘청거렸다. 둘째아들이 그의 팔을 잡아 부축하지 않았다면 그대로 바닥에 쓰러져버렸을지도 모른다. 그냥 쓰러지게 내버려둬. 랠프는 이렇게 말하고 싶었다. 이제 네 아비는 죽은 거나 다름없으니까.

랠프는 궨다를 바라보았다. 그녀는 샘의 손을 잡고 있었지만 시선은 랠프를 향하고 있었다. 그런데 그녀의 표정을 본 랠프는 놀라지 않을 수 없었다. 그는 그녀에게서 슬픔과 눈물과 비명과 광적인 발작을 기대했다. 그러나 그녀는 흔들림 없는 시선으로 랠프를 뚫어지게 응시하고 있었다. 그녀의 눈에는 증오심과는 다른 것이, 도전적인 빛이 서려 있었다. 그녀는 자기 남편과 달리 무너지지 않았다. 그녀는 이 일이 아직 끝난 것이 아니라고 여기고 있었다.

그녀에게 뭔가 비장의 수가 있는 것 같다고 느낀 랠프는 낭패감에 싸였다.

84

샘이 끌려가는 것을 본 캐리스는 눈물이 핑 돌았지만, 머딘은 슬픔에
젖은 시늉도 할 수 없었다. 궨다에게는 비극적인 일이고 울프릭에 대해
서는 정말 안됐다고 생각했다. 하지만 샘이 교수형을 당한다고 해도 나
머지 세상 사람들에게는 그렇게 나쁠 것도 없는 일이었다. 조노 리브
는 법을 집행하던 중이었다. 그것은 나쁜 법, 부당한 법, 포악한 법일지
도 모르지만 그렇다고 해서 샘에게 조노를 죽일 권리가 있는 것은 아니
었다. 어쨌든 네이트 관리인도 가족을 여읜 것이다. 네이트를 좋아하는
사람이 없다고 해도 그 사실은 달라지지 않는다.

이어 도둑질한 사내가 끌려나왔을 때 머딘과 캐리스는 법정을 떠나
여인숙 객실로 들어갔다. 머딘이 와인을 가져와 캐리스에게 한 잔 따라
줬다. 잠시 후 궨다가 두 사람이 있는 곳으로 오더니 캐리스에게 말했
다. "지금이 정오니까 샘을 구하기까지 열여덟 시간이 남은 셈이야."

머딘이 놀란 눈으로 궨다를 바라보며 말했다. "뭘 하려는 거죠?"

"랠프를 시켜 국왕에게 그애의 사면을 요청하게 해야 해요."

거의 가능성이 없는 일 같았다. "그런데 어떻게 랠프에게 그 일을 시킨다는 겁니까?"

"나는 할 수 없어요." 궨다가 말했다. "하지만 당신이라면 할 수 있어요."

머딘은 덫에 걸린 느낌이었다. 그는 샘이 사면을 받을 만하다고 여기지 않았다. 그런 반면 애원하는 어머니의 청을 뿌리치는 것도 난감한 일이었다. 머딘이 말했다. "전에도 당신을 위해서 동생 일에 개입한 적이 있죠. 기억나요?"

"물론이에요. 울프릭이 아버지의 땅을 상속받지 못하게 됐을 때요."

"그때도 랠프는 내 말을 단칼에 거절했어요."

"알아요. 하지만 시도라도 해주세요."

"내가 그 일에 적합한 사람인지 모르겠군요."

"랠프가 달리 누구 말을 듣겠어요?"

그것은 맞는 말이었다. 머딘이 이 일을 성공할 가능성은 거의 없었지만, 다른 사람이라면 아예 시도해볼 여지도 없었다.

망설이는 그의 모습을 보고 캐리스는 궨다 쪽에 힘을 실어줬다. "부탁이야, 머딘. 그게 롤라였다면 당신 기분이 어떨지 생각해봐."

여자아이들은 이런 싸움을 벌이지 않는다고 말하려던 그는 문득 롤라라면 어쩌면 그럴지도 모른다는 생각이 들었다. 그는 한숨을 내쉬었다. "나는 보나마나 실패할 거라고 생각해." 그는 캐리스를 보며 말했다. "하지만 당신을 위해서라도 한번 해보지."

"왜 당장 가주지 않아요?" 궨다가 말했다.

"랠프는 아직 법정에 있을 테니까요."

"점심때가 다 됐어요. 재판은 곧 끝날 거예요. 그러니까 그쪽 내빈 전용 객실에 가서 기다리는 게 어떨까요."

그는 그녀의 굳은 결의에 탄복하지 않을 수 없었다. "알겠어요." 그가 말했다.

그는 주점의 객실을 나와 뒤편으로 돌아갔다. 판사실 밖에 경비가 서 있었다. "나는 백작의 형입니다." 머딘이 그에게 말했다. "킹스브리지의 길드장 머딘이오."

"네, 길드장님, 누구신지 압니다." 경비가 말했다. "안에 들어가서 기다리셔도 될 것 같습니다."

머딘은 작은 객실에 들어가 의자에 앉았다. 그는 동생에게 부탁한다는 것이 불편했다. 그들 형제는 수십 년 동안 가까이 지낸 적이 없었다. 랠프는 벌써 오래전에 머딘이 잘 모르는 딴사람이 되어 있었다. 머딘은 아넷을 강간하고 틸리를 죽일 수 있는 인간에 대해 아는 것이 없었다. 머딘이 동생이라고 부르던 소년이 자라서 그런 인간이 됐다는 것이 있을 수 없는 일처럼 생각됐다. 부모님이 죽은 뒤로 그들은 공식적인 자리 외에서는 만나는 일이 없었고, 만나도 대화는 거의 나누지 않았다. 특별히 봐달라고 부탁하기 위해 형제 관계를 이용하는 것은 뻔뻔한 일 같았다. 궨다만을 위해서라면 하지 않았을 것이다. 하지만 캐리스가 원하는 일이었다.

그는 오래 기다리지 않았다. 얼마 후 판사와 백작이 방으로 들어섰다. 머딘은 동생이 프랑스와의 전쟁 때 입은 부상의 후유증으로 해가 갈수록 점점 더 다리를 심하게 절고 있다는 것을 알아챘다.

루이스 경은 머딘을 알아보고 악수를 청했다. 랠프도 악수를 하면서 빈정거리는 투로 말했다. "형이 이렇게 나를 찾아오다니 기쁘기 그지없군."

그것은 부당한 빈정거림은 아니었다. 머딘도 고개를 끄덕이며 그 사실을 시인했다. "그래, 하지만 모두가 너에게 자비를 청할 수 있는 사람은 나밖에 없다고 생각하니까."

"형이 자비를 청해야 할 일이 있나? 사람을 죽이기라도 했어?"

"아직 그런 일은 없어."

그 말에 루이스 경이 웃었다.

"그럼 무슨 일 때문이지?" 랠프가 말했다.

"너와 나는 어려서부터 궨다를 알았잖아."

랠프는 고개를 끄덕였다. "내가 형이 만든 활로 그애의 개를 쐈었지."

머딘은 그 일은 잊고 있었다. 나중에 한 생각이지만 그 사건은 랠프의 인성을 보여주는 초기 징후였다. "그때 일을 생각해서라도 자비를 베풀어야 하지 않겠니?"

"나는 네이트 관리인의 아들이 그깟 개 한 마리보다는 값어치 있다고 생각하는데, 안 그래?"

"그런 의미로 한 말이 아니야. 그때 했던 잔인한 행동을 이번에 호의를 베풂으로써 상쇄해보자는 거지."

"상쇄한다고?" 랠프의 목소리에는 노기가 서려 있었고, 머딘은 자신의 시도가 실패했음을 알았다. "상쇄?" 그러면서 랠프는 자신의 부러진 코를 두드려 보였다. "그럼 이건 뭘로 상쇄하는데?" 그는 머딘을 향해 덤벼들 듯이 손가락질을 했다. "내가 샘에게 왜 관대한 처분을 내리지 않는지 말해줄까. 내가 오늘 법정에서 본 것, 자기 자식이 살인으로 유죄선고를 받을 때 울프릭의 얼굴에서 본 것 때문이야. 내가 그 얼굴에서 뭘 본 줄 알아? 두려움이었어. 그 무례한 농부 자식이 마침내 나를 두려워하게 된 거야. 이제야 온순해진 거라고."

"그게 그렇게 중요해?"

"그런 얼굴을 보기 위해서라면 여섯 명도 목매달 수 있어."

그대로 포기하려던 머딘은 궨다가 겪을 슬픔을 생각하고 한번 더 말해보기로 했다. "네가 그를 꺾었으니 이제 그 일은 끝난 거잖아." 머딘은 설득조로 말했다. "그러니 그애는 풀어줘. 국왕에게 특사를 청하라고."

"싫어. 울프릭을 지금 그 상태로 계속 놔두고 싶으니까."

머딘은 차라리 오지 않는 편이 나았을 거라고 생각했다. 랠프를 압박할수록 최악의 결과만 초래할 뿐이었다. 머딘은 그의 원한과 악의에 소름이 끼쳤다. 그와는 두번 다시 말도 섞고 싶지 않았다. 새삼스럽지도 않았다. 이전부터 느끼던 감정이었다. 그런데도 매번 그의 본성을 다시 확인하게 될 때마다 머딘은 충격을 받았다.

머딘은 몸을 돌렸다. "어쨌든 얘기는 해봐야 했어. 잘 있어라."

랠프는 다시 유쾌한 기분이 됐다. "성에 와서 저녁이라도 먹지그래. 셰리프가 한상 잘 차릴 거야. 캐리스도 데려와. 그리고 제대로 대화다운 대화를 나눠보자고. 필리파도 여기 있어. 형은 그녀를 좋아하잖아, 안 그래?"

머딘은 초대에 응할 생각이 조금도 없었다. "캐리스에게 얘기해보지." 캐리스라면 랠프와 밥을 먹느니 차라리 악마와 밥을 먹는 편이 낫다고 여길 것이다.

"그럼 또 보자."

머딘은 달아나듯 그곳을 빠져나왔다.

그는 여인숙 객실로 돌아갔다. 캐리스와 궨다가 객실에 들어서는 그를 기대에 찬 눈으로 바라보았다. 머딘은 고개를 저었다. "나는 최선을 다했어. 미안해."

∽

궨다는 예상했었다. 그래서 실망했지만 놀라지는 않았다. 다만 머딘을 통해 시도는 해봐야겠다고 생각했을 뿐이었다. 그녀가 생각해둔 다른 방법은 그보다 훨씬 더 지독한 것이었다.

그녀는 기계적으로 머딘에게 고맙다고 말한 뒤 여인숙을 나서서 언덕 위에 있는 성으로 향했다. 울프릭과 데이비는 1파딩으로 배불리 먹을 수 있는 교외의 싸구려 주막에 가 있었다. 어쨌든 울프릭은 이런 일에는 별로 도움이 되지 않았다. 그의 힘과 정직성은 랠프 같은 부류와 협상을 하는 데는 쓸모가 없었다.

게다가 울프릭은 그녀가 랠프를 설득할 다른 방법에 대해 알아서도 안 됐다.

언덕을 오르던 그녀의 등뒤에서 말발굽소리가 들렸다. 그녀는 걸음을 멈추고 몸을 돌렸다. 랠프와 그의 수행원들과 판사였다. 그녀는 그 자리에 선 채 랠프가 자신과 시선을 마주칠 거라 확신하면서 그를 빤히 쳐다보았다. 그는 그녀가 자기를 만나러 오던 중이라고 짐작했을 것이다.

얼마 후 그녀는 성의 안마당에 들어섰지만 셰리프의 저택으로는 접근이 금지되어 있었다. 그녀는 본채 현관으로 가 대기실에 있는 서기에게 말했다. "위글리에서 온 궨다라고 합니다. 랠프 백작님께 제가 조용히 뵙고 싶어한다고 전해줄 수 있습니까?"

"아, 당연히 그렇겠지." 서기가 말했다. "주위를 둘러보게. 이 사람들이 전부 다 백작이나 판사, 장관을 뵈러 온 사람들이야."

안마당에는 이삼십 명가량이 둘러서 있었는데, 몇 명은 양피지 두루마리를 들고 있었다.

궨다는 아들을 교수형에서 구하기 위해서라면 끔찍한 위험도 감수할 각오가 되어 있었지만, 내일 새벽이 되기 전에 랠프와 얘기하지 못한다면 그럴 기회조차 얻지 못할 것이었다.

"얼마면 되겠어요?" 그녀가 물었다.

그녀를 보는 그의 시선에서 무례한 빛이 조금 가셨다. "백작이 당신을 만나주실 거라고 장담할 수 없는데."

"그저 제 이름을 전해주기만 하면 됩니다."

"2실링 내게. 은화로 24페니."

큰 금액이지만, 궨다의 지갑에는 그간 저축한 전액이 들어 있었다. 하지만 아직 돈을 건네줄 생각은 없었다. "제 이름이 뭐라고 했죠?"

"뭐랬더라."

"방금 말했잖아요. 제 이름도 기억 못하면서 랠프 백작에게 어떻게 전하려고 했어요?"

그는 어깨를 으쓱했다. "그럼 다시 말해보오."

"위글리에서 온 궨다예요."

"좋소. 그렇게 전하지."

궨다는 지갑 속에 손을 넣어 작은 은화를 한줌 꺼낸 뒤 스물네 개를 셌다. 사 주 꼬박 일해야 벌 수 있는 액수였다. 그녀는 이 돈을 벌기 위해 허리가 휘도록 일했던 것을 떠올렸다. 그런데 이 게으르고 거만한 자가 별것도 아닌 일을 하는 대가로 그 돈을 가로채려 하고 있었다.

서기가 손을 내밀었다.

그녀는 다시 물었다. "제 이름이 뭐라고 했죠?"

"궨다."

"어디서 온 궨다라고요?"

"위글리." 그리고 그가 다시 덧붙였다. "오늘 아침 재판받은 살인자가 그 마을 출신 아니었나?"

그녀는 그에게 돈을 건넸다. "백작은 저를 만나겠다고 할 겁니다." 그녀는 최대한 설득력 있는 어투로 말했다.

서기는 동전을 챙겼다.

궨다는 자신이 헛돈을 쓴 게 아닌지 불안해하며 안마당으로 물러났다.

얼마 후 그녀의 눈에 넓쩍한 어깨와 작은 머리의 낯익은 인물이 보였다. 앨런 편힐이었다. 마침 다행이었다. 앨런은 마구간에서 대기실 쪽으로 가기 위해 마당을 가로지르는 중이었다. 다른 청원자들은 그가 누구인지 알아보지 못했다. 궨다가 그의 앞으로 나서며 말했다. "안녕하세요, 앨런."

"이제는 앨런 경이라고 불러야 한다."

"축하해요. 랠프 백작에게 제가 만나고 싶어한다고 전해주시겠어요?"

"무슨 일 때문인지는 물어볼 것도 없겠군."

"꼭 단둘이 만나고 싶어한다고 전해주세요."

앨런이 한쪽 눈썹을 치켜세웠다. "기분 상하게 하려는 건 아니지만, 너는 이제 예전처럼 젊지가 않아. 그때보다 스무 살은 더 먹었으니까."

"그건 그 사람이 판단하게 해주시겠어요?"

"물론이지." 그러면서 앨런은 상대에게 모욕감을 불러일으키는 웃음을 지었다. "그날 오후 벨 여인숙에서 있었던 일을 백작이 기억하고 있다는 건 알고 있으니까."

물론 앨런도 그곳에 있었다. 그는 궨다가 옷을 벗는 것을 지켜보았고 그녀의 알몸을 빤히 보고 있었다. 그녀가 침대로 걸어가 매트에 얼굴을 묻고 무릎을 꿇는 것도 보았다. 랠프가 그녀는 뒤에서 보는 편이 더 낫다는 말을 하자 추잡하게 웃기까지 했었다.

그녀는 혐오감과 수치심을 애써 감췄다. "저도 그가 저를 기억하고 있기를 바랍니다." 그녀는 되도록 감정을 드러내지 않으려고 애쓰며 말했다.

다른 청원자들도 앨런이 중요한 인물이라고 느낀 듯했다. 그들은 그의 주위에 몰려들어 말을 붙이고 애원하고 간청했다. 그는 사람들을 밀치고 홀 안으로 들어갔다.

궨다는 자리를 잡고 앉아 기다렸다.

한 시간이 지나자 그녀는 랠프가 식사 전에 자신을 만나줄 마음이 없다는 것을 확실히 알았다. 그녀는 진흙탕이 아닌 곳을 찾아 돌벽에 등을 기대고 앉았지만 시선은 대기실 입구에 못박혀 있었다.

다시 한 시간이 흘렀고, 또다시 한 시간이 흘렀다. 귀족들의 식사는 오후 내내 이어지는 일이 많았다. 퀜다는 어떻게 이렇게 오랫동안 먹고 마실 수 있는지 의아했다. 배탈이 나지도 않는 걸까?

그녀는 온종일 아무것도 먹지 않았지만 너무 긴장한 탓에 허기도 느끼지 못했다.

4월의 흐린 날이었고 날이 일찍 어두워지기 시작했다. 퀜다는 차가운 땅바닥에서 몸을 떨면서도 자리를 지켰다. 이번이 그녀에게 남은 유일한 기회였다.

하인들이 나와 안마당 주변의 횃불에 불을 붙였다. 덧창 뒤편으로 불빛이 나타나기 시작했다. 어둠이 내렸다. 퀜다는 동이 틀 때까지 열두 시간쯤 남았다는 것을 깨달았다. 그녀는 성 아래 지하감옥 바닥에 앉아 있을 샘을 생각하고 아들이 춥지 않을지 안타까웠다. 그녀는 눈물을 삼켰다.

아직 끝난 게 아니야. 그녀는 다짐했다. 그러나 그녀의 용기도 점차 사그라지고 있었다.

그때 가장 가까이에 있는 횃불 빛을 가로막는 사람이 있었다. 고개를 들어 보니 앨런이었다. 그녀의 심장이 뛰었다.

"나를 따라와라." 그가 말했다.

그녀는 벌떡 일어나 대기실 문을 향해 걸음을 옮겼다.

"그쪽이 아니야."

그녀는 그에게 묻는 눈길을 보냈다.

"조용히 만나겠다고 하지 않았나? 백작은 백작부인과 같이 쓰는 방에서 너를 만나지 않을 거야. 그러니 이쪽으로 와."

그녀는 그를 따라 마구간 옆에 있는 작은 문으로 들어갔다. 그는 몇 개의 방을 지나 계단 위로 그녀를 이끌었다. 그가 문을 열자 비좁은 침실이 나왔다. 그녀는 그 안으로 들어갔다. 앨런은 따라들어오지 않고 밖에서 문을 닫았다.

천장이 낮고 침대 하나가 공간을 거의 차지하고 있었다. 랠프는 속옷 차림으로 창가에 서 있었다. 그의 부츠와 겉옷이 바닥에 떨어져 있었다. 얼굴은 술을 마셔서 붉었지만 말은 또렷하게 했다. "옷 벗어라." 그는 기대에 찬 미소를 지으며 말했다.

"싫어요." 궨다가 말했다.

그는 놀란 표정을 지었다.

"벗지 않겠어요." 그녀가 말했다.

"그럼 어째서 앨런에게 나와 꼭 단둘이 보고 싶다고 한 거지?"

"그래야 당신이 내가 당신과 자고 싶어한다고 여길 테니까요."

"하지만 그게 아니라면…… 무슨 일이냐?"

"국왕에게 사면을 청해달라고 부탁하려고 온 거예요."

"그런데 몸을 주지는 않겠단 건가?"

"내가 왜 그래야 하죠? 전에도 그랬지만 당신은 약속을 어겼어요. 당신 마음대로 약속을 깬 거예요. 나는 몸을 줬지만 당신은 내 남편에게 땅을 돌려주지 않았어요." 그녀는 한껏 경멸을 담아 말했다. "그런데 당신은 다시 똑같은 일을 하자는 거고요. 당신의 명예는 가치가 없어요. 당신은 내 아버지와 다를 게 없어요."

랠프의 얼굴이 새빨개졌다. 백작에게 믿을 수 없는 인간이라고 말하는 것도 모욕인데, 숲에 덫을 놓아 다람쥐나 잡는 땅도 없는 날품팔이꾼에 비교한 것은 더없이 불쾌했다. 그는 성난 어조로 말했다. "이러면서 나를 설득할 수 있다고 생각한 거냐?"

"아니요. 하지만 당신은 사면을 청하게 될 거예요."

"어째서지?"

"샘은 당신 아들이니까."

랠프는 한동안 그녀를 빤히 바라보았다. "하." 그는 경멸하듯 말했다. "내가 그 말을 믿을 거라고 생각했던 모양이구나."

"그애는 당신 아들이에요." 그녀는 다시 한번 말했다.

"넌 그걸 증명하지 못해."

"맞아요. 증명하지는 못해요. 하지만 당신은 내가 샘이 태어나기 아홉 달 전에 킹스브리지의 벨 여인숙에서 당신과 잤다는 사실을 알고 있어요. 맞아요, 나는 울프릭과도 잤어요. 그러면 어느 쪽이 그애의 아버지냐고요? 그애 얼굴을 봐요! 그애는 울프릭과 닮은 버릇을 많이 가졌죠. 그래요. 이십사 년 동안 보고 배웠으니까. 하지만 그애의 생김새를 보라고요."

랠프의 얼굴에 생각하는 표정이 스치는 것을 본 그녀는 자신이 한 말 중에 뭔가가 적중했다는 것을 알았다.

"무엇보다 그애의 성격을 생각해봐요." 그녀는 차분한 어조로 말했다. "당신은 재판 때 그 증거를 귀로 들었을 거예요. 샘은 그저 조노의 공격을 피하려고 싸웠던 게 아녜요. 울프릭이라면 그랬겠지만. 그애는 조노를 때려눕히고 다시 일으켜주지도 않았어요. 울프릭이었다면 그렇게 했을 텐데 말이에요. 울프릭은 힘이 세고 발끈하기는 해도 인정 많은 사람이에요. 샘은 그렇지 않아요. 샘은 삽으로 조노를 후려쳤어요. 누구라도 한번 맞으면 의식을 잃을 만큼 세게. 그러고는 쓰러지기도 전에 더 세게 후려쳤어요. 상대가 이미 속수무책이었는데도요. 그리고 조노가 땅바닥에 축 늘어질 사이도 없이 세번째로 그를 가격했어요. 올드 처치의 농부들이 달려들어 말리지 않았다면 조노의 머리가 곤죽이 되도록 피 묻은 삽을 계속 내리쳤을 거예요. 그애는 상대를 죽이고 싶었던 거예요!" 그녀는 자신이 울고 있다는 사실을 깨닫고 소맷자락으로 눈물을 훔쳤다.

랠프는 질린 눈으로 그런 그녀를 빤히 보고 있었다.

"그 살인 본능이 어디서 왔겠어요, 랠프?" 그녀가 말했다. "당신 자신의 그 험한 마음속을 들여다봐요. 샘은 당신 아들이에요. 그리고 그 애는, 하느님 용서하소서, 그애는 내 자식이고요."

퀜다가 나간 뒤 랠프는 좁은 방 침대에 앉아 촛불의 불꽃을 응시하고 있었다. 그런 일이 가능할까? 물론 그녀는 필요하다면 거짓말도 불사할 여자였다. 그러나 이것은 그녀의 말을 믿고 믿지 않고의 문제가 아니었다. 하지만 샘은 울프릭의 아들일 가능성이 있는 만큼이나 랠프의 아들일 가능성이 있었다. 그들 둘 다 바로 그 시기에 퀜다와 잠자리를 했다. 어쩌면 진실은 영원히 밝혀지지 않을지도 모른다.

랠프는 샘이 자기 자식일 가능성이 있다는 것만으로도 공포에 사로잡혔다. 그는 지금 자기 자식을 교수형에 처하려는 것인가? 그가 울프릭을 위해 마련한 그 끔찍한 형벌은 자신을 향한 것일 수도 있었다.

벌써 밤이었다. 교수형은 새벽에 집행될 예정이었다. 랠프에게는 결정을 내릴 시간이 얼마 없었다.

그는 촛불을 들고 작은 방을 나섰다. 원래 그의 의도는 그곳에서 육욕을 만족시키는 것이었다. 그런데 그 대신 평생 한 번 있을까 말까 한 충격을 받고 말았다.

그는 안마당을 가로질러 지하감옥으로 향했다. 지하감옥이 있는 건물 일층에 셰리프의 부관들이 쓰는 방이 있었다. 그는 그곳에 들어가 보초에게 말했다. "살인자 샘 위글리를 만나고 싶네."

"알겠습니다, 나리." 간수가 나와 말했다. "길을 안내해드리죠." 그는 등잔을 들고 랠프를 옆방으로 데려갔다.

바닥에 창살이 박혀 있고 악취가 풍겼다. 랠프는 창살 사이로 내려다보았다. 감방은 돌벽으로 되어 있고 깊이는 9, 10피트쯤 되었으며 바닥은 흙이었다. 가구는 일절 없었다. 샘은 벽에 등을 기댄 채 바닥에 앉아 있었다. 옆에는 아마 물이 담겨 있을 나무 단지가 놓여 있었다. 바닥에 난 작은 구멍은 변소일 것이었다. 샘이 고개 들어 올려다보더니 별 관심이 없다는 듯 시선을 돌렸다.

"창살문을 열게." 랠프가 말했다.

간수는 열쇠를 꽂아 창살문을 열었다. 그러고는 경첩이 붙은 창살문을 들어올렸다.

"아래로 내려가고 싶은데."

간수는 놀란 듯했지만 감히 백작의 말에 토를 달지는 못했다. 그가 벽에 기대놓았던 사다리를 가져다 감방 안으로 내렸다. "조심하십시오, 나리." 간수는 불안한 어조로 말했다. "저 악당 놈은 잃을 게 없는 놈이라는 걸 잊지 마십시오."

랠프는 촛불을 들고 아래로 내려갔다. 냄새가 역겨웠지만 그런 건 거의 신경도 쓰이지 않았다. 사다리를 다 내려온 그는 몸을 돌렸다.

샘이 이글거리는 눈으로 고개를 들어 바라보면서 말했다. "뭘 원하는 겁니까?"

랠프는 그를 빤히 바라보았다. 그는 웅크리더니 촛불을 샘의 얼굴 가까이 들이대고 생김새를 살펴보면서 거울에 비춰봤던 자신의 얼굴과 비교해보았다.

"무슨 짓입니까?" 자신을 뚫어져라 바라보는 랠프의 눈길에 섬뜩해진 샘이 말했다.

랠프는 대답하지 않았다. 이 청년이 나의 자식일까? 그럴 수 있겠다는 생각이 들었다. 그것도 가능성이 꽤 높은 것 같았다. 샘은 잘생긴 청년이었는데, 랠프도 젊었을 때 잘생겼다는 소리를 들었다. 코가 부러지기 전까지는 그랬다. 아까 법정에서 랠프는 샘의 얼굴에서 뭔가가 떠오르는 느낌을 받았는데, 이제 집중해서 샘이 연상시키는 인물이 누군지 생각해보았다. 곧은 콧날, 까만 눈, 여자아이들도 부러워할 만큼 숱이 많은 머리……

다음 순간 랠프는 알아냈다.

샘은 랠프의 어머니, 죽은 레이디 모드를 닮아 있었다.

"맙소사." 랠프는 중얼거리듯 말을 내뱉었다.

"뭐하는 겁니까?" 샘이 두려움이 묻은 목소리로 물었다. "대체 뭐하는 겁니까?"

랠프는 무슨 말이든 해야 했다. "네 어머니가……" 그는 말꼬리를 흐렸다. 북받치는 감정 때문에 목이 메어 말이 잘 나오지 않았다. "네 어머니가 너를 위해 탄원을 했다…… 그것도 아주 설득력 있게."

샘은 경계의 눈초리를 풀지 않고 말없이 있었다. 그는 랠프가 자기를 놀리러 온 거라고 생각했다.

"말해봐라. 네가 삽으로 조노를 후려쳤을 때…… 정말 그자를 죽일 생각이었나? 더 두려워할 것도 없으니 솔직히 말해봐."

"물론이죠. 그놈은 나를 잡아가려고 했으니까요."

랠프는 고개를 끄덕였다. "나라도 같은 감정이었을 거야." 그는 말을 하다 말고 샘을 빤히 바라보고는 다시 이렇게 말했다. "나라도 그랬을 거다."

그는 일어나 사다리 쪽으로 몸을 돌리려다 잠깐 주저하더니 다시 돌아와 샘의 옆 땅바닥에 촛불을 내려놓았다. 그런 다음 사다리를 올라갔다.

간수는 창살문을 다시 내리고 잠갔다.

랠프가 간수에게 말했다. "교수형은 없을 것이다. 죄수는 사면될 거야. 내가 즉시 셰리프에게 얘기할 것이다."

랠프가 방을 나가자 간수는 코웃음을 쳤다.

85

셔링에서 킹스브리지로 돌아온 머딘과 캐리스는 롤라가 사라졌다는 사실을 알았다.

오랫동안 집안 관리인으로 일해온 안과 엠이 정원 문 앞에서 기다리고 있었는데, 그들은 온종일 거기 있었던 것처럼 보였다. 엠이 말을 꺼냈지만 곧 자제력을 잃고 흐느끼자, 안이 대신 말했다. "롤라를 찾을 수가 없습니다." 그는 제정신이 아닌 듯이 말했다. "어디로 갔는지 모르겠습니다."

머딘은 처음에 그들이 무슨 말을 하는지 제대로 이해하지 못했다. "저녁식사 때는 오겠지. 너무 걱정 말게, 엠."

"하지만 그제 밤에도 들어오지 않았는데요." 안이 말했다. 머딘은 그제야 그들이 무슨 말을 하는지 깨달았다. 롤라는 가출한 것이었다. 공포감이 삭풍처럼 살을 에고 심장을 쥐어짰다. 롤라는 이제 겨우 열여섯 살이었다. 그는 한동안 제대로 생각할 수가 없었다. 그는 그저 아이와 어른의 중간쯤에 있는, 자기 어머니를 닮아 강렬한 암갈색 눈과 두툼한 입술을 가진 허세를 부리는 쾌활한 표정의 딸의 얼굴만 떠올리고 있었다.

어느 정도 정신을 차리자 그는 무엇이 잘못됐는지 자문해보았다. 그는 딸이 다섯 살이었을 때부터 안과 엠에게 아이를 맡기고 며칠씩 집을 떠나 있곤 했다. 그래도 아이한테는 아무런 문제가 없었다. 그런데 그 사이에 뭔가 달라진 것일까?

그는 자신이 두 주 전 화이트호스 밖에서 아이의 팔을 잡아 질 나쁜 친구들로부터 끌어냈던 부활절 주일 이후로 그애와 거의 말을 하지 않았다는 사실을 깨달았다. 아이는 식사 시간에도 토라진 채 위층 자기 방에 있었고, 샘이 체포됐을 때도 나타나지 않았다. 며칠 후 머딘과 캐리스가 작별 키스를 하고 셔링으로 출발할 때도 아이는 여전히 짜증을 부리고 있었다.

머딘은 찌르는 듯한 가책을 느꼈다. 그가 딸을 거칠게 다뤄 쫓아낸 것 같았다. 실비아의 유령이 이 광경을 지켜보면서 우리 딸을 제대로 키우지 못했다고 그를 경멸하고 있지 않을까?

그는 문득 롤라의 질 나쁜 패거리에 생각이 미쳤다. "제이크 라일리라는 그 친구가 이 일의 배후에 있을 거야. 그 청년과 이야기해봤나, 안?"

"아니요, 나리."

"내가 지금 가서 이야기해봐야겠어. 그가 어디 사는지 아나?"

"성 바오로 교회 뒤편 생선장수네 이웃집에서 하숙할 겁니다."

"나도 갈게." 캐리스가 말했다.

그들은 다리를 건너 시내로 들어온 다음 서쪽으로 방향을 잡았다. 성 바오로 교회 교구는 강변에 있는 산업지구로, 도살장과 무두장이, 제재소와 각종 제조소들, 그리고 킹스브리지에서 진홍색 염색이 시작된 뒤 우후죽순으로 늘어난 염색집들이 자리잡고 있었다. 머딘은 야트막한 지붕들 너머로 보이는 성 바오로 교회의 낮은 탑을 향해 걸어갔다. 그는 냄새로 생선가게를 찾고는 그 옆에 있는 크고 낡은 집의 대문을 두드렸다.

문을 연 사람은 전염병으로 죽은 임시직 목수의 가난한 과부 샐 소여스였다. "제이크는 늘 들락날락거리죠. 벌써 못 본 지 일주일이나 됐는데요. 방세를 내는 한 그 아이가 뭘 하든 자유니까요."

"그가 여기서 나갔을 때 롤라가 함께 있었나요?" 캐리스가 물었다.

샐이 경계하듯 머딘 쪽을 곁눈질했다. "저는 험담하긴 싫은데요."

"그저 아는 대로만 말해줘요. 언짢게 생각하지 않을 테니까." 머딘이 말했다.

"그애는 대개 그와 함께 있었어요. 제이크가 원하는 건 뭐든 다해주는 것 같았고요. 그 이상은 말씀드리지 않겠습니다. 제이크를 찾으면 그애도 찾으실 겁니다."

"그가 갔을 만한 곳을 혹시 압니까?"

"어디 간다고 제게 말할 리 있겠습니까."

"그걸 알 만한 사람이 있을까요?"

"롤라 말고는 이곳에 친구를 데려오지 않아요. 하지만 화이트호스에 가면 제이크의 친구들이 있을 거예요."

머딘은 고개를 끄덕였다. "거기 가볼 생각이었어요. 고마워요, 샐."

"롤라는 괜찮을 거예요. 그저 좀 힘든 시기를 겪는 것뿐이죠."

"그 말이 맞는다면 좋겠군요."

머딘과 캐리스는 온 길을 되짚어 다리 근처 강변에 있는 화이트호스로 향했다. 머딘은 전염병에 걸려 죽어가던 데이비가 주막을 물려줄 사람이 없어 화이트호스의 모든 것을 술로 바꿔버렸을 때 그곳에서 벌어졌던 방탕한 파티 장면을 떠올렸다. 그뒤 몇 년 동안 이 주막은 비어 있었지만 이제 다시 북적대고 있었다. 머딘은 종종 어째서 이곳이 이렇게 인기가 좋은지 의아했다. 방들은 좁고 더러웠고, 툭하면 싸움판이 벌어졌다. 이 주막에서는 일 년에 한 번꼴로 살인이 벌어졌다.

그들은 연기가 자욱한 객실로 들어갔다. 오후는 아직 절반밖에 지나지 않았지만, 긴 의자에는 엉망으로 취한 자들이 열댓 명이나 앉아 있었다. 주사위놀이판 주위에 몇 명이 모여 있고 탁자에 은화가 여기저기 작은 무더기로 쌓여 있는 것을 보니 내기가 걸린 도박이었다. 뺨이 붉은 매춘부 조이가 새로 들어온 사람 쪽으로 기대감이 섞인 시선을 돌렸다가 누구인지 확인하고는 다시 나른하고 따분한 자세로 돌아갔다. 한쪽 구석에서는 한 남자가 여자에게 비싸 보이는 외투를 보여주며 팔려는 것 같았지만, 머딘을 보자 재빨리 옷을 접어 보이지 않게 치웠다. 머딘은 그것이 장물일 거라고 추측했다.

주막 주인 에번은 튀긴 베이컨으로 늦은 식사를 하는 중이었다. 그가 손을 튜닉에 문지르며 자리에서 일어나 불안한 어조로 인사말을 건넸다. "안녕하세요, 길드장님. 저희 집을 찾아주시다니 영광인데요. 에일을 좀 내올까요?"

"나는 내 딸 롤라를 찾고 있소." 머딘이 거침없는 어조로 말했다.

"그애가 안 보인 지 일주일쯤 됐는데요." 에번이 말했다.

샐 역시 같은 말을 했었다. 머딘이 에번에게 말했다. "우리 애가 제이크 라일리와 함께 있는 것 같소."

"그애들이 친하다는 건 저도 압니다." 에번이 약삭빠르게 말했다. "제이크도 그 정도쯤 여기 나타나지 않았죠."

"그애가 어디 갔는지 아시오?"

"제이크는 입이 무거운 친구라서 말이죠. 셔링까지 거리가 얼마나 되느냐고 물어도 고개를 젓고 얼굴을 찌푸리며 그런 건 자기가 알 바 아니라고 할 겁니다."

그때 그들의 대화를 듣고 있던 매춘부 조이가 끼어들었다. "하지만 쏠쏠이는 크잖아요. 그러니 공평한 거죠."

머딘은 엄격한 눈으로 그녀를 보았다. "그런데 그는 그 돈이 어디서 나는 거지?"

"말이에요. 그는 마을을 돌아다니며 농부한테 망아지를 사서 도시에 내다팔죠."

분명 방심한 여행자한테서 말을 훔쳤을 테지. 머딘은 못마땅한 기분으로 생각했다. "그럼 그가 지금 하고 있는 일이 말을 사러 다니는 일입니까?"

"그럴 가능성이 높죠. 대목이 다가오고 있으니까요. 말을 늘리는 중일 겁니다." 에번이 말했다.

"그러면 롤라도 그 친구와 함께 다니겠군."

"언짢게 해드릴 생각은 없습니다만, 길드장님, 십중팔구 그럴 겁니다."

"내가 언짢은 건 당신 때문이 아니오." 머딘은 고개를 까딱해 작별인사를 하고 주막을 나섰다. 캐리스도 그를 따라 나왔다.

"이제 알겠군." 그는 성난 어조로 말했다. "그애는 제이크와 떠난 거야. 아마 대단한 모험이라고 여기고 있겠지."

"당신 말이 맞는 것 같아." 캐리스가 말했다. "그애가 임신이나 하지 않았으면 좋겠는데."

"정말 그 일만은 없어야 할 텐데."

두 사람은 기계적으로 집 쪽을 향해 걸음을 옮겼다. 다리에서 가장 높은 지점에 이른 머딘은 교외 가옥 지붕들 너머에 있는 숲 쪽을 건너다보았다. 그의 어린 딸이 수상쩍은 말장수와 함께 저기 어딘가에 있었다. 딸이 위험에 빠졌는데 그 아이를 지켜주기 위해 그가 할 수 있는 일은 없었다.

다음날 아침 새 탑 현장을 점검하기 위해 대성당에 간 머딘은 모든 공사가 중단된 사실을 알았다. "수도원장의 지시일세." 머딘이 물어보자 토머스 형제가 대답했다. 이제 예순을 바라보는 토머스는 나이든 태가 역력했다. 군인답던 체형은 이제 허리가 굽었고, 불안정한 걸음걸이로 성당 경내를 지척거리며 다녔다. "남쪽 측랑에서 붕괴 사고가 있었거든." 그가 덧붙였다.

머딘은 바텔미 프렌치 쪽을 힐끔 보았다. 노르망디 출신의 우락부락한 늙은 석공은 숙소 바깥에서 끌을 갈고 있었다. 바텔미가 말없이 그렇지 않다는 뜻으로 고개를 저었다.

"그 붕괴 사고는 이십사 년 전에 있었던 거예요, 토머스 형제님." 머딘이 말했다.

"아, 그래, 자네 말이 맞아." 토머스가 말했다. "기억이 이제 예전 같지 않아서 말일세."

머딘은 그의 어깨를 토닥거렸다. "우리 모두 나이를 먹고 있죠."

"수도원장을 만나고 싶은 거라면, 그는 지금 탑 위에 올라가 있습니다." 바텔미가 말했다.

머딘은 당연히 수도원장을 만날 생각이었다. 그는 북쪽 익랑으로 들어가 좁다란 아치 통로를 지난 다음 벽 속으로 난 폭이 좁은 나선형 계단을 올라갔다. 구 교차부에서 새 탑 쪽으로 들어서자 석재의 빛깔이 비구름의 어두운 회색에서 아침 하늘의 밝은 진주색으로 바뀌었다. 오르는 데 한참 걸렸는데, 그것은 탑의 높이가 벌써 300피트를 넘어섰기 때문이었다. 그러나 그는 그 길에 익숙했다. 십일 년 동안 거의 매일같이, 매번 더 높아져가는 계단을 올라갔던 것이다. 문득 최근 들어 몸집이 비대해진 필리먼이 그 체구를 끌고 이 계단을 올라간 데는 그럴 수밖에 없는 이유가 있을 거라는 생각이 들었다.

거의 꼭대기에 이른 머딘은 사람 키의 두 배나 되는 거대한 수레바퀴가 설치된 방을 통과했다. 나무로 만든 그 권양기는 석재와 회반죽, 목재를 필요한 곳까지 올리는 데 사용됐다. 첨탑이 완공된 후에도 권양기는 후세대 인부들이 보수 공사에 사용할 수 있도록, 심판의 날을 알리는 나팔소리가 울리는 그날까지 영구적으로 이곳에 남겨둘 계획이었다.

그는 탑 꼭대기로 나섰다. 지상에서는 감지할 수 없는 거칠고 차가운 바람이 불고 있었다. 탑의 정상부 안쪽을 에워싸며 유도 통로가 이어져 있었다. 팔각형의 구멍 주변에는 석공들이 첨탑 공사를 할 수 있도록 비계가 설치해놓았다. 근처에는 다듬은 석재가 쌓여 있었고, 나무판자에서는 회반죽한 무더기가 쓸모를 잃고 말라붙어가고 있었다.

인부들은 보이지 않았다. 필리먼 수도원장은 석공 해럴드와 함께 맞은편 끝에 서 있었다. 한참 대화에 골몰하던 두 사람은 머딘이 나타나자 흠칫하며 말을 멈췄다. 머딘은 바람소리 때문에 소리를 질러야 했다. "어째서 공사를 중단시키신 겁니까?"

필리먼의 대답은 준비되어 있었다. "당신의 설계에 문제가 있소."

머딘은 해럴드를 보며 말했다. "누군가 설계를 이해하지 못하는 사람이 있다는 뜻이군요."

"경험 많은 이들이 그 공사는 불가능하다고 하더군요." 필리먼이 시비조로 말했다.

"경험 많은 이들이라고요?" 머딘은 경멸조로 그 말을 되풀이했다. "킹스브리지에서 대체 누가 경험이 많다는 겁니까? 교량을 공사해본 사람이 누구죠? 피렌체에서 저명한 건축가들과 함께 일해본 사람은 누굽니까? 로마와 아비뇽과 파리, 루앙을 가본 사람은 누굽니까? 여기 있는 해럴드는 분명 아닐 텐데요. 언짢아하지 말아요, 해럴드. 하지만 당신은 런던에도 가본 적이 없잖소."

"거푸집 없이 팔각 탑을 짓지 못한다는 건, 나만 그렇게 생각하는 것이 아닙니다." 해럴드가 말했다.

빈정거리는 말을 해주려던 머딘은 입을 다물었다. 필리먼에게 이것 말고 다른 뭔가가 있는 게 분명하다는 사실을 깨달았기 때문이다. 수도원장은 고의적으로 이 싸움을 건 것이다. 따라서 단순히 해럴드의 의견 정도가 아닌 좀더 만만치 않은 무기가 분명 있을 것이다. 어쩌면 길드의 지지를 얻어냈을지도 모른다. 하지만 어떻게 그런 일이 가능할까? 머딘의 첨탑이 불가능한 공사라고 말하는 건축업자에게 모종의 보상을 제시한 것이 분명하다. 공사를 그들에게 일임하는 것이 그 보상인지도 모른다. "이게 뭡니까?" 머딘이 필리먼에게 물었다. "대체 뭘 지으려는 겁니까?"

"대체 지금 무슨 소리를 하는 거요?" 필리먼이 으르렁댔다.

"지금 당신에게는 다른 공사 계획이 있고, 그 공사를 해럴드 패거리에게 떼어주기로 했나보군요. 그게 어떤 공사입니까?"

"당신은 지금 자신이 무슨 말을 하는지도 모르는 것 같군."

"당신이 쓸 더 큰 사택입니까? 새 참사관입니까? 구호소는 이미 세 개나 있으니 그건 아닐 테고. 자, 어서 말하는 게 좋을 겁니다. 그게 부끄러운 일이 아니라면."

정곡을 찔린 필리먼은 실토했다. "수사들이 성모 성당을 짓고 싶어 하오."

"아하." 그렇다면 이해가 갔다. 성모마리아 숭배는 점점 열기를 더해가고 있었다. 교회 당국도 승인한 일인데, 성모마리아에 대한 신앙이 전염병이 창궐한 이래 신도들에게 스며든 회의론과 이교적인 생각들을 상쇄해줬기 때문이었다. 크고 작은 수많은 교회들에서 가장 성스러운 위치인 동쪽 끝에 성모마리아에게 헌정된 특별 성당을 덧붙여 짓고 있었다. 머딘은 그런 건축 공사는 별로 내키지 않았다. 대부분의 성모 성당은, 실제로 그랬으니까 당연한 결과이지만, 뒤늦게 붙여놓은 것처럼 보이기 때문이었다.

그렇다면 필리먼의 동기는 뭘까? 그는 언제나 다른 누군가에게 영합하기 위해 애써왔다. 그것이 그의 생존방식이었다. 킹스브리지 수녀원에 성모 성당이 선다면 보수적인 고위 성직자들을 만족시켜줄 것이다.

이것은 필리먼이 그 방향으로 움직인 두번째 수인 셈이었다. 부활절 주일에 대성당 설교단에서 그는 시신 해부를 비난했었다. 그는 모종의 운동을 벌이고 있는 게 분명하다. 하지만 무슨 목적일까?

머딘은 필리먼의 꿍꿍이속을 알게 될 때까지 더이상 대응하지 않기로 마음먹었다. 그는 아무 말 하지 않고 지붕을 떠나 계단과 사다리를 내려가기 시작했다.

머딘은 식사 때에 맞춰 집에 도착했다. 얼마 후 캐리스도 병원에서 돌아왔다. "토머스 형제의 증세가 점점 심해지고 있어." 그가 캐리스에게 말했다. "뭔가 해줄 만한 일이 없을까?"

그녀는 고개를 저었다. "노쇠를 치료할 방법은 없어."

"남쪽 측랑이 무너졌던 일을 어제 일어난 일처럼 말하더군."

"전형적인 증상이야. 까마득한 옛날 일은 기억하지만 지금 일어나고 있는 일은 인지하지 못하는 거지. 가엾은 토머스. 아마 급속히 악화될 거야. 하지만 적어도 그는 익숙한 곳에 있잖아. 수도원은 수십 년이 지나도 별로 달라지지 않으니까. 그의 일과도 늘 그래왔던 대로 이루어질 테고. 그 점은 도움이 될 거야."

그들이 리크와 민트를 넣고 끓인 양고기 스튜를 먹으러 자리에 앉았을 때, 머딘은 그날 아침 알게 된 새로운 사실을 이야기했다. 두 사람은 벌써 수십 년 동안 킹스브리지 수도원장들과 싸움을 벌이고 있었다. 처음에는 앤서니, 다음에는 고드윈, 그리고 이번에는 필리먼이 상대였다. 두 사람은 칙허장만 교부되면 끝없던 책략도 종지부를 찍게 될 거라고 믿었다. 그 덕분에 사태가 개선된 것은 확실하지만 필리먼은 아직 싸움을 포기할 생각이 없어 보였다.

"사실 첨탑 공사는 별로 걱정하지 않아." 머딘이 말했다. "앙리 주교가 이 소식을 듣는 즉시 필리먼의 결정을 철회하고 공사를 재개하라고 지시할 테니까. 앙리 주교는 잉글랜드에서 가장 높은 탑이 있는 대성당의 주교가 되고 싶어하거든."

"필리먼도 틀림없이 그걸 알고 있을 텐데." 캐리스가 생각에 잠긴 어조로 말했다.

"어쩌면 그저 성모 성당을 짓겠다는 시늉만 하고 시도해보았다는 말을 듣고 싶은 건지도 몰라. 짓지 못한 책임은 다른 사람에게 전가하고."

"그럴지도 모르지." 캐리스가 미심쩍은 투로 말했다.

머딘의 마음속에는 좀더 중요한 의문이 있었다. "그런데 그가 정말 노리는 게 뭘까?"

"필리먼이 하는 모든 행동은 자신을 중요한 인물처럼 보여야 할 필요가 있을 때 나와." 캐리스는 확신을 가지고 말했다. "내 짐작에 그는 승진을 노리는 것 같아."

"어떤 직위를 염두에 둔 걸까? 몬머스의 대주교가 죽어가고 있기는 하지만, 설마 필리먼이 그 자리를 바라겠어?"

"그는 우리가 알지 못하는 뭔가를 알고 있는 게 분명해."

두 사람이 대화를 더 이어가려는데 롤라가 들어왔다.

머딘은 큰 안도감에 눈물부터 고였다. 딸이 무사히 돌아온 것이었다. 그는 아이를 죽 훑어보았다. 다친 곳도 없어 보이고, 발걸음도 경쾌하고, 부루퉁한 표정도 여느 때와 다름없었다.

캐리스가 먼저 말을 걸었다. "돌아왔니! 정말 기쁘구나!"

"그래요?" 롤라가 대꾸했다. 롤라는 종종 캐리스가 자기를 좋아하지 않는다고 여기는 듯한 태도를 보였다. 머딘은 그런 것에 속지 않았지만, 자신이 롤라의 친모가 아니라는 사실에 민감한 캐리스는 정말 그런가 하고 의문에 빠졌다.

"우리 둘 다 기쁘단다." 머딘이 말했다. "너 때문에 걱정했거든."

"왜 걱정해요?" 롤라는 옷걸이에 망토를 걸고 식탁에 앉았다. "나는 아주 잘 지내다 왔는데요."

"우리야 그걸 모르니 몹시 걱정이 됐지."

"그러실 것 없어요. 나도 내 몸 하나쯤은 돌볼 수 있으니까요."

화가 치민 머딘은 쏘아붙이려다 꾹 눌러 참았다. "정말 네가 그럴 수 있을지 모르겠구나." 그는 되도록 부드러운 어조로 말했다.

캐리스가 험악해지는 분위기를 누그러뜨리기 위해 끼어들었다. "그런데 어디 갔었니? 두 주 동안이나 보이지 않더구나."

"여기저기요."

머딘이 굳은 어조로 물었다. "그게 어딘지 한두 군데만이라도 말해 보렴."

"머드퍼드 교차로. 캐스터햄. 오딘비 같은 곳이에요."

"그런 데서 뭘 했는데?"

"무슨 교리문답 시간인가요?" 롤라가 발끈했다. "그런 질문에 일일이 대답해야 해요?"

캐리스는 화를 가라앉히라는 표시로 머딘의 팔에 한 손을 얹으며 롤라에게 말했다. "우리는 다만 너에게 위험한 일은 없었는지 알고 싶은 거야."

"나는 네가 누구와 돌아다녔는지도 알고 싶은데." 머딘이 말했다.

"뭐 특별한 사람은 없어요."

"제이크 라일리냐?"

롤라는 어깨를 으쓱했지만 당황한 듯했다. "그래요." 별로 대수로운 일도 아니라는 투였다.

머딘은 딸을 용서하고 받아들일 만반의 준비가 되어 있었지만 롤라가 일을 어렵게 만들고 있었다. 머딘은 되도록 내색하지 않으려 애쓰며 말했다. "너와 제이크는 같이 잠을 자는 사이냐?"

"그건 내가 알아서 할 일이에요!" 그녀가 소리쳤다.

"아니, 그렇지 않아!" 머딘이 맞받아쳤다. "그건 나와 네 새엄마의 문제이기도 해. 네가 임신하면 그 아기는 누가 돌볼 건데? 제이크가 정착해서 남편과 아비 노릇을 할 수 있을 거라고 확신할 수 있어? 그런 문제에 대해 그애와 얘기해보기는 했어?"

"그만 좀 해요!" 그녀가 악을 쓰다 울음을 터뜨리더니 요란한 발소리를 내며 위층으로 올라가버렸다.

"때로는 우리가 단칸방에 살면 더 좋겠다는 생각이 들어. 그러면 저애가 저런 요령을 피우지 못할 테니까." 머딘이 말했다.

"당신이 저애한테 별로 부드럽지 못했으니까 그래." 캐리스가 부드러운 비난조로 말했다.

"그럼 내가 어떻게 해야 한다는 거야? 저애는 자기한테는 잘못이 없다는 식으로 말하잖아!"

"하지만 아이도 뭐가 진실인지 알아. 그러니까 저렇게 우는 거라고."

"젠장."

그때 노크 소리가 나더니 한 수련수사가 문 안으로 고개를 들이밀고 말했다. "방해해서 죄송합니다만, 길드장님. 지금 그레고리 롱펠로 경이 수도원에 와 계신데, 시간이 되는 대로 길드장님과 말씀을 나누고 싶다고 하십니다."

"젠장. 곧 가뵙겠다고 전해주시오." 머딘이 말했다.

"고맙습니다." 수련수사는 이렇게 말하고 떠났다.

"저애한테도 분을 삭일 시간이 필요할 테니 잘된 셈이네." 머딘이 말했다.

"당신도 마찬가지고." 캐리스가 말했다.

"지금 저애 편을 드는 건가?" 머딘이 짜증이 조금 섞인 목소리로 말했다.

그녀는 미소를 지으며 그의 팔을 쓰다듬었다. "나는 언제나 당신 편이야. 하지만 나는 열여섯 살짜리 여자아이로 사는 것이 어떤 건지 잘 알거든. 저애도 당신만큼이나 제이크와의 관계가 걱정되는 거야. 하지만 자존심에 상처 입기 싫어서 그 사실을 인정하지 않는 거고. 그래서 당신이 진실을 말하니까 화가 난 거야. 자존심 주변에 허약한 방어막을 쳐놓았는데 당신이 그걸 허물어뜨리니까."

"그럼 내가 어떻게 해야 하지?"

"좀더 튼튼한 울타리를 세울 수 있도록 도와줘."

"무슨 뜻인지 모르겠어."

"알게 될 거야."

"가서 그레고리 경이나 만나는 게 좋겠군." 머딘은 자리에서 일어섰다.

캐리스는 그를 안고 입술에 키스했다. "당신은 최선을 다하는 좋은 사람이야. 그리고 나는 내 온 마음으로 당신을 사랑해."

그녀의 말에 그의 좌절감은 누그러졌다. 다리를 건너 수도원을 향해 큰길을 성큼성큼 걸어가는 동안 그는 점차 진정되었다. 그는 그레고리를 좋아하지 않았다. 그레고리는 교활하고 파렴치하고, 필리먼이 고드원 수도원장을 섬겼을 때처럼 자기 주인인 국왕을 위해 무슨 짓이든 할 수 있는 인물이었다. 머딘은 그레고리가 자기와 의논하려는 것이 무엇인지 궁금하면서도 불안했다. 분명 국왕이 늘 골머리를 앓는 세금에 관한 문제일 것이다.

머딘은 먼저 수도원장 사택에 가보았는데, 필리먼이 흡족한 얼굴로 그레고리 경은 성당 남쪽의 수사 전용 클로이스터에 있을 거라고 말했다. 머딘은 그레고리가 무슨 짓을 해서 그곳에 청중까지 동원했는지 의아했다.

그 변호사 역시 늙어가고 있었다. 머리가 희끗희끗해지고 큰 키도 구부정해졌다. 냉소하는 듯이 보이는 콧날 양쪽에 까치발 같은 깊은 주름이 파이고 푸른 눈 한쪽은 흐릿했다. 그러나 다른 한쪽 눈만으로도 충분히 예리해 보였다. 그는 십 년 동안 만난 적이 없는데도 머딘을 즉각 알아보았다. "길드장, 몬머스의 대주교가 돌아가셨소."

"그분의 영혼이 안식하기를 빕니다." 머딘은 반사적으로 말했다.

"아멘. 폐하께서 내게 킹스브리지 자치도시를 지나면서 안부를 묻고 이 중요한 소식을 전하라고 분부하셨소."

"고마운 말씀입니다. 대주교님이 돌아가신 것이 아주 뜻밖의 일은 아니죠. 그동안 병중이셨으니까요." 머딘은 미심쩍은 기분으로, 국왕이 순전히 흥미로운 정보를 제공하기 위해 그레고리에게 자신을 만나라고 하지는 않았을 거라 생각했다.

"이렇게 말해도 좋을지 모르겠지만 당신은 꽤 흥미로운 인물이오." 그레고리가 거리낌없이 말했다. "나는 이십 년도 더 전에 당신의 부인을 먼저 만났죠. 그뒤로 당신들 두 사람이 서서히, 그러면서도 확실하게 이 도시를 장악해가는 모습을 지켜보았소. 그리고 당신들은 마음먹은 일은 무엇이든 이루어냈죠. 교량과 병원, 칙허장도 그렇고, 당신들

서로의 문제도 그렇고. 당신들은 결단력과 끈기가 있소."

생색에 불과한 말이었지만 머딘은 그레고리의 아첨에서 존경의 기미를 감지하고 놀랐다. 그는 경계심을 풀지 말자고 자신을 다독였다. 그레고리 같은 인간은 아무 목적 없이 칭찬하는 법이 없었다.

"나는 신임 대주교를 선출하기 위해 투표할 애버게이브니의 수사들을 만나러 가는 길이오." 그레고리가 의자에 등을 기댔다. "수백 년 전 처음 그리스도교가 잉글랜드에 들어왔을 때는 수사들이 직접 자신들의 상급자를 선출했죠." 설명하는 것은 노인들의 습성이지. 머딘은 생각했다. 젊은 그레고리였다면 설명 따위는 신경도 쓰지 않았을 것이다. "물론 요즘은 주교와 대주교의 지위와 권력이 너무나 막강해서 속세에서 떨어진 경건한 소수의 이상주의자들의 손에 선출을 맡길 수 없게 됐지만 말이오. 그래서 국왕이 선택하고 교황이 왕의 결정을 비준하는 절차를 따르고 있죠."

그게 그처럼 간단한 일이 아니라는 건 나도 알고 있지. 머딘은 생각했다. 보통 모종의 권력 투쟁이 벌어지기 마련이었다. 하지만 그는 아무 말도 하지 않았다.

그레고리가 말을 이었다. "하지만 수사의 표결 의식은 지금도 이어져 오고 있소. 그걸 철폐하기보다는 관리하는 편이 훨씬 수월하기 때문이오. 그래서 이렇게 여행길에 나선 겁니다."

"당신이 수사들에게 가서 선출될 인물에 대해 이야기한다는 거군요." 머딘이 말했다.

"직설적으로 말하자면 그렇다고 할 수 있소."

"어떤 이를 거론하실 겁니까?"

"내가 말하지 않았나요? 이곳 주교인 모스의 앙리죠. 아주 탁월한 인물입니다. 충성스럽고 신뢰할 수 있고 절대로 말썽을 일으키지 않으니까요."

"오, 이런."

"달가운 소식이 아닌가보군요?" 그레고리의 느슨하던 태도가 순식간에 사라졌다. 그는 상대방의 반응에 민감하게 주의를 기울였다.

머딘은 그레고리가 노린 것이 이것이었음을 깨달았다. 머딘이 대표하고 있는 킹스브리지의 시민들이 그 계획에 어떤 반응을 보일지, 또 자신의 의견에 반대할지 찬성할지 알아보러 온 것이다. 그는 생각을 집중했다. 신임 주교가 선출되면 첨탑과 병원은 위협받을지도 모른다. "앙리 주교는 이 도시의 권력 균형에 핵심적인 역할을 하고 계시죠." 머딘이 말했다. "십 년 전 상인과 수사와 병원 사이에 일종의 휴전 협정이 성립됐어요. 그 결과 삼 자 모두 큰 번영을 누리게 됐죠." 그레고리의 관심, 아니 국왕의 관심을 끌기 위해 그는 이렇게 덧붙였다. "그러한 번영이 바로 우리가 막대한 세금을 낼 수 있는 요인이기도 하고요."

그레고리는 고개를 살짝 끄덕여 그의 말을 인정했다.

"앙리 주교가 손을 떼면 우리의 안정된 관계에 문제가 생길 것이 분명합니다."

"그것은 후임자가 누구냐에 달린 문제라고 생각하는데요."

"그건 맞는 말씀이죠." 머딘이 말했다. 이제 드디어 본론에 도달했군. 그는 생각했다. "염두에 두고 계신 분이 있습니까?"

"필리먼 수도원장이 명백한 주곳감이라고 생각합니다."

"그건 안 됩니다!" 머딘은 기겁했다. "필리먼이라니요! 왜 그 사람입니까?"

"그는 확실한 보수파죠. 그것은 회의론과 이단이 난무하는 요즘 같은 시기에 교회 당국에게는 아주 중요한 점이오."

"그야 그럴 테죠. 이제야 필리먼이 해부에 반대하는 설교를 한 이유를 알겠군요. 그리고 그가 어째서 성모 성당을 짓고 싶어하는지도 알겠고요." 이런 일을 진작 예견했어야 했어. 머딘은 생각했다.

"게다가 그는 성직자 과세에 대해서도 아무런 문제가 없다고 공언했소. 국왕과 일부 주교들 사이에서 끊임없이 알력의 원인을 제공하는 문제 말이오."

"필리먼은 오래전부터 이 일을 계획하고 있었군요." 머딘은 이 문제가 이렇게 조용히 진행되도록 내버려둔 자신에게 화가 났다.

"짐작하기로는 부주교에게 병환이 나셨을 때부터였던 것 같군요."

"이 일은 재앙을 가져올 겁니다."

"어째서 그런 말을 하는 겁니까?"

"필리먼은 호전적이고 원한을 품는 인물입니다. 주교가 된다면 그는 킹스브리지에서 끊임없이 분쟁을 일으킬 겁니다. 우리는 그러지 못하게 막아야 합니다." 머딘은 그레고리의 눈을 똑바로 보면서 말했다. "그런데 왜 저에게 미리 알려주시는 거죠?" 그는 질문을 던진 순간 그 답을 알았다. "당신도 필리먼이 주교가 되는 걸 원치 않으시는 거군요. 그가 얼마나 말썽꾼인지는 굳이 제가 말할 필요도 없겠죠. 당신도 이미 알고 있는 사실이니까요. 그런데 당신에게는 그를 거부할 권리가 없죠. 그가 이미 고위 성직자들의 지지를 받고 있기 때문이겠죠." 그레고리는 그저 수수께끼 같은 미소만 지었다. 머딘은 그 미소를 자신의 말이 맞는다는 의미로 받아들였다. "제가 어떻게 해주기를 원하시는 겁니까?"

"내가 당신이라면 필리먼의 대안이 될 만한 다른 후보부터 찾겠소."

이것이었군. 머딘은 생각에 잠겨 고개를 끄덕였다. "이 문제는 좀 생각해봐야겠군요."

"그렇게 해주시오." 그레고리가 자리에서 일어서자 머딘은 논의가 끝났다는 것을 알았다. "그리고 어떤 결정을 내렸는지 알려주시오." 그레고리가 덧붙였다.

머딘은 수도원을 나와 생각에 잠긴 채 나환자 섬으로 돌아갔다. 킹스 브리지의 주교로 어떤 인물을 추천할 것인가? 시민들은 로이드 부주교와는 잘 맞는 편이었지만 그는 이제 나이가 너무 많았다. 설령 그가 선출된다고 해도 일 년도 지나지 않아 이 모든 일을 다시 반복해야 할 것이다.

집에 도착할 때까지 머딘의 머릿속에 떠오른 인물은 없었다. 그가 응접실에 있는 캐리스를 보고 물어보려던 찰나, 그녀가 앞질러 말했다. 그녀는 자리에서 일어나며 창백하고 겁먹은 표정으로 말했다. "롤라가 다시 사라졌어."

86

사제들은 주일이 쉬는 날이라고 했지만 궨다에게는 한 번도 그랬던 적이 없었다. 오늘도 아침에 교회에 다녀오고 식사를 한 뒤 그녀는 울프릭과 함께 집 뒤쪽 텃밭에서 일했다. 반 에이커 정도의 땅에 닭장과 배나무 한 그루, 헛간이 있는 쓸 만한 텃밭이었다. 맨 끝에 자리잡은 채소밭에서 울프릭이 고랑을 파는 동안 궨다는 완두콩을 심었다.

아이들은 일요일마다 늘 기분전환 삼아 하는 축구를 하러 옆 마을에 갔다. 귀족들이 마상 시합을 하는 것처럼 농부들은 축구를 했다. 그 모의 전투에서 그들은 종종 실제처럼 부상을 입기도 했다. 궨다는 아들들이 무사히 돌아오기만 빌었다.

오늘은 샘이 일찍 돌아왔다. "공이 터져버렸어요." 그가 침울한 어조로 말했다.

"데이비는 어디 있니?" 궨다가 물었다.

"그애는 거기 오지 않았는데요."

"너와 함께 있는 줄 알았는데."

"아니요. 그애는 종종 혼자 없어지곤 해요."

"나는 그건 몰랐구나." 퀜다는 눈살을 찌푸렸다. "그럼 대체 어디 간 거지?"

샘은 어깨를 으쓱했다. "나한테는 아무 말도 안 해요."

어쩌면 여자아이를 만나는지도 모르겠군. 퀜다는 생각했다. 데이비는 무슨 일이든 입 밖에 내는 일이 없었다. 어떤 여자아이를 만나는 걸까? 위글리에는 결혼 상대가 될 만한 여자아이가 많지 않았다. 전염병에서 살아남은 사람들은 빠진 머릿수를 채우려고 작정한 것처럼 서둘러 재혼했는데, 그후로 태어난 아이들은 아직 너무 어렸다. 어쩌면 이웃 마을 아이를 숲에서 만나고 있는지도 모른다. 그런 밀회는 가슴속의 번민만큼이나 흔한 일이다.

몇 시간 후 데이비가 돌아오자 퀜다는 다그쳤다. 데이비는 혼자서 몰래 사라졌던 일을 굳이 부정하지 않았다. "원하신다면 뭘 하고 있었는지 보여드릴게요. 영원히 비밀로 묻어둘 수도 없으니까. 저를 따라오세요."

퀜다와 울프릭과 샘이 모두 데이비를 따라갔다. 사람들은 안식일을 제대로 지켰으므로, 밭에서 일하는 사람은 없었다. 그들 네 사람이 사나운 봄바람을 맞으며 지나가는 동안에도 헌드레드에이커에는 인적이 없었다. 몇 군데 작은 밭들은 버려진 것처럼 보였다. 아직도 일부 농부들은 경작할 수 있는 능력에 비해 땅이 많았다. 아넷도 그중 하나였다. 그녀는 따로 일꾼을 고용하지 않는 한 거들 사람이 열여덟 살 난 아마벨 하나뿐인데, 일꾼을 고용하기가 여전히 쉽지 않았다. 그녀의 귀리밭은 잡초밭이 되어가고 있었다.

데이비는 그들을 숲속으로 반 마일가량 데려간 다음 사람의 발길이 닿지 않는 빈터에서 걸음을 멈췄다. "여기예요." 그가 말했다.

잠깐 동안 퀜다는 아들이 무슨 말을 하는지 알 수 없었다. 그녀가 서 있는 곳은 나무 사이로 야트막한 덤불이 자라고 있는 경계가 불분명한 땅 가장자리였다. 그녀는 덤불을 다시 한번 바라보았다. 전에는 본 적이 없는 식물이었다. 모난 줄기에 뾰족한 잎이 넷씩 한 다발로 자라고 있었다. 지면을 덮고 있는 모양새를 보니 덩굴식물 같았다. 한구석에 쌓인 풀 다발은 데이비가 잡초를 뽑아둔 것 같았다. "이게 뭐냐?" 궨다가 물었다.

"꼭두서니라는 거예요. 우리가 멜컴에 갔을 때 뱃사람에게서 종자를 구했어요."

"멜컴? 거기 간 건 삼 년 전 일인데."

"이만큼 자라는 데 그 정도가 걸린 거예요." 데이비가 미소지으며 말했다. "처음에는 아예 자라지 못하는 게 아닌가 생각했죠. 그 뱃사람이 모래가 섞여 있는 흙에 약간 응달진 곳이 좋다고 했어요. 이 빈터를 일궈서 씨앗을 심었는데 첫해에는 서너 개밖에 싹이 나지 않았어요. 그것도 다 약해 보였고요. 그래서 돈만 날린 줄 알았는데 그다음 해에 땅속으로 뿌리가 퍼지면서 어린 가지가 나왔어요. 그리고 올해는 여길 다 덮을 정도로 자랐고요."

궨다는 자식이 이런 일을 벌이고도 그토록 오랫동안 자기에게 말 한 마디 하지 않았다는 사실에 경악했다. "하지만 꼭두서니를 뭐에 쓰는데? 맛이 좋은 거니?"

데이비가 웃었다. "아니요. 이건 먹는 게 아니에요. 뿌리를 파서 말린 다음 가루로 만들면 붉은색 염료가 돼요. 값이 아주 비싸죠. 킹스브리지의 매지 웨버 아주머니는 1갤런에 7실링씩 주고 이걸 사고 있어요."

궨다는 그 정도면 엄청난 금액이라고 생각했다. 가장 비싼 곡식인 밀도 1쿼터에 7실링에 팔리는데, 1쿼터는 64갤런이었다. "밀보다 예순네 배나 비싼 거잖니!"

데이비가 미소를 지었다. "그래서 심은 거죠."

"뭐 때문에 뭘 심은 거라고?" 그때 누군가의 목소리가 들렸다. 가족 모두가 고개를 돌려 보니 네이트 관리인이 여느 때와 다름없이 등이 굽은 쭈그러진 모습으로 산사나무 옆에 서 있었다. 그는 의기양양한 미소를 짓고 있었다. 현장에서 그들을 잡은 셈이었다.

데이비가 재빨리 둘러댔다. "이건…… 해그워트라는 약초예요." 궨다는 아들이 되는 대로 지어 붙인 이름이라는 것을 알았지만 어차피 네이트는 모를 것이었다. "어머니의 천식에 좋다고 해서요."

그 말에 네이트는 궨다를 바라보았다. "자네한테 천식이 있는 줄은 몰랐는데."

"겨울철에만 그래요." 궨다가 대꾸했다.

"약초란 말이지?" 네이트가 미심쩍은 어조로 물었다. "이 정도면 킹스브리지 사람을 모두 먹이고도 남겠구나. 게다가 더 자라게 하려고 잡초까지 뽑아주고 말이야."

"이왕 하려면 제대로 해야죠." 데이비가 말했다.

네이트는 그런 궁색한 답변은 들은 척도 하지 않았다. "이건 재배 허락이 나지 않은 작물이야. 첫째, 농노가 뭐든 재배하려면 일단 허락을 받아야 해. 원한다고 아무거나 키우지는 못해. 그러면 세상이 온통 혼란에 빠지니까. 둘째, 그것이 설령 약초라고 해도 영주님 숲에서 재배해선 안 돼."

그 말에는 대답할 말이 없었다. 그것이 규칙이었다. 규칙은 사람들을 좌절시켰다. 농부들은 수요가 있고 비싼 값을 받는 비인가 작물을 재배하면 돈을 벌 수 있다는 사실을 알고 있었다. 밧줄에 쓰이는 삼이나 비싼 속옷에 쓰이는 아마, 혹은 귀부인들이 즐기는 버찌 등이 그렇다. 하지만 대부분의 영주들과 관리인들은 원래 보수적이라 그런 것을 허락하지 않았다.

네이트의 표정은 독살스러웠다. "아들 한 놈은 도망자에 살인자고, 다른 한 놈은 영주의 규칙을 거역하는군. 대단한 가족이야."

화를 낼 만하지. 궨다는 생각했다. 샘이 그의 아들 조노를 죽이고도 처벌을 면했기 때문이다. 네이트는 분명 눈감는 날까지 그녀의 가족을 증오할 것이다.

네이트가 허리를 구부려 꼭두서니 한 줄기를 잡더니 거칠게 뽑았다. "어디 영지법정에서 보자고." 그가 흡족한 어조로 말했다. 그러고는 몸을 돌려 다리를 절며 나무 사이로 멀어져갔다.

궨다와 그녀의 가족이 그 뒤를 따랐다. 데이비는 기가 꺾이지 않았다. "네이트는 벌금을 부과할 거고 저는 벌금을 내면 돼요. 그래도 나는 돈을 벌게 될 거예요."

"만일 그가 작물을 없애라고 하면 어쩌지?" 궨다가 말했다.

"어떻게요?"

"불에 태우거나 밟아버릴 수도 있지."

울프릭이 끼어들었다. "그러지는 않을 거야. 마을에서 그런 일이 일어나도록 그냥 보고만 있지는 않을 테니까. 이런 일에는 벌금을 부과하는 게 관례거든."

"랠프 백작이 뭐라고 할지 걱정이야." 궨다가 말했다.

데이비가 그렇지 않다는 듯 한 손을 저으며 말했다. "백작이 이런 사소한 일을 일일이 캐내려고 하겠어요?"

"랠프는 우리 가족에게 특별한 관심이 있거든."

"그렇기는 해요." 데이비는 생각에 잠긴 어조로 말했다. "저는 아직도 백작이 형을 왜 사면해줬는지 이해가 가지 않아요."

데이비는 어리석은 아이가 아니었다. 궨다가 말했다. "분명 레이디 필리파가 백작을 설득했을 거야."

"그분은 어머니를 기억하고 있었어요. 내가 머던 아저씨 집에 갔을 때 어머니를 안다고 말했거든요." 샘이 말했다.

"내가 그분 마음에 들 만한 일을 한 모양이지." 궨다는 그 점을 강조했다. "아니면 그저 한 어미가 다른 어미한테 갖는 동정심 때문이거나." 설득력 있는 변명은 아니었지만 궨다로서는 그보다 나은 말을 갖다붙일 수 없었다.

샘이 풀려난 뒤 며칠 동안 그들은 몇 차례, 랠프의 사면을 어떻게 설명해야 좋을지 대화를 나눈 적이 있었다. 궨다는 그저 다른 사람들처럼 자신도 당혹스러워하는 시늉을 했다. 다행히도 울프릭은 남을 의심하는 부류가 아니었다.

그들은 집에 도착했다. 울프릭은 하늘을 보더니 아직 날이 저물려면 한 시간은 족히 남았다고 말하고는 완두콩 파종을 마무리하기 위해 텃밭으로 향했다. 샘이 아버지를 거들겠다고 나섰다. 궨다는 울프릭의 찢어진 반바지를 꿰매려고 자리에 앉았다. 데이비가 궨다 맞은편에 앉더니 말했다. "한 가지 더 말씀드릴 비밀이 있어요."

그녀는 미소지었다. 어머니에게 말하기만 한다면 아이 혼자 비밀을 갖는 것도 상관없는 일이었다. "말해보렴."

"사랑에 빠졌어요."

"그거 잘됐구나!" 궨다가 몸을 앞으로 기울여 아들의 뺨에 입을 맞춰줬다. "정말 기쁘다. 어떤 아이니?"

"예쁜 아이예요."

궨다는 꼭두서니 일을 알게 되기 전에 데이비가 다른 마을 여자아이와 만나고 있을지 모른다고 추측했었는데, 그녀의 감이 정확했다. "나도 그럴 거라고 생각했지."

"그래요?" 데이비는 불안한 듯했다.

"걱정 마라. 잘못은 아니니까. 네가 누구와 만나고 있는지가 궁금했을 뿐이야."

"우리는 제가 꼭두서니를 재배하는 그 빈터에 가는데요. 그러다가 시작됐어요."

"얼마나 됐는데?"

"일 년 넘었어요."

"그럼 꽤 깊은 사이겠구나."

"그애와 결혼하고 싶어요."

"정말 기쁜 일이네." 그녀는 애정 어린 눈으로 아들을 바라보았다. "넌 아직 스무 살밖에 되지 않았지만 좋은 여자를 만났다면 그 정도로도 충분하지."

"그렇게 생각해주시니 다행이에요."

"어느 마을에 사는 누구지?"

"바로 여기 위글리에 살아요."

"그래?" 궨다는 놀랐다. 이곳에는 마땅한 여자가 있을 것 같지 않았다. "누군데?"

"아마벨이요."

"안 돼!"

"그렇게 소리지르지 마세요."

"아넷의 딸은 안 된다!"

"그렇게 화내실 일은 아니잖아요."

"화낼 일이 아니라고?" 궨다는 진정해보려 애썼다. 그녀는 마치 따귀라도 얻어맞은 것처럼 충격에 빠졌다. 그녀는 몇 번이나 심호흡을 했다. "내 말을 들어봐. 우리는 그 집안과 이십 년도 넘게 사이가 나빴어.

아넷 그년은 네 아비의 가슴을 찢어놓았고 그런 다음에도 그냥 내버려 두려고 하질 않았다."

"죄송해요. 하지만 다 지나간 옛일이잖아요."

"그렇지 않아. 아넷은 지금도 기회만 있으면 네 아비한테 꼬리를 치니까!"

"그건 부모님의 문제지 우리 문제는 아니에요."

궨다가 벌떡 일어서는 바람에 바느질감이 무릎에서 떨어졌다. "네가 어떻게 나에게 이럴 수 있니? 그년이 우리 가족이 된다고! 내 손자가 그년의 손자가 된다고! 그년은 온종일 이 집을 들락거리며 온갖 교태로 네 아비를 바보로 만들고 나를 비웃을 거야."

"제가 아넷 아주머니와 결혼하는 게 아니잖아요."

"아마벨도 그 어미만큼이나 못된 아이일 거다. 그 아이 얼굴을 봐라. 제 어머니와 똑 닮았잖니!"

"그렇지 않아요, 사실—"

"안 돼! 절대 허락 못해!"

"이건 어머니가 허락하고 않고 할 일이 아니에요."

"아니, 그럴 수 있는 일이야. 너는 아직 어리니까."

"제가 영원히 어리지는 않을 텐데요."

그때 문가에서 울프릭의 목소리가 들렸다. "왜 소리를 지르는 거지?"

"데이비가 아넷의 딸과 결혼하고 싶다고 하잖아. 하지만 나는 허락 못해." 궨다의 목소리는 거의 비명에 가까웠다. "절대 안 돼! 절대로!"

데이비가 키우는 이상한 작물을 조사해봐야겠다고 보고했을 때 랠프 백작이 직접 가보겠다고 답하자, 네이트는 깜짝 놀랐다. 그는 정기적으로 백작의 성을 방문한 참에 그 문제를 꺼냈다. 허가받지 않은 작물을 숲에서 재배하는 것은 사소한 규칙 위반에 해당했고, 대개 벌금이 부과되는 것으로 그쳤다. 네이트는 뇌물과 구전에만 관심이 있는 천박한 인간이라, 울프릭에 대한 백작의 증오심이나 궨다에 대한 욕망, 그리고 백작이 샘의 생부일 가능성에 이르기까지 궨다 가족에 대한 그의 강박적인 감정이 어느 정도인지 전혀 감을 잡지 못했다. 그래서 그는 랠프가 다음번 그 인근에 갈 때 자신이 그 작물을 조사해보겠다고 말하자 뛸듯이 놀랐다.

랠프는 부활절과 성령강림절 사이 어느 화창한 날 앨런 펀힐과 함께 말을 타고 백작의 성에서 위글리로 향했다. 목조의 작은 영주 저택에 이르러 보니, 허리가 굽고 백발이 성성한 비라가 여전히 가정부로 일하고 있었다. 그들은 그녀에게 식사를 준비하라고 이른 뒤 네이트를 불러 앞세우고 숲으로 향했다.

랠프는 그 작물이 무엇인지 알아보았다. 그는 농부는 아니지만 덤불을 구별할 줄 알았고 전쟁에 나가 원정을 갔을 때도 잉글랜드에서 자생하지 않는 여러 작물을 관찰한 적이 있었다. 그는 말안장에서 몸을 기울여 그 작물을 한 움큼 뽑았다. "이건 꼭두서니라는 거야. 플랑드르에서 본 적 있지. 같은 이름의 적색 염료를 만들 때 쓰는 거야."

"그애는 그것이 천식에 좋은 해그워트라는 약초라던데요." 네이트가 말했다.

"이것에도 무슨 약효는 있겠지만 사람들이 이걸 재배하는 이유는 그것 때문이 아니야. 그애한테 매길 벌금이 얼마지?"

"보통 1실링 정도 매깁니다."

"그 정도로는 부족해."

네이트는 불안한 표정을 지었다. "이 관례가 깨지면 문제가 생깁니다, 나리. 저는 그보다는—"

"그런 건 아무래도 좋아." 랠프가 말했다. 그는 말에 박차를 가해 빈 터 한복판으로 몰고 들어가면서 덤불을 짓밟았다. "자네도 오게, 앨런." 앨런도 그를 따라 했다. 두 사람은 느린 구보로 원을 빽빽하게 그리면서 말을 몰아 덤불을 밟아댔다. 잠시 후 그곳에 있던 덤불은 남김없이 망가졌다.

아무리 불법으로 재배했다고 해도 작물들이 무참하게 훼손되는 광경을 지켜본 네이트는 충격을 받았다. 작물이 망가지는 꼴을 보고 좋아할 농부는 없다. 랠프는 프랑스에 있을 때 주민들의 사기를 떨어뜨리는 데 밭의 수확물을 불태우는 것만큼 좋은 방법은 없다는 것을 배웠다.

"이 정도면 되겠군." 랠프는 곧 따분해졌다. 그는 이런 작물을 재배한 데이비의 오만한 태도에 화가 났지만, 그것이 그가 위글리까지 온 주된 이유는 아니었다. 사실은 샘을 한번 더 보고 싶었다.

말을 타고 마을로 돌아오는 길에 그는 밭을 훑어보며 숱 많은 검은 머리의 키 큰 청년을 찾았다. 키가 큰 샘은 등을 구부린 채 삽질하는 왜소한 농부들 틈에서도 단연 눈에 띌 것이었다. 랠프는 멀리 브룩필드에 있는 샘을 보았다. 그는 고삐를 잡아 말을 세운 다음, 바람 부는 밭 저편으로 지금까지 있는 줄도 몰랐던 스물두 살 아들의 모습을 응시했다.

샘과 그의 아버지처럼 보이는 사내가 말이 끄는 가벼운 쟁기로 밭을 갈고 있었다. 그런데 뭔가 문제가 있는지 가끔 둘은 쟁기질을 멈추고 마구를 손보곤 했다. 두 사람이 함께 있는 모습을 보자 랠프는 두 사람의 차이점을 곧 알아볼 수 있었다. 울프릭의 머리는 황갈색이지만, 샘의 머리는 검은색이었다. 울프릭은 황소처럼 가슴팍이 다부지지만, 샘은 말처럼 날렵한 몸매에 어깨가 딱 바라진 체형이었다. 울프릭의 동작은 느리고 신중하지만, 샘은 빠르고도 경쾌했다.

낯설던 아이가 자신의 아들이라고 생각하자 랠프는 기분이 정말 묘했다. 랠프는 자신에게 나약한 감정 따위는 없다고 여겼다. 동정심이나 후회 같은 감정에 빠지기 쉬웠다면 오늘까지 이렇게 살아오지 못했을 것이다. 하지만 샘을 발견하자, 그는 유약해질 위기에 몰렸다.

랠프는 억지로 발을 돌려 마을까지 구보로 돌아왔지만, 다시금 호기심과 감상적인 기분에 떠밀려, 네이트에게 샘을 영주 저택으로 데려오라고 이르고 말았다.

그 아이를 불러다 뭘 하려는 건지는 그 자신도 알지 못했다. 대화를 하려는 것인지, 장난을 치려는 것인지, 아니면 식사에라도 초대하고 싶은 건지 알 수 없었다. 어쩌면 궨다가 그가 내키는 대로 선택하도록 놔두지 않으리라는 것을 그는 예견했는지 모른다. 그녀는 네이트와 함께 나타났고, 뒤이어 샘과 울프릭, 데이비가 들어왔다. "대체 내 아들에게 무슨 볼일이죠?" 그녀는 랠프가 자신의 영주가 아니라 동등한 사람이라도 된다는 듯이 다그쳤다.

랠프는 깊이 생각하지 않고 말했다. "샘은 밭을 경작할 농노로 태어난 아이가 아니야." 앨런 펀힐이 놀란 눈으로 그를 바라보았다.

궨다는 어리둥절한 표정을 지었다. "우리가 무엇을 하러 태어났는지는 하느님만이 아시는 일이에요." 그녀가 시간을 벌 셈으로 이렇게 말했다.

"내가 하느님에 대해 알고 싶은 게 있다면 자네가 아니라 사제한테 물어볼 걸세." 랠프가 그녀에게 말했다. "자네 아들에게는 전사의 기질이 있어. 그런 건 애써 기도하지 않아도 눈에 보이는 법이거든. 전쟁 경험이 있는 용사의 눈에는 명확히 보이지."

"이애는 전사가 아니라 농부예요. 농부의 아들이고요. 이 아이 운명은 아버지처럼 작물을 재배하고 가축을 키우는 거예요."

"그애 아버지는 상관없는 일이네." 랠프는 셔링에 있는 셰리프의 성에서 켄다가 샘을 사면하도록 설득할 때 한 말을 상기했다. "샘에게는 살인 본능이 있어. 농부한테는 위험하지만 병사한테는 더할 나위 없이 소중한 자산이지."

랠프의 목적을 간파한 켄다는 겁먹은 표정을 지었다. "지금 뭘 하려는 거죠?"

랠프는 이 논리의 귀착점이 어디인지 깨달았다. "위험하기보다는 쓸모 있게 만들자는 거지. 그 아이한테 전투 기술을 익히게 하잔 말일세."

"말도 안 돼요, 그러기에는 나이가 많아요."

"저애 나이가 스물둘이던가. 좀 늦긴 했지만 체격이 좋고 힘이 세니까 할 수 있어."

"글쎄요, 모르겠는데요."

켄다는 나이 같은 실제적인 문제에 반대할 이유가 있다는 듯이 말하고 있었지만, 그는 그것이 다 구실일 뿐이며 사실은 그녀가 그 계획 자체를 반대하고 있다는 것을 알았다. 그러자 그는 한층 더 마음을 굳혔다. 그가 의기양양한 미소를 지으며 말했다. "충분히 가능하네. 저애는 기사종자가 될 수 있어. 백작의 성에 가서 살게 할 거야."

켄다는 뭐에 찔린 것 같은 표정을 지었다. 그녀는 한순간 눈을 감았고 올리브색 얼굴은 창백해졌다. 입술은 "안 돼요" 하고 말하는데 그 말이 입 밖으로 나오지 않았다.

"저애는 이십이 년 동안 자네와 함께 지냈지." 랠프가 말했다. "그 정도면 충분해." 그러니까 이젠 내 차례야, 라고 그는 생각했지만 그 말 대신 이렇게 말했다. "이제 다 큰 성인이야."

켄다가 잠시 침묵한 틈을 타 울프릭이 입을 열었다. "우리는 허락할 수 없습니다. 이 아이의 부모로서 동의하지 않습니다."

"나는 동의를 구한 게 아니야." 랠프가 경멸조로 말했다. "나는 당신들의 백작이고 당신들은 나의 농노야. 나는 지금 요청하는 게 아니라 명령하는 걸세."

그때 네이트가 끼어들었다. "게다가 샘은 스물한 살이 넘었으니 부모가 아니라 본인이 결정할 수 있죠."

그 말에 모두 일제히 샘을 바라보았다.

랠프는 그다음에 어떤 일이 벌어질지 알 수 없었다. 기사종자가 되는 것은 계급과 상관없이 대부분의 젊은이들이 꿈꾸는 일이지만 샘도 그런지는 알 수 없었다. 성에서 사는 일은 밭에서 허리가 휘도록 일하는 것에 비하면 화려하고 자극적이지만, 병사는 일찍 죽는 경우도 있고 더 나쁘게는 불구가 되어 돌아와 여생을 주점 밖에서 구걸이나 하며 비참하게 살기도 한다.

그러나 샘의 얼굴을 본 순간 랠프는 확신했다. 샘은 활짝 웃고 있었고, 그의 눈은 열의로 불타올랐다. 그는 한시바삐 가고 싶어 몸이 달아 있었다.

궨다는 자기도 모르게 말했다. "그러지 마라, 샘. 유혹에 넘어가면 안 돼. 네 어미에게 화살에 맞아 장님이 되거나 프랑스 기사의 칼에 몸이 절단되거나 군마의 발굽에 밟혀 불구가 된 꼴을 보게 할 셈이냐!"

"가지 마라, 애야. 위글리에 남아서 함께 오래오래 살자." 울프릭이 말했다.

샘은 동요하는 듯했다.

"자, 친구. 너는 네 어머니의 말도 들었고 너를 키워준 농부 아버지의 말도 들었다. 하지만 결정은 네가 내리는 거야. 어떻게 하겠나? 여기 위글리에서 동생과 함께 밭을 경작하며 평생을 근근이 살아갈 텐가, 아니면 여기서 탈출하겠나?" 랠프가 말했다.

샘은 잠시 멈칫했다. 그는 울프릭과 궨다 쪽을 죄스러운 듯이 바라본 뒤 랠프에게로 고개를 돌리고 말했다. "하겠습니다. 기사종자가 되겠습니다. 고맙습니다, 영주님!"

"잘 생각했다." 랠프가 말했다.

궨다는 울기 시작했다. 울프릭이 한 팔로 그녀의 어깨를 감싸안았다. 그는 랠프에게 말했다. "이 아이는 언제 가게 되는 겁니까?"

"오늘 떠날 걸세. 식사를 한 후 나와 앨런과 함께 말을 타고 백작의 성으로 갈 것이다."

"그렇게 일찍 보낼 순 없어요!" 궨다가 외쳤다.

그녀의 말에 귀기울이는 사람은 없었다.

랠프가 샘에게 말했다. "집에 가서 뭐든 가져가고 싶은 것을 챙겨라. 네 어머니와 식사를 하고. 그런 다음 이곳에 와서 마구간에서 나를 기다려라. 그사이에 네이트가 네가 백작의 성까지 타고 갈 말을 구해놓을 거다." 샘과 그의 가족과 볼일을 마친 랠프는 고개를 돌렸다. "자, 식사를 해볼까."

울프릭과 궨다는 샘과 함께 그곳을 나왔지만 데이비는 미적거리며 남았다. 저애가 벌써 자기 작물이 망가졌다는 것을 안 걸까? 아니면 다른 일이 있는 걸까? "너는 무슨 볼일이냐?" 랠프가 물었다.

"나리, 한 가지 청이 있습니다."

일이 너무 잘 풀려 믿기지 않을 정도였다. 허락 없이 그의 숲에 꼭두서니를 심었던 무례한 어린 농부가 이제 간청을 하고 있었다. 정말이지 만족스러운 날이었다. "너는 기사종자가 될 수 없어. 네 체격은 어머니를 닮았거든." 랠프가 말하자 앨런이 웃음을 터뜨렸다.

"저는 아넷의 딸 아마벨과 결혼하고 싶습니다." 청년이 말했다.

"그러면 자네 어머니가 좋아하지 않을 텐데."

"저는 성년까지 일 년도 채 남지 않았습니다."

랠프도 아넷을 잘 알고 있었다. 그녀 때문에 하마터면 교수형까지 당할 뻔했다. 그가 살아온 삶은 궨다만큼이나 아넷과도 얽혀 있었다. 그는 그녀의 가족이 모두 전염병으로 죽었다는 것을 알고 있었다. "아넷에게는 아직 그 아버지가 갖고 있던 땅이 좀 있을 텐데."

"네, 나리. 아넷 아주머니는 그분 딸과 결혼하면 저에게 그 땅을 기꺼이 양도해주실 겁니다."

모든 영주가 등기료라고 부르는 세금을 매기기는 해도 이런 양도 청원은 받아들여지는 것이 보통이었다. 그러나 영주가 청원에 꼭 동의할 의무는 없었다. 이런 청원을 제멋대로 거부해서 농노의 삶을 망쳐놓는 영주의 권리는 농부들이 품는 가장 큰 불만거리 가운데 하나였다. 그러나 그것은 지배자에게 아주 효율적인 징계 수단을 마련해주기도 했다.

"안 돼." 랠프가 말했다. "나는 너에게 그 땅을 양도하게 허락하지 않겠다." 그러고는 씩 웃었다. "너와 네 신부는 꼭두서니로 먹고살 수 있을 텐데."

87

캐리스는 필리먼이 주교가 되지 못하게 막아야 했다. 그것은 필리먼이 지금까지 벌인 것 가운데 가장 대담한 수였지만, 사전에 신중하게 준비해서 기회를 잡은 것이었다. 성공을 거둔다면 그는 다시 병원을 장악하고 그녀가 평생 일궈온 사업을 파괴할 권한을 쥐게 될 것이다. 그보다 더 심한 짓도 저지를 수 있다. 그는 자신의 지위를 이용해 마구잡이식 케케묵은 관행을 부활시킬 것이다. 그 자신만큼이나 몰인정한 사제들을 마을마다 임명하고, 수녀원학교를 폐쇄하고, 무도회에 반대하는 설교를 할 것이다.

그녀에게 주교 선출 거부권이 있는 건 아니지만, 압력을 가할 방법은 몇 가지 있었다.

그녀는 먼저 앙리 주교부터 시작했다.

그녀와 머딘은 주교를 만나러 셔링의 관저로 향했다. 가는 도중 머딘은 검은 머리의 여자아이만 보이면 유심히 살폈고, 아무도 보이지 않을 때도 길가의 숲을 샅샅이 훑어보았다. 그는 롤라를 찾고 있었지만 셔링에 도착할 때까지 아이는 흔적도 보이지 않았다.

주교 관저는 큰 광장에 면해 있고, 맞은편에는 성당이, 그 옆에는 양모 거래소가 있었다. 장날이 아니어서 이곳 주민들이 법을 어긴 악한들을 어떻게 처벌하는지를 보여주는 엄중한 경고의 표시로서 영구적으로 설치된 교수대를 제외하면 광장에는 아무것도 없었다.

관저는 일층에 홀과 성당이 있고 위층에 몇 개의 사무실과 개인실이 있는 소박한 석조건물이었다. 앙리 주교는 관저를 프랑스풍으로 꾸며놓은 듯했다. 방 하나하나가 한 폭의 그림 같았다. 사방에 널린 양탄자와 장신구 때문에 흡사 도둑의 소굴처럼 보이는 킹스브리지의 필리먼의 사택과 달리, 이곳은 치장하는 데 돈을 많이 들이지 않은 것 같았다. 그럼에도 앙리의 관저에 있는 모든 물건 하나하나가 마치 일부러 기교를 부린 듯 경쾌한 느낌을 줬다. 창문으로 비쳐드는 햇빛에 반짝이는 은촛대, 오래된 떡갈나무 탁자의 은은한 광택, 불을 피우지 않은 벽난로 안에 넣어놓은 봄꽃 핀 가지들, 다윗과 요나단의 일화가 수놓인 벽에 걸린 작은 태피스트리.

대기실에서 주교를 기다리는 동안 캐리스는 앙리 주교가 자신의 적은 아니지만 그렇다고 동맹자도 아니라는 사실을 불안한 마음으로 되새겼다. 그는 분명 킹스브리지에서 벌어지는 분쟁에는 관여하지 않겠다고 말할 것이다. 그녀는 좀더 냉소적인 심정으로, 어떤 결정을 내리든 그는 여전히 흔들림 없이 자신의 개인적 이득에만 초점을 맞출 거라 생각했다. 그는 필리먼을 좋아하지 않지만 그렇다고 그것 때문에 판단에 영향을 받지는 않을 것이었다.

앙리는 언제나처럼 참사회원인 클로드를 거느리고 나타났다. 두 사람은 나이를 먹지 않는 것 같았다. 앙리는 캐리스보다 조금 연상이고 클로드는 아마 열 살쯤 연하일 테지만, 두 사람 모두 소년처럼 보였다.

캐리스는 그동안 성직자들이 귀족들에 비해 쉬이 늙지 않는다는 것을 눈여겨보았었다. 평판 나쁜 몇몇 예외가 있기는 해도, 아마도 대부분의 성직자들이 절제된 삶을 영위하기 때문인지도 모른다. 성직자들은 금식 제도 때문에 매주 금요일과 성인 축일을 비롯해 사순절 내내 생선과 채소 외에는 먹을 수 없고, 원칙적으로는 취할 만큼 술을 마셔서도 안 됐다. 이와 대조적으로 귀족과 그 아내들은 육식과 폭음의 향연에 빠져들었다. 그래서인지 귀족들은 얼굴에 깊은 주름이 잡히고 피부가 윤기 없이 거칠어지고 허리가 굽기 일쑤이지만, 성직자들은 만년에도 건강하고 활기차게 고요하면서도 금욕적인 삶을 영위했다.

머딘은 앙리가 몬머스의 대주교에 지명된 일을 축하한 뒤 곧장 본론으로 들어갔다. "필리먼 수도원장이 탑 공사를 중단시켰습니다."

앙리가 부자연스러울 정도로 감정이 실리지 않은 어조로 말했다. "그럴 만한 이유가 있었나요?"

"그럴 만한 구실도 있고 이유도 있죠. 설계상에 오류가 있다는 게 구실입니다."

"그 오류라는 게 뭡니까?"

"거푸집을 쓰지 않고 팔각 첨탑을 세울 수 없다는 겁니다. 일반적으로는 그 말이 맞지만, 저는 방도를 찾아냈습니다."

"그 방도라는 것이……?"

"아주 간단한 겁니다. 거푸집이 필요 없는 원형 첨탑을 먼저 세운 다음 그 바깥쪽에 얇은 석재와 회반죽으로 팔각 형태의 외피를 입힐 겁니다. 시각적으로는 팔각 첨탑이 되겠지만 구조적으로는 원뿔 모양의 탑이 되는 셈이죠."

"필리먼에게도 그렇게 말했소?"

"아닙니다. 그렇게 말하면 그는 다른 구실을 찾아낼 테니까요."

"필리먼이 그러는 진짜 이유가 뭔가요?"

"그는 그것 대신 성모 성당을 짓고 싶어합니다."

"그렇군요."

"고위 성직자에게 잘 보이려고 그러는 것입니다. 그는 레지널드 부주교가 미사에 참석했을 때 해부에 반대하는 설교를 했습니다. 국왕의 고문들에게, 자신은 성직자 과세 문제에 반대하는 유세를 벌이지 않겠다는 말까지 했죠."

"그가 뭐 때문에 그러는 건가요?"

"그는 셔링의 주교가 되고 싶어합니다."

앙리는 눈썹을 치켜세웠다. "장담하지만 필리먼은 늘 그랬지."

클로드가 처음으로 입을 열었다. "그걸 어떻게 아십니까?"

"그레고리 롱펠로가 말해줬네."

클로드가 앙리에게 말했다. "그레고리라면 능히 알고도 남죠."

캐리스는 앙리와 클로드가 필리먼에게 그토록 큰 야심이 있으리라고는 예상하지 못했으리라 확신했다. 두 사람이 알아낸 사실의 중요한 의미를 그냥 지나쳐버리지 않게 하기 위해 캐리스가 말했다. "필리먼의 야심대로 이루어진다면 예하는 몬머스의 대주교로서 필리먼 주교와 킹스브리지 시민 사이에 벌어지는 분쟁을 조정하느라 끊임없이 시달리시게 될 겁니다. 과거에도 얼마나 많은 알력이 있었는지는 잘 알고 계시잖습니까."

"물론 알고 있죠." 클로드가 말했다.

"우리의 생각이 같다니 다행입니다." 머딘이 말했다.

클로드는 머릿속의 생각이 불쑥 나온 것처럼 말했다. "그렇다면 대안이 될 후보를 내세워야 할 텐데."

바로 그것이 캐리스가 듣고 싶었던 말이었다. "우리가 염두에 두고 있는 분이 계십니다." 그녀가 말했다.

"그게 누굽니까?" 클로드가 말했다.

"바로 당신입니다."

일순간 침묵이 흘렀다. 캐리스는 클로드가 그 생각을 마음에 들어한 다고 단언할 수 있었다. 그녀는 클로드가 속으로는 앙리의 승진을 시기하고 언제까지나 그의 조수 노릇만 하는 것이 자기 운명인지 의아해하고 있을 거라 추측했다. 주교 자리라면 그런 시기심도 쉽게 떨칠 수 있을 것이다. 그는 이 주교 관구가 번성하고 있다는 것을 알고 있었고, 이미 실제적인 행정을 도맡아 처리하고 있었다.

그러나 두 사람 모두 자신들의 사적인 삶에 대해 생각하고 있는 것이 분명했다. 그녀는 두 사람이 거의 부부처럼 지내는 사이라고 확신했다. 두 사람이 키스하는 장면을 목격한 적도 있었다. 그녀는 직관적으로, 그들에게 처음 로맨스가 싹튼 지도 이미 수십 년이 지났으니 그들도 일시적인 이별은 감당할 수 있을 거라 느꼈다.

"두 분은 여전히 많은 일을 함께하시게 될 거예요." 그녀가 말했다.

"대주교는 킹스브리지와 셔링을 방문해야 할 일이 많으실 겁니다." 클로드가 말했다.

"그리고 킹스브리지 주교도 몬머스를 방문할 일이 많을 테고." 앙리가 말했다.

"그렇게 된다면 저로서는 영광이죠." 클로드가 말하고, 눈을 반짝이며 덧붙였다. "특히 대주교 예하 아래라면 더욱 그렇고요."

앙리는 그 말의 이중적인 의미를 알아듣지 못하는 것처럼 시선을 외면했다. "내가 보기에는 훌륭한 생각인 듯하오."

"킹스브리지 길드는 클로드 부주교님을 지지할 겁니다. 제가 보증할 수 있습니다. 그래도 앙리 대주교님이 국왕 폐하께 넌지시 언질을 비쳐

주셔야 할 겁니다." 머딘이 말했다.

"그야 물론이오."

"제가 한 가지 제안을 해도 괜찮을까요?" 캐리스가 말했다.

"해보시오."

"필리먼에게 다른 자리를 마련해주시는 겁니다. 잘은 모르지만 이를테면 링컨의 부주교 같은 자리를 제안하면 어떨까 합니다. 그의 마음에 들면서도 여기서 멀리 떨어진 곳으로 가도록 말이에요."

"괜찮은 생각 같군요." 앙리가 말했다. "만약 그가 두 자리를 노리게 되면 양쪽 다 열중하기 어려워질 거요. 내가 사태의 추이를 지켜보겠소."

클로드가 자리에서 일어섰다. "이것참 흥분되는 일이군요. 함께 식사하겠습니까?"

그때 하인이 들어와 캐리스에게 말했다. "마님을 찾아온 사람이 있습니다. 어린아이인데, 곤경에 처한 것 같습니다."

"들어오게 하시오." 앙리가 말했다.

열세 살쯤 된 소년이 들어왔다. 소년은 더러웠지만 입은 옷이 싸구려는 아니었다. 캐리스는 아이의 집안이 유복하다가 갑자기 위기를 맞은 모양이라고 짐작했다. "우리집에 좀 와주시겠어요, 캐리스 원장님?"

"나는 이제 수녀가 아니란다. 애야. 그런데 무슨 일 때문에 그러니?"

소년이 다급한 어조로 말했다. "부모님이 병에 걸리고 형도 병에 걸렸어요. 그런데 원장님이 주교님 관저에 오셨다는 말을 듣고 어머니가 원장님을 가서 모셔오라고 했어요. 어머니는 원장님이 가난한 사람들을 도와주신다는 말을 들었지만 치료비는 내실 수 있다고 했어요. 그러니 제발 좀 우리집에 와주세요."

이런 요청은 새삼스럽지 않았다. 게다가 캐리스는 어디를 가든 의료품이 든 가죽가방을 가지고 다녔다. "물론 가고말고. 네 이름이 뭐니?"

"자일스 스파이서스예요, 원장님. 제가 기다렸다가 모시고 갈게요."

"알았다." 캐리스는 소년에게 대답하고는 주교에게 말했다. "어서 식사들 하세요. 되도록 빨리 다녀오겠습니다." 그녀는 가방을 들고 소년을 따라나섰다.

킹스브리지가 수도원을 중심으로 자리잡게 된 것처럼 셔링 역시 언덕 위에 있는 셰리프의 성을 중심으로 자리잡고 있었다. 시장 광장 부근에는 유력한 시민과 양모 상인들, 셰리프의 부관들, 검시관 같은 왕실 관리들의 웅장한 가옥들이 있었다. 조금 더 떨어진 곳에는 그만그만하게 살아가는 상인들과 장인들, 금세공인, 재단사, 약종상 등의 집이 있었다. 자일스의 아버지는 그의 이름에서 알 수 있듯이 향신료 판매상이었다. 자일스는 캐리스를 바로 이 동네에 있는 거리로 데려갔다. 이 계급에 속하는 이들의 집들이 대부분 그렇듯 소년의 집도 돌로 지은 일층은 창고와 점포로 쓰였고, 그 위층에 부실한 목재로 지은 살림채가 있었다. 점포의 문은 닫힌 채 잠겨 있었다. 자일스는 캐리스를 바깥의 계단으로 데려갔다.

집안에 들어서자마자 환자가 있는 곳에서 나는 익숙한 냄새가 풍겼다. 다음 순간 그녀는 잠시 멈칫했다. 그 냄새에는 그녀의 기억에 경종을 울리는 특별한 구석이 있었다. 무슨 이유인지는 몰라도 그녀는 그것 때문에 두려움에 사로잡혔다.

그것이 뭔지 더 깊이 생각하지 않고 캐리스는 거실을 지나 침실로 들어갔다. 그곳에 무서운 해답이 있었다.

세 사람이 방안 여기저기에 놓인 매트에 누워 있었다. 그녀 또래로 보이는 부인과 약간 더 나이든 남자, 그리고 사춘기의 소년이었다. 남자의 병세가 가장 위중해 보였다. 고열로 신음하는 그는 온통 땀범벅이었다. 목덜미를 열어젖힌 셔츠 사이로 가슴과 목에 난 흑자주색 발진이 보였다. 입과 코에 피가 묻어 있었다.

전염병이었다.

"전염병이 다시 돌아왔구나. 하느님, 도와주소서." 캐리스가 말했다.

한순간 공포심에 몸이 굳어버렸다. 그녀는 꼼짝 않고 서서 그 광경을 보며 무력감을 느꼈다. 그녀는 전염병이 언제든 다시 시작될 수 있다는 것을 알고 있었고, 또 그것이 반쯤은 그녀가 책을 쓴 이유이기도 했지만, 또다시 그때와 같은 발진과 고열, 코피를 보면서 받을 충격에는 대비가 되어 있지 않았다.

여자는 한쪽 팔꿈치를 괴고 상체를 일으켰다. 아직 위중한 정도까지는 아니었다. 발진과 열은 있었지만 출혈은 없는 듯했다. "제발 마실 것 좀 주세요." 여자가 말했다.

자일스가 와인 단지를 집어들었을 때에야 비로소 캐리스는 정신이 들고 굳었던 몸도 움직이기 시작했다. "어머니에게 와인은 안 돼. 갈증만 더 심해질 테니까. 저쪽 방에 에일 통이 있던데, 그걸 가져다드리렴."

여자의 시선이 캐리스를 향했다. "수녀원장님이시죠?" 그녀가 말했다. 캐리스는 굳이 그 말을 정정하지 않았다. "사람들 말이 원장님은 성인이시라던데. 우리 가족을 치료해주실 수 있죠?"

"노력해보겠지만, 나는 성인이 아니라 그저 병든 사람들과 병들지 않은 사람들을 지켜본 한 사람에 불과해요." 캐리스는 가방에서 아모포를 꺼내 입과 코를 막았다. 그녀는 지난 십 년간 전염병 환자를 보지 못했지만 병이 옮을 수 있는 환자를 대할 때마다 예방책을 쓰는 것이 습관이 됐다. 그녀는 깨끗한 천을 장미수에 적셔 여자의 얼굴을 닦았다. 늘 그렇듯 그런 조치는 환자를 진정시켜줬다.

자일스가 에일을 잔에 담아 가져오자 여자는 그것을 마셨다. 캐리스가 아이에게 말했다. "가족들이 원하는 대로 마실 것을 줘도 좋지만, 에

일이 아니면 물에 탄 와인만 줘야 한다."

그리고 이번에는 소년의 아버지를 살펴보았다. 그는 남은 시간이 얼마 없어 보였다. 횡설수설하고 눈의 초점도 흐렸다. 그녀는 그의 코와 입에 말라붙은 피를 닦아냈다. 마지막으로는 소년의 형을 살펴보았다. 이제 갓 병에 걸린 소년은 계속 재채기를 하고 있었는데, 이 병이 얼마나 지독한 것인지 알 만한 나이라 잔뜩 겁먹은 얼굴이었다.

진찰을 마친 그녀는 자일스에게 말했다. "되도록 가족들을 편하게 해주고 마실 것을 줘라. 그것 말고 달리 네가 할 수 있는 일은 없구나. 친척이 있니? 삼촌이나 사촌은?"

"모두 웨일스에 있어요."

그녀는 앙리 주교에게 어쩌면 고아를 돌봐야 할 일이 생길지도 모른다는 말해두기로 마음먹었다.

"어머니가 원장님에게 진찰비를 드리라고 했어요." 소년이 말했다.

"나는 별로 한 일이 없어. 그러니 6펜스면 된다."

아이 어머니의 침상 곁에 가죽지갑이 놓여 있었다. 소년이 거기서 은화 6페니를 꺼냈다.

여자가 다시 몸을 일으켰다. 그러고는 아까보다 더 차분해진 어조로 물었다. "우리가 무슨 병에 걸린 거죠?"

"유감스럽게도 전염병이에요." 캐리스가 대답했다.

여자는 체념한 듯 고개를 끄덕였다. "제가 두려워하던 그거였군요."

"지난번 전염병이 돌았을 때 있던 증상들인데 몰랐나요?"

"우리는 웨일스의 작은 마을에 살았거든요. 그곳에서 도망쳐나왔죠. 우리 모두 죽게 될까요?"

캐리스는 이런 중대한 질문에 대해 사람들을 기만하는 것을 좋게 여기지 않았다. "살아남는 사람도 일부 있지만 별로 가능성이 없습니다."

"하느님이 자비를 베푸시길."

"아멘." 캐리스가 말했다.

〰

킹스브리지로 돌아오는 내내 캐리스는 전염병에 대해 곰곰이 생각했다. 전염병은 당연히 지난번만큼 빠르게 퍼질 것이다. 수천 명이 죽을 것이다. 그 생각을 하자 분노가 치밀었다. 그것은 무분별한 학살이 일어나는 전쟁이나 다를 바 없었다. 전쟁은 인간이 저지르는 것이고 전염병은 그렇지 않다는 것만 다를 뿐이다. 어떻게 해야 할까? 두 손 놓고 앉아서 십삼 년 전의 그 무자비한 일이 되풀이되는 것을 지켜보고만 있을 수는 없었다.

전염병을 치료할 방법은 없지만 그 살인적인 진행을 늦출 몇 가지 방법은 알아냈었다. 숲 사이 잘 다져진 길을 따라 말을 타고 나아가는 동안 캐리스는 이 병에 대해 자신이 알고 있는 지식을 떠올렸고, 병과 싸울 방도에 대해 궁리했다. 그녀의 기분을 알아챈 머딘은 잠자코 있었지만, 그는 그녀가 무슨 생각을 하고 있는지 정확히 짐작하고 있었다.

집에 온 그녀는 그에게 자신이 하려던 일에 대해 설명했다. "반대가 있을 거야." 그가 경고했다. "당신이 세운 계획은 과감한 거야. 지난번에 가족과 친구를 잃지 않은 사람들은 이번에도 자신들은 해를 입지 않을 거라고 믿고 당신이 과잉반응 한다고 할걸."

"그 문제에서 당신이 나를 도와주면 돼."

"그렇다면 반대할 만한 사람들을 분류해서 그들에게는 별도로 대처하는 것이 좋을 것 같군."

"좋아."

"설득해야 할 대상은 세 집단이야. 길드, 수사 집단, 수녀 집단. 길드부터 시작해보자. 내가 회의를 소집할게. 필리먼은 부르지 않을 생각이야."

요즘 길드 집회는 큰길에 새로 지은 큰 석조건물인 피륙 거래소에서 열렸다. 그 건물 덕분에 궂은 날씨에도 거래가 가능해졌다. 킹스브리지 진홍색 옷감 수익금에서 건물 공사비가 나왔다.

하지만 집회가 소집되기 전 캐리스와 머딘은 사전 지지를 얻기 위해 주요 조합원들을 개별적으로 접촉했다. 그것은 머딘이 오래전에 시작한 방식이었다. 그의 표어는 이런 것이었다. "결과가 기정사실로 굳어지기 전까지는 집회를 소집하지 말 것."

캐리스는 매지 웨버를 만나러 갔다.

그사이 매지는 재혼을 했다. 그녀가 첫 남편만큼 잘생기고 그녀보다 열다섯 살 연하인 시골 남자를 매혹한 사실에 모두가 재미있어했다. 그의 이름은 앤설름이었는데, 뚱뚱한 그는 언제나 특이한 모자를 쓰고 다니고, 머리가 온통 센 매지를 마치 숭배하는 것 같았다. 더 놀라운 사실은 사십대인 그녀가 또다시 임신을 해 셀마라는 건강한 딸을 낳았다는 것이다. 이제 여덟 살이 된 셀마는 수녀원학교에 다녔다. 매지는 아이를 낳은 뒤로도 사업을 그만두지 않았다. 이제는 앤설름을 보좌로 삼아 계속해서 킹스브리지 진홍색 옷감으로 시장을 장악했다.

매지는 여전히 그녀와 마크가 직물과 염색으로 처음 수익을 내기 시작했을 때 옮겨온 큰길가의 큰 집에서 살고 있었다. 캐리스가 갔을 때 매지와 앤설름은 탁송된 빨간 옷감을 한창 인수받고 있는 중이었다. 그들은 일층의 혼잡한 창고에 옷감 놓을 자리를 마련하느라 분주했다. "양모 정기시장에 대비해서 재고를 비축하는 중이야." 매지가 설명했다.

캐리스는 매지가 납품 수량을 확인하는 동안 기다렸다. 그런 다음 두 사람은 점포를 앤설름에게 맡기고 위층으로 올라갔다. 거실에 간 캐리스는 십삼 년 전 마크를 진찰하러 이곳에 왔던 그날이 생생하게 기억났다. 마크는 킹스브리지에서 전염병으로 희생된 첫 환자였다. 그녀는 갑자기 침울해졌다.

매지가 그녀의 표정을 눈치챘다. "왜 그래?"

남자와 달리 여자 앞에서는 무엇이든 숨기기가 어려웠다. "십삼 년 전 마크가 병에 걸렸을 때 이 방에 들어왔었죠." 캐리스가 말했다.

매지는 고개를 끄덕였다. "그날 내 인생 최악의 시기가 시작됐지." 그녀가 특유의 사무적인 어조로 말했다. "그때까지만 해도 나에게는 멋진 남편과 건강한 네 아이가 있었어. 그 석 달 뒤에는 자식 하나 없이 살아갈 이유도 없는 과부 신세가 됐고."

"슬픈 시기였어요." 캐리스가 말했다.

잔과 단지가 들어 있는 찬장으로 간 매지는 마실 것을 따르지 않고 벽을 응시하며 서 있었다. "좀 이상한 이야기 하나 해줄까? 가족들이 죽고 나서 나는 주기도문에 아멘이라고 말할 수가 없었어." 그녀는 침을 삼키더니 한층 더 나지막한 목소리로 말했다. "나는 그 라틴어가 무슨 뜻인지 알아. 아버지가 가르쳐주셨지. 피아트 볼룬타스 투아. 당신 뜻대로 이루어지소서, 라는 의미잖아. 나는 도저히 그 말을 할 수가 없었어. 하느님은 나에게서 가족을 앗아갔어. 그건 넘치고도 남을 만큼의 고통이었지. 이제는 절대로 그냥 받아들이지 않을 거야." 그때 일을 떠올리던 그녀의 눈에 눈물이 고였다. "나는 하느님의 뜻이 이기기를 원치 않았어. 내 자식들을 돌려받고 싶었다고. 뜻대로 이루어지소서라니. 나는 내가 지옥에 떨어질 거라는 걸 알아. 그래도 아멘이라는 말은 할 수가 없어."

"전염병이 다시 돌아왔어요." 캐리스가 말했다.

그 말에 매지는 비틀거리다 찬장을 잡고 몸을 가눴다. 강인해 보이기만 하던 그녀가 갑자기 나약해지고 자신감이 빠져나간 듯했고, 얼굴은 갑자기 늙어버린 것 같았다. "안 돼." 그녀가 말했다.

캐리스는 긴 의자를 앞으로 당겨 매지의 팔을 잡아 앉혔다. "놀라게 해서 미안해요." 그녀가 말했다.

"그건 안 돼." 매지가 되풀이했다. "돌아와선 안 돼. 앤설름과 셀마를 잃을 수는 없어. 그건 참을 수 없는 일이야." 매지의 얼굴은 무척 창백해지며 일그러졌고, 캐리스는 그녀가 혹시 발작을 일으킬까봐 겁이 났다.

캐리스는 단지에 든 와인을 잔에 따랐다. 그녀가 건네주자 매지는 기계적으로 그것을 받아마셨다. 혈색이 조금 돌아왔다.

"우리는 이제 이 병에 대해 좀더 알게 됐어요. 어쩌면 싸워볼 수 있을지도 몰라요."

"싸운다고? 어떻게?"

"그 말을 하러 여기 온 거예요. 이제 기분이 좀 나아졌어요?"

이윽고 매지는 캐리스의 눈을 바라보았다. "이 병과 싸운다고? 물론 그래야지. 어떻게 해야 할지 말만 해줘."

"도시를 폐쇄해야 해요. 성문을 닫고 성벽에는 경비를 세우고 아무도 들어오지 못하게 해야 해요."

"하지만 도시에 사는 사람들도 먹고는 살아야 하잖아."

"외지인들이 나환자 섬으로 식량을 가져오면 돼요. 머딘이 중간상인 역할을 하고 그들에게 값을 치르는 거죠. 그는 이탈리아에서 전염병에 걸렸다가 살아났고, 이 병에 걸렸던 사람은 다시 걸리지 않아요. 상인들도 다리에 상품을 가져다놓으면 돼요. 그들이 떠난 뒤 시민들이 식량을 가져오는 거예요."

"도시를 떠날 수 있을까?"

"가능해요. 하지만 돌아오지는 못해요."

"양모 정기시장은?"

"그게 가장 어려운 문제가 될 거예요. 정기시장은 취소해야 해요."

"그럼 킹스브리지 상인들이 수백 파운드를 손해를 보게 될 텐데!"

"죽는 것보다는 낫죠."

"당신 말대로 하면 전염병을 피할 수 있을까? 내 가족도 살아남을 수 있을까?"

캐리스는 상대방을 안심시키기 위해 거짓말을 하고 싶은 유혹과 싸우며 주저했다. "장담할 수는 없어요. 어쩌면 전염병이 벌써 이곳에 들어왔을 수도 있어요. 지금 이 순간 강가의 어느 오두막집에서 아무 도움도 받지 못한 채 홀로 죽어가는 사람이 있을 수도 있어요. 따라서 완전히 피하지 못할지도 몰라요. 하지만 내 계획대로 하는 것이 앤셀름과 셀마와 함께 이번 성탄절을 보낼 확률을 가장 높이는 길이에요."

"그러면 그렇게 해야지." 매지가 결연한 어조로 말했다.

"당신의 지지가 중요해요. 솔직히 말해서 정기시장을 취소하면 누구보다도 당신이 가장 많은 손해를 보게 될 테니까요. 그러니까 사람들은 당신의 의견을 더 신뢰하게 될 거예요. 당신이 이 일이 얼마나 심각한지 말해줬으면 해요."

"걱정 마." 매지가 말했다. "내가 말할게."

"아주 좋은 생각이오." 필리먼 수도원장이 말했다.

머딘은 놀랐다. 필리먼이 길드의 제안에 흔쾌히 동의했던 일이 언제 있었는지 기억에도 없었다. "그러면 수도원장님도 그 안을 지지하시는 겁니까?" 그는 자신이 제대로 들었는지 확인할 겸 말했다.

"그렇소." 수도원장이 말했다. 그는 사발에 든 건포도를 입에 넣고 씹는 대로 바로 한줌씩 집어먹고 있었다. 그는 머딘에게 먹어보라고 권하지 않았다. "물론 수사들에게는 적용되지 않겠지만 말이오."

머딘은 한숨을 쉬었다. 이럴 줄 알았어야 했다. "아뇨, 모두에게 적용되는 겁니다."

"그건 안 될 말이오." 필리먼은 아이에게 훈계하는 어조로 말했다. "길드에는 수사의 행동을 제한할 권리가 없소."

필리먼의 발치에 고양이가 있었다. 비열한 인상에 주인을 닮아 몸집이 비대했다. 고드윈이 기르던 대주교 고양이와 닮았는데, 물론 대주교 고양이는 오래전에 죽었을 것이다. 어쩌면 녀석의 후손일지도 모른다고 머딘은 생각했다. 머딘이 말했다. "길드에는 성문을 폐쇄할 권한이 있습니다."

"하지만 우리는 마음대로 돌아다닐 권리가 있소. 우리는 길드의 권위에 종속되지 않습니다. 그건 말도 안 되는 얘기요."

"그렇더라도 이 도시를 관리하는 건 길드입니다. 우리는 전염병이 창궐하는 동안 아무도 이곳에 들어올 수 없도록 결정을 내렸습니다."

"당신이 수도원 규칙을 정할 수는 없는 일이오."

"하지만 이 도시를 위해서는 그렇게 할 수 있습니다. 그리고 수도원은 공교롭게도 이 도시 안에 있는 것이고요."

"지금 나한테, 내가 오늘 킹스브리지를 떠나면 내일 들어오지 못한다고 말하는 겁니까?"

머딘은 정말 그럴 수 있을지는 자신이 없었다. 킹스브리지의 수도원장이 성문 밖에서 입성하겠다고 요구한다면 아마도 아주 당혹스러울 것이다. 머딘은 통제를 받아들이도록 필리먼을 설득하고 싶었다. 길드의 결의를 그처럼 극적인 시험무대로 삼고 싶지 않았다. 하지만 애써 자신만만한 어조로 대꾸했다. "물론입니다."

"그렇다면 주교님에게 탄원하겠소."

"주교님에게 킹스브리지로 들어오실 수 없다는 말씀도 전해주시죠."

캐리스는 지난 십 년 사이 수녀원의 인원에 거의 변화가 없다는 사실을 알게 되었다. 물론 수녀원은 그런 곳이었다. 한번 들어가면 영원히 머물게 되는 곳. 조앤 자매가 여전히 수녀원장이었고, 우나 자매가 사임 형제의 감독을 받으며 구호소를 운영하고 있었다. 이제 치료를 받으러 이곳에 오는 사람은 거의 없었다. 사람들은 대부분 섬에 있는 캐리스의 병원을 선호했다. 사임에게 가는 병자들은 대부분 신앙이 독실한 사람들로, 그들은 취사장 옆에 있는 예전 구호소에 수용됐고, 새로 지은 구호소 건물은 내빈용으로 사용됐다.

캐리스는 조앤과 우나, 사임과 함께 예전에 조제실로 썼고 현재는 수녀원장 개인 사무실이 된 방에 앉아 자신의 계획을 설명했다. "구시가지 주변의 성 바깥에 사는 사람들 중에 전염병에 걸린 사람들은 섬에 있는 우리 병원에 입원하면 돼요. 전염병이 계속되는 동안 수녀들과 나는 밤낮으로 병원에서 지내게 될 거예요. 운좋게 회복된 사람들을 제외하고는 아무도 이곳을 떠나서는 안 되고요."

"이 구시가지에서는 어떻게 해야 하는데요?" 조앤이 물었다.

"예방책에도 불구하고 전염병이 도시 안으로 들어오게 되면 이곳에다 수용하지 못할 정도로 환자가 넘칠 거예요. 길드에서는 전염병 환자와 그 가족이 각자 집에서 나오지 못하도록 제한한다는 규칙을 정했어요. 그 규칙은 전염병에 걸린 자와 함께 사는 사람 모두에게 적용되는 거고요. 부모, 자식, 조부모, 하인, 도제들까지. 그 규칙을 위반하는 사람은 교수형에 처할 거예요."

"그건 좀 심하지 않나요." 조앤이 말했다. "하지만 그렇게 해서라도 지난번과 같은 끔찍한 대학살을 막게 된다면 해볼 만한 일이겠군요."

"당신이 그렇게 생각할 거라 믿었어요."

사임은 아무 말도 하지 않고 있었다. 전염병에 대한 소식이 그의 오만한 태도를 꺾어놓은 듯했다.

"만약 그들이 집에서 나올 수 없다면 먹는 것은 어떻게 해결해요?" 우나가 물었다.

"이웃들이 문 앞에 음식을 갖다줄 수 있겠죠. 의료 담당 수사와 수녀를 제외하고는 아무도 집안에 들어가선 안 돼요. 그들은 환자를 만나겠지만, 그들도 건강한 사람들과 접촉해선 안 돼요. 만약 수도원에서 환자의 집으로 간 사람은 돌아올 때 어느 집에도 들르지 않고 거리에서 누구와 대면하지도 말고 바로 수도원으로 돌아와야 해요. 항상 마스크를 착용하고 환자와 접촉할 때마다 식초에 손을 씻어야 하고요."

사임이 겁에 질린 표정으로 물었다. "그것으로 우리는 안전하겠습니까?"

"어느 정도는 그럴 테지만 완전히 그렇다고는 말 못해요." 캐리스가 말했다.

"그렇다면 환자를 치료하는 일이 우리에게 너무 위험한 일이잖습니까!"

우나가 그에게 대답했다. "우리는 두려워하지 않아요. 오히려 우리는 죽음을 고대하고 있잖아요. 우리에게는 죽음이야말로 오랫동안 갈망해온 그리스도와의 재결합을 의미하니까요."

"아, 그야 그렇죠." 사임이 말했다.

이튿날 수사들은 모두 킹스브리지를 떠났다.

88

랠프가 데이비의 꼭두서니 밭에 해놓은 짓을 본 궬다는 거의 살인적인 분노를 느꼈다. 악의로 작물을 훼손하는 건 죄악이었다. 농부가 땀 흘려 가꾼 작물을 망쳐놓은 귀족들에게는 틀림없이 지옥에 특별한 자리가 마련되어 있을 것이다.

그러나 데이비는 별로 낙담하는 기색이 아니었다. "그렇게 문제될 것 같지 않아요. 가치 있는 건 뿌리 쪽인데 그가 뿌리까지 건드리진 못했으니까요."

"일부러 그렇게 만들어놓기도 힘들었을 거다." 궬다는 언짢은 어조로 말했지만, 아들의 말에 기분은 좀 나아졌다.

실제로 덤불은 빠르게 살아났다. 랠프는 꼭두서니가 땅속으로 번식한다는 것을 모르는 듯했다. 전염병이 발생했다는 소식이 위글리로 전해지기 시작한 5월부터 6월까지 뿌리들은 꾸준히 새싹을 틔웠고, 7월 초가 되자 데이비는 이제 수확할 때라고 판단했다. 어느 일요일 궬다와 울프릭과 데이비는 오후 내내 뿌리를 파냈다. 먼저 꼭두서니 주변의 흙을 긁어내 뿌리를 뽑고, 짧은 줄기와 뿌리만 남기고 잎을 훑어냈다. 그 일 역시 렌다가 평생 해온 일처럼 고됐다.

절반은 내년에 다시 자라도록 그냥 내버려두었다.

그들은 수확한 것을 손수레에 싣고 숲에서 위글리로 돌아왔다. 헛간에 뿌리를 부리고 잘 마르도록 건조장 바닥에 펴놓았다.

데이비는 그것을 언제 팔 수 있을지 알 수 없었다. 킹스브리지는 폐쇄됐다. 물론 사람들은 여전히 물자들을 샀지만 중개인을 통해야 했다. 꼭두서니는 새로운 품목이므로 구매자에게 어떤 것인지 사전에 설명할 필요가 있었다. 중개인을 통해 설명을 전달하기는 한계가 있다. 그래도 데이비는 일단 시도해봐야겠다고 생각했다. 먼저 뿌리를 말린 뒤 가루로 만들어야 하는데, 그 일을 하는 데도 적지 않은 시간이 걸릴 것 같았다.

데이비는 그후로는 아마벨 이야기를 꺼내지 않았지만, 렌다는 아들이 여전히 그녀를 만나고 있다고 확신했다. 그는 기분좋게 자신의 운명을 체념한 척했다. 그러나 그가 정말 아마벨을 포기했다면 분노에 사로잡혀 울적하게 지냈을 것이다.

렌다가 바랄 수 있는 것은 아들이 허락 없이도 결혼할 수 있는 나이가 되기 전에 아마벨과 헤어지게 되는 것뿐이었다. 그녀의 가족과 아넷의 가족이 하나가 된다는 것은 생각만으로도 참을 수 없었다. 아넷은 늘 울프릭에게 시시덕거리는 것으로 그녀를 모욕해왔고, 울프릭은 아넷의 살살거리는 바보 같은 말에도 멍청하게 벌쭉벌쭉 웃곤 했다. 이제 붉은 뺨에 실핏줄이 돋고 금발 곱슬머리에 새치가 희끗희끗 난 사십대가 된 아넷이 그런 행동을 할 때는 당황스러울 뿐 아니라 기괴해 보일 정도였지만, 울프릭은 그런 그녀가 아직 소녀나 되는 듯이 대해줬다.

그런데 이제 내 자식이 똑같은 덫에 걸리고 말았어. 렌다는 생각했다. 침이라도 뱉어주고 싶었다. 하늘거리는 곱슬머리와 예쁜 얼굴, 긴 목과 좁고 흰 어깨, 그 모녀가 시장에 내다파는 달걀만큼이나 앙증맞은 가슴을 가진 아마벨은 이십오 년 전의 아넷과 꼭 같았다. 그애 역시 어머니와 똑같이 머리칼을 흐트러뜨리고 약을 올리듯 상대를 바라보거나 손으로 남자의 가슴팍을 툭툭 두드리곤 했는데, 그것은 때린다기보다 사실상 애무에 가까웠다.

그러나 적어도 데이비는 별탈 없이 안전했다. 궨다가 더 걱정하는 것은 전투 기술을 익히며 랠프 백작과 함께 성에 사는 샘이었다. 그녀는 교회에 가면 샘이 사냥이나 검술, 마상 시합에서 싸우다 다치는 일이 없게 해달라고 기도했다. 스물두 해 동안 매일같이 보던 아이를 갑자기 품에서 빼앗긴 셈이었다. 이건 어미에게는 가혹한 일이야. 그녀는 생각했다. 자식은 아무리 정성을 다해 사랑해도 언젠가 때가 되면 품에서 떠나버리는 법이다.

그녀는 몇 주 동안 샘이 잘 지내는지 백작의 성으로 보러 갈 구실을 찾았다. 그러다 그곳에 전염병이 발생했다는 소식을 듣고는 마음을 굳혔다. 추수가 시작되기 전에 가볼 생각이었다. 울프릭은 함께 가지 못했다. 밭일이 너무 많았다. 하지만 그녀는 혼자 여행하는 일이 겁나지 않았다. "너무 가난해서 털릴 일도 없고 너무 늙어서 강간당할 일도 없지." 그녀는 이렇게 농담하곤 했다. 사실 억센 그녀는 여간해서는 그런 일을 당하지 않았다. 게다가 날이 긴 단검을 지니고 다녔다.

7월 어느 무더운 날 그녀는 백작 성의 도개교를 건넜다. 성문 누다락의 성가퀴에는 떼까마귀 한 마리가 보초처럼 앉아 있었는데, 윤기 흐르는 까만 깃털에 햇살이 반사됐다. 떼까마귀가 깍깍거리며 경고했다. 마치 '가라, 가라!' 하는 것처럼 들렸다. 물론 그녀는 순전히 요행인지는 모르지만 한 차례 전염병을 모면한 적이 있었다. 그녀는 목숨을 걸고 이곳을 찾은 셈이었다.

아래쪽 구내의 풍경은 약간 더 조용해진 것 말고는 평소와 같았다. 나무꾼이 수레에 가득 싣고 온 장작을 제빵소 밖에 부리고 있었고, 말구종이 마구간 앞에서 흙투성이 말에서 안장을 내리고 있었는데, 북적거리는 움직임은 없었다. 작은 성당의 서쪽 출입구 바깥에 남녀 몇이 모여 있는 것을 보고 퀜다는 바싹 말라붙은 땅을 가로질러 그쪽으로 갔다. "안에 전염병에 걸린 사람들이 있어요." 그녀의 물음에 한 하녀가 대답해줬다.

그녀는 심장에 차가운 돌덩어리가 내려앉은 것 같은 두려움에 싸여 문 안으로 들어갔다.

바닥에는 구호소처럼 환자들이 제단을 볼 수 있도록 줄지어 늘어놓은 매트가 열 개 남짓 있었다. 환자 중 절반은 아이들인 것 같았다. 성인 남자는 셋이었다. 퀜다는 두려움에 떨며 그들의 얼굴을 하나하나 살펴보았다.

샘은 없었다.

그녀는 털썩 무릎을 꿇고 감사의 기도를 올렸다.

다시 밖으로 나온 퀜다는 좀전에 말을 붙였던 하녀에게 다가갔다. "위글리에서 온 샘을 찾고 있는데요. 이번에 새로 기사종자가 됐죠."

그러자 그녀는 안쪽 구내로 통하는 다리를 가리켰다. "저쪽 본채로 가보세요."

퀜다는 그녀가 가리킨 길로 향했다. 다리에 있던 보초는 그녀를 본체만체했다. 그녀는 본채로 통하는 계단을 올랐다.

커다란 홀은 어둡고 서늘했다. 몸집이 큰 개가 벽난로 앞 시원한 돌바닥에서 자고 있었다. 긴 의자들이 벽을 에워싸듯 놓여 있고 방 맨 끝에 커다란 팔걸이의자 두 개가 있었다. 퀜다는 그곳에 방석도, 천을 씌운 자리도, 커튼도 없다는 것을 알았다. 그녀는 레이디 필리파가 이곳에서 별로 시간을 보내지 않아서 비품 따위에 관심을 두지 않는 모양이라고 짐작했다.

샘은 나이가 더 어려 보이는 청년 세 명과 창가에 앉아 있었다. 안면 덮개에서 정강이받이까지, 갑옷 한 벌을 분해한 것들이 순서대로 그들 앞에 놓여 있었다. 청년들은 각자 그것들을 하나하나 닦고 있었다. 샘은 반질반질한 자갈로 가슴받이를 문질러 녹을 긁어내고 있었다.

그녀는 그 자리에 서서 잠시 지켜보았다. 그는 새 옷을 입고 있었는데, 셔링 백작의 상징인 적색과 검은색으로 된 제복이었다. 그 색은 샘의 까맣게 그을린 잘생긴 얼굴과 잘 어울렸다. 그는 함께 일하는 다른 청년들과 편안하게 대화를 나누고 있었다. 건강하고 잘 먹고 지내는 것 같았다. 렌다가 바라던 일이었지만, 그럼에도 어머니 없이 잘 지내는 모습을 보자 고약하게도 날카로운 실망감이 스쳤다.

그때 샘이 고개를 들다가 그녀를 보았다. 청년의 얼굴에 놀라움이, 이어서 기쁨이, 그다음에는 즐거워하는 빛이 나타났다. "어이, 친구들. 나는 자네들보다 나이가 많으니까 내가 나 혼자 다 알아서 할 수 있을 거라고 생각하겠지만 실은 그렇지 못해. 우리 어머니는 어디를 가나 나를 따라다니면서 내가 잘 지내고 있는지 확인하시거든."

그 말에 모두 그녀를 보며 웃음을 터뜨렸다. 샘이 일거리를 내려놓고 다가왔다. 어머니와 아들은 위층 내실로 통하는 계단 언저리 한구석에 있는 긴 의자에 앉았다. "나는 아주 잘 지내고 있어요." 샘이 말했다. "여기서는 거의 매일같이 모두 놀이를 하며 보내요. 사냥도 다니고 매사냥도 하고 레슬링이나 승마 시합도 하죠. 축구도 하고요. 여기서 얼마나 많은 걸 배우는지 몰라요! 내내 어린 친구들과 몰려다니는 것이 좀 당황스럽긴 하지만 참을 만해요. 난 말을 탄 채 칼과 방패를 쓰는 기술을 익혀야 하니까요."

그녀는 벌써 샘의 말투가 달라졌음을 알았다. 그는 시골에서 곧잘 쓰던 느릿느릿한 어조를 쓰지 않았다. 그리고 매 사냥이나 승마 같은 말을 할 때는 프랑스어를 썼다. 그는 귀족 사회에 동화되어가고 있었다.

"일은 좀 어떠냐? 모두 재미있는 놀이 같지만은 않을 텐데?"

"뭐 일도 아주 많아요." 그러면서 그는 갑옷을 닦고 있는 청년들 쪽을 가리켰다. "하지만 쟁기질이나 써레질에 비하면 일이라고 할 것도 없어요."

그는 동생에 대해 물었다. 그녀는 그에게 집 소식을 모두 전해줬다. 데이비의 꼭두서니가 다시 자랐다는 것, 그들이 뿌리를 캤다는 것, 데이비는 여전히 아마벨에게 빠져 있다는 것, 아직까지 전염병에 걸린 사람은 없다는 것 등등. 그렇게 한참 이야기를 하고 있는데 퀜다는 누군가 자기를 보고 있는 듯한 느낌이 들었고, 그 느낌이 틀리지 않았다는 것을 알아차렸다. 잠시 후 그녀는 어깨 너머로 뒤를 돌아보았다.

랠프 백작이 계단 꼭대기의 문을 열어놓은 방 앞에 서 있었다. 그 방에서 막 나서려던 참이 분명했다. 그녀는 랠프가 얼마 동안이나 자신을 바라보고 있었는지 의아했다. 그녀와 랠프의 시선이 마주쳤다. 그의 눈빛은 강렬했지만 그녀는 그것을 알아보지 못했고 무슨 의미인지도 이해하지 못했다. 그 표정이 거북할 정도로 친근하다는 느낌이 들어 그녀는 시선을 돌렸다.

그녀가 다시 돌아보았을 때 그는 보이지 않았다.

다음날 퀜다가 집으로 가는 길을 반쯤 갔을 때 뒤에서 말 탄 사람이 다가왔다. 그는 속도를 늦추더니 멈춰 섰다.

그녀는 허리춤에 찬 단검으로 손을 뻗었다.

말을 탄 사람은 앨런 펀힐 경이었다. "백작이 보자고 하신다." 그가 말했다.

"그러면 당신을 보낼 것이 아니라 자신이 직접 왔어야 하지 않나요?"

"언제나 똑똑한 대답을 하는군. 그렇게 하면 윗사람이 귀여워해줄 거라고 생각하는 건가?"

일리가 있는 말이었다. 그녀는 몹시 놀랐는데, 아마도 오랜 세월 랠프의 하수인으로만 알았던 앨런이 그렇게 분별 있는 말을 하리라고는 생각 못했기 때문이었다. 만일 그녀가 정말 똑똑했다면 앨런 같은 자들에게 쏘아붙이는 대신 알랑거렸을 것이다. "알겠어요." 그녀는 지쳤다는 투로 대꾸했다. "백작이 오라고 명령하셨다 이 말이군요. 그러면 나는 성까지 그 먼길을 돌아가야 하나요?"

"그럴 필요는 없다. 여기서 멀지 않은 숲에 백작의 오두막집이 있으니까. 사냥을 하다 쉬시는 곳이지. 백작은 지금 그곳에 계시다." 그러면서 앨런은 길옆의 숲을 가리켰다.

퀜다는 내키지 않았지만 농노가 백작의 호출을 거절할 수는 없었다. 거절하면 앨런은 분명 그녀를 때려눕혀 묶어서라도 데려갈 것이었다. "좋아요." 그녀가 대답했다.

"원한다면 내 안장 앞자리에 올라타도 좋은데."

"아니, 사양하겠어요. 나는 걸어가겠어요."

초록이 무성한 계절이었다. 퀜다는 말이 쐐기풀이며 양치류를 밟아놓은 곳을 골라 디디며 앨런의 말을 뒤따라 숲으로 들어갔다. 뒤로 남은 길은 순식간에 녹음 속으로 사라져버렸다. 퀜다는 불안한 심정으로 어떤 변덕을 부려 랠프가 이 숲속에서 자기를 만나려 하는 것인지 궁금했다. 그녀나 그녀의 가족에게 좋은 소식일 리 없다는 느낌이 들었다.

4분의 1마일쯤 들어가자 초가로 지붕을 이은 야트막한 집이 나왔다. 별생각 없이 보았다면 삼림 관리인의 오두막집이라 여겼을 것이다. 앨런이 말고삐를 고리 모양으로 만들어 어린나무에 걸고는 안으로 안내했다.

그 오두막집 역시 켄다가 백작의 성에서 본 것처럼 황량하고 실용적인 인상을 풍겼다. 바닥은 다진 흙바닥이고 벽은 어설픈 초벽이었으며, 천장은 지붕에 얹은 짚이 그대로 드러나 있었다. 가구는 최소한으로만 갖춰져 있었다. 탁자 하나, 긴 의자 몇 개, 그리고 밀짚 매트를 얹은 수수한 나무침대 하나가 전부였다. 뒤쪽 문은 반쯤 열려 있었는데, 그곳은 아마도 랜프의 하인들이 백작과 백작의 사냥 동료들을 위해 음식을 준비하는 작은 부엌인 듯했다.

랜프는 와인 잔을 놓고 탁자 앞에 앉아 있었다. 켄다는 그의 앞에 서서 그가 말하기를 기다렸다. 앨런은 그녀의 등뒤에서 벽에 기대섰다. "앨런이 당신을 찾아냈군." 랜프가 말했다.

"여기 다른 사람은 없나요?" 켄다가 불안한 어조로 물었다.

"당신과 나, 앨런뿐이지."

켄다는 더욱 불안해졌다. "무슨 일로 보자고 한 거죠?"

"그야 물론 샘에 대해 얘기하려고."

"당신은 우리에게서 그애를 빼앗아갔어요. 또 무슨 할말이 있는데요?"

"당신도 알겠지만 그애는 훌륭한 아이야…… 우리 아들 말이야."

"그애를 그런 식으로 부르지 말아요." 그녀는 앨런을 바라보았다. 그에게서는 놀란 기색이 보이지 않았다. 그도 이 비밀을 알고 있는 것이 분명했다. 그녀는 낙심했다. 울프릭은 절대로 알면 안 되는 일이었다. "그애를 우리 아들이라고 하지 말아요. 당신은 그애 아버지였던 적이 없어요. 그애를 키운 건 울프릭이에요."

"내가 어떻게 그애를 키울 수 있었겠어? 내 자식인지도 몰랐는데. 하지만 이제 그동안 잃어버린 시간을 보상하는 중이지. 그애는 잘하고 있어. 그 말을 하던가?"

"그애가 전쟁에 나가게 되나요?"

"물론이지. 기사종자는 싸워야 하니까. 전쟁에 나갈 때를 대비한 훈련을 하는 거야. 그애가 잘 싸울지를 물어봐야 하는 거 아닌가."

"그건 내가 그애한테 바랐던 삶이 아니에요."

"그것이 그애가 살아야 할 삶이야."

"지금 나를 보며 고소해하려고 여기로 부른 거예요?"

"자리에 좀 앉지?"

그녀는 마지못해 탁자 맞은편에 앉았다. 그가 잔에 와인을 따라 그녀 쪽으로 밀어줬다. 그녀는 그 잔을 무시했다.

"이제는 우리에게 아들까지 있으니 좀더 가까이 지내야 하지 않을까." 그가 말했다.

"고맙지만 사양하겠어요."

"정말이지 흥을 깨는 여자로군."

"나한테 흥 같은 얘기 하지 말아요. 당신은 내 인생에 진딧물 같은 존재였어요. 나는 우연으로라도 당신과 만나지 말았어야 했다고 진심으로 생각해요. 당신과 가까이 지낼 생각 없어요. 내가 원하는 건 당신에게서 벗어나는 것뿐이에요. 당신이 예루살렘으로 간다 해도 성에 차지 않을 정도예요."

분노로 어두워지는 그의 얼굴을 본 그녀는 마구 내뱉은 말이 후회됐다. 그녀는 앨런의 힐책을 떠올렸다. 상대를 자극하는 조롱조의 말이 아니라 그저 싫다고만 말하고 조용히 있는 편이 나았을 것이다. 그러나 여느 사람과 달리 랠프는 그녀의 화를 돋웠다.

"모르겠어요?" 그녀는 최대한 분별 있는 어조로 말했다. "당신은, 맙소사, 무려 이십 년이 넘도록 내 남편을 증오해왔어요. 그는 당신의 코

를 부러뜨렸고 당신은 그의 뺨을 칼로 그었어요. 그뒤 당신은 그의 상
속권을 박탈했고, 한참 후에야 마지못해 그걸 인정해줬죠. 당신은 그가
한때 사랑했던 여자를 강간했어요. 그가 달아나자 당신은 그의 목에 밧
줄을 걸어 끌고 왔어요. 그런 모든 일을 겪었는데 아들이 당신 핏줄이
라는 이유로 당신과 내가 친구가 될 수는 없어요."

"나는 생각이 달라. 우리는 그저 친구 정도가 아니라 연인도 될 수 있
을 거야."

"말도 안 돼요!" 그것은 앨런이 그녀 앞에서 말을 멈춰 세웠을 때 그
녀가 마음속으로 두려워했던 일이었다.

랠프는 미소를 지었다. "옷을 벗겠나?"

그녀는 긴장했다.

그때 앨런이 등뒤에서 몸을 앞으로 기울이며 단 한 번의 유연한 동작
으로 그녀의 허리춤에 있는 단검을 뽑아 갔다. 그는 진작부터 그렇게
하려고 마음먹고 있었던 것이 분명했는데, 너무 순식간이라 그녀는 반
응할 틈도 없었다.

"그러지 말게, 앨런. 그건 쓰지 않게 될 거야. 이 여자가 자발적으로
벗을 테니까." 랠프가 말했다.

"벗지 않겠어!" 그녀가 말했다.

"단검을 돌려주게, 앨런."

앨런이 마지못해 칼을 돌려 날 쪽을 잡고 그녀에게 내밀었다.

그녀는 단검을 잡아채며 벌떡 일어났다. "당신들은 나를 죽일 수 있
겠지만, 맹세코 둘 중 하나의 목숨은 빼앗고 죽겠어."

그녀는 칼을 쥔 쪽 팔을 최대한 뻗어 휘두를 자세를 취한 채 뒷걸음
질쳤다.

앨런은 그녀를 막으려고 문 쪽으로 걸음을 옮겼다.

"그냥 내버려둬." 랠프가 말했다. "아무데도 가지 않을 테니까."

그녀는 랠프가 왜 그렇게 자신만만한지 알 수 없었지만, 그건 그의 오산이었다. 그녀는 이 오두막집에서 뛰쳐나가 있는 힘껏 달아날 것이고, 지쳐 쓰러질 때까지 멈추지 않을 것이었다.

앨런은 원래 있던 자리로 돌아갔다.

문에 이른 궨다가 손을 뒤로 돌려 단순한 모양의 나무 걸쇠를 들어올렸다.

"울프릭은 모르는 일이겠지?" 랠프가 말했다.

궨다는 움직임을 멈췄다. "뭘 모른다는 거죠?"

"내가 샘의 아버지라는 사실을 모르나?"

궨다의 목소리는 속삭임으로 바뀌었다. "그래요, 그는 몰라요."

"사실을 알면 그자의 기분이 어떨지 궁금하군."

"사실을 알면 죽고 말 거예요."

"나도 그렇게 생각해."

"제발 그 사람한테는 말하지 말아요." 그녀는 애원했다.

"나도 그러지 않을 거야…… 네가 내 말대로 한다면."

그녀가 무슨 일을 할 수 있었을까? 그녀는 랠프가 자기에게 성적으로 끌린다는 사실을 알고 있었다. 셰리프의 성으로 그를 만나러 갔을 때도 필사적인 심정에서 그 점을 이용했던 것이다. 저 옛날 벨 여인숙에서 그들이 만난 일은 그녀에게는 수치스러운 기억으로 남았지만 그의 머릿속에는 눈부신 순간으로 각인되었고, 세월이 흐르면서 한층 더 각별한 기억이 됐을 것이다. 그리고 그의 머릿속에 그 순간을 되살리겠다는 생각을 불어넣은 것은 그녀 자신이었다.

그것은 그녀의 잘못이었다.

그가 잘못 생각했다고 깨닫게 할 수 없을까? "우리는 이제 예전과는 다른 사람이에요. 나는 두번 다시 그때의 순진한 여자아이로 돌아가지 못해요. 그러니 당신은 당신이 좋아하는 매춘부들한테나 가봐요."

"내가 원하는 건 매춘부가 아니야. 당신을 원해."

"안 돼요. 제발 부탁이에요." 그녀는 눈물을 삼켰다.

그는 가차없었다. "옷을 벗어."

그녀는 단검을 칼집에 넣고 허리띠를 풀었다.

89

잠에서 깬 머딘의 머릿속에 가장 먼저 떠오른 것은 롤라였다.

딸이 사라진 지 벌써 석 달이 지났다. 그동안 그는 글로스터, 몬머스, 섀프츠베리, 엑서터, 윈체스터, 솔즈베리의 시 당국에 서한을 보냈다. 이 나라 대도시의 길드장에게서 온 서한은 진지하게 취급되어 그는 모두에게서 신중한 답변을 받았다. 런던 시장만 별 도움이 되지 않았는데, 그는 사실상 그 도시 젊은 여자의 절반은 아버지에게서 도망친 아이들이며 그들을 고향에 돌려보내는 것은 시장의 일이 아니라는 답변을 보내왔다.

머딘은 셔링, 브리스틀, 멜컴에도 개인적으로 수소문했다. 그는 모든 주막의 주인들을 만나 묻고 롤라의 생김새를 알려줬다. 그들 모두 제이크나 잭, 조크 같은 건달과 어울려 다니는 검은 머리 여자아이를 여러 번 보았다고 했지만, 그것이 머딘의 딸인지, 이름이 롤라였는지는 확신하지 못했다.

제이크의 친구들 중에도 여자친구 한두 명을 데리고 사라진 아이들이 있었는데, 그렇게 사라진 여자아이들은 모두 롤라보다 몇 살이 많았다.

머딘은 롤라가 죽었을 가능성도 있다는 것을 알았지만 희망을 버리지 않았다. 롤라가 전염병에 걸렸을 가능성은 별로 없었다. 다시 시작된 전염병은 도시와 마을을 황폐시키며 열 살 아래 아이들 대부분의 목숨을 앗아갔다. 그러나 롤라와 머딘처럼 첫번째 전염병 때 살아남은 사람들은 이유는 모르지만 이 병에 대한 저항력이 있거나, 아주 드문 경우지만 머딘처럼 병에 걸렸다가 회복한 사람들이었고, 그들은 이번에도 병에 걸리지 않았다. 하지만 전염병은 가출한 열여섯 살짜리 여자아이한테 닥칠 위험 중 하나에 불과했다. 풍부한 상상력은 딸에게 일어날 수 있는 온갖 위험을 떠올리게 하며 밤마다 머딘을 괴롭혔다.

전염병에 유린당하지 않은 도시들 중에 킹스브리지가 있었다. 머딘이 성밖에서 일을 처리하는 동안 성안에서 길드장 대행을 맡은 매지 웨버와 성문을 사이에 두고 고함을 질러가며 나눈 대화로 파악한 것에 의하면, 구시가지에서 전염병에 걸린 것은 백 가구에 한 가구꼴이었다. 킹스브리지 외곽과 다른 도시에서는 다섯 가구에 한 가구꼴로 전염병에 걸렸다. 캐리스의 예방책이 전염병을 이겨낸 걸까, 아니면 단순히 속도를 늦춘 데 불과한 걸까? 전염병이 끈덕지게 남아 있다가 결국 그녀가 쳐놓은 울타리마저 넘는 것은 아닐까? 그래서 마지막에 가서는 지난번만큼이나 황폐한 결과를 낳는 것은 아닐까? 몇 달이 될지 몇 년이될지 모르지만, 전염병이 그 과정을 마치고 물러날 때까지는 알 수 없는 일이었다.

머딘은 한숨을 쉬고 적적한 침대에서 일어났다. 그는 도시 성문이 폐쇄된 날 이후로 캐리스를 만나지 못했다. 그녀는 머딘의 집에서 불과 몇 야드 떨어지지 않은 병원에서 지내고 있었지만 병원을 떠날 수가 없었다. 일단 병원 안으로 들어가면 밖으로 나오지 못했다. 수녀들과 함께 행동하지 않으면 신뢰를 줄 수 없다고 판단한 캐리스는 병원에 틀어박혀 있었다.

머딘은 생의 절반을 그녀와 떨어져 지냈다. 하지만 그렇다고 더 견디기 쉬운 것은 아니었다. 떨어져 있는 것은 젊었을 때보다 중년인 지금이 더 힘들었다.

먼저 일어난 엠이 부엌에서 토끼 가죽을 벗기고 있었다. 그는 빵 한 조각과 묽은 맥주 몇 모금을 마신 뒤 집을 나섰다.

섬을 가로지르는 주도로는 벌써 농부들과 농산물이 실린 수레들로 북적거렸다. 머딘과 조수 한 팀이 한 사람 한 사람을 상대했다. 합의된 가격과 표준에 맞는 생산품을 가져온 경우가 가장 간단했다. 머딘은 그들을 안쪽 다리로 보내 잠긴 성문 앞에 물건을 내려놓게 했고, 빈 수레로 돌아온 그들에게 값을 치렀다. 과일과 채소 같은 계절상품을 가져온 농부와는 가격을 협상한 후에야 물건을 넘겨받았다. 특별한 위탁품은 전에 그가 주문할 때 이미 거래를 마친 것이었다. 가죽 제조에 쓰일 모피들, 석공들이 쓸 석재(앙리 주교의 지시에 따라 첨탑 공사를 재개한 상태였다), 보석 세공인들이 쓸 은, 그리고 일시적으로 고객 대부분을 잃기는 했어도 작업을 계속해야 하는 도시 제조업자들이 쓸 각종 쇠붙이며 금속, 삼, 목재 등이었다. 마지막으로 도시에 있는 특정인에게 별도의 지시를 받을 필요가 있는 개별적인 화물들이 있었다. 오늘은 도시의 한 재단사에게 물건을 팔고 싶어하는 이탈리아산 양단 행상 한 명, 도살장에 갈 한 살짜리 소 한 마리, 그리고 위글리에서 온 데이비가 그 경우에 속했다.

머딘은 놀랍고도 유쾌한 기분으로 데이비의 이야기를 들었다. 그는 꼭두서니 종자를 사서 값비싼 염료를 생산하기 위해 재배한 젊은이의 진취성에 탄복했다. 랠프가 그 계획을 망쳐놓으려 했다는 사실은 그리

놀랍지도 않았다. 랠프는 대부분의 귀족이 그렇듯이 상공업과 관련된 것은 무엇이든 경멸했다. 그러나 영리한데다 대담하기까지 한 데이비는 포기하지 않고 버텨냈다. 그는 심지어 말린 뿌리를 방앗간에서 돈을 주고 갈아 가루로 만들어 오기까지 했다.

"방앗간 주인이 빻고 난 맷돌을 물에 씻을 때 방앗간에서 키우는 개가 흘러나온 물을 먹었어요." 데이비가 머딘에게 말했다. "그 개가 일주일 동안 빨간 오줌을 누더라고요. 그래서 우리는 이 염료의 효능을 알게 된 셈이죠!"

데이비는 값비싼 꼭두서니 염료라고 여겨지는 그것을 4갤런짜리 낡은 밀가루 포대들에 가득 담아 손수레에 잔뜩 싣고 온 것이었다.

머딘은 데이비에게 포대 하나를 들고 성문 앞으로 가자고 했다. 성문에 이르렀을 때 머딘이 성안에 있는 보초를 소리쳐 불렀다. 보초가 성가퀴에 올라와 아래를 내려다보았다. "이건 매지 웨버에게 갈 물건이오." 머딘이 외쳤다. "그녀가 이 물건을 직접 보겠는지 알아봐주겠소?"

"알겠습니다, 길드장님." 보초가 말했다.

언제나 그랬듯 시골에서 전염병에 걸린 환자 몇 사람을 친지들이 섬으로 데려왔다. 이제 사람들은 대부분 이 전염병에 치료법이 없다는 것을 알았기 때문에 안타까워하면서도 사랑하는 이들이 죽어가도록 내버려두었지만, 그래도 몇몇은 무지하거나 낙관적인 성격 탓에 캐리스가 기적을 행할지 모른다는 희망을 품었다. 환자들은 마치 성문 밖에 물품을 부려놓듯이 병원 문밖에 남겨졌다. 그러면 친지들이 돌아가고 난 밤중에 수녀들이 나와서 그들을 데리고 들어갔다. 아주 드물지만 운좋게 건강을 되찾는 사람도 있었지만, 대부분은 뒷문으로 실려나가 병원 건물 한쪽 끝에 새로 마련된 묘지에 매장됐다.

정오가 되자 머딘은 데이비를 식사에 초대했다. 토끼고기 파이와 햇

완두콩 요리를 앞에 놓고 데이비는 자신이 어머니의 오랜 연적의 딸과 사랑에 빠졌다고 고백했다. "어머니가 아넷을 왜 싫어하는지는 모르겠지만 그건 모두 오래된 옛날 일이고, 저나 아마벨과는 상관없는 일이에요." 그는 부모의 불합리한 태도에 분개한 젊은이답게 말했다. 머딘이 공감의 표시로 고개를 끄덕이자 데이비가 물었다. "아저씨 부모님도 이런 식으로 반대하신 적 있어요?"

머딘은 잠시 생각해본 뒤 대답했다. "응, 나는 기사종자가 돼서 평생 왕을 위해 싸우는 기사가 되고 싶었지. 그래서 부모님이 나를 목수 도제로 보내자 몹시 상심했단다. 하지만 내 경우에는 오히려 잘된 셈이었지."

데이비는 이런 일화를 그다지 달가워하지 않았다.

오후가 되자 섬에서 안쪽 다리로 통하는 통로가 폐쇄되고 성문이 열렸다. 짐꾼들이 무리를 지어 쏟아져나와 그곳에 남겨진 물품을 챙겨 도시 안 각각의 목적지로 운반했다.

매지에게서 염료에 대해 온 전갈은 없었다.

머딘에게 그날 두번째 손님이 찾아왔다. 오후가 거의 끝나가고 거래가 한산해질 무렵 클로드 참사회원이 그곳에 도착했다.

클로드의 친구이자 후원자인 앙리 주교는 몬머스의 대주교에 취임했다. 그러나 킹스브리지 대주교의 후임은 아직 선출되지 않은 상태였다. 그 자리를 원하는 클로드는 런던까지 가서 그레고리 롱펠로 경을 만나고 왔다. 당분간 앙리 밑에서 계속 일하게 된 그는 몬머스로 돌아가는 길이었다.

"폐하는 성직자 과세에 대한 필리먼의 방침을 마음에 들어하시더군요." 클로드가 차게 식힌 토끼고기 파이와 머딘이 가진 것 중에서 가장 좋은 가스코뉴산 와인을 앞에 놓고 말했다. "그리고 고위 성직자들은 해부에 반대하는 설교와 성모 성당 건립안을 마음에 들어하지요. 하지만 그레고리는 필리먼을 싫어하더군요, 믿을 수 없는 자라면서요. 결국 폐하는 킹스브리지의 수사들이 숲속의 성 요한 수도원으로 피난 가 있는 동안은 선거를 치를 수 없다며 결정을 보류하셨습니다."

"폐하는 전염병이 기승을 부리고 도시가 폐쇄된 상태이니 주교를 선출한다고 해도 별 의미가 없다고 생각하셨겠죠." 머딘이 말했다.

클로드는 동감이라는 듯 고개를 끄덕였다. "대단한 건 아니지만 한 가지 성과는 있었소." 그가 말을 이었다. "교황에게 파견될 잉글랜드 대사 자리가 비어 있어요. 대사에 임명되면 아비뇽에서 살아야 하죠. 그래서 나는 필리먼을 추천했습니다. 그레고리가 그 생각에 꽤 흥미를 보이더군요. 적어도 반대하고 나서진 않았소."

"잘됐군요!" 필리먼이 그렇게 멀리 갈 수도 있다고 생각하자 머딘은 기분이 나아졌다. 그는 클로드에게 힘을 실어주기 위해 자신이 할 수 있는 일이 있길 바랐지만, 이미 그레고리에게 길드의 지지를 약속하는 서한을 보냈고, 그가 발휘할 수 있는 영향력은 거기까지였다.

"한 가지 더 소식이 있소. 사실은 슬픈 소식이지만." 클로드가 말했다. "런던에 가는 길에 숲속의 성 요한 수도원에 들렀죠. 엄밀히 말하자면 앙리 주교님이 아직 대수도원장이잖습니까. 가는 길에 필리먼을 만나 그가 허락도 없이 피난한 일을 질책하라고 하셔서 갔습니다. 물론 시간낭비였죠. 필리먼은 캐리스의 예방책이라며 나를 들이려고도 하지 않았지만 어쨌든 문을 사이에 두고 대화를 나누긴 했습니다. 지금까지 수사들은 전염병을 모면했어요. 그런데 당신의 오랜 지기인 토머스 형제가 노쇠로 돌아가셨더군요. 정말 유감입니다."

"하느님이 그의 영혼에 안식을 주시기를." 머딘이 슬픈 어조로 말했다. "그분은 말년에 몹시 쇠약해지셨어요. 정신도 온전치 못하셨죠."

"성 요한 수도원으로 옮긴 일이 영향을 미쳤을 겁니다."

"토머스 형제는 제가 건축 일을 막 시작했을 때 저를 많이 격려해주셨죠."

"하느님은 애석하게도 우리에게서 선한 이들을 데려가시고 악한 이들을 남겨놓으시죠."

클로드는 이튿날 아침 일찍 떠났다.

머딘이 일과를 이어가고 있을 때 한 마차꾼이 성문에서 전갈을 가져왔다. 매지 웨버가 성가퀴에 와서 머딘과 데이비와 이야기를 나누고 싶어한다는 것이었다.

"그분이 제 꼭두서니를 사줄까요?" 함께 안쪽 다리를 건너고 있을 때 데이비가 물었다.

머딘으로서는 알 수 없는 일이었다. "그러면 좋겠구나."

두 사람은 닫힌 성문 앞에 나란히 서서 위를 올려다보았다. 매지가 성벽 너머로 몸을 기울이고 소리쳤다. "이 물건이 어디서 난 거죠?"

"제가 재배한 거예요." 데이비가 대답했다.

"그런데 너는 누구냐?"

"위글리에서 온 데이비예요. 울프릭의 아들이에요."

"아, 궨다의 아들이구나."

"네, 둘째아들이에요."

"내가 네 염료를 시험해봤다."

"쓸 만하죠?" 데이비가 열의 띤 어조로 말했다.

"너무 연해. 뿌리를 통째로 넣고 갈았니?"

"네. 아니면 어떻게 해야 하는데요?"

"갈기 전에 껍질을 벗겼어야 해."

"그건 몰랐어요." 데이비는 풀이 죽었다. "그럼 그 가루는 아무 쓸모도 없나요?"

"아까 말했듯이 약해. 그래서 순수한 염료만큼 값을 쳐주지는 못하겠어."

데이비가 크게 낙담하자 머딘은 그가 측은했다.

"이걸 얼마나 갖고 왔지?" 매지가 물었다.

"제가 보내드린 4갤런짜리 포대가 아홉 자루가 더 있어요." 데이비는 의기소침해져서 대답했다.

"내가 절반값을 쳐주마. 1갤런에 3실링 6펜스씩. 그러면 한 자루에 14실링이고, 열 자루면 딱 7파운드겠구나."

데이비의 얼굴에 기쁜 빛이 떠올랐다. 머딘은 캐리스도 이 장면을 보았으면 기뻐했을 거라고 생각했다. "7파운드!" 데이비가 되풀이했다.

데이비가 실망한 거라고 여긴 매지가 말했다. "그보다 더 쳐줄 수는 없어. 염료가 진하지 않아서."

그러나 7파운드는 데이비에게 어마어마한 액수였다. 그것은 날품팔이꾼이 몇 년을 일해야 벌 수 있는 돈이었다. 그것도 현재 받는 품삯으로 치면 그랬다. 그가 머딘에게 말했다. "제가 부자가 됐어요!"

머딘은 웃음을 터뜨리고는 말했다. "한꺼번에 몽땅 써버리지는 말거라."

다음날은 주일이었다. 머딘은 섬에 있는, 치료사의 수호성인인 헝가리의 성 엘리자베스에게 헌정된 작은 성당의 아침미사에 참석했다. 그런 다음 집으로 돌아와 정원사용 헛간에서 단단해 보이는 떡갈나무삽을 꺼냈다. 그는 삽을 어깨에 메고 바깥쪽 다리를 건너고 교외 지역을 지나 그의 과거 속으로 걸어들어갔다.

그는 삼십사 년 전 캐리스와 랠프, 궨다와 함께 지났던 숲길을 기억을 더듬으며 찾아보았다. 그 길을 찾는 건 불가능해 보였다. 사슴이 지나다니는 길밖에 없었다. 그때 어렸던 나무들은 완전히 자랐고 우람했던 떡갈나무들은 왕실 벌목꾼들이 베어버린 뒤였다. 그러나 놀랍게도 몇 가지 알아볼 만한 지표들이 있었다. 열 살이었던 캐리스가 무릎을 꿇고 마셨던 샘물, 그녀가 마치 천국에서 떨어진 것 같다고 말했던 거대한 바위, 바닥이 마치 늪 같아 그녀의 부츠에 흙이 묻었던 작고 가파른 골짜기가 그것들이었다.

걸어가는 동안 어린 시절 그날의 기억이 그의 머릿속에 점점 더 생생하게 떠올랐다. 강아지 호프가 그들을 따라왔던 일, 궨다가 자기 강아지를 쫓아갔던 일도 기억났다. 그가 던진 농담을 캐리스가 이해했을 때 기뻤던 기억도 되살아났다. 캐리스에게 그가 만든 활을 보여주며 했던 어설픈 몸짓과, 랠프가 아주 능숙하게 그 활을 다뤘던 일이 기억나자 얼굴이 붉게 달아올랐다.

무엇보다 소녀였던 캐리스가 기억났다. 그들은 사춘기도 안 된 어린 아이들이었지만, 그는 그녀의 재치와 대담함, 그리고 손쉽게 무리를 인도하는 모습에 매료됐었다. 사랑은 아니었지만, 사랑과 크게 다를 것 없는 매혹이었다.

그는 회상에 잠겨 걷다 길을 찾던 주의력이 흐트러지며 방향을 잃고 말았다. 그러다 마치 생전 처음 와보는 듯한 곳에 이르렀는데, 다음 순간 빈터로 나선 그는 그곳이 바로 자신이 찾던 장소라는 것을 깨달았다. 덤불은 그때보다 훨씬 더 퍼지고 떡갈나무 줄기는 한층 더 굵어져 있었다. 빈터는 산발한 여름꽃들로 화사해 보였다. 1327년 11월의 그날은 그렇지 않았다. 하지만 머딘은 확신했다. 여러 해 동안 보지 못했던 사람을 만났을 때, 비록 얼굴이 변하기는 했지만 의심의 여지 없이 그 사람임을 알아보는 것과 같았다.

지금보다 훨씬 작고 훨씬 여위었던 그날의 머딘은 관목들 사이로 쇄도하는 덩치 큰 남자로부터 몸을 숨기기 위해 관목 아래로 기어들어갔었다. 지칠 대로 지쳐 숨을 헐떡이며 저 떡갈나무에 등을 기댔던 토머스가 검과 단검을 뽑아들던 모습도 기억났다.

그의 머릿속에서 그날의 일들이 다시 한번 되풀이됐다. 노란색과 녹색이 섞인 제복을 입은 두 사내가 토머스를 따라잡고는 그에게 편지에 대해 물었다. 토머스는 누군가 덤불 속에 숨어서 지켜보고 있다고 하며 그들의 주의를 흐트러뜨렸다. 머딘은 그 순간 그와 다른 아이들이 죽임을 당할 거라고 확신했다. 바로 그때 겨우 열 살밖에 되지 않은 랠프가, 오랜 시간이 지난 후에 그를 프랑스와의 전쟁에서 활약할 수 있게 한 그 재빠르고도 치명적인 반사신경으로 병사 하나를 쏘아 죽였다. 토머스가 나머지 한 명을 처리했지만 그는 그 과정에서 부상을 당했고, 킹스브리지 구호소에서 치료를 받았지만, 아니 어쩌면 그 치료 때문에 왼팔을 잃고 말았다. 그리고 그날 머딘은 토머스를 도와 그 편지를 땅에 묻었다.

"바로 여기, 떡갈나무 앞에." 그때 토머스가 그렇게 말했다.

그 편지에 비밀이 들어 있다는 것을 머딘은 알고 있었다. 거기에는 고위 인사들이 겁을 낼 정도로 치명적인 비밀이 적혀 있다. 비록 그것 때문에 토머스는 수도원의 비호를 받으며 평생을 그곳에서 보내야 했지만 그 비밀이 그를 지켜준 셈이었다.

"내가 죽었다는 이야기를 들으면 이 편지를 꺼내서 사제에게 가져다줘라. 그렇게 해주겠니?" 그때 토머스는 어린 머딘에게 그렇게 말했다.

이제 어른이 된 머딘은 삽을 들어 땅을 파기 시작했다.

그는 이것이 토머스가 의도한 일인지 확신할 수 없었다. 땅속에 묻힌 편지를 꺼내는 것은 토머스가 폭력으로 살해됐을 경우에 하라는 것이었지, 쉰여덟의 나이로 자연사했을 경우에는 해당되지 않을 것 같았기 때문이다. 그래도 토머스는 여전히 그 편지를 꺼내기를 원할까? 머딘은 알 수 없었다. 그는 편지를 읽어보고 나서 판단하기로 했다. 그 내용에 대해 억누를 수 없는 호기심을 느꼈다.

전대를 묻었던 장소에 대한 기억은 정확하지 않아서 첫번째 시도는 무위에 그쳤다. 18인치쯤 땅을 파내려가고서야 비로소 잘못 짚었다는 것을 깨달았다. 그때 팠던 구덩이는 기껏해야 1피트쯤이었을 것 같았다. 머딘은 왼쪽으로 몇 인치쯤 자리를 옮겨 다시 파기 시작했다.

이번에는 적중했다.

삽이 땅속 1피트 밑에서 흙이 아닌 뭔가에 부딪혔다. 부드럽지만 단단한 물체였다. 그는 삽을 한옆에 놓고 손가락으로 구멍 속을 더듬었다. 오래되어 썩고 있는 가죽 조각이 만져졌다. 그는 조심스레 흙을 걷어내고 그 물건을 꺼냈다. 그 옛날에 토머스가 허리에 차고 있었던 전대였다.

머딘은 손에 묻은 흙을 튜닉에 문질러 닦은 뒤 전대를 열어보았다.

그 안에는 기름 먹인 양모 주머니가 온전하게 들어 있었다. 그는 주머니를 묶은 끈을 풀고 손을 넣어보았다. 그러자 둘둘 말아서 밀랍으로 봉인한 양피지가 나왔다.

그가 조심스럽게 다뤘는데도 밀랍은 손을 대자마자 부스러졌다. 그는 손끝으로 신중하게 양피지를 펴보았다. 양피지는 온전했다. 땅속에 삼십사 년간 묻혀 있었는데도 놀랄 만큼 상태가 좋았다.

그는 곧 그것이 공식 문서가 아니라 사적인 편지임을 알았다. 필적을 보니 훈련받은 서기가 아니라 교육받은 귀족이 공들여 쓴 것 같았다.

머딘은 편지를 읽기 시작했다. 서두는 다음과 같았다.

버클리성의 잉글랜드 국왕 에드워드 2세가, 충실한 신하 토머스 랭리 경을 통해 장남 에드워드 왕자에게 국왕으로서, 아버지의 사랑을 담아 전하노라.

머딘은 더럭 겁이 났다. 그것은 부왕이 현재의 국왕에게 보낸 편지였다. 편지를 든 손이 떨렸다. 그는 시선을 들어 혹시라도 누군가 덤불 속에서 자신을 훔쳐보지는 않을까 온통 수풀뿐인 사방을 두리번거렸다.

사랑하는 아들아, 너는 이제 내가 죽었다는 소식을 듣게 될 것이다. 그러나 그것이 사실이 아니라는 것을 알아야 한다.

머딘은 이맛살을 찌푸렸다. 이것은 그가 예상했던 내용이 아니었다.

왕비이자 내 아내인 네 어머니는 셔링의 롤런드 백작과 그 아들들을 매수하고 반란을 사주해 이곳으로 살인자들을 보냈다. 그러나 나는 토머스의 예고를 받았고, 살인자들은 제거됐다.

그렇다면 토머스는 암살자가 아니라 왕의 구원자였던 것이다.

나를 죽이려다 실패한 네 어머니는 분명 또다시 시도할 것이다. 그녀와 사통한 자는 내가 살아 있는 한 자신들의 안전을 도모할 수 없기 때문이다. 그래서 나는 제거된 살인자 가운데 나와 키와 체격이 비슷한 자와 옷을 바꿔 입었고, 몇 사람에게 뇌물을 주어 그것이 나의 시신이라고 맹세하게 하였다. 네 어머니는 시신을 보면 진실을 알 테지만, 안다고 나서지는 못할 것이다. 왜냐하면 세상 사람들이 내가 죽었다고 여긴다면 나는 더이상 그녀에게 위협이 되지 않을 것이고, 나를 지지할 반란자나 경쟁자도 나오지 않을 것이기 때문이다.

머딘은 경악했다. 백성들은 에드워드 2세가 죽었다고 여겼다. 유럽 전체가 속아넘어갔던 것이다.

하지만 그뒤로 국왕은 어떻게 됐을까?

나는 너에게도 내가 가는 곳을 밝히지 않을 생각이나, 잉글랜드 왕국을 떠나 다시는 돌아오지 않으리란 것만은 알아두어라. 아들아, 하지만 나는 죽기 전에 너를 다시 보게 되기를 기도할 것이다.

토머스가 이 편지를 전하지 않고 땅속에 묻은 이유는 무엇일까? 그것은 목숨이 위태로웠던 그에게 이 편지야말로 자신을 지킬 강력할 무기라는 것을 알았기 때문이다. 남편이 죽은 것처럼 행동했던 이저벨라 왕비는 진실을 아는 몇 사람과 거래할 필요가 있었다. 머딘이 어렸을 때, 켄트의 백작이 에드워드 2세가 아직 살아 있다고 주장한 죄로 반역으로 몰려 참수당한 사건이 있었다.

이저벨라 왕비가 토머스를 죽이려고 보낸 자들은 킹스브리지 인근 외곽에서 토머스를 따라잡았다. 그러나 토머스는 열 살짜리 랠프의 도움을 받아가며 그들을 처치했다. 그후 토머스는 속임수의 전모를 밝히겠다고, 자신에게 선왕의 편지 증거가 있다고 위협했을 것이다. 그날 밤 킹스브리지 수도원의 구호소에 누워 있을 때 토머스는 왕비와, 아니 그녀의 대리인인 롤런드 백작과 백작의 아들들과 협상을 벌였을 것이다. 그리고 결국 그는 자신을 수사로 받아주는 조건으로 비밀을 지킨다는 서약을 했던 것이다. 수도원이라면 안전하리라 여겼을 것이다. 그리고 왕비가 약속을 지키지 않을 경우에 대비해 그는 그 편지가 안전한 장소에 있으며 자신이 죽으면 공개될 거라고 말했을 것이다. 따라서 왕비는 토머스를 계속 살려둘 필요가 있었다.

이 일에 대해 뭔가 알고 있었던 전임 앤서니 수도원장은 임종의 자리에서 시실리어 수녀원장에게 이것을 말했고, 시실리어 수녀원장 역시 임종의 자리에서 같은 이야기를 캐리스에게 반복했다. 사람들은 수십 년이라도 비밀을 지킬 수 있지만 죽음이 가까워지면 진실을 말하게 되는 법이라고 머딘은 생각했다. 캐리스 역시 토머스를 수사로 받아주는 조건으로 린 곡창지대를 수도원에 기부한다는 내용이 적힌, 왕비의 죄상이 폭로될 만한 문서를 발견했었다. 머딘은 이제야 캐리스의 에두른 탐문이 왜 말썽을 일으켰는지 납득이 갔다. 그레고리 롱펠로 경은 그 문서를 찾으려고 랠프를 수도원에 난입시켜 수녀들이 보관하고 있던 증서를 모조리 훔쳐오게 했던 것이다.

그런데 이 양피지 한 장이 지닌 파괴력이 세월의 흐름으로 경감됐을까? 이저벨라 왕비는 장수를 누렸지만 결국 삼 년 전에 죽었다. 에드워드 2세 역시, 살아 있다면 이제 일흔일곱 살일 테니 아마 노쇠로 이미 숨을 거뒀을 것이다. 에드워드 3세는 세상에서 죽은 줄로만 알고 있던 부왕이 살아 있었다는 사실이 폭로되는 것을 두려워할까? 그는 이제 이런 일로 위협받지 않을 것 같은 강력한 왕이 되었지만, 그래도 당혹감과 수치심을 면하기는 어려울 것이다.

그렇다면 머딘은 이 편지를 어떻게 해야 할까?

그는 야생화들 사이, 풀이 무성한 숲 바닥에 한참을 앉아 있었다. 이윽고 그는 양피지를 말아 주머니에 넣고 그것을 오래된 가죽 전대에 도로 넣었다.

그는 전대를 땅속에 다시 묻고 구덩이를 흙으로 메웠다. 처음에 잘못 팠던 구덩이도 메웠다. 그런 뒤 두 곳의 지면을 판판하게 다졌다. 그는 덤불에서 잎을 훑어 떡갈나무 앞에 뿌려놓았다. 그리고 뒤로 물러서서 자신이 해놓은 일을 바라보았다. 만족스러웠다. 무심한 눈으로 보면 구덩이를 팠던 흔적은 보이지 않을 것이다.

그리고 그는 빈터를 등지고 집으로 향했다.

90

8월 말 랠프 백작은 그의 오랜 부하인 앨런 편힐과 새로 찾은 아들 샘을 데리고 셔링을 돌며 자신의 소유지를 시찰했다. 그는 자신의 자식이면서 어엿한 사내로 자란 샘을 데리고 다니는 것이 흐뭇했다. 다른 두 아들 게리와 롤리는 이런 일을 하기에는 아직 어렸다. 샘은 랠프가 아버지라는 사실을 알지 못했지만 랠프는 유쾌한 기분으로 비밀을 간직해두었다.

그들은 시찰하는 동안 목격한 광경에 소름이 끼쳤다. 랠프의 농노 수백 명이 죽었거나 죽어가고 있었고, 곡식은 수확되지 못한 채 방치돼 있었다. 말을 타고 이동하는 동안 랠프의 분노와 좌절감은 점점 커져갔다. 그의 빈정거리는 말투에 수행원들은 두려움을 느꼈고, 언짢은 그의 기분 때문에 그가 탄 말도 겁을 먹은 듯했다.

각 마을마다 농노 소유의 토지는 물론이고 백작 개인 용도의 토지가 몇 에이커씩 별도로 있었다. 그 토지는 백작에게 고용된 자들과 일주일에 하루씩 백작 소유의 토지에서 일해야 할 의무가 있는 농노들이 경작했다. 그런데 그 땅들의 상태가 최악이었다. 고용자 대부분은 죽고 없었다. 그의 땅에서 일해야 할 의무가 있는 농노 일부도 마찬가지였다. 다른 농노들은 지난번 전염병이 돌았을 때 좀더 유리한 소작 계약을 맺어 더이상 영주를 위해 일을 할 의무가 없었다. 게다가 결정적으로, 삯을 주고 구하려고 해도 일꾼을 구할 수가 없었다.

위글리에 도착한 랠프는 영주 저택 뒤쪽으로 돌아가 나무로 지은 커다란 광에 가보았다. 매년 이맘때면 방앗간에 갈 곡식이 그득했는데, 광은 텅 비고 건초 다락에 고양이가 잔뜩 낳아놓은 새끼들뿐이었다.

"대체 뭘 가지고 빵을 만들 생각인가?" 랠프가 관리인 네이트에게 으르렁거렸다. "에일을 만들 보리가 없으면 뭘 마실 거냔 말이야. 맙소사, 네놈에게 계획이란 것이 있어야 할 거 아니냐."

네이트는 굳은 얼굴로 그를 바라보았다. "우리가 할 수 있는 건 구획을 다시 배정하는 것뿐입니다."

랠프는 그의 퉁명스러운 대꾸에 놀랐다. 여느 때 같으면 그는 알랑대기 바빴을 것이다. 다음 순간 젊은 샘을 노려보는 네이트를 본 랠프는 그제야 이 벌레 같은 작자의 태도가 왜 돌변했는지 알아챘다. 네이트는 자기 아들 조노를 죽인 샘을 증오하고 있었다. 그런데 랠프는 샘을 벌하기는커녕 사면하는 것도 모자라 기사종자로 삼았다. 그가 분개한 것은 당연했다.

"마을에 땅을 좀더 경작할 만한 젊은 놈들이 한둘쯤은 있을 게 아니냐." 랠프가 말했다.

"아, 그렇긴 하죠. 하지만 그들은 등기료를 내려고 하지 않습니다."

"그러면 무상으로 땅을 갖고 싶어한다는 것이냐?"

"그렇습니다. 백작님 땅은 남아돌 정도인데 일손은 부족하다는 걸 그들도 아니까요. 그들은 자신들이 흥정하기에 유리한 때가 언제인지 압니다." 예전의 네이트라면 건방진 농부들을 매도하기에 바빴을 텐데, 지금은 궁지에 몰린 랠프의 처지를 은근히 즐기는 듯이 보였다.

"잉글랜드가 귀족의 것이 아니라 저희 것이나 되는 것처럼 구는군." 랠프가 성난 어조로 말했다.

"수치스러운 일이죠, 나리." 네이트가 한껏 정중한 어조로 말했다. 그의 얼굴에 교활한 표정이 떠올랐다. "이를테면 울프릭의 아들 데이비는 아마벨과 결혼해서 그 어미의 땅을 넘겨받고 싶어합니다. 그건 말이 되는 일이죠. 아넷은 자기 땅을 감당하지 못하니까요."

샘이 입을 열었다. "우리 부모님은 등기료를 내지 않으실 겁니다. 그분들은 그 결혼에 반대하니까."

"하지만 데이비가 낼 수 있지." 네이트가 말했다.

그 소리에 랠프는 놀랐다. "그 돈을 어떻게 낸다는 건가?"

"숲에서 재배한 새 작물을 팔았거든요."

"꼭두서니 말이로군. 우리가 그때 충분히 밟아주지 못한 건가. 그래서 얼마나 벌었다던가?"

"그거야 모르죠. 하지만 궨다는 어린 젖소 한 마리를 사고 울프릭은 새 나이프를 샀죠…… 아마벨은 주일미사에 올 때 노란 스카프를 두르고요."

그리고 네놈은 뇌물을 듬뿍 주겠다는 제안을 받았을 테지. 랠프는 짐작했다. "불복종한 데이비에게 그런 횡재가 있었다는 건 마음에 들지 않지만 내가 처한 상황이 더 급하구나. 그에게 땅을 주거라."

"그전에 나리가 데이비에게 부모의 의사에 반하는 결혼을 해도 된다는 특별 허가를 내리셔야 하는데요."

데이비는 랠프에게 그 허락을 구한 적이 있었고, 랠프는 그 요청을 거절했지만 그것은 전염병이 농부들을 쓸어가기 전의 일이었다. 그는 같은 문제를 놓고 다시 결정하는 것이 싫었다. 하지만 그건 사소한 일이었다. "허락을 내리겠다." 랠프가 말했다.

"잘하셨습니다."

"하지만 가서 그애를 봐야겠다. 내가 직접 제안을 해야겠어."

네이트는 그 말에 놀랐지만 반대하고 나서지는 않았다.

사실 랠프는 궨다를 다시 만나고 싶었다. 그녀에게는 그의 목을 바짝 타게 만드는 뭔가가 있었다. 지난번 사냥용 작은 오두막집에서 마지막으로 그녀와 만났을 때 느낀 만족감은 오래가지 않았다. 그때 이후로 몇 주 동안 그는 종종 그녀를 생각했다. 요즘 그는 평소 잠자리를 하는 매춘부나 술집 작부나 하녀 같은 부류에게서 거의 만족을 느끼지 못했다. 그들 모두 그가 청하면 기쁜 시늉을 했지만, 그건 일이 끝나고 받을 돈 때문이라는 것을 그는 알고 있었다. 그러나 궨다는 자신이 그를 혐오한다는 감정을 감추지 않았고, 그의 손이 닿기만 해도 몸서리를 쳤다. 그리고 그것이 역설적이게도 그를 즐겁게 했는데, 그것은 정직한 반응이고, 따라서 진정한 반응이기 때문이었다. 오두막집에서 만나고 나서 그가 은화가 든 지갑을 주자 그녀는 그것을 멍이 들 정도로 있는 힘껏 그의 가슴팍에 팽개쳤다.

"그들은 오늘 브룩필드에서 수확한 보리를 뒤집고 있을 겁니다." 네이트가 말했다. "제가 안내해드리죠."

랠프와 그의 부하들은 네이트를 따라 마을을 벗어나 큰 밭 언저리에 흐르는 개천 둑을 따라갔다. 위글리는 늘 바람이 많이 불었는데, 오늘 부는 여름의 산들바람은 궨다의 젖가슴만큼이나 부드럽고 따뜻했다.

수확을 마친 밭도 있었지만 나머지 밭은 다 자란 귀리와 보리에 잡초가 무성하게 자란 절망적인 상태였고, 호밀밭 한 곳은 수확이 되기는 했지만 단을 묶어놓지 않아 곡물이 땅바닥에 흩어져 있었다.

일 년 전 랠프는 자신의 재정적 어려움은 모두 사라졌다고 여겼다. 가장 최근에 있었던 프랑스와의 전쟁에서 뇌샤텔의 후작을 포로를 잡아왔고 후작의 몸값으로 5만 파운드를 내걸었다. 그러나 후작의 가문은 그만한 돈을 모을 수가 없었다. 사 년 전 푸아티에 전투에서 웨일스 공에게 포로가 된 프랑스 국왕 장 2세의 경우도 그와 비슷했다. 장 왕은 사 년 동안 런던에 머물렀는데, 엄밀히 말하자면 포로였지만 랭커스터 공작이 새로 지은 사보이궁에서 안락하게 지냈다. 왕의 몸값은 감액됐지만 그래도 여전히 전액을 지불받지 못한 상태였다. 랠프는 앨런 펀힐을 뇌샤텔로 보내 포로의 몸값을 재협상하게 했고, 앨런은 몸값을 2만 파운드까지 낮췄지만 후작의 가문에서는 그 돈조차 구할 수 없었다. 그런데 후작이 전염병으로 죽는 바람에 랠프는 다시 파산 상태가 되고 수확을 걱정해야 할 처지가 되고 만 것이다.

정오였다. 농부들은 밭 한구석에서 식사를 하고 있었다. 궨다와 울프릭과 데이비도 나무 아래 땅바닥에 앉아 생양파를 곁들여 차게 식힌 돼지고기를 먹고 있었다. 말들이 다가오는 것을 본 농부들은 화들짝 놀랐다. 랠프는 손을 저어 다른 농부들을 물리치고 곧장 궨다의 가족에게 다가갔다.

궨다는 헐렁한 녹색 옷을 입고 있어 몸매가 드러나지 않았다. 머리카락을 바짝 당겨 묶은 얼굴은 시궁쥐처럼 보였다. 손톱 때가 낀 손은 흙투성이였다. 그러나 랠프는 상상 속에서, 이제부터 그가 하려는 짓에 또다시 체념과 혐오감이 섞인 표정을 지을 그녀를, 그런 표정으로 자신 앞에 서 있는 그녀의 알몸을 보고 있었다. 그러자 다시 성욕을 느꼈다.

그는 그녀에게서 그녀의 남편에게로 시선을 옮겼다. 울프릭은 반항하는 것도 겁을 먹은 것도 아닌 침착한 시선으로 그를 마주보았다. 새치가 섞인 황갈색 수염을 기르고 있었지만 랠프가 남긴 칼자국을 가릴

만큼은 아니었다. "울프릭, 자네 아들이 아마벨과 결혼해서 아넷의 토지를 넘겨받고 싶어한다더군."

그 말에 궨다가 대꾸하고 나섰다. 그녀는 백작이 자기한테 말을 걸었을 때만 말해야 한다는 것에는 아랑곳하지 않았다. "아들 하나를 뺏어가놓고 이제 와서 남은 하나마저 데려가려는 건가요?" 그녀가 사납게 말했다.

랠프는 그녀의 말을 무시했다. "차지 상속세는 누가 낼 건가?"

네이트가 끼어들었다. "상속세는 30실링일세."

"저는 그만한 돈이 없습니다." 울프릭이 말했다.

그러자 데이비가 침착한 어조로 말했다. "제가 낼 수 있습니다."

이런 큰 금액에도 놀라지 않는 걸 보니 꼭두서니를 팔아서 돈을 꽤 번 모양이군. 랠프는 생각했다. "잘됐군. 그렇다면—"

데이비가 랠프의 말을 끊고 말했다. "하지만 어떤 조건을 제시하실 건가요?"

랠프는 얼굴이 화끈거렸다. "그게 무슨 말이냐?"

네이트가 다시 끼어들었다. "그야 당연히 아넷이 그 땅을 보유하고 있을 때와 같은 조건이지."

"그렇다면 고맙지만 저는 백작의 후한 제의를 받아들이지 않겠습니다." 데이비가 말했다.

"그게 무슨 소리냐!" 랠프가 말했다.

"나리, 저도 그 땅을 넘겨받고 싶긴 하지만, 관습적인 의무 없이 현금으로 지대를 내는 자유 소작농이라는 조건에서만 받을 생각입니다."

앨런 경이 위협조로 말했다. "네놈이 지금 감히 셔링의 백작과 흥정을 하겠다는 거냐, 어린놈이 무례하게."

데이비는 겁이 났지만 대담하게 나갔다. "언짢게 해드릴 생각은 없습니다, 나리. 하지만 저는 제가 내다팔 수 있는 작물을 마음대로 재배하고 싶습니다. 시장가와 상관없이 관리인 네이트가 골라주는 작물을 재배하고 싶지는 않습니다."

데이비는 궨다의 쇠고집을 물려받았군. 랠프는 생각했다. 그는 성난 어조로 말했다. "네이트는 내가 하라는 대로 할 뿐이다! 네가 백작보다 더 잘 안다는 거냐?"

"용서하십시오, 나리, 그러나 백작은 경작을 하시는 것도 아니고 시장에 내다파시지도 않잖습니까."

앨런이 손을 칼자루로 가져갔다. 랠프는 울프릭이 땅바닥에 놓아둔 자신의 낫을 힐끔거리는 것을 보았다. 낫의 예리한 날 부분이 햇살에 번뜩였다. 랠프의 또다른 부하인 젊은 샘의 말이 기수의 긴장감을 감지하고 불안한 듯 움직였다. 싸움이 벌어지면 샘은 자기 영주를 위해 싸울까, 자기 가족을 위해 싸울까?

랠프는 싸움을 원치 않았다. 그가 원하는 것은 수확이고, 농부를 죽여봤자 일만 더 꼬일 뿐이었다. 그는 손짓으로 앨런을 제지했다. "전염병 때문에 도의가 땅에 떨어졌구나." 랠프는 정떨어진다는 투로 말했다. "나도 별수없으니 네가 원하는 대로 해주지, 데이비."

데이비는 마른침을 삼키고는 다시 말했다. "문서로 써주시겠습니까, 나리?"

"지금 여기서 등본까지 써달라는 것이냐?"

데이비는 너무 겁에 질려 대꾸하지 못하고 고개만 끄덕였다.

"지금 너는 네 백작인 내 말을 의심하는 것이냐?"

"아닙니다, 나리."

"그럼 왜 증서를 달라는 거지?"

"훗날 생길 수도 있는 의혹을 피하기 위해서입니다."

그것은 등본을 요구할 때 모두가 하는 말이었다. 등본을 만들어두면 지주가 쉽게 조건을 변경할 수 없었다. 그러나 그것은 전례 없는, 이제까지의 전통을 거스르는 일이었다. 랠프는 더이상 양보하고 싶지 않지만, 수확하기 위해서는 이번에도 선택의 여지가 없었다.

다음 순간 그의 머릿속에 이 상황을 이용해서 자신이 갖고 싶은 다른 것을 손에 넣을 방도가 떠올랐고, 그러자 기분이 나아졌다.

"좋다. 증서를 써주지. 하지만 나는 수확기에 남자들이 밭을 떠나는 건 원치 않는다. 네 어미가 다음주에 백작의 성에 와서 증서를 가져가도록 해라."

꿴다는 찌는 듯이 무더운 날 백작의 성을 향해 걸어갔다. 랠프가 원하는 것이 무엇인지 알고 있었던 그녀는 비참한 기분에 휩싸였다. 그녀가 성안으로 통하는 도개교를 건너갈 때 떼까마귀가 궁지에 몰린 그녀를 조롱하듯 깍깍거렸다.

태양은 성벽에 막혀 산들바람마저 들어오지 못하는 구내를 무자비하게 내리쬐고 있었다. 기사종자들이 마구간 밖에서 놀이를 하고 있었다. 그중에는 샘도 있었는데 놀이에 열중한 나머지 그는 꿴다가 온 것도 알아채지 못했다.

그들은 기둥 눈높이에 머리와 다리만 움직일 수 있게 고양이 몸통을 묶어놓고 있었다. 기사종자가 양손을 등뒤로 묶인 상태에서 그 고양이를 죽이는 놀이였다. 꿴다는 전에도 그 놀이를 본 적이 있었다. 기사종자가 목적을 달성하기 위해 쓸 수 있는 유일한 방법은 그 가엾은 짐승을 머리로 들이받는 것뿐인데, 고양이는 당연히 공격자의 얼굴을 할퀴고 물어뜯으며 저항했다. 열여섯 살쯤 된 도전자는 기둥 언저리를 돌고, 겁에 질린 고양이는 그런 그를 지켜보고 있었다. 그때 갑자기 그 기사종자가 고개를 홱 움직였다. 그는 이마로 고양이의 가슴팍을 찍었지만, 고양이는 발톱을 세운 앞발을 휘둘렀다. 그는 아파서 비명을 지르며 뒤로 펄쩍 뛰었다. 그의 뺨에서 피가 줄줄 흘렀고 다른 기사종자들은 폭소를 터뜨렸다. 격분한 도전자가 기둥을 향해 돌진해 다시 한번 고양이를 들이받았다. 이번에는 고양이가 더 심하게 할퀴어 머리를 다쳤는데 기사종자들은 그 광경이 한층 더 우스운 듯했다. 세번째는 좀더 신중해졌다. 가까이 다가간 그는 공격하는 척하며 고양이를 헛발질하게 한 뒤에 신중하게 겨냥해 고양이의 머리통을 힘껏 들이받았다. 고양이는 입과 코에서 피를 쏟으며 의식을 잃고 널브러졌지만 아직 숨은 붙어 있었다. 그는 마지막 공격을 해서 숨통을 끊어놓았다. 기사종자들이 환호성을 올리며 박수를 쳤다.

궨다는 욕지기가 치밀었다. 그녀는 개는 좋아하지만 고양이는 별로 좋아하지 않았다. 하지만 무력한 짐승을 괴롭히는 모습을 보자 언짢았다. 그녀는 이런 놀이도 전쟁에 나가 사람을 공격하고 죽이기 위한 연습의 하나일 거라 생각했다. 그런데 꼭 그래야만 할까?

그녀는 아들을 부르지도 않고 계속 걸어갔다. 두번째 다리를 건너 본채로 가는 계단을 오르니 땀이 났다. 큰 홀은 고마울 정도로 서늘했다.

샘이 자신을 보지 못한 것이 다행스러웠다. 되도록이면 아들을 피하고 싶었다. 뭔가 이상하다고 의심하게 하고 싶지 않았다. 아들은 별로 예민한 편이 아니지만, 어머니가 괴로워하고 있다는 것 정도는 알아차렸을 것이다.

그녀는 홀 담당 하인에게 자신이 온 이유를 말했다. 그러자 그는 백작에게 전하겠다고 했다. "레이디 필리파도 집에 계신가요?" 궨다는 희망을 품고 물었다. 아내가 있다면 랠프도 행동을 자제할 것이다.

그러나 그는 고개를 저었다. "마님은 몬머스의 따님에게 가 계시네."

궨다는 쓸쓸하게 고개를 끄덕이고 자리에 앉아 기다렸다. 사냥용 오두막집에서 있었던 일이 자연적으로 머릿속에 떠올랐다. 큰 홀의 장식 없는 회색 벽을 보고 있던 그녀의 눈에 마치 옷을 입지 않은 그녀를 보기라도 하듯 자신을 빤히 응시하는 그의 모습이 보였다. 그는 기대감에 입이 약간 벌어져 있었다. 사랑하는 남자와의 성교가 기쁜 것만큼이나 증오하는 남자와의 성교는 혐오스럽다.

이십 년도 더 전에 랠프가 처음 강제로 그녀를 범했을 때 그녀의 몸은 그녀를 배신했다. 그녀는 정신적으로 극도의 혐오감에 사로잡혔으면서도 몸으로는 쾌락을 느꼈다. 숲속의 범법자 알윈과 했을 때도 그랬다. 그러나 지난번 그 오두막집에서는 그렇지 않았다. 그러한 변화는 나이로 인한 것 같았다. 젊었을 때는 욕망으로 가득차서 육체적 행위가 자동적으로 반응을 끌어냈고, 그 때문에 한층 더 수치스럽긴 했지만 그녀로서는 어쩔 수 없는 일이었다. 그런데 성숙한 지금의 그녀 몸은 그렇게 쉽게 무너지지도 반사작용을 일으키지도 않았다. 적어도 그 점만큼은 다행이었다.

홀 맨 끝에 있는 계단은 백작의 방으로 통했다. 그 계단으로 기사와 하인, 소작인, 관리인 같은 사람들이 끊임없이 오르내렸다. 한 시간이 지나자 홀 담당 하인이 그녀에게 올라가보라고 말했다.

그녀는 랠프가 그 자리에서 대뜸 덤빌까봐 두려웠지만 그날이 업무를 처리하는 날이라는 사실을 알고 마음을 놓았다. 그와 함께 앨런 경, 사제 겸 서기 두 사람이 필기구가 놓인 책상 앞에 앉아 있었다. 서기가 그녀에게 작은 양피지 두루마리를 건넸다.

그녀는 그것을 보지 않았다. 그녀는 글을 읽을 줄 몰랐다.

"자, 이제 자네 아들은 자유 소작인이 됐네. 그게 자네가 늘 원하던 일이었지?" 랠프가 말했다.

랠프도 알겠지만 그녀가 원한 것은 자신의 자유였다. 그녀는 그러지 못했지만, 랠프의 말대로 데이비는 자유를 얻었다. 그것은 그녀의 삶이 전혀 무의미했던 것은 아님을 의미했다. 그녀의 후손들은 자유롭고 독립적인 삶을 누릴 것이고, 자신들이 선택한 작물을 재배하고, 지대만 내고 번 돈의 나머지는 모두 차지할 것이다. 그들은 궨다가 태어나면서 겪었던 궁핍하고 굶주린 삶이 얼마나 비참한 것인지 결코 알지 못하리라.

그것이 그녀가 겪은 모든 일을 보상할 만큼 값어치 있는 걸까? 그녀로서는 알 수 없었다.

그녀는 두루마리를 받고 문으로 향했다.

앨런이 따라오더니 밖으로 나서는 그녀에게 나지막이 말했다. "오늘 밤 여기 홀에서 자고 가게." 그가 말했다. 큰 홀은 이 성의 거주자들이 모두 모여 자는 곳이었다. "그리고 내일 정오에서 두 시간 지나 사냥 오두막으로 오게."

그녀는 아무 대꾸 없이 그대로 나오려 했다.

그러자 앨런이 팔로 그녀의 앞을 막았다. "알겠나?"

"알았어요." 그녀가 조용히 말했다. "내일 오후에 그곳으로 갈게요."

그는 그제야 그녀를 보내줬다.

∽

그녀는 저녁 늦게야 샘과 말을 하게 됐다. 기사종자들은 오후 내내 이런저런 폭력적인 놀이를 하며 보냈다. 그녀는 혼자 있을 시간이 생긴 것을 다행으로 여겼다. 그녀는 서늘한 홀 안에 홀로 앉아 생각에 잠겼다. 그녀는 랠프와 성교를 하는 것은 별일이 아니라고 자신을 애써 타일렀다. 어차피 그녀는 처녀도 아니다. 결혼한 지 이십 년도 넘었다. 성교라면 수천 번 했다. 그 일은 몇 분이면 끝날 테고 흔적이 남는 것도 아니다. 하고 나서 잊으면 그뿐이다.

다음번까지는.

그 부분이 최악이었다. 그는 끝도 없이 그녀를 불러내 강제로 범할지도 모른다. 샘의 친부가 누구인지 폭로하겠다는 위협은 울프릭이 살아 있는 한 그녀를 계속 두렵게 할 것이다.

어쩌면 곧 그녀에게 싫증을 느끼고 탱탱하고 젊은 술집 작부에게 돌아가지 않을까?

"무슨 걱정이라도 있으세요?" 해질녘이 되어 기사종자들이 저녁을 먹으러 들어왔을 때 샘이 물었다.

"아무것도 아니다." 그녀는 재빨리 말했다. "데이비가 젖소 한 마리를 사줬단다."

샘은 약간 시기하는 기미를 보였다. 즐겁기는 했지만 기사종자에게는 보수가 없었다. 그들은 먹을 것과 마실 것, 잠자리, 의복까지 모두 제공받았기 때문에 돈은 거의 필요 없었지만, 그래도 젊은이라면 지갑 속에 몇 푼이라도 넣어두고 싶기 마련이다.

그들은 다가오는 데이비의 결혼에 대해 이야기했다. "어머니와 아넷은 나란히 할머니가 되겠군요. 그러면 어머니도 그 아주머니와 사이좋게 지내야 할 거예요." 샘이 말했다.

"말도 안 되는 소리." 궨다는 딱 잘라 말했다. "그런 소리는 꺼내지도 마라."

저녁식사가 차려지자 랠프와 앨런이 방에서 나왔다. 성안에 기거하는 모든 사람과 방문객들이 홀에 모였다. 주방 하인들이 허브를 넣고 구운 커다란 창꼬치 세 마리를 내왔다. 궨다는 랠프에게서 멀찍이 떨어진 식탁 맨 말단에 앉아 있었는데, 그는 그녀를 본척만척했다.

저녁식사를 마치고 그녀는 잠을 자기 위해 짚을 깐 바닥에 샘과 나란히 누웠다. 아들 옆에 눕자 위안이 됐다. 아들이 어릴 때도 그랬다. 밤의 고요 속에서 어린 아들이 내는 부드럽고 흡족한 숨소리를 귀기울여 듣던 때가 생각났다. 잠 속으로 빠져들면서 그녀는 아이들이 얼마나 부모의 기대에 반해 자라는가를 생각했다. 그녀의 아버지는 그녀를 사고파는 물건처럼 취급했지만, 그녀는 자신이 그런 취급을 당하는 데 크게 분노하며 거부했다. 이제 그녀의 아들들도 각자 자기 길을 선택했고, 그들의 길은 모두 그녀가 계획하던 길이 아니었다. 샘은 기사가 되려 하고, 데이비는 아넷의 딸과 결혼하려 한다. 사람들이 자식들이 자라 어떻게 될지 안다면, 그래도 그렇게 열심히 아이를 가지려 할까?

그녀는 랠프의 사냥용 오두막집에 갔는데 그는 없고 침대에 고양이 한 마리만 있는 꿈을 꾸었다. 그녀는 그 고양이를 죽여야 했는데, 양손이 뒤로 묶여 있어 고양이가 죽을 때까지 머리로 들이받는 꿈이었다.

잠에서 깬 그녀는 그 오두막집에서 랠프를 죽일 수 있을지 생각해보았다.

그 옛날 그녀는 알윈이 가지고 있던 칼로 칼끝이 눈 밖으로 나올 때까지 목을 찔러 그를 죽였다. 행상인 심도 죽였다. 그때 그녀는 그가 버둥거리며 허우적거리다가 폐 속으로 강물이 들어차 숨이 끊어질 때까지 그의 머리를 누르고 있었다. 랠프 혼자서 오두막집에 온다면 어쩌면 그를 죽일 수 있을지도 모른다.

그러나 그는 혼자 오지 않을 것이다. 백작들은 어디를 가나 혼자 다니는 법이 없었다. 늘 그랬듯 앨런을 데려올 것이다. 그가 부하 한 사람만 데리고 다니는 것도 이례적인 일이었다. 그러니 그가 아무도 데려오지 않을 가능성은 거의 없다.

그들을 둘 다 죽일 수는 없을까? 다른 사람들은 그녀가 그곳에서 그들과 만난다는 것을 알지 못한다. 그러니 그녀가 그들을 죽인다 해도 십중팔구 그녀는 의심받지 않을 것이다. 아무도 그녀의 동기를 알지 못한다. 동기 자체가 비밀이므로 더할 나위 없다. 누군가 그 시간쯤 오두막집 근처에 그녀가 있었다는 사실을 안다 해도 그녀에게는 혹시 의심이 갈 만한 사람을, 그 부근에서 얼쩡거리던 남자들을 보았느냐는 질문을 하는 정도일 것이다. 덩치가 크고 힘도 센 랠프가 체구가 작은 중년 여자의 손에 살해당했다고는 아예 생각지도 못할 것이다.

하지만 자신이 과연 그 일을 할 수 있을까? 그녀는 그 문제를 생각해 보았지만 마음속 깊은 곳에서는 그 일이 가망 없다는 것을 알고 있었다. 그들은 폭력에 이골이 난 자들이었다. 그들은 이십 년간 종종 전쟁터에 나갔고, 마지막 나간 것은 지지난 겨울이었다. 그들의 반사신경은 빠르고 반응은 치명적이었다. 많은 프랑스 기사들이 그들을 죽이고 싶어하지만, 그것을 시도하던 와중에 목숨을 잃었다.

꾀를 쓰고 기습을 하면 하나쯤은 죽일 수 있을지 모르지만 둘은 어림도 없다.

랠프에게 복종하는 수밖에 없을 것이다.

그녀는 씁쓸한 표정으로 밖에 나가 세수를 했다. 큰 홀로 돌아와 보니 주방 하인들이 아침식사로 호밀빵과 묽은 에일을 차리는 중이었다. 샘이 묵은 빵을 부드럽게 하려고 에일에 적시면서 물었다. "또 그런 표정을 하고 있네요. 대체 무슨 일이에요?"

"아무 일 아니다." 그러면서 궨다는 나이프로 빵을 한 조각 잘랐다. "다시 그 먼길을 가야 하잖니."

"그게 걱정되세요? 사실 어머니 혼자 여행하면 안 되는 거죠. 대부분의 여자들은 혼자 다니려 하지 않아요."

"나는 다른 여자들보다 강하단다." 그녀는 아들이 자기를 걱정해주는 것이 기뻤다. 아이의 친부인 랠프라면 그러지 않을 것이다. 그래도 샘이 자라는 동안 울프릭은 아이에게 어느 정도 영향을 미쳤다. 하지만 그녀는 아들이 자기 표정을 읽고 심정을 간파한 사실에 당황했다. "내 걱정은 할 것 없어."

"제가 함께 갈 수도 있어요." 샘이 제안했다. "백작도 보내주실 거예요. 오늘은 기사종자를 쓸 일이 없거든요. 앨런 경과 함께 어딘가 가신 다고 했어요."

그것이야말로 그녀가 가장 원치 않는 일이었다. 만약 그녀가 약속 장소에 나타나지 않으면 랠프는 비밀을 누설할 것이다. 랠프가 그 일을 얼마나 즐길지 쉽게 상상할 수 있다. 절대 자극할 필요가 없는 일이었다. "아니다." 그녀는 단호한 어조로 말했다. "넌 여기 있어. 백작이 언제 너를 부를지 모르는 일이니까."

"저를 부를 일이 없다니까요. 함께 가요."

"내가 안 된다잖니." 퀜다는 입안에 든 빵을 삼키고 남은 빵을 주머니에 챙겼다. "나를 걱정해주는 건 고마운 일이다만 그럴 필요 없어." 그녀는 그의 뺨에 입을 맞췄다. "몸조심하거라. 불필요한 위험은 피하고. 나를 위해 뭔가 해주고 싶다면, 그건 네가 살아 있는 거야."

그녀는 자리에서 일어났다. 그녀는 문가에서 뒤를 돌아보았다. 샘이 생각에 잠긴 눈으로 그녀를 바라보았다. 그녀는 억지로 태평스러운 미소를 지어 보였다. 그러고는 그곳을 나왔다.

길을 가면서 퀜다는 그녀와 랠프의 밀회를 알아챌 사람이 있지 않을까 걱정되기 시작했다. 이런 일은 쉽게 들통나기 마련이다. 이미 그와 한 번 만났고, 이제 두번째 만날 예정인데, 앞으로 얼마나 더 만나게 될지 모른다. 갑자기 길을 벗어나 숲속으로 들어가는 그녀를 보면서 의아해할 사람이 대체 언제쯤 있을까? 누군가 하필 그 시간에 우연히 사냥용 오두막집에 들르기라도 한다면? 또, 퀜다가 백작의 성을 나와 위글리로 돌아갈 때마다 랠프와 앨런이 함께 사라진다는 사실을 눈치채는 사람이 있지 않을까?

그녀는 정오가 되기 직전 주막에 들러 에일과 치즈로 식사를 했다. 여행자들은 대체로 안전을 도모하기 위해 주막을 나서면서 무리를 짓기 마련이지만 그녀는 혼자 길을 가도록 뒤에 남은 사람이 하나도 없을 때까지 기다렸다. 숲에 접어들 지점에 이르렀을 때 그녀는 보는 사람이 없는지 재빨리 주위를 살폈다. 4분의 1마일가량 뒤편 나무들 사이에서 뭔가 움직인 것 같았다. 그녀는 자신이 본 것이 무엇인지 좀더 분명히 보기 위해 흐릿하게 보이는 그곳을 살펴보았지만 아무것도 없었다. 그저 그녀의 신경이 곤두선 것뿐이었다.

그녀는 여름 관목 숲을 헤치고 가면서 랠프를 죽이는 문제를 다시 한번 생각해보았다. 운좋게 앨런이 오지 않는다면 기회를 잡을 수 있지 않을까? 그러나 앨런은 그녀와 랠프가 여기서 만난다는 사실을 아는 유일한 인물이다. 랠프가 살해당하면 앨런은 누구 짓인지 바로 알 것이다. 그녀는 앨런까지 죽이는 일은 불가능하다고 생각했다.

오두막집 바깥에 말 두 마리가 서 있었다. 랠프와 앨런은 오두막집 안 작은 탁자 앞에 앉아 있었고, 그 앞에는 빵 반 덩어리, 허벅지 뼈, 치즈 껍질, 와인 병 같은 먹다 남은 음식이 놓여 있었다. 퀜다가 등뒤로 문을 닫았다.

"약속대로 오셨군." 앨런이 흡족한 투로 말했다. 밀회 장소까지 그녀를 데려오는 일을 맡았던 그는 그녀가 지시대로 하자 안도한 것이 분명했다. "완벽한 후식감이로군요. 쪼글쪼글하지만 달콤한 건포도처럼요."

"왜 저 사람을 내보내지 않는 거죠?" 퀜다가 랠프에게 말했다.

앨런이 자리에서 일어서며 말했다. "언제나 무례한 말투를 쓰는군. 말하는 법을 배울 생각은 없는 모양이지?" 하지만 그는 부엌으로 들어가며 소리나게 문을 닫았다.

　랠프는 그녀를 보며 미소지었다. "이리 와." 그가 말했다. 그녀는 시키는 대로 그에게 다가갔다. "당신이 원한다면 앨런이 함부로 대하지 못하게 해주지."

　"제발 그러지 말아요!" 그녀는 기겁하며 말했다. "앨런이 나한테 친절하게 굴면 사람들은 그 이유를 궁금해할 테니까."

　"좋을 대로." 그는 그녀의 손을 잡고 더 가까이 잡아당겼다. "내 무릎에 앉아."

　"그냥 바로 하고 끝내줘요."

　그 말에 그는 웃었다. "이래서 내가 당신을 좋아하는 거야. 당신은 솔직하거든." 랠프는 자리에서 일어나 양손으로 그녀의 어깨를 잡고 얼굴을 똑바로 들여다보았다. 그러더니 고개를 숙여 그녀에게 키스했다.

　이런 일은 처음이었다. 그동안 키스 한번 없이 두 번이나 성교를 했었다. 퀜다는 구역질이 났다. 그의 입술이 자신의 입술을 누르는 순간 그의 성기가 몸속에 들어왔을 때보다 더 더렵혀진 느낌이 들었다. 그가 입을 열자 숨결에서 치즈냄새가 풍겼다. 메스꺼워진 그녀는 몸을 뺐다. "하지 말아요."

　"이러면 잃는 게 있을 텐데."

　"제발 이러지 말아요."

　그는 슬슬 화가 치밀기 시작했다. "널 차지하고 말겠어!" 그가 큰 소리로 말했다. "옷 벗어."

　"제발 보내줘요." 그녀가 말했다. 그가 뭐라고 대꾸하려 했지만 그녀가 먼저 언성을 높였다. 벽이 얇아서 부엌에 있는 앨런이 자신이 애원하는 소리를 들을 수 있었지만 개의치 않았다. "제발 나에게 강요하지 말아요, 이렇게 빌게요!"

"뭔 소리를 지껄이든 상관없어." 랠프가 고함을 질렀다. "침대로 가!"

"제발 억지로 시키지 말아요!"

그 순간 앞문이 벌컥 열렸다.

궨다와 랠프가 동시에 그쪽으로 고개를 돌리고 바라보았다.

문가에 샘이 서 있었다.

"오, 이런, 안 돼!" 궨다가 소리쳤다.

한순간 세 사람은 얼어붙었고, 그 순간 궨다는 그사이에 무슨 일이 있었는지 단번에 알아챘다. 어머니가 걱정된 샘이 그녀 말을 듣지 않고 백작의 성에서부터 눈에 띄지 않게 멀찍이 떨어져서 그녀를 따라온 것이다. 그는 어머니가 길에서 벗어나 숲으로 들어가는 것을 보았다. 그녀는 뒤를 돌아보았을 때 뭔가 움직이는 것을 보았지만 대수롭지 않게 여겼다. 그녀를 따라 일이 분 늦게 이곳에 온 샘은 오두막집을 발견했다. 그는 밖에 있다가 큰 소리를 들었다. 랠프가 궨다에게 원치 않는 뭔가를 강요하고 있다는 것을 분명히 알았을 것이다. 한순간 그와 무슨 말을 했는지 되짚어본 궨다는 자신들이 그녀가 복종해야 하는 진짜 이유를 입에 올리지 않았다는 것을 알았다. 비밀이 누설된 것은 아니었다. 아직까지는.

샘은 검을 뽑았다.

랠프는 벌떡 일어섰다. 샘이 달려드는 순간 랠프는 가까스로 자신의 검을 뽑아들었다. 샘이 랠프의 머리를 향해 검을 휘둘렀지만 랠프는 간발의 차이로 칼을 들어올려 공격을 받아냈다.

궨다의 아들이 자기 아버지를 죽이려 하고 있었다.

샘은 극히 위험한 상황에 빠져 있었다. 이제 겨우 소년에서 벗어난 그가 전투로 단련된 병사를 상대하고 있었다.

"앨런!" 랠프가 소리쳤다.

다음 순간 퀜다는 샘이 하나가 아니라 두 명의 노련한 병사를 상대해야 한다는 것을 깨달았다.

그녀는 방을 가로질러 돌진했다. 부엌문이 열리기 직전 그녀는 문 옆 벽에 몸을 바짝 붙였다. 그녀는 허리춤에 차고 있던 날이 긴 단검을 뽑아들었다.

문이 벌컥 열리며 앨런이 방안에 들어섰다.

그는 서로 싸우는 두 사람을 보았지만 퀜다는 보지 못했다. 그는 눈앞에 벌어진 광경을 이해하느라 한순간 멈칫했다. 그때 샘의 검이 다시 랠프의 목을 노리고 허공을 갈랐다. 그리고 이번에도 랠프는 자신의 검으로 공격을 받아냈다.

앨런은 그제야 자기 주인이 공격받고 있다는 것을 파악했다. 그는 손을 칼자루로 가져가면서 한 발짝 앞으로 나섰다. 그 순간 퀜다가 등뒤에서 그를 찔렀다.

그녀는 날이 긴 단검을 박은 뒤 칼날이 앨런의 등 근육을 찌르고 들어가 신장과 위와 폐를 지나 심장까지 이르도록 밭에서 일하는 일꾼의 힘을 다 끌어모아 위로 올렸다. 단검은 날의 길이가 10인치에 끝이 뾰족하고 날이 예리해서 그의 내장을 잘랐지만 즉각 죽이지는 못했다.

고통으로 아우성치던 그는 곧 잠잠해졌다. 그가 비틀거리며 몸을 돌리더니 그녀를 움켜잡고 몸싸움이라도 하려는 듯 자기 쪽으로 끌어당겼다. 그녀는 다시 그의 배를 찔렀고, 복부에 박힌 칼을 좀전처럼 중요한 내장을 잘라내도록 위로 끌어올렸다. 그의 입에서 피가 쏟아져나왔다. 그는 두 팔을 옆으로 떨어뜨리며 축 늘어졌다. 한순간 그는 제 목숨을 앗아간 것이 작고 하찮은 여자라는 사실이 도저히 믿기지 않는 눈으로 그녀를 응시했다. 그러나 곧 눈을 감고 바닥에 쓰러졌다.

퀜다는 싸우고 있는 두 사람을 바라보았다.

샘이 공격하고 랠프가 받아넘겼다. 랠프는 뒤로 물러섰고 샘은 앞으로 밀어붙였다. 샘이 다시 공격하자 랠프가 다시 한번 막았다. 랠프는 공격하지 않고 온 힘을 다해 방어만 하고 있었다.

랠프는 자기 아들을 죽이게 될까 두려운 것이었다.

상대가 아버지라는 사실을 알지 못하는 샘에게는 하등 주저할 이유가 없었다. 그는 검을 휘둘러대며 앞으로 밀어붙였다.

퀜다는 이 상태가 오래가지 않으리라는 것을 알았다. 둘 중 하나가 찔릴 것이고 그다음에는 목숨을 걸고 싸울 것이다. 그녀는 피 묻은 단검을 쓸 준비를 한 채 자신이 끼어들어, 앨런을 찔렀던 것처럼 랠프를 찌를 기회만 필사적으로 노렸다.

"잠깐만." 랠프가 왼손을 들어올리며 말했지만 성난 샘은 아랑곳하지 않고 검을 휘둘렀다. 랠프가 공격을 받아넘기며 다시 말했다. "잠깐만!" 그는 상대의 공격을 받아내느라 헐떡이고 있었지만 가까스로 몇 마디를 입 밖에 낼 수 있었다. "네가 모르는 사실이 있다."

"그만하면 충분히 알았어!" 샘이 고함을 질렀다. 퀜다는 몸집만 큰 아들의 목소리에서 소년 같은 흥분을 감지했다. 샘은 다시 한번 검을 휘둘렀다.

"넌 몰라!" 랠프가 외쳤다.

퀜다는 랠프가 샘에게 무슨 말을 하고 싶어하는지 알았다. 그는 '내가 네 아버지다'라는 말을 하려는 것이었다.

그 일만은 막아야 했다.

"내 말 좀 들으라니까!" 랠프가 다시 말하자 이윽고 샘도 반응을 보였다. 샘은 검을 내리지 않은 채 뒤로 물러섰다.

랠프는 헐떡이면서 말을 하기 위해 숨을 골랐다. 그리고 그가 말을 하려고 머뭇거리는 사이 퀜다가 그에게 달려들었다.

그는 그녀 쪽으로 몸을 돌리면서 오른쪽으로 낮게 검을 휘둘렀다. 그의 검에 부딪혀 그녀가 들고 있던 단검이 떨어졌다. 그녀는 완전히 무방비 상태가 됐고, 그가 거기서 그대로 칼을 내리치기만 하면 그녀는 끝이었다.

그러나 샘이 검을 뽑아든 이후 처음으로 랠프의 방어막이 열리며 그의 몸 앞쪽이 무방비 상태가 된 것이었다.

샘이 달려들어 랠프의 가슴에 검을 꽂았다.

뾰족한 끝이 랠프의 얇은 여름 튜닉을 뚫고 흉골 왼쪽을 파고들었다. 깊숙이 들어간 것으로 보아 늑골 사이로 들어간 것이 분명했다. 샘이 피에 굶주린 자처럼 크게 고함을 지르며 더 힘껏 밀어붙였다. 그 충격에 랠프는 비틀거리며 뒷걸음쳤다. 그의 어깨가 뒤편 벽에 부딪쳤지만 샘은 여전히 있는 힘껏 앞으로 밀어붙였다. 검은 랠프의 가슴팍을 관통한 듯했다. 그 끝이 그의 등을 뚫고 나와 나무 벽에 닿는 기이한 소리가 났다.

랠프는 샘의 얼굴을 똑바로 바라보았다. 궨다는 랠프가 무슨 생각을 하는지 알았다. 랠프는 자신이 치명상을 입었다는 것을 알았다. 그리고 마지막 순간 자기 아들의 손에 죽는다는 것을 자각한 것이었다.

샘은 검을 놓았지만 검은 떨어지지 않았다. 섬뜩하게도 랠프의 몸을 송두리째 벽에 박아버린 것이었다. 샘은 기겁하며 뒤로 물러섰다.

랠프는 아직 숨이 붙어 있었다. 그는 힘없이 팔을 들어 가슴에 박힌 검을 뽑으려 했지만 팔이 뜻대로 움직여주지 않았다. 그 섬뜩한 찰나에 궨다는 그를 보며 기사종자들이 기둥에 묶어놓은 고양이 같다고 생각했다.

그녀는 몸을 굽혀 바닥에 떨어진 단검을 집어들었다.

그 순간 놀랍게도 랠프가 입을 열었다.

"샘, 내가……" 그가 말했다. 그러나 다음 순간 입에서 갑자기 피가 쏟아져나오며 말이 끊어졌다.

궨다는 천만다행이라고 생각했다.

쏟아져나오던 피가 갑자기 뚝 그치면서 랠프가 다시 입을 열었다. "내가─"

이번에 그의 말을 막은 것은 궨다였다. 그녀는 몸을 앞으로 기울이며 그의 입속에 단검을 박아넣었다. 그는 목이 졸린 듯한 소름 끼치는 소리를 냈다. 칼날이 그의 목구멍 깊숙이 박혔다.

그녀는 단검에서 손을 떼고 뒤로 물러섰다.

그녀는 공포에 질려 자신이 저지른 짓을 망연히 바라보았다. 그토록 오랜 세월 동안 자신을 괴롭혀온 남자가 십자가형이라도 당한 듯 가슴에 검이 꽂히고 입속에 칼이 꽂힌 채 벽에 박혀 있었다. 그는 아무 소리도 내지 못했지만 그의 눈은 아직 그가 살아 있다고 말하고 있었다. 고통과 공포와 절망에 사로잡힌 그 눈이 궨다에게서 샘을 향했다가 다시 궨다에게 향했다.

그들은 아무 말 없이 그를 지켜보며 기다렸다.

이윽고 그의 두 눈이 감겼다.

91

9월에 접어들면서 전염병은 사그라졌다. 새 환자가 들어오지 않고 기존 환자들이 죽으면서 캐리스의 병원도 차츰 한산해졌다. 빈 병실들은 말끔히 청소됐고, 벽난로에 노간주나무 장작을 태우면서 병원 안은 가을 냄새로 가득찼다. 10월 초에 마지막 희생자가 병원 묘지에 묻혔다. 힘 좋은 수녀 네 명이 수의에 싸인 시신을 구덩이 속으로 내릴 무렵 거뭇거뭇한 붉은 해가 킹스브리지 대성당 위로 떠올랐다. 그 시신은 오던 비의 곱사등이 직공이었지만, 무덤 속을 응시하고 있던 캐리스의 눈에는 자신의 오랜 적인 전염병이 차가운 땅바닥에 놓이는 것 같았다. 그녀는 작은 소리로 중얼거렸다. "너 정말 죽은 거니, 아니면 또다시 돌아올 거니?"

장례를 마치고 병원으로 돌아온 수녀들에게는 할일이 없었다.

캐리스는 세수를 하고 머리를 빗질한 다음 이날을 위해 마련해둔 새 옷을 꺼내 입었다. 킹스브리지 진홍색 옷감으로 지은 옷이었다. 그런 다음 반년 만에 처음으로 병원을 나섰다.

그녀는 곧 머딘의 집 정원으로 들어섰다.

아침햇살에 배나무가 긴 그림자를 드리우고 있었다. 나뭇잎은 붉게 물들고 말랐지만, 아직 가지에는 둥글고 갈색을 띤 때늦은 열매가 몇 개 달려 있었다. 정원사 안이 도끼로 장작을 쪼개고 있었다. 그는 캐리스를 보자 처음에는 화들짝 놀랐다가 겁에 질린 표정을 지었다가 그녀가 나타난 것이 무슨 의미인지를 깨닫고는 곧 환한 웃음을 지었다. 그는 도끼를 내려놓고 집안으로 뛰어들어갔다.

부엌에서는 엠이 불이 활활 타오르는 화덕 위에서 죽을 끓이고 있었다. 그녀는 하늘에서 내려온 유령이라도 보는 것처럼 캐리스를 쳐다보았다. 그러더니 감격에 겨워 캐리스의 손에 입을 맞추기까지 했다.

캐리스는 계단을 올라 머딘의 침실로 들어갔다.

그는 속옷 차림으로 창가에 서서 집 앞을 흐르는 강을 내다보고 있었다. 그가 그녀 쪽으로 돌아서자 그녀는 그 낯익고 고르지 못한 얼굴, 기민한 지성이 담긴 시선, 영리한 재치가 서린 입매를 보고 한순간 심장이 멎는 듯했다. 그의 금빛이 도는 갈색 눈이 사랑을 담은 눈길로 그녀를 바라보았고, 그의 입은 환영하는 미소로 벌어졌다. 그는 놀란 기색을 보이지 않았다. 병원에 새로 들어가는 환자가 점점 줄어들자 어쩌면 곧 그녀가 돌아오리라 짐작하고 있었던 것이 분명했다. 그는 희망을 이룬 사람다운 표정을 지었다.

그녀가 창가에 선 그의 옆으로 가서 섰다. 그가 그녀의 어깨를 감싸 안자 그녀도 두 팔로 그의 허리를 끌어안았다. 그녀는 육 개월 전보다 그의 붉은 수염에 희끗한 것이 좀더 섞이고, 그래서인지 머리도 좀더 벗어진 것 같다고 생각했다.

두 사람은 잠시 그 자세로 강을 내다보았다. 회색 아침의 강물은 쇳빛을 띠었다. 수면은 거울처럼 밝게, 혹은 진한 검은빛을 띠며 불규칙하게 끊임없이 형태를 바꾸고 있었다. 늘 변하면서도 언제나 그대로였다.

"끝났어." 캐리스가 말했다.

두 사람은 키스했다.

ᔆ

머딘은 도시의 성문을 다시 여는 기념으로 가을 특별시장을 열겠다고 발표했다. 시장은 10월 마지막 주간에 열렸다. 양모 거래 시기는 끝났지만 어쨌든 이제 양모는 킹스브리지의 주된 상품이 아니었다. 수천 명이나 되는 사람들이 이제 이 도시에 명성을 안겨준 진홍색 옷감을 사러 몰려들었다.

시장 개장에 맞춰 열린 토요일 저녁 연회에서 길드는 캐리스에게 경의를 표했다. 비록 킹스브리지가 전염병을 완전히 모면했던 것은 아니지만 다른 도시에 비하면 피해가 훨씬 적었고, 주민 대부분은 그녀의 예방책 덕분에 자신들이 살았다고 여겼다. 그녀는 그들 모두의 영웅이었다. 길드 조합원들은 그녀의 업적을 기려야 한다고 주장했고, 매지 웨버가 마련한 시상식에서 캐리스는 이 도시의 성문 열쇠를 상징하는 황금열쇠를 받았다. 머딘은 더없이 자랑스러웠다.

다음날인 일요일에 머딘과 캐리스는 성당에 갔다. 수사들이 아직 숲 속의 성 요한 수도원에 있었기 때문에 미사는 시내의 성 베드로 교구 교회의 마이클 신부가 집전했다. 셔링의 백작부인인 레이디 필리파도 참석했다.

머딘은 랠프의 장례식 뒤로 필리파를 보지 못했다. 그의 동생이자 그녀의 남편을 위해 눈물을 흘린 사람은 별로 없었다. 대개 백작은 킹스브리지 대성당에 매장됐지만, 도시가 폐쇄됐던 까닭에 랠프는 셔링에 매장됐다.

그의 죽음은 여전히 수수께끼에 싸여 있었다. 시신은 사냥용 오두막집에서 가슴에 검이 찔린 채 발견됐다. 앨런 펀힐 역시 그 곁에 칼에 찔린 채 쓰러져 있었다. 식탁에 남아 있는 음식으로 보아 두 사람은 그곳에서 함께 식사를 했던 것으로 보였다. 싸움이 있었던 것은 분명했지만, 랠프와 앨런이 서로 치명상을 입힌 것인지 아니면 다른 누군가가 이 사건에 연루된 것인지는 확실하지 않았다. 도둑맞은 물건은 없었다. 두 시신이 갖고 있던 돈은 그대로 있었고 값비싼 무기도 옆에 떨어진 채 그대로 있었으며 값나가는 말 두 마리는 오두막집 바깥 빈터에서 풀을 뜯고 있었다. 그래서 셔링의 검시관은 두 사람이 서로를 죽였다는 쪽으로 기울어졌다.

다른 면에서 보면 그 사건에는 의문의 여지가 없었다. 랠프는 폭력적인 인간이었기 때문에 그가 폭력에 희생됐다는 사실은 놀랄 일이 아니었다. 에드워드 3세 치하의 사제들이 그리 자주 인용한 구절은 아니지만, 예수도 칼로 흥한 자는 칼로 망한다고 했다. 특이한 점이 있다면 그처럼 수많은 전투, 피비린내 나는 싸움터에서 프랑스 기병대의 공격을 수없이 받고도 살아남았던 랠프가 자기 집에서 불과 몇 마일 떨어진 곳에서 언쟁 끝에 죽었다는 사실 정도였다.

머딘은 그 장례식에서 자신이 울고 있다는 사실에 놀랐다. 그는 자신이 대체 무엇 때문에 슬픈 것인지 의아했다. 그의 동생은 수많은 불행을 야기한 사악한 인간이었으니 그의 죽음은 축복이었다. 머딘은 랠프가 틸리를 죽인 후로 동생과 소원했다. 그러니 뭐가 그리 슬펐겠는가? 머딘의 슬픔은, 폭력에 빠지지 않고 폭력을 통제할 수 있었더라면, 그 호전성이 개인의 영광을 위한 야심이 아니라 정의감에 인도받았더라면 좋았을 인간 랠프에 대해 느끼는 슬픔이었다. 어쩌면 한때는 랠프도 그런 인간으로 성장할 가능성이 있었을 것이다. 그들 형제가 다섯 살, 여섯 살이었을 때 진흙탕 웅덩이에 나뭇배를 띄우면서 놀았던 그때의 랠프는 잔인하지도, 복수심에 불타는 인간도 아니었다. 머딘이 운 것은 그것 때문이었다.

필리파의 두 아들도 랠프의 장례식에 참석했고, 오늘도 그녀와 함께 와 있었다. 장남 게리는 랠프가 그 가엾은 틸리에게서 얻은 아들이었다. 둘째 롤리는 모두가 필리파가 낳은 랠프의 아들인 줄 알고 있지만 사실 머딘의 자식이었다. 다행히 롤리는 머딘처럼 체구가 작지도 않았고, 타는 듯한 붉은 머리도 아니었다. 아이는 어머니를 닮아 키가 훤칠했고 위엄을 갖춘 인물이 될 것 같았다.

롤리는 작은 나무 조각상을 쥐고 있다가 엄숙한 표정으로 머딘에게 선물했다. 그것은 말을 조각한 것이었는데 열 살짜리가 만든 것 치고는 꽤 그럴듯했다. 평범한 아이라면 네발로 선 동물을 조각했을 텐데, 롤리는 네발을 각기 다른 위치에 놓아 움직이게 하고 갈기도 바람에 날리는 것처럼 만들었다. 소년은 복잡한 사물을 3차원으로 파악할 줄 아는 친아버지의 능력을 물려받은 것 같았다. 머딘은 문득 목이 메었다. 그는 허리를 숙여 롤리의 이마에 입을 맞췄다.

그는 필리파에게 감사의 미소를 지었다. 그녀는 그 일이 머딘에게 의미가 있으리란 걸 알고 롤리에게 그 조각상을 선물하라고 권했을 것이다. 그는 캐리스 쪽을 보았는데 그녀 역시 그 선물의 의미를 알아챈 것 같았다. 하지만 그녀는 아무 말도 하지 않았다.

대성당 안의 분위기는 즐거움에 넘쳤다. 카리스마적인 설교자가 아닌 마이클 신부는 신도들이 웅얼거리는 소리 속에서도 미사를 진전했다. 수녀들은 여느 때와 같이 아름답게 성가를 불렀고, 낙관적인 햇살이 스테인드글라스를 끼운 다채롭고 짙은 색 창문들 사이로 비쳐들었다.

미사가 끝난 후 그들은 상쾌한 가을의 공기를 마시며 시장을 돌아다녔다. 캐리스는 머딘과 팔짱을 꼈고, 필리파는 그의 다른 쪽에서 걸었다. 두 소년이 앞서 뛰어갔고 필리파의 경호원과 시녀들이 뒤따랐다. 머딘은 시장 경기가 좋아졌다는 것을 느낄 수 있었다. 킹스브리지의 장인과 상인들은 이미 부를 회복해가고 있었다. 도시는 또다시 전염병의 공격을 받았지만 이번에는 지난번보다 더 빠르게 회복될 것이다.

길드의 원로 조합원들이 돌아다니며 무게를 달고 측량을 하고 있었다. 양모 자루의 무게와 옷감의 폭, 한 말의 분량 같은 정해진 표준이 있어 사람들은 자신들이 제대로 사고 있는지 알 수 있었다. 머딘은 이 도시의 상인들이 제대로 길드의 규제를 받고 있음을 구매자들이 알 수 있도록 조합원들에게 공공연하게 점검을 하고 다닐 것을 권장했다. 속임수가 있다는 의심이 들면 신중하게 확인할 것이고, 실제로 속임수가 확인되면 조용히 몰아낼 것이었다.

필리파의 두 아들이 들떠서 점포와 점포 사이를 뛰어다녔다. 머딘이 롤리를 바라보면서 필리파에게 나지막이 말했다. "랠프가 가고 없는데도 롤리가 진실을 알면 안 될 이유가 있나요?"

그녀는 생각에 잠긴 어조로 말했다. "나도 저애한테 사실대로 말해줬으면 좋겠지만, 그 일이 아이한테나 우리한테나 도움이 될까요? 롤리는 십 년 동안 랠프를 친아버지라고 여겼어요. 두 달 전에는 랠프의 무덤가에서 울기도 했죠. 지금 와서 그가 아버지가 아니라고 말하면 무척 충격을 받을 거예요."

두 사람은 낮은 목소리로 이야기하고 있었지만 캐리스에게도 들렸다. 캐리스가 필리파에게 말했다. "나도 당신 생각에 동의해요. 당신보다는 아이 생각을 먼저 해야 한다고요."

머딘은 두 여자가 하는 말을 이해했다. 그것은 행복한 날에 날아드는 작은 슬픔이었다.

"다른 이유도 있어요." 필리파가 말했다. "그레고리 롱펠로가 지난주에 나를 찾아왔어요. 폐하께서 게리를 셔링의 백작으로 삼고 싶어하신다고 하더군요."

"이제 열세 살밖에 안 됐는데요?" 머딘이 말했다.

"백작 작위는 일단 하사되면 보통은 세습되죠. 남작의 경우는 좀 다르지만요. 어쨌든 앞으로 삼 년간은 내가 백작령을 관리하게 될 거예요."

"랠프가 프랑스에서 싸우는 동안 늘 해왔던 일처럼 말이군요. 폐하께서 재혼하라고 하지 말아야 안심이 되겠어요."

그녀는 얼굴을 찌푸렸다. "나는 재혼하기엔 너무 늙었어요."

"그렇다면 롤리가 백작 작위를 물려받을 이인자가 되겠군요. 우리가 비밀을 지킨다면요." 게리에게 무슨 일이 생긴다면 내 아들이 셔링의 백작이 되는구나. 머딘은 생각했다. 놀라운 일도 다 있군.

"롤리는 좋은 통치자가 될 거예요." 필리파가 말했다. "그애는 똑똑하고 의지력도 대단해요. 그렇지만 랠프처럼 잔인한 면은 없어요."

랠프의 비열한 천성은 어린 시절부터 확연히 드러났다. 지금 롤리의 나이인 열 살 때 랠프는 궨다의 개를 활로 쏘아 죽였다. "어쩌면 롤리는 다른 길을 원할지도 몰라요." 그가 말을 조각한 나무상을 다시 들여다보면서 말했다.

필리파는 미소지었다. 그녀는 잘 웃지 않지만 웃을 때는 눈부실 정도로 아름다웠다. 그녀는 아직 아름다워. 그는 생각했다. 필리파가 말했다. "그건 양보해요. 그래야 그애를 자랑스럽게 여기게 될 테니까."

머딘은 랠프가 백작이 됐을 때 아버지가 얼마나 자랑스러워했는지 떠올렸다. 하지만 그라면 그렇지 않을 것 같았다. 롤리가 무엇을 하든 행복하게 잘해낸다면 아이가 자랑스러울 것이다. 어쩌면 아이는 석공이 되어 성인과 천사를 조각할지도 모른다. 어쩌면 아이는 슬기롭고 자비로운 귀족이 될지도 모른다. 아니면 그 아이의 부모가 전혀 예상하지 못했던 다른 뭔가를 할지도.

머딘은 필리파와 두 아이를 식사에 초대했다. 모두 함께 대성당을 나섰다. 그들은 시장에 들어오는 짐수레들의 흐름을 거슬러 다리를 건넜다. 그리고 나환자 섬으로 건너간 뒤 과수원을 지나 집안으로 들어갔다.

부엌에 롤라가 돌아와 있었다.

아버지를 본 순간 롤라는 울음을 터뜨렸다. 그가 안아주자 그녀는 아버지의 어깨에 기대어 흐느꼈다. 그녀가 어디 있다 왔는지는 모르지만 그사이에 씻는 습관을 잃은 것이 분명해 보였다. 딸에게서 돼지우리에서 나는 냄새가 풍겼지만 그는 너무 행복해서 아무렇지도 않았다.

롤라가 다소 진정되기까지 시간이 걸렸다. 마침내 롤라가 입을 열었다. "모두 다 죽어버렸어요!" 그러더니 다시 울음을 터뜨렸다. 얼마 후 마음이 가라앉자 이번에는 좀더 조리 있게 말했다. "그들이 모두 죽었어요." 그녀는 흐느낌을 억누르며 같은 말을 반복했다. "제이크, 보요, 네티, 핼, 조니, 초키, 페럿. 하나씩 죽어갔어요. 제가 별짓을 다 해봤지만 아무런 차도도 없었어요!"

요정과 양치기 시늉을 하는 아이들처럼 숲에 모여서 살았던 모양이군. 머딘은 짐작했다. 자세한 내용이 조금씩 나오기 시작했다. 남자아이들은 이따금 사슴을 잡았고, 하루종일 나갔다가 술 한 통과 빵을 가져오기도 했다. 롤라는 그들이 식량을 사온 거라고 말했지만, 머딘은 그들이 강도질을 했을 거라 짐작했다. 롤라는 그렇게 그들과 함께 영원히 살 수 있을 거라 생각했다. 겨울이 되면 사정이 완전히 달라진다는 것을 생각지 못한 것이다. 하지만 결국 목가적인 삶을 끝장낸 것은 날씨가 아니라 전염병이었다. "너무 무서웠어요." 롤라가 말했다. "새어머니가 있었으면 했어요."

게리와 롤리는 입을 딱 벌린 채 이야기를 듣고 있었다. 아이들은 사촌누나 롤라를 무척 따랐다. 비록 눈물범벅이 된 채 돌아왔지만 롤라의 모험담은 결과적으로 그녀의 존재를 한층 더 부각시켰다.

"두번 다시 그런 걸 느끼고 싶지 않아요. 친구들이 모두 병들어서 죽어가는데 나는 아무것도 할 수 없다는 그런 무력감을요."

"나도 이해할 수 있어. 어머니가 돌아가셨을 때 내 기분이 그랬단다." 캐리스가 말했다.

"병을 치료하는 법을 가르쳐주시겠어요?" 롤라가 캐리스에게 말했다. "저도 새어머니가 하는 것처럼 사람들을 돕고 싶어요. 그저 앉아서 성가 부르고 천사 그림이나 보여주는 것 말고요. 인간의 뼈와 피에 대해 알고 싶어요. 사람들을 치유하는 약초 같은 것도요. 누군가 병이 들면 내 손으로 뭔가 해줄 수 있으면 좋겠어요."

"네가 원한다면 물론 가르쳐주고말고. 그러면 나도 기쁠 거야." 캐리스가 말했다.

머딘은 놀랐다. 롤라는 지난 몇 년 동안 반항적이었고 심술궂게 행동했다. 권위에 대한 그녀의 거부감에는 캐리스가 자신의 친어머니가 아니며 따라서 존경할 필요가 없다는 마음도 있었다. 그는 이런 변화가 몹시 기뻤다. 그가 근심하며 겪은 모든 괴로움이 그럴 만한 가치가 있었던 것처럼 느껴질 정도였다.

얼마 뒤 한 수녀가 부엌으로 들어왔다. "꼬마 애니 존스가 경련을 일으키는데 이유를 모르겠어요." 수녀가 캐리스에게 말했다. "좀 봐주시겠어요?"

"물론이에요." 캐리스가 대답했다.

"저도 가도 될까요?" 롤라가 말했다.

"안 돼." 캐리스가 말했다. "네가 우선적으로 알아야 할 게 있어. 무엇보다 중요한 것이 청결이라는 거. 당장 가서 씻어. 그리고 내일부터 나와 함께 가자꾸나."

그녀가 떠나자 이번에는 매지 웨버가 들어왔다. "소식 들었어?" 그녀가 찡그린 얼굴로 말했다. "필리먼이 돌아왔대."

〽

그주 일요일, 데이비와 아마벨은 위글리의 작은 성당에서 결혼했다.

레이디 필리파가 영주 저택을 잔치 장소로 제공했다. 울프릭이 돼지 한 마리를 잡아 마당에 불을 피우고는 통째로 구웠다. 데이비는 달콤한 커런트 열매를 샀고 아넷은 롤빵을 구웠다. 수확할 일손이 부족해 보리 대부분이 밭에서 썩은 탓에 에일은 없었지만 필리파가 샘을 시켜 사과주 한 통을 선물로 보내줬다.

궨다는 아직도 매일같이 그 오두막집에서 있었던 일에 대해 생각했다. 한밤중에 어둠 속을 응시하면 입에 그녀의 단검이 박힌 랠프가 보였다. 누런 이 사이로 칼자루가 튀어나오고 샘의 검에 벽에 못박힌 그의 모습이.

소름 끼치는 일이지만 그녀와 샘이 랠프에게서 무기를 회수하자 시신은 바닥에 쓰러졌다. 그러자 죽은 두 사람이 마치 싸우다 서로를 죽인 것처럼 보였다. 궨다는 얼룩 하나 없는 그들의 무기에 피를 묻혀 그들 옆에 두었다. 밖으로 나온 뒤에는 말을 맨 줄을 느슨하게 풀어 말들이 누군가에게 발견될 때까지 며칠 동안이라도 살아 있게 해놓았다. 그리고 그녀와 샘은 그곳을 빠져나왔다.

셔링 검시관은 범법자들이 연루됐을지 모른다고 추정했지만, 결국에는 궨다가 기대했던 결론에 이르렀다. 그녀나 샘은 혐의도 받지 않았다. 그들은 살인을 저지르고도 무사하게 된 것이다.

그녀는 샘에게, 자신과 랠프 사이에 벌어진 일을 꾸며서 들려줬다. 그녀는 이번이 랠프가 처음으로 자신을 범하려 했던 것이고 말을 듣지 않으면 죽인다고 협박했다고만 했다. 샘은 자신이 백작을 죽였다는 사실에 겁을 먹었지만, 자신의 행동에 대해서는 일말의 후회도 없었다. 렌다는 그에게 병사가 될 만한 기질이 있다는 것을 깨달았다. 샘은 살인을 하고 가책으로 번민하는 일은 없을 것이다.

비록 그 장면이 떠오를 때마다 혐오감에 떨기는 해도 가책을 느끼지 않는다는 점은 그녀도 마찬가지였다. 그녀는 앨런 펀힐을 죽이고 랠프의 숨통을 끊었지만 전혀 후회하지 않았다. 그 두 사람이 없어지면서 세상은 한결 살기 좋은 곳이 됐다. 랠프는 자기 자식이 자신의 심장을 찔렀다는 사실을 아는 고통 속에서 죽었고, 그것은 그의 죗값이었다. 그녀는 시간이 지나면 그때 일이 밤마다 눈앞에 나타나는 일도 멈출 거라 확신했다.

그녀는 머릿속에서 그 기억을 떨쳐내고 영주 저택의 홀에서 흥청거리며 잔치를 벌이고 있는 마을 사람들을 둘러보았다.

돼지고기는 모두 먹어치웠고 남자들은 마지막 남은 사과주를 마시고 있었다. 에런 애플트리가 백파이프를 연주했다. 아넷의 아버지 퍼킨이 죽은 뒤로 이 마을에는 고수鼓手가 없었다. 렌다는 데이비가 이제 북까지 치겠다고 나설지도 모른다고 생각했다.

울프릭은 술을 잔뜩 마셨을 때마다 춤을 추고 싶어했다. 오늘 그와 첫번째로 짝을 이룬 렌다는 웃음을 터뜨리면서 경중경중 뛰는 그를 쫓아다녔다. 그는 그녀를 번쩍 들어올려 공중에서 돌리다가 꽉 끌어안았다 다시 내려놓고는 또다시 경중경중 뛰면서 그녀 주위를 맴돌았다. 그는 박자 감각이 전혀 없었지만 그의 순박한 열정은 전염성이 있었다. 그녀가 녹초가 됐다고 선언하자 이번에는 며느리가 된 아마벨과 춤을 추었다.

그런 다음 당연히 아넷과도 추었다.

음악이 끝나자마자 그의 시선은 아넷에게 향했고, 그는 아마벨을 놓아줬다. 아넷은 영주 저택의 홀 한구석에 놓인 긴 의자에 앉아 있었다. 그녀는 녹색 드레스 차림이었는데, 소녀들이나 입을 것 같은 옷은 자락이 짧아 보기 좋은 발목이 고스란히 드러났다. 새 옷은 아니지만 가슴 부분에 노란색과 분홍색 꽃이 수놓아져 있었다. 늘 그랬듯이 곱슬머리 몇 가닥이 머리장식에서 빠져나와 얼굴 주위에 늘어져 있었다. 그런 옷차림을 하는 소녀들보다 스무 살은 더 나이들었지만 그녀는 그 사실을 알지 못했고 울프릭도 마찬가지였다.

두 사람이 춤추기 시작하자 궨다는 미소를 지었다. 그녀는 행복하고 편안한 표정을 짓고 싶었지만 여전히 찡그린 얼굴에 더 가깝다는 사실을 깨닫고는 억지로 애쓰지는 않기로 했다. 그녀는 일부러 두 사람에게서 시선을 떼고 데이비와 아마벨을 바라보았다. 아마벨은 제 어머니를 별로 닮지 않은 듯했다. 아넷처럼 교태를 부리는 면이 있기는 했지만 궨다는 아마벨이 실제로 시시덕거리는 것은 한 번도 본 적이 없었고, 지금도 자기 남편 외에는 아무에게도 관심이 없어 보였다.

궨다는 방안을 훑어보다 또다른 아들 샘을 발견했다. 샘은 청년들에게 이야기를 하면서 몸짓으로 말고삐를 잡는 시늉을 하다 굴러떨어질 뻔했다. 청년들은 그런 그를 넋을 잃고 바라보았다. 그들은 아마도 기사종자가 된 그의 행운을 부러워하고 있을 것이다.

샘은 아직 백작의 성에 살고 있었다. 레이디 필리파는 대부분의 기사종자와 병사들을 그대로 두었는데, 그녀의 아들 게리가 승마와 사냥을 하고 검술과 창술을 연습하는 데 그들이 필요하기 때문이었다. 궨다 역시 필리파가 섭정을 하는 동안에는 그러기를 바랐다. 샘은 랠프에게서 얻은 것보다 좀더 지적이고 자비로운 규범을 배울 것이다.

그 밖에는 별로 볼 것이 없어서 궨다의 시선은 다시 남편과, 한때 남편이 결혼하고 싶어했던 여자에게로 향했다. 롄다가 우려했듯 아넷은 한껏 기분좋게 술에 취한 울프릭의 상태를 최대한 이용하고 있었다. 그녀는 떨어져서 춤을 출 때는 유혹하는 듯한 미소를 지었고, 다가서서 춤을 출 때는 롄다가 보기에 흡사 물에 젖은 셔츠처럼 그에게 찰싹 달라붙었다.

춤은 영원히 계속될 것처럼 보였다. 에런 애플트리는 백파이프로 활기찬 가락을 끝도 없이 반복했다. 롄다는 남편의 기분을 알 것 같았는데, 지금 그의 눈은 그가 롄다에게 함께 자자고 말할 때처럼 번득이고 있었다. 아넷은 자기가 무슨 짓을 하고 있는지 정확히 알고 있어. 롄다는 격분한 채 생각했다. 그녀는 긴 의자 위에서 음악이 멈추기를 바라며, 그리고 분노를 내색하지 않으려고 애쓰며 몸을 비틀었다.

그러나 화려한 연주와 더불어 곡이 끝날 때쯤 그녀는 분노로 속이 끓어오를 대로 끓어올라 있었다. 그녀는 울프릭을 진정시켜 자기 곁에 앉혀두기로 굳게 마음먹었다. 오후의 남은 시간 동안 그를 자기 곁에 잡아두면 별다른 말썽은 없을 것이었다.

그러나 그 순간 아넷이 그에게 키스했다.

그의 양손이 여전히 그녀의 허리를 잡고 있는 동안 그녀가 발끝을 들고 고개를 기울여 그의 입술에 자기 입술을 눌렀다. 짧지만 확실한 키스였다. 끓어오르던 롄다의 분노가 급기야 터지고 말았다.

그녀가 긴 의자에서 벌떡 일어나 홀을 가로질러 성큼성큼 걸어갔다. 그녀가 신랑신부 옆을 지나칠 때 데이비가 어머니의 표정을 보고 그녀를 붙들려고 했지만 롄다는 뿌리쳤다. 그녀는 여전히 서로를 응시하며 얼빠진 듯이 웃고 있는 울프릭과 아넷에게 곧장 다가갔다. 롄다가 아넷의 어깨를 손가락으로 찌르며 큰 소리로 말했다. "내 남편 건드리지 말고 놔둬!"

"퀜다, 제발—" 울프릭이 말했다.

"당신은 암말 말고 이 매춘부 옆에서 떨어지기나 해." 퀜다가 말했다.

아넷의 눈이 반발하듯 확 타올랐다. "매춘부가 돈을 받고 춤을 추진 않지."

"그래, 네년은 매춘부가 하는 짓이라면 뭐든 환하지."

"나에게 감히 그따위 소리를 하다니!"

데이비와 아마벨이 끼어들었다. 아마벨이 아넷에게 말했다. "제발 소란 좀 피우지 말아요, 어머니."

"소란을 피운 건 내가 아니라 퀜다야!" 아넷이 말했다.

"남의 남편을 유혹하려고 한 건 내가 아니야." 퀜다가 말했다.

"어머니, 어머니가 결혼식을 망치고 있잖아요." 데이비가 말했다.

퀜다는 너무 화가 나서 그런 말이 귀에 들어오지도 않았다. "저년은 언제나 그랬어. 이십삼 년 전에 저 사람을 차버리고도 한시도 내버려두지 않았다고!"

아넷이 울기 시작했다. 퀜다는 놀라지 않았다. 아넷의 눈물은 자기 뜻을 관철하기 위한 또다른 수단일 뿐이었다.

울프릭이 아넷의 어깨를 토닥여주려고 손을 뻗는 것을 보고 퀜다가 고함쳤다. "손대지 마!" 그 말에 울프릭은 불에 데기라도 한 듯 손을 거뒀다.

"넌 아무것도 몰라." 아넷이 흐느끼며 말했다.

"나는 널 너무나 잘 알지." 퀜다가 대꾸했다.

"아니, 너는 몰라." 아넷이 말했다. 그녀는 눈물을 닦고 놀라울 정도로 솔직하고 거리낌없는 시선으로 퀜다를 바라보았다. "넌 네가 이겼다는 걸 몰라. 저 사람은 네 거라고. 너는 그가 얼마나 널 사랑하는지, 널 얼마나 존경하고 감탄하는지 모르잖아. 너는 그가 다른 사람과 말하는 너를 어떤 눈으로 보는지도 몰라."

렌다는 당황했다. "뭐, 그거야." 그녀는 웅얼거리듯 말했을 뿐 할말이 떠오르지 않았다.

아넷이 계속 말했다. "그가 젊은 여자들한테 눈길이나 주던? 그가 몰래 네 곁을 빠져나가던? 지난 이십 년 동안 그가 너와 떨어져 잔 것이 며칠이나 돼? 이틀? 사흘? 그는 사는 동안 다른 여자는 거들떠보지도 않을 텐데, 그걸 모르겠어?"

렌다는 울프릭을 바라보고 이 모든 말이 사실이라는 것을 깨달았다. 실은 너무나 분명한 일이었다. 그녀도 알고 모두가 다 아는 사실이었다. 그녀는 자신이 아넷에게 어째서 그토록 화가 났는지 이유를 떠올리려 했지만 어떻게 된 일인지 조리에 닿는 이유가 하나도 생각나지 않았다.

춤은 중단된 상태였고 에런도 백파이프를 내려놓고 있었다. 이제는 마을 사람들 모두가 신랑신부의 어머니들인 두 여자 주위에 모여 있었다.

"나는 어리석고 이기적인 계집애였어. 바보 같은 결정을 내려서 세상에서 가장 좋은 남자를 놓친 거야. 그리고 너는 그 남자를 손에 넣은 거고. 이따금 일이 거꾸로 돼서 그가 내 것이라도 된 것처럼 굴고 싶은 유혹을 뿌리칠 수 없긴 해. 그래서 그에게 미소짓고 그의 가슴을 두드리지. 그는 나에게 다정하게 대해주는데, 그건 자기 때문에 내가 가슴 아파하고 있다는 걸 알고 있어서 그런 거야." 아넷이 말했다.

"네가 가슴 아픈 건 자초한 일이야." 렌다가 말했다.

"그랬지. 그리고 너는 내 어리석음으로 덕을 본 운좋은 여자고."

렌다는 아연해서 할말을 잃었다. 그녀는 아넷을 상심한 여자라고 여긴 적이 없었다. 그녀에게 아넷은 언제나 울프릭을 빼앗을 궁리나 하는 힘있고 위협적인 존재였다. 그러나 사실 그를 빼앗기는 일은 절대로 일어날 것 같지 않았다.

530

"울프릭이 나에게 잘해주면 네가 언짢아한다는 건 나도 알아. 앞으로 다시는 그러지 않겠다고 나도 말하고 싶지만, 나는 내 나약함을 알아. 그것 때문에 꼭 그렇게 나를 싫어해야겠어? 이 일로 흥겨운 결혼식과 우리 둘 다 원하는 손자를 얻는 기쁨까지 망치지 말자. 나를 네 적으로 여기지 말고 그저 좀 못된 여동생이라고, 가끔씩 못되게 굴어서 화나게는 하지만 그래도 한 가족이라고 여겨주면 안 되겠어?" 아넷이 말했다.

그녀의 말이 옳았다. 궨다는 언제나 아넷을 얼굴만 예쁘고 머리는 빈 여자로만 여겼지만 이번에 두 사람 중 현명한 쪽은 아넷이었다. 궨다는 기가 죽었다. "잘 모르겠어. 그래도 노력은 해볼게." 그녀가 말했다.

아넷이 한발 앞으로 나서면서 궨다의 뺨에 입을 맞췄다. 궨다는 자신의 얼굴에 아넷이 흘린 눈물이 닿는 것을 느꼈다. "고마워." 아넷이 말했다.

궨다는 잠시 머뭇거리다 아넷의 앙상한 어깨를 두 팔로 끌어안았다.

주위에 있던 마을 사람들이 모두 박수치며 환호성을 질렀다.

잠시 후 음악이 다시 시작됐다.

ㄱ

11월 초, 필리먼은 전염병이 끝난 것을 기념하는 감사미사를 올렸다. 앙리 대주교도 클로드 참사회원과 참석했다. 그레고리 롱펠로 경도 그 자리에 나타났다.

머딘은 그레고리가 국왕의 주교 선정을 고지하기 위해 킹스브리지에 온 것이 분명하다고 생각했다. 공식적으로 그는 수사들에게 국왕이 지명한 인물을 알려주지만, 그 인물을 선출할지 다른 인물을 선출할지는 수사들의 몫이었다. 그러나 어차피 수사들은 왕이 선택한 인물이라면 그게 누구든 그에게 투표했다.

머딘은 필리먼의 얼굴에서 아무런 실마리도 얻지 못했다. 그레고리가 아직 왕이 선택한 인물이 누구인지 알리지 않은 듯했다. 그 결정은 머딘과 캐리스에게 모든 것을 의미했다. 만약 클로드가 그 자리에 오르면 그들의 문제도 그것으로 끝이 난다. 그는 중도를 지키는 합리적인 사람이었다. 하지만 만약 필리먼이 주교가 되면 그들은 이후 몇 년을 언쟁과 소송으로 보내야 할 것이다.

앙리가 미사를 집전했지만 설교는 필리먼이 맡았다. 그는 킹스브리지 수사들의 기도에 응답해 하느님이 이 도시를 전염병이 초래할 수도 있는 최악의 국면에서 구해준 데 대해 감사했다. 그는 수사들이 숲속의 성 요한 수도원으로 피신해 시민들 스스로 활로를 모색한 일에 대해서는 전혀 언급하지 않았다. 또한 캐리스와 머딘이 육 개월 동안 도시 성문을 폐쇄해 하느님이 수사의 기도에 응답하시도록 일조한 일에 대해서도 언급하지 않았다. 그는 마치 자신이 킹스브리지를 구하기라도 한 것처럼 굴었다.

"정말 화가 나는군." 머딘이 캐리스에게 말했다. 그는 목소리를 낮추려고 하지 않았다. "필리먼은 사실을 완전히 왜곡하고 있어!"

"진정해." 그녀가 말했다. "하느님은 진실을 알고 계시고 사람들 모두 알고 있어. 필리먼의 말에 넘어갈 사람은 아무도 없어."

과연 그녀의 말이 옳았다. 전투가 끝나면 승리한 쪽 병사들은 언제나 하느님에게 감사를 드렸지만, 그래도 그들은 좋은 장군과 그렇지 못한 장군의 차이를 잘 알았다.

미사가 끝나자 머딘은 길드장 자격으로 대주교와 함께 수도원장 사택에서 식사하는 자리에 초대받았다. 그는 클로드의 옆자리에 앉았다. 식전 감사기도가 끝나자마자 모두가 왁자지껄하게 이야기하기 시작했다. 머딘이 클로드에게 나지막하고도 다급한 어조로 물었다. "대주교님은 왕이 주교로 선택한 인물이 누구인지 알고 계시나요?"

클로드는 거의 알아챌 수 없을 만큼 고개를 끄덕여 답을 대신했다.

"당신입니까?"

클로드는 이번에도 보일락 말락 고개를 저었다.

"그러면 필리먼인가요?"

또다시 미세하게 고개를 끄덕이는 것으로 답이 돌아왔다.

머딘은 가슴이 철렁 내려앉았다. 어떻게 왕은 유능하고 현명한 클로드 같은 인물이 아니라 필리먼 같은 바보에 겁쟁이를 고를 수 있을까? 하지만 그는 이유를 알고 있었다. 필리먼이 수를 잘 쓴 것이었다. "그레고리 경이 수사들에게 고지를 했습니까?"

"아닙니다." 클로드가 좀더 가까이 몸을 기울이며 말했다. "아마 오늘밤 저녁식사 후에 비공식적으로 필리먼에게 말할 겁니다. 그런 다음 내일 아침 참사회에서 수사들에게 말하겠죠."

"그러면 오늘이 다 가기 전까지 시간이 있는 거로군요."

"무슨 시간 말인가요?"

"그의 마음을 돌릴 시간 말입니다."

"우리는 그렇게 하지 않을 겁니다."

"저는 시도해볼 겁니다."

"성공하지 못할 텐데요."

"제가 얼마나 필사적인지만 알아두십시오."

머딘은 음식에는 거의 손을 대지 않은 채 대주교가 식탁에서 일어설 때까지 끈기 있게 기다렸다. 그런 다음 그는 그레고리 경에게 말했다. "경이 몹시 흥미를 가질 만한 이야기가 있는데 저와 함께 대성당 안을 좀 거닐어보시겠습니까?" 그레고리가 좋다는 뜻으로 고개를 끄덕였다.

두 사람은 나란히 회중석을 향해 걸어갔다. 그곳에서라면 숨어서 엿들을 사람은 없을 것이었다. 머딘은 심호흡을 했다. 이제부터 하려는 일은 위험한 일이었다. 그는 왕을 상대로 자신의 뜻을 관철시켜볼 참이었다. 이 일에서 실패한다면 반역 혐의를 받고 처형당할 수도 있다.

"오랫동안 킹스브리지 어딘가에 폐하가 없애고 싶어하시는 문서가 있다는 소문이 있었습니다." 머딘이 말했다.

그레고리의 얼굴이 굳었다. "계속해보시오." 그것은 시인이나 다름없는 말이었다.

"그 편지는 최근에 사망한 한 기사가 소유하고 있었죠."

"그가 갖고 있었군!" 그레고리가 놀란 얼굴로 말했다.

"경은 제가 지금 무슨 이야기를 하고 있는지 분명히 알고 계시군요."

그레고리는 변호사답게 대답했다. "이야기를 계속하기 위해 그렇다고 해둡시다."

"저는 폐하가 그 편지를 가지시도록 해드리고 싶습니다. 그 내용이 어떤 것이든 말입니다." 그는 편지의 내용을 확실하게 알고 있었지만, 그레고리만큼이나 조심스럽게 모르는 시늉을 하기로 했다.

"폐하는 고마워하실 겁니다." 그레고리가 말했다.

"그 고마움의 표시를 어떻게 하실까요?"

"바라는 게 뭡니까?"

"필리먼보다는 킹스브리지 주민들이 좀더 공감할 만한 주교입니다."

그레고리는 그를 노려보았다. "지금 잉글랜드 국왕을 협박하려는 건가요?"

머딘은 지금이 위험한 순간임을 알고 있었다. "우리 킹스브리지 시민은 상인들과 장인들입니다." 그는 되도록 분별 있는 어조로 말했다. "우리는 사고팔고 거래를 하죠. 저는 그저 당신과 흥정을 하려는 것뿐입니다. 저는 당신에게 팔 것이 있고 값을 제시했습니다. 협박이나 강요 같은 건 없어요. 나는 아무런 위협도 하지 않았습니다. 당신이 제가 파는 물건을 원치 않으면 그것으로 끝인 겁니다."

두 사람은 제단 앞에 이르렀다. 그레고리는 그 위에 얹혀 있는 십자고상을 빤히 바라보았다. 머딘은 그가 무슨 생각을 하고 있는지 정확히 알고 있었다. 머딘을 체포해서 런던으로 압송한 다음 문서의 소재를 말할 때까지 고문해야 할까, 아니면 그저 국왕에게 킹스브리지 주교를 다른 사람으로 지명하도록 하는 편이 더 간단하고 편한 방법일까?

꽤 오랜 침묵이 흘렀다. 대성당 안은 추웠다. 머딘은 망토를 좀더 바짝 여몄다. 이윽고 그레고리가 말했다. "문서는 어디 있소?"

"가까운 곳에 있습니다. 제가 길을 안내할 겁니다."

"좋소."

"그럼 우리의 흥정은 어떻게 되는 건가요?"

"만일 그 문서가 맞는다면 당신의 흥정을 받아주겠소."

"그 말은 클로드 참사회원을 주교로 천거하신다는 거겠죠?"

"그렇소."

"고맙습니다. 숲까지 조금 걸어야 합니다."

그들은 나란히 큰길을 내려가 다리를 건넜다. 그들의 입에서 입김이 나왔다. 숲으로 들어가는 동안에도 겨울 해는 별다른 온기를 주지 못했다. 불과 몇 주 전에 왔던 길이었으므로 머딘은 쉽게 길을 찾았다. 그는 작은 샘과 큰 바위, 늪이 있는 골짜기를 알아보았다. 그들은 곧 커다란 떡갈나무가 있는 빈터에 이르렀다. 머딘은 곧장 두루마리를 파냈던 자리로 향했다.

머딘은 누군가 먼저 다녀간 사람이 있다는 사실을 알고는 크게 낙심했다.

그가 파냈던 흙을 매끄럽게 다지고 나뭇잎으로 덮어두었지만, 그럼에도 누군가 은닉처를 발견한 것이었다. 1피트 깊이로 판 구멍이 있었고 그 옆에는 최근에 파낸 흙이 쌓여 있었다. 그리고 구멍 속은 비어 있었다.

머딘이 소스라치며 구덩이 속을 응시했다. "이런, 젠장."

"속임수 같은 건 아닐 거라고 바랐건만—" 그레고리가 말했다.

"생각 좀 해봐야겠습니다." 머딘이 굳은 어조로 말했다.

그레고리는 입을 다물었다.

"이 일을 아는 사람은 둘밖에 없어." 머딘은 혼잣말을 했다. "나는 아무한테도 말하지 않았으니 토머스가 말한 게 분명해. 그는 죽기 전에 노망이 들었지. 아마 그때 비밀을 말해준 모양이군."

"하지만 누구한테 말했겠소?"

"토머스는 숲속의 성 요한 수도원에서 마지막 몇 달을 지냈습니다. 그리고 수사들이 외부인을 들이지 않았으니 상대는 수사인 게 분명합니다."

"그곳에 몇 명이 있었소?"

"스무 명 남짓이죠. 하지만 노인이 땅에 묻은 편지에 대해 중얼거린 것을 귀담아들을 만큼 이 일의 배경에 대해 아는 사람은 얼마 되지 않을 겁니다."

"그건 잘 알겠소만 그 편지가 지금 어디 있을까요?"

"알 것 같군요. 저에게 한번 더 기회를 주시죠."

"좋을 대로 하시오."

그들은 다시 시내로 돌아왔다. 두 사람이 다리를 건널 때는 나환자섬 너머로 해가 지고 있었다. 그들은 어두워져가는 대성당으로 들어가 남서쪽 탑의 좁은 나선형 계단을 올라 성사극聖史劇의 소도구가 보관된 작은 방으로 들어갔다.

머딘은 지난 십일 년간 이곳에 와보지 않았지만 먼지가 쌓인 창고는 별로 달라진 것이 없었다. 대성당 안에 있는 창고라면 그럴 수밖에 없을 것이며 이곳도 마찬가지였다. 그는 벽에 있는 헐거운 돌을 찾아 뽑아냈다.

나뭇조각에 새긴 징표를 포함해 필리먼의 보물들이 돌 뒤편에 있었다. 그리고 그 사이에 기름 먹인 양모 주머니가 있었다. 머딘이 주머니를 열고 양피지 두루마리를 꺼냈다.

"이럴 줄 알았지." 머딘이 말했다. "필리먼이 노망이 든 토머스에게서 비밀을 알아낸 겁니다." 필리먼은 주교 자리에 오르지 못할 경우에 대비해 흥정거리로 삼으려고 이 편지를 보관해둔 것이 분명하다. 하지만 이제 그것을 머딘이 이용할 수 있게 됐다.

그는 그레고리에게 두루마리를 건넸다.

그레고리는 두루마리를 펴서 읽었다. 편지를 읽는 그의 얼굴에 놀람과 두려움의 빛이 떠올랐다. "맙소사. 소문이 사실이었군." 그는 두루마리를 다시 말았다. 그는 오랜 세월 찾아 헤맨 물건을 찾은 사람다운 표정을 짓고 있었다.

"그것이 당신이 찾던 건가요?" 머딘이 물었다.

"그렇소."

"폐하가 기뻐하실까요?"

"아주 기뻐하실 겁니다."

"그러면 약속하신 것은……?"

"그대로 지켜질 것이오. 클로드가 당신들의 주교가 될 겁니다."

"고맙습니다." 머딘이 말했다.

그로부터 팔 일 후 이른 아침, 캐리스가 병원에서 롤라에게 붕대 매는 법을 가르쳐주고 있을 때 머딘이 들어왔다. "당신에게 보여줄 게 있어. 성당으로 가지."

맑고 추운 겨울날이었다. 캐리스는 묵직한 붉은색 망토를 둘렀다. 두 사람이 시내로 가기 위해 다리를 건널 때 머딘이 걸음을 멈추더니 손끝으로 가리켰다. "첨탑이 완공됐어." 그가 말했다.

캐리스는 고개를 들었다. 아직 거미줄처럼 얼기설기 얽혀 있는 비계들 사이로 첨탑이 보였다. 탑은 엄청나게 높고 우아했다. 가늘어지는 첨탑 끝으로 시선을 올리자 하늘을 향해 끝없이 뻗어 있는 느낌이 들었다.

"저것이 잉글랜드에서 가장 높은 건축물이야?" 그녀가 말했다.

"응." 그가 미소지었다.

두 사람은 큰길을 따라 올라가 대성당으로 들어갔다. 머딘이 중앙 탑 벽 안의 계단으로 안내했다. 그는 계단을 오르는 데 익숙했지만 캐리스는 그렇지 못해 탑 꼭대기, 첨탑 밑단 돌음계단을 올라 통로 위로 나설 때쯤에는 숨을 헐떡였다. 그곳의 바람은 차고 매서웠다.

캐리스는 숨을 고르며 머딘과 함께 전망을 내다보았다. 큰길, 산업지구, 강, 그리고 병원이 있는 섬까지 킹스브리지 전체가 북쪽에서 서쪽으로 펼쳐져 있었다. 천 개의 굴뚝에서 연기가 피어올랐다. 모형 같은 사람들이 걷거나 말을 타거나 수레를 몰거나, 연장 가방이나 농산물 바구니나 무거운 자루를 운반하고 있었다. 여자와 남자, 노인과 아이, 뚱뚱한 사람과 여윈 사람 들이 보였다. 가난한 사람은 낡은 옷을 입었고 부유한 사람은 묵직한 옷차림을 했는데, 대부분은 갈색과 녹색이었지만 그중에는 짙은 초록색과 짙은 빨간색도 눈에 띄었다. 그들이 이렇게 한눈에 내려다보이자 캐리스는 경이로움에 사로잡혔다. 사람들은 모두 저마다 다른 삶을 살아가고, 저마다 과거의 일과 미래의 희망, 행복한 추억과 남모를 슬픔을 간직한 채 풍부하고 복잡한 삶을, 친구와 원수와 사랑하는 이가 한데 어우러진 삶을 영위해가고 있다.

"준비됐어?" 머딘이 물었다.

캐리스는 고개를 끄덕였다.

그는 그녀를 비계 위로 데려갔다. 말하지는 않았지만 밧줄과 나뭇가지를 엮어 만든 그곳을 오르는 일은 언제나 불안했다. 그러나 머딘이 올라갈 수 있다면 그녀도 할 수 있다. 바람 때문에 비계 전체가 가볍게 흔들리고 캐리스의 치맛자락이 돛처럼 펄럭였다. 첨탑은 탑의 길이만큼이나 높고, 밧줄 사다리를 오르기 위해서는 아주 대단한 노력이 필요했다.

그들은 중간쯤에서 휴식을 취했다. "이 첨탑은 아주 소박해." 머딘이 자신은 숨을 고를 것도 없다는 듯이 말했다. "모퉁이의 둥근 쇠시리밖에 없지." 캐리스는 이제까지 본 다른 첨탑들은 당초무늬, 채색한 돌, 기와로 만든 띠, 창문 모양의 벽감 따위로 장식되어 있었다는 사실을 깨달았다. 그런데 머딘의 단순한 디자인 덕분에 이 첨탑은 끝도 없이 하늘로 올라가는 것처럼 보였다.

그때 머딘이 발밑을 손으로 가리키며 말했다. "저런, 저기 좀 봐!"

"나는 밑을 보지 않는 게 좋을……"

"필리먼이 아비뇽으로 떠나는 모양인걸."

그렇다면 봐야 했다. 그녀는 널따란 나무판자 위에 서 있었지만 그래도 떨어지지 않는다는 확신을 갖기 위해 수직으로 서 있는 장대를 양손으로 단단히 잡았다. 그녀는 침을 삼키고는 탑과 수직을 이룬 아래쪽 지면을 내려다보았다.

그럴 만한 가치가 있는 광경이었다. 소 두 마리가 끄는 수레가 수도원장 사택 밖에 서 있었다. 말을 탄 수사 한 명과 병사 한 명으로 이루어진 호위대가 끈기 있게 기다리고 있었다. 필리먼이 수레 옆에 서 있고 킹스브리지 수사들이 하나씩 앞으로 나와 그의 손에 입을 맞췄다.

그 일이 끝나자 사임 형제가 그에게 얼룩고양이를 건넸다. 캐리스는 그 고양이가 고드윈이 키우던 고양이 대주교의 후손이라고 생각했다.

필리먼이 수레에 오르자 수레꾼이 소에게 채찍질을 했다. 수레는 느릿느릿 정문을 나와 큰길을 따라 내려갔다. 캐리스와 머딘은 수레가 쌍둥이 다리를 지나 교외 지역으로 사라질 때까지 그 광경을 지켜보았다.

"고맙게도 그가 사라졌군." 캐리스가 말했다.

머딘은 시선을 들었다. "이제 꼭대기까지 얼마 남지 않았어. 이제 곧 당신은 잉글랜드의 어떤 여자들보다 높은 곳에 올라가는 여자가 되는 거야." 그런 다음 그는 다시 사다리를 올라가기 시작했다.

바람은 한층 거세게 불고 캐리스는 불안감을 느꼈지만 기분은 상쾌했다. 이 첨탑은 머딘의 꿈이었고, 그는 그 꿈을 실현시켰다. 인근 수마일 안에 있는 사람들은 앞으로 수백 년 동안 매일같이 이 첨탑을 보며 정말 아름답다고 생각할 것이다.

그들은 비계 꼭대기에 이르러 첨탑의 꼭지 부분을 에워싼 단 위에 섰다. 캐리스는 그곳에 그들의 추락을 막아줄 난간이 없다는 것을 애써 머리에서 지우려 했다.

이곳에는 십자가가 있었다. 땅 위에서 보았을 때는 작게 보였는데, 지금 보니 그녀의 키보다 더 컸다.

"첨탑 끝에는 언제나 십자가가 있어. 그게 관습이거든. 그것 말고도 여러 관습이 있어. 샤르트르 대성당에는 태양의 상을 넣은 십자가가 있지. 나는 좀 다른 걸 해봤어."

캐리스는 십자가 밑단에 머딘이 설치한 실물대實物大의 돌천사를 보았다. 무릎을 꿇은 천사의 시선은 십자가가 아니라 도시 서쪽을 향하고 있었다. 좀더 자세히 들여다본 캐리스는 그 얼굴이 전형적인 천사의 얼굴이 아니라는 것을 알았다. 작고 둥근 얼굴은 여자의 것이 분명했는데, 그 단정한 용모와 짧은 머리가 왠지 눈에 익었다.

다음 순간 그녀는 천사의 얼굴이 바로 자신의 얼굴이라는 것을 깨달았다.

그녀는 깜짝 놀랐다. "사람들이 이렇게 하도록 놔둘까?"

머딘은 고개를 끄덕였다. "이 도시 사람 절반쯤은 당신을 천사라고 생각할걸."

"하지만 사실은 그렇지 않잖아."

"그건 그래." 그는 그녀가 그토록 사랑하는 친근한 미소를 지으며 말했다. "하지만 당신은 그들이 지금까지 만난 인간들 중에 가장 천사에 가까운 인간이야."

그 순간 바람이 몰아쳤다. 캐리스는 머딘을 붙잡았다. 그는 발을 벌리고 단단히 서서 그녀를 안아주었다. 돌풍은 순식간에 지나갔지만, 머딘과 캐리스는 세상의 꼭대기에서 그렇게 서로를 안은 채 한참 동안 서 있었다.

옮긴이 **한기찬**

연세대 국문과를 졸업하고, 『현대문학』을 통해 시인으로 등단한 뒤 번역가로 활동하고 있다. 『대지의 기둥』 『월든』 『축복』 『캐리』 『유빅』 『반지의 제왕』 『지식의 지배』 『카뮈, 지상의 인간』 『톰 고든을 사랑한 소녀』 『자루 속의 뼈』 『인간적인 너무나 인간적인』 등 100여 권의 책을 우리말로 옮겼다.

문학동네 블랙펜 클럽
끝없는 세상 3

초판인쇄 2019년 2월 15일 | 초판발행 2019년 2월 27일

지은이 켄 폴릿 | 옮긴이 한기찬 | 펴낸이 염현숙
책임편집 김혜정 | 편집 강경화 김지연 | 모니터링 이희연
디자인 윤종윤 이원경 | 저작권 한문숙 김지영
마케팅 정민호 정진아 함유지 김혜연 박지영 김수현 | 홍보 김희숙 김상만 이천희
제작 강신은 김동욱 임현식 | 제작처 영신사

펴낸곳 (주)문학동네
출판등록 1993년 10월 22일 제406-2003-000045호
주소 10881 경기도 파주시 회동길 210
전자우편 foret@munhak.com | 대표전화 031) 955-8888 | 팩스 031) 955-8855
문의전화 031) 955-8862(마케팅) 031) 955-1904(편집)
문학동네카페 http://cafe.naver.com/mhdn | 트위터 @munhakdongne
북클럽문학동네 http://bookclubmunhak.com

ISBN 978-89-546-5507-1 04840
    978-89-546-5504-0 (세트)

www.munhak.com